KIDNAPPINGS

Pierre Bellemare mène une carrière d'homme de radio, de télévision et d'écrivain... et d'acteur, à l'occasion. Tous ses livres sont de grands succès de librairie.

Collaborateur de Pierre Bellemare pour de nombreuses « histoires extraordinaires », Jean-François Nahmias s'est imposé en jeunesse avec la série des Titus Flaminius dont le tome 1 a été primé à Brive. Il est également l'auteur de romans historiques tels que *L'Incendie de Rome* ou *La Nuit mérovingienne*.

Paru dans Le Livre de Poche :

P. Bellemare
L'ANNÉE CRIMINELLE (3 vol.)
C'EST ARRIVÉ UN JOUR, 2
SUSPENS (2 vol.)

P. Bellemare et J. Antoine
LES DOSSIERS INCROYABLES
HISTOIRES VRAIES (3 vol.)
LES NOUVEAUX DOSSIERS
   INCROYABLES

P. Bellemare, J. Antoine
et M.-T. Cuny
DOSSIERS SECRETS

P. Bellemare et J.-M. Épinoux
ILS ONT VU L'AU-DELÀ

P. Bellemare et J. Equer
COMPLOTS
SUR LE FIL DU RASOIR

P. Bellemare et G. Frank
SANS LAISSER D'ADRESSE
26 DOSSIERS QUI DÉFIENT LA RAISON

P. Bellemare et J.-F. Nahmias
CRIMES DANS LA SOIE
DESTINS SUR ORDONNANCE
L'ENFANT CRIMINEL
ILS ONT OSÉ !
JE ME VENGERAI
MORT OU VIF
QUAND LA JUSTICE PERD LA TÊTE
SURVIVRONT-ILS ?

LA TERRIBLE VÉRITÉ
LES TUEURS DIABOLIQUES

P. Bellemare, J.-M. Épinoux
et J.-F. Nahmias
L'EMPREINTE DE LA BÊTE
LES GÉNIES DE L'ARNAQUE

P. Bellemare, M.-T. Cluny
et J.-M. Épinoux
LES AMANTS DIABOLIQUES

P. Bellemare, M.-T. Cuny,
J.-M. Épinoux et J.-F. Nahmias
INSTANT CRUCIAL
INSTINCT MORTEL (2 vol.)
ISSUE FATALE

P. Bellemare, J.-F. Nahmias,
F. Ferrand et T. de Villers
JOURNÉES D'ENFER

P. Bellemare, J.-M. Épinoux
et R. Morand
POSSESSION

P. Bellemare, J.-M. Épinoux,
F. Ferrand, J.-F. Nahmias
et T. de Villers
LE CARREFOUR DES ANGOISSES

P. Bellemare, M.-T. Cuny,
J.-P. Cuny et J.-P. Rouland
C'EST ARRIVÉ UN JOUR, 1

P. Bellemare, G. Franck
et M. Suchet
PAR TOUS LES MOYENS

PIERRE BELLEMARE
Jean-François Nahmias

Kidnappings

25 rendez-vous avec l'angoisse

Documentation Jacqueline Hiegel

ALBIN MICHEL

© Éditions Albin Michel / PB2A, 2010.
ISBN : 978-2-253-16431-9 – 1re publication LGF

« Rendez-moi mon enfant ! »

Il fait une chaleur écrasante, ce 21 août 1951, dans l'hôpital pour enfants de Denver. À cette époque, la climatisation n'est pas encore répandue, même aux États-Unis, et des ventilateurs ronronnent en vain dans toutes les chambres.

C'est sans doute cette fournaise qui rend le personnel moins attentif. Accablés par la température, les infirmiers et les infirmières ne remarquent pas un homme d'une trentaine d'années, très brun, très maigre, qui parcourt les couloirs. Pourtant son manège aurait de quoi intriguer : il se rend successivement dans toutes les chambres, et referme la porte, après s'être poliment excusé, si un visiteur se trouve en présence de l'enfant, mais si le petit malade est seul, il inspecte les fiches au pied du lit.

L'homme arrive devant la chambre 117. Personne. Il s'approche, regarde l'enfant en train de dormir profondément et va voir la fiche accrochée au montant métallique du lit : « Jimmy Baldwin, né le 15/05/51. » Le petit malade a un peu plus de trois mois et le graphique tracé sur la feuille semble indiquer que sa forte

fièvre est en train de tomber. Un large sourire illumine le visage de l'intrus.
– Tu vois, Jimmy, je suis venu...

Résolument, il s'empare du nourrisson et quitte la pièce. Dans le couloir, il marche d'un pas normal, avec le petit être serré contre lui. Il n'y a personne, à part une femme qui vient à sa rencontre ; elle ne porte pas l'uniforme des infirmières, c'est une visiteuse. Il ne presse pas l'allure, pensant sans doute qu'elle n'aura pas de réaction particulière, mais elle jette un coup d'œil dans sa direction et pousse un cri :
– Jimmy !

Et, tandis qu'il s'enfuit, elle se lance à sa poursuite en hurlant :
– Mon enfant ! Rendez-moi mon enfant !

Ces clameurs réveillent l'hôpital. Des hommes et des femmes en blouse blanche, d'autres en vêtements de tous les jours font irruption dans le couloir et s'élancent derrière le ravisseur. Doué d'une vélocité et d'une agilité extraordinaires, évitant les uns et les autres, il arrive déjà dans le hall de l'établissement. Là, faisant preuve d'une vigueur peu commune, il parvient à écarter d'une bourrade plusieurs personnes qui tentaient de lui barrer la route.

La rue est dans le même état d'engourdissement que l'était l'hôpital. Avec la canicule, peu de voitures circulent et les trottoirs sont vides. Un agent de police est pourtant là. En entendant les clameurs et en voyant le fuyard, il dégaine son arme mais aperçoit l'enfant dans ses bras et renonce à tirer. Il se met à courir avec les autres...

Après avoir parcouru encore une centaine de mètres, l'homme s'engouffre dans un immeuble, entre dans l'ascenseur et appuie sur le bouton du seizième et dernier étage. À peine a-t-il commencé à s'élever que la meute des poursuivants fait irruption. L'agent et quelques autres prennent l'escalier, mais quand l'homme arrive au dernier étage, il possède une large avance.

Sur le palier, une porte entrouverte donne sur un petit escalier. Le ravisseur s'y engage, arrive devant une seconde porte, qui n'est pas fermée non plus, et débouche sur le toit de l'immeuble, une vaste terrasse. Le soleil écrasant l'oblige à cligner des yeux. L'air est plus étouffant que jamais...

Une silhouette sombre débouche à son tour par l'escalier. L'homme, qui a reconnu l'uniforme d'un agent de police, recule précipitamment vers l'extrémité de la terrasse. Il va jusqu'au bord et s'y maintient en équilibre. La ville s'étend au-dessous, dans une brume de chaleur. Plus bas, beaucoup plus bas, on distingue un attroupement en train de se former. Il crie en direction de l'agent :

– N'approchez pas ou je saute avec l'enfant !

Le policier a son arme à la main, mais il sait que la dernière des choses à faire serait de s'en servir. Il tente d'engager le dialogue :

– Qui êtes-vous ? Pourquoi avez-vous fait cela ?

– Je ne vous répondrai pas. Je ne veux parler à personne. Je ne veux voir personne. Allez-vous-en ! Si je vois arriver un homme, une femme, un médecin, un religieux, n'importe qui, je saute avec le petit ! Vous avez compris ?

Oui, l'agent a compris. Il a compris que, seul, il ne peut rien faire. Il doit prévenir ses supérieurs et il doit faire vite. Chaque seconde compte...

Vingt minutes ont passé. Les abords de l'hôpital pour enfants de Denver sont maintenant remplis de badauds, qui attendent dans l'angoisse l'issue du drame. Plusieurs voitures noir et blanc de la police stationnent au pied de l'immeuble, gyrophares allumés.

C'est près de l'une d'elles que se tient le commissaire Graham, chef de la section criminelle de Denver. Il a pris la direction des opérations. Tout de suite, il a jugé la situation comme particulièrement délicate. Les rapts d'enfants en bas âge sont toujours le fait de femmes en mal de maternité. C'est la première fois qu'il voit un homme commettre ce genre de geste. L'individu est sûrement déséquilibré, voire carrément fou, ce qui est plus qu'inquiétant. Sa menace de sauter s'il voit arriver quelqu'un doit être prise avec le plus grand sérieux. Il n'est pas question de courir ce risque.

Aux côtés du policier se trouve la mère de l'enfant, Clara Baldwin, témoin impuissant de l'enlèvement. C'est une femme modeste, qui tient avec son mari une quincaillerie dans un quartier périphérique de la ville. Jimmy est leur premier enfant ; l'accouchement s'était bien passé, mais une violente fièvre deux mois après sa naissance a nécessité l'hospitalisation d'urgence du bébé. Énergiquement traité, il était pratiquement rétabli ; il devait sortir le lendemain ou le surlendemain...

La mère s'adresse avec angoisse au commissaire :

– Vous avez bon espoir ? Il va me le rendre, n'est-ce pas ?

Le policier se garde bien de lui confier les appréhensions qui sont les siennes.

– Ne vous inquiétez pas, madame. Tout ira bien. D'autant que nous avons un atout supplémentaire : nous savons qui il est.

Effectivement, le ravisseur vient d'être identifié. Plusieurs témoins l'ont vu garer sa voiture devant l'hôpital et son numéro a permis de connaître son nom : William Wilbury, trente-deux ans, employé de banque. Sa femme Lisa est caissière dans un drugstore. Le commissaire l'a fait prévenir en espérant qu'elle pourra raisonner son mari.

En attendant, comment entrer en contact avec lui sans envoyer quelqu'un à sa rencontre ? Le chef de la section criminelle pense avoir trouvé la solution... Une voiture de pompiers avec grande échelle fait son apparition et se range devant l'immeuble. Bientôt, l'échelle finit par atteindre le sommet, mais personne ne monte aux échelons. Le commissaire a imaginé autre chose.

Du haut de l'immeuble, William Wilbury aperçoit, au sommet de l'engin, un gros haut-parleur gris relié à un câble. L'instant d'après, une voix s'en échappe.

– Wilbury, vous m'entendez ? Ici, le commissaire Graham. Nous respectons votre volonté, personne ne va venir vous voir. Si vous rendez l'enfant, aucun mal ne vous sera fait. Je vous demande de redescendre en empruntant l'escalier.

Sur la terrasse, il n'y a pas de réaction. Le commissaire poursuit :

– Si vous voulez me parler, il y a un micro suspendu au dernier barreau, près du haut-parleur. Même avec le petit dans vos bras, vous pouvez le décrocher. Ce n'est pas un piège.

D'en bas, les policiers voient l'homme s'approcher du vide. Ils ont un instant d'angoisse, mais il s'empare du micro et ils l'entendent. Ou plutôt, non, ce n'est pas lui, c'est le bébé qui pleure. Clara Baldwin, ne pouvant le supporter, se bouche les oreilles. Mais le commissaire lui fait signe d'écouter : le ravisseur parle.

– Je ne veux pas me rendre ni rendre l'enfant. Je veux qu'on me laisse sortir. Sinon, je me jette dans le vide avec lui. C'est mon enfant ! Vous m'entendez ? Mon enfant !

Le commissaire Graham fait la grimace. C'est ce qu'il craignait : l'homme est fou. La situation est plus dangereuse et l'issue plus incertaine que jamais… Enfin, il a accepté de parler, c'est déjà cela. Il faut poursuivre le dialogue, garder ce lien ténu avec lui.

– Vous vous trompez, Wilbury, cet enfant n'est pas à vous. Il s'appelle Jimmy. Sa mère est auprès de moi, elle va vous parler.

Venus d'en haut, il y a un rire et une réplique prononcée avec violence.

– Évidemment qu'il s'appelle Jimmy ! Vous n'allez pas me l'apprendre ! C'est mon petit Jimmy.

Clara Baldwin est sur le point de défaillir, mais le commissaire lui tend le micro et l'encourage de son mieux.

– Parlez-lui, madame, il le faut. Essayez d'être aussi calme que possible.

La pauvre femme s'exprime d'une voix tremblante, qui s'affermit peu à peu.

– Monsieur, je suis la maman de Jimmy. Il a trois mois et il a été très malade. Il a eu beaucoup de fièvre, il n'est pas encore guéri. Il faut le rendre, monsieur. Je vous promets, devant tous les policiers et tous les gens qui sont là, que mon mari et moi, nous ne porterons pas plainte. Je vous promets que nous essaierons de vous comprendre...

La réponse est plus alarmante que jamais.

– Tu entends, Jimmy ? Elle veut me comprendre, mais qu'est-ce qu'elle peut comprendre ? Il n'y a que toi qui peux, Jimmy, il n'y a que toi...

Clara Baldwin ne peut en supporter davantage. Elle s'écroule en larmes dans les bras de son mari, qui vient d'arriver. Les policiers sont aussi allés chercher à son travail Lisa Wilbury, la femme du ravisseur. C'est alors que tout bascule. Ce qui n'était jusque-là qu'un drame comme il en arrive malheureusement parfois prend un tour proprement stupéfiant.

Lisa Wilbury, une brunette d'une trentaine d'années, est dotée d'une jolie frimousse, mais en cet instant précis, son visage est complètement ravagé. Elle s'adresse au commissaire d'une voix blême.

– C'est de ma faute !

– Vous voulez dire que vous saviez qu'il était fou et que vous auriez dû prévenir les médecins ?

– Non, il n'est pas fou. Si, peut-être un peu, mais ce qu'il fait a un sens. Nous avions un fils, il s'appelait Jimmy. C'est pour cela qu'il est allé en chercher un autre à l'hôpital...

– Votre fils est mort ?

Lisa Wilbury regarde le policier dans les yeux.

– Oui. Je l'ai tué.

– Vous dites ?

– La vérité. Il faut que vous sachiez. C'est important pour comprendre ce qui est en train de se passer...

Et, devant le commissaire Graham, devant M. et Mme Baldwin, qui se sont approchés et qui écoutent, les yeux écarquillés de stupeur, elle commence un hallucinant récit :

– Il y a un an, nous avons eu un petit garçon. Mon mari en était fou. Nous avions eu du mal à avoir un enfant. Nous l'avions tellement souhaité ! C'était peut-être la raison... Dès ce moment, William n'en a eu que pour lui. Il était tout le temps à la maison, il s'absentait même de la banque pour venir le voir et il a failli être renvoyé. Il nous ruinait en jouets, alors que Jimmy était bien trop petit pour jouer. Il y en avait partout, on ne savait plus où les mettre...

– C'est pour cela que vous avez tué votre fils ?

— Je n'en pouvais plus. Un après-midi, j'ai étranglé Jimmy dans son berceau. Je ne sais pas ce qui m'a pris…
— Votre mari ne vous a pas dénoncée ?
— Non. Quand il est rentré, les bras chargés de nouveaux cadeaux, il n'a rien dit. Il ne m'a pas battue, il n'a pas crié. Il a téléphoné au médecin et lui a dit que Jimmy venait de s'étrangler avec sa ceinture de pyjama. Le médecin l'a cru. Il a signé le permis d'inhumer.
— Et après ? Votre mari était comment avec vous ?
— Il était incroyablement doux. Il n'arrêtait pas de me répéter : « Ce n'est pas grave. Il va revenir. » Je n'en pouvais plus de remords. Je voulais me dénoncer à la police. Mais il refusait. Il répétait : « Ce n'est pas grave. Il va revenir… »

Lisa lève les yeux vers le seizième étage de l'immeuble.

— Et maintenant, s'il est là, c'est de ma faute !

La voix de William Wilbury éclate de nouveau dans le haut-parleur.

— Qu'est-ce que vous manigancez ? Laissez-moi partir avec mon enfant, sans quoi je saute avec lui.

Le commissaire s'empare du micro.

— William, tout est arrangé. Vous allez pouvoir partir avec Jimmy. Votre femme est là. Elle va venir et vous allez partir tous les trois.

Lisa Wilbury se fait entendre à son tour.

— William, tu m'entends ? C'est moi, Lisa. Tu veux bien que je monte ?

La réponse est immédiate :

– Oui, viens vite. Tu sais, le petit n'est pas bien ici, en plein soleil.

Avant d'entrer dans l'immeuble, accompagnée des policiers d'élite chargés de se rendre maîtres du ravisseur, Lisa Wilbury s'arrête devant Clara Baldwin et lui pose la main sur le bras.

– J'ai tué mon enfant, mais je vais essayer de sauver le vôtre...

Quelques minutes plus tard, Lisa Wilbury gravit les marches qui donnent sur la terrasse. Le commissaire Graham se tient en retrait, avec les hommes du commando, et lui donne ses dernières instructions.

– Vous avez bien compris ? Faites en sorte qu'il s'éloigne du vide. Essayez, si vous le pouvez, de prendre le petit dans vos bras. Dès qu'il n'y aura plus de danger pour lui, nous interviendrons.

Lisa Wilbury acquiesce puis lance :

– William, je suis là. Tu veux bien que je vienne ? Je suis seule...

La réponse ne se fait pas attendre :

– Viens vite !

Le commissaire Graham, passant avec précaution un œil, voit la jeune femme se diriger vers son mari, toujours en équilibre au bord du vide. Elle arrive à sa hauteur. Il n'entend pas ce qu'ils se disent, mais leur conversation a l'air presque détendue. William Wilbury fait un pas en s'éloignant du rebord. Lisa Wilbury essaie de lui prendre l'enfant, mais il préfère le garder... À présent, ils avancent de deux mètres, trois, quatre... C'est le moment !

Parfaitement synchronisés, le commissaire Graham et ses hommes jaillissent de leur cachette. Quand

William Wilbury fait demi-tour, il est trop tard, il est ceinturé, tandis qu'un autre membre du commando s'empare de Jimmy. Wilbury crie, tempête, hurle qu'on l'a trompé, mais c'est fini...

Non, loin de là ! Dans le feu de l'action personne n'a prêté attention à Lisa. Elle se dirige vers le bord de la terrasse. Le commissaire a compris, il se rue dans sa direction.

– Madame Wilbury !

La jeune femme s'est arrêtée sur le rebord, non loin de l'échelle de pompiers, avec son dispositif acoustique désormais inutile.

– Madame Wilbury, ne faites pas cela ! Vous avez sauvé Jimmy ! Vous m'entendez ? Vous ne l'avez pas tué, vous l'avez sauvé !

Mais Lisa Wilbury fait non de la tête et se laisse aller en arrière. En bas, il y a un cri d'horreur. Le commissaire Graham baisse les yeux. Même s'il a fait son devoir, il ressort de cette affaire avec un terrible goût d'amertume. D'ailleurs, les parents de Jimmy, qui viennent d'arriver sur la terrasse et qui ont assisté à toute la scène, ne manifestent pas leur joie et prennent leur enfant dans leurs bras avant de disparaître.

William Wilbury n'a pas été jugé. Les médecins l'ont déclaré irresponsable et l'auteur de ce spectaculaire enlèvement s'est retrouvé à l'asile psychiatrique. Pendant toutes les années où il y est resté, il s'est montré un patient modèle. Il n'y avait pas plus calme, plus docile que lui. Pendant des heures, il restait immobile, semblant perdu dans une interminable méditation. Et puis brusquement, comme s'il se rappelait quelque chose, il laissait échapper, d'un ton surpris et douloureux à la fois :

– Où est mon enfant ? Rendez-moi mon enfant !

Anna la romantique

— Tu veux danser, Anna ?

Anna Mortensen sort de sa rêverie... Niels Benson est devant elle, il lui sourit et lui tend la main. Elle lui tend la sienne et le suit sur la piste. À vrai dire, elle n'avait pas envie de danser, mais n'avait pas de raison sérieuse de refuser...

Voilà quatre ans qu'Anna Mortensen poursuit ses études d'histoire à l'université d'Elseneur, au Danemark. Parmi ses camarades, elle est unanimement appréciée. C'est le type même de l'étudiante modèle : sérieuse, travailleuse, issue d'une bonne famille et dotée d'une excellente éducation. Et fort jolie, de surcroît.

Les garçons sont nombreux à tourner autour d'elle, mais jusqu'à cette année 1965, tous ont été découragés par sa réserve, pour ne pas dire sa froideur. Ce n'est pas qu'elle méprise l'amour, non, ce qu'elle veut, c'est l'amour avec un grand A. Le prince charmant. Elle s'est fait une telle réputation que les étudiants l'ont surnommée « Anna la romantique ».

Ce 21 juin 1965, un bal de fin d'année est donné à l'université. Anna Mortensen, qui a brillamment réussi ses examens, s'y est rendue. Pourtant, elle n'aime pas sortir et préfère la compagnie des livres, mais elle ne voulait pas passer pour une prétentieuse ou une mal élevée. Seulement, elle s'est tenue à l'écart et personne n'a osé s'approcher. Il y a toujours eu en elle quelque chose d'intimidant. Pendant tout le bal, les étudiants se sont contentés de l'admirer de loin, jusqu'à ce que Niels Benson se décide. Lui, rien ne peut l'intimider. C'est le play-boy de l'université. Toutes les filles en sont folles. C'est précisément pour cette raison qu'elle a accepté son invitation : elle ne serait pas fâchée de montrer à Niels le dragueur que toutes ne tombent pas automatiquement dans ses bras. Anna la romantique oublie pourtant un détail : dans les contes de fées, c'est le plus souvent au cours d'un bal que le prince charmant fait son apparition...

Pendant qu'ils dansent, la jeune fille observe son cavalier. C'est vrai qu'il est beau garçon. Il est brun, ce qui est plutôt rare au Danemark, avec des yeux bleu clair. Et Anna découvre avec étonnement que Niels n'est pas le bellâtre sûr de lui qu'elle pensait. Il est intelligent, spirituel. Plusieurs fois, elle se surprend à rire de ses reparties et, ce qui ne gâte rien, il est galant. Niels Benson est même empressé. Il passe tout le reste de la soirée à lui faire la cour. Anna se laisse faire. Dans le fond, c'est très agréable. Elle est ravie de se rendre compte que ses camarades l'observent avec surprise et jalousie.

Anna le laisse même la raccompagner. Mais elle s'en tient là. Elle est sérieuse et connaît trop la réputation du jeune homme pour aller plus loin. Une fois dans sa chambre, elle doit reconnaître que, contrairement à ce qu'elle attendait, elle a passé un moment très agréable. Malgré tout, cela n'ira pas plus loin. Elle n'y tient pas et d'ailleurs, demain, Niels Benson l'aura oubliée.

Anna se trompe. Le lendemain, Niels vient la trouver dans la chambre qu'elle occupe à l'université. Il lui dit qu'il a passé une soirée merveilleuse et lui propose de sortir avec elle le week-end suivant. Sortir avec Niels, pourquoi pas ? Elle trouve le jeune homme sympathique et elle est sûre d'elle. Ce n'est pas à elle qu'il pourra tourner la tête comme aux autres. La sortie est suivie de beaucoup d'autres. Niels a l'air de plus en plus épris. Il l'entoure d'attentions, de gentillesses. Ils se voient plusieurs fois pendant les vacances scolaires et, à la rentrée, ils se retrouvent.

En octobre, Anna Mortensen regarde la vérité en face : elle est amoureuse de Niels ! Elle tente de se raisonner : c'est un séducteur, il va la rendre malheureuse comme toutes celles qu'il a connues, mais elle n'y peut rien…

Brusquement, elle a peur : en continuant de se refuser à lui, elle risque de le perdre définitivement. Alors, elle franchit le pas, et lui accorde ce qu'elle réservait à l'homme de sa vie, espérant ainsi le garder et qu'il lui avoue ses sentiments.

C'est, hélas, le contraire qui se produit. Le jeune homme est bien un don Juan, attiré par le sérieux d'Anna et sa résistance inhabituelle. Mais depuis qu'il est arrivé à ses fins, il se désintéresse d'elle. Pour lui, ce n'était qu'une aventure comme les autres. Anna Mortensen est désespérée. Niels est bien son prince charmant. Et elle, comme dans un conte de fées à l'envers, est une Cendrillon abandonnée.

Deux semaines plus tard, Anna s'aperçoit qu'elle est enceinte. Cette constatation la remplit de joie : c'est le moyen inespéré de garder Niels ! Tant pis si l'idée manque d'élégance, son bonheur en dépend. Cette grossesse providentielle va la sauver ! Car l'IVG n'existe pas au Danemark en 1965. Une bonne fée vient, d'un coup de baguette magique, de transformer sa vie...

Une bonne fée, vraiment ?

Niels Benson accueille avec une contrariété non dissimulée la révélation d'Anna.

— Écoute, nous sommes trop jeunes pour nous marier. Cet enfant, tu n'es pas obligée de le garder. Il y a des moyens de faire autrement. Sois raisonnable. Nous n'allons pas risquer de gâcher notre vie pour une liaison de jeunesse !

— Tu veux que je me fasse avorter, c'est cela ?

— Si ce n'est pas possible autrement...

Anna fait alors une scène terrible. Cet enfant, elle le veut, au contraire ! Il n'est pas question qu'elle se fasse avorter ! Si Niels ne veut pas l'épouser, elle menace de faire un scandale dans l'université, auprès de ses parents. Niels Benson la calme, en lui disant des mots tendres. Dans le fond, il est encore attaché à elle et il a surtout très envie d'avoir un enfant. Mais tout cela se produit un peu tôt pour lui. Il aimerait profiter encore quelque temps de sa vie de garçon...

Les mois passent. Anna s'est installée dans un studio en ville. Niels, bon gré mal gré, s'est résigné au mariage. Il n'est pas mécontent d'être père. S'il se fait encore un peu prier pour la date de la cérémonie, c'est un fait acquis.

C'est alors que se produit un événement imprévu et catastrophique pour Anna : une nuit de février 1966, elle est brutalement réveillée par de violentes douleurs. Elle se rend immédiatement à la clinique. Mais il n'y a rien à faire : c'est une fausse couche...

La jeune femme repart le jour même malgré l'avis des médecins. Personne ne doit savoir ce qui s'est passé. Sa fausse couche doit rester secrète. Elle sait que Niels n'a accepté le mariage qu'à cause de l'enfant à venir. S'il apprend la nouvelle, il reviendra sur ses engagements. Elle veut garder Niels par tous les moyens. Elle est toujours enceinte : elle doit se mettre cette idée dans la tête, et le faire croire aux autres. Anna ne laissera pas passer cette chance inespérée d'épouser celui qu'elle aime.

Quand Niels vient la voir, Anna se prétend très fatiguée. Il a l'air inquiet. Il est prévenant, empressé, et lui annonce ce qu'elle attendait tant. Il s'est décidé : leur mariage aura lieu en juin, avant la naissance de l'enfant.

Anna est heureuse. Elle a gagné ! Bien sûr, il y a un problème. Tout n'est qu'un mensonge, elle ne voit pas comment s'en sortir. Pourtant elle refuse d'y penser pour l'instant. Décidée à ne songer qu'à la date de son mariage, elle se lance de tout son être dans cette folle fuite en avant sans vouloir envisager les conséquences.

10 juin 1966. La cérémonie est très réussie. Ils forment vraiment un beau couple : Niels est rayonnant de beauté et Anna radieuse de bonheur. Tous s'extasient sur la finesse de sa taille. Elle explique qu'elle porte son enfant très haut et que cela ne se voit pas. Le médecin, dit-elle, l'a prévenue, elle aurait vraisemblablement un accouchement difficile, et il lui a recommandé un établissement spécialisé de Copenhague.

8 juillet 1966. Anna Benson, jeune mariée, part pour Copenhague. Niels a insisté pour l'accompagner, mais elle a refusé. Elle se sent fatiguée et, d'ailleurs, le médecin lui a recommandé d'être seule. Elle débarque dans la capitale danoise avec son bagage à la main, prenant brusquement conscience de la situation. Elle est au pied du mur. Elle doit agir.

Anna parcourt les rues dans un état proche de l'égarement. Pourtant la perspective de perdre Niels est plus forte que tout. Elle regarde l'alliance qu'elle porte à son doigt, l'alliance qu'il lui a passée à l'église. Quelle réaction aurait-il s'il apprenait qu'elle l'a trompé ? Elle imagine déjà sa fureur et le verdict qui s'ensuivrait : le divorce. Non, tout plutôt que cela ! Anna observe autour d'elle... Elle a déjà franchi le pas. Par amour conjugal, elle s'est décidée à commettre un des plus graves délits qui soient : l'enlèvement d'un enfant !

Le centre-ville est calme, c'est le week-end. Presque tous les commerces sont fermés sauf ce grand magasin. Elle s'approche de l'endroit réservé aux landaus. Elle avance, l'air aussi naturel que possible, et en aperçoit un près de la porte. À l'intérieur, un nourrisson dort tranquillement. C'est maintenant ou jamais ! Elle saisit le landau, le pousse, en se forçant à marcher lentement malgré son envie de fuir à toutes jambes. Elle se dirige dans une rue déserte... Elle prend dans ses bras le bébé toujours endormi et se précipite vers la gare, pour prendre le premier train pour Elseneur.

9 juillet 1966. En première page de tous les journaux du Danemark, s'étale un fait divers dramatique : un bébé a été enlevé en plein centre de Copenhague, Birgit Jensen, une petite fille de deux mois. La police est formelle. Il ne s'agit pas d'un rapt dans le but d'obtenir une rançon : la situation matérielle des parents, deux étudiants sans argent, le prouve. D'autre part, plusieurs témoins ont vu une jeune femme blonde s'emparer du landau.

Une jeune femme blonde : un signalement aussi imprécis que possible. Les policiers sont rassurés parce qu'ils savent qu'ils n'ont pas affaire à des malfaiteurs et que l'enfant sera bien traité, mais ils sont aussi inquiets parce que, dans ce genre de rapt affectif, la ravisseuse n'a aucune raison de rendre l'enfant.

Pendant ce temps, à Elseneur, Anna est radieuse, « son » bébé dans les bras. Niels s'extasie devant la petite fille. Il a la fierté de tous les pères. Il la prend avec précaution et répète :

– Elle me ressemble ! Hein, tu ne trouves pas qu'elle me ressemble ?

Anna, bouleversée, lui répond tendrement :

– Bien sûr, puisque c'est ta fille.

Elle est presque sincère. Même si ce n'est pas la vérité, elle fera tout pour que cela le devienne. C'est la fille de Niels, leur fille ! Maintenant, il faut tenir, avoir l'air aussi naturel que possible. Surtout ne pas se cacher, ce qui risquerait de donner l'éveil. Avoir l'air d'une jeune mère heureuse, c'est la seule conduite à adopter. D'ailleurs, ce ne sera pas difficile : elle est si heureuse...

Dans le train qui la ramenait à Copenhague, Anna Benson a eu tout le temps de préparer son rôle. Aussi, c'est sans aucune gêne qu'elle répond aux questions de la mère de Niels et de sa propre mère, intriguées du poids anormal du bébé censé n'avoir que quelques jours :

– C'est que je l'ai portée neuf mois et demi.

D'ailleurs, Birgit (car, sans le savoir elle a donné à l'enfant le prénom qu'elle porte réellement) pesait quatre kilos à sa naissance.

Les grands-mères, ravies de voir un bébé si splendide, n'insistent pas.

Cependant, l'enlèvement de la petite Birgit soulève dans tout le pays une mobilisation policière sans précédent et une réelle émotion populaire. Les journaux ne parlent que de cela. Un millier de policiers sont mis sur l'affaire. Un gros industriel offre une prime importante à la ravisseuse si elle rend l'enfant sain et sauf.

La mère de Birgit fait, quelques jours plus tard, une déclaration dans tous les journaux, à la radio et à la télévision :

« Chère madame,
Nous vous supplions, mon mari et moi, de nous rendre notre fille. Il vous faut comprendre qu'elle nous appartient. Je sais que vous devez être une femme très malheureuse, aimant passionnément les enfants. Mais Birgit est tout pour nous. Comment pouvez-vous être heureuse, alors que vous rendez deux personnes si malheureuses ? »

En entendant cet appel, en prenant connaissance de l'importance de l'affaire, Anna saisit brusquement la portée de son geste. Oui, ce qu'elle a fait est très grave. Oui, tout un pays est en train de la rechercher. Oui, elle fait le malheur de deux êtres... L'idée de rendre Birgit l'effleure mais elle la repousse. Il est trop tard. Niels ignore qu'elle a fait une fausse couche. Alors, lui avouer que c'est elle la voleuse d'enfant dont tout le monde parle, que cette fille dont il est si fier n'est pas la sienne... elle n'ose même pas y penser !

27

Elle doit se taire et attendre. La police et l'opinion finiront par se lasser. Tout ce qui importe, c'est qu'elle garde son mari et « sa » fille, à laquelle elle est aussi attachée que n'importe quelle mère.

Un mois passe encore. Mais contrairement à ce qu'espérait Anna, l'émotion suscitée par l'enlèvement de Birgit ne s'est pas apaisée. La police est toujours sur les dents. Ses différents services ont reçu cinq mille lettres, anonymes ou non, dénonçant des femmes suspectes ayant un bébé de l'âge de la petite disparue. Il a déjà fallu des semaines et il en faudra plusieurs encore pour suivre toutes ces pistes…

L'inspecteur Olafson se voit confier, au début du mois d'août 1966, la tâche de vérifier la lettre 3532. Une habitante d'Elseneur, qui a gardé l'anonymat, signale qu'une de ses voisines, Anna Benson, a un bébé qui semble curieusement grand pour son âge. Cette fillette, prénommée Birgit, pourrait correspondre au signalement de l'enfant enlevée.

L'inspecteur se rend à Elseneur. Il n'attend rien de spécial de cette vérification de routine. Il y en a déjà eu tellement… À l'adresse indiquée, une jeune femme blonde lui ouvre.

– Madame Benson ?

La femme semble avoir un instant d'hésitation.

– Non. Je suis la gouvernante de la petite. C'est à quel sujet ?

– Police. Quand pourrais-je voir Mme Benson ?

Son interlocutrice répond aimablement :

– Elle sera là ce soir.

Le policier prend congé en disant qu'il reviendra. À peine la porte refermée, la jeune femme se précipite dans la chambre, se penche sur le berceau et en retire l'enfant.

Anna est perdue. Le signalement de Birgit a été diffusé. La police n'ignore pas qu'elle a une marque distinctive : deux grains de beauté sous le genou gauche. Et elle est incapable de fournir le certificat de naissance, alors...

Alors, elle décide de s'enfuir. C'est un nouveau pas qu'elle franchit. Et ce n'est plus pour Niels qu'elle agit, puisqu'elle va le quitter, et qu'elle ne le reverra jamais. Non, c'est maintenant Birgit qu'elle veut pour elle seule...

Une heure plus tard, un sac de voyage à la main, dans lequel se trouve le bébé auquel elle a donné un somnifère, elle est à la gare d'Elseneur. Elle attend le train en direction de l'Allemagne...

Anna Benson n'est pas allée loin. L'alerte ayant été donnée quelques heures plus tard, elle a été arrêtée sans avoir pu franchir la frontière.

Au tribunal, les juges, émus par son cas, ne l'ont condamnée qu'à une peine de principe avec sursis. Mais Anna avait déjà payé et le plus lourdement possible : pendant l'attente du procès, Niels avait demandé et obtenu le divorce.

L'enlèvement amoureux

En ce beau mois de juillet 1962, Vera Minnelli rentre chez elle, à Santa Monica, un village de Sicile au bord de la mer. Seize ans et demi, très brune comme toutes les filles du pays ou presque, Vera Minnelli est ravissante. Comme si cela ne suffisait pas, elle fait aussi partie des privilégiés. Alors que les paysans de la région sont très pauvres, sa famille possède plusieurs hectares de vignes, qui produisent un cru réputé. Tous ces atouts que lui a donnés l'existence devraient la rendre heureuse, mais cela ne l'empêche pas d'afficher une mine sombre.

Vera Minnelli revient de l'institution religieuse où elle était interne et où elle vient d'achever ses études. Du moins est-ce ce qu'a décidé son père Giuseppe, qui l'élève seul depuis la mort de sa femme. Mais la jeune fille ne l'entend pas ainsi. Dès les embrassades terminées, elle lui fait part de ses intentions sur un ton déterminé :

– L'année prochaine, je veux aller à Catane !

Giuseppe Minnelli a un sourire. Il adore sa fille unique. Elle est intelligente, pleine de vie et de gaieté, mais fantasque. Elle a parfois des lubies que, malgré toute sa bonne volonté, il a du mal à comprendre. Sans doute est-ce la dernière d'entre elles.

– À Catane ? Et pour quoi faire ?
– Pour aller au lycée. Je veux passer mon bac.
– Quelle idée !
– L'idée n'est pas de moi, elle est de mes professeurs... Papa, j'étais la meilleure de la classe, j'ai été première partout, tous m'ont dit que je devais poursuivre mes études, que j'étais capable d'aller à la faculté.

Giuseppe Minnelli soupire... Il ne sert à rien de se fâcher, il décide d'expliquer calmement à sa fille les évidences qu'elle ne semble pas comprendre.

– Vera, est-ce que tu as pensé que tu es mon seul enfant ? Comme je n'ai pas de fils, c'est ton mari qui reprendra un jour le domaine.
– Je ne vois pas le rapport.
– Une fille ne doit pas être plus cultivée que son mari. Si tu deviens un singe savant, plus aucun garçon ne voudra de toi, tu resteras vieille fille et, à ma mort, l'exploitation sera vendue.
– Et si j'ai envie de faire autre chose ? De travailler ailleurs ?

Cette fois, Giuseppe Minnelli sent l'irritation le gagner. Il décide de mettre fin à cette conversation qui n'a aucun sens.

– Cela suffit ! À partir de maintenant, tu resteras à Santa Monica et tu te choisiras un mari.

Étant donné la beauté et la richesse de Vera Minnelli, les prétendants ne manquent pas. Mais parmi eux, Giuseppe a déjà fait son choix : Adolfo Silva appartient à l'autre famille aisée de Santa Monica, qui possède une exploitation agricole ancienne et prospère. On murmure que les Silva ont des liens avec la Mafia, mais qu'importe : la réunion des deux fortunes serait aussi profitable aux uns qu'aux autres.

Le jeune homme est invité avec tous les égards et les Silva, qui ont visiblement les mêmes projets, rendent rapidement l'invitation. Du côté des jeunes gens, les sentiments sont moins réciproques. Si Adolfo se montre empressé, Vera, elle, est réticente. Le garçon ne lui déplaît pas vraiment. Il est un peu plus âgé qu'elle, il vient de fêter ses vingt ans, et il est incontestablement beau garçon. Il a les traits réguliers, un regard conquérant, un teint hâlé, avec lequel ses dents blanches forment un contraste éclatant. Il est bien bâti et sa chemise entrouverte laisse voir un torse puissant. Mais son physique est à peu près sa seule qualité. En l'entendant parler, Vera comprend ce qu'a voulu dire son père en parlant de l'instruction des filles : le garçon est incapable d'émettre autre chose que des platitudes. Pour lui, l'univers se limite à Santa Monica et à l'équipe de football de Catane. Elle imagine l'accueil qu'il lui aurait fait si elle était sortie de l'université. Il aurait eu l'impression de se trouver en face d'un monstre et aurait pris ses jambes à son cou.

Pourtant, toutes ces réflexions, Vera Minnelli les garde pour elle. Elle ne repousse pas vraiment Adolfo Silva, elle reste comme indifférente. Encore sous le coup du refus de son père, elle est momentanément sans ressort. Et quand, à la fin 1962, les deux familles s'entendent sur les fiançailles, elle a fini par admettre que se marier avec un garçon de Santa Monica était son destin. Adolfo lui fera de beaux enfants, alors pourquoi pas ? Elle pourra toujours changer d'avis plus tard, les fiançailles ne sont pas le mariage et, même en Sicile, on ne peut rien sans le consentement de la jeune fille...

Les fiançailles durent six mois. Selon la coutume, les jeunes gens ne sont à aucun moment laissés seuls. L'une ou l'autre des amies de Vera est toujours là pour leur servir de chaperon. Mais c'est une précaution inutile. Le temps passant, Vera se rend compte qu'Adolfo n'est décidément pas l'homme qui lui convient. Ce n'est pas à cause de son manque d'instruction, après tout, elle pourrait s'en accommoder ; non, ce qui lui devient vite insupportable, c'est l'autosatisfaction qu'il affiche en permanence. Adolfo est le type même du mâle sicilien beau parleur et misogyne. Un jour, il n'hésite pas à lui dire :

– Tu connais la Monica Bellone ?

Vera a effectivement entendu parler de cette fille du village, qui est toujours célibataire à trente ans et qui a la réputation d'être facile. Elle lui répond, un peu surprise :

– Pourquoi me parles-tu d'elle ?

– Parce que, pendant que tu étais au collège, on est restés six mois ensemble. Elle sait y faire, je peux te le dire ! Tout cela, je t'en ferai profiter quand nous serons mariés. Sans compter qu'il y en a eu d'autres

33

qui n'étaient pas maladroites non plus. Je peux dire que j'ai une sacrée expérience !

Cette fois, c'en est trop. Elle sait désormais à quoi s'en tenir. Elle déclare à son père :

– Je ne veux pas épouser Adolfo. Je ne l'aime pas.

Giuseppe Minnelli a beau appartenir à la vieille école, il a beau être contrarié dans ses projets, il a toujours adoré Vera et son bonheur passe à ses yeux avant le reste. Il va trouver le père d'Adolfo pour lui annoncer la décision de sa fille. Les fiançailles sont rompues et les deux familles reprennent leur engagement.

Retour au point de départ. Giuseppe Minnelli invite d'autres jeunes gens et les présente à Vera. Étant donné la beauté et la fortune de l'intéressée, il en vient de bien plus loin que de Santa Monica ; tout ce que la région compte de garçons en âge de se marier défile dans l'exploitation vinicole.

Pourtant ce remue-ménage a lieu en pure perte. Vera n'en trouve aucun à son goût. Elle n'y met pas de mauvaise volonté. Si l'un d'entre eux lui plaisait, elle accepterait sans hésitation, mais il n'y a rien à faire. C'est leur mentalité qui lui déplaît ; avec des degrés et des nuances, ils ressemblent tous à Adolfo.

Les années passent. Nous sommes à présent au début 1965. Vera Minnelli commence à se dire qu'elle ne se mariera jamais. Ce n'est pas à Santa Monica ni même en Sicile qu'elle trouvera l'homme capable de lui plaire. Pour avoir des chances de le rencontrer, elle devrait aller sur le continent, dans une grande ville, de préférence à Rome, Turin ou Milan. Mais pour cela, outre qu'elle est mineure et qu'elle devrait attendre sa majorité, il lui faudrait rompre avec sa famille et elle ne le veut pas.

Adolfo ne s'est pas marié non plus. Il était tombé amoureux de Vera, et après deux ans et demi, il en est toujours épris. Il a même tenté plusieurs démarches auprès de Giuseppe Minnelli pour essayer de le faire revenir sur sa décision. Mais le père de Vera ne s'est pas laissé fléchir.

C'est alors qu'un petit événement se produit à Santa Monica : un nouvel instituteur est nommé. Il est jeune, mais il ne ressemble pas du tout aux garçons du village. Il vient du continent. Il est plutôt chétif, il a l'air perdu derrière ses énormes lunettes de myope. Et sans doute l'est-il réellement un peu, au milieu de ces paysans qui parlent avec leur fort accent sicilien.

C'est en partie par compassion que Vera vient le trouver, un soir, après la sortie de la classe, et aussi parce qu'elle veut lui demander s'il a des livres à lui prêter. La lecture est pour elle indispensable, elle lui permet d'affirmer son indépendance dans un pays où seuls les hommes ont le droit de se cultiver.

L'instituteur l'accueille avec empressement. C'est la première fois que quelqu'un de Santa Monica lui rend une visite amicale. Vera, de son côté, est surprise. Bien sûr, le petit enseignant n'est pas beau, avec ses cheveux crépus et ses épaules étroites. Mais il s'exprime calmement, avec mesure. Originaire d'un faubourg de Gênes, il a demandé ce poste, attiré par le soleil. Il lui parle de la mentalité des gens de chez lui, très différente de celle d'ici. Vera l'écoute avec intérêt. Pour la première fois, un garçon ne se vante pas et ne se croit pas obligé de lui faire la cour.

L'instituteur lui prête plusieurs livres. Elle les lit rapidement et, la semaine suivante, elle vient lui en demander d'autres. Ils discutent ensemble, tranquillement, sans arrière-pensée. Et Vera lui emprunte d'autres livres...

Quelques mois plus tard, en sortant de chez lui, elle rencontre Adolfo Silva, l'air mauvais.

— Tu étais encore chez l'instituteur ! Qu'est-ce que tu fais chez cet étranger ?

Vera le considère d'un air glacial.

— Cela ne te regarde pas. Je fais ce que je veux. Je suis libre.

— Vera, je t'aime toujours, tu sais..., répond Adolfo, qui essaie de se faire tendre. Si je ne me suis pas marié, c'est à cause de toi. Je t'attendrai le temps qu'il faudra.

Vera repousse brutalement la main du garçon posée sur son bras.

— Va-t'en ! Tu me dégoûtes ! Marie-toi avec qui tu voudras, mais moi, tu ne m'auras jamais ! Tu m'entends ?

Et, tandis qu'elle s'enfuit, elle entend dans son dos la voix d'Adolfo, une voix menaçante :

— Tu as eu tort de me repousser, Vera !...

C'est un peu par provocation que, dès le lendemain, Vera revient trouver l'instituteur. Cette fois, elle reste plus tard dans son petit appartement, au-dessus de l'école communale. Et elle y retourne les jours suivants.

Alors, entre eux, les choses commencent à changer : à l'amitié intellectuelle succède un sentiment plus profond et plus tendre. L'instituteur est timide, il n'ose pas se déclarer. Mais Vera espère qu'il finira par se décider. Et, ce jour-là, elle lui dira oui. Ils iront vivre ailleurs, sur le continent, car elle refuse de rester en Sicile.

Dans le village, on se met à murmurer. On désapprouve cette amitié entre une fille de Santa Monica et un étranger. On commente en soupirant :

– Le malheureux Adolfo, on n'aimerait pas être à sa place !

Et quelquefois, on ajoute à mi-voix :

– Il lui reste une solution : l'enlèvement amoureux...

L'enlèvement amoureux : l'expression est charmante. Elle évoque toutes sortes de récits, plus romanesques les uns que les autres. Certains remontent à l'Antiquité, comme l'enlèvement de la belle Hélène par le berger Pâris, entraînant la guerre de Troie. Au Moyen Âge, la tradition se perpétue : les romans de chevalerie sont pleins de belles enfermées dans leur donjon, que délivrent d'héroïques princes charmants. Plus tard encore, il est question de barbons séquestrant la pupille dont ils ont la charge en vue de l'épouser. Mais le jeune soupirant de la demoiselle sait s'assurer des complicités dans la demeure et s'enfuira avec elle. Quelquefois, c'est plus extraordinaire encore : c'est la jeune fille qui enlève le jeune homme, comme la magicienne Armide s'emparant du guerrier Renaud pendant son sommeil. Quelles que soient ses diverses formes, l'enlèvement amoureux représente toujours le triomphe de l'amour.

Sauf en Sicile. Ici, cette tradition séculaire manifeste, de la manière la plus brutale et la plus dégradante, l'infériorité de la femme dans les mœurs qui régissent la société. Bien loin d'être la victoire de l'amour, c'est celle de la barbarie !

26 décembre 1965. Le grand domaine des Minnelli est presque vide. Giuseppe est parti rendre visite pour quelques jours à des amis, et les garçons de ferme sont absents. Ils ont congé, ce lendemain de Noël. Il ne reste que Vera et Graziella, la bonne.

Un peu avant minuit, deux voitures freinent dans la cour, dans un crissement de pneus. Leurs phares sont éteints, leurs plaques, maculées de boue, sont illisibles. Une demi-douzaine d'hommes en sortent, armés de fusils. Tous portent des foulards ou des passe-montagnes sur le visage, sauf Adolfo Silva.

Sous sa direction, ils montent directement dans la chambre de Vera. Surprise dans son sommeil, elle est emmenée par plusieurs paires de bras vigoureux, malgré ses hurlements, ses coups de poing et de pied. La bonne, réveillée par le vacarme, les voit passer devant elle, impuissante et tremblante de peur.

Quelques secondes plus tard, les deux voitures repartent en faisant hurler leur moteur et disparaissent dans la nuit.

Sur le siège arrière, Vera Minnelli crie, implore... Adolfo, qui est au volant, ricane :

– Eh bien, demande à ton petit instituteur de voler à ton secours !

Au bout de quelques minutes de route dans la montagne, on s'arrête devant une maison de berger perdue dans les bois. Vera sait ce qui l'attend. Adolfo va la violer, pour qu'elle ne puisse plus appartenir qu'à lui. Ensuite, il n'aura qu'à descendre au village faire à son père sa demande en mariage.

Mais s'agit-il vraiment d'un viol ? Au fond de lui-même, Adolfo Silva ne se sent nullement coupable. Il ne fait qu'agir comme l'ont fait des générations de Siciliens avant lui. C'est une tradition, une pittoresque et charmante tradition...

La nuit a passé. Dans la cabane isolée, Vera Minnelli grelotte de froid, de rage et de honte. Adolfo Silva vient de repartir avec ses complices. Il ne s'est même pas donné la peine de l'enfermer à clé.

À quoi bon ? Adolfo connaît les coutumes. Il sait bien qu'il ne servirait à rien de s'enfuir. Pour aller où ? Pour quoi faire ? Maintenant, tout le village est au courant. Maintenant, elle est déshonorée, flétrie. Plus un seul homme à Santa Monica et même dans toute la Sicile ne voudra d'elle. Désormais, Vera ne peut plus qu'être sa femme. De mémoire de Sicilien, il n'y a jamais eu une exception à cette règle.

À l'annonce de l'événement, Giuseppe Minnelli est rentré en hâte. Il a tout de suite compris : l'auteur de l'enlèvement amoureux est Adolfo Silva, que la bonne Graziella a reconnu. Ce dernier l'a d'ailleurs voulu en ne se masquant pas. Giuseppe n'est pas inquiet sur le sort de sa fille, mais triste pour elle. Il sait

39

qu'elle ne l'aime pas, il aurait voulu qu'elle soit heureuse.

Hélas, il est trop tard. Dans quelques heures, Adolfo va lui faire sa demande en mariage. Et il acceptera. Il le fera pour le bien de sa fille, pour que toute sa vie elle ne soit pas une réprouvée.

Au village, on commente l'événement avec excitation. Enfin, Santa Monica a eu son enlèvement amoureux ! Les vieux se souviennent du précédent, qui remonte à plus de cinquante ans. On est fier du comportement d'Adolfo Silva. Lui, au moins, c'est un homme, un vrai Sicilien !...

Il est presque midi quand Giuseppe voit arriver Vera. Sa chemise de nuit est déchirée. Elle porte des traces de coups et des griffures de ronces. D'une voix précipitée, elle déclare :

– Je vais aller chez les gendarmes !

Comme il reste abasourdi, elle explose :

– Adolfo m'a enlevée, m'a séquestrée et m'a violée. Je porte plainte !

Giuseppe Minnelli pousse un soupir. Sa fille est sans doute sous le coup du choc nerveux. Il s'approche d'elle et lui parle calmement.

– Voyons, Vera, tu dois épouser Adolfo après ce qu'il a fait...

Mais elle secoue la tête, farouche :

– Non, je ne l'épouserai pas ! Tu peux me traîner à la cérémonie, mais devant le maire, je répondrai non, devant le curé, en plein milieu de l'église, je répondrai non !

Et, sous les yeux de son père ahuri, elle monte en courant dans sa chambre pour s'habiller. Tenté d'employer les grands moyens pour se faire obéir, Giuseppe décide de ne rien faire. Dans le fond, lui aussi désapprouve cette pratique, même s'il n'a jamais osé se dresser contre elle. Vera, elle, a ce courage et il ne peut s'empêcher de l'admirer. Aussi quand, quelques minutes plus tard, elle redescend de sa chambre, l'air décidé, il l'embrasse et lui souhaite bonne chance.

Vera se rend immédiatement chez les carabiniers et entre dans le bureau de l'officier, qui la considère avec un profond étonnement. Mais elle ne lui laisse pas le temps de parler.

– Je viens porter plainte contre Adolfo Silva.

Après avoir marqué un moment de stupeur, son interlocuteur prend le parti d'en rire.

– Allons, signorina, c'est sûrement l'effet de l'émotion ! Vous n'allez tout de même pas porter plainte contre votre futur mari. D'ailleurs, à ce propos, je me permets de vous adresser toutes mes félicitations.

Vera ignore la main tendue.

– Je n'épouserai pas Silva. Je porte plainte contre lui pour viol. Vous devez enregistrer ma plainte et faire votre enquête.

L'officier se fige.

– Très bien, signorina. Je vais enregistrer votre plainte. Mais permettez-moi de vous dire que vous avez tort. À présent, aucun Sicilien ne voudra plus de vous.

La réplique est immédiate et cinglante :

– Et moi, je ne veux plus d'aucun Sicilien !

Vera Minnelli a choisi une voie difficile en bravant seule un village et des siècles de tradition. Elle sait qu'on ne le lui pardonnera pas.

Elle continue, par la suite, à voir ostensiblement l'instituteur. Elle se rend chez lui tous les jours après la classe et n'en sort que tard le soir. Désormais, dans la rue, on l'évite. Les commerçants refusent de la servir. Pour tout Santa Monica, c'est elle, la coupable. En refusant d'épouser Adolfo, elle est devenue une menace pour la communauté. Les braves gens discutent dans son dos :

– Ah, c'est vraiment une pas-grand-chose, celle-là ! Et d'abord, pourquoi reste-t-elle chez nous ? Elle devrait aller à Catane, dans le quartier fait pour les filles de son genre !

Bientôt, les réactions se font plus violentes. Les garnements courent derrière elle en lui lançant des injures. Un soir, on jette des pierres contre les volets de l'instituteur. Le lendemain, c'est sa voiture qui est lapidée.

Pendant ce temps, l'enquête se poursuit. Mais peut-on parler d'enquête ? Les carabiniers se contentent d'interroger les uns et les autres et c'est l'unanimité : Adolfo a juré qu'il n'avait rien fait et tout Santa Monica fait corps avec lui. Pendant la nuit du drame, tout le monde l'a vu au village. Il a dix, vingt alibis !

Un vrai témoin, il y en a pourtant un, c'est la bonne, Graziella. Âgé d'un peu plus de quarante ans, elle est au service des Minnelli depuis une vingtaine d'années. Elle est très dévouée à la famille et spécialement à Vera, mais quand celle-ci lui demande d'aller trouver les gendarmes, elle refuse tout net :

– Je ne peux pas !
– Mais c'est lui, tu l'as vu. Il l'a fait exprès pour que tu puisses confirmer que c'était bien lui.
– Je sais que c'est lui.
– Alors ?
– Alors, j'ai peur. Si je parle, il me tuera !

Il est inutile d'insister et l'enquête se termine par un non-lieu... Pour Vera, comme pour l'instituteur, la vie devient rapidement impossible. Le viol a fait franchir le pas à ce dernier : il a fait sa demande et ils ont décidé de se marier. Il a postulé pour être affecté sur le continent, mais l'administration est lente.

25 juin 1966, le village est en ébullition. Pensez donc : après un enlèvement, un meurtre ! On vient de retrouver, sur la route, le corps de Vera Minnelli, abattue de trois coups de revolver.

Pour tous, l'identité du meurtrier ne fait aucun doute. On l'avait tellement plaint, ce malheureux Adolfo ! Est-ce étonnant s'il vient de se faire justice ? Bien sûr, un meurtre, c'est grave, mais au moins, on peut dire qu'il a gardé le sens de l'honneur ! Quant à Vera, personne ne s'attendrit sur son sort. Elle a eu la fin que pouvait attendre une fille perdue, une putain...

Cette fois, l'enquête est menée sérieusement. Mais Adolfo Silva, qu'on interroge sans relâche, a un alibi inattaquable. On ne peut rien prouver contre lui. Sans doute a-t-il fait agir un complice, peut-être un tueur professionnel.

On reparle des liens de sa famille avec la Mafia. On enquête dans toute la Sicile et même sur le continent. Peine perdue. Plus que jamais la loi du silence joue. L'enquête se termine de nouveau par un non-lieu. Le meurtre de Vera Minnelli ne sera jamais éclairci...

Pourtant, son courage et son sacrifice n'auront pas été inutiles. L'affaire fait grand bruit non seulement en Sicile, mais dans toute l'Italie. En ce milieu des années 1960, la libération des mœurs n'a pas encore eu lieu, mais elle est proche. Une partie de l'opinion – les femmes en particulier – se révolte contre ces pratiques barbares, les autorités s'émeuvent : la police reçoit des instructions. Jamais plus la chose ne s'est reproduite.

Vera Minnelli a été la dernière victime de l'enlèvement amoureux.

Les billets de 500 francs

Il ne fait pas chaud ce vendredi 24 octobre 1969. Un ciel bas et gris recouvre la plaine du Soissonnais. Le paysage uniformément plat, composé de champs de betteraves, renforce la sensation d'ennui et de monotonie. Au milieu des terres cultivées, un chemin, tracé en ligne droite, aboutit à un petit bois avant de déboucher sur le village de Saint-Bandry.

Il est 16 h 30. Une jeune femme, tenant par la main une petite fille, s'avance sur le chemin. Elles viennent de la grande ferme des Fresnois, dont on aperçoit la silhouette sombre au loin, et se dirigent vers le village. Marie-Jeanne, vingt ans, employée de maison chez les Fresnois. Sophie Fresnois a trois ans, on ne voit d'elle que son ciré rouge à la capuche rabattue. Elles vont chercher Éric, le fils aîné des Fresnois, à l'école de Saint-Bandry. Il y a juste un kilomètre à faire et c'est pour elles une promenade.

C'est à l'entrée du petit bois que le drame se produit. Un homme effrayant surgit de derrière un arbre. Tout de sombre vêtu, il a une trentaine d'années, une moustache et une barbe noires. Marie-Jeanne n'a même pas le temps d'avoir peur : il s'empare de Sophie et disparaît en courant, tenant l'enfant sous le bras et saute dans une voiture qui attendait une dizaine de mètres plus loin. La DS blanche ou crème démarre en trombe, dans un grand emballement du moteur.

La bonne, tétanisée sous la pluie fine, aperçoit une enveloppe que l'homme a jetée par terre avant de disparaître. Elle la ramasse et lit : « À M. et Mme Fresnois. » Tout est allé si vite que c'est seulement à ce moment qu'elle comprend qu'on vient d'enlever Sophie. Elle se précipite vers le village en appelant au secours.

Il s'agit bien d'un enlèvement. Les Fresnois sont riches, très riches. La fortune paysanne est moins en vue que celles des industriels ou des financiers, mais elle est tout aussi réelle. Philippe Fresnois, trente-quatre ans, le père de Sophie, est betteravier. Sa femme Annick, née Favergé, un grand nom du Nord, attend un troisième enfant pour la fin de l'année.

C'est le grand-père, Pierre Fresnois, qui est à l'origine de la fortune familiale. Cet homme de soixante ans, officier de cavalerie pendant la guerre, est un modèle d'énergie et d'esprit conquérant. Originaire du Loiret où il possède encore plusieurs centaines d'hectares, il a épousé une riche héritière de l'Aisne et s'est installé dans le département, augmentant son bien au fil des acquisitions et des héritages. À présent, le domaine Fresnois s'étend sur mille hectares, cultivés principalement en betteraves, mais aussi en blé. L'exploitation, puissamment mécanisée, fonctionne comme une véritable entreprise industrielle.

Au centre s'élève la maison de Pierre, le patriarche, une grande bâtisse, qu'on appelle dans les environs le « Château ». Un peu plus loin, les maisons de ses deux fils, dont la « Croisette », celle de l'aîné, Philippe. Toutes sont construites avec la pierre grise du Soissonnais et entourées de nombreux bâtiments utilitaires : étables, hangars, ainsi que d'immenses silos cylindriques. Les Fresnois possèdent, en outre, d'importants intérêts dans des entreprises sucrières. Il est à noter qu'ils ne sont pas les plus gros exploitants du département, où trois ou quatre les dépassent en importance. Dans l'Aisne, la propriété agricole est très concentrée, les exploitations de plus de deux cents hectares ne sont pas rares. Il n'en reste pas moins que la famille a de quoi payer une rançon...

Et c'est bien une rançon que réclame la lettre ramassée par la bonne : « Votre enfant vient d'être enlevé. Nous exigeons 1 million de nouveaux francs, faute de quoi vous ne reverrez plus l'enfant. Cet argent pourra vous être rendu dans quelques années, si vous ne prévenez pas la police. De toute manière, ce recours serait inutile, nos précautions étant prises, et nous en serions amenés à la dernière extrémité avec l'enfant, ne pouvant courir un risque inutile. Nous sommes inflexibles sur ces points et vous recevrez d'autres nouvelles d'ici deux à trois jours, date à laquelle la rançon doit nous être remise. L'enfant vous sera rendu quelques heures après votre versement, le temps de contrôler l'exactitude et la validité des billets. Cette lettre concerne toute la famille, qui doit s'associer à vous. » L'ensemble est rédigé en majuscules au feutre noir, avec quantité de fautes d'orthographe...

La réaction des gendarmes est d'une remarquable rapidité. Le préfet Perreau-Pradier se déplace en personne. La brigade mobile de Lille est alertée. En moins de deux heures, des barrages sont mis en place un peu partout dans le département. Ils ne donnent malheureusement rien. Au même moment, les enquêteurs multiplient les appels à témoins. Il apparaît qu'un inconnu rôdait depuis quinze jours à Saint-Bandry et l'ensemble des dépositions permet la réalisation d'un portrait-robot, mais il sera diffusé plus tard. Dans l'immédiat, la consigne est formelle : ne rien faire qui puisse mettre en danger la vie de Sophie.

En attendant, le ou les ravisseurs ne semblent pas pressés. Pendant toute la soirée, c'est une attente vaine devant la ligne des Fresnois, le 6 à Saint-Bandry, car, à cette époque, il n'y a pas l'automatique dans les campagnes et il faut passer par une opératrice. Toute la famille est devant le combiné, le patriarche, Pierre Fresnois, Philippe et Annick, les parents de Sophie, sans compter André, le fils cadet et sa femme. Ils ne sont pas seuls, la police est là. Elle est toujours décidée à ne rien faire avant que la petite fille soit libérée, mais elle a branché un magnétophone sur le combiné téléphonique.

Le lendemain, le 26 octobre, il n'y a toujours pas de signe de vie des ravisseurs. C'est seulement à 20 h 30 que le téléphone sonne...

Le grand-père décroche, tandis que l'enregistreur de la police se met en marche. Au bout du fil, une voix relativement jeune et sans accent. L'homme s'exprime calmement :

– Allô, je suis le ravisseur de votre fille.

– Où est-elle ?

– Bientôt chez vous, si vous faites ce que je vous dis. Vous avez lu les instructions concernant la rançon ?

– Oui, 1 million, vous les aurez.

– Mais attention, pas n'importe comment. Nous exigeons uniquement des billets de 500 francs neufs.

Pierre Fresnois répond sans manifester de surprise :

– Entendu.

Les policiers ouvrent de grands yeux. Des billets de 500 francs neufs, c'est la première fois qu'ils entendent cela ! D'habitude, les ravisseurs exigent des petites coupures usagées, pas des billets neufs aux numéros qui se suivent et donc facilement repérables. Sans compter que 500 francs est une très grosse somme en 1969 (environ autant d'euros actuels) et qu'on se sert rarement de billets de cette valeur dans les transactions quotidiennes : rien ne sera plus difficile à écouler.

Tout cela prouve que les ravisseurs sont des amateurs. Les policiers en ont eu le pressentiment à cause d'une phrase : « L'argent pourra vous être rendu dans quelques années. » Qu'est-ce que cela signifie ? On n'a jamais vu les auteurs d'un rapt tenir un langage pareil ! À moins qu'il ne s'agisse d'une vengeance, ce qui serait plus inquiétant qu'un acte crapuleux...

Au bout du fil, l'inconnu poursuit :

– Je vous laisse vingt-quatre heures pour réunir l'argent. Je vous appellerai demain à la même heure.

Il s'apprête sans doute à raccrocher quand Pierre Fresnois intervient précipitamment.

– Demain, c'est dimanche, les banques sont fermées. Comment voulez-vous que je fasse ?

Il y a un silence, puis la voix de l'homme, un peu décontenancée :

– C'est vrai. Je n'y avais pas pensé...

Dans le dos du chef de la famille Fresnois, les policiers échangent des regards entendus ; l'enlèvement de la petite Sophie n'est pas comme les autres, les schémas traditionnels ne s'appliquent pas et le pire est peut-être à craindre...

Le ravisseur reprend :

– Alors, je vous laisse vingt-quatre heures de plus. Je vous rappellerai lundi.

Et il raccroche...

Le lundi, Pierre Fresnois se rend à sa banque et vide ses comptes pour obtenir l'argent liquide désiré. Il en repart avec deux cents liasses de dix billets de 500 francs flambant neufs, dont les numéros ont été, bien sûr, soigneusement notés. Ensuite, il attend, pensant que le ravisseur va le rappeler à la même heure que la fois précédente.

Il ne se trompe pas : à 20 h 30 précises, le téléphone sonne au 6 à Saint-Bandry. C'est bien la même voix.

– Vous avez l'argent ?

Pierre Fresnois répond que oui. Il y a un blanc sur la ligne. Le grand-père de Sophie a peur que son interlocuteur n'ait raccroché.

– Vous êtes toujours là ?

– Oui... Pour la remise de la rançon, vous trouverez un message à la cathédrale de Soissons.

– Mais elle est fermée à cette heure.

– Pas dans la cathédrale, devant le porche. Dépêchez-vous. Si vous faites ce qu'on vous dit, vous retrouverez la petite cette nuit.

– Comment va-t-elle ?

Mais le ravisseur a raccroché...

Pierre Fresnois saute dans sa voiture avec la mallette contenant l'argent et fonce vers Soissons, distant d'une quinzaine de kilomètres. Les abords de la cathédrale sont vides. Il n'a aucun mal à repérer l'enveloppe déposée contre l'une des portes. Il l'ouvre fébrilement et lit : « Il faut déposer le million de la rançon route de Coucy, à un endroit marqué d'un mouchoir blanc sur un piquet. »

Il remonte dans sa voiture et prend la direction indiquée. Au bout d'une heure de trajet, un bâton surmonté de blanc apparaît dans ses phares. Il place sa mallette devant et rentre à Saint-Bandry où toute la famille est réunie, en compagnie de la police. Maintenant, il n'y a plus qu'à attendre...

51

3 h 10 du matin. Une Ami 6 gris-bleu se gare devant un commissariat de Soissons. Un homme d'une trentaine d'années en descend. Comme le commissariat est fermé, il appuie sur la sonnette et se rend compte au bout d'un moment qu'elle ne fonctionne pas. Il frappe alors à la porte. Un gardien de la paix, qui jouait à la belote avec son collègue de garde, se lève. Il voit à travers la porte vitrée quelqu'un s'enfuir. Il sort et lance :

– Qu'est-ce que c'est ? Qu'est-ce que vous voulez ?

Son regard tombe alors sur la voiture garée devant lui. Un enfant s'agite à l'intérieur, une fillette d'environ trois ans...

Il est 3 h 30 lorsque Philippe Fresnois arrive au commissariat. L'enfant pousse un cri en l'apercevant :

– Mon papa !

Il la prend dans ses bras. Elle semble en bonne santé.

– Tu vas bien ? On ne t'a pas fait mal ?

– Non. Le monsieur ne m'a pas battue, mais il était méchant.

– Comment cela « méchant » ?

– Il criait. La dame, elle, était gentille.

– Il y avait une dame ?

– Oui. Et puis des autres enfants...

L'enquête commence, sous la direction du commissaire Gévaudan, sous-directeur des affaires criminelles ; il est aidé par le commissaire divisionnaire Reillac, spécialiste des enlèvements, qui a déjà collaboré aux investigations concernant l'affaire Éric Peugeot.

Immédiatement, la presse publie deux documents : le portrait-robot et les numéros des billets qui rendent la rançon pratiquement inutilisable. Quant au portrait, il aboutit à l'arrestation, le jour même à Compiègne, d'un certain Samir Boulaouane, quarante-deux ans, qui présente une certaine ressemblance avec la photo. L'intéressé proteste de toutes ses forces et sera libéré dès le lendemain, sa voix n'ayant pas de rapport avec celle enregistrée par les policiers.

Outre cet enregistrement, les enquêteurs disposent du témoignage de Sophie, même si, en raison de son jeune âge, il ne faut pas trop en attendre. La fillette confirme avoir été gardée par une femme et ajoute d'autres précisions :

– J'étais dans une petite maison. Il y avait deux petits garçons, un bébé, des jouets. J'ai bu de la grenadine, j'ai mangé des frites.

– Ces petits garçons et ce bébé, tu sais comment ils s'appelaient ?

– Il y en avait un qui s'appelait Gérard...

Ces indices peuvent servir, ainsi que les billets. À partir de ce moment, on ne va parler que de cela dans toute la France. La plupart des commerçants ont la liste des numéros et, à chaque apparition d'une coupure de 500 francs, ils s'empressent de vérifier.

Le 6 novembre, un billet de la rançon est découvert dans une banque de Saint-Ouen. Il est toutefois difficile d'en établir la provenance. Mais deux jours plus tard, la piste est à deux doigts d'aboutir : deux automobilistes à bord d'une DS tentent de payer avec un billet de 500 francs chez un marchand de journaux, puis dans un café de Cambrai ; la méfiance des commerçants les oblige à fuir. Immédiatement, des barrages sont établis dans tout le département, tandis que la frontière avec la Belgique est étroitement surveillée. Les deux hommes parviennent toutefois à disparaître dans la nature.

Un peu plus tard, nouvelle apparition des billets plus au sud. Une coupure de 500 francs est découverte à Nevers. Un individu l'a écoulée au magasin Les Économes, rue du Commerce, en plein centre-ville. Le billet a été ensuite remis à la banque, qui a donné l'alerte. Interrogés, les employés ne reconnaissent pas le client dans le portrait-robot.

Peu après, deux individus en DS blanche présentent un billet de 500 francs pour régler leur note dans un restaurant de La Charité-sur-Loire. Le patron leur déclare qu'il n'a pas la monnaie et les clients paient en petites coupures. Le signalement de l'un d'entre eux correspond à celui qu'on a vu dans le magasin de Nevers… Pourtant, dès le lendemain, la piste s'arrête là. Il s'agit de Parisiens en voyage d'affaires. Ils se présentent spontanément à une gendarmerie et, après vérification, sont mis hors de cause.

Cet échec n'affecte pourtant pas les policiers car, au même moment, leur enquête s'oriente dans une direction différente. Pour la première fois, ils ont un suspect. C'est la rectification du portrait-robot qui a permis ce revirement.

Deux témoins se sont manifestés avec retard et leur intervention s'avère de la toute première importance. Un couple a observé le 27 octobre, sur la route de Coucy, un homme qui marchait le long d'un champ, quelques heures avant la remise de la rançon. D'autre part, M. Jérôme, patron de l'hôtel du Nord, à Soissons, se souvient qu'un client a téléphoné le même jour de chez lui à 20 h 30. Sur le moment, il n'y a pas prêté attention, mais après avoir lu les articles de presse, il lui est venu à l'idée qu'il pourrait s'agir du ravisseur qui a appelé la famille Fresnois à cette heure-là.

Selon les indications que donnent ces nouveaux témoins, le portrait-robot est corrigé et les policiers font une découverte. En examinant leurs propres fichiers, ils s'aperçoivent que le visage ainsi obtenu correspond étonnamment à un individu qu'ils recherchent depuis quelque temps : Michel Fauqueux, vingt-sept ans, évadé de la maison d'arrêt de Cambrai dans la nuit du 16 au 17 août précédent, après avoir descellé le mur de sa cellule. Malgré des moyens importants, il n'a pas pu être retrouvé. L'homme, garagiste à Bertry, un village du Nord, avait été arrêté quelques mois plus tôt pour maquillage de cartes grises et vol de voitures.

Or, Michel Fauqueux connaît la famille Fresnois. Le père de sa compagne, Thérèse Lemadre, a travaillé plus de quarante ans chez eux. Avec Thérèse, ils ont trois enfants, des jumeaux de cinq ans et un bébé. Elle habite un pavillon à Bertry même.

Comment ne pas faire le rapprochement avec le témoignage de Sophie Fresnois ? Elle a parlé d'une petite maison où il y avait deux petits garçons et un bébé. Non seulement cela correspond, mais la voiture du rapt est une DS et Michel Fauqueux s'était spécialisé dans le vol de véhicules de ce type.

Les policiers se précipitent chez Thérèse Lemadre, un modeste pavillon de la rue Jean-Bart, à Bertry. Elle a l'air vivement effrayée en les voyant débarquer chez elle :

– Qu'est-ce qu'il se passe ? Il est arrivé malheur à Michel ?

– Non. Il est toujours en cavale. Et vous, vous avez de ses nouvelles ? Vous ne l'avez pas vu ?

– Je ne l'ai pas vu, mais je ne peux pas vous cacher que j'ai de ses nouvelles. Il est en Belgique. Il m'envoie une lettre de temps en temps. Il m'embrasse et il me demande d'embrasser les enfants.

– Il ne vient jamais en France ?

– Je ne sais pas. Il n'est jamais venu ici, en tout cas...

La maison est fouillée sans résultat. Quant aux enfants de Thérèse, aucun d'eux ne s'appelle Gérard. Il n'en reste pas moins que la piste de Michel Fauqueux est désormais privilégiée par les enquêteurs. Ils interrogent ses amis, son frère, ses anciens camarades de détention, mais ils n'ont rien à dire.

C'est au contraire l'intéressé qui se manifeste peu après dans une lettre à Thérèse Lemadre, postée de Belgique, comme les précédentes : « J'étais occupé ici à la date de l'enlèvement et, le dimanche suivant, j'étais à un match. » Il conteste sa ressemblance avec le portrait-robot et annonce qu'il n'a nullement l'intention de se rendre à la convocation des enquêteurs. Il ajoute : « S'ils me veulent, qu'ils m'attrapent ! Quant à l'affaire du rapt, je n'ai rien à me reprocher et, s'ils veulent un suspect, qu'ils en cherchent un ailleurs. »

Les investigations se poursuivent pourtant dans sa direction. Sa comptabilité et sa correspondance sont saisies à son garage. On examine en particulier la manière dont il trace les lettres majuscules. Il y a des similitudes incontestables, notamment la forme des U et des Y.

Les policiers décident alors une fouille en règle du domicile de Thérèse Lemadre. Le 12 novembre, six fourgons de gendarmerie bloquent la petite localité de Bertry et le pavillon est exploré de fond en comble, en vain. Dans le même temps, Sophie Fresnois ne reconnaît pas Michel Fauqueux sur la photo qui lui est présentée.

Les investigations aboutissent à l'arrestation de Thérèse Lemadre. Il est en effet établi qu'elle a revu son compagnon depuis son évasion et qu'elle l'a aidé en lui fournissant des vêtements, ainsi qu'une carte d'identité au nom de Francis Paquet, un des employés du garage. Ses enfants sont confiés à l'Assistance publique pendant sa détention.

Les policiers espèrent peut-être que cette arrestation incitera Michel Fauqueux à se rendre ou à commettre une imprudence quelconque, mais ce n'est pas le cas. Il ne se manifeste que par une lettre à Me Lenotte, avocat de Thérèse Lemadre. « Rendez Thérèse à nos enfants, elle ne m'a pas aidé après mon évasion. »

La lettre a été postée le 22 décembre à 16 h 15, à Valenciennes Entrepôt.

Les recherches s'intensifient dans la région du Nord, sans résultat, tandis que la valse des billets reprend dans d'autres parties de la France. Le 26 décembre, dans l'Oise, un automobiliste à bord d'une DS noire paie son plein avec une coupure de 500 francs. Le pompiste est sûr d'avoir reconnu Michel Fauqueux et prévient la police. Des barrages sont installés sans succès.

Le lendemain, six billets sont échangés à Reims. L'homme, que des témoins ont identifié comme Michel Fauqueux, était à bord d'une DS grise, retrouvée vide peu après. Elle avait été volée à Laon. Deux jours plus tard, même manège à Boulogne-sur-Mer : un automobiliste à bord d'une DS rouge tente sans succès d'écouler un billet. Le temps qu'on donne l'alerte, il a disparu. Son signalement correspond à celui du suspect.

Pour la police, l'affront devient insupportable. Ordre est donné de retrouver Fauqueux et de l'arrêter par tous les moyens. La situation devenant dangereuse pour le fugitif, son avocat le supplie publiquement de se rendre. Il déclare à la radio : « Si vous êtes innocent de ce rapt, j'aiderai à le prouver. » Michel Fauqueux ne se rend pas, mais il a sans doute compris qu'il risquait gros, car il ne se montre plus. Et sans doute a-t-il renoncé à écouler les trop visibles et compromettants billets de 500 francs...

Peu après, la justice libère Thérèse Lemadre. Elle reste poursuivie de complicité d'évasion mais, par mesure humanitaire, on l'autorise à retrouver ses enfants. En réalité, c'est un piège. La police espère que Fauqueux commettra l'imprudence de vouloir la rejoindre.

Le plan est efficace, mais il met du temps avant d'aboutir. Pendant près de deux mois, le fugitif est introuvable : plus d'équipées en DS, les poches remplies de billets, le dispositif de surveillance déployé discrètement à Bertry patiente en vain. Enfin, le 21 février 1970, aux environs de 2 heures du matin, une silhouette se glisse sur les lieux et tente d'escalader le mur d'enceinte. Deux policiers se précipitent. Fauqueux se rend sans résistance. On le fouille : il a sur lui des pesetas et soixante-dix billets de la rançon. L'un des policiers lui demande :

– Pourquoi des pesetas ?

– Parce que j'ai été en Espagne pour essayer d'écouler la rançon. Mais cela n'a pas marché.

– Et où est-elle, cette rançon ?

– Je vous y conduirai…

C'est la fin de cette cavale spectaculaire qui a passionné la France entière. Thérèse Lemadre est de nouveau arrêtée et ses enfants confiés à sa sœur. Dans les jours qui suivent, Michel Fauqueux conduit les enquêteurs dans le bois de Mennevret, près de Wassigny, où il s'est construit une cabane pour s'y cacher quelque temps. L'argent est enterré non loin. Il ne manque pratiquement rien.

Devant la juge d'instruction Martine Anzani, il ne tait rien de la conception et la réalisation de cet étrange enlèvement. C'est dans la prison de Cambrai qu'il a décidé de faire un grand coup, puis de partir avec Thérèse en Amérique du Sud. Et c'est après son évasion, en pensant à sa compagne, que l'idée lui est venue. Elle lui avait parlé de la richesse des Fresnois, chez lesquels avait travaillé son père. Il suffisait d'enlever un de leurs enfants et c'était la fortune assurée.

La juge Anzani l'interrompt :

– C'est donc votre compagne qui est l'initiatrice du projet. Elle est venue vous en parler après votre sortie de prison.

– Non, elle n'y est pour rien, je vous jure ! C'est moi qui ai tout imaginé…

Fauqueux prépare donc le rapt. C'est bien lui que les témoins verront rôder une quinzaine de jours dans les environs de Saint-Bandry. Et, de bout en bout, l'improvisation la plus totale marque son action. C'est Éric, le frère aîné de Sophie, qu'il a projeté d'enlever. Mais le 24 octobre, jour prévu pour passer à l'action, sa mère le conduit à l'école en voiture. Au lieu de reporter l'opération, il choisit alors Sophie.

Pour l'enlèvement proprement dit, il s'affuble d'une fausse barbe et tout se passe sans difficulté. Après avoir parcouru quelques kilomètres à bord de sa DS volée, il se terre avec l'enfant dans un bois proche et, la nuit, il se rend à Bertry. Il confie Sophie à Thérèse Lemadre. Elle y restera toute sa captivité, en compagnie des enfants du couple. On ne sait pas pourquoi elle dira que l'un d'eux s'appelait Gérard, sans doute une confusion de sa part. Ensuite, Michel

Fauqueux rejoint la tanière qu'il s'est aménagée dans les bois de Mennevret où il se cachera pendant tout le temps que durera l'enlèvement...

La juge l'interroge alors sur la lettre qu'il a laissée en enlevant la fillette.

– Pourquoi avez-vous dit que vous rembourseriez la rançon ? C'était une plaisanterie ?

– Pas du tout, c'était sérieux ! En Amérique, j'aurais placé l'argent et j'aurais eu rapidement de quoi rembourser. Ce n'est pas une invention, je l'ai lu !

La magistrate n'insiste pas et l'invite à poursuivre.

En début de soirée, le 26, il vole une voiture à Compiègne et gagne Soissons. C'est bien lui qui téléphone à 20 h 30 de l'hôtel du Nord : avec une témérité proche de l'inconscience, il appelle en public, au bout d'un comptoir, au milieu des autres clients ! Il a commandé un Cointreau, sa boisson préférée, et il sirote son verre tout en dictant ses conditions...

La juge l'interrompt de nouveau pour évoquer le côté le plus surprenant de cette affaire.

– Pourquoi avez-vous demandé des billets de 500 francs neufs ?

Michel Fauqueux pousse un gros soupir.

– Je me suis dit que ce serait moins encombrant. J'ai été bien bête !

Le 27 octobre, Fauqueux téléphone aux Fresnois, cette fois depuis une cabine de la gare de Soissons. Durant cet appel, il fait preuve du même amateurisme. Il est pris de court par la réponse affirmative de M. Fresnois à la question : « Avez-vous l'argent ? » Il ne pensait pas que ce serait si rapide et il n'a pas encore imaginé la modalité exacte de la remise de la rançon. Il parle d'une lettre devant la cathédrale pour gagner du temps. Après avoir raccroché, il griffonne dans la cabine le message, qu'il va déposer peu avant l'arrivée de M. Fresnois sur les lieux.

De même, il le précède de peu sur la route de Coucy pour placer le mouchoir blanc sur un piquet. Il observe le grand-père de Sophie caché derrière un tas de betteraves. Ensuite, il s'empare de l'argent, qu'il va enterrer non loin de sa cabane du bois de Mennevret, puis il fonce à Bertry chercher la fillette, qu'il abandonnera à 3 heures du matin, avec la même témérité inconsciente, devant un commissariat...

La juge ne peut s'empêcher de manifester sa surprise.

– Pourquoi devant un commissariat ? C'était de la provocation ?

– Non, c'était pour la petite. Comme cela, j'étais sûr qu'il ne pourrait rien lui arriver.

Décidément, Michel Fauqueux n'est pas un ravisseur comme les autres : naïf, jusqu'à exiger une rançon inutilisable, formant un gang avec sa compagne, faisant garder sa captive avec ses propres enfants, et proposant de rembourser l'argent extorqué ! Il a pris tous les risques pour assurer jusqu'au bout la sécurité de sa petite otage et il a fini par se faire prendre parce que celle qu'il aimait lui manquait !

Ces sentiments restent les mêmes en prison. Thérèse Lemadre y accouche d'un quatrième enfant, conçu pendant la cavale de Michel, et tous deux décident de régulariser leur situation. Par permission spéciale, ils obtiennent de se marier et c'est un couple légitime qui se présente devant les juges.

Leur procès s'ouvre le 5 octobre 1970, presque un an après l'enlèvement. Les Fresnois sont au premier rang. Au milieu, le patriarche, Pierre, autour de lui, ses deux fils et ses deux belles-filles. Il faut préciser que la famille a pu récupérer la rançon dans sa quasi-totalité, ce qui est rarissime dans ce genre d'affaire. Derrière se tient Marie-Jeanne, la bonne, qui a été renvoyée, non à cause de l'enlèvement, mais pour un autre motif un peu plus tard.

Le couple Fauqueux paraît dans le box. Elle a vingt et un ans et lui vingt-huit. Thérèse porte une blouse rose et un manteau de faux cuir. Il est en costume sombre, maigre, avec une petite moustache. Il y a dans sa physionomie quelque chose d'effacé. Il ressemble à tout sauf à un gangster. Ses réponses aux questions du président renforcent cette impression :

– Si la rançon n'avait pas été versée, qu'auriez-vous fait de l'enfant ?

– J'aurais rendu Sophie exactement de la même manière.

– C'est vous qui le dites. Vous auriez très bien pu l'éliminer.

– Absolument pas ! Je ne suis pas un meurtrier. Je n'ai pas tiré sur les flics, je n'aurais pas tiré sur une petite fille...

Qu'il n'ait pas l'âme d'un meurtrier, on a tendance à le croire, en entendant le récit de sa vie qui semble sorti tout droit d'un roman populaire... Il est issu d'un milieu très pauvre. Son père, métallurgiste, a travaillé dur jusqu'à sa mort, survenue prématurément, alors que Michel était âgé de neuf ans ; sa mère, une Polonaise qui avait émigré en France en 1932, a eu trois autres enfants. Michel s'est révélé doué pour les études, il a obtenu le premier prix cantonal à son certificat d'études. Son directeur d'école primaire, appelé à la barre, affirme :

– C'était un exemple pour la communauté !

Michel Fauqueux pourrait sans doute aller beaucoup plus loin dans sa scolarité, mais il doit subvenir aux besoins de sa famille, d'autant qu'une de ses sœurs est mentalement retardée. À dix-huit ans, il passe le conseil de révision, mais il est réformé pour asthme et maigreur. Soulagé, il peut continuer à travailler pour aider les siens. Ouvrier pendant trois ans aux usines Schwartz-Haumont, il est très bien noté : « Bon ouvrier, sobre, assidu, enjoué, bon camarade. » Il lit beaucoup, ce qui surprend ses camarades. Il fait du vélo le dimanche et, malgré sa maigreur, il gagne des courses. En 1965, il est embauché aux Caoutchoucs Wolberg, cette fois comme chef d'équipe. C'est là qu'il rencontre Thérèse Lemadre. Elle travaille à la manutention, elle a seize ans et lui vingt-trois, ils ne se quitteront plus.

Le président :

– Vous quittez votre mère et vous prenez une chambre en ville. Vous enlevez Mlle Lemadre. Déjà !

À la différence près que, cette fois, la captive est consentante. Ils veulent se marier. Le 1er janvier 1966, Michel Fauqueux se rend chez les parents de Thérèse pour faire officiellement sa demande, qui est acceptée.

64

Les bans sont publiés. Mais la veille du mariage, le père de Thérèse change d'avis : elle est mineure, elle se pliera à sa volonté.

Interrogé par le président sur ce revirement, Michel Fauqueux hausse les épaules.

– Ces gens sont des alcooliques. On ne peut pas avoir confiance en eux...

Toujours est-il qu'il s'enfuit avec Thérèse, qui est enceinte. Michel Fauqueux, bientôt père de famille, décide de s'installer à son compte. Il emprunte 15 000 francs à un agent d'assurances et il reprend, à Bertry, un petit garage en faillite.

À ce sujet, l'avocat général s'en prend à Thérèse, sans qu'on comprenne bien pourquoi :

– Vous auriez pu dissuader votre concubin, mais non, vous rêviez d'être patronne !

En fait d'être « patron » et « patronne », la situation est plus précaire que lorsque Michel était salarié. Il faut du matériel et il n'a pas le sou. Alors, il franchit le pas de la délinquance. Il vole des voitures avec un trousseau de fausses clés, il change les plaques et revend les véhicules. Avec l'argent, il équipe son garage, qui devient prospère. En 1968, il a quatre employés, dont son frère. Mais il est arrêté « sur renseignement » et il s'évade, avant d'être passé en jugement, dans la nuit du 16 au 17 avril 1969, en descellant les briques de sa prison.

Il rejoint Thérèse Lemadre, non pas chez elle où il craint la présence de la police, mais à un rendez-vous clandestin. Toujours aussi épris, ils font l'amour dans des voitures volées. C'est à ce moment qu'il conçoit le projet du rapt...

Le procureur revient à la charge contre Thérèse.

– C'est elle qui vous a soufflé cette idée. Son père a travaillé pour les Fresnois. Elle savait qu'il y avait de l'argent à gagner de ce côté.

– Pas du tout, l'idée vient de moi. Elle, elle avait peur, elle a tout fait au contraire pour m'en empêcher.

On aurait tendance à le croire. Les psychiatres sont venus dire à la barre que Thérèse Fauqueux avait un QI très faible, à peine supérieur à la débilité. Dans toute cette affaire, on ne la voit pas capable d'initiative, elle n'a fait que suivre son compagnon...

Après le versement de la rançon, l'accusé explique qu'il s'est donné beaucoup de mal pour se procurer de faux papiers. Il n'a malheureusement pas réussi.

– Où vouliez-vous aller avec ces faux papiers ? demande le président.

– Au Mexique. J'aurais placé mes 100 millions. Avec les intérêts, j'aurais remboursé les Fresnois en trois ans et il m'en serait resté assez pour m'installer.

Le magistrat a un sourire.

– Pensez-vous que la cour croit à votre sincérité ?

Michel Fauqueux brandit un livre touristique sur le Mexique, que lui tend son avocat :

– Mais si, c'est marqué ! On y fait de l'argent à des taux très importants, plus de 30 %, c'est écrit !

Le public rit, y compris les Fresnois, qui savent ce que vaut l'argent et la difficulté qu'il y a à le faire fructifier. Mais Michel Fauqueux, lui, ne le savait pas. Il n'avait pas conscience des réalités et c'est sans réfléchir qu'il s'est lancé dans une entreprise criminelle qui le dépassait...

Le 30 septembre 1970, à l'issue du procès, il a été condamné à quinze ans de réclusion et sa femme Thérèse à trois ans. Il n'a jamais fait parler de lui depuis et, aujourd'hui, il ne reste plus de sa folle équipée que cette valse des billets de 500 francs, qui a tenu la France en haleine pendant plusieurs mois.

La loi du Far West

En cette année 1933, il y a bien longtemps que San Jose n'est plus le village californien boueux qui devait son existence à la ruée vers l'or et où on comptait presque un saloon pour dix habitants. Les prospecteurs sont partis, la dernière pépite a été extraite, mais l'agglomération a gardé son dynamisme. Grâce à la douceur de son climat, elle s'est reconvertie dans la culture des fruits et légumes. Et le succès a été tel que San Jose est devenu le plus important centre de conserverie de produits frais des États-Unis. Pas moins de trente-trois usines y fonctionnent à plein rendement. Une autre institution fait la fierté de la cité : le magasin Hart, un bâtiment imposant et ultra-moderne de dix étages, qui n'a rien à envier à ceux de New York ou de Chicago.

Constituée d'immigrants récents, comme il est fréquent dans ce pays tout neuf, la famille Hart est la plus en vue de la ville. Ces Français d'origine alsacienne sont arrivés dans les années 1860. Le premier de la lignée, Léopold, a rapidement fait fortune dans le commerce. À sa mort, en 1904, il a transmis à son fils Alex J. Hart le magasin, que ce dernier a fait moderniser et agrandir. Alex Hart a épousé Nettie Brooke, une ravissante brune de Baltimore, qui appartient à l'une des meilleures familles américaines.

Brillant et fortuné, Brooke Hart, leur fils, est doté de tous les charmes de la nature. Grand, blond aux yeux bleus, il a un corps d'athlète : soixante-douze kilos pour un mètre quatre-vingt-dix, mais une malformation au pied droit. À vingt-deux ans, il obtient une licence de commerce, et son père lui confie solennellement le 18 septembre 1933, au cours d'un grand banquet qui réunit toutes les personnalités de la ville, la vice-présidence de la L. Hart & Son Company, la société qui gère le magasin.

Jeudi 9 novembre 1933, 17 h 55. Dans cinq minutes, les magasins Hart vont fermer et Brooke quitte l'établissement, habillé comme toujours avec une élégance raffinée. Ce jour-là, il est en camaïeu de gris : costume de flanelle, chemise plus claire à fines rayures avec un col anglais assez haut, cravate bleu lavande. Il a passé un pardessus croisé en poil de chameau anthracite et porte un chapeau mou gris perle. Il récupère sa Studebaker au parking. Ses parents lui ont offert ce cabriolet vert dernier modèle pour la réussite de son examen. Il discute quelques minutes avec le gardien, avant de rouler vers la sortie de South Market Street. C'est l'heure de pointe, la circulation est dense...

Alex Hart, son père, l'attend devant le magasin, avec sa fille Aleese, dix-huit ans. Le chef de la famille ne s'est jamais donné la peine d'apprendre à conduire. Et, à sa voiture avec chauffeur, il préfère la compagnie de son fils. Ce soir-là, Brooke doit l'accompagner au Country Club, à l'est de la ville, pour un dîner d'affaires, avant de ramener sa sœur à la maison familiale, et se rendre ensuite à son cours de diction pour apprendre à s'exprimer en public.

Mais les minutes passent et Brooke n'arrive pas. Alex J. Hart s'impatiente, puis s'inquiète. Son fils, aussi ponctuel qu'attentionné, ne le ferait jamais attendre. Certes, il y a des embouteillages, mais le parking est à deux pas, il devrait être là depuis longtemps ! Un quart d'heure plus tard, il demande à un employé de vérifier si la voiture est encore à sa place. Le cabriolet n'est plus là. Aleese téléphone alors à la maison et tombe sur sa sœur aînée, Myriam, qui n'a pas vu Brooke. Aleese appelle ensuite Jane Hammond, la petite amie de son frère, qui ne sait pas non plus où il est.

Alex Hart finit par se résoudre à se rendre à son cercle en se faisant conduire par un vieil employé. Aleese reste au magasin jusqu'à 19 heures, continuant de téléphoner en vain à droite et à gauche, notamment à Charlie O'Brien, le meilleur ami de Brooke et héritier du plus grand restaurant de San Jose. Charlie lui répond qu'il lui a téléphoné à 17 heures, pour lui rappeler le cours de diction où ils devaient aller ensemble. Aleese, rongée par l'angoisse, décide de rentrer à la maison, en se faisant raccompagner par un chef de rayon du magasin.

Réplique du Petit Trianon, la demeure des Hart s'élève boulevard de l'Alameda, l'artère habitée par les plus riches familles de la ville. Aleese retrouve sa sœur Myriam. Charlie O'Brien les appelle vers 20 heures. Toujours sans nouvelles de son ami, il annonce qu'il les rejoint.

Les deux sœurs ont un mauvais pressentiment. Elles préviennent leur père, qui demande à Myriam de venir immédiatement le chercher avec la voiture familiale. Aleese attend aux côtés de leur mère Nettie, malade et alitée. Il a été décidé de ne rien lui dire pour l'instant...

Lorsque Myriam Hart arrive au Country Club, son père s'engouffre dans la voiture.

– Conduis-moi à la police. Il faut que je parle à John Black.

John Newton Black, soixante-deux ans, chef de la police de San Jose, est un vieil ami d'Alex. Il n'a pas l'air autrement ému en apprenant ce qui se passe.

– Brooke est jeune. Tu es sûr qu'il n'est pas parti s'amuser ?

– Certainement pas. Ce n'est pas son genre.

Les deux hommes discutent un moment, et Black promet de s'occuper de l'affaire. Mais Myriam a l'impression qu'il ne prend pas la situation au sérieux.

Pendant ce temps, Charlie O'Brien est avec Aleese dans le salon quand, à 21 h 30, le téléphone sonne.

La jeune fille décroche. Au bout du fil, une voix basse, nonchalante et bien modulée :
– C'est Myriam ?
– Non, c'est Aleese.
– Est-ce que votre frère est là, Aleese ?
– Non.
– Cela ne m'étonne pas... Et votre père ?
– Nous l'attendons d'une minute à l'autre. Qui êtes-vous ?

Au même moment, elle entend le bruit de la voiture dans l'allée. La voix mélodieuse poursuit :
– Brooke a été enlevé. Vous aurez de nos nouvelles.
– Non, s'il vous plaît, ne quittez pas ! Mon père vient d'arriver...

Terrifiée, Aleese court à sa rencontre et le prévient. Alex Hart se précipite, mais l'homme a déjà raccroché. M. Hart rappelle immédiatement le chef de la police.
– Brooke a été kidnappé. Les ravisseurs viennent d'appeler.
– Je sais...
– Comment cela, tu sais ?
– Tout à l'heure, je n'ai pas voulu t'inquiéter, mais j'ai fait mettre ton téléphone sur écoute, et je viens d'entendre la conversation. Je vais bientôt savoir d'où l'appel a été émis...

Et le chef de la police énumère les autres mesures qu'il a prises. Myriam se trompait : il prend l'affaire très au sérieux.
– J'ai envoyé toutes mes voitures radio à la recherche de la Studebaker. Emig coordonne les opérations.

Le shérif William Emig est un policier de quarante ans, actif et énergique, chargé de diriger les actions sur le terrain. Alex J. Hart a eu plusieurs fois l'occasion de l'apprécier.

– Ce n'est pas tout, poursuit Black, il faut nous attendre à voir débouler le FBI...

Vingt mois se sont écoulés depuis le rapt et l'assassinat du bébé Lindbergh. Cette affaire a bouleversé l'Amérique et le Congrès a voté la « loi Lindbergh », faisant de l'enlèvement avec demande de rançon un crime fédéral, donc du ressort du FBI, la police d'État. Les polices locales collaborent aux recherches, mais sous sa direction.

Alex J. Hart, qui aurait préféré voir l'enquête rester aux mains d'hommes qu'il connaît, demande à son ami :

– Essaie d'être aussi discret que possible. Je ne veux pas voir les journalistes se mêler de cela. Plus tard ils seront au courant, mieux cela vaudra.

– Je ferai de mon mieux, mais j'ai l'impression que le mal est fait. Ils ont des informateurs chez moi. Je le sais depuis longtemps.

Dans la maison Hart, toute la famille attend devant le téléphone. Jane Hammond, la fiancée de Brooke, les a rejoints.

Une heure plus tard, nouveau coup de téléphone. Myriam, la plus rapide, décroche au rez-de-chaussée. Au bout du fil, la même voix grave et mélodieuse que la première fois.

– C'est Myriam ?

– Oui.

– Vous cherchez votre frère ?

– Je vous en prie, dites-nous où il est !

Au premier étage, dans la chambre de sa femme, qu'il s'est décidé à mettre au courant, Alex décroche doucement le combiné et écoute en silence.

– Il est avec nous. Il est sain et sauf, mais il vous en coûtera 40 000 dollars pour le récupérer. Si vous voulez le revoir vivant, ne prévenez pas la police. Nous vous téléphonerons demain pour vous donner les instructions.

– Oh, mon Dieu, ne lui faites pas de mal !

Le correspondant raccroche sans répondre. John Black rappelle chez les Hart pour leur apprendre que le premier appel venait d'une cabine publique de San Jose, le second d'une cabine de San Francisco. Quant à la Studebaker de Brooke, elle reste introuvable.

Il est près de minuit. Le shérif William Emig a demandé qu'on lui transmette tous les appels de particuliers signalant la découverte d'une voiture. On lui passe une communication de Milpitas, une campagne vallonnée et tranquille à dix kilomètres au nord de San Jose.

– Il y a une voiture qui est arrêtée au bord de la route avec les phares allumés. Il n'y a personne à l'intérieur.

– Quel type de véhicule ?

– Une Studebaker, un cabriolet vert.

Le numéro d'immatriculation confirme que c'est effectivement la voiture de Brooke Hart.

Le lendemain à l'aube, Reed E. Vetterli entre en scène. À trente-cinq ans, il est responsable du FBI pour San Francisco et sa région. Il prend immédiatement des mesures d'envergure : il organise des barrages routiers, met des gardes en faction aux embarcadères du port de San Francisco et fait diffuser le signalement du disparu à tous les policiers de Californie. Par chance, Bill Ramsey, un des jeunes et des plus brillants agents du FBI, se trouve déjà à San Jose pour une autre affaire. Vetterli le charge de recueillir chez les Hart tous les renseignements de nature à aider les recherches.

On ne peut pas dire que le jeune inspecteur du Bureau fédéral soit accueilli chaleureusement dans la villa. Surtout lorsqu'il annonce qu'il interrogera chacun des membres de la famille séparément et souhaite rester à demeure les jours qui suivent. Mais son tact et sa sensibilité ont raison des réticences de la famille, soulagée d'avoir face à elle non pas un fonctionnaire borné, mais un allié.

Bill Ramsey commence par Aleese, qui n'a malheureusement pas grand-chose à lui apprendre. Il continue par Jane Hammond qui connaît Brooke mieux que quiconque. Grâce aux déclarations des uns et des autres, il reconstitue son emploi du temps dans les heures précédant sa disparition. Au matin, Brooke a fait le plein d'essence au parking, puis il s'est rendu directement au magasin et a passé une partie de sa pause déjeuner au cabinet du docteur W.H. Heuschele, pour son pied déformé qui le faisait souffrir. Le médecin a collé un coussinet de feutre sur le métatarse en saillie, maintenu par une large bande de sparadrap. Brooke est revenu au magasin où il a reçu la visite d'un fournisseur. Bref, une journée ordinaire…

Alex Hart installe discrètement Bill Ramsay dans une chambre à l'arrière de la maison, pour ne pas inquiéter les ravisseurs. La pièce devient le PC du FBI : la compagnie de téléphone installe une ligne privée pour qu'il reste en contact avec son supérieur Vetterli et le bureau du shérif.

À l'ouverture du magasin, le chef du personnel est convoqué par Alex. Louis Rossi, l'un des plus anciens employés de l'entreprise, en est non seulement devenu l'un des responsables à force de travail, mais également un ami de la famille.

L'inspecteur du FBI lui donne ses instructions :

– Si vous trouvez une lettre sortant de l'ordinaire, rédigée en majuscules, en caractères d'imprimerie, ou quoi que ce soit de ce genre, saisissez-la avec une pince à épiler, glissez-la entre deux feuilles de cellophane et apportez-la immédiatement ici. Bien entendu, pas un mot sur ma présence ni sur l'enlèvement. Il doit rester secret aussi longtemps que possible.

Malheureusement, dès le lendemain, Alex Hart est effondré en recevant la première édition du week-end du *San Francisco Examiner*. Sous le titre « Les kidnappeurs de Hart envoient trois avertissements » suit un long article. À part les circonstances de l'enlèvement, tout n'est qu'un tissu de contre-vérités, suggérant une affaire politique mettant en cause les liens d'Alex J. Hart avec certains milieux d'affaires et le Parti républicain.

Inutile de dire que les policiers sont furieux. Après concertation, il est décidé que Vetterli donnera une conférence de presse pour rétablir la vérité. Devant la horde de journalistes qui fait à présent le siège de la maison Hart, il dénonce non seulement l'article, mais déclare que la police se retire pour qu'Alex Hart et sa famille puissent traiter librement avec les ravisseurs. Il affirme que la police ne fera rien tant que Brooke ne sera pas rendu sain et sauf. Bien entendu, Bill Ramsey est toujours en poste dans la maison...

En fin d'après-midi, sur le quai 32 du port de San Francisco, Michael Rediger prend le frais sur le pont du pétrolier *Midway*. Le navire a fait le plein de carburant du paquebot *Lurline* amarré à côté. Intrigué, le marin aperçoit un portefeuille sur la rambarde du pont. En examinant les papiers, il découvre quatre photos d'un jeune homme élégant, de nombreuses cartes, dont des cartes de visite. Les papiers sont humides, l'encre un peu diluée, mais le nom de leur propriétaire reste lisible : Brooke Hart ! Le marin se précipite à la police.

Les enquêteurs pensent que le portefeuille a dû être lancé d'un hublot du *Lurline* et atterrir sur le pétrolier lorsque celui-ci faisait le plein du paquebot.

C'est le branle-bas de combat. Le lendemain, 11 novembre, à 6 h 30, un mandat de perquisition est transmis par radio au *Lurline*, en route pour Los

Angeles. Les cent quatre-vingt-huit passagers seront retenus à bord à leur arrivée, jusqu'à ce que la police ait passé le navire au peigne fin.

À partir de là, on émet plusieurs hypothèses. Les ravisseurs de Brooke ont pu le droguer et l'emmener à bord en le faisant passer pour un fêtard ivre. Ou l'abandonner quelque part, vivant ou mort, et prendre le bateau pour s'enfuir. La possibilité d'un canular orchestré par Brooke ou d'une fuite de sa part pour une raison inconnue ne peut théoriquement être écartée, mais personne dans sa famille ou parmi ses proches n'y croit un instant.

À l'arrivée du *Lurline* dans le port de Los Angeles, de nombreux hommes investissent le navire. Charlie O'Brien s'est déplacé pour identifier son ami, si besoin est. La fouille est terminée avant midi : cabine, pont, canot de sauvetage, cales, chambre des machines, passerelle, tout a été minutieusement exploré, en vain. Mais la piste n'est pas abandonnée pour autant. Les ravisseurs auraient pu prendre le paquebot et le quitter d'une manière ou d'une autre.

Les recherches s'élargissent. Démarre une des plus grandes chasses à l'homme de l'histoire de la Californie, suivie par le pays tout entier. Des dizaines d'agents perquisitionnent les chalets autour de l'endroit où a été retrouvée la voiture. Les policiers de San Francisco et d'une vingtaine de localités entourant la ville sont maintenus en état d'alerte permanente. Cinq cents membres de la police routière guettent les véhicules suspects.

Les anciens condisciples de Brooke à l'université de Santa Clara parcourent l'arrière-pays, dans des voitures prêtées par les concessionnaires automobiles de San Jose. Malheureusement, ces efforts n'aboutissent à rien. Quant aux investigations faites sur la Studebaker de Brooke, elles se sont révélées négatives : pas la moindre empreinte.

Seul un témoignage tardif peut être considéré comme un élément positif : un employé de chez Hart a remarqué une Buick ou une Chevrolet, de couleur foncée, avec à son bord deux hommes jeunes, bien habillés, « apparemment américains ». Le véhicule est resté stationné près du parking chaque après-midi pendant une dizaine de jours. Depuis la disparition de Brooke, le témoin n'a plus revu la voiture. Les suspects, s'il s'agit bien d'eux, seraient donc deux, de race blanche et appartenant à la classe moyenne, ce qui reste vague...

Le lundi 13 novembre, il y a enfin du nouveau. Louis Rossi, le chef du personnel des magasins Hart, trouve une petite enveloppe portant le cachet de la poste de Sacramento et datée de vendredi. Elle est libellée au crayon, en majuscules et adressée à Alex J. Hart. Conformément aux instructions, il s'en empare à l'aide d'une pince, la place entre deux feuilles de cellophane et se rend chez les Hart, pour la remettre à l'agent Ramsey.

Ce dernier l'ouvre en prenant soin de ne pas détruire d'éventuelles empreintes. À l'intérieur, une carte postale, avec un texte maladroitement écrit :

« Votre fils va bien. Il est bien traité. Un seul mot à la police et ce sera sa fin. Il nous faudra 40 000 dollars. Rassemblez 500 billets de 20 dollars (non marqués), 2 000 de 10, 2 000 de 5 et mettez-les dans une sacoche (noire). Tenez-vous prêt à faire un voyage d'une semaine sur une heure de préavis. Faites installer la radio dans votre voiture. Quand on vous dira de partir, vous obéirez aux ordres de KPO. Vous feriez bien de faire ce qu'on vous dit. »

Bill Ramsey consulte immédiatement Reed Vetterli. Tous deux estiment que cette carte est l'œuvre d'un déséquilibré : l'idée de communiquer les modalités du versement par KPO, la station de radio de San Francisco, est absurde. Ses auditeurs seraient donc au courant en même temps que celui qui apporterait la rançon, avec toutes les possibilités d'interventions individuelles que cela entraînerait ! Pourtant, la piste n'est pas négligée et on dissimule l'existence de la carte à la presse...

Le même jour, un nouveau témoignage arrive aux policiers, locaux cette fois. Deux agriculteurs des environs de San Jose, Tom Shaves et Everett Mason, ramassaient des branches d'arbres fruitiers pour en faire du bois à brûler quand ils ont aperçu vers 11 heures une Chevrolet noire suivre un chemin étroit rarement emprunté, puis s'arrêter avant d'être rejointe par une Pontiac, toutes les deux immatriculées en Californie. Un peu plus tard, les deux agriculteurs, en quittant le verger dans leur camionnette, sont passés à quelques mètres des voitures. À l'intérieur de la Pontiac, deux hommes d'environ vingt-cinq ans. Celui assis à la place du conducteur écrivait sur une feuille de papier posée contre le pare-brise. Apercevant les arrivants, ils se sont caché le visage avec un journal. Au retour des deux agriculteurs, les voitures étaient encore là. Un peu plus tard, les deux hommes se sont séparés et les voitures sont parties chacune dans une direction opposée.

Le shérif local prévient aussitôt Emig. Ce dernier fait le rapprochement avec le témoignage de l'employé de Hart, mais encore une fois, l'information est difficilement exploitable.

Le mardi 14 au matin, Louis Rossi apporte chez les Hart une seconde lettre rédigée au crayon et en lettres majuscules. Elle a été postée la veille, à 18 h 30, de San Francisco. L'enveloppe est identique. Elle contient deux feuillets de la même écriture maladroite que celle de la carte postale : « Si vous avez la somme demandée, indiquez-le avec un chiffre dans la vitrine de votre magasin, comme ça : 1. Vous serez averti quand partir en voyage. Tant que le contenu de ce message est connu de vous seul, Brooke ne risque rien. Quand Alex J. Hart, qui portera l'argent, prendra le départ, il transportera l'argent dans une sacoche noire (petite) à côté de lui, sur le siège de sa voiture. Si quelqu'un suit cette voiture ou connaît la raison de son départ, Brooke ne sera pas rendu vivant. Notre prochain contact vous dira où aller. Soyez prêt à partir à la minute. Tous vos mouvements sont observés. Attendez futur contact. »

De nouveau Bill Ramsey et Reed Vetterli comparent leurs impressions. Le message provient indéniablement du même criminel. L'idée de la pancarte dans la vitrine rappelle les instructions par la station de radio, en moins délirant. Quant à la remise de l'argent, de vrais professionnels se seraient renseignés : Alex Hart ne sait pas conduire...

Mais s'il s'agit bien d'amateurs, c'est loin d'être rassurant. Garder en vie une personne kidnappée est beaucoup plus compliqué que de s'en débarrasser...

La pancarte installée dans la vitrine du magasin, il n'y a plus qu'à attendre. La famille Hart se prépare à une nouvelle nuit d'angoisse devant son téléphone. Il sonne à 20 h 45. Alex répond. Et, comme convenu avec la police, il fait durer la communication autant qu'il peut, pour localiser l'origine de l'appel et mettre la main sur le correspondant.

– C'est monsieur Hart ?

– Oui, Alex Hart à l'appareil.

– Nous allons vous donner les instructions précises pour la remise de la rançon. Écoutez bien, c'est très important !

– Je ne sais pas du tout qui vous êtes. Je ferai n'importe quoi pour que mon garçon me soit rendu, mais il me faut une preuve que vous le détenez vraiment.

– Vous devez nous faire confiance, monsieur Hart. Je peux vous dire exactement ce que votre fils portait quand nous l'avons enlevé. Il avait une cravate bleu lavande. Cela n'a pas été dit dans les journaux, n'est-ce pas ?

– C'est vrai, mais ce n'est pas suffisant. Pouvez-vous me donner un spécimen de son écriture, une de ses chaussures, quelque chose qui lui appartienne ?

– Cela nous prendrait quinze jours. Brooke est désormais très loin de San Jose, monsieur. De plus, il me faudrait demander la permission à mes supérieurs.

Alex J. Hart garde le silence pour gagner du temps. Son correspondant finit par reprendre la parole.

– C'est votre dernière chance, monsieur Hart. Prenez le train de 21 h 30 pour Los Angeles avec votre sacoche. Un homme masqué vous attendra sur le quai. Quand l'argent aura été remis, votre fils sera chez vous le lendemain matin. Prenez ce train ou il sera trop tard !

Et il raccroche. L'appel provenant d'un parking, au 376 de la 2e Rue Sud de San Jose, le shérif s'y précipite avec plusieurs de ses hommes. Ils interrogent le gardien :

– Quelqu'un a-t-il téléphoné récemment ?

– Oui, il y a quelques minutes. Un homme de moins de trente ans m'a demandé si j'avais vu une femme au volant d'une Chevrolet. Je suis allé vérifier et, à mon retour, il était en train de téléphoner. Quand il m'a aperçu, il a raccroché précipitamment et il s'est enfui.

– À quoi il ressemblait ?

– Grand. Environ un mètre quatre-vingt-cinq, dans les quatre-vingts kilos, le teint rouge. Il était assez chic, costume et pardessus marron, chapeau gris clair.

– Vous pourriez le reconnaître ?

– Je pense…

– Alors, suivez-moi !
– Où ça ?
– À la gare de Los Angeles...

Le shérif et le gardien de parking prennent immédiatement la route. Quant à Alex Hart, Bill Ramsey l'a dissuadé de se rendre au rendez-vous : l'homme au téléphone a évoqué quinze jours pour donner une preuve de vie de Brooke et, quelques secondes plus tard, a promis qu'il serait chez lui le lendemain si l'argent était remis le soir même ; la contradiction est flagrante. Pour la première fois, Alex J. Hart commence à perdre espoir de revoir son fils vivant.

À la gare de Los Angeles, le gardien du parking ne reconnaît personne.

Mercredi 15 novembre. Brooke Hart a disparu depuis six jours et l'heure n'est plus à l'optimisme ni dans la famille ni chez les enquêteurs. Une troisième lettre arrive au magasin Hart. Le courrier est plus long, de quatre feuillets, et le ton a changé : « Vous voulez de nouvelles preuves, monsieur Hart. Ceci n'est pas une transaction commerciale, c'est un kidnapping. Si vous n'avez pas confiance en nous, nous n'avons pas confiance en vous. Alors, toute nouvelle discussion est inutile. Nous tenons les atouts dans cette affaire. Brooke est détenu dans un endroit éloigné. Il est aussi bien traité que possible mais l'affaire commence à avoir trop de publicité pour que nous le gardions plus longtemps. Nous le regrettons, parce que Brooke est un gentil garçon courageux, mais il nous a vus et il risque trop de nous identifier. Le tuer, c'est la solution de facilité pour nous. C'est pour le rendre que nous exigeons la rançon. Monsieur Hart, si nos supérieurs n'ont pas reçu de nouvelles favorables de nous avant demain, vous ne serez plus contacté. Il sera inutile que vous cherchiez à reprendre contact avec nous. Si vous accédez à nos demandes, mettez le chiffre 2 à la place du 1 dès que ceci sera reçu... »

Suit un itinéraire compliqué sur la route de Malibu, qu'Alex J. Hart doit emprunter en voiture, avec sa sacoche à ses côtés. Les ravisseurs n'ont toujours pas compris que le chef de la famille Hart, bien qu'il l'ait dit à plusieurs reprises à la presse, ne sait pas conduire...

Bill Ramsey prépare lui-même le carton avec de la craie : 2, et ajoute, en gros caractères noirs : « Je ne sais pas conduire. » Le panneau est installé en début d'après-midi dans la vitrine du magasin.

À 20 heures, nouvel appel. Ramsey a donné les mêmes consignes que précédemment à M. Hart : faire durer la conversation le plus longtemps possible. Alex J. Hart décroche. Au bout du fil, la voix masculine mélodieuse, désormais bien connue.

– C'est bien monsieur Hart ?
– Lui-même.
– Vous avez mis notre chiffre dans votre vitrine cet après-midi, monsieur.
– Oui, il y est. Je ne sais pas conduire.
– Nous avons vu. Partez illico avec Charlie O'Brien ou un de vos proches !

Alex Hart essaie de gagner du temps :

– Je ne sais pas conduire et je ne suis pas dans un état physique me permettant de voyager.

– Je veux votre réponse, monsieur Hart. Allez-vous partir, oui ou non ?

– Je ne demande qu'à traiter avec vous, à faire tout ce qui est en mon pouvoir pour récupérer mon garçon, mais je suis incapable de partir en ce moment.

– Faites immédiatement venir Charlie O'Brien ou un membre de votre famille et partez sur-le-champ avec l'argent !

– Je ne sais pas si je pourrai persuader Charlie O'Brien de venir.

– Je m'en fiche ! Prenez Charlie O'Brien ou quelqu'un d'autre, je vous dis !

– Donnez-moi d'abord une preuve que mon fils est en vie...

Dans la chambre qui sert de PC au FBI, Bill Ramsey reçoit l'identification de l'appel : un garage de South Market Street, à San Jose, à côté du grand magasin. Il transmet l'information à Emig.

Le shérif fonce avec plusieurs de ses hommes... Pendant ce temps, au téléphone, le ravisseur, excédé, répète pour la dixième fois :

– Monsieur Hart, faites venir Charlie O'Brien et partez immédiatement !

Les lieux sont mal éclairés. Le shérif et ses hommes distinguent, au fond, un téléphone mural. Dans l'ombre, une vague silhouette continue à parler... Emig et ses hommes s'approchent sans bruit. L'homme, face au mur, ne les entend pas arriver. Il raccroche et se retourne.

Il a vingt-cinq ans environ, le teint rubicond, les oreilles décollées, les cheveux bruns ondulés et des sourcils épais.

– Qu'est-ce qui se passe, shérif ?
– Quel est votre nom ?
– Harold Thurmond.
– À qui téléphoniez-vous ?
– À ma mère.
– N'était-ce pas plutôt à Alex Hart ?

L'homme pâlit, mais ne répond pas. Emig sort ses menottes.

– Je vous arrête, Harold.

Au siège de la police de San Jose, ils sont accueillis par John Black, qui félicite son adjoint et prévient immédiatement Vetterli et Ramsey qui doit se charger de l'interrogatoire.

En attendant, Black pose quelques questions au prisonnier. Thurmond nie un moment avoir téléphoné aux Hart avant d'avouer être l'auteur de l'appel mais n'être pour rien dans le kidnapping. Il prétend avoir surpris la conversation des vrais ravisseurs et tenté de toucher la rançon pour son propre compte. Mais il ne tarde pas à s'enferrer dans ses contradictions...

Bill Ramsey entre alors dans le bureau et prend le relais. Il demande à rester seul avec le prisonnier. N'obtenant pas le moindre aveu, il renonce à l'attaquer de front et le fait parler de lui.

Harold Thurmond a vingt-sept ans. Élevé dans une famille baptiste, il a reçu une éducation religieuse très stricte. Gravement blessé à la tête dans sa petite enfance, il a fait des études médiocres et n'arrive à rien quand il lui faut exercer un métier. Il n'est pas loin d'être indigent. À vingt-quatre ans, il s'est fiancé avec une jeune femme dont il était follement amoureux, mais elle a rompu deux ans plus tard. Depuis, il a trouvé un poste d'employé dans une station-service. Mais il boit, fréquente les bars clandestins – c'est l'époque de la Prohibition – et a, selon ses dires, de « mauvaises fréquentations ».

Bill Ramsey ne relève pas et lui demande :
– On vous a élevé dans la religion, Harold ?
– Oui. La religion compte beaucoup pour moi.
– Vous avez imaginé la douleur de la famille Hart ? Que doit penser Dieu de tout cela ?

L'homme pâlit. On le sent ébranlé.
– C'est terrible, mais je n'y suis pour rien.
– Vous pouvez le jurer ? Vous pouvez jurer devant Dieu que vous n'avez pas enlevé Brooke Hart ?

Il perd totalement contenance.
– Devant Dieu ? Non...
– Alors, vous reconnaissez l'avoir enlevé ? Qu'est-il devenu ?

Thurmond éclate en sanglots.
– Nous l'avons tué !
– Qui cela, « nous » ? Qui était avec vous ?
– Jack Holmes.
– Comment l'avez-vous tué ?
– Nous l'avons jeté du haut du pont San Mateo...

Au même moment, Vetterli rejoint son subordonné dans le bureau. Il ne peut s'empêcher de ressentir une

vive satisfaction de voir l'affaire résolue, même si elle l'est de la manière la plus tragique... L'agent du FBI poursuit ses questions :
– Quand cela s'est-il passé ?
– Le soir même de son enlèvement. Nous avons dit à Brooke de descendre de la voiture. Jack Holmes l'a frappé sur la tête avec un des parpaings que j'avais achetés. Hart a crié : « Au secours ! » deux fois. Holmes l'a frappé à nouveau sur la tête et il a perdu connaissance. Je lui ai attaché les bras avec du fil de fer que j'avais acheté aussi. Après, on l'a mis sur le parapet du pont et on l'a balancé dans la baie.
– Et ce Holmes, où est-il ?
– Au California Hotel.
John Black, le shérif Emig et les agents du FBI s'y précipitent, Harold Thurmond est embarqué avec eux. Les agents se déploient dans le couloir, pistolet au poing. Emig, entouré de plusieurs policiers, pousse Thurmond en avant et lui ordonne de frapper à la porte après s'être fait reconnaître. La porte s'ouvre. Jack Holmes apparaît en pyjama et découvre son complice entouré de policiers. Le shérif Emig braque son revolver sur lui.

Au milieu de la nuit du 15 au 16 novembre 1933, les deux prisonniers sont transférés à la prison municipale, à côté de l'hôtel de ville. Comme le bâtiment n'a pas l'habitude d'abriter des détenus de cette importance, les heures qui suivent sont consacrées à en renforcer la sécurité. L'interrogatoire de Thurmond et Holmes est remis au lendemain.

Les arrestations n'ont pas été rendues publiques. Pourtant, à l'aube, les policiers ont une très désagréable surprise. Une cinquantaine de personnes sont massées devant l'hôtel de ville, et leur nombre grossit sans cesse. De nombreux journalistes sont au premier rang.

William Emig, dont dépend la sécurité des prisonniers, décide de les transférer à la prison de San Francisco. Il fait venir le garagiste de la police et son mécanicien et procède à l'échange de leurs bleus de travail avec les vêtements des prisonniers. Puis les deux hommes, portant les costumes de Thurmond et Holmes, sont escortés sans ménagement par une escouade d'agents vers une voiture qui stationne devant le bâtiment. Dans la foule, c'est la ruée, journalistes en tête. Les pseudo-prisonniers sont jetés dans un véhicule qui, avec d'autres voitures de police, démarre, sirènes hurlantes. Pendant ce temps, deux voitures sont sorties par l'arrière du bâtiment : dans la première, Thurmond est accompagné d'Emig ; dans la seconde, Jack Holmes avec Vetterli. Bill Ramsey, lui, reste à San Jose pour prévenir la famille Hart de la mort de Brooke...

En quittant la ville sans problème, les véhicules font un détour par le pont San Mateo, et Thurmond désigne l'endroit où Brooke a été jeté à l'eau. Un appel est lancé par radio, demandant des équipes spécialisées, pour entreprendre sans plus attendre la recherche du corps.

À la prison centrale de San Francisco, l'interrogatoire, mené par Reed E. Vetterli et le shérif William Emig, va permettre de connaître tous les détails de l'affaire.

Dès le début, Jack Holmes se montre coopératif. Cet homme solide et musclé de vingt-neuf ans a une expression un peu cruelle lorsqu'il sourit, mais il est incontestablement séduisant. Sa personnalité engageante dissimule un tempérament violent et une absence quasi totale de scrupules. Engagé dans les marines, il n'en a pas supporté la discipline et est revenu à San Jose. En 1924, il a épousé Evelyn Fleming dont il a deux enfants, auxquels il reste très attaché.

Gérant quelque temps d'une station-service près de San Francisco, il découvre la délinquance. Le grand port du Pacifique est l'une des entrées d'alcool clandestin, en cette période de Prohibition, et Jack fait de sa station-service une plaque tournante du trafic, puis, lassé, retourne avec sa famille à San Jose, où il devient représentant pour la Standard Oil Company. Il passe des heures à lire les faits divers et note les erreurs commises par ceux qui se sont fait prendre.

Tout bascule lorsqu'il retrouve par hasard son amour d'adolescence : Gertrude Marsh. Elle est mariée, mais il retombe fou amoureux d'elle et la poursuit de ses assiduités. Gertrude ne cède pas, sans le décourager non plus. Tant et si bien qu'il se dit que, pour la conquérir et lui faire quitter son mari, il lui faut beaucoup d'argent...

En tant que représentant de la Standard Oil, il se rend dans la station-service où est employé Harold Thurmond. Les deux hommes sympathisent immédiatement. Harold est fasciné par la personnalité quasi magnétique de Holmes, qui voit en lui un être simple qu'il pourra manipuler à sa guise. Bientôt, ils ne se quittent plus et Holmes commence à évoquer avec Thurmond l'éventualité d'une opération criminelle.

Le banquet du 18 septembre 1933, au cours duquel Alex J. Hart remet la vice-présidence de la société à son fils, donne à Holmes l'idée qu'il cherchait : ce sera un enlèvement et la victime sera Brooke Hart. Non seulement Thurmond ne fait pas d'objection, mais il se montre enthousiaste. Toutefois, avant de se lancer dans l'aventure, Holmes met son futur complice à l'épreuve. Il lui fait acheter un pistolet 41 mm pour dévaliser un porteur de fonds de la Standard Oil. Le résultat dépasse ses espérances : Harold Thurmond se comporte en professionnel aguerri et revient avec la recette de 716 dollars ! Ils peuvent désormais passer aux choses sérieuses.

Pendant dix jours, assis tous deux dans la Chevrolet noire de Thurmond, ils surveillent les allées et venues de Brooke Hart entre le magasin et le parking. Thurmond achète trois parpaings dans une cimenterie et du fil de fer dans une quincaillerie. Ces aveux que font spontanément les deux hommes impliquent la préméditation du meurtre. À aucun moment ils n'ont eu l'intention de laisser leur prisonnier en vie.

Le jeudi 9 novembre, c'est Jack Holmes qui passe le premier à l'action. Armé du revolver 41 mm, il suit Brooke Hart jusqu'au parking, attend devant la sortie et voit arriver la Studebaker verte. Celle-ci se retrouve immédiatement bloquée dans les embouteillages. Jack s'engouffre dans la voiture et lui enfonce le canon de son arme dans les côtes.

Il a été si rapide et naturel que personne n'y a prêté attention... Puis ils rejoignent la grande route de Milpitas où attend Thurmond à bord de sa voiture. À la nuit tombée, le prisonnier est transféré d'un véhicule à l'autre et ils prennent la direction du pont San Mateo...

Là, après avoir été frappé à la tête par Holmes, Brooke Hart tombe à terre. Thurmond l'attache avec le fil de fer, puis lui accroche les parpaings aux jambes. L'opération est plus longue que prévue et les deux malfaiteurs ont de la chance de ne pas être vus. Ils jettent leur victime par-dessus le pont. Se penchant sur le parapet, ils tirent encore plusieurs coups de feu dans sa direction, sans savoir s'ils l'ont atteint.

Tandis que Harold Thurmond les ramène tous deux à San Jose, Holmes rédige le premier message pour Alex Hart : « Votre fils va bien, il est bien traité... » Il tend à son complice le portefeuille de Brooke et lui demande de le jeter dans la baie de San Francisco en prenant le ferry. Après quoi, tous deux se séparent et décident de ne pas se revoir avant le lundi suivant.

Pendant que Holmes retrouve sa femme, Harold Thurmond est en route pour San Francisco. À 21 h 30, il appelle une première fois les Hart, alors qu'il est encore à San Jose, et, à 22 h 30, il téléphone d'une cabine publique de San Francisco. Puis il descend jusqu'au port. Sur le quai 32, le paquebot *Lurnine* fait le plein. L'endroit est désert. D'un geste discret, il jette le portefeuille. Sans le savoir, il vient de mettre la police sur une fausse piste et compliquer considérablement sa tâche.

Le vendredi soir, Harold Thurmond envoie la carte rédigée par son complice. Jack Holmes, certain d'être bientôt un homme riche, avoue à sa femme ses sentiments pour Gertrude. Après une violente dispute, il prend une chambre au California Hotel, dans le centre de San Jose. Le lundi suivant, les deux hommes se retrouvent en pleine campagne pour faire le point. Holmes reproche à Thurmond la découverte du portefeuille, mais il est conscient que la police tourne en rond. Il rédige le deuxième message sur une feuille de papier posée contre le pare-brise de sa voiture. C'est là que les deux agriculteurs les aperçoivent.

Mais à partir de là, plus rien ne marche comme ils l'espéraient. Alex J. Hart ne sait pas conduire, ce qu'ils ignoraient. Il se méfie et ne se rend pas aux rendez-vous qu'ils lui fixent. Holmes perd patience et presse son complice de harceler le chef de la famille Hart. Cette insistance leur sera fatale.

À la sortie de la salle d'interrogatoire, une foule de journalistes les attend. La nouvelle de la mort de Brooke Hart est diffusée dans tous les États-Unis. Sa famille l'apprend au même moment, de la bouche de Bill Ramsey. Bientôt, la demeure n'est plus qu'un lieu de douleur. Dans les heures qui suivent, fleurs et messages de condoléances s'y accumulent, dont un télégramme du président Franklin Roosevelt.

Le choc dans l'opinion est immense, l'indignation générale. Le *San Francisco News* fait paraître une édition spéciale, avec un article de son directeur Logan Payne en première page. Sous le titre « Des démons humains », il écrit : « Si jamais la violence populaire peut se justifier, ce serait dans une affaire comme celle-ci et nous pensons que le grand public sera d'accord avec nous. Il n'y a jamais eu de crime plus monstrueux commis aux États-Unis. Et si ces deux prisonniers ne sont pas gardés en sécurité loin de San Jose, il est probable qu'il y aura des pendaisons sans qu'il soit besoin de passer par une cour de justice. La lecture des aveux de ces deux criminels donne envie de se précipiter dans la rue et de participer à cette violence populaire. Si vous étiez allé, comme l'auteur de ces lignes, rendre visite à la famille Hart pour offrir vos condoléances et votre aide compatissante dans leur terrible épreuve, vous auriez certainement souhaité sortir et commettre vous-même un lynchage. »

Lynchage : le mot est lancé et va empoisonner toute l'affaire... À la fin du XVIIIe siècle, William Lynch, un des premiers hommes politiques du pays, a préconisé l'exécution sommaire des grands criminels et son nom est resté associé à cette justice expéditive. Depuis, nombreux ont été les lynchages aux États-Unis, principalement dans le Sud. En Californie, il n'y en a plus eu depuis plusieurs dizaines d'années. Le temps des pionniers et du Far West, avec sa rudesse et ses mœurs violentes, appartient au passé. Vraiment ? Dans ce pays tout neuf, la civilisation est-elle si bien installée ? Ne s'agit-il pas d'un vernis encore fragile, capable de s'écailler ?

Le lendemain, le *San Francisco Chronicle* répond à son confrère. Tout en exprimant la même réprobation sans détour, il est contre le lynchage : « Il n'y a qu'une chose à faire avec les assassins de Brooke Hart : il faut les pendre légalement et promptement. Les formes de la loi doivent être respectées mais, dans ce cas, elles ne sont que des formes. »

À San Jose, la tension monte d'heure en heure. Des centaines d'individus stationnent autour de la prison, refusant de croire que les deux criminels n'y sont plus. Il faut que le chef de la police, John Black, multiplie les déclarations pour qu'ils finissent par se disperser. On se demande ce qui se serait passé dans le cas contraire...

En attendant, même s'il n'y a aucune raison de mettre les aveux en doute, les policiers les vérifient. Bill Ramsey et le shérif Emig soumettent aux élagueurs du verger les photos de Holmes et Thurmond. Les agriculteurs reconnaissent les hommes aperçus à bord de leur voiture. Ils interrogent ensuite le patron de la California Concrete Products Company où Harold Thurmond a dit avoir acheté les parpaings, celui de la quincaillerie où Thurmond a acheté le fil de fer puis l'armurier qui a vendu le revolver de calibre 41 : tous sont affirmatifs.

Ce n'est pourtant pas cette enquête, purement formelle, qui mobilise les efforts des autorités et l'attention de l'opinion, mais la recherche du corps de Brooke Hart. Des moyens considérables sont mobilisés autour du pont San Mateo, où des découvertes confirment rapidement les aveux des deux hommes.

Ce sont d'abord des lambeaux de chemise grise à rayures, comme celle que portait la victime, qu'on retire des eaux, puis un parpaing et du fil de fer. Sur l'un des deux autres parpaings retrouvés, des cheveux blonds sont encore collés. Comparés à ceux d'une brosse de la victime, ils se révèlent identiques.

Quelques jours plus tard, les chercheurs, suivis sur la rive par un nombre toujours croissant de badauds, font une poignante découverte : sur une des piles du pont, au-dessus de la ligne de niveau des eaux, des coquillages qui y étaient incrustés ont été cassés et arrachés. C'est de toute évidence l'endroit où Brooke, luttant pour sa vie après s'être débarrassé du fil de fer et des parpaings et perdant rapidement ses forces, s'est accroché jusqu'à l'épuisement. Ses kidnappeurs lui ont infligé une épouvantable agonie.

Ce sera malheureusement tout. Le 24 novembre, après huit jours d'efforts ininterrompus et bien qu'Alex J. Hart ait promis 500 dollars pour la découverte du corps de son fils, les recherches sont officiellement abandonnées.

Dans le public, dans la presse, la fureur est relancée par ces macabres découvertes. Logan Payne s'en fait l'écho dans le *San Francisco News*, même si, cette fois, il ne réclame pas le lynchage : « Ces hommes doivent être jugés, condamnés et pendus dans les plus brefs délais. Une des raisons pour lesquelles le crime est si répandu en Amérique, c'est la lenteur et l'ambiguïté de nos procès. Pour cette affaire-ci, battons un record du monde de vitesse ! »

Le shérif Bill Emig a parfaitement conscience du danger : les menaces et les avertissements pleuvent sur son bureau. Les quatre-vingts détenus de la prison municipale, devant laquelle la foule stationne en permanence au cas où Holmes et Thurmond reviendraient, sont terrorisés. Le *San Francisco Chronicle* consacre un long article au Comité d'autodéfense de San Jose qui s'est constitué et regroupe plusieurs milliers de personnes, concluant que si les accusés revenaient dans la prison de la ville, la situation deviendrait incontrôlable.

C'est exactement ce qui va se produire, en raison des mécanismes complexes de la justice américaine. À l'issue d'un vif affrontement de procédure, Fred Thomas, le district attorney de San Jose, obtient que les deux prévenus soient jugés dans son comté ; pour sa carrière, c'est un extraordinaire coup d'éclat. En l'apprenant, Emig se fait livrer des grenades lacrymogènes, des fusils d'assaut, des revolvers, des carabines et même des mitraillettes, en prévision d'un siège. Le 23 novembre au soir, Holmes et Thurmond sont extraits de la prison de San Francisco et conduits dans le plus grand secret à celle de San Jose. Thurmond est installé dans une cellule du deuxième étage et Holmes au premier.

Le lendemain matin, tandis qu'est rendu public l'arrêt des recherches concernant le corps de Brooke Hart, la foule ne cesse de grossir devant la prison. Le juge Thomas lance la procédure judiciaire, qui commence par les expertises psychiatriques. Le docteur Scanland, qui examine Harold Thurmond, le déclare sain d'esprit, mais « malade de peur et de remords ». Le docteur Proescher, qui examine les deux accusés, conclut : « Holmes est le plus intelligent des deux. Son mobile est manifestement l'argent. Thurmond n'a aucun mobile, il n'est que l'instrument de Holmes. »

Le 25 novembre, Emig, qui sent grandir le danger, demande au gouverneur de Californie, James Rolph, le renfort de la garde nationale. Celui-ci la lui refuse sèchement. Et comment pourrait-il en être autrement ? Ce grand séducteur, malgré sa calvitie, sa bedaine et ses soixante-cinq ans, portant toujours un gardénia à la boutonnière et des bottes de cow-boy, a affiché tout au long de sa carrière les idées les plus conservatrices ; s'il ne s'est pas encore exprimé sur le lynchage, son opinion ne fait aucun doute.

Du reste, dans la même journée, il rétorque à Vincent Hallinan, l'avocat de Holmes, qui lui fait part de ses inquiétudes :

– Je ne ferai rien pour vous, monsieur Hallinan. Si ces types sont lynchés, j'accorderai ma grâce aux lyncheurs !

La ville est au bord l'explosion.

Le 26 novembre est un dimanche. Comme toutes les semaines, Leonard Dalve et Harold Stephens vont à la chasse aux canards de très bonne heure, à l'embouchure de l'Alameda Creek, qui se déverse dans la baie de San Francisco.

À 9 heures, alors que le brouillard est encore dense, leur barque émet tout à coup un bruit sourd. Leonard Dalve et Harold Stephens se penchent. Le spectacle est insoutenable : un cadavre horriblement décomposé de la taille à la tête. Le poumon gauche paraît intact, mais on ne voit pas d'autres organes dans la cavité thoracique béante. Quelques cheveux blonds adhèrent encore au crâne, mais il n'y a plus de visage. Le cou est en partie détruit, la tête menace de se séparer du corps. Le mort n'a plus sa veste. De sa chemise, il ne reste que quelques lambeaux. Les deux mains ont disparu. La partie inférieure est toujours couverte par le pantalon. Les pieds, qui ne portent plus de chaussures, sont très abîmés, mais conservent leurs chaussettes et même les fixe-chaussettes.

Les deux chasseurs de canards devinent immédiatement de qui il s'agit. Après avoir remorqué la dépouille sur un banc de coquillages au bord de la côte, ils alertent le shérif du comté d'Alameda, qui appelle le FBI, mais commet l'erreur de ne pas prévenir aussitôt le shérif Emig.

La veille, Emig a passé sa journée et une partie de la nuit à réunir tous les renforts qu'il pouvait dans la police de San Jose, y compris des agents mobilisés sur des enquêtes importantes. La défense de la prison est sa priorité. Douze policiers ont répondu à son ordre. Il leur a indiqué les postes qu'ils devraient occuper en cas d'attaque. Les fenêtres situées au-dessus de la porte de la prison offrent un champ de tir dégagé, c'est par là qu'aurait lieu l'assaut. La rue étant calme, il n'est resté qu'avec les forces dont il disposait jusque-là, c'est-à-dire une vingtaine d'hommes...

Il est un peu plus de 10 heures du matin, ce dimanche 26 novembre, et William Emig est en train de lire le journal local, le *Mercury Herald*, où il constate avec soulagement que l'affaire Brooke Hart n'est plus qu'en quatrième page. Certes, il y a encore du monde autour de la prison, mais ce sont des badauds, pas des émeutiers. Soudain, le téléphone sonne.

– Allô Emig ? Ici, Mike Driver, du comté de l'Alameda.

– Qu'est-ce qu'il se passe ?

– Nous avons un corps.

– Vous voulez dire que c'est...

– Ce n'est pas encore officiel, mais entre nous, il n'y a aucun doute...

Comment les habitants de San Jose ont-ils eu connaissance de ce que personne n'avait encore annoncé ? On ne le saura jamais. Toujours est-il que vers 10 h 45, ils sont des milliers à s'agglutiner autour de la prison et, lorsque les policiers rappelés en urgence par Emig arrivent, la foule ne les laisse pas passer. Il n'y a pour défendre le bâtiment que le shérif et une vingtaine de policiers.

Les restes découverts par les deux chasseurs sont ramenés vers midi à la morgue de San Jose. Vetterli, Ramsey et John Black sont là. Étant donné l'état du corps, ils ont décidé d'épargner à la famille l'épreuve de la reconnaissance. Le plus fidèle ami de Brooke, Charlie O'Brien, l'homme de confiance des Hart, Louis Rossi, ainsi que ses deux médecins s'en chargeront.

Lorsque le drap est soulevé, tous reculent, épouvantés. Après un long silence, Louis Rossi affirme identifier les vêtements de la victime. Le mort avait dans la poche un couteau suisse en nacre, qui a été déposé à côté de lui ; Charlie O'Brien s'en empare, la voix brisée.

– C'était un cadeau de son père, qu'il avait rapporté d'Europe. C'est Brooke, il n'y a aucun doute !

Quant au docteur Heuschele, il reconnaît sur un métatarse le coussinet de feutre recouvert d'un sparadrap qu'il avait posé le jour de l'enlèvement...

La nouvelle est maintenant officielle. KQW, la radio locale, lance des appels au lynchage en donnant rendez-vous à tous les habitants de la ville à 23 heures. D'autres stations reprennent l'appel un peu plus tard dans la journée. San Jose devient alors le cadre d'un gigantesque embouteillage. On vient en famille de San Francisco, d'Oakland, de Salinas, de Santa Cruz, pour voir ce qui se passe. À la tombée de la nuit, alors que les curieux rentrent chez eux, d'autres n'ont visiblement pas les mêmes intentions. Des barricades s'élèvent dans le quartier de la prison, pour empêcher d'éventuels renforts de police d'approcher... Aux environs de 20 heures, Reed Vetterli appelle Emig.

– D'après mes informations, les risques sont sérieux. Que comptez-vous faire ?

– Je n'ai pas beaucoup de monde, mais j'ai des armes et des munitions. Ils ne pourront pas entrer.

– Vous allez faire tirer sur la foule ?

– S'il le faut...

– Écoutez, shérif, il n'y a pas que des voyous parmi eux. Il y a des étudiants, des fils de famille. Il faut éviter un bain de sang.

– J'ai la responsabilité de la prison et de ses détenus quoi qu'ils aient fait.

– Je comprends. Je n'ai pas d'ordre à vous donner, mais réfléchissez...

Vetterli raccroche. Le FBI n'a effectivement pas autorité sur la police locale, en dehors du cadre de l'enquête. Mais il a réussi à ébranler Emig. Après avoir longtemps réfléchi, ce dernier va trouver ses hommes :

– Nous allons certainement être attaqués. N'utilisez que les gaz lacrymogènes. Ne vous servez de vos armes que si votre vie est directement menacée.

Après quoi il retourne, inquiet, observer la foule menaçante à la fenêtre. Il a fait ce qu'il estimait devoir faire. Maintenant, il n'y a plus qu'à attendre.

Anthony Cataldi, un jeune immigré italien de dix-huit ans travaillant dans un ranch voisin de San Jose, a passé son dimanche à faire la tournée des bars clandestins de la ville. Partout, il n'était question que de lynchage. À un moment donné, quelqu'un a lancé :

– Pour les pendre, il faudrait une corde.

Il a répondu :

– Il y a tout ce qu'il faut au ranch !

Il en est revenu avec deux rouleaux de corde de chanvre d'une douzaine de mètres autour de chaque épaule. C'est ainsi équipé qu'aux alentours de 21 heures il fait son apparition aux abords de la prison. Il hurle :

– Voilà pour Holmes et voilà pour Thurmond !

Une ovation éclate dans la foule. Certes, elle compte pas mal d'ivrognes et de personnages peu reluisants, mais aussi des notables, des jeunes gens bien mis, des femmes et des enfants.

Soudain, l'assaut est donné. Emig a disposé une dizaine de ses hommes, munis de lance-grenades, devant le bâtiment, tandis que les autres, dont lui-même, sont aux fenêtres. La vue de ce dispositif fait reculer les assaillants, qui comprennent que la situation devient sérieuse. Il va falloir affronter les forces de l'ordre. Mais une grenade partie de leurs rangs met le feu aux poudres. La foule charge avec férocité.

Elle doit pourtant reculer précipitamment sous le feu nourri qui éclate devant elle. Un nuage suffocant emplit la place. Les assaillants se retirent en toussant et en pleurant quelques dizaines de mètres plus loin, laissant un espace vide devant le bâtiment. Cela suffira-t-il à les décourager ? Emig le pense un instant. Un flottement est nettement perceptible parmi eux.

Mais un cri s'élève : « Brooke Hart ! », immédiatement repris par tous et répété sans interruption, de plus en plus fort. Puis un nouveau cri se fait entendre :
– Lynchons-les !

Si le nouvel assaut est une fois encore repoussé par les gaz lacrymogènes, il est clair que, maintenant, la foule ne reculera plus. Un rouquin de dix-sept ans environ, suivi par une cinquantaine d'individus, se précipite vers le bureau de poste en construction à côté. Les matériaux du chantier sont vite transformés en arsenal. En quelques secondes, la police subit un tir de pierres, de tuiles, de parpaings, de blocs de ciment, de bouts de tuyauterie. Une vitre se brise. Trois coups de feu sont tirés vers les fenêtres du premier étage. Leur auteur ne sera jamais identifié.

Le bombardement a raison du projecteur installé à l'une des fenêtres de la prison. Les policiers postés dehors se réfugient à l'intérieur. La foule chante victoire, puis entonne de nouveau son cri de guerre :
– Brooke Hart ! Brooke Hart !

Chez les Hart, on prépare la cérémonie funèbre. Nettie a sorti un smoking pour qu'on habille son fils, personne n'ayant osé lui dire dans quel état se trouvait le corps. Alex appelle Emig.
– Où en êtes-vous, shérif ?
– Pour l'instant, nous sommes encore maîtres de la situation.
– Croyez-vous qu'ils puissent commettre l'irréparable ?
– Je ne sais pas. Je ferai tout ce que je peux pour l'éviter.

– Allez leur parler de ma part. Dites-leur que j'ai confiance dans le bon déroulement de la justice et que je lance un appel à l'apaisement.
– Je vais le faire, monsieur.

Après quelques phrases respectueuses, le shérif raccroche. Il n'en fera rien. À quoi cela servirait-il ? En admettant qu'il puisse se faire entendre, pourquoi les autres croiraient-ils qu'Alex J. Hart vient de lui téléphoner et qu'il parle en son nom ? Aucun dialogue n'est possible. Tout n'est qu'un rapport de force et il faut espérer que les grenades lacrymogènes seront suffisantes…

Depuis sa demeure de Sacramento, un autre homme suit minute par minute les événements de San Jose. Le gouverneur de Californie James Rolph Jr., qui devait prendre l'avion pour assister à une conférence des gouverneurs des États de l'Ouest dans l'Idaho, a renoncé à son déplacement. Mais s'il est resté, c'est pour s'assurer qu'aucune force ne sera envoyée contre les émeutiers.

Quant aux journalistes, ils sont massivement présents sur les lieux, en particulier les stations de radio, qui réalisent des reportages en direct, chose tout à fait nouvelle à l'époque. Non seulement la station locale KQW est présente, mais aussi celle de San Francisco, KPO, et même celle de Los Angeles, qui est suivie par des millions d'auditeurs. Il en résulte une nouvelle ruée de voitures venues de tout l'État, qui convergent vers San Jose. À 22 heures, les salles de cinéma se vident et beaucoup de spectateurs viennent grossir la foule, pour assister à une séance gratuite, avec émotions fortes garanties. Le lendemain, les journaux estimeront jusqu'à quinze mille les émeutiers...

Dans les premiers rangs où se trouvent les belligérants proprement dits, on observe une sorte de trêve. Un agent a été grièvement brûlé par l'explosion d'une grenade, un autre a été frappé au visage par un projectile. Il y a aussi des blessés sérieux chez les émeutiers et les journalistes... Soudain, un homme au visage couvert d'un mouchoir s'avance sous les fenêtres de la prison :

– Je suis le responsable du Comité d'autodéfense. Nous allons entrer à 23 heures pile. Nous ne voulons pas vous faire de mal, mais si vous vous mettez en travers de notre chemin, nous ne serons pas responsables de ce qui pourra arriver. C'est d'accord ?

Emig répond :

– C'est d'accord, mais on restera...

Les minutes passent, les rangs des émeutiers s'éclaircissent. Seuls restent les plus déterminés. Les assaillants se concertent : les jets de projectiles ont chassé les défenseurs à l'intérieur, mais ils ne les ont pas obligés à ouvrir les portes. Il faut passer à la phase décisive. Le jeune rouquin emmène de nouveau une quarantaine de volontaires sur le chantier voisin. Ils en reviennent avec deux poutrelles d'acier de six ou sept mètres de long et s'avancent dans la zone jonchée de décombres entourant la prison. Les deux poutrelles sont lancées en même temps contre la porte. En tête d'une des équipes, le rouquin ; en tête de la seconde, Anthony Cataldi, facilement reconnaissable à ses cordes autour de chaque épaule. Le chef masqué du Comité d'autodéfense coordonne la manœuvre.

Le premier assaut ne donne rien ; les assaillants refluent précipitamment, noyés sous un déluge de gaz lacrymogènes. Mais l'homme masqué désigne la fenêtre du deuxième étage où on devine le visage blême d'Harold Thurmond.

– Regardez-le ! Est-ce que vous allez le laisser nous échapper ?

Un second assaut furieux est lancé, sous une nouvelle explosion de grenades. Cette fois, le choc est si puissant que le bâtiment en tremble, mais la porte tient bon. L'opération se répète plusieurs fois. Malgré les tirs de bombes lacrymogènes, les porteurs de béliers reviennent inlassablement à la charge, tandis que, du côté des policiers, les munitions s'épuisent. Quand enfin, après un dernier assaut, les deux battants cèdent avec fracas, les émeutiers se ruent à l'intérieur de la prison. Les deux premiers à entrer sont Anthony Cataldi et le jeune rouquin.

Emig jette un coup d'œil à sa montre : il est 23 heures pile !

Avant de capituler, le shérif fonce au deuxième étage pour transférer le compagnon de cellule de Thurmond dans une autre, afin qu'il n'y ait pas de victime supplémentaire. Thurmond est décomposé, il a compris que sa dernière heure était arrivée. Le shérif lui pose la question que lui ont posée cent fois les enquêteurs.

– C'est votre dernière chance : est-ce qu'il y avait quelqu'un d'autre que vous et Holmes pour commettre ce crime ?

– Devant Dieu, shérif, Holmes et moi, nous étions seuls pour faire le coup...

Au bout du couloir d'entrée de la prison, long d'une dizaine de mètres, une porte équipée de barreaux d'acier et d'un grillage épais donne sur le quartier des détenus. Une seule poussée de bélier en vient à bout et une trentaine d'assaillants se précipitent dans l'escalier menant aux cellules. Ils se trouvent face au groupe des policiers. Conformément aux instructions, ces derniers ne sortent pas leur revolver. L'adjoint d'Emig est jeté à terre. Il est fouillé par un des émeutiers, qui pousse un cri de triomphe : il a les clés !

Brandissant le trousseau, il s'élance, suivi par tous les autres. Emig, qui vient juste de quitter Thurmond, se retrouve nez à nez avec la horde. Utilisant sa dernière grenade lacrymogène, il tire dans le tas, déchaînant la fureur du groupe. Ils se jettent sur lui, le bourrent de coups de poing et de coups de pied. Le policier se défend avec acharnement.

Frappé à la nuque par un tuyau de plomb provenant du chantier, le shérif s'effondre. Les émeutiers ouvrent toutes les cellules. Les prisonniers sont terrorisés, mais ce ne sont pas ceux qu'ils cherchent. Enfin, ils arrivent dans une cellule qui semble vide, mais où ils découvrent, dans le réduit des toilettes, un homme bien bâti en maillot de corps et caleçon.

– Laissez-moi ! Je ne suis pas Holmes.

Un assaillant le reconnaît et lui assène un coup de poing au menton. D'autres sautent sur lui, lui brisent le nez et le jettent à terre sans connaissance. Ils le remettent debout et parviennent à lui faire reprendre ses esprits.

– Qui était dans le coup avec toi ?
– Personne d'autre que Thurmond.

Les coups redoublent. Il retombe à terre, de nouveau inconscient. Ses agresseurs le soulèvent et l'adossent contre le mur. Ils lui passent au cou une des cordes et le traînent inanimé hors de sa cellule, dans l'escalier, tête la première. Elle rebondit de marche en marche, se couvrant de sang.

Au deuxième étage, les autres trouvent la cellule de Thurmond. Lui est habillé. Fou de terreur, il essaie de grimper aux murs en poussant des hurlements perçants. Quand il est plaqué au sol, ses cris se transforment en gémissements, puis il perd connaissance. Quelqu'un dit alors :

– Ce salaud ne le mérite pas, mais nous devons prier pour lui avant de le faire sortir.

Les autres acquiescent et tous tombent à genoux, récitant des prières pour le repos de son âme. Puis on lui passe la seconde corde au cou et on le saisit par les bras pour l'emmener.

La sortie des émeutiers avec les prisonniers est accueillie par un cri de victoire. Les lyncheurs se précipitent sur Holmes, qui essaie encore une fois de nier son identité, et le dépouillent des derniers lambeaux de ses vêtements. Il se retrouve nu, en chaussettes... Thurmond, lui, est toujours inconscient, ce qui fâche la foule : il doit se rendre compte de ce qui va lui arriver. Les gifles pleuvent sur lui.

– Réveille-toi ! Réveille-toi, salaud !

Un homme, la tête en sang, tente de s'interposer. C'est Emig, qui a réussi à quitter la prison en titubant.

– Laissez-le... Il doit être jugé... Vous n'avez pas le droit !

Il est de nouveau frappé à coups de poing et de pierre et s'écroule... Un peu partout sur la place de la prison éclatent des cris sauvages. La foule exulte dans une ambiance de jeux du cirque : la civilisation a fait place à la barbarie !

Les lyncheurs se concertent. Il est décidé que Thurmond va mourir le premier. Il est traîné au parc Saint James, à quelques pas de là, et placé devant un mûrier, en face de l'église épiscopalienne de la Trinité. Le rouquin resserre la corde autour de son cou et lance l'autre extrémité par-dessus une grosse branche basse. Anthony Cataldi s'en saisit et commence à tirer.

La scène est éclairée par les phares de plusieurs voitures qu'on a amenées là. Les flashs des photographes de presse crépitent. Un vieux pasteur tente de s'interposer :

– Mes frères, ne devenez pas des assassins ! Ne pendez pas un homme inerte !

Personne ne l'écoute. Des dizaines de mains tirent sur la corde et Harold Thurmond est hissé par saccades. À la première secousse, ses jambes se raidissent et ses yeux s'ouvrent, déclenchant une acclamation frénétique. Quand ses pieds arrivent à un mètre et demi du sol, on cesse de tirer. Un gamin lui arrache son pantalon et il se retrouve nu jusqu'à la ceinture, provoquant les railleries des femmes. Elles sont venues nombreuses assister au spectacle, certaines sont même accompagnées de leurs enfants et leur demandent de regarder...

Pratiquée dans les exécutions capitales, la pendaison est un supplice relativement humain : une trappe s'ouvre sous les pieds du condamné et ses vertèbres cervicales se brisent dans la chute, entraînant une mort quasi instantanée. Mais il en va autrement pour Harold Thurmond. Ses bourreaux l'ayant hissé lentement, c'est par étranglement et suffocation qu'il agonise. Pendant plusieurs minutes, son corps est agité de convulsions, tandis que son visage noircit progressivement. Enfin, il cesse de bouger et son corps se balance en tournant d'un côté et de l'autre, la langue pendante.

C'est maintenant au tour de Holmes. Pour soutenir l'homme bien bâti qu'il est, on choisit un orme aux branches résistantes, mais quelqu'un crie :

– Attendez, montrons-lui ce qu'on a fait à son copain !

On le porte à bout de bras jusque devant le corps de Harold Thurmond avant de le ramener à l'orme. Quelqu'un d'autre intervient :

– Avant, faisons-le souffrir comme Brooke !

C'est la ruée. On le frappe à coups de poing, de tuyau de plomb et de pierre. Ce n'est que lorsque son visage est en bouillie qu'on le hisse, jusqu'à ce qu'il se balance à son tour. Mais les coups n'ont pas eu raison de sa résistance. Hurlant de douleur, il rue des deux jambes et tente de saisir la corde au-dessus de sa tête pour desserrer le nœud coulant. Alors, on le fait redescendre, on lui casse les bras, puis on le hisse de nouveau. Il met quatre ou cinq minutes pour mourir, dans les mêmes conditions que Thurmond. Il est 23 h 25...

La foule se disperse lentement, tandis que des policiers venus en renfort des villes avoisinantes arrivent enfin. Ils se contentent de monter la garde devant les pendus et de porter secours à leurs collègues blessés durant l'assaut. Parmi eux, Emig, gravement touché, est conduit à l'hôpital.

Trois quarts d'heure plus tard, un corbillard des pompes funèbres municipales vient récupérer les deux corps et les conduit à la morgue de San Jose, où ils se retrouvent côte à côte avec les restes de Brooke Hart. La tragédie est terminée, les meurtriers reposent à côté de leur victime, réunis dans la même horreur.

Le lundi matin, les journaux sortent des éditions spéciales relatant l'événement. Une véritable bénédiction commerciale ! Aucun ne tire à moins d'un million d'exemplaires. On ne relève aucune condamnation dans leurs articles. Certains approuvent, comme le *San Francisco News,* qui avait appelé le premier au lynchage, d'autres restent neutres. Le *San Francisco Chronicle* écrit simplement : « Ce soir, à San

Jose, la loi de Lynch a conclu le dernier chapitre macabre de l'affaire du rapt de Brooke Hart. »

Jim Rolph, le gouverneur de Californie, est évidemment interrogé. Il reçoit les journalistes, tout sourire, avec son gardénia à la boutonnière et ses bottes de cow-boy, et leur déclare placidement :

– C'est une belle leçon pour la nation entière ! Il y aura moins de kidnappings maintenant.

Et, comme on lui pose la question : « Est-ce que les meneurs seront inculpés pour homicide ? », il fait la même réponse qu'à l'avocat de Jack Holmes :

– Personne ne sera arrêté pour ces lynchages. Ces gens-là ont fait du bon travail. Si quelqu'un est arrêté pour avoir bien travaillé, je le gracierai !

Quelques heures plus tard, l'agitation fait place au recueillement et au silence pour les funérailles de Brooke Hart. En signe de deuil, tous les commerces de la ville ont clos leur porte. Dans la matinée, Alex J. Hart a remis à la presse un communiqué exprimant sa stupeur et son horreur devant les lynchages.

Mais cette réaction reste isolée. À San Jose, la majorité de la population approuve et il règne une atmosphère de lendemain de victoire. Dans le parc Saint James, des vendeurs improvisés proposent pour quelques dizaines de cents des bouts de cordes des pendus, des fragments de leurs vêtements, des morceaux des branches qui ont servi de potences. On trouve aussi des cartes postales du lynchage, ce qui choque les autorités en raison de la nudité des suppliciés. La police reçoit l'ordre de faire cesser ce commerce et, quelques jours plus tard, les deux arbres auxquels ont été pendus Holmes et Thurmond sont abattus, sur décision du conseil municipal...

L'état d'esprit des habitants de San Jose soutenu par le propos du gouverneur promettant l'impunité provoque les fanfaronnades des meneurs. Se considérant comme des héros, nombre d'entre eux se vantent de leurs exploits à qui veut les entendre. Anthony Cataldi est le plus démonstratif. Non seulement il parle dans les bars clandestins, mais aussi aux journalistes, décrivant complaisamment son rôle dans l'émeute, l'enjolivant de détails. Ses déclarations sont même publiées dans plusieurs quotidiens, parfois avec sa photo. Il ne se rend pas compte qu'il risque gros.

En attendant, ce n'est pas à San Jose que la justice se réunit pour ce qui sera sa seule intervention dans l'affaire Brooke Hart. En vertu de la loi californienne, c'est au juge du comté de l'Alameda où a été découvert le corps de prononcer la sentence officielle. Le mercredi 29 novembre, à Hayward, un jury est réuni par ses soins. Après quelques minutes de délibération, il rend son avis, qui tient en un seul paragraphe : « Nous concluons que Brooke Hart est mort le 9 novembre, par asphyxie due à sa submersion, après avoir été agressé et jeté à l'eau, du haut du pont San Mateo, par Harold Thurmond et Jack Holmes, et nous accusons Thurmond et Holmes de meurtre. »

Après quoi, le juge proclame que l'action judiciaire est éteinte, suite au décès des accusés. Ce même 29 novembre, après une brève cérémonie religieuse, Harold Thurmond est enseveli à San Jose, dans un autre cimetière que Brooke Hart, sous une tombe où aucun nom ne sera gravé ; le corps de Jack Holmes est incinéré et ses cendres dispersées dans un lieu tenu secret.

Pourtant, sur le plan juridique, tout n'est pas terminé. Le district attorney de San Jose, Fred Thomas, qui avait espéré diriger un procès sensationnel sous les yeux de l'Amérique entière, a désormais une autre affaire sur les bras : les poursuites contre les lyncheurs, et là, il n'a rien de bon à récolter.

Si la quasi-unanimité qui régnait les premiers jours en faveur du lynchage avait duré, il aurait pu fermer les yeux, mais une fois le choc passé, d'autres voix se font entendre. Le clergé exprime son indignation, les associations féministes sont révoltées, de nombreuses organisations, celle des droits de l'homme en particulier, exigent le châtiment des coupables. Une manifestation contre le lynchage réunit des milliers de personnes.

Le shérif Emig, remis de ses blessures, quitte l'hôpital et réclame, lui aussi, la poursuite des meneurs. Il a été témoin de tout et affirme qu'Anthony Cataldi, dont il a vu la photo dans les journaux, en faisait partie. Fred Thomas n'a d'autre choix que d'arrêter le jeune immigré italien, provoquant la fureur des partisans du lynchage.

L'affaire passe en justice le 11 janvier 1934 dans une ambiance électrique. Le district attorney affiche une mine sinistre. Quel que soit le verdict rendu, il mécontentera une partie de l'opinion... Et le jury tiré au sort étant composé de partisans du lynchage, sa décision, après l'audition des témoins, innocente totalement les émeutiers : « Étant entendu que les témoins sont, à ce jour, dans l'incapacité totale de porter quelque accusation crédible que ce soit contre toute personne, pour sa participation au lynchage de Jack Holmes et Harold Thurmond, nous nous refusons à prononcer une inculpation. Jack Holmes et Harold Thurmond sont morts de strangulation par pendaison, aux mains d'une foule en émeute, dont les membres sont inconnus. Anthony Cataldi bénéficie d'un non-lieu. »

Cette fois, tout est dit, et Fred Thomas, qui avait été un des principaux responsables du drame, en imposant que les accusés soient ramenés à San Jose, ne s'en relèvera jamais.

L'affaire a des répercussions dans tout le pays. Les réactions sont presque unanimement défavorables. Le gouverneur Rolph est particulièrement critiqué : on le surnomme le « gouverneur Lynch », l'association d'anciens combattants dont il faisait partie l'exclut de ses rangs et des démarches officielles sont tentées pour le destituer de son poste.

L'événement inspire à Fritz Lang le film *Fury,* virulent réquisitoire contre le lynchage. Même les conservateurs sont scandalisés. L'ancien président Herbert Hoover, pourtant membre du Parti républicain comme Rolph, signe avec d'autres personnalités un manifeste contre le lynchage, le qualifiant de « vile forme d'assassinat collectif et désobéissance délibérée au commandement *Tu ne tueras point* ». Il déclare publiquement : « Nous n'excusons pas les personnalités, haut placées ou non, qui défendent la loi du lynchage... »

Tout comme le juge Thomas, le gouverneur Rolph ne se relèvera pas de l'affaire. Il est alors à un an de sa réélection. Début 1934, il se lance en campagne, bien qu'il continue d'essuyer un torrent de critiques et que son médecin, qui estime que ces attaques l'ont atteint dans sa santé, lui conseille la prudence. Le 28 janvier, il est hospitalisé après un malaise et ne quitte plus la chambre. Victime d'une nouvelle attaque cardiaque, il meurt en juin suivant. Pendant toute sa maladie, il est resté fidèle au comportement si particulier qui était le sien : pour appeler ses infirmières, il tirait à blanc avec un pistolet posé sur sa table de chevet...

Cette affaire s'est déroulée durant les années 1930 et, aujourd'hui, la situation a bien changé. San Jose, qui compte un million d'habitants, est devenu la troisième ville de Californie, devant San Francisco. C'est aussi le cœur de la Silicon Valley, qui regroupe les industries les plus performantes du monde entier. San Jose est devenu la capitale de la modernité. La loi du Far West remonte désormais à des années-lumière.

L'affaire Ben Barka

L'affaire Ben Barka présente des différences notables avec les autres histoires contenues dans cet ouvrage. D'abord, elle n'est pas terminée. L'action policière et judiciaire la concernant est toujours en vigueur car, à la différence d'un homicide, il n'y a pas de prescription pour un enlèvement dont on n'a pas retrouvé la victime, la personne kidnappée étant réputée vivante. Disposition qui s'avère déterminante dans l'affaire des disparues de l'Yonne, dont il est également question ici.

Ensuite et surtout, aujourd'hui encore, les faits sont loin d'être connus avec certitude. Il y a eu des révélations apportées par des acteurs plus ou moins directs du drame, mais aucune preuve véritable, à commencer par la découverte du corps. Ben Barka a été tué dans les heures qui ont suivi son enlèvement, c'est une quasi-certitude. Mais comment et par qui ? On en est réduit aux hypothèses. C'est pourquoi, parmi les diverses versions, nous avons dû faire un choix en faveur de la plus vraisemblable. Quant à la vérité elle-même, elle restera, il faut le craindre, à jamais enfouie sous les mensonges des uns et des autres et les secrets d'État.

En cette année 1965, Mehdi Ben Barka a quarante-cinq ans et la France ignore tout de ce petit professeur de mathématiques marocain, qui est au contraire une grande figure dans son pays. Après avoir été le précepteur du prince héritier, qui règne depuis sous le nom d'Hassan II, il a été un des héros de l'indépendance et le président de la première Assemblée nationale.

Mais Ben Barka n'entend pas limiter son action au Maroc. Il est l'un des plus ardents militants en faveur de la décolonisation. Il quitte son pays en 1963, installe sa femme et ses enfants au Caire et, dès lors, parcourt le monde pour soutenir les combats de libération nationale. Le 19 mai 1965, il se voit même confier la préparation à La Havane d'une conférence tricontinentale, qui doit réunir tous les mouvements en lutte du tiers-monde.

Ses activités, on s'en doute, lui attirent des ennemis. Pour les États-Unis, il est un adversaire redouté et donc étroitement surveillé par la CIA. Mais c'est au Maroc qu'il est le plus craint. Le temps passant et sa stature internationale s'accroissant, il devient le principal opposant à la monarchie ; il a même pris la tête de l'UNPF (Union nationale des forces populaires), parti progressiste qui dénonce les abus du pouvoir. Pour Hassan II et son entourage, la situation n'est désormais plus tolérable : il faut s'entendre avec lui ou l'éliminer.

Après deux tentatives d'attentat, le roi choisit la voie de la négociation. A-t-il conservé de l'estime et de l'affection pour celui qui fut son précepteur et souhaite-t-il lui laisser une chance ? Il délègue en tout cas son cousin, Moulay Ali, ambassadeur du Maroc à Paris, pour lui proposer de rentrer au pays et de s'intégrer dans la vie politique en tant que chef de l'opposition. Ben Barka se dit intéressé, mais demande un délai. Pour l'instant, sa priorité est son action internationale. L'organisation de la conférence de La Havane lui semble plus importante. Mais les Marocains, eux, sont pressés. Dans ces conditions, Hassan II retire sa main tendue et laisse le champ libre au général Oufkir, son ministre de l'Intérieur.

Le général Oufkir, qui va jouer un rôle essentiel dans cette affaire, n'est pas quelqu'un d'ordinaire. Grand, le visage osseux, le profil en lame de couteau, il a derrière lui une brillante carrière militaire. Engagé très tôt dans les troupes de la France libre, il s'est comporté en héros durant la Seconde Guerre mondiale, puis pendant celle d'Indochine.

En tant que ministre de l'Intérieur, il a mis sur pied une police aussi efficace qu'impitoyable, habituée à travailler dans le secret et à utiliser tous les moyens pour parvenir à ses fins. Puisque Ben Barka refuse de rentrer au Maroc, c'est à l'étranger qu'il faudra l'éliminer. Plus précisément en France, où le général Oufkir connaît beaucoup de monde.

Ici, il faut dire un mot des services de police français en ce milieu des années 1960. La fin de la guerre d'Algérie s'est accompagnée de terribles soubresauts. En particulier, l'OAS, l'organisation terroriste clandestine refusant l'indépendance, a multiplié les attentats sanglants. Pour lutter contre elle, la police française « classique » s'est souvent révélée impuissante et le gouvernement a mis sur pied un organisme contre-terroriste utilisant les mêmes méthodes et les mêmes moyens que ses adversaires : les barbouzes. Ce surnom bon enfant dissimulait une réalité sinistre. Car pour mener à bien ce combat clandestin, les autorités ont recruté tout un monde peu reluisant : truands et criminels de guerre, entre autres.

Cette police parallèle, mêlant hommes de main, services secrets et hommes politiques, agissait dans l'ombre, en dehors de toute légalité, et s'est avérée très efficace dans sa lutte contre l'OAS. Mais en 1965, alors que la guerre d'Algérie est terminée depuis trois ans, ce monde interlope gangrène une partie de la vie publique française. Il est indispensable d'avoir présente à l'esprit cette situation pour comprendre l'affaire Ben Barka.

Il se trouve que le général Oufkir connaît parfaitement ce milieu, qui a des liens des deux côtés de la Méditerranée. Il envoie en France Larbi Chtouki, un de ses proches collaborateurs, muni d'une somme de 500 millions d'anciens francs pour recruter des hommes de main.

Chtouki se tourne naturellement vers la bande de Georges Boucheseiche, qui a déjà rendu des services à la police marocaine. Elle réunit le pire de ce qui se fait en matière de barbouzes, à commencer par son chef. Cinquante-deux ans, ancien membre de la Gestapo française – la « carlingue », comme on dit dans l'argot du milieu –, Boucheseiche a suivi après la guerre Pierrot le Fou dans son équipée sanglante mais, à la différence de ce dernier, il s'en est sorti sans mal. Il s'est ensuite recyclé dans le proxénétisme et possède quatre maisons closes, deux dans le quartier de Montparnasse et deux à Casablanca. Enrôlé dans les barbouzes, il s'y est distingué en enlevant en Allemagne le colonel Argoud, un des chefs de l'OAS, et en le déposant ficelé dans un coffre de voiture devant Notre-Dame.

Autour de lui gravitent des personnages du même acabit : Jean Palisse, cinquante et un ans, ancien gestapiste lui aussi, sept condamnations, normalement interdit de séjour en région parisienne ; Pierre Dubail, trente-cinq ans, ex-garde du corps du gangster Jo Attia, qui présente la particularité d'avoir un casier judiciaire vierge ; et enfin le tueur de la bande, André Le Ny, un mètre quatre-vingt-dix, cent dix kilos, trois fois condamné pour recel, corruption et fausse monnaie.

À Boucheseiche, Chtouki fait donc ses propositions au nom du ministre de l'Intérieur marocain. La somme de 500 millions est plus que tentante, mais le truand fait une objection :

– J'ai travaillé au Maroc avec mes hommes. Si j'entre en contact avec Ben Barka, il risque de me reconnaître.

Il réfléchit un moment et déclare à son interlocuteur :

– Pour aborder Ben Barka, je crois que j'ai l'homme qu'il vous faut : Georges Figon, un vieil ami...

La chose est entendue, tout comme il est convenu que Boucheseiche et ses hommes interviendront une fois que le leader de l'opposition aura été capturé. Mais avant d'aller trouver Figon, Chtouki, sur instruction du général Oufkir, contacte un autre personnage : Antoine Lopez, chef d'escale d'Air France à Orly. C'est un ami personnel du général, qui a souvent recours à ses services quand il vient à Paris. Il lui a fait miroiter la direction de Royal Air Maroc et il peut obtenir à peu près tout ce qu'il veut de lui.

Antoine Lopez, dit le « Gorille » à cause de ses muscles et de son système pileux, dit aussi la « Savonnette » à cause de son art pour se faufiler partout, n'est pas un truand, même si toutes ses activités ne sont pas claires. Il appartient aux services secrets français : correspondant à Orly du SDECE, l'organisme de contre-espionnage, il transmet régulièrement des rapports à son chef, Marcel Le Roy-Finville.

Le général Oufkir l'ignorait-il, ou jugeait-il que c'était sans importance ? On ne le saura pas. Toujours est-il que, par l'intermédiaire d'Antoine Lopez, le pouvoir politique se trouve impliqué dans l'affaire, ce qui ne sera évidemment pas sans conséquence.

Ensuite, suivant les recommandations de Boucheseiche, Chtouki va rencontrer le dernier membre de l'équipe chargée d'éliminer Ben Barka : Georges Figon.

Dans le milieu, c'est un homme à part. Né en 1927 dans une famille plus qu'honorable, puisque son père est inspecteur de la Santé publique et commandeur de la Légion d'honneur, il choisit, à la différence de son ami Boucheseiche, le camp de la Résistance pendant la guerre. À dix-sept ans seulement, il participe aux combats de la libération de Paris, faisant sauter un char allemand. Mais une fois les hostilités terminées, il tombe dans la délinquance. Il commet de petits vols et se voit condamné à trois ans de prison, qu'il passe dans l'asile psychiatrique de Villejuif. À sa sortie, il replonge rapidement. Au cours d'un vol dans une bijouterie, il tire sur les policiers, ce qui lui vaut vingt ans de détention. Libéré au bout de douze, il sort de prison transformé : il a beaucoup lu et étudié derrière les barreaux et il s'installe à Saint-Germain-des-Prés où il joue les truands intellectuels en révolte contre la société. Il lance un magazine yé-yé qui ne marche pas et fonde une société de romans-photos qui végète.

Pourtant il ne s'est pas amendé. En compagnie de Boucheseiche et d'autres, il se livre à divers trafics, dont la contrebande avec l'Algérie. Lui aussi s'est engagé dans les barbouzes, par l'intermédiaire de son ancien avocat, Me Lemarchand, devenu en 1962 député UNR, le parti gaulliste au pouvoir...

Tel est l'homme que rencontre l'envoyé du général Oufkir. Effectivement, avec son front haut et ses lunettes, Figon ressemble davantage à un intellectuel qu'à un malfaiteur. Mais il a bien le comportement d'un truand. La première question qu'il pose, lorsqu'il

apprend qu'il s'agit de préparer l'enlèvement du leader marocain est :
– Combien ?
Chtouki lui fait part des intentions de son chef.
– On peut aller jusqu'à 100 millions pour vous.
– Il me faut une avance tout de suite...
L'avance est négociée et Figon fait part de son idée.
– Pour l'approcher, je pourrais me faire passer pour le producteur d'un film. Ce serait un film politique sur la décolonisation et on aurait besoin de lui comme conseiller technique.
– Pas mal, mais il faut trouver des professionnels pour que cela ait l'air vraisemblable.
– Aucun problème. J'ai des relations dans le cinéma. Comme cinéaste, je pense à Georges Franju, qui a déjà fait des choses de ce genre. Et, pour le scénario, je verrais bien Philippe Bernier. Cela correspond à ses opinions et il est toujours fauché, à la recherche d'un boulot.
L'idée est rapidement mise en œuvre. Franju se laisse convaincre. Il rédige même un synopsis et trouve le titre du film : *Basta !* Le journaliste Philippe Bernier est tout aussi partant. Il a déjà rencontré Ben Barka et il est prêt à lui rendre visite où et quand on voudra. La machination semble donc avancer au mieux, mais elle va pourtant risquer d'échouer à deux reprises.
Tout d'abord, le 12 mai 1965. De retour d'un bref séjour au Maroc, où le général Oufkir lui a confirmé ses intentions, Antoine Lopez informe le contre-espionnage. Il rédige pour son chef, Le Roy-

Finville, une note l'informant du « désir des dirigeants marocains de mettre fin à la position de Ben Barka suivant des procédés non orthodoxes ». Le Roy-Finville consigne cette information dans un rapport daté du 17 mai, mais qui n'est transmis ni à la police ni au Premier ministre, dont dépend le contre-espionnage.

Nouvelle alerte, encore plus sérieuse, quelques mois plus tard. Chtouki, excédé par les incessantes demandes d'argent de Figon, ne lui fait plus confiance. L'homme parle trop, il n'a pas l'air très équilibré. Chtouki suspend l'opération et se retourne vers Boucheseiche pour trouver quelqu'un d'autre à qui confier l'enlèvement. Le truand intellectuel n'est pas dupe. Il sent qu'on veut le doubler et, le 10 octobre 1965, il contacte un journaliste de *Minute*, l'hebdomadaire d'extrême droite spécialisé dans la révélation des scandales, et lui dit qu'il peut lui procurer la matière d'un article sensationnel : un Marocain l'a chargé de tuer une personnalité, dont il ne peut lui donner que les initiales, B.B. Mais le journaliste ne saisit pas l'importance de l'information et ne cherche pas à savoir qui se cache derrière ces initiales... Les choses en resteront là car, une semaine plus tard, Figon revient trouver *Minute* en suppliant de ne rien publier. C'est qu'entre-temps Chtouki s'est convaincu qu'il ne pouvait se passer de lui et lui a de nouveau confié la responsabilité de l'opération.

Tout est maintenant en place. Le mécanisme pour éliminer l'opposant marocain est au point. Résumons : dans le rôle du commanditaire, le général

Oufkir, relayé par son envoyé Chtouki ; dans le rôle des hommes de main, la bande de Boucheseiche, des malfrats de la pire espèce, mais qui font également partie des services parallèles français ; dans le rôle du traître, Georges Figon, un truand atypique, barbouze à ses heures lui aussi, qui présente bien et qui pourra approcher la victime ; enfin, dans un rôle encore indéterminé, Antoine Lopez, apte par ses fonctions à rendre toutes sortes de services et qui est aussi membre du contre-espionnage. À cela, il faut ajouter deux intellectuels de bonne foi et manipulés, Georges Franju et Philippe Bernier, qui vont servir d'appât.

Le 2 septembre 1965, en compagnie de Figon, ils se rendent au Caire pour soumettre à Ben Barka le synopsis du film *Basta !* Ils le rencontrent de nouveau à Genève le 20 octobre. Le leader de l'opposition marocaine se dit intéressé et rendez-vous est pris le 29 octobre, à 12 h 15, dans la brasserie Lipp, boulevard Saint-Germain.

L'acte suivant peut avoir lieu. Après les préparatifs, on va passer à l'action.

Le vendredi 29 octobre au matin, Mehdi Ben Barka se trouve à Genève où il est arrivé quelques jours plus tôt, venant du Caire. Se sentant menacé, il a voyagé sous un faux nom et a demandé l'hébergement à des amis qu'il a prévenus au dernier moment. De même, il s'est fait adresser son courrier poste restante. Il n'oublie pas les deux attentats auxquels il a échappé. La première fois, c'était au

Maroc : une voiture de police l'avait doublé dans un virage et l'avait poussé pour le faire tomber dans le ravin ; il s'en est sorti avec une grave blessure à la colonne vertébrale. La seconde, c'était à Genève même : lors d'une tentative d'enlèvement manqué, il a reconnu dans ses agresseurs des hommes de la police marocaine...

Vers 10 heures, il débarque à Orly, toujours sous un faux nom, mais maintenant détendu. Il a obtenu des autorités françaises des garanties sur sa sécurité. Il a même été convoqué à l'Élysée pour l'apprendre de la bouche du général de Gaulle en personne. Aussi, dans la capitale, il ne se cache plus. Il a réservé pour le soir deux places à la Gaîté-Montparnasse où on joue la pièce *Le Goûter des généraux* ; il ira en compagnie de son frère Abdelkader.

C'est de l'aéroport qu'il téléphone à Thami Azzemouri, agrégatif d'histoire, étudiant un peu bohème, qu'il veut associer au film de Bernier et Franju. Il lui donne rendez-vous au rond-point des Champs-Élysées. Ensuite, ils iront ensemble au déjeuner de la brasserie Lipp. Il ignore que le piège est en train de se refermer inexorablement sur lui.

Antoine Lopez, le chef d'escale d'Air France, connaît son identité malgré son faux nom et il s'est décidé à rendre les services que les Marocains attendent de lui... Il a beaucoup d'amis dans la police, notamment Louis Souchon, inspecteur principal à la brigade mondaine. Tandis que Ben Barka téléphone à l'étudiant en histoire, Lopez appelle aussi depuis l'aéroport ; l'inspecteur principal est ravi de l'entendre.

– Antoine, qu'est-ce qui me vaut le plaisir ?

– Tu pourrais me rendre un service ?

– Si c'est dans mes cordes...

– Il s'agit d'un Marocain, Ben Barka. Il a rendez-vous à midi et quart chez Lipp. Le SDECE voudrait lui faire rencontrer quelqu'un d'important. Pour que tout se passe discrètement, le mieux serait que cela ait l'air d'une arrestation.

– C'est qui, ce quelqu'un ?

– Une haute personnalité. Je ne peux pas t'en dire plus. Si tu es d'accord, j'arrive avec un ami et je te dirai où conduire le client.

– C'est d'accord...

À midi, Ben Barka et Azzemouri se font déposer en taxi devant la brasserie Lipp. Comme ils sont en avance, ils font un tour dans le quartier et reviennent devant le restaurant à 12 h 15 précises. Deux hommes s'approchent alors d'eux. Ils sortent des cartes de police. L'inspecteur principal Souchon, qui est venu avec un de ses subordonnés, Roger Voitot, s'adresse à Ben Barka :

– Je vous demande de me suivre.

– C'est à quel sujet ?

– On va vous le dire. Suivez-moi.

Au même moment, Roger Voitot s'adresse à Azzemouri.

– Toi, tu dégages !

Tandis que l'étudiant en histoire s'enfuit sans demander son reste, Mehdi Ben Barka est conduit dans un break 403 noir, stationné en double file. À l'intérieur ont pris place Antoine Lopez et André Le Ny, qui, avec ses cent dix kilos, est chargé d'empêcher le prisonnier de s'échapper. Mais Ben Barka n'en a visiblement pas l'intention. Il ne semble même pas inquiet.

– Où allons-nous ?
– On vous le dira plus tard...

Pendant ce temps, chez Lipp, Georges Franju et Philippe Bernier se sont installés à la table qui avait été réservée et attendent celui avec lequel ils ont rendez-vous. Mais ils ne le verront pas, plus personne ne le verra jamais.

En repartant bredouilles de la brasserie, Franju et Bernier pensent que le leader de l'opposition marocaine a eu un empêchement quelconque. Seul Thami Azzemouri est au courant de son arrestation. Il ne va tout de même pas porter plainte contre la police ! Au contraire, il a peur pour lui-même et il se cache.

Le soir, Aldelkader Ben Barka, en ne voyant pas arriver son frère au théâtre, s'inquiète vivement. Comme, le lendemain, Mehdi n'a toujours pas donné signe de vie, il alerte les médias, notamment *Le Figaro* et *Le Monde*. Azzemouri se manifeste à son tour et ajoute cette information, qui donne toute son ampleur à l'affaire : Ben Barka a été arrêté par des policiers français, dont il a vu les cartes officielles.

Vers 11 h 30, le ministre de l'Intérieur, Roger Frey, interroge le préfet de police Maurice Papon sur une intervention éventuelle de ses hommes. À midi, le préfet rappelle : Mehdi Ben Barka n'est détenu par aucun service de police. On cherche alors dans d'autres directions. À 15 h 30 le commissaire Caille, de la police criminelle, demande au SDECE s'il est au courant de l'« enlèvement de Ben Barka ». La réponse est négative.

Le 1ᵉʳ novembre, Abdelkader Ben Barka porte plainte. De permanence à la brigade mondaine, Roger Voitot, l'adjoint de Souchon, voit passer le télégramme de recherche et ne dit rien.

Le 2 novembre, Maurice Le Roy-Finville rédige un rapport au directeur du SDECE, son patron : « J'ai, à plusieurs reprises, attiré l'attention du service sur les intentions du général Oufkir de neutraliser Ben Barka. Ces informations nous avaient été communiquées par notre correspondant Antoine Lopez. En ce qui concerne la situation actuelle, je ne sais rien. J'ai appris samedi par la radio la disparition de Ben Barka. »

Le même jour, Georges Figon s'adresse aux journalistes. C'est dans sa nature, il faut qu'il parle, pour se rendre intéressant, pour monnayer des informations. Il révèle que Mehdi Ben Barka a été arrêté par deux policiers, Souchon et Voitot, à la demande d'Antoine Lopez et qu'il a été conduit à Fontenay-le-Vicomte, dans la villa de Georges Boucheseiche. Les deux membres de la brigade mondaine sont immédiatement interrogés, ils avouent tout. L'affaire Ben Barka est lancée...

Le lendemain 3 novembre, la villa de Boucheseiche est visitée de fond en comble, mais la perquisition n'aboutit à rien. Au même moment, Antoine Lopez est interrogé à son tour, mais il donne des informations fragmentaires et contradictoires, qui ne permettent pas d'éclairer les faits.

Pendant deux mois, les articles se multiplient, sans qu'on y voie clair. On dénonce avec force l'existence des barbouzes, on s'indigne en découvrant le passé de Boucheseiche et de sa bande, des gestapistes, des gangsters, qui étaient pourtant employés par le gouvernement. Et ce n'est pas tout : il semblerait que les services secrets français aient été au courant, sans compter les hommes politiques. L'opposition ne manque pas de rappeler que Me Lemarchand, resté très lié avec son ancien client Figon, est député gaulliste. C'est de tout cela qu'on débat durant la fin de cette année 1965. Mais les incertitudes demeurent, à commencer par la plus importante d'entre elles : Mehdi Ben Barka est-il mort ou encore vivant ?

Brutalement, dans les tout premiers jours de 1966, éclate une véritable bombe. Il s'agit d'un article publié par *L'Express,* dans son numéro du 10 janvier, sous le titre explicite : « J'ai vu tuer Ben Barka ». L'article fera date dans l'histoire du journalisme et mérite même une place dans l'Histoire tout court. Il donne à l'affaire toute sa dimension, en révélant ce qui jusque-là n'était qu'une supposition. Quant à l'informateur, celui qui a « vu tuer Ben Barka », c'est bien sûr Georges Figon, resté muet depuis trop longtemps à son goût et qui s'est décidé à tout dire. Voici donc, selon lui, ce qui s'est passé à partir du moment où les deux policiers ont fait monter le leader de l'opposition marocaine dans leur voiture...

Le break 403 noir quitte Paris par la porte d'Orléans et prend la direction d'Orly. Ben Barka croit alors à son expulsion. Il s'adresse à Souchon, qui est au volant :

— Si vous devez me reconduire à l'étranger, est-ce que je peux vous demander d'aller chercher une valise que j'ai à Paris et de me l'expédier ?

Mais le policier rétorque :

— Ce n'est pas ça...

De fait, la voiture passe devant Orly sans s'arrêter. Pour la première fois, Ben Barka manifeste des signes d'agitation.

— Qu'est-ce qu'il se passe ? Où allons-nous ?

Cette fois, c'est Antoine Lopez qui répond.

— La vérité, c'est que quelqu'un veut vous voir.

— Qui ? Je vous rappelle que je n'ai rien fait contre la France et que j'ai été reçu par le général de Gaulle, qui m'a donné des garanties pour ma sécurité.

Lopez hausse les épaules.

— On ne sait pas de qui il s'agit. On doit seulement vous conduire dans une villa pour un rendez-vous discret.

Peu après, ils arrivent à Fontenay-le-Vicomte. La villa de Boucheseiche est une grande bâtisse à l'écart du village. Là se trouvent, outre son propriétaire et Georges Figon, les deux derniers membres de la bande : Pierre Dubail, l'ex-garde du corps de Jo Attia, et Jean Palisse, l'ancien de la Gestapo. Antoine Lopez rentre aussitôt avec les deux policiers, qui le déposent à Orly. La suite ne les regarde pas, leur rôle dans l'histoire est terminé.

Le chef d'escale, lui, n'en a pas fini. Une fois à l'aéroport, il appelle le cabinet du général Oufkir. Il doit attendre 20 h 30 pour le joindre à Meknès. Le général est occupé, Lopez est bref :

– Le colis est là…

– Dans de bonnes conditions ?

– Oui, à l'endroit convenu.

– Je viens. Mais je ne pourrai pas être là avant demain après-midi. Je me ferai précéder par Dlimi. Ne faites rien avant qu'il soit là…

– Entendu. À demain.

Antoine Lopez raccroche. Ahmed Dlimi est le chef de la Sûreté marocaine, l'exécuteur des basses œuvres du ministre. Sa présence sur les lieux n'a donc rien d'étonnant, même si elle est évidemment des plus inquiétantes… Avant de rentrer chez lui, à Ormoy, une localité proche de Fontenay-le-Vicomte, Lopez passe par la villa de Boucheseiche. Il trouve celui-ci au rez-de-chaussée, en compagnie de sa bande et de Figon.

– Où est-ce qu'il est ?

– Dans une chambre au premier.

– Tout se passe bien ?

– Oui, il est très calme. Il lit. De temps en temps, il demande du thé.

– Il faut le faire patienter jusqu'à demain. Dlimi va venir et le général après lui…

Boucheseiche ne fait pas de commentaire. Une fois Lopez parti, il se charge d'annoncer le contretemps à son hôte.

– Le rendez-vous est retardé. Ce ne pourra pas être avant demain.

Ben Barka manifeste sa contrariété, mais on ne sent pas d'inquiétude chez lui.

– Je devais être à Paris ce soir...

– Je suis désolé. En attendant, je vais vous faire préparer un dîner par ma bonne marocaine. Vous m'en direz des nouvelles !

Mais Ben Barka ne touche pas au repas qui lui est apporté dans sa chambre et va se coucher. Le lendemain, son comportement n'a pas changé : il boit sans cesse du thé et ne mange pas. De temps en temps Boucheseiche vient lui tenir compagnie et Ben Barka s'adresse à lui en toute confiance. Il va même jusqu'à lui dire :

– Je serai peut-être un jour Premier ministre dans mon pays. Je changerai alors beaucoup de choses, notamment la police : elle est complètement pourrie...

Il est aux environs de midi lorsque Antoine Lopez accueille Ahmed Dlimi à l'aéroport d'Orly. Il le conduit immédiatement dans la villa de Fontenay-le-Vicomte. Il gare la voiture devant la porte pour que Ben Barka, qui connaît le chef de la Sûreté, ne le voie pas depuis sa fenêtre. Une fois entré, Dlimi questionne Boucheseiche :

– Tout se passe bien ? Il ne se doute de rien ?

– Non... Vous savez ce qu'il m'a dit ?

Et le truand lui rapporte les propos de l'opposant marocain sur la police « pourrie » de son pays, ce qui déclenche un grand éclat de rire chez le chef de la Sûreté. Mais celui-ci retrouve vite son sérieux. À la bande de Boucheseiche, il déclare soudain :

– Il faut le liquider !

Boucheseiche le regarde avec perplexité.

– Vous voulez dire nous ?

– Oui, vous. Pourquoi croyez-vous qu'on vous paye ? Il faut que ce soit fait avant l'arrivée du patron.

Les truands se préparent à monter dans la chambre, mais leur chef les retient.

– Attendez, on va d'abord mettre un somnifère dans son thé. Ce sera plus facile.

Dans la pharmacie de la salle de bains, il n'y a que du Phenergan. Ce n'est pas un somnifère mais un analgésique. On décide de s'en contenter et on en verse dans la théière qu'on lui apporte. Une heure plus tard, Boucheseiche, Le Ny, Palisse et Dubail entrent dans la chambre.

Ben Barka ne se méfie toujours pas. Boucheseiche lui assène un violent coup de poing, qui rate sa cible. Les trois autres se précipitent alors, mais le Phenergan a produit son effet : le Marocain ne sent plus les coups. Lui qui est si malingre se bat comme un forcené, avec l'énergie du désespoir.

Que peut-il faire pourtant contre quatre armoires à glace ? Ses agresseurs s'acharnent, c'est une véritable boucherie. Bientôt, sa tête n'a plus forme humaine et il perd connaissance. On l'attache sur une chaise. Quand le général viendra, il décidera…

Le général Oufkir arrive vers 18 heures, en compagnie d'Antoine Lopez, qui a été le chercher à l'aéroport. Il porte une cape et un grand chapeau noirs. Figon, qui vient l'accueillir, ne peut s'empêcher de lui trouver une vraie tête d'assassin.

– Il est là-haut ?
– Oui.
– Il est mort ?
– Pas tout à fait, je crois...

Il y a sur le mur de l'entrée une panoplie d'armes anciennes marocaines. Le ministre de l'Intérieur a un sourire. Il va décrocher un poignard au manche ouvragé et à la lame recourbée.

– Ce sera parfait !

Et il monte au premier. Dans la chambre, il trouve les quatre truands et Ben Barka attaché sur sa chaise. Malgré son état, ce dernier a un sursaut et un cri de terreur en découvrant son ennemi mortel. Le général s'approche, le poignard à la main.

– Je connais le moyen de le calmer.

Il lui entaille la gorge et la poitrine, en s'appliquant, avec des gestes de chirurgien. Il paraît y prendre un grand plaisir. Il ne s'arrête que lorsque sa victime n'a plus de réaction. Il se retourne vers les personnes présentes.

– Regardez, maintenant, ça va.

Tout le monde redescend dans le salon. Le général Oufkir prend la parole. Il s'excuse de ne pas avoir eu le temps d'apporter le reste des 500 millions promis. Puis il entame un petit discours :

– Il ne s'agissait pas seulement de se débarrasser d'un ennemi politique, Ben Barka était un ennemi de la France et de l'humanité.

Les truands ne le laissent pas aller plus loin.

– On s'en moque, de vos salades ! On est excédés et fatigués. Ce qu'on veut, c'est notre argent.
– Vous l'aurez au Maroc. Après ce qui s'est passé, vous n'allez pas rester en France, non ?

Sur ces paroles, il lève le camp. Suivant le conseil du ministre, Boucheseiche, Le Ny, Dubail et Palisse gagnent effectivement le Maroc le surlendemain, le 1er novembre.

Mais les Marocains, eux, restent à Paris, sans se cacher le moins du monde. Le général Oufkir assiste même, en compagnie de Chtouki et Dlimi, à un cocktail donné par le ministre de l'Intérieur Roger Frey. On le voit échanger des mots aimables avec son collègue français, l'allure décontractée, le sourire aux lèvres. Peu après, il participe à un dîner officiel à l'ambassade du Maroc. Enfin, le 4 novembre, il rentre tranquillement au pays, accompagné de ses deux collaborateurs.

Tel est, en substance, le récit qui paraît dans *L'Express* du 10 janvier 1966. Il comporte d'importantes zones d'ombre, par exemple le lieu où se trouve le corps de l'opposant marocain, mais le retentissement est immense. Du jour au lendemain, l'affaire Ben Barka prend les dimensions d'un scandale.

Et on peut le comprendre ! Les faits n'ont aucun précédent connu. A-t-on jamais vu le ministre de l'Intérieur d'un pays étranger venir tuer de sa main un opposant sur le sol français ? Et cela avec la complicité de truands, qui font également partie d'une police parallèle, d'un membre du contre-espionnage, sans compter les deux policiers qui ont opéré l'enlèvement !

L'opinion est révoltée. Elle dénonce l'existence des barbouzes, qui fait de notre pays l'équivalent des dictatures corrompues d'Afrique ou d'Amérique latine. Pourtant, on n'a pas encore tout vu.

À la différence de la bande de Boucheseiche, qui est depuis longtemps retournée au Maroc, Georges Figon se cache toujours à Paris. Le 17 janvier, un coup de fil anonyme signale sa présence dans un studio de la rue des Renaudes, dans le 17ᵉ arrondissement. Quand les forces de police arrivent sur les lieux, elles le découvrent mort : il s'est tiré une balle dans la tête.

L'indignation est unanime. On aurait voulu réduire au silence un témoin compromettant qu'on ne s'y serait pas pris autrement. Figon avait toujours proclamé qu'il ne supporterait pas de retourner en prison, que s'il se voyait sur le point d'être pris, il préférerait se suicider. Au lieu d'opérer dans la discrétion, on a envoyé contre lui une petite armée, qui ne pouvait que lui donner l'alerte et déterminer son geste fatal.

Cette fois, le pouvoir politique est atteint de plein fouet et, en première ligne, le général de Gaulle, dont l'autorité est publiquement bafouée. Furieux contre les Marocains, venus régler leurs comptes en France, il dit à l'un de ses proches : « Il faut que les coupables soient châtiés, je veux dire le général Oufkir et Dlimi, pour ne pas parler du roi, complice et même instigateur. »

Mais le plus urgent est de calmer l'opinion publique. C'est l'objet de la conférence de presse qu'il tient le 22 février. Après avoir mis en cause les autorités marocaines, il poursuit : « Du côté français, que s'est-il passé ? Rien que de vulgaire et de subalterne. Rien, absolument rien n'indique que le contre-espionnage et la police en tant que tels et dans leur ensemble aient connu l'opération et a fortiori l'aient couverte. » Autrement dit, les complicités avec les Marocains n'impliquaient que leurs auteurs, qui n'avaient pas prévenu leurs supérieurs. Le pouvoir ne s'est pas compromis. Ces déclarations suffiront pour venir à bout de la crise, mais pas pour faire taire l'émotion qu'elle a suscitée.

La parole est ensuite donnée à la justice, même si le procès qui s'ouvre le 5 septembre 1966 risque de ne pas vouloir dire grand-chose. Seuls trois des auteurs présumés de l'enlèvement sont en effet dans le box : Antoine Lopez et les policiers Souchon et Voitot. Quant aux autres, Figon mort, Boucheseiche et sa bande sont au Maroc, sans parler, bien entendu, du général Oufkir et de ses hommes.

Les débats durent des mois, sans apporter quoi que ce soit de nouveau. On assiste à un défilé réunissant pas moins de cent soixante-sept témoins et l'intérêt finit par s'émousser. C'est presque dans l'indifférence que le 5 juin 1967, en pleine guerre des Six-Jours, à un moment où tous les regards sont tournés vers le conflit israélo-arabe, le verdict tombe : Antoine Lopez et Louis Souchon se voient infliger respectivement huit et six ans de prison ; Voitot, qui a agi sur ordre de son supérieur, est acquitté ; le général Oufkir, Ahmed Dlimi, Boucheseiche et sa bande sont condamnés par contumace à la perpétuité.

Parmi ces derniers, plusieurs connaîtront un sort tragique : le général Oufkir commettra un attentat manqué contre le roi Hassan II, le 16 août 1972, et sera contraint au suicide ; Boucheseiche et deux de ses hommes seront exécutés en 1974 pour avoir, eux aussi, participé à un complot contre le roi. Ce sera, du moins, la version officielle.

Par la suite, chaque année apportera son lot de révélations réelles ou imaginaires sur l'affaire. Le corps de Ben Barka aurait été, selon les uns, enterré près du lieu de son assassinat, selon les autres, rapatrié au Maroc et dissous dans de l'acide...

En 2000, pour la première fois depuis sa condamnation, Antoine Lopez s'exprime dans un entretien au *Parisien*. Selon lui, Mehdi Ben Barka serait mort le samedi 30 octobre 1965 en fin d'après-midi, soit trente heures après son enlèvement, ce qui jusque-là corrobore le récit de Figon. Mais selon lui, Oufkir, Dlimi et les truands n'étaient pas seuls, il y avait un représentant du ministère de l'Intérieur français. L'affaire aurait donc été cogérée par les Français et les Marocains. Par la suite, le général Oufkir aurait demandé l'assistance de son homologue Roger Frey pour effacer les traces du meurtre, ce qui expliquerait que la perquisition qui a eu lieu dans la villa peu de temps après les faits n'ait rien donné.

Dans ce cas, ce serait plus grave encore, mais il faudrait pour cela croire sur parole un individu peu fiable et il est préférable de s'en tenir à la version la plus couramment établie. Il n'en reste pas moins que, même dans ces conditions, l'affaire Ben Barka constitue le plus grand scandale de la Ve République et une tache ineffaçable sur la présidence du général de Gaulle.

Alors, pour terminer ce récit, mieux vaut en revenir à cet homme courageux qui a payé de sa vie son action en faveur du tiers-monde... Quoique tardivement, la France a tenu à lui rendre hommage : pour le quarantième anniversaire de l'événement, le 29 octobre 2005, une plaque a été apposée devant le 151, boulevard Saint-Germain, lieu de l'enlèvement, et une place Mehdi-Ben-Barka a été inaugurée à l'angle de la rue du Four et de la rue Bonaparte.

Un joli cercueil

Nancy Robson et sa fille Pamela rentrent de week-end ce 19 décembre 1969. Elles sont allées passer deux jours à Key West, dans le sud de la Floride et maintenant, elles roulent vers Tallahassee, la capitale de cet État, où elles habitent. Allan, le mari de Nancy et le père de Pamela, n'est pas venu avec elles, retenu par son travail.

Au petit matin, on sonne à la porte de la chambre du motel où elles se sont arrêtées pour la nuit. Les deux femmes, réveillées en sursaut, se concertent : qui cela peut-il être à une heure pareille ? Elles sont d'avis de ne pas ouvrir, mais de l'autre côté de la porte, des coups sont frappés avec le poing, tandis qu'une voix forte retentit :

– Police !

Alors que Pamela Robson se refuse toujours à ouvrir, sa mère ne partage pas son sentiment.

– Si c'est la police, il faut y aller...

La suite se passe très vite. À peine Nancy Robson a-t-elle entrouvert la porte que celle-ci est poussée violemment. Un homme, vêtu d'une veste de cuir et d'un pantalon foncé, fait irruption, revolver au poing. Derrière lui se tient un autre homme, de petite taille, le visage dissimulé par un foulard. Mme Robson parvient à garder son sang-froid.

— Les bijoux sont dans la salle de bains. J'ai de l'argent dans mon sac. S'il vous plaît, ne nous faites pas de mal !

Mais la réplique de l'homme la glace de peur, de même que sa fille :

— Ce n'est pas cela qui nous intéresse. Tourne-toi : on va t'attacher les mains.

Tremblante, Nancy Robson obéit. Le complice s'approche d'elle et la ligote, avant de sortir de la poche de sa veste une bouteille et un chiffon. Nancy Robson a un cri horrifié, mais l'homme au revolver intervient d'une voix sans réplique :

— C'est sans danger. Laisse-toi faire, sinon ce sera plus grave...

Nancy Robson perd conscience sous l'effet du chloroforme qu'on lui a administré et s'affaisse lourdement sur le sol... Pendant toute la scène, Pamela Robson est restée tétanisée sur son lit. En cet instant, elle n'a qu'une pensée : ses agresseurs vont la violer. Il faut dire qu'elle est particulièrement ravissante : elle a vingt ans tout juste, de longs cheveux noirs, une frimousse charmante.

L'homme de grande taille la prend violemment par le bras et lui colle le canon sur la tempe.

— Suis-nous. Si tu cries, je t'abats !

— Laissez-moi mettre quelque chose, je suis en chemise de nuit...

— On n'a pas le temps. Viens !

Pamela Robson est tirée hors du lit. Sans trop savoir pourquoi, elle demande à son agresseur :
– Vous ne m'attachez pas les mains ?
– Non. Toi, on te réserve autre chose…
Et l'instant d'après, elle disparaît avec ses agresseurs.

Cette dernière réplique, Nancy Robson l'a entendue malgré son esprit embrumé par le chloroforme. Elle perçoit le bruit d'une portière qui claque et celui d'un moteur qui démarre. Luttant contre la nausée, elle parvient à se relever et sort en titubant, en chemise de nuit elle aussi. La fraîcheur qui règne en cette matinée de décembre la réveille tout à fait. Elle appelle au secours, mais bien qu'elle s'égosille un long moment, personne ne répond.

Elle a alors une idée. La veille, c'est elle qui conduisait et elle a l'habitude de ne jamais verrouiller la voiture. Elle ouvre la portière comme elle peut, car elle a toujours les mains liées dans le dos, et, avec les plus grandes difficultés, parvient à klaxonner. Cette fois, le gardien du motel arrive furieux.
– Qu'est-ce qui vous prend ? Vous allez réveiller tout le monde.
– C'est ce que je veux ! On a enlevé ma fille !
Le gardien la regarde d'un air stupide. Il faut qu'elle lui montre ses mains liées pour qu'il comprenne.
– Qu'attendez-vous ? Détachez-moi et appelez la police !

Peu après, deux policiers écoutent la déclaration de Mme Robson avec apparemment aussi peu d'émotion que le gardien.

– Il ne faut pas vous mettre dans des états pareils, madame. Votre fille a vingt ans. Elle est peut-être allée rejoindre un garçon.

– Quel garçon ? Nous avons été attaquées par deux individus armés. C'est un enlèvement !

– Pourquoi aurait-on fait cela ?

– Pour la rançon, bien sûr ! Mon mari est promoteur immobilier.

– Il est si riche que cela ?

– Sa société vaut au moins 100 millions de dollars.

Le chiffre a pour effet de ramener les policiers à la réalité. L'un d'eux déclare :

– Alors, c'est une affaire qui nous dépasse. Il faut prévenir le FBI.

– Le FBI et mon mari. Faites vite, j'ai peur !

Mais dans ses pires appréhensions, Nancy Robson est loin d'imaginer ce qui est en train d'arriver à sa fille…

Une fois dans la voiture, le plus petit des ravisseurs s'est approché avec son tampon de chloroforme. Pamela a voulu se débattre mais celui-ci lui a dit sèchement :

– Laisse-toi faire !

Pamela Robson découvre en cet instant, à la voix, que l'homme de petite taille est en réalité une femme. Sans doute s'agit-il d'un couple. Du coup, sa crainte d'être violée s'atténue un peu. C'est sur cette pensée plutôt rassurante qu'elle sombre dans l'inconscient. Mais au réveil, un cauchemar l'attend...

La voiture s'est arrêtée en bordure d'une forêt. Pamela se sent tirée à l'extérieur, mais ses sensations restent confuses. Elle entend la femme dire à l'homme :

— Ne la tourne pas dans cette direction. Elle ne doit pas voir la maison.

On lui fait faire quelques pas, ou plutôt on la traîne, car elle est incapable de marcher, en lui maintenant la tête penchée vers le sol. Soudain, elle découvre un grand trou devant ses pieds.

— Vous allez me tuer ?
— Non, c'est un enlèvement. On va te mettre à l'abri le temps que ton père paye la rançon. Tout se passera bien.

La tenant par la taille, l'homme descend avec elle dans le trou, profond d'un mètre cinquante environ. Ils se trouvent à présent sur une sorte de plancher. Pamela, toujours à moitié inconsciente, demande :

— Qu'est-ce que c'est ?
— C'est une pièce souterraine. Tout a été prévu, ne t'inquiète pas. Elle est reliée au sol par une arrivée d'air, qui fonctionne avec une batterie. Il y a aussi une ampoule pour que tu y voies clair. Tu as aussi un jerrican d'eau, des bonbons et un seau hygiénique chimique. Allez, allonge-toi.

Pamela Robson, qui n'a toujours pas retrouvé ses esprits, comprend pourtant toute l'horreur de la situation.

— Mais qu'est-ce que vous faites ? Vous ne pouvez pas...!

– Allonge-toi !

L'homme la plaque sur le sol d'une main et, de l'autre, s'empare d'une grande planche, qui était posée contre le bord du trou. L'instant d'après, celle-ci recouvre entièrement Pamela, qui se retrouve dans le noir complet. Elle se met à hurler... L'homme couvre ses cris.

– Pas de panique, cela ne sert à rien. Si tu veux, allume la lampe. L'interrupteur est près de ta main droite.

Pamela s'exécute comme un automate. Effectivement, une ampoule s'éclaire et elle découvre le décor qui l'environne. Elle est dans une sorte de grande caisse d'une hauteur d'un mètre environ et d'un mètre cinquante de large. Elle entend tout près de sa tête le ronronnement du ventilateur, qui aspire l'air depuis l'extérieur. De l'autre côté du couvercle lui parvient la voix de son ravisseur.

– Ne laisse pas trop longtemps la lumière. La batterie peut tenir cinq jours, mais si tu allumes, elle ne fera pas plus de trois jours et, sans elle, tu n'as plus d'air.

Pamela Robson se remet à hurler, mais cette fois, elle n'obtient aucune réponse. Des coups sourds ébranlent alors la caisse : son ravisseur est en train de clouer le couvercle. Elle gémit, elle supplie, sans autre écho que la succession des coups contre le bois... À la fin, pourtant, la voix de la femme lui parvient.

– Calme-toi, Pamela. Nous sommes à côté, dans la maison. Nous viendrons toutes les deux heures. Nous sifflerons, tu nous entendras...

Les coups de marteau ont cessé. À présent, un autre bruit tout aussi angoissant les remplace : celui des pelletées de terre, jetées depuis la surface. Un long moment après, elle n'entend plus que le ronronnement du ventilateur.

Pamela Robson, ensevelie vivante, est seule avec son angoisse. Elle a, selon qu'elle allumera ou non la lumière, entre trois et cinq jours de survie. Maintenant, c'est à l'extérieur que tout va se jouer. Et il dépendra des événements qui vont suivre que son cercueil soit provisoire ou définitif.

Il est 12 h 30 ce 19 décembre 1968, et Allan Robson, le père de Pamela, vient d'être prévenu par les policiers de l'enlèvement de sa fille. Grand, brun aux yeux bleus, bronzé, ne paraissant pas ses cinquante-sept ans, il est le type même de l'homme d'affaires respirant la réussite. Sa société immobilière, la Dalton Corporation, affiche un chiffre d'affaires de 127 millions de dollars.

Il vient de rentrer dans leur luxueuse villa de Tallahassee, qui, comme la plupart des propriétés américaines, n'est pas clôturée. À ses côtés, le lieutenant Priestley, spécialiste du FBI dans les enlèvements. Nancy Robson, très choquée par l'agression, a dû être hospitalisée...

Les deux hommes font le point lorsque le téléphone sonne. Le promoteur décroche.

– Allan Robson ?

– C'est moi. Qui êtes-vous ?

L'homme ne répond pas. Il poursuit :

– Regardez sous le palmier à l'angle nord-est de la maison. Creusez jusqu'à quinze centimètres environ sous une pierre.

– Mais…

L'inconnu a raccroché. Bien entendu, Allan Robson et le lieutenant Priestley se précipitent dans le jardin. Sous le palmier, il y a effectivement une grosse pierre plate et, dessous, une bouteille cassée refermant trois feuillets dactylographiés, qui contiennent les modalités détaillées de la remise de rançon. Les ravisseurs exigent 500 000 dollars en billets de 20. Lorsque M. Robson aura réuni la somme, il devra faire passer l'annonce suivante dans les principaux quotidiens de Floride : « Chérie, nous te supplions de revenir. Nous réglerons toutes tes dépenses et nous te rencontrerons où et quand tu voudras. Papa et maman. » Après quoi les ravisseurs prendront à nouveau contact pour indiquer le lieu du versement.

Mais le pire est ce qui suit… Sous le titre « Un joli cercueil », le texte décrit longuement la caisse dans laquelle Pamela est enfermée et se termine par cet avertissement : « Si vous refusez de verser la rançon, nous laisserons votre fille là où elle est et elle mourra dans trois ou cinq jours selon qu'elle allumera ou non la lumière. Si les policiers tentent quoi que ce soit contre nous lors du versement de la rançon, nous ouvrirons le feu. S'ils répliquent, ils risqueront de nous tuer et ils tueront Pamela par la même occasion… »

En apprenant l'enlèvement de sa fille, Allan Robson, en homme habitué à faire face à toutes les situations, a réagi avec courage, mais la description des

151

horribles conditions de détention de sa fille a raison de lui. Livide, au bord des larmes, il balbutie :
— C'est affreux !

Au cours d'une longue carrière consacrée aux enlèvements, le lieutenant Priestley a rarement vu une chose aussi abominable. Il essaie pourtant de réconforter le père éploré :
— Il y a quelque chose de rassurant dans tout cela, monsieur Robson : ce sont des gens très organisés, des professionnels. C'est avec les amateurs que les dangers sont les plus grands.
— Oui, mais ma fille, vous imaginez ce qu'elle est en train de vivre ?

Non, le lieutenant ne l'imagine pas. Qui en est capable, d'ailleurs ? Après le départ de ses ravisseurs, Pamela a touché le fond du désespoir. Elle a crié, elle a pleuré, elle a frappé de toutes ses forces contre les parois de la caisse, en vain. Épuisée, elle se rappelle alors ce que lui a dit la femme en partant : ils reviendront tous les deux au bout de deux heures, ils siffleront et elle les entendra.

Elle s'accroche à cette idée. Il y a trois mille six cents secondes dans une heure, cela fait donc sept mille deux cents. Elle se met à compter lentement jusqu'à ce chiffre et elle attend. Mais rien ne se produit. Pas le moindre bruit, à part le ronronnement désespérant de la ventilation. Elle comprend qu'il s'agit d'un mensonge. Ses ravisseurs ne reviendront pas. Ils l'ont définitivement abandonnée. Elle est seule...

Alors, après un nouveau moment de désespoir absolu, Pamela Robson décide de faire face. Comme le lieutenant Priestley en a fait la remarque à son père, elle se dit, elle aussi, que ses ravisseurs sont des professionnels. Ils n'ont pas l'intention de la tuer, sinon ils l'auraient déjà fait et auraient exigé la rançon quand même. Cela se produit souvent dans les affaires d'enlèvement. S'ils se sont donné autant de mal, c'est qu'ils vont revenir la délivrer. Le tout est d'attendre sans perdre son sang-froid. Il faut penser à quelque chose, n'importe quoi, pour s'occuper l'esprit...

Pamela Robson pense que c'est bientôt Noël. Elle imagine comment elle va décorer le sapin, ainsi qu'elle a l'habitude de le faire tous les ans. Elle se demande quels cadeaux elle va offrir et quels cadeaux elle va recevoir. Elle est sûre que ce sera une surprise. La vie réserve tant de surprises !...

20 décembre 1968, 8 heures du matin. Cela fait presque une journée que Pamela est allongée dans son cercueil. Dans sa luxueuse villa de Tallahassee, Allan Robson compulse nerveusement l'édition du *Miami News* où figure la petite annonce convenue avec les ravisseurs... Le journal ne dit pas un mot de l'enlèvement. Pour des raisons de sécurité, le FBI a décidé de taire l'affaire.

La rançon est prête : une grosse valise bourrée de liasses de coupures de 20 dollars. M. Robson est allé la retirer la veille à sa banque et quinze employés ont passé la journée entière à noter un par un les numéros de tous les billets...

Le promoteur et le lieutenant Priestley ont les yeux rivés sur le téléphone, espérant à chaque instant l'entendre sonner. C'est à ce moment que la porte carillonne. Un domestique revient accompagné d'un homme en habit ecclésiastique.

– Je suis le révérend Lester. Je viens de recevoir un appel téléphonique. Cela semble sérieux, mais tellement monstrueux...

Et le révérend Lester fait part de la communication qu'il a reçue : un homme, se disant le ravisseur de Pamela Robson, a décrit en détail les terribles conditions de séquestration de la jeune fille. Le lieutenant Priestley intervient :

– L'appel est authentique. Est-ce qu'il vous a dit où déposer la rançon ?

– Oui. Il faut la remettre ce soir à minuit au pied d'un muret, à Fair Isle Street, dans Miami. L'endroit se trouve devant une maison de brique, tout de suite après un cimetière de voitures. L'homme m'a dit qu'on ne pouvait pas se tromper. Il a ajouté que si la police tentait quelque chose, la jeune fille serait tuée. Il indiquera le lieu où elle se trouve douze heures après la livraison de l'argent...

Allan Robson remercie le pasteur. L'attente jusqu'à minuit est interminable, pas pour lui, mais pour Pamela, à laquelle il ne cesse de penser. Pourtant il faut se faire une raison : l'opération ne pouvait avoir lieu en plein jour.

À l'heure dite, il est sur les lieux. Fair Isle Street est une longue artère bordée de bâtiments industriels, vides à cette heure. Un faubourg sordide de Miami. L'endroit est désert et parfaitement choisi... Dans sa Cadillac, le lieutenant Priestley est dissimulé à l'arrière sous une couverture. Des forces de police ont été postées dans les environs, mais ont pour consigne formelle de ne pas intervenir.

Allan Robson ralentit. Sur sa droite vient d'apparaître un empilement de carcasses de voitures et, un peu plus loin, il y a effectivement une maison de brique précédée d'un muret. Le ravisseur avait raison : on ne peut pas se tromper. Il s'arrête, dépose la valise et démarre. Il est exactement minuit et, à midi, les ravisseurs vont appeler. Il faudra peut-être compter une ou deux heures de plus pour délivrer Pamela, mais son cauchemar va enfin s'achever !

19 décembre 1968. Pour la première fois depuis l'enlèvement, Allan Robson est optimiste et, pour la première fois, il s'est accordé du repos. Il est rentré chez lui et dort profondément sans imaginer qu'au même moment, le sort de sa fille est en train de se jouer...

En raison de la gravité particulière de l'affaire, le lieutenant Priestley a pris la décision de la tenir non seulement secrète vis-à-vis des médias, mais aussi des autres services de police. Seul le FBI est au courant des faits. Décision peut-être sage, mais aux conséquences dramatiques.

Il est 3 heures du matin lorsque les agents Murray et Weston effectuent une patrouille de routine à Fair Isle Street à bord de leur voiture. Ils sont sur le qui-vive car, le matin même, des malfaiteurs ont attaqué un transport de fonds et abattu les deux convoyeurs avant de s'emparer d'une somme considérable. Tandis que le véhicule des deux agents roule à faible allure, ils voient un véhicule s'arrêter devant un muret. Le conducteur en sort et s'empare d'une valise. Le fait leur semble suffisamment louche pour qu'ils se décident à intervenir. Ils interpellent l'individu qui, renonçant à la rançon, bondit dans sa voiture et s'enfuit sur les chapeaux de roues.

Hésitant sur la conduite à tenir, il leur semble finalement plus important de s'emparer d'abord de la valise. Et ils ne le regrettent pas car, en l'ouvrant, ils découvrent une véritable fortune. Sans aucun doute le butin de l'attaque des convoyeurs de fonds. Quant à la voiture, il est malheureusement trop tard pour espérer la rattraper, mais ils ont eu le temps de noter son numéro. Ils viennent de réussir le plus beau coup de leur carrière ! Ils imaginent déjà les félicitations qu'ils vont recevoir de leurs chefs et l'avancement qui les attend !

Dans sa villa de Tallahassee, Allan Robson connaît un réveil dramatique. Le lieutenant Priestley, prévenu par la police de Miami, vient l'informer lui-même du terrible rebondissement : la remise de rançon a échoué à cause du zèle de policiers qui n'étaient pas au courant. Le lieutenant s'exprime d'une voix sombre :

— Tout est de ma faute ! J'ai voulu trop bien faire en gardant le secret.

Mais le promoteur retrouve toute sa combativité :

— La rançon est intacte, on peut donc la livrer de nouveau. Il faut absolument que je fasse savoir aux ravisseurs que je ne suis pour rien dans ce qui s'est passé et que je me tiens à leur disposition.

L'homme du FBI approuve.

– Cette fois, nous allons rendre l'affaire publique et demander l'aide de la presse.

C'est ainsi que le jour même paraît dans tous les journaux la déclaration d'Allan Robson, qui est également diffusée à la radio et à la télévision. : « Je regrette que vous n'ayez pas eu l'argent, car la sécurité de ma fille est mon seul souci. J'ai suivi à la lettre vos instructions et je ne suis pour rien dans l'intervention accidentelle de la police de Miami. Je vous prie de reprendre contact avec moi par n'importe quel moyen. Je ferai tout ce que vous exigerez. »

Et il reprend sa faction devant son téléphone, attendant que celui-ci sonne ou que le pasteur Lester ou toute autre personne se présente de la part des ravisseurs. Dans sa tête, il calcule que cela fait plus de deux jours et demi que Pamela est dans son cercueil. Si elle garde sa lumière allumée, elle n'a plus qu'une demi-journée de survie. Il ignore que l'ampoule est depuis longtemps grillée et que la jeune fille lutte contre le désespoir.

La police ne reste pas inactive. Elle ne lui a pas dit, pas plus qu'aux médias, que les agents de Miami avaient relevé le numéro de la voiture. À moins qu'il ne s'agisse d'un véhicule volé, il devrait donc être possible d'identifier les ravisseurs. Et avec un peu de chance, s'ils habitent une maison particulière, ils pourraient délivrer Pamela, enterrée dans leur jardin.

Renseignements pris, la voiture n'est pas volée et la personnalité de son propriétaire concorde avec celle d'un ravisseur : Philip Selby, préparateur en pharmacie au chômage, condamné plusieurs fois pour escroquerie. Dans la dernière affaire où il a été impliqué, sa femme Ruth a été condamnée pour complicité. Leur adresse n'est malheureusement pas une maison particulière, mais un appartement d'un quartier populaire de Miami. Lorsque les policiers s'y rendent, ils ne trouvent personne. D'après les voisins, Ruth et Philip Selby ne sont plus là depuis une dizaine de jours, ce qui correspond parfaitement à la préparation de l'enlèvement. La piste tourne court. Il n'y a rien d'autre à faire que continuer à attendre...

Un second ecclésiastique sonne à la porte de la villa d'Allan Robson et lui communique l'appel téléphonique qu'il a reçu. Celui-ci énonce les modalités d'une nouvelle remise de rançon. Comme la première fois, elle doit avoir lieu le soir même à minuit et, comme la première fois, les ravisseurs annoncent qu'ils libéreront leur prisonnière douze heures plus tard. Cela fera pour elle trois jours et demi dans son cercueil-prison.

La nuit venue, de nouveau, le promoteur immobilier prend le volant de sa Cadillac avec, à ses côtés, sa valise bourrée de billets et derrière, caché sous sa couverture, le lieutenant Priestley. La remise se fait sans encombre. Cette fois, toutes les forces de police ont été prévenues, il n'y a pas d'intervention intempestive à redouter.

22 décembre 1968. Midi sonne dans le living-room de M. Robson, une heure s'écoule, puis deux, puis trois, et toujours rien. Contrairement à leur promesse, les ravisseurs, qui sont sans nul doute en possession de la rançon, ne se manifestent pas. Le père de

Pamela est dévoré d'angoisse. Il s'adresse au lieutenant du FBI :

– Qu'est-ce qu'il se passe ? Vous avez une idée ?

– Non, je ne comprends pas. Cela ne colle pas. Les ravisseurs ont dû avoir un empêchement.

Allan Robson est traversé par une idée affreuse.

– Et s'ils étaient morts ? S'ils avaient eu un accident en prenant la fuite avec l'argent ?

– Je ne sais pas. Mais il n'est pas question d'attendre davantage. Nous allons employer les grands moyens.

– Qu'est-ce que vous appelez les « grands moyens » ?

– Toutes les polices de Floride ont l'ordre de collaborer avec le FBI pour cette affaire. Cela fait des milliers d'hommes. Il faut garder l'espoir.

Contrairement aux apparences, les ravisseurs se sont bel et bien manifestés, mais la fatalité est intervenue une seconde fois...

C'est peu de dire que le pasteur Mac Gregor appartient à la vieille école. À près de soixante-dix ans, il exerce encore son ministère dans une paroisse rurale à quelque distance de Miami. Ses fidèles sont pour la plupart des petits paysans passablement conservateurs et lui l'est plus encore. Mettant un point d'honneur à ne lire que la Bible, il n'ouvre jamais aucun journal et considère plus ou moins la radio et la télévision comme des inventions diaboliques...

Pour rentrer en contact avec le père de Pamela, Philip Selby a choisi le pasteur Mac Gregor au hasard dans l'annuaire. Étant donné le battage médiatique fait autour de l'enlèvement, il n'a pas jugé bon de donner trop d'explications. Il ne pouvait imaginer qu'il était en présence d'une des rares personnes de Floride à n'être au courant de rien.

– Pasteur Mac Gregor ? Je vais vous donner l'emplacement de la caisse de Pamela. Vous avez compris ?

Le pasteur n'a rien compris du tout. Il pense avoir affaire à un mauvais plaisant. Il écoute sans mot dire son interlocuteur lui faire une description détaillée d'un emplacement au milieu d'une forêt et lui demander d'aller immédiatement rapporter ces informations à M. Robson. Et, une fois que l'homme a terminé et raccroché, le pasteur Mac Gregor oublie ces propos incompréhensibles et se replonge dans sa Bible.

Dans la villa de Tallahassee, transformée en quartier général, c'est la plus grande effervescence qui règne. Le lieutenant Priestley coordonne l'ensemble des opérations. Dehors, des dizaines de journalistes, dont plusieurs caméras des actualités télévisées, sont tenus à distance par les agents.

Il est 17 heures lorsque l'on transmet au lieutenant un appel d'un marchand de bateaux de plaisance de West Palm Beach.

– Je viens de vendre un hors-bord de cinq mètres à un couple qui m'a payé en billets de 20 dollars.

– À votre avis, où peuvent-ils aller avec cette embarcation ?

– Le bateau est puissant et il y a le plein d'essence. Sans doute aux Bahamas...

Quand il parlait de grands moyens, le lieutenant Priestley n'exagérait pas. Il a à sa disposition plusieurs hélicoptères armés à qui il donne immédiatement par radio l'ordre d'intercepter le hors-bord... L'intervention est rapide et efficace. Au bout d'un quart d'heure seulement, l'un des pilotes appelle le lieutenant :

– Ils ont fait demi-tour. Ils se dirigent vers la Floride.

– Vers quel endroit exactement ?

– On dirait qu'ils veulent prendre les canaux en direction du lac Okeechobee.

– Surveillez-les mais sans ouvrir le feu.

En entendant cette conversation, Allan Robson pâlit. La situation ne peut être plus dramatique. Le lac Okeechobee est situé au cœur de la Floride et relié à ses deux côtes par des canaux naturels et des marécages. C'est un endroit très difficile d'accès où l'on peut rester caché longtemps et, surtout, un lieu resté sauvage, infesté de crocodiles et de serpents mortels. Nulle part les risques d'accident ne sont plus grands et la mort des ravisseurs, c'est la mort de sa fille !

Le lieutenant Priestley le sait aussi. Il lance toutes les vedettes rapides dont il dispose en direction du lac, avec pour consigne de ne rien faire qui puisse mettre en danger la vie des fuyards...

Mais après tant d'angoisses, le dénouement survient d'une manière quasi miraculeuse. Une heure plus tard, les policiers appellent la villa :

– Nous les avons. Ils n'ont pas eu le temps d'entrer dans les canaux.

– Ils ont donné le lieu de détention de Mlle Robson ?

– Oui. C'est dans la forêt du Caïman. Il paraît qu'ils avaient appelé un pasteur pour le lui dire...

La forêt du Caïman n'est pas très loin de Tallahassee. Le lieutenant s'y précipite en compagnie d'Allan Robson ; moins d'une heure plus tard, ils sont sur les lieux, en compagnie d'hommes munis de pelles et d'une équipe médicale dotée de tout le matériel de réanimation...

Contrairement à ce qu'avaient dit Ruth et Philip Selby, il n'y a aucune maison à proximité : c'est un enclos en plein milieu de la forêt, fermé par un grillage. Jamais on n'aurait eu l'idée d'y chercher quelqu'un... M. Robson y entre le premier. Il appelle de toutes ses forces :

– Pamela ! Pamela !

Soudain, sous un tapis de feuilles mortes et de brindilles, des coups lui répondent. Dix pelles attaquent le sol et, quelques instants plus tard, le couvercle est décloué. Pamela Robson apparaît dans son cercueil. Elle est très faible, incapable de se lever, mais vivante. Elle a passé exactement quatre-vingt-trois heures dans sa prison.

Pamela s'est remarquablement remise de sa terrifiante aventure. Non seulement elle a très vite retrouvé la santé physique, mais elle a supporté le traumatisme psychologique avec une facilité qui a stupéfié les psychiatres. Elle s'est étonnée des témoignages de sympathie qu'elle a reçus de tous les États-Unis et du monde entier, comme si ce qui lui était arrivé n'était pas si grave. S'agissant de ses ravisseurs, elle a déclaré :

– Je n'éprouve aucune haine pour Philip et Ruth. Peut-être en serait-il autrement si mes parents avaient souffert des conséquences de l'enlèvement, s'ils étaient devenus fous, par exemple. Mais nous nous sommes tous bien tirés de l'aventure...

Lors du procès, qui a eu lieu en mai 1969, les jurés n'ont pas eu la même attitude. Alors qu'il n'y avait pas eu mort d'homme dans cette affaire, ils ont condamné Philip Selby à la réclusion à vie et sa compagne à sept ans pour complicité.

Un verdict sans doute sévère, quoique la prison qui s'est refermée sur eux n'ait rien de commun avec le cercueil où ils avaient caché leur victime !

La prison de sable

Il est 21 heures, ce 21 avril 1974. La nuit est tombée et pourtant il fait encore une chaleur accablante. Nous sommes à Bardaï, une oasis en plein désert du Tibesti. S'il est moins connu que le Sahara, ce désert situé au nord du Tchad, à la frontière avec la Libye, est tout aussi rigoureux. Dans cette étendue de sable et de cailloux grande comme les trois cinquièmes de la France, habitent seulement quatre-vingt mille nomades, soit la population d'une petite ville. Ils appartiennent au peuple toubou, qui ressemble en tout point, par son aspect et ses coutumes, à ses voisins touaregs.

Quant à Bardaï, c'est loin d'être le luxuriant îlot de verdure qu'on pourrait imaginer. Au milieu de quelques arbres rabougris, près de deux ou trois puits à l'eau rare qui sent la vase, se dressent des bâtiments de pierre ocre : un fortin occupé par une centaine de soldats, un hôpital de campagne tenu par un médecin allemand, le docteur Staewen, qui est là avec son épouse, et un bâtiment administratif qui abrite pour l'instant Marc Combe, un jeune menuisier et électricien qui construit des écoles, et Françoise Claustre, une ethnologue et archéologue de trente-sept ans.

Arrivée depuis trois jours de la capitale N'Djamena, elle est chargée par le CNRS d'étudier le peuplement du Tibesti à l'âge du fer. Car ces lieux désolés étaient autrefois fertiles et habités, et les vestiges de civilisation y sont nombreux, notamment les tombeaux.

Françoise Claustre dort d'un sommeil de plomb. Elle a travaillé toute la journée dans des conditions éprouvantes, et s'est couchée tôt. Autour d'elle, c'est le calme et le silence du désert...

Une tranquillité trompeuse. Car le Tchad est alors profondément divisé. Ce pays, indépendant depuis 1960, est une création un peu artificielle, comme beaucoup de celles résultant de la colonisation, qui réunit deux ethnies différentes : au nord, des nomades musulmans, qui ont gardé leurs racines et dont les Toubous forment la plus grande part ; au sud, des populations occidentalisées, sédentarisées et christianisées. Nettement majoritaires, ces dernières ont récupéré, à l'indépendance, tous les postes de commandement, autour du président de la République, François Tombalbaye.

Opprimés, privés de tout moyen d'expression, les peuples du Nord se sont révoltés. Ces hommes du désert sont de redoutables combattants et ont, malgré leur infériorité numérique, remporté d'importants succès. Ils ont même menacé la capitale, N'Djamena.

Risquant d'être renversé, Tombalbaye a demandé à la France son soutien et le général de Gaulle lui a envoyé la Légion. Malgré leur bravoure, les combattants du Nord ne pouvaient rien contre cette unité puissamment armée et surentraînée. Les commandos héliportés les ont massacrés par centaines, les forçant à se replier dans le désert. Mais dans ce terrain qu'ils connaissent par cœur, ils ont repris l'avantage. Les combats se sont enlisés, les légionnaires ont commencé à subir des pertes.

En septembre 1971, la France a retiré ses troupes au sol et les a remplacées par un appui aérien, insuffisant pour faire face à l'adversaire. Les rebelles, qui se sont renforcés, contrôlent presque la moitié du pays. L'armée régulière s'est enfermée dans des forts comme Bardaï et ne se déplace plus qu'en convois, sous protection aérienne.

Le conflit ethnique prend alors un aspect politique. Hissène Habré, un jeune intellectuel toubou, a fondé le Frolinat (Front de libération national du Tchad), qui coordonne l'ensemble des forces de la rébellion. Diplômé de Sciences-Po, Hissène Habré est un idéologue marxiste, nourri de Lénine et de Hô Chi Minh, ce qui lui a valu le surnom de « Fidel Castro du Tibesti ». Sous son impulsion, le conflit se durcit et les quelques milliers de combattants sous ses ordres se constituent en une armée permanente...

Il faut ajouter que le général de Gaulle, conscient des défauts du régime de Tombalbaye, subordonne son intervention à une profonde réforme du pays. Pour cela, il décide la création d'une Mission de réforme administrative, confiée à des fonctionnaires français. La MRA doit supprimer l'autoritarisme, le favoritisme et la corruption régnant à tous les niveaux. Et le directeur nommé à sa tête n'est autre que Pierre Claustre, le mari de Françoise Claustre.

Mais son organisation et lui se heurtent immédiatement à la mauvaise volonté du pouvoir en place. Incapable de mener à bien la moindre réforme, la MRA se transforme peu à peu en un organisme humanitaire, creusant des puits et bâtissant des écoles dans les régions les plus défavorisées. C'est à cette dernière tâche qu'est plus particulièrement employé le jeune Marc Combe, membre lui aussi de la mission. Travail des plus louables, mais qui n'a plus rien à voir avec ses objectifs d'origine : supprimer les conditions qui motivaient la rébellion. D'ailleurs, bien loin de se réformer, le régime de Tombalbaye ne cesse, depuis, de s'enfoncer dans l'arbitraire et la corruption.

Telle est la situation au Tchad en ce mois d'avril 1974. Situation qui n'a rien de paisible, d'autant qu'Hissène Habré pourrait bien être tenté de recourir au procédé qu'emploient de plus en plus les mouvements révolutionnaires ou patriotiques : la prise d'otages. À Bardaï, personne n'imagine que les guérilleros puissent attaquer l'oasis : la garnison du fort est trop nombreuse et, bien abritée derrière ses murailles, elle est capable de leur infliger de lourdes pertes. On ignore pourtant qu'elle est passée aux rebelles, et que l'attaque est imminente.

Il est un peu plus de 21 heures. Hissène Habré et ses hommes se glissent sans bruit dans Bardaï. Le leader du Frolinat a réparti ses troupes en deux groupes. Il a pris le commandement du premier et a confié la direction du second à un de ses lieutenants. Habré se dirige vers l'hôpital. Son lieutenant, qui a pour objectif le bâtiment de la MRA, entrera en action quand il entendra les premiers coups de feu.

Ce soir-là, le docteur Staewen et son épouse reçoivent les deux officiers de la garnison dans leur petit logement à côté de l'hôpital. Dans trois jours, Mme Staewen rentre en Allemagne. Elle a voulu suivre son mari, mais ne supporte plus la solitude ni le climat... Le repas a été très gai et les deux officiers tchadiens prennent congé. Ils ne se doutent de rien et n'ont pas le moindre soupçon sur l'état d'esprit de leurs troupes.

C'est une nuit très sombre, sans lune. Les Staewen raccompagnent leurs invités en les éclairant avec une lampe de poche. Un des officiers se heurte à un homme. Dans l'obscurité, il discerne le canon d'une arme. Il croit qu'il s'agit d'un de ses soldats et s'emporte :

– Qu'est-ce que vous fichez ici ?

Pour toute réponse, une fusillade éclate. Il s'écroule. L'autre officier se précipite vers la maison pour se mettre à l'abri, mais il est touché à son tour. Comme Mme Staewen, qui se trouvait sur la trajectoire. Hissène Habré s'adresse au docteur, tétanisé de peur, la lampe électrique à la main.

– Où est votre voiture ?
– Là, dans la cour.
– Les clés sont dessus ?
– Oui.

– Prenez le volant.
– Mais ma femme, elle est blessée...
– Faites-la monter.

En la soulevant, le malheureux s'aperçoit qu'elle est morte. Mais pas question de perdre un instant, les guérilleros l'obligent à déposer le corps sur la banquette arrière. Puis, plusieurs d'entre eux montent avec lui et lui font prendre le chemin de l'aérodrome...

Les Toubous ont investi silencieusement le bâtiment de la MRA. Dès que retentissent les premiers coups de feu, le lieutenant d'Hissène Habré défonce la porte de la chambre où dort Françoise Claustre. La jeune femme se réveille en sursaut, une torche électrique et un pistolet devant les yeux.

– Qu'est-ce qu'il se passe ?
– Habillez-vous et sortez !
– Qui êtes-vous ?
– Le Frolinat. Dépêchez-vous !

Dehors, Marc Combe est déjà installé dans la Land-Rover de la mission. Il est tenu en joue par des hommes en armes. Tout comme le docteur, le jeune homme prend la direction du petit aérodrome. Depuis le début de la rébellion, l'aviation est le seul moyen sûr de communication avec le reste du pays.

Les deux voitures s'y retrouvent et, escortées par les camions des assaillants, prennent le chemin du nord. Elles roulent toute la nuit, à la lueur des phares, s'enfonçant dans le désert. Au lever du jour, Hissène Habré leur fait signe de s'arrêter et de descendre. Deux de ses hommes sortent alors le corps de Mme Staewen et l'enterrent sommairement dans le sol poussiéreux.

Françoise Claustre découvre avec horreur ce cadavre couvert de sang. Elle avait rencontré les Staewen à son arrivée et les appréciait, mais cela appartient au passé. La vie ordinaire est terminée. Le cauchemar a commencé.

Quelques heures plus tard, dans la matinée du 22 avril, le téléphone sonne chez Pierre Claustre, à N'Djamena. Il s'attend à un appel d'un fonctionnaire tchadien au sujet d'un puits ou d'une école, qui sont devenus la curieuse raison d'être de la MRA. Ce ne peut en aucun cas être sa femme, car il n'y a pas le téléphone à Bardaï, on ne communique que par radio... Pierre Claustre décroche sans empressement. Un responsable du ministère de l'Intérieur lui répond d'une voix grave :

– Monsieur Claustre, votre femme, Marc Combe et les Staewen ont été enlevés par les rebelles.

– Ce n'est pas possible !

– Malheureusement, si. Mais nous allons faire le nécessaire.

– Quel nécessaire ?

– Je ne peux rien vous dire, mais faites-nous confiance.

Avoir confiance dans le gouvernement tchadien ? C'est la dernière chose qui viendrait à l'esprit de Pierre Claustre. Il n'a qu'une idée : entrer en contact lui-même avec les ravisseurs et connaître leurs exigences. Il se rend immédiatement, avec le bimoteur

Cessna de la MRA, à Faya-Largeau, la ville la plus au nord contrôlée par les autorités légales.

Là, on lui apprend que des avions français bourrés de soldats tchadiens vont décoller en direction de Bardaï pour une expédition punitive. Voilà donc le « nécessaire » imaginé par les Tchadiens ! Si on voulait faire exécuter les otages, on ne s'y prendrait pas autrement...

Il téléphone à la présidence de la République. François Tombalbaye consent à lui répondre, mais il est particulièrement virulent :

– C'est une atteinte intolérable à mon autorité ! Je dois réagir avec la plus extrême fermeté. D'ailleurs, le gouvernement français est d'accord.

– Si vous faites cela, vous condamnez les otages à mort !

– Les otages passent après moi !

S'ensuit une discussion fiévreuse, au terme de laquelle le président tchadien accepte de reporter l'opération de deux jours. Pierre Claustre tente ensuite d'entrer en contact radio avec les ravisseurs. Au moment où il s'apprête à renoncer, une voix très faible lui parvient.

– J'appelle Faya-Largeau !

Pierre Claustre reconnaît avec soulagement la voix de Marc Combe.

– Ici Pierre Claustre. Vous êtes revenus à Bardaï ? Ils vous ont libérés ?

– Non. Je suis aux mains du Frolinat. Ils ont emporté le poste émetteur de Bardaï. J'appelle avec leur autorisation. C'est un message de la part du docteur Staewen. Sa femme est morte, il faut prévenir la famille.

– Et ma femme ?
– Elle est à côté de moi. Elle est en bonne santé.
– Vous allez être libérés ?
– Je n'en sais rien...

La communication est coupée. Le mari de Françoise Claustre n'en apprendra pas plus.

Dans la conversation qu'ils ont eue, Tombalbaye a prétendu que la France lui avait donné son accord pour agir comme il le voulait. La France a d'autres soucis en tête, elle traverse une situation exceptionnelle : Georges Pompidou est mort trois semaines plus tôt, et le pays se trouve en pleine période électorale.

Il en résulte deux conséquences aussi dommageables l'une que l'autre pour le sort des otages. Dans l'effervescence de la campagne, l'événement, passé totalement inaperçu, n'a fait que quelques lignes en pages intérieures des journaux. L'opinion publique, dont le rôle peut être décisif quand elle est émue et mobilisée, n'est tout simplement pas au courant. Quant aux responsables politiques, ils ont peu de chances d'être en place après les élections et n'ont aucune envie de s'engager dans une affaire aussi complexe et délicate, préférant rejeter la responsabilité sur Françoise Claustre elle-même. Michel Jobert, le ministre des Affaires étrangères, déclare : « Ce n'était pas un endroit où elle aurait dû être. Si elle n'avait pas été là, elle n'aurait pas été enlevée. »

Une affirmation étonnante de la part d'un homme qui a fait preuve jusque-là de beaucoup de jugement. Indépendamment du fait que la France doit assistance à ses ressortissants, surtout dans des circonstances aussi graves, Françoise Claustre était précisément là où elle devait être : elle était envoyée en mission par le CNRS pour étudier les tombeaux de l'âge du fer au Tibesti, ce qu'elle ne pouvait faire que sur place ; et elle était munie de toutes les autorisations des autorités tchadiennes nécessaires, lui assurant que sa sécurité n'était pas menacée.

Au même moment, le gouvernement allemand, qui, dès le début de la prise d'otages, a employé tous les moyens à sa disposition pour obtenir la libération du docteur Staewen, négocie activement avec les ravisseurs.

De son côté, Pierre Claustre poursuit ses efforts. Dans les jours qui suivent, il parvient lui aussi à entrer en contact radio avec Hissène Habré. Il le trouve disposé à parler, mais le 24 avril, les troupes tchadiennes aéroportées par les Français pillent et brûlent Bardaï, comme elles l'avaient annoncé. Une opération totalement inutile sur le plan militaire, et que le chef du Frolinat considère comme une provocation. Il rompt le dialogue à peine amorcé…

En fait, rien n'est possible tant que l'élection présidentielle française n'aura pas eu lieu. C'est chose faite à la mi-mai 1974. Valéry Giscard d'Estaing, une fois élu, nomme Robert Puissant pour s'occuper de l'affaire. Ce négociateur parvient non sans mal, car les Tchadiens continuent à mettre des bâtons dans les roues, à prendre contact avec Hissène Habré. Un messager toubou lui remet un message de sa part : « Je suis prêt à vous rencontrer aux environs de Zoui. »

Zoui est un endroit perdu dans le désert. Le 18 mai, Robert Puissant et le négociateur allemand, Wallner, s'y rendent en camion. Pierre Claustre, bien que n'ayant aucune raison officielle d'être présent, a obtenu de les accompagner. La suite se passe comme dans un film d'aventures... Le camion est en train de rouler au milieu des sables lorsque des guerriers sortent des dunes et montent dans le véhicule. Sous leur direction, celui-ci emprunte une autre piste et finit par arriver dans une région escarpée. Hissène Habré est là, avec ses lieutenants, devant une sorte de grotte. Tous sont en treillis militaire. Marc Combe est présent, mais on ne voit ni Françoise Claustre ni le docteur Staewen. C'est la première chose que demande Pierre Claustre au chef du Frolinat :

– Où est ma femme ?
– En sûreté plus loin. Elle est en bonne santé.

L'espoir de la revoir s'envole. Il assiste, très inquiet, à la discussion entre les deux parties. Hissène Habré explique les raisons de sa prise d'otages et donne ses conditions : libération de trente-deux détenus emprisonnés à N'Djamena, diffusion d'un manifeste sur France-Inter et versement d'une rançon de 2 milliards d'anciens francs. Robert Puissant part immédiatement pour Paris, pour rendre compte au gouvernement, tandis que le négociateur allemand Wallner reste pour discuter à son tour. Avant de quitter le pays avec l'envoyé français, Pierre Claustre parvient à s'entretenir avec le chef toubou. Il lui confie son sentiment sur ses exigences :

– Il n'y aura rien à faire pour les prisonniers politiques. Tombalbaye ne voudra pas.

À sa grande satisfaction, il découvre que son interlocuteur est plutôt conciliant.

– Écoutez, je pourrais renoncer à cette clause, si le gouvernement français faisait un geste…

De nouveau, le dialogue semble possible mais, de nouveau, le président tchadien va le saborder. Début juin, il fait arrêter soixante membres de la tribu Anakazza, dont le fils d'Hissène Habré, qui allait passer son bac, et ses vieux parents. Le même jour, des soldats tchadiens, acheminés par les avions français, brûlent la palmeraie de Kirdimi. Brûler une palmeraie est un crime inexpiable pour les hommes du désert : c'est le bien de tous, l'étape indispensable pour les caravanes, ce qui permet au voyageur de survivre ; nul n'a le droit d'y toucher. Les négociations avec la France sont rompues.

Pendant ce temps, l'envoyé allemand, qui a conclu les siennes, a quitté le pays avec le docteur Staewen pour la Libye. Fou furieux, Tombalbaye cesse toutes relations diplomatiques avec l'Allemagne et interdit Pierre Claustre de séjour au Tchad.

Comme si cela ne suffisait pas, il prend une initiative désastreuse : il engage les négociations avec les ravisseurs à sa manière. Pour dialoguer avec eux, il désigne le commandant Galopin, en qui il a toute confiance.

Membre des services secrets français, Pierre Galopin a servi de conseiller technique pour mettre sur pied son homologue tchadien, qui n'a pas tardé à se transformer en une milice faisant régner la terreur : le CCER, la terrible police spéciale du président.

Le commandant Galopin est étranger à cette dérive, et n'a été mêlé à aucune des actions répressives de la police spéciale. Au contraire, depuis son arrivée dans le pays, il rencontre régulièrement des Toubous, qu'il estime et respecte. Il n'empêche que l'envoyer à leur rencontre est une véritable provocation !

Et pourtant, Galopin accepte. Il part courageusement à la rencontre de ceux qui le considèrent comme leur ennemi mortel. D'autant qu'il n'a rien à proposer, car Tombalbaye n'est pas décidé à faire la moindre concession. Il rencontre Hissène Habré une première fois, le 8 juillet. L'entrevue se solde par un échec. Quand il revient un mois plus tard, le 4 août, l'entretien se passe plus mal encore ; il est fait prisonnier par Hissène Habré. Cela fait un otage de plus et les conditions des rebelles se durcissent. Désormais, ils exigent des armes.

Pendant ce temps, Pierre Claustre se morfond à Paris. Puisqu'il lui est officiellement impossible de revenir au Tchad, il va passer par le Sahara ! Il achète une vieille Renault 4, la bourre d'eau et d'essence et traverse le désert. Il s'arrête dans une oasis aux confins du Tchad, où un Toubou accepte de porter un message à Hissène Habré, lui demandant un rendez-vous, et il attend.

Le 9 octobre, il voit arriver Marc Combe au volant d'une Land-Rover, entouré de deux soldats. Sa rencontre avec son ancien subordonné à la MRA lui redonne le moral.

– Hissène Habré accepte de vous recevoir. Je vais vous conduire jusqu'à lui.

– Et ma femme ?

– Elle va bien. Elle a bon moral, mais c'est dur.

– Elle est détenue au même endroit ?

– Oui. On est tous ensemble.

– Vous pensez qu'il m'autorisera à la voir ?

– Je ne sais pas. Il ne m'a rien dit...

Pendant le trajet qui dure deux jours, Marc Combe parvient à lui confier qu'il a bon espoir de s'évader. Les Toubous l'utilisent comme chauffeur, car ils savent mal conduire la Land-Rover. Bien sûr, il est toujours accompagné d'hommes armés, mais un jour ou l'autre il échappera à leur vigilance...

La palmeraie dans laquelle le chef du Frolinat a trouvé refuge est magnifique, les arbres sont splendides, il y a même des sources d'eau chaude. Pierre Claustre découvre un Hissène Habré détendu, entouré de ses principaux lieutenants. Il lui annonce qu'il vient en son nom personnel mais que, s'il le veut, il peut transmettre de sa part un message au gouvernement. Hissène Habré n'hésite pas.

– Je veux négocier avec les Français, pas avec les Tchadiens.

– Je le dirai. Mais c'est la question des armes qui pose problème.

– Il m'en faut, pourtant. J'ai de quoi les payer. Et si j'ai les armes, je libère les otages...

Pierre Claustre sait très bien le problème que rencontre le chef rebelle. D'après les informations qui circulent, les Allemands ont payé 3 milliards d'anciens francs pour la libération du docteur Staewen. Sur le coup, Hissène Habré a cru avoir remporté une victoire, mais il n'a pas tardé à se rendre compte que l'argent ne servait strictement à rien dans le désert. Il se retrouve avec ses milliards inutiles sur les bras, d'où son insistance pour obtenir, cette fois, des armes...

Après avoir promis d'intercéder auprès du gouvernement, Pierre Claustre en vient à la seule chose qui l'intéresse :

– Pourrais-je voir ma femme ?

Le chef toubou marque un temps d'hésitation, puis répond :

– Je vais vous conduire auprès d'elle, mais pas pour longtemps...

Françoise Claustre est détenue dans une palmeraie à trois heures de route. On peut imaginer l'émotion que tous deux éprouvent en se retrouvant au bout de sept mois, sans savoir s'ils se reverront un jour. Françoise semble en bonne santé. Elle lui explique que les débuts de sa captivité ont été très durs, mais que son sort s'est amélioré depuis qu'elle dispose d'un lit de camp. Elle s'est habituée aux conditions climatiques du désert, à la vie à la dure.

Elle ne cesse de parler, sachant que le temps leur est compté... Sur le plan moral, le plus pénible est l'incertitude sur son sort, mais elle a les meilleurs rapports avec les femmes toubous. Elle est devenue une sorte d'institutrice pour leurs enfants. Elle a une occupation, elle se sent utile... Pierre n'en saura pas plus. Hissène Habré ne l'autorise pas à rester plus longtemps auprès de sa femme.

Il refait le même voyage en sens inverse. Marc Combe le reconduit jusqu'à l'oasis du Sahara. Pierre Claustre traverse à nouveau le désert au volant de sa vieille 4L, manquant dix fois de tomber en panne ou de s'enliser et de mourir de soif. Enfin de retour à Paris, il transmet aux autorités les demandes du chef du Frolinat. Un moment, il a l'impression que les négociations vont aboutir, mais Tombalbaye, qui ne veut d'un accord à aucun prix, fait pression et la négociation finit par être rompue. L'année 1974 s'écoule sans qu'il y ait du nouveau. Françoise Claustre passe Noël et le Nouvel An en captivité. Son mari imagine son état moral...

Le 13 avril 1975, il a pourtant un immense espoir. Un putsch a lieu à N'Djamena, Tombalbaye est renversé et tué par les émeutiers. Le pays a un nouveau maître, le général Félix Malloum. Il va peut-être enfin se passer quelque chose ! Malheureusement, il déchante vite. Il ne s'agit que d'une rivalité de personne. Malloum appartient à la même ethnie que Tombalbaye. Sous le nouveau régime, les peuples du Nord sont tout aussi opprimés, les libertés tout aussi bafouées. Les partis restent interdits, la police spéciale fait régner la terreur comme avant, la même politique continue avec un autre homme.

Seule bonne nouvelle, on apprend l'évasion de Marc Combe. Alors qu'il véhiculait des chefs toubous dans la Land-Rover, il a simulé une panne d'essence. Tout le monde est alors descendu, il en a profité pour accélérer et a disparu, malgré les balles. Il a réussi à franchir la frontière libyenne... Pierre Claustre s'en réjouit pour son ancien collaborateur, même s'il sait que sa femme est désormais seule. Car, depuis un moment, on n'entend plus parler du commandant Galopin ; on se demande même s'il est encore en vie.

Les négociations sont au point mort, l'espoir né de la disparition de Tombalbaye s'est envolé, le général Malloum emploie tous les moyens pour faire échouer les négociations, qui s'enlisent. Cette situation pourrait durer des mois, voire des années. Mais un homme le refuse de toutes ses forces. Faisant preuve d'un amour conjugal qui force l'admiration, il est prêt à prendre tous les risques, à faire toutes les folies pour récupérer sa femme : Hissène Habré lui a assuré qu'il la libérerait contre des armes, eh bien, ces armes, il va les lui livrer lui-même !

Avec l'aide de son frère qui hypothèque sa pharmacie, il loue un DC4. L'avion n'est plus de la première jeunesse, mais qu'importe, Claustre est un pilote expérimenté. Il se pose sur le sol caillouteux du Tibesti et retrouve le chef rebelle. Il propose son marché :

— Je sais que la rançon allemande ne vous sert à rien. Remettez-la-moi et je vous rapporterai les armes que vous demandez.

— Qu'est-ce qui me prouve que vous n'allez pas partir avec l'argent ?

– Il n'y a que ma femme qui m'intéresse, vous le savez bien. Ce que je veux, c'est qu'elle soit libérée. Si j'agissais comme vous dites, je la condamnerais.

Le chef toubou hoche la tête en souriant.

– D'autant que nous n'hésitons pas à éliminer les traîtres. C'est ce qui est arrivé à Galopin.

– Il est mort ?

– Il a été jugé par notre tribunal révolutionnaire et fusillé...

Hissène Habré finit par consentir au marché et Pierre Claustre, avec une partie des 3 milliards, se lance dans une entreprise insensée : acheter clandestinement des armes. Bien sûr, les trafiquants d'armes ne manquent pas dans l'Afrique des années 1970, agitée par les terribles conflits nés de la décolonisation, et il ne tarde pas à les rencontrer. Seulement, ce n'est pas son métier, les trafiquants sont tout sauf des honnêtes hommes et notre naïf acheteur se fait rouler. Parti début juin 1975, il revient à la mi-juillet, avec une tonne d'armes au lieu des quatorze prévues... Et encore, il s'agit de mitraillettes ! Une arme faite pour le combat rapproché et pratiquement inutilisable dans le désert, où on s'affronte de loin, avec des fusils précis à longue portée...

Hissène Habré entre en fureur. Il veut de vraies armes et accuse Pierre Claustre de l'avoir trahi. Le mari de Françoise repart en catastrophe. Mais son DC4 tombe en panne, une panne définitive, à Dirkou, au Niger, à cent kilomètres de la frontière tchadienne.

Le Français n'a plus les moyens de réussir sa mission, mais s'il ne revient pas, Hissène Habré croira qu'il s'est enfui et la vie de sa femme sera menacée.

Il retourne donc au Tibesti, comme il peut, risquant encore une fois de mourir de soif et d'épuisement dans le désert. Et apprend que le chef du Frolinat a fixé un ultimatum : s'il n'y a pas d'accord, Françoise Claustre sera fusillée le 23 septembre. Quant à lui, il est accusé de trahison et fait prisonnier. Ils sont maintenant tous les deux ses otages. Et, malheureusement pour eux, leur geôlier refuse qu'ils soient enfermés ensemble. Durant toute leur captivité, ils ne se verront pas plus que quand ils étaient séparés par des milliers de kilomètres.

Pourtant, Pierre Claustre n'est pas seul. Deux journalistes, Raymond Depardon et Marie-Laure de Decker, se sont rendus sur place en prenant les mêmes risques que lui et, avec l'accord d'Hissène Habré, ils interviewent Françoise Claustre. Leur reportage passe à la télévision le 10 septembre, alors que l'ultimatum la concernant court toujours. Il fait sensation ! Le grand public découvre, bouleversé, cette belle brune au visage marqué par un an et demi de captivité dans le désert, image d'autant plus bouleversante qu'elle risque d'être tuée dans treize jours. Quand on lui demande si elle va être fusillée, elle répond, sans pouvoir retenir ses larmes :

– Non, ils ne me tueront pas, ils me garderont pour la vie.

Elle se reprend, essaye de raconter avec calme son quotidien, mais elle n'en a pas la force. Ses larmes coulent.

– J'étouffe, j'étouffe ! Je me suis rendu compte que le gouvernement français mentait, qu'on mentait au gouvernement. Je suis complètement perdue !

La diffusion du reportage de Raymond Depardon et Marie-Laure de Decker marque un changement radical. L'opinion française exige la libération immédiate de la malheureuse, quelles que soient les conditions. Le 23 septembre, la France entière retient son souffle, dans l'attente de la nouvelle de l'exécution. Mais on apprend le lendemain que le chef toubou a changé d'avis : il veut négocier.

Les négociations reprennent de plus belle. Sous la pression de l'opinion, le gouvernement français emploie les grands moyens. On parachute une radio à Hissène Habré pour qu'il puisse communiquer directement avec l'Élysée. Cette fois, chacun est certain que l'issue heureuse est proche. On s'attend à voir les Claustre débarquer en France, épuisés mais radieux, et dire leur bonheur devant les caméras. C'est pour demain, après-demain tout au plus...

Hélas, non. L'affaire Françoise Claustre ressemble aux mirages du désert, qui s'évanouissent quand on les croit proches. Car c'était oublier un peu vite les Tchadiens. Le général Malloum ne veut à aucun prix de ces négociations directes. D'autant qu'il a appris la livraison d'armes avortée. Il met la France en demeure de transiter par lui pour discuter avec Hissène Habré.

Paris pourrait passer outre, mais Paris ne veut pas mécontenter N'Djamena. Le dialogue dans le vide reprend et les mois défilent sans rien apporter de nouveau. L'année 1975 se termine sans le moindre embryon d'accord. Françoise Claustre passe son deuxième Noël dans sa prison de sable. Son mari est près d'elle, à quelques centaines, quelques dizaines de mètres peut-être, mais elle ne peut ni le voir ni communiquer avec lui. Elle est désespérément seule.

Il faut attendre le printemps 1976 pour que la situation évolue. C'est la conséquence d'un voyage que fait le Premier ministre Jacques Chirac au Tchad, puis en Libye. Il parle, bien sûr, de l'affaire avec le général Malloum et le colonel Kadhafi et acquiert deux certitudes : premièrement, on n'arrivera à rien tant qu'on passera par les Tchadiens ; deuxièmement, la Libye est tout à fait capable d'obtenir la libération des otages, en raison des liens qu'elle possède avec le Frolinat.

Avec l'accord de Giscard d'Estaing, Chirac sonde les intentions du chef libyen et le trouve disposé à collaborer. Il en comprend sans mal la raison : la Libye, alors critiquée par les pays occidentaux comme favorisant les mouvements terroristes, cherche à améliorer son image sur la scène internationale. Quoi de mieux que de mettre fin à une prise d'otages ? Le colonel Kadhafi lui pose pourtant une question :

– Acceptez-vous de remettre des armes à Hissène Habré ?

Le Premier ministre sait que c'est impossible. Ce serait la rupture avec le Tchad et elle ne peut être à aucun moment envisagée. Il répond :

– Non, pas d'armes.

Son interlocuteur semble contrarié.

– S'il n'y a pas d'armes, ce sera plus long...

Au retour de la mission de Jacques Chirac, en avril Giscard d'Estaing peut annoncer, dans sa conférence de presse : « Le gouvernement français a pris récemment une initiative importante dans l'affaire Françoise Claustre. Elle n'est connue que du Premier ministre et de moi-même. Lorsqu'elle pourra être rendue publique, elle le sera. »

Mais, de nouveau, le temps passe sans que les choses avancent. Le printemps 1976 s'écoule, puis l'été : le couple Claustre est toujours prisonnier des Toubous... Le blocage vient d'Hissène Habré. Malgré toutes les pressions du colonel Kadhafi, il refuse de libérer ses otages s'il n'a pas les armes. C'est qu'à la différence de beaucoup de ses hommes, il n'apprécie pas trop les Libyens. Ce nationaliste tchadien n'entend recevoir ses ordres de personne.

Devant cette résistance, Kadhafi emploie les grands moyens. Au mois de septembre, une révolte interne a lieu au sein du Frolinat, à l'issue de laquelle Hissène Habré est remplacé à la tête du mouvement par son principal lieutenant, Goukouni Oueddei, qui, lui, est totalement dévoué aux Libyens. À partir de ce moment, tout avance et ne restent plus que les détails pratiques de la rançon à régler.

Le 28 janvier 1977, Françoise Claustre et son mari sont libérés. Ils tiennent une conférence de presse à Tripoli et arrivent en France, à bord du Mystère 20 de l'Élysée. Ils débarquent sur l'aéroport de Toulouse-Blagnac le 1er février à 17 h 30. La jeune femme a passé trente-trois mois dans sa prison de sable.

Par la suite, elle a repris son métier d'ethnologue et d'archéologue dans le sud-ouest de la France, travaillant notamment au Centre d'anthropologie de Toulouse. Si Raymond Depardon a raconté son histoire dans le film *La Captive du désert,* avec Sandrine Bonnaire dans le rôle principal, elle-même n'a jamais rien écrit sur son expérience d'otage. Quelques années plus tard, elle a déclaré à *Paris-Match* : « À ma libération, mon seul souci était de retourner dans l'anonymat, pour retrouver mon équilibre [...] Je n'ai aucune envie de m'exprimer, de me raconter. Je n'en éprouve aucun besoin. Au contraire, je ne tiens pas du tout à ce qu'on me rappelle cette période difficile. » C'est donc depuis son Sud-Ouest qu'elle a appris la suite de l'histoire mouvementée du Tchad.

En 1979, Goukouni Oueddei a pris N'Djamena, à la tête des Toubous, et a renversé le général Malloum, devenant le troisième président de la République du pays. Il a instauré une politique ouvertement pro-libyenne, envisageant même un moment une fusion des deux pays. Il s'est alors heurté à l'opposition d'Hissène Habré, qui l'a renversé à son tour en 1982 et s'est trouvé confronté à une invasion libyenne. Le paradoxe a voulu qu'il demande et obtienne le soutien des forces françaises pour la repousser. La politique a parfois d'étranges caprices ! Hissène Habré a été chassé en 1990 par Idriss Déby, un de ses anciens compagnons d'armes.

Quant à Françoise Claustre, elle est morte le 4 septembre 2006, chez elle, des suites d'une longue maladie, à l'âge de soixante-neuf ans. De l'avis de ses proches, elle ne s'était jamais remise de sa terrible aventure.

Un cauchemar d'écrivain

Nous sommes à Vandœuvres, une commune cossue près de Genève. Au bout du chemin du Paradis s'élève une coquette villa à un étage, Le Paradou. Les habitants des environs ont un point commun : ils sont riches. Très riches. Et Le Paradou ne fait pas exception, mais il présente la particularité d'appartenir à un célèbre écrivain français, Frédéric Dard, le créateur de San Antonio.

1983. Frédéric Dard, alors âgé de soixante-deux ans, vit en Suisse depuis quinze ans. Il est déjà l'auteur de deux cent cinquante ouvrages, qui ont dépassé les cent cinquante millions d'exemplaires. Sa créativité est phénoménale, il écrit quatre livres par an et, s'il se considère avec modestie comme un amuseur, il est apprécié dans les milieux les plus cultivés. Sa verve, son emploi imaginatif de l'argot ont donné un coup de jeune à la littérature. Il est étudié à l'université, l'Académie lui a même rendu hommage. Le président Mitterrand, qui figure au nombre de ses admirateurs, l'a invité plusieurs fois à l'Élysée. Quant à Jean Cocteau, il lui a décerné ce bel éloge : « San Antonio, c'est de l'écriture en relief. Un aveugle pourrait le lire avec le bout des doigts. »

Justement, en ce mois de mars 1983, Frédéric Dard n'écrit pas, pour une fois, un de ses innombrables romans policiers signés San Antonio, mais un ouvrage sérieux, qui sera publié sous son nom : *Faut-il tuer les petits garçons qui ont les mains sur les hanches ?*

Un titre étrange pour un texte étrange : il s'agit d'un roman autobiographique, qui raconte un enlèvement... Son héros, Charles Dejallieu (nom qui représente de manière transparente l'auteur, né à Bourgoin-Jallieu), est, bien sûr, écrivain. Il vit en Suisse, dans son chalet de Gstaad et il vient d'entreprendre l'écriture d'un nouveau livre, qui s'intitule également *Faut-il tuer les petits garçons qui ont les mains sur les hanches ?* Charles Dejallieu se plonge dans l'écriture pour oublier les problèmes de son épouse Mélancolia, dépressive et alcoolique, dont il a adopté la fille, Dora. Un matin, il constate que Dora a été enlevée...

Frédéric Dard en est là de son livre, ce 22 mars 1983, mais il en a déjà imaginé le déroulement et les moindres détails : les ravisseurs avaient repéré les lieux la semaine précédente en effectuant un faux reportage pour la presse. Dora, kidnappée en voiture, puis cachée dans une caravane, sera rendue.

Il est près de minuit. Frédéric Dard a dîné, comme tous les soirs, avec sa femme Françoise et sa fille Joséphine, douze ans et demi. Il est retourné écrire quelques lignes dans son bureau. Mais ayant mal dormi la nuit précédente, il décide de s'arrêter, prend un somnifère et sombre bientôt dans le sommeil. Sa femme et sa fille sont profondément endormies.

Vers 3 heures du matin, un homme escalade silencieusement le mur d'enceinte à l'aide d'une échelle. Une fois dans le jardin, il s'avance, son échelle sur l'épaule, puis la place contre le mur de la maison, juste sous la chambre de l'adolescente...

7 heures. Frédéric Dard prépare le petit déjeuner qu'il prend chaque jour en famille. Françoise ne tarde pas à arriver, mais Joséphine n'est toujours pas là. Ses parents l'appellent, frappent à la porte de sa chambre, toujours pas de réponse. Alors, ils ouvrent et s'immobilisent sur le seuil, glacés de terreur. Le lit est défait et maculé de sang. L'air froid s'engouffre par la fenêtre dont la vitre a été cassée... Le couple s'avance, sans comprendre. Est-ce un accident, une tentative de fugue, de suicide ? Non. Un mot rédigé en lettres majuscules est posé sur le coffre à jouets : « Si tu veux revoir ta fille vivante, pas un mot aux flics. Prépare deux mille billets usagés de 1 000 francs. On te téléphonera par la suite. »

Les parents restent figés. Le pire, c'est le sang sur les draps. Cela fait penser à un viol, au plus abominable enlèvement, commis par un pervers sadique...

Par la suite, Frédéric Dard est revenu sur ce moment et a raconté, avec ses mots d'écrivain, ce que d'autres avaient vécu avant lui, mais qu'il était plus à même qu'eux d'exprimer : « L'aube se levait sur Genève, la lumière entrait dans cette pauvre chambre aux carreaux brisés et nous nous sommes jetés, Françoise et moi, au pied du lit maculé, en criant trois fois : "Mon Dieu !" Quand on a vécu cet enfer-là, on n'est plus jamais le même. Il s'est passé ce jour-là quelque chose d'irréparable. C'était un mal *d'horreur*, poursuit-il, un mal que j'ignorais jusque-là. J'ai connu bien des maux, mais d'aussi indicibles et effroyables que celui-là, jamais ! Tout s'écroule, on ne pense plus qu'à la disparue. »

Il évoque la douleur particulière du kidnapping. Elle vient de l'incertitude sur le sort de la victime. L'assassinat est brutal, tragique, il vous met en présence du corps, mais il n'y a rien de pire que de ne pas savoir. L'assassinat vous précipite dans le deuil, tandis que l'enlèvement engendre un mélange de crainte et d'espoir absolument intolérable. S'agissant des parents, il s'y ajoute la culpabilité : « C'est de ma faute, j'aurais dû prendre des précautions. Je n'ai pas su protéger mon enfant. S'il est en train de souffrir en ce moment, c'est à cause de moi. »

Et, dans le cas présent, il y a cette hallucinante coïncidence ! Il est arrivé exactement ce qu'il était en train d'écrire. Au moment où il raconte l'histoire d'un écrivain dont la fille est enlevée, Joséphine disparaît ! Même l'esprit le plus rationnel ne peut pas s'empêcher de se poser la question : « Est-ce moi qui ai déclenché tout cela ? Ai-je mis involontairement en mouvement des forces mystérieuses, qui ont provoqué le drame ? »

Les parents se ressaisissent. Ils doivent affronter la situation, aussi affreuse soit-elle, et ne veulent pas rester livrés à eux-mêmes, mais ne peuvent pas non plus risquer de mettre en danger la vie de leur fille en alertant la police. Ils pensent alors à Gustave Grémaud, leur ami, le chef de la brigade criminelle de Genève, à qui ils demandent de venir seul. Si la villa est surveillée, les ravisseurs ne seront pas alertés.

Le policier genevois arrive sans tarder. Il procède aux premières constatations et rassure le couple de son mieux. Si l'on veut rester discret, la seule chose à faire est de mettre le téléphone sur écoute, puis de suivre les instructions des ravisseurs, c'est-à-dire réunir les deux mille billets de 1 000 francs suisses. Cela fait deux millions. Une somme considérable : environ 1,5 million d'euros actuels.

L'écrivain y emploie toute sa journée. Tous les numéros de ces billets, valant environ 750 euros chacun, sont soigneusement notés. La rançon sera totalement inutilisable, ce qui est loin d'être rassurant. Des truands professionnels auraient demandé des petites coupures. Il s'agit donc d'amateurs, ou d'un pervers, qui utilise la rançon comme un leurre…

Une insupportable attente commence au Paradou. Le ou les ravisseurs tiennent parole : à 21 h 45, le téléphone sonne. Frédéric Dard décroche. Dans les locaux de la police, l'enregistreur se déclenche.

– C'est toi, Frédéric Dard ? Je vais te donner des nouvelles de ta fille.

C'est une voix d'homme à l'accent marseillais caricatural. Certainement une imitation, pas un accent réel. La voix est, en outre, déformée, comme si on parlait à travers un tissu ou un dispositif quelconque.

– Comment va-t-elle ? Je veux l'entendre !
– Pas maintenant, demain. Tu recevras une lettre écrite par elle...

Le correspondant raccroche. Mais le lendemain, il n'y a rien au courrier, provoquant le désespoir des parents : si Joséphine n'a pas écrit, c'est qu'elle est morte ! Vers 22 heures, nouvel appel : c'est la même voix.

– Désolé, j'ai oublié de poster la lettre de ta fille.
– Où est-elle ?
– Je te la passe.

Il y a un instant de silence et puis :

– Bonjour, papa, bonjour, maman. Je vais bien. Ne vous en faites pas, tout va bien...

C'est incontestablement Joséphine, mais son ton est étrange, calme, détaché, comme si les événements ne la concernaient pas. Ses parents sont animés de sentiments contradictoires. Le soulagement l'emporte, elle est en vie et c'est le principal. Mais cette manière de s'exprimer ne peut signifier qu'une chose : elle est droguée. Que lui a-t-on fait d'autre ? Que va-t-on lui faire d'autre ?

Tout cela n'a duré que quelques secondes. Le ravisseur reprend l'appareil.

– Je rappellerai plus tard pour te dire comment remettre la rançon.

Et il raccroche. Il rappelle effectivement à 2 heures du matin, indiquant au père la marche à suivre. Il doit se rendre, avec la sacoche contenant la rançon, à Russin, un village proche de la frontière française, où il entrera dans une cabine téléphonique et recevra d'autres instructions. L'écrivain part aussitôt.

À Russin, dans la cabine, une lettre est posée à côté du téléphone. Il suit l'itinéraire donné le long du Rhône, et se retrouve dans un lieu désert près de la berge. Une voiture est garée, les phares allumés. Il s'en approche, la sacoche à la main. Le véhicule est vide. Une voix éclate depuis l'autre rive. Celle du téléphone. L'homme s'exprime à l'aide d'un mégaphone.

– Il y a un filin sur le pare-chocs…

Frédéric Dard se penche et découvre un incroyable dispositif. Le filin va, d'après ce qu'il peut voir dans la nuit, du pare-chocs de la voiture à l'autre berge. La voix poursuit :

– Accroche la sacoche au mousqueton et laisse-la glisser.

Le créateur de San Antonio s'exécute. L'ensemble mousqueton-sacoche glisse doucement au-dessus des eaux noires. Pourvu qu'il ne se décroche pas et que la fortune ne tombe pas dans le Rhône ! Il attend, inquiet. De l'autre côté, le silence règne. C'est sans doute le signe que tout s'est bien passé. Il décide de rentrer.

Il est 3 heures du matin lorsqu'il regagne sa villa. À 7 heures, le téléphone sonne. La voix du ravisseur est détendue.

– Mes félicitations ! Tu as fait ce que je demandais. Tu vas revoir ta fille.

– Où est-elle ?

– Retourne dans la cabine de Russin. Une lettre te dira où elle est.

Frédéric Dard s'y rend, mais cette fois, les policiers suisses l'accompagnent, en particulier Gustave Grémaud, le chef de la brigade criminelle. La lettre de la cabine donne les coordonnées d'une caravane garée dans un endroit isolé de la campagne genevoise. Une caravane, le même lieu de détention que celui de la petite prisonnière du roman ! Les policiers et l'écrivain s'y précipitent. La caravane est vide. Il y a un moment atroce. Frédéric Dard s'écrie :

– Il m'a trompé, elle est morte !

Il ignore qu'au même moment, à quelques centaines de mètres de là, un automobiliste vient de croiser une adolescente qui titubait au bord de la route. Elle a l'air si égaré qu'il la fait monter dans sa voiture. Elle a un énorme hématome au bras. Une fois dans la voiture, elle hurle :

– Papa ! Papa ! Il y a des gens qui sont méchants !

Le conducteur la dépose dans le premier café qu'il rencontre et appelle la police. Celle-ci arrive quelques minutes plus tard, en compagnie de Frédéric Dard. Oui, c'est bien elle ! Son état est inquiétant, mais elle est vivante.

Une fois passé les premières effusions, Joséphine explique qu'elle a été droguée, qu'elle s'est réveillée dans cette caravane dont la porte n'était pas fermée et qu'elle a préféré s'enfuir. Comme dans le roman *Faut-il tuer les petits garçons qui ont les mains sur les hanches ?*, l'enlèvement s'est bien terminé. Décidément, l'écrivain aura été prophétique jusqu'au bout !

Si la police est restée discrète pendant toute la durée de l'enlèvement, elle se rattrape en bouclant l'enquête en quelques jours. Il faut dire qu'elle est aidée par un rare concours de circonstances.

Le 24 mars, aux environs de 22 heures, un Genevois aperçoit en promenant son chien un homme qui téléphone dans une cabine, le visage caché sous un masque de François Mitterrand. Une voiture est garée à côté. Au bout d'un court moment, l'homme raccroche, monte dans la voiture et démarre en trombe. La nouvelle de l'enlèvement n'ayant pas été rendue publique, le promeneur n'imagine pas qu'il vient d'assister à une demande de rançon. Mais la chose lui semble suffisamment suspecte pour qu'il note le numéro du véhicule.

Le lendemain de la libération de Joséphine Dard, son rapt fait la une des journaux et le témoin va aussitôt trouver la police. A priori, l'information n'a pas de rapport avec l'affaire, mais aucun renseignement ne peut être négligé. Les policiers consultent leur fichier : la voiture appartient à un certain Aloïs de Chollet, caméraman à la Télévision suisse romande. Consciencieux, les enquêteurs se renseignent auprès de la chaîne. Là, on n'a, en apparence, pas grand-chose à leur dire.

– Aloïs de Chollet ? Vous savez, on le connaît à peine. Il ne travaille pas vraiment chez nous. C'est un pigiste. On l'emploie occasionnellement quand il y a une défection.

– Est-ce qu'il a travaillé récemment pour vous ?

– Oui, le mois dernier. Un reportage chez Frédéric Dard.

Aloïs de Chollet est arrêté le jour même, le 30 mars, une semaine tout juste après l'enlèvement. Il avoue immédiatement en être l'auteur et avoir agi seul. Les coïncidences stupéfiantes se poursuivent : comme dans le roman, c'est un reportage chez la victime qui a permis au ravisseur de repérer les lieux.

Aloïs de Chollet a quarante ans et ne ressemble pas, à première vue, à l'auteur d'un acte aussi odieux. Il a l'air réservé, timide... Son interrogatoire commence. Les policiers pensent qu'il va relever de la routine, mais ils se trompent. Ils vont bientôt s'apercevoir que, dans cette affaire, la personnalité du coupable est presque aussi surprenante que celle de la victime.

– Où est la rançon ?

– Chez moi. Je n'y ai pas touché.

– De toute manière, vous n'auriez pas pu. Elle est inutilisable.

– Oui. Je m'en suis rendu compte après coup. J'ai fait tout cela pour rien.

– Justement, pourquoi avez-vous fait cela ? Qu'est-ce qui vous a pris ?

– J'en avais assez de prendre des risques. Je voulais faire un grand coup et arrêter.

Les policiers se regardent entre eux. Le sens de ces paroles leur échappe. L'homme doit être déséquilibré.

– Quels risques ? Arrêter quoi ?

Aloïs de Chollet pousse un soupir.

– Autant avouer... Le voleur des châteaux, c'est moi !

– Vous vous moquez de nous ?

– Non. J'ai encore les objets du dernier vol chez moi. Vous pourrez vérifier...

Les policiers genevois n'en reviennent pas. Le « voleur des châteaux » est devenu presque une légende ! Depuis douze ans, il pille les châteaux et les riches demeures des environs de Genève. Non seulement il ne laisse jamais le moindre indice, mais il agit avec la dextérité d'un prestidigitateur. Et à chaque fois il remplace l'objet dérobé par un fac-similé, ce qui fait que le vol n'est souvent découvert que beaucoup plus tard ou pas du tout. On cite ainsi le cas d'une comtesse dont un tableau répertorié comme lui appartenant avait été mis en vente frauduleusement dans une galerie parisienne. Elle avait dit aux experts que c'était une erreur, et leur avait montré la toile qu'elle avait chez elle : « On ne me l'a pas volée, elle est là ! »

Cet aveu est tellement extraordinaire que les policiers en oublient un instant le rapt.

– Comment avez-vous fait ? Vous aviez des complices ?

– Non, j'étais seul. Je visitais les châteaux et les maisons où le public avait accès et je prenais des photos de ce qui m'intéressait. Après, je faisais une copie. J'ai toujours été assez adroit de mes mains. Ensuite, je mettais le fac-similé à la place.

– Comment se fait-il que vous ne vous soyez jamais fait prendre ? Il y a des alarmes, des chiens.

– Je ne le sais pas moi-même. Je n'ai jamais rencontré de difficulté. À la fin, cela me mettait presque mal à l'aise.

– Et pour revendre les objets ?

– J'ai des contacts à Paris. J'y allais tous les mois et je revenais avec l'argent. C'est avec cela que je faisais vivre ma femme et mes enfants. Ils ne sont pas au courant, je vous le jure ! Il ne faut pas les inquiéter...

Comme les policiers le vérifieront plus tard, les déclarations d'Aloïs de Chollet sont parfaitement exactes. Pour l'instant, ils reviennent au sujet qui les occupe : le rapt.

– Vous avez décidé d'enlever la fille Dard parce que vous aviez fait un reportage chez elle ?

– C'est plus compliqué que cela. J'ai essayé de procéder méthodiquement...

Et Aloïs de Chollet raconte une incroyable histoire.

199

Il a d'abord rencontré un banquier, dont le fils avait été kidnappé et qui avait versé une rançon pour le récupérer. Chollet s'est fait passer pour un réalisateur de télévision voulant faire une fiction à partir du drame vécu. Il a posé toutes sortes de questions, auxquelles son interlocuteur a répondu sans méfiance : comment lui-même avait-il réagi ? Comment la police espérait-elle coincer les ravisseurs ? Quelles fautes avaient commises ces derniers ? Nanti de ces informations, Aloïs de Chollet s'est estimé en mesure de commettre lui-même un rapt, avec les meilleures chances de succès.

Ensuite, il s'est trouvé face à un problème. Dans la région de Genève, ce n'est pas la fortune qui manque, mais elle est principalement représentée par des banquiers. Et cela ne lui plaisait pas trop, les banquiers. Ce sont des gens froids, calculateurs, qui ne cèdent pas facilement. L'argent n'est pas loin de représenter pour eux la valeur suprême, avant même, peut-être, leur propre famille. Non, ce qu'il lui fallait, au contraire, c'est quelqu'un de riche et de généreux à la fois...

Au mois de février 1983, la Télévision suisse romande lui demande de remplacer un caméraman lors d'un reportage chez Frédéric Dard. Au début, il ne fait pas le rapprochement avec ses projets. Et soudain, il y a le déclic. Joséphine traverse la pièce où a lieu l'entretien. Frédéric Dard s'arrête et dit, en la désignant à son interviewer :

– C'est mon soleil de minuit !

Puis il explique au journaliste que Joséphine, née de son second mariage alors qu'il avait déjà cinquante ans, éclaire le soir de sa vie. C'est la révélation pour Aloïs : cet homme est aussi riche qu'un banquier, mais pour lui, seul l'amour compte. Si on touche à son enfant, il cédera tout de suite.

Tout en continuant de faire son travail, le reporter repère les lieux. Il arrive à savoir où est la chambre de l'enfant, note qu'il n'y a que trois personnes dans la villa, pas de garde ni de chien. Pour cet habitué des fric-frac, c'est de la routine, même si l'enjeu et les risques ne sont évidemment plus les mêmes...

Il loue un studio en France, à Annemasse, pour séquestrer sa victime et, au jour fixé, il passe à l'action. Il s'introduit silencieusement dans le jardin, pose une échelle sur la façade, grimpe jusqu'au premier étage, force le volet de Joséphine qui dort à poings fermés, casse un carreau et entre dans sa chambre...

À ce point de son récit, les policiers l'interrompent :

– Qu'est-ce que vous lui avez fait pour qu'elle ait le bras dans cet état ? Vous l'avez frappée ? Vous avez essayé de la violer ?

– Non, je voulais lui faire une piqûre de Valium pour l'endormir. Mais je ne sais pas faire les piqûres. Cela s'est mis à saigner. Alors, je l'ai anesthésiée avec du chloroforme sur un mouchoir.

Et Aloïs de Chollet reprend son récit. Il a redescendu l'échelle avec, sur le dos, le corps de sa victime enveloppé d'une couverture, a rejoint sa voiture avant de disparaître. Tout s'est déroulé sans incident. Notamment le dispositif qu'il avait imaginé pour la remise de la rançon : il était compliqué, mais a parfaitement fonctionné...

Les policiers en reviennent à l'élément qui a entraîné son arrestation.

– Pourquoi avoir mis un masque de Mitterrand pour téléphoner ?

– C'était pour modifier ma voix. Je ne pensais pas que cela aurait ces conséquences.

– Il ne fallait pas non plus prendre votre propre voiture.

– C'est vrai. Dans le scénario que j'avais prévu pour l'enlèvement, j'utilisais une voiture volée. Mais je ne savais pas comment faire...

Ainsi s'achève la déposition d'Aloïs de Chollet. Son procès a lieu un an et demi plus tard, fin septembre 1984. À l'issue des débats, il est condamné à dix-huit ans de prison. La peine est relativement lourde, le maximum, selon la loi suisse, étant de vingt ans. Peut-être a-t-il payé pour tous les vols impunis qu'il avait commis auparavant. Au bout de dix ans, il est gracié par le Parlement genevois en 1994. Frédéric Dard, sa femme et sa fille, à qui on avait demandé leur accord, l'ont donné sans hésitation.

Frédéric Dard est décédé le 6 juin 2000. Mais l'événement le plus terrible de sa vie reste consigné dans son œuvre. Après l'avoir arrêté pendant plusieurs mois, il a terminé *Faut-il tuer les petits garçons qui ont les mains sur les hanches ?* L'ouvrage est paru en novembre 1984, juste après le procès et, à la page 131, on peut lire cette note : « C'est à ce point précis de mon livre que l'impensable s'est jeté sur ma vie et que ma propre fille a été kidnappée, comme si le sort voulait me faire mesurer l'horreur d'une situation que j'inventais. »

Drôle d'enlèvement !

Dans la nuit du vendredi 22 au samedi 23 mai 1964, à 23 h 55, une Cadillac gris métallisé s'arrête devant le n° 1 de l'avenue du Maréchal-Maunoury, dans le 16e arrondissement, en bordure du bois de Boulogne.

C'est un immeuble cossu de six étages en pierre de taille, recouvert de vigne vierge. La lourde porte en fer forgé donne sur un hall de marbre blanc et deux ascenseurs d'acajou conduisent aux six appartements, un par palier. La princesse Soraya, qui fut l'épouse du shah d'Iran, y a séjourné un moment et, parmi les propriétaires actuels, on compte une baronne, une comtesse et les passagers de la Cadillac, M. et Mme Marcel Dassault. Ils occupent le deuxième étage, en attendant que la construction de leur hôtel particulier, au 41 de la même avenue, soit terminée.

Marcel Dassault a soixante-douze ans et il est bien plus qu'un des premiers industriels français, c'est une personnalité connue de tous, une figure nationale. Ingénieur en aéronautique, il conçoit, en 1917, une nouvelle hélice pour les appareils militaires. C'est le début de sa réussite. Il fonde une usine d'avions, qui ne cesse de s'accroître jusqu'à la Seconde Guerre mondiale. Juif et résistant, il est déporté à Buchenwald, mais en réchappe miraculeusement, grâce à l'aide d'autres prisonniers. Quelques années plus tard, avec le début de l'aviation à réaction, sa production prend son véritable essor : ses avions de combat, le Mystère puis le Mirage, équipent l'armée française et plusieurs armées étrangères. Dès lors, Marcel Dassault devient un personnage incontournable de la vie du pays. Il est député gaulliste de l'Oise et, avec sa fortune, il fonde une revue, *Jours de France*, qui lui sert de tribune et de vitrine.

Sa femme, Madeleine, a soixante-trois ans. Née Minckès, juive elle aussi, elle a été internée au camp de Drancy. Elle est la fille d'un grand marchand de meubles. L'un de ses frères est Marcel Minckès, qui sera directeur de *Jours de France*, l'autre, André, s'occupe de l'entreprise de meubles. Les Dassault ont deux fils : Serge, ingénieur polytechnicien, dirige le département électronique des usines de son père ; marié, il a lui-même trois enfants. Le cadet Claude, célibataire, s'occupe d'affaires immobilières.

Ce soir-là, les Dassault reviennent d'un dîner qui réunissait une douzaine de personnes. Ils ont quitté la réception vers 23 h 30 et le chauffeur, à leur service depuis un an, les a raccompagnés à leur domicile.

Le chauffeur ouvre la portière. Marcel Dassault sort le premier et commence à gravir les marches du perron. Au moment où Mme Dassault sort à son tour,

205

deux hommes masqués et armés chacun d'un revolver surgissent d'une estafette en stationnement et se jettent sur l'épouse de l'industriel. Elle est projetée à terre avec violence. Son mari tente d'intervenir, il est frappé à coups de crosse sur le crâne, et hurle : « À l'assassin ! »

Le chauffeur se précipite vers le couple, mais il est lui aussi blessé d'un coup de crosse, tandis que les agresseurs entraînent Mme Dassault, qui se débat tant qu'elle peut. Une DS jaune à toit noir arrive et freine brutalement. Les deux hommes jettent Mme Dassault dans la voiture et montent avec elle à l'arrière. Son poudrier en or, incrusté de diamants, traîne sur le trottoir.

Un agent en civil du commissariat central du 16e arrondissement, qui passait au volant d'une 4L, avec un ami, dira plus tard, interrogé comme témoin principal par ses collègues :

– Quand j'ai vu les deux hommes qui se jetaient sur cette dame, j'ai dit à mon copain : « C'est une plaisanterie. » Mais quand j'ai vu la femme se débattre furieusement en frappant ses agresseurs à coups de parapluie et hurler : « Au secours ! », et entendu son mari, qui avait été agressé, crier : « À l'assassin ! », alors j'ai compris que c'était un rapt !

Le policier et son passager donnent la chasse aux agresseurs, mais dans le bois de Boulogne, la 4L perd du terrain et, au carrefour de la Cascade, ils aperçoivent deux DS identiques. Comme une Taunus, qui s'était lancée à la poursuite des bandits en même temps qu'eux, suit celle qui file vers le pont de

Suresnes, ils pistent l'autre jusqu'au pont de Saint-Cloud où se trouve un poste de police. Le conducteur de la 4L s'y arrête et montre sa carte aux hommes de garde, en leur disant :
– Fermez tout de suite l'autoroute, il y a eu un rapt !

Laquelle des deux DS est la bonne ? Le chauffeur de la 4L aurait tendance à penser que c'est celle qu'a poursuivie la Taunus, dont le conducteur ne s'est pas manifesté. Sans doute s'agissait-il d'un complice qui couvrait la fuite des ravisseurs.

C'est avec ces maigres indices que démarre cette affaire, promise à devenir sensationnelle, en raison de la personnalité de la victime.

Après l'agression, Marcel Dassault se relève tant bien que mal. Aidé par son chauffeur, il rentre chez lui et appelle immédiatement le ministre de l'Intérieur. Ensuite, il soigne sommairement ses plaies ; il a une profonde entaille au cuir chevelu et des plaies sur le crâne et au front.

Il est minuit dix. La mobilisation est générale. Les plus hauts responsables de la police française se précipitent dans le salon jaune et doré aux murs tapissés de toiles de maîtres. Sont présents le chef de cabinet du préfet de police, M. Sommeveille, le directeur de la police judiciaire Max Fernet, et le commissaire Bouvier, chef de la brigade criminelle. Sont arrivés également Serge Dassault, le général Gallois, directeur des usines Dassault, et M. Nathaly, conseiller général de l'Oise.

Bouleversé, Marcel Dassault décrit l'enlèvement aux policiers. Le directeur de la Police judiciaire Fernet lui pose les premières questions :

– Il peut s'agir d'une vengeance. Avez-vous été menacé ?

– Il y a toujours une lettre de déséquilibré de temps en temps, mais rien de sérieux.

– La piste politique ne peut pas être écartée. L'OAS a toujours dit qu'elle voulait s'en prendre à vous.

– Oui, mais pourquoi à ma femme ?

Les deux hommes échangent encore quelques propos et concluent que l'hypothèse du rapt crapuleux est la plus vraisemblable.

Dans la rue, d'autres policiers procèdent aux premières constatations sur l'estafette des agresseurs. Les vitres sont masquées par des sacs de toile et le numéro minéralogique est faux. Des spécialistes de l'identité judiciaire relèvent les empreintes à l'aide de pinceaux en poils de martre. Une équipe spécialisée arrive avec un chien pour lui faire explorer les alentours, mais l'animal ne prend aucune piste.

Avec une rapidité remarquable, l'alerte a été donnée dans toute la France. Le directeur de la Sûreté nationale, Maurice Grimaud, coordonne les opérations et le ministre de l'Intérieur, Roger Frey, se tient informé à tout moment. Un dispositif de contrôle est déclenché à partir de chaque préfecture dans tous les services de sécurité : Sûreté nationale, CRS, gendarmes, police de l'air.

C'est sur l'autoroute de l'Ouest que les barrages sont les plus nombreux, mais malgré la promptitude de leur mise en place, ils ne donnent rien. Les agresseurs sont-ils déjà passés ou ont-ils pris une autre route ? Le samedi, à 5 h 30, les barrages sont levés, mais les contrôles se poursuivent à l'aide de motos et de voitures légères.

Le même matin, la nouvelle est diffusée dans tout le pays aux premiers bulletins d'information. Dans l'heure qui suit, deux coups de téléphone à l'Agence France presse et à *France-Soir* revendiquent le rapt au nom de l'OAS. Les correspondants anonymes réclament, pour le premier, 1 milliard de centimes, pour l'autre, l'échange de Mme Dassault contre l'ex-général Salan, condamné à perpétuité.

L'information est immédiatement communiquée à l'état-major, qui se tient toujours chez les Dassault. Les responsables policiers ont à peine le temps d'échanger leurs avis qu'ils apprennent que la piste est fausse. Car, au courrier, il y a une lettre des véritables ravisseurs.

Dactylographiée, postée avenue de Villiers, dans le 17e arrondissement, elle porte une curieuse signature : « Concorde 89 » et réclame une rançon de 4 millions de francs, en coupure de 100 et 50 francs. M. Dassault devra se rendre en personne en voiture, avec uniquement son chauffeur. Il lui est recommandé de faire le plein, car il aura un long trajet à effectuer. Le lieu de la remise de la rançon lui sera communiqué ultérieurement. Inutile pour les auteurs d'ajouter un détail pour authentifier leur message, la lettre a été postée la veille de l'enlèvement.

Contrairement à ce qui se passe en pareil cas, et sans doute parce qu'il s'agit d'une personnalité connue, la lettre n'interdit pas de prévenir la police. Une discussion tendue a lieu au 1, avenue du Maréchal-Maunoury, mais l'industriel et les policiers tombent d'accord : on ne rendra pas la lettre publique. Mieux vaut laisser se propager la fausse piste de l'OAS, dont les bulletins radio se font l'écho, pour permettre de traiter plus discrètement avec les ravisseurs.

La journée et la nuit de samedi s'écoulent sans qu'il y ait le moindre appel... Dimanche 25 mai. Marcel Dassault, qui a veillé jusqu'à 8 heures du matin, est allé se reposer. Il est 11 h 30. Son fils Serge est seul dans le salon. Le téléphone sonne. Il se précipite. À sa grande surprise, il entend une voix de femme.

– Je suis chez M. et Mme Dassault ?
– Oui, ici Serge Dassault. Qui est là ?
– C'est ta mère.

Se demandant s'il est bien éveillé ou s'il rêve, Serge court dans la chambre de son père pour lui annoncer la nouvelle. Il lui passe le combiné. Celui-ci demande, incrédule :

– C'est toi ? Où es-tu ?
– À la sous-préfecture de Senlis, avec les gendarmes.
– Tu vas bien ?
– Oui. Viens me chercher.

Marcel Dassault s'habille précipitamment. Il prend sa Cadillac et lance en sortant aux journalistes, qui font le pied de grue devant l'immeuble :

– La police française est la meilleure du monde !

À la sous-préfecture de Senlis, il trouve son épouse en excellente forme. Jamais on n'aurait pu croire qu'elle a été victime d'un drame pareil. Les journalistes affluent. L'affaire était déjà sensationnelle, mais un dénouement aussi heureux et rapide est pratiquement sans précédent !

La même question revient dans la presse et dans l'opinion : cette libération est-elle due à la rançon ? Mais on s'aperçoit rapidement qu'il n'est pas question de rançon. Les ravisseurs ont fait preuve d'un amateurisme invraisemblable : ce qui s'annonçait comme un événement dramatique tourne à la comédie de boulevard...

Voici la reconstitution des faits, d'après le récit que Mme Dassault fera un peu plus tard aux journalistes.
– Je n'ai jamais eu peur. Pas une seconde. J'ai d'abord été furieuse. Au moment où j'ai vu ces hommes se précipiter sur moi, j'ai tout de suite compris qu'ils voulaient m'enlever. Je les ai frappés à coups de parapluie et à coups de sac. J'ai essayé de les griffer, mais ils m'ont entraînée vers la voiture. J'ai vu ensuite qu'ils frappaient Marcel. J'ai été terriblement inquiète pour lui.

– Et dans la voiture ?

– Ils étaient quatre, le conducteur et un passager à l'avant, deux à l'arrière, de chaque côté de moi. Ils m'avaient mise par terre pour que l'on ne me voie pas de l'extérieur. Ils m'ont chloroformée.

– Immédiatement ?

– Oui.

– Quand vous avez repris conscience, que s'est-il passé ?

– Je n'avais pas le droit de me relever. Ils ne voulaient pas que je voie la route. Je me suis retrouvée dans une maison inconnue où j'ai passé la nuit sans rien voir.

– Avez-vous une idée de l'endroit où vous vous trouviez ?

– Ils m'ont dit que j'étais à Orléans, mais je ne les ai pas crus.

– Dans quel environnement étiez-vous ?

– Au début, je ne savais pas très bien ce que c'était. On aurait dit une tente. Il y avait un sommier avec un matelas. Ils m'ont apporté des draps et des couvertures. Plus tard, j'ai vu que c'était une grande pièce, dans laquelle ils avaient installé une espèce de tente de la Croix-Rouge.

– Vous ont-ils maltraitée ?

– Non, à aucun moment. Ils m'ont toujours dit qu'il ne fallait pas que j'aie peur, qu'il ne m'arriverait rien. Ils m'ont simplement demandé de ne pas faire de bruit, de ne pas crier.

– Ils vous ont expliqué pourquoi vous étiez là ?

– Très vaguement. Ils m'ont dit qu'ils avaient besoin d'argent.

– Vous avez parlé avec eux ?

– Oui, avec celui qui s'appelait lui-même le « chef » et que les autres appelaient comme cela. Il était toujours masqué par des lunettes noires entourées de sparadrap. Il s'est assis le lendemain matin au pied de mon lit. Il ne me voyait pas. Mais lui était à contre-jour et je le voyais assez bien. À un moment donné, son sparadrap s'est d'ailleurs décollé.

– Et qu'est-ce qu'il vous a dit ?

– Il m'a raconté sa vie, son enfance malheureuse. Il ne mangeait pas à sa faim, il n'avait pas fait d'études. Mais depuis, il considère s'être bien vengé de la société en devenant un gangster très important, sans que personne s'en doute. Il m'a dit qu'il avait aussi des relations haut placées, qu'il connaissait même mon frère, qui était très sympathique et qui me ressemblait beaucoup.

– Votre frère, Marcel Minckès ?

– Oui.

– Qu'a-t-il dit d'autre ?

– Qu'il était désolé de m'avoir enlevée, mais qu'il fallait bien qu'il vive. Il a ajouté : « Je sais tout de vous depuis de longs mois. Je vous ai suivie pas à pas sans que vous vous en doutiez. » Pour le prouver, il m'a révélé des faits qui remontaient au mois de juillet dernier, comme une promenade que Marcel et moi avions faite au bois de Boulogne. Tout ce qu'il disait était absolument vrai.

– Comment avez-vous été traitée ?

– Bien. Ils ont toujours été très courtois. Ils m'ont demandé ce que je voulais manger. Ce n'était pas très bon : bifteck et macaronis. L'homme qui me gardait et qui s'appelait Mathieu Costa me les apportait en annonçant : « Madame est servie. »

– Avez-vous parlé à ce Costa ?

– Vous savez, j'ai surtout dormi... Ils étaient là tous les quatre.

– Comment cela « tous les quatre » ?

213

– Oui, trois de ceux qui étaient dans la DS, des hommes de trente-cinq à quarante ans, plus Costa. Ce dernier n'était certainement pas dans le coup de l'enlèvement. Il a toujours été très timide, très déférent. Quand le chef était là, il ne parlait pas mais restait dans la pièce où se trouvait ma tente. Il ne m'a pas quittée. Les autres couchaient dans une pièce à côté, près de la cuisine.

– Que leur avez-vous dit encore ?

– Je leur ai demandé de m'apporter un journal. Ils ont d'abord refusé sous prétexte qu'il y avait des détails sur mon mari qui m'auraient inquiétée. Et puis, hier, ils m'ont donné *France-Soir*. Costa m'a dit : « Regardez la belle photo de vous qu'il y a dans le journal. » Et ils m'ont laissée le lire entièrement.

– Vous avez pensé à vous évader ?

– Si mardi ils ne m'avaient pas libérée, j'aurais fait n'importe quoi. J'avais repéré une boîte d'allumettes et j'ai songé à mettre le feu pour attirer l'attention.

– Mais vous n'avez pas eu besoin de le faire ?

– Non...

Et Mme Dassault raconte les circonstances de sa délivrance. Elles sont tellement extraordinaires que les journalistes ont du mal à y croire...

Le dimanche matin, vers 9 heures, elle entend du bruit au loin : des gens qui frappent et qui appellent. Son gardien Costa a disparu. Elle perçoit les appels :

– Est-ce qu'il y a quelqu'un ?

Elle répond de toutes ses forces :

– Oui, oui, il y a quelqu'un !

Mathieu Costa entre en trombe dans la pièce en lui demandant de se taire. Il tremble comme une feuille. Il est seul. Alors, elle le bouscule et se précipite en criant :

– Me voilà !

Elle ouvre la porte d'entrée de la villa et se trouve en face de trois gendarmes... C'est le résultat d'une mobilisation sans précédent. Depuis la veille, sur les instructions du ministère de l'Intérieur, plus de trois mille CRS, cinq mille agents et six mille gendarmes ratissent systématiquement les maisons abandonnées ou fermées dans un rayon de deux cents kilomètres autour de Paris.

Face à elle, les hommes de la brigade de Creil. Ils ont investi le bourg de Villers-sous-Saint-Leu, se sont renseignés auprès du tabac-buvette pour savoir s'il y avait dans la localité une habitation correspondant à ce qu'ils cherchaient et on leur a immédiatement indiqué cette maison... La séquestrée s'écrie :

– Je suis madame Dassault !

Mais elle s'entend répondre :

– Vous avez vos papiers ?

Elle explose.

– Vous n'avez pas lu les journaux ?

Oui, ils ont lu les journaux et la reconnaissent.

– Vos ravisseurs sont là ?

– Je crois qu'il n'y en a qu'un. Il n'est pas méchant. Ne lui faites pas de mal.

Mathieu Costa se laisse prendre sans résistance. Les gendarmes explorent minutieusement toute la maison, mais elle est vide.

C'est ainsi que se termine le récit de Mme Dassault et on reste confondu par l'amateurisme des ravisseurs : Mathieu Costa donne à l'otage son nom et son prénom et semble totalement dépassé par la situation ; le « chef » parle longuement avec elle, le visage mal dissimulé, et avoue connaître son frère, indice qui mettra tôt ou tard les enquêteurs sur sa piste ; enfin, il faut préciser que la maison du rapt était située en plein milieu du village, ce qui manquait pour le moins de discrétion.

Il ne reste plus qu'à mettre la main sur le reste de la bande et, compte tenu du comportement des uns et des autres, ce ne devrait pas être trop difficile !

Supposition logique : les trois ravisseurs restants vont revenir. Les gendarmes tendent donc une souricière dans Villers-sous-Saint-Leu et ses environs. Entre-temps, ils se renseignent sur le propriétaire de la maison, un certain Gaston Darmon fiché pour proxénétisme. Il serait surprenant qu'il fasse partie de la bande, qu'il ait fait le coup dans un domicile à son nom, mais au point où en sont les choses, plus rien n'est impossible.

À 13 h 15, une DS immatriculée dans l'Oise est signalée près du village. Prise en chasse, elle accélère immédiatement. Au bout de trois kilomètres de poursuite, elle ralentit, un homme saute à terre et tente de fuir à travers champs. Il est rattrapé, mais le temps de l'appréhender, la voiture a disparu. Quant à l'homme, il décline son identité : il s'appelle Gaston Darmon. Informé que Mme Dassault vient d'être retrouvée dans sa ferme, il s'écrie :

– C'est Gustave qui a fait le coup !
– Qui est Gustave ?
– L'homme à qui j'ai loué la ferme. Je ne connais que son prénom. Il voulait ma maison pour un mois et il m'a payé en liquide. Cela m'arrangeait.
– Vous l'avez connu comment ?
– Dans un bar. Je ne l'avais jamais vu avant.
– Et où est-il maintenant ?
– Mais dans la DS ! On était ensemble...

Et Gaston Darmon raconte. Il allait à Villers-sous-Saint-Leu pour voir si son nouveau locataire n'avait besoin de rien. Il l'a rencontré un peu avant le village et l'a fait monter dans sa voiture. Quand ils ont aperçu les gendarmes, Gustave lui a ordonné d'accélérer et, comme il n'obéissait pas assez vite, lui a collé le canon d'un pistolet dans les reins, puis exigé qu'il ralentisse et saute en marche, avant de prendre le volant et de s'enfuir.

Est-il utile de préciser que les gendarmes n'en croient pas un mot ? Cette histoire de location à un inconnu rencontré dans un bar ne tient pas debout. D'ailleurs, la fin du récit est fausse. Gaston Darmon n'était pas au volant, et il y a tout lieu de penser qu'il s'agissait du chef qui a ordonné à son complice de sortir du véhicule, pour faire perdre du temps à ses poursuivants. C'est ce qui s'est effectivement produit...

Des recherches sont lancées pour mettre la main sur la DS, mais les gendarmes font rapidement une autre prise : une Taunus immatriculée à Paris est interceptée dans les environs. Ce n'est pas celle qui a pris en chasse les ravisseurs dans le bois de Boulogne, mais son conducteur n'est autre que Gabriel Darmon, le frère du précédent. Bien qu'il jure n'être au courant de rien, il est arrêté.

Quant à la DS vraisemblablement conduite par le chef, elle est retrouvée au bord de l'Oise. Son conducteur a réussi à s'échapper. Il a rencontré une automobiliste, l'a émue en lui racontant que son épouse étant malade, il lui serait très reconnaissant de le déposer à la gare la plus proche. En cours de route, il lui a dit qu'il avait l'impression qu'un des pneus était crevé ; la femme s'est arrêtée et est descendue pour vérifier. Il en a profité pour prendre sa place au volant et disparaître...

Telle est la situation, le dimanche 25 mai, en fin d'après-midi. Si le chef est toujours en fuite, trois des quatre ravisseurs présumés sont sous les verrous, moins de quarante-huit heures après l'enlèvement ! Car Mathieu Costa et les frères Darmon font bien partie de la bande, c'est ce qui ressort rapidement de leurs interrogatoires...

Costa est un petit malfaiteur coupable de quelques indélicatesses qui lui ont valu des peines avec sursis. Il a été berger en Corse jusqu'à l'âge de vingt ans, ensuite il est parti pour l'Algérie, puis s'est fixé à Paris. Face aux policiers, il tente de minimiser son rôle. Il prétend que celui qu'il appelait le « chef » était un client régulier du Ty Mad, un bar du 11e arrondissement où il lui arrivait de donner un coup de main aux patrons.

– Samedi matin, le gars est venu vers 7 heures. Il m'a demandé si je voulais gagner un peu d'argent. Il m'a dit : « Ce ne sera pas difficile, il suffira de garder une femme quelques heures seulement. » L'argent, c'est toujours bon à prendre, j'ai accepté...

Ce n'est qu'après, selon lui, qu'il s'est rendu compte qu'il s'agissait d'un enlèvement. Il a voulu s'enfuir, mais il avait peur de se faire éliminer par les autres. Et il va jusqu'à prétendre que c'est avec soulagement qu'il a vu arriver les gendarmes...

Son système de défense ne résiste pas longtemps. Costa n'est pas de taille à tenir tête aux policiers et finit par avouer sa participation au rapt. Contrairement à ce qu'imaginait Mme Dassault, il était bien un de ses agresseurs.

Gaston et Gabriel Darmon sont tous deux fichés pour proxénétisme. Gaston, trente-cinq ans, né en Algérie, est connu à Pigalle où il a plusieurs protégées. C'est avec l'argent qu'elles lui rapportent qu'il a acheté, pour 6 millions d'anciens francs, la ferme de Villers-sous-Saint-Leu. Gabriel, trente-trois ans, connu dans le milieu sous le sobriquet de « Pierrot d'Oran », a été mêlé, une dizaine d'années plus tôt, à une affaire de traite des Blanches à destination de Rio. Tout comme Costa, ils nient puis finissent par avouer leur culpabilité.

Ce n'est pourtant pas ce qui intéresse le plus les enquêteurs. Qu'ils soient coupables tous les trois, ils le savaient déjà. Non, ce qu'ils veulent connaître, ce qui fait l'objet de toutes leurs questions, c'est l'identité du chef. Mais là, ils se heurtent à un mur. Les frères Darmon gardent un silence buté, même le timide Costa ne flanche pas. Il est plus que vraisemblable qu'ils ont peur. À la différence d'eux-mêmes, il doit s'agir d'un redoutable truand.

Pour l'instant, les policiers n'ont qu'un portrait-robot dressé grâce au témoignage de l'automobiliste dont il a pris la voiture et qui, contrairement à Mme Dassault, l'a vu de près et à visage découvert. Il fait environ un mètre soixante-dix, il est athlétique, plutôt corpulent, de type méditerranéen, mais parle sans accent. Les policiers pensent qu'il pourrait être corse.

C'est insuffisant pour mettre la main sur lui, mais il a commis une grossière erreur qui va permettre de l'identifier : il a eu l'imprudence de dire à Mme Dassault qu'il connaissait son frère, Marcel Minckès. Ce dernier finit par se remémorer une curieuse anecdote.

Jean-Jacques Casanova, né en 1927 à Corte, en Corse, a été huissier à *Jours de France* de 1958 à 1961. La nuit, il était également veilleur au cercle de jeux Le Gaillon, sur les Champs-Élysées. Or, en février 1961, la femme de ménage du cercle l'a découvert le matin à demi ligoté. À côté de lui, les coffres-forts avaient été vidés : 80 millions de l'époque avaient disparu. La police l'a soupçonné de complicité, mais son récit a tenu bon. Quelques jours plus tard, pourtant, il achetait une Lancia. Il organisait aussi pour les reporters de *Jours de France* des parties de chemin de fer. La direction du journal a décidé de le remercier.

C'est cette histoire que Marcel Minckès vient raconter à la police, qui prend immédiatement l'information au sérieux. L'homme n'est pas un gangster d'opérette, mais un dur, un vrai, qui a sans doute du sang sur les mains.

On le suspecte, en plus de sa complicité dans le vol du Gaillon, d'avoir organisé plusieurs hold-up, dont l'attaque des convoyeurs de fonds de la rue des Lombards. L'affaire s'était terminée tragiquement par la mort d'un gardien de la paix qui s'était lancé à la poursuite des malfaiteurs et avait été abattu. La police n'a jamais mis la main sur les coupables mais, d'après plusieurs renseignements, a la certitude que le chef de la bande et l'auteur du coup de feu mortel sont une seule et même personne : Jean-Jacques Casanova.

Nantis de son nom, les enquêteurs reprennent leurs interrogatoires auprès des membres du rapt. Mathieu Costa craque le premier, et confirme l'identité du chef.

Il ne reste plus qu'à mettre la main sur lui. Pendant des mois, toutes les polices de France le traquent, sans résultat. Pour faciliter les recherches, le gouvernement crée un nouvel organisme : la brigade antigang, dont la spécialité sera d'infiltrer le milieu. L'affaire Dassault, malgré ses aspects folkloriques, aura donc été à l'origine d'un des organismes les plus efficaces de la police.

Or, Jean-Jacques Casanova a un talon d'Achille et c'est justement le milieu, qui le considère comme dangereux : il a la gâchette trop facile, ses actions jugées trop spectaculaires compromettent la sécurité des autres truands. Le commissaire Le Mouël, patron de la brigade antigang, apprend début octobre 1964 que Casanova fréquente les bars corses du 12ᵉ arrondissement.

Pendant plusieurs semaines, les membres de la brigade surveillent en vain ces établissements. Le commissaire est sur le point de conclure que le tuyau était mauvais et de lever le dispositif lorsque, le 28 octobre en début de soirée, les agents voient une voiture s'arrêter devant le Bar-Club, place Félix-Éboué. Un homme en descend. Ils le reconnaissent immédiatement. Il s'est fait teindre les cheveux en roux, mais c'est lui !

S'ensuit une interpellation musclée, mais sans effusion de sang. Casanova tente de résister, en hurlant, pour ameuter les passants et faire croire à une attaque. Mais c'est l'inverse qui se produit. Deux gardiens de la paix et un contractuel viennent prêter main-forte à leurs collègues. Le truand, menotté, est conduit au quai des Orfèvres.

Interrogé sur les différents hold-up dont il est suspecté, il nie farouchement. Il nie également son rôle dans l'enlèvement de Mme Dassault, mais ses dénégations ne tiennent pas : ses empreintes ont été retrouvées dans la ferme de Villers-sous-Saint-Leu. C'est lui qui a tout coordonné, c'est lui qui a rédigé la lettre de rançon signée « Concorde 89 », dont il s'est étonné qu'elle n'ait pas été rendue publique... Il est obligé d'avouer. Tout est enfin terminé sur le plan policier.

Quant à l'épilogue judiciaire, si Mathieu Costa, Gaston et Gabriel Darmon sont condamnés à des peines légères, Jean-Jacques Casanova se voit infliger vingt ans de réclusion. Ce sera sa seule condamnation. Malgré tout l'acharnement de la police, sa participation aux divers hold-up, dont celui de la rue des Lombards qui aurait pu lui valoir la peine de mort, ne pourra être prouvée.

Libéré après douze ans de détention, Jean-Jacques Casanova se retirera à Corte. Sa ville natale l'accueillera en héros. Mais il ne profitera pas longtemps de sa liberté, il mourra en tombant dans un ancien égout.

Ce drôle d'enlèvement, mi-tragique, mi-burlesque, aura été de bout en bout déconcertant...

Enlèvement sans rançon

Une maison comme les autres, dans une banlieue résidentielle de Peyton, petite ville de l'État du Kentucky, aux États-Unis. Toute blanche, à deux étages, elle est entourée d'une pelouse bien soignée. Il y a des rideaux à fleurs aux fenêtres. Sur la boîte aux lettres cylindrique sont inscrits les noms de Ronald et Jane Thomson. L'ensemble dégage une impression de sérénité et de confort.

Pourtant, ce 6 mars 1947, deux voitures de police noir et blanc sont arrêtées dans la rue, gyrophares allumés ; plusieurs agents en uniforme écartent les badauds, tandis qu'un civil, en imperméable et chapeau mou, interroge une blonde d'une trentaine d'années, qui a l'air complètement bouleversée.

– Voyons, madame Thomson, essayez de me dire comment cela s'est passé. Et d'abord, êtes-vous absolument certaine qu'il s'agit d'un enlèvement ?

La femme désigne un parc d'enfant sur la pelouse.

– Andrew était là, en train de jouer. Je l'avais installé dehors parce qu'il faisait beau. Le téléphone a sonné dans la maison, je suis allée répondre, pas longtemps. C'était une erreur, quelqu'un qui s'était trompé. Et, quand je suis revenue, le petit n'était plus là.

– Quel âge a-t-il ?
– Juste un an.
– Il est peut-être passé par-dessus les barreaux.
– Non, il ne sait pas marcher. D'ailleurs, j'ai cherché avec les voisins avant de vous appeler. Si c'était cela, il ne serait pas allé loin. Mais nous n'avons rien trouvé.
– Quand vous êtes revenue après le coup de téléphone, est-ce que vous avez aperçu quelque chose de particulier ? Quelqu'un qui s'enfuyait, une voiture qui s'en allait ?
– Oui, une voiture tournait le coin de la rue.
– Quelle marque ?
– Je ne sais pas. Je ne connais pas les marques. Elle était noire. Une grosse voiture…
– Ce coup de téléphone, cette personne qui s'était trompée de numéro, qu'est-ce que vous pouvez me dire à son sujet ?
– Vous pensez que c'était un complice du ravisseur, qu'on m'a attirée exprès pour enlever Andrew ?
– Peut-être…
– C'était une femme.
– Jeune, moins jeune ? Avec un accent ?
– Plutôt jeune. Sans accent. Elle s'exprimait bien…
– Que fait votre mari, madame Thomson ?
– Il est médecin. Je l'ai appelé à son cabinet. Il ne devrait pas tarder.

Justement, une Buick grise franchit le barrage des policiers et se gare dans l'allée. Un homme d'environ trente-cinq ans vêtu d'un costume clair en descend. Il court vers la jeune femme blonde.

– Jane, ce n'est pas vrai ?

Pour toute réponse Jane Thomson éclate en sanglots... Le policier en imperméable s'approche de l'arrivant.

– J'aurais quelques questions à vous poser, monsieur Thomson. Mais il s'agit seulement des préliminaires de l'enquête. Dans les cas d'enlèvement, ce n'est pas la police locale qui est compétente, mais le FBI.

– Un enlèvement ! C'est donc vrai ?

– On peut le craindre. Il est possible que nous ayons affaire à une bande.

Le malheureux père regarde le parc vide, dans lequel traînent des cubes et des peluches.

– Vous pensez qu'ils vont demander une rançon ?

– C'est possible. Vous êtes médecin, monsieur Thomson. Votre cabinet marche bien ?

– Oui, mais je ne suis que généraliste et je ne suis établi que depuis quelques années. Je n'ai pas encore une clientèle importante. Je ne suis pas riche.

– Alors, est-ce que vous avez des ennemis ? Est-ce qu'on vous a menacé récemment ?

– Non, je ne vois pas... Vous croyez qu'on aurait enlevé Andrew par vengeance ?

– Je ne crois rien, monsieur Thomson. Je vous pose les questions d'usage pour commencer le dossier. Mais ce n'est pas à moi que vous allez avoir affaire à partir de maintenant.

Le policier leur demande une photo du bébé pour pouvoir diffuser son signalement et précise que leur

téléphone va être mis sur écoute. Puis il prend congé, en ajoutant :
– Bon courage. Un agent du FBI va arriver.

Deux heures plus tard, alors que M. et Mme Thomson sont devant leur téléphone qui reste muet, un homme d'une quarantaine d'années tout ce qu'il y a d'ordinaire se présente chez eux. Plutôt petit et bedonnant, le crâne dégarni, il est en civil et la pochette de son veston s'orne d'un nombre incroyable de stylos. Jamais on ne le prendrait pour un membre de la police fédérale et pourtant, au sein de l'organisme, il a la réputation d'être un des meilleurs spécialistes des enlèvements.
– Lieutenant Perez... Il y a eu du nouveau depuis que la police de Peyton vous a interrogés ?
– Non, pas d'appel, rien.
Le policier hoche la tête et prononce d'un ton plutôt sinistre :
– Alors, attendons...
Mais les heures et les jours passent sans qu'il y ait le moindre coup de téléphone. Les Thomson sont effondrés, ils étaient prêts à s'endetter jusqu'au dernier centime pour satisfaire aux exigences des ravisseurs, mais ce silence est pire que tout. Ce n'est donc pas l'argent qui intéresse les kidnappeurs. Alors, quoi ? Le lieutenant Perez, qu'ils pressent de questions, énumère les hypothèses :
– Cela peut être ce qu'on appelle un rapt affectif : une femme en mal de maternité ou un couple qui veut

à tout prix un enfant. Dans ce cas, votre bébé sera bien traité. Il n'y a pas à s'en faire pour lui.

– Mais pour le retrouver ?

– Ah, pour le retrouver, c'est autre chose...

– Et l'autre hypothèse ?

Le policier pousse un soupir.

– C'est peut-être l'acte d'un déséquilibré. Dans ce cas, il vous faudra beaucoup de courage.

– Mais les ravisseurs peuvent encore appeler ?

– En général, s'ils ne l'ont pas fait dans les premiers jours, ils n'appellent plus.

Et le petit homme bedonnant aux stylos sur le veston prend congé. Il ne l'a pas dit aux Thomson, mais les enlèvements sans rançon sont les pires. Ils sont le fait de sadiques et de déséquilibrés en tout genre. Neuf fois sur dix, ils se terminent par la mort de l'enfant, qu'on retrouve le corps ou pas...

Du moins, ce sont les statistiques. Car il ignore que cet enlèvement-là ne rentre pas dans la norme. Il est même unique au point de faire parler de lui dans tous les États-Unis.

Aucune demande de rançon n'arrive. L'année 1947 se déroule sans rien apporter de nouveau. Comme il le fait à chaque enlèvement, le FBI a pourtant déployé d'importants moyens : la photo du petit Andrew a été communiquée à tous les postes de police du pays, des dizaines d'agents se sont occupés de l'affaire, sous les ordres du lieutenant Perez. En pure perte, malheureusement.

Le seul élément apporté par l'enquête est qu'on a vu, à l'heure du rapt, une femme téléphoner dans une cabine à proximité de la maison des Thomson. L'hypothèse d'une complice écartant la mère pour qu'on enlève l'enfant semble se vérifier. Mais dans quel but et qui sont les ravisseurs ?

Quatre années s'écoulent. Nous sommes au printemps 1951. Les Thomson ont fini par surmonter leur chagrin. Jane, la maman, est redevenue une jolie femme élégante, même si elle souffre régulièrement de dépression, nécessitant plusieurs hospitalisations. Ronald Thomson a mieux traversé l'épreuve, il voudrait un second enfant, mais sa femme ne se sent pas encore prête.

Pour tenter d'oublier ce qui s'est passé, Ronald s'est jeté à corps perdu dans le travail. Et justement, ce 21 avril 1951, il se rend à Louisville, la grande ville du Kentucky toute proche, où un cabinet médical est à vendre. Il y a longtemps déjà que sa femme et lui ont déménagé. Il était hors de question de rester dans la maison du drame, avec sous les yeux le jardin où leur enfant avait disparu. Mais ils sont toujours à Peyton et, s'ils pouvaient aller plus loin, ce serait encore mieux.

Après son rendez-vous, alors qu'il rejoint sa voiture pour rentrer chez lui, Ronald Thomson s'arrête, figé. Là, ce petit garçon, qui marche dans la rue, en donnant la main à une femme en jupe grise et blazer bleu... c'est Andrew ! C'est exactement lui à l'âge qu'il devrait avoir aujourd'hui, c'est-à-dire cinq ans. C'est le même visage ovale, les mêmes oreilles bien plaquées sur les tempes, les mêmes yeux bleus, le même nez et ce petit air sérieux qui les amusait tant, Jane et lui !

Il observe l'enfant et la femme qui l'accompagne et décide de les suivre. Devant une maison cossue, le gamin se précipite dans les bras d'une autre femme qui l'attend sur le seuil. Une grande brune, sa mère visiblement : l'autre doit être sa nurse.

Ronald Thomson fait demi-tour. Il n'a plus rien à faire ici. En cet instant précis, il a une certitude : il s'agit bien de son fils, et rien ne le fera changer d'avis. Tant qu'il n'aura pas fait quelque chose, il ne pourra plus trouver le sommeil... Une fois rentré à Peyton, il raconte l'aventure à Jane, qui partage aussitôt sa conviction, et tous deux appellent le lieutenant Perez.

Les enquêtes pour kidnapping du FBI ne sont jamais closes tant qu'on n'a pas retrouvé le disparu, vivant ou mort. Même si le lieutenant leur avait dit de le contacter au moindre élément nouveau, il est surpris quand M. Thomson lui expose au téléphone les faits et sa conviction. Mais il n'a le droit de négliger aucune piste et annonce qu'il fera le nécessaire.

Il tient parole : quinze jours plus tard, il se présente chez eux. En quatre ans, il n'a pas changé, à part quelques kilos en plus et quelques cheveux en moins. Il a toujours ses stylos accrochés à la pochette de son veston. Il s'assied dans le salon et commence son rapport :

– Je suis allé voir l'enfant. Il s'appelle Jimmy. Il y a effectivement une ressemblance avec le vôtre, malheureusement c'est le seul point positif. Ses parents, Jonathan et Lisa Fisher, sont des gens aisés, très aisés même. M. Fisher possède une entreprise de transport. On ne peut guère les soupçonner d'avoir enlevé votre Andrew.

Jane Thomson ne renonce pas aussi facilement.

— Sauf si c'est pour l'adopter.

— Effectivement. Il est difficile d'adopter de nos jours et nous avons déjà eu à traiter des affaires de ce genre. Mais dans ces cas-là, la mère ou le père est stérile. Or, ils ont déjà un autre fils, Bob.

Mme Thomson insiste encore.

— Peut-être qu'à la suite de son accouchement, la mère ne pouvait plus avoir d'enfant et qu'elle en voulait un second ?

— Ce serait à la rigueur possible si Bob et Jimmy n'étaient pas jumeaux. Je regrette...

Cette fois, Mme Thomson et son mari restent bouche bée, assommés par cette révélation. Le lieutenant Perez se lève.

— Je suis désolé, croyez-le, sincèrement désolé.

Le couple le laisse s'en aller sans un mot mais, à peine la porte fermée, Jane Thomson a un cri du cœur.

— C'est lui ! C'est notre Andrew, j'en suis sûre !

— Voyons, Jane, moi aussi je l'ai cru, mais s'ils sont jumeaux, ce n'est pas possible.

— Ils ne sont pas jumeaux. Est-ce que la police a enquêté à la maternité ? Non. Ils se ressemblent peut-être, ils ont presque le même âge, mais ils ne sont pas jumeaux ! Il y a leur fils et le nôtre.

— Ils auraient fait enlever Andrew parce qu'il ressemblait à leur enfant ? Cela n'a aucun sens !

231

– Je ne sais pas si cela a un sens ou non, mais je suis sûre que je ne me trompe pas. C'est mon instinct de mère qui me le dit !

Ronald Thomson n'a jamais vu sa femme dans un état pareil depuis l'enlèvement. Elle lui déclare brusquement :

– Va les voir !

– Mais ils ne voudront jamais me recevoir ! Et, s'ils acceptent, que veux-tu que je leur dise ?

– Qu'ils nous rendent notre enfant !

Le docteur Thomson essaie d'argumenter, mais il n'y a rien à faire. Jane est dans un état effrayant. Pour la calmer, il finit par accepter et reprend le chemin de Louisville...

À sa grande surprise, Jonathan Fisher accepte de lui parler. Cet homme entre deux âges à l'aspect important l'accueille un samedi, dans sa villa. Les deux enfants jouent au bord de la piscine, il fait particulièrement chaud. Ils sont sous la surveillance de la nurse. Mme Fisher est, semble-t-il, absente... Son hôte le prie de prendre place dans le salon.

– Je sais qui vous êtes, monsieur Thomson. La police est venue me voir discrètement. Elle n'a rencontré que moi, j'ai demandé que ma femme soit tenue à l'écart. Elle est très sensible, elle ne l'aurait pas supporté. Elle est d'ailleurs chez ses parents pour le week-end, c'est la raison pour laquelle je vous ai demandé de venir aujourd'hui.

– La police vous a dit la raison de ma démarche ?

– Oui. Il paraît que vous avez été frappé par une ressemblance entre Jimmy et votre fils qui a été enlevé il y a quatre ans.

— C'est exact.

— Rassurez-vous, je ne vous en tiens pas rigueur. C'est à cause de votre chagrin. Vous avez perdu votre fils et vous le voyez partout.

— Non, c'est la seule fois que c'est arrivé.

— Peut-être, mais le fait que Bob et Jimmy soient jumeaux règle la question, n'est-ce pas ? Constatez à quel point ils se ressemblent.

À travers la baie vitrée, le docteur Thomson observe les enfants jouer et il est obligé de reconnaître que la similitude est frappante.

— Effectivement... Est-ce que je peux les voir de plus près ?

— Si vous voulez, mais ne leur dites rien. Il ne faut pas les inquiéter.

— N'ayez crainte. C'est juste pour me convaincre définitivement. Après quoi, vous n'entendrez plus parler de moi.

Les deux hommes sortent dans le jardin. En approchant de la piscine, Ronald Thomson remarque que, si les deux gamins se ressemblent, ils ne sont pas la copie conforme l'un de l'autre.

— Ce ne sont pas des vrais jumeaux, n'est-ce pas ?

— Non, des faux, mais tout de même, ils se ressemblent comme deux gouttes d'eau !

— Effectivement. Eh bien, il ne me reste plus qu'à prendre congé. Je vous demande pardon de vous avoir dérangé. Au revoir, monsieur Fischer.

Et le docteur Thomson s'en retourne à sa voiture. Quoiqu'il ait réussi à ne rien laisser paraître, il est en proie à une violente émotion : l'un des garçons a une tache brune naturelle à l'épaule droite, une tache semblable à celle qu'avait leur fils Andrew.

Le lieutenant Perez reconsidère sa manière de voir les choses lorsque les Thomson lui font part de cette information. Il commence par enquêter auprès de la clinique de Louisville, dans laquelle Lisa Fisher affirme avoir accouché. Mais les vérifications confirment ses dires : elle a donné naissance, le 9 mars 1946, à deux garçons, nés à une heure d'intervalle. Le gynécologue confirme qu'il s'agissait de faux jumeaux. Quant à savoir si l'un d'eux avait une marque brune à l'épaule, personne dans l'établissement ne peut le dire. Cela fait plus de quatre ans et, des bébés, il en naît plusieurs par jour...

Le policier fait la même démarche auprès de la clinique de Peyton où est né Andrew Thomson, le 13 mars, soit très peu de temps après. Là non plus, personne ne peut affirmer si le nourrisson avait ou non une marque à l'épaule. Du coup, l'enquêteur du FBI se retrouve dans une situation délicate. Qui croire ? Le docteur Thomson peut avoir purement et simplement inventé ce détail pour récupérer l'enfant. Il donne l'impression d'être quelqu'un de raisonnable, mais peut-être a-t-il agi ainsi pour sa femme, qui, elle, a l'air beaucoup moins équilibrée.

En tout état de cause, Perez doit retourner voir les Fisher. Il leur annonce sa visite et, lorsqu'il se présente chez eux, le vieux briscard des enlèvements qu'il est a la plus grande surprise de sa carrière : Jonathan Fisher l'accueille seul, il est blême.

– Ma femme est partie, lieutenant.
– Comment cela, partie ?
– Partie avec Jimmy. Ils ne sont plus là ni l'un ni l'autre.
– Mais ils vont revenir...
– Je ne crois pas. Je viens de m'apercevoir qu'elle avait vidé son compte en banque. Il y avait une grosse somme.
– Pourquoi aurait-elle fait cela ?
– Pour ne pas rendre l'enfant...
– Parce que ce n'est pas le vôtre ?

Jonathan Fisher baisse la tête. Ce patron habitué à commander les hommes et à brasser les dollars n'est plus qu'un homme accablé.

– Non. C'est celui des Thomson. Je ne sais pas comment le docteur l'a su. Il a dû voir quelque chose en venant ici...
– C'est vous-mêmes qui l'avez enlevé ou avez-vous payé quelqu'un ?
– C'est nous. Ma femme a bien accouché de jumeaux.
– Je sais, j'ai vérifié à la clinique.
– C'est un souvenir merveilleux. Lisa rayonnait de bonheur. Puis le drame est arrivé trois mois plus tard : Jimmy est mort.

Jonathan baisse plus encore la tête. Il est plongé dans de terribles souvenirs.

– C'était affreux ! Lisa est devenue comme folle... Elle était hystérique, elle avait complètement perdu la tête. Elle répétait : « S'il ne revient pas, je me tue ! » Alors, j'ai été faible. J'ai décidé de ne pas déclarer le décès et de chercher un autre enfant. J'ai fait appel à des réseaux clandestins d'adoption, mais les bébés qu'on nous proposait n'avaient rien à voir avec celui que nous voulions.

– Comment avez-vous rencontré le fils Thomson ?
– Par hasard. Nous étions à Peyton. Nous faisions une promenade en voiture, lorsque nous avons vu le petit jouer dans son parc. La ressemblance était fascinante. Le reste a été presque trop facile. Il y avait le nom de Thomson sur la boîte aux lettres et une cabine téléphonique avec un annuaire juste à côté. Ma femme est allée téléphoner pour éloigner la mère, et moi je suis allé prendre l'enfant. Nous sommes repartis en voiture.

Le policier du FBI a laissé jusque-là s'exprimer son interlocuteur, mais il est loin de le croire.

– Dites-moi la vérité, monsieur Fisher : où est votre femme ?
– Je vous jure que je l'ignore !
– Nous verrons cela... Et où avez-vous enterré le corps de votre enfant ?
– Dans le jardin. Je vais vous montrer.

Du jour au lendemain, l'enlèvement du petit Andrew passionne le pays et l'opinion suit les événements avec émotion. Malgré ses brillants avocats, Jonathan Fisher est inculpé d'enlèvement et d'homicide. L'état du squelette ne permet pas de dire si le décès de son fils Jimmy est naturel ou non. À son procès, il est acquitté de ce dernier chef d'accusation, mais condamné à dix de prison pour enlèvement.

Quant à sa femme Lisa, elle se voit infliger vingt ans de la même peine, par contumace. Car malgré tout l'acharnement du FBI et d'Interpol, l'hypothèse d'une fuite à l'étranger étant la plus vraisemblable, il est impossible de la retrouver...

Sept années passent. Nous sommes en 1958. Les Thomson, qui avaient cru à la fin miraculeuse de leur cauchemar, commencent à se dire qu'ils ne reverront jamais leur fils.

Le petit Bob Fisher, le second jumeau, dont le père est en prison et la mère en fuite, a été placé chez ses grands-parents paternels, dans une ferme près de Louisville. Et c'est alors qu'éclate un nouveau et tragique coup de théâtre, qui fait les gros titres des journaux : alors que Jonathan Fisher allait être libéré, le garçon, âgé de douze ans, est retrouvé tué de deux coups de feu, dans un bois proche de la ferme.

Il n'y a pas d'indice, mais la police soupçonne immédiatement les Thomson. Le scénario est facile à deviner : n'ayant pas supporté que M. Fisher retrouve son fils à sa sortie de prison, alors qu'eux-mêmes étaient privés du leur par la faute de sa femme, ils se sont vengés... Le couple est interrogé sans relâche. Ils ont tous les deux un alibi, mais ils ont très bien pu engager un tueur. Ils nient avec énergie, jusqu'à ce que Jane finisse par craquer.

– Oui, c'est moi. Je ne voulais pas que M. Fisher ait son fils et pas nous...

Et elle explique qu'elle a demandé à leur jardinier, un simplet sur lequel elle avait une grande influence, de se charger de la besogne contre une poignée de dollars.

L'enquête établit qu'elle a agi seule, son mari n'était pas au courant. Les experts psychiatres concluent de leur côté que Jane Thomson, déjà gravement déséquilibrée depuis des années, doit être considérée comme irresponsable. Dans ces conditions, seul le jardinier passe devant les juges. Son avocat lui évite la chaise électrique en raison de son insuffisance mentale, mais il est condamné à la prison à vie.

Quant à Mme Fisher, elle est retrouvée au Mexique où elle se cachait avec Andrew Thomson. Elle aussi est jugée irresponsable par les psychiatres et internée. À l'âge de seize ans, Andrew retrouve donc son père, alors qu'il ne l'avait pas vu depuis l'âge de un an. C'est pour lui un inconnu et il ne verra probablement jamais sa mère, dont l'état mental ne cesse d'empirer. Si la justice a fini par l'emporter, il est pourtant difficile de dire que l'histoire se termine bien.

L'affaire Finaly

Nuit du 14 au 15 février 1944, à La Tronche, près de Grenoble. Un bruit déchire le silence. Une traction avant stoppe dans un crissement de freins. Claquement de deux portières, pas lourds et rapides dans l'escalier, coups de poing contre une porte qui tarde à s'ouvrir. Une femme en chemise de nuit apparaît. Devant elle s'encadrent deux hommes en imperméable mastic, le sinistre uniforme de la Gestapo.

– Madame Finaly ? Suivez-nous avec votre mari.

C'est une arrestation comme tant d'autres à cette époque. Jamais on ne retrouvera M. et Mme Finaly. On ne saura jamais dans quel camp d'extermination ou dans quel wagon à bestiaux ils ont trouvé la mort. Ils ne laisseront derrière eux aucune trace. Pour tous, ils ont disparu dans cette nuit froide du 14 au 15 février 1944, à La Tronche, près de Grenoble, en Isère.

Juifs autrichiens, les Finaly avaient quitté leur pays au moment de son rattachement à l'Allemagne. Fritz

Finaly, médecin dans un hôpital de Vienne, avait devant lui un brillant avenir, mais l'Histoire en a décidé autrement. Le couple, fuyant vers l'ouest, a abouti en France où on l'a accueilli et caché.

Le docteur Finaly, juif pratiquant et militant dans des organisations sionistes, du temps où c'était encore possible en Autriche, a fait circoncire ses deux fils, Robert, né en 1941, et Gérald, en 1942. Mais comme il se sentait une dette de reconnaissance vis-à-vis de la France et de ces habitants chez qui il avait trouvé un refuge, il a fait naturaliser l'aîné. Détails importants, dont on reparlera par la suite.

Sur les conseils du maire de La Tronche, les Finaly, qui se savaient traqués, ont placé leurs enfants dans une institution catholique voisine. Après l'arrestation, une amie du couple récupère les enfants car, même là, leur sécurité n'est pas entièrement assurée. Mais que faire ? À qui les confier ? Qui va accepter de s'occuper d'eux, de les cacher au péril de sa vie ? C'est alors qu'elle pense à Mlle Brun.

La cinquantaine, corpulente, les cheveux frisés, militante catholique, Antoinette Brun ne s'est jamais mariée et, si elle n'a pas d'enfants elle-même, elle les adore. Elle dégage une impression de chaleur et d'énergie. Elle a déjà recueilli plusieurs enfants de déportés, qu'elle élève de manière ferme et maternelle. Quand on lui propose les petits Finaly, cette femme dévouée et courageuse n'hésite pas. Deux de plus à la maison ? On se serrera un peu ! C'est donc seule qu'elle les nourrit, les élève et leur sert de mère jusqu'à la Libération.

Mars 1945. La région de Grenoble est déjà libérée depuis septembre 1944, quand le maire de La Tronche reçoit une curieuse lettre avec un magnifique timbre de Nouvelle-Zélande. Un pays qu'il ne connaît pas. Le maire serait bien tenté de découper le timbre pour le mettre dans sa collection, mais il n'en a pas le droit, il doit garder l'enveloppe pour justifier de la provenance.

L'expéditrice se nomme Mme Fischel. Elle demande des nouvelles de son frère, le docteur Finaly, de sa belle-sœur et de leurs enfants. Par retour du courrier, le maire répond que les parents ont été déportés et les enfants confiés à Mlle Brun. Il sait que le docteur Finaly souhaitait qu'en cas de malheur les enfants soient confiés à l'une de ses sœurs. Mais pour l'instant, il faut attendre. Tous les déportés ne sont pas encore rentrés d'Allemagne et on ne peut pas conclure au décès des parents.

Par la suite, Antoinette Brun elle-même écrit à Mme Fischel pour lui dire que les enfants sont en bonne santé, mais qu'il n'est pas question qu'ils aillent la rejoindre à l'autre bout du monde. La guerre n'étant terminée que depuis quelques semaines à peine, ce serait vraiment trop dangereux.

C'est à partir de ce moment que l'affaire Finaly va commencer. Dans un premier temps, elle va prendre l'allure d'une interminable bataille juridique.

En novembre 1945, Antoinette Brun réunit un conseil de famille pour décider du sort légal des enfants Finaly. Rappelons qu'un tel conseil doit compter, devant le juge de paix du canton, trois membres de la branche paternelle et trois membres de la branche maternelle ou, si la famille n'existe plus, des amis ou des voisins. Mlle Brun commet sa première irrégularité juridique. Elle ne signale pas au juge de paix l'existence de la tante de Nouvelle-Zélande. C'est donc en toute logique et en toute bonne foi que le juge la nomme tutrice des enfants.

Quand Mme Fischel l'apprend, elle entame des démarches par la voie diplomatique, sans résultat. Elle s'adresse alors à Georges Bidault, qui est président du gouvernement provisoire. Il transmet le dossier à la Croix-Rouge et, cette fois, un représentant parvient à entrer en contact avec Antoinette Brun, mais c'est pour conclure : « Mlle Brun refuse catégoriquement de rendre les enfants. »

Nous sommes le 5 octobre 1946. Cette fois, l'affrontement est ouvert entre Antoinette Brun et la famille Finaly. Quelques semaines plus tard d'ailleurs, Mlle Brun refuse catégoriquement de rendre les enfants à une Mme Finaly, veuve d'un frère du docteur, mort lui aussi en déportation. L'assistante sociale, présente à cet entretien, note dans son rapport : « Antoinette Brun a déclaré qu'elle ne laisserait à aucun prix partir les enfants qu'elle considère comme les siens, les ayant sauvés de l'arrestation et de la déportation. Alors que personne ne voulait les prendre, elle a été la seule à les accepter. Elle s'engage à leur donner la meilleure instruction possible. Elle promet d'entretenir des relations avec la famille en Nouvelle-Zélande et ailleurs et même d'organiser au moins une fois un voyage à ses frais. »

L'année 1947 se passe sans aucun fait nouveau... On pourrait penser qu'on se trouve devant une situation douloureuse, opposant, d'un côté, la famille, qui a la loi pour elle et, de l'autre, une femme au grand cœur, qui a recueilli et élevé ces enfants, mais en 1948 se produit un fait qui va faire basculer totalement l'affaire Finaly et lui donner une tout autre signification.

Le jour de Pâques 1948, Antoinette Brun fait baptiser Robert et Gérald. Il est certain qu'aujourd'hui un prêtre aurait refusé de célébrer un tel baptême. On ne peut pas donner ce sacrement contre l'avis des parents ou de la famille, à moins, bien entendu, que ce soit l'intéressé lui-même qui le demande, mais à six ou sept ans, on ne bénéficie pas d'un véritable discernement en matière religieuse.

Peu de temps après, une autre tante des enfants, Mme Rosner, sœur du docteur Finaly, intervient. Mme Rosner vit avec son mari en Palestine, devenue depuis quelques semaines le nouvel État d'Israël. C'est elle qui, désormais, va agir au nom de la famille, qui s'est entendue pour lui confier les enfants. Mme Rosner charge un Grenoblois, M. Moïse Keller, de défendre sur place ses intérêts.

Entre-temps, l'évêque de Grenoble convoque Mlle Brun, car l'affaire commence maintenant à agiter les milieux catholiques. Et, devant l'évêque, Antoinette Brun présente ses arguments. Premièrement, elle est la tutrice légale des enfants, omettant évidemment de préciser que c'est au prix d'une irrégularité. Deuxièmement, le docteur Finaly avait une dette de reconnaissance envers la France. Après sa mort, les enfants doivent s'acquitter de cette dette en restant français. D'ailleurs, le docteur avait fait naturaliser l'aîné. Troisièmement, les enfants sont nés en France et ils y ont toujours vécu. Ils n'ont pratiquement pas connu leurs parents. Ils avaient un et deux ans à leur arrestation et étaient séparés d'eux depuis déjà plusieurs mois. C'est elle-même qui les a élevés, ils l'appellent « maman » et, quand on leur demande leur nom de famille, ils répondent : « Brun. » Mais elle ajoute un quatrième point : si les parents étaient israélites, les enfants ont librement choisi leur religion par le baptême...

Sans lui donner formellement raison, l'évêque la comprend. Elle aime ces enfants et, dans sa certitude de catholique militante, les faire baptiser, c'est leur donner la chose la plus précieuse qui soit : l'espérance du paradis au lieu de l'enfer qui attend immanquablement les juifs. Le prélat l'assure de son soutien moral.

Au nom des Finaly, M. Keller réclame un nouveau conseil de famille, qui se tient en septembre 1949. Cette fois, la décision est différente : Antoinette Brun a un an pour rendre les enfants à Mme Rosner et la famille Finaly lui paiera tous les frais qui ont été nécessaires pour les élever. Mais la bataille juridique n'est pas close. Pour un vice de forme, Antoinette Brun fait casser ce second conseil. Il faut en convoquer un troisième, qui est annulé à son tour.

De guerre lasse, la famille décide de porter l'affaire en correctionnelle. L'audience s'ouvre devant le tribunal de Grenoble, le 18 novembre 1952. M. Moïse Keller dénonce les appuis et protections dont Mlle Brun semble jouir dans les milieux judiciaires, car les choses sont parfaitement claires : les enfants doivent être restitués au membre de leur famille qui les réclame. Mlle Brun n'a aucun droit sur eux.

Celle-ci se défend en mettant en avant l'amour qu'elle a pour Robert et Gérald, les risques qu'elle a pris pour les cacher et les frais importants que cela lui a coûtés... Arguments incontestables, malheureusement suivis par des mensonges purs et simples. Elle affirme :

– La famille s'est complètement désintéressée de ses neveux. Elle n'a pas réclamé les enfants à la Libération. Elle m'a même demandé à les garder. Pourtant, si à ce moment-là la famille Finaly avait voulu les prendre, je les aurais rendus, car je ne m'étais pas encore attachée à eux.

M. Keller revient à la charge. Il produit une lettre de Mlle Brun, dans laquelle elle écrit : « Je ne peux pas rendre les enfants, puisque ceux-ci m'ont dit qu'ils préféreraient mourir plutôt que de partir pour la Palestine. » Il s'exclame :

– Il est inconcevable que des enfants de dix et onze ans préfèrent mourir plutôt que d'aller rejoindre une famille proche, qui les aime et veut leur offrir un foyer. En fait, cette phrase signifie que Mlle Brun préférerait voir mourir les enfants que de les laisser s'en aller. Je suis très inquiet sur leur sort !

Viennent ensuite les plaidoiries des avocats de chaque camp, suivies du verdict. M. Keller n'avait sans doute pas tort en affirmant que Mlle Brun disposait d'appuis et de protections judiciaires, car c'est à elle que le tribunal donne raison !

La famille ne se décourage pas. Elle fait appel et prend comme avocat Me Maurice Garçon. Avec ce ténor du barreau, l'affaire acquiert une dimension nationale. Plusieurs journalistes sont présents au second procès.

Les débats sont ouverts par le président Cabanel. À la différence du premier procès, Mme Rosner est venue d'Israël. Elle ne parle pas français et un interprète traduit ses propos :

– Dès que j'ai appris la mort de mon frère, j'ai formulé le souhait d'élever les enfants. Je ne peux pas comprendre pourquoi j'ai tant de difficultés à en obtenir la garde. Ils sont tout ce qui me reste de mon Fritz.

Antoinette Brun met toujours en avant son amour pour les deux enfants, dont elle est, moralement et sentimentalement, la véritable mère.

Me Maurice Garçon parle à son tour et son argumentation va s'avérer décisive.

– Cette Mlle Brun, commence-t-il, est une énigme. Si j'en crois mes renseignements, elle a des relations un peu partout et jusque dans la magistrature. Certes, elle s'est montrée bonne et charitable et nous devons lui en être reconnaissants, mais elle a menti avec une effronterie rare, soutenant qu'elle n'avait jamais entendu parler de la famille de ses petits protégés !

Mais alors pourquoi une telle attitude ? Me Garçon aborde le fond de toute l'affaire :

– J'ai d'abord pensé que Mlle Brun, restée célibataire, avait souffert de n'avoir pas été mère et que c'était cette déception qui avait provoqué son attachement à ces enfants. Qu'elle avait identifié leur chair à la sienne et que je me trouvais devant un de ces drames douloureux de l'amour maternel frustré.

L'attention du tribunal, du public et des journalistes est extrême. L'avocat poursuit :

– Mais en y regardant de plus près, rien dans le comportement de cette femme ne ressemble à cela. Elle ne vit pas avec les enfants, qu'elle a mis depuis longtemps en pension. Sans doute en prend-elle soin, mais sans cette ferveur amoureuse qui justifie tous les comportements. En fait, il y a trop de raison et de calcul dans ses agissements. Et le précédent tribunal correctionnel, qui a été si indulgent avec elle, a pourtant dû observer, je le cite : « Mlle Brun a converti les enfants à la religion catholique et il apparaît que ces baptêmes sont la cause fondamentale de ce douloureux conflit. »

Me Maurice Garçon élève la voix :

– Tout le problème vient de là ! Nous sommes bien loin de la passion que nous avions pu imaginer. Seul le fanatisme religieux a guidé Mlle Brun. Elle a recueilli deux juifs, les a fait baptiser, estime avoir ouvert à deux infidèles le chemin du salut et pousse l'intolérance religieuse jusqu'à braver les lois humaines et divines !

« Lois divines » : c'est la trouvaille de Me Garçon ! Que Mlle Brun ait utilisé des pratiques illégales, estimant que c'était pour la bonne cause, chacun le savait déjà. Seulement, l'avocat a consulté le droit de l'Église et le canon 750 dit textuellement : « Hors le péril de mort, on n'a pas le droit de baptiser l'enfant de l'infidèle et, pour ceux qui sont bien portants, ils

247

ne peuvent l'être que du consentement de leurs parents. »

Baptiser leurs enfants ? Jamais les Finaly ne l'auraient souhaité, eux qui étaient des sionistes convaincus et qui les ont fait circoncire, malgré le risque que cela impliquait pendant l'occupation allemande. Mlle Brun est donc en contradiction avec les principes mêmes qu'elle veut défendre. L'argument touche de plein fouet la partie adverse et Me Garçon n'a plus qu'à conclure, s'adressant aux juges :

– Mlle Brun se moque de vous ! Elle offense la justice. Elle se présente devant vous comme une femme de bien, mais elle a l'esprit étroit, buté, intolérant. Montrez-lui que nul, dans ce pays, n'est au-dessus des lois !

Le jugement est mis en délibéré et, le 29 janvier 1953, le verdict tombe : les enfants seront remis à Mme Rossner, tandis qu'un mandat d'arrêt est délivré contre Mlle Brun, coupable de séquestration. L'affaire est-elle enfin terminée ? Loin de là ! Quand la police se présente chez Antoinette Brun pour récupérer les enfants, il n'y a plus personne.

Commence alors une course-poursuite à travers le pays et à l'étranger, suivie par l'opinion française et mondiale, tandis qu'un vif débat d'idées divise l'opinion. *La Croix* considère que, puisque ces enfants sont baptisés, ils appartiennent à l'Église, qui ne peut se désintéresser d'eux. François Mauriac écrit dans *Le Figaro* : « Rien ne serait pire que d'embarquer ces deux enfants au nom de la loi, que d'arracher par la force de leurs cœurs la dernière espérance des hommes. Ni Mlle Brun ni ses parents de Tel-Aviv n'ont de droit sur leur âme. Ce sont des agneaux perdus entre deux bergeries. Écartez-vous un peu. Laissez-les humer le vent, l'oreille dressée. Ils iront d'eux-mêmes là où ils veulent aller. »

Ce à quoi Maurice Garçon répond, dans les colonnes du même *Figaro* : « Que vaut le baptême dans ces conditions ? Que vaut la foi nouvelle qu'on leur a suggérée ? Elle n'est pas celle des parents et elle a été imposée par artifice à des cerveaux qui n'ont pas leur discernement [...]. C'est l'âme des enfants qui m'inquiète et le crime commis contre elle qui cause mon tourment. Que penseriez-vous de celui qui se serait emparé de l'esprit d'un de vos enfants lorsqu'il avait deux ans et qui vous le rendrait athée à onze ? Attacheriez-vous de l'importance à son impiété et jugeriez-vous raisonnable celui qui vous imposerait de la respecter ?... »

En attendant, M. Keller a porté plainte pour non-présentation d'enfants, la police se met à la recherche d'une demoiselle d'un certain âge accompagnée de deux garçonnets. Mais les enfants Finaly vont d'établissement scolaire en établissement scolaire, d'abord chez des religieuses à Paris, puis au collège Saint-Jean à Marseille. À chaque fois, ils sont inscrits sous de faux noms, avec l'appui des supérieurs et de certains enseignants. Car – et c'est là un fait nouveau – des membres du clergé catholique se rendent complices contre la famille Finaly et les lois du pays. À Marseille, la presse ayant publié un peu partout la photo des enfants, on craint qu'ils n'aient été reconnus et on décide de fuir à Bayonne. Les enfants sont placés au collège Saint-Louis-de-Gonzague. Le père supérieur les reconnaît immédiatement et, lui, prévient les autorités.

Nous sommes le 1er février 1953. Aussitôt informé, M. Keller se rend sur place. Quand il pénètre dans le solennel parloir du collège et aperçoit le visage du père supérieur, il comprend que les enfants ont disparu une nouvelle fois.

Mais cette fois, c'est plus grave : Bayonne est près de la frontière espagnole. Des centaines de gendarmes et de gardes mobiles peuvent patrouiller dans la région pendant des semaines, tous se doutent que leurs efforts seront vains. Ils doivent être déjà dans un couvent outre-Pyrénées et, l'Espagne d'alors, c'est l'Espagne franquiste. Non seulement le clergé, bien plus traditionaliste que le clergé français, ne rendra pas facilement à la communauté juive ces jeunes convertis, mais de plus il a l'appui des autorités.

Les petits Finaly ont effectivement gagné l'Espagne avec l'aide de plusieurs religieux de Bayonne et des environs. Un curé d'un village frontalier leur a fait passer la frontière, accompagnés de deux passeurs professionnels. Commence alors pour le petit groupe une équipée rocambolesque à travers la montagne. Il leur a fallu cinq heures de marche dans la neige, quelquefois jusqu'aux genoux, pour arriver, épuisés, de l'autre côté. Et c'est dans un couvent de bénédictins, à soixante kilomètres de San Sebastián, en plein Pays basque, que les enfants ont trouvé refuge. Là, ils sont presque inaccessibles. L'affaire Finaly est-elle entrée dans une impasse ?

En France, la Ligue des droits de l'homme, les associations de résistants, de déportés multiplient les protestations. Mais c'est évidemment dans la communauté juive que l'émotion est à son comble. Le grand rabbin Kaplan dénonce le fanatisme religieux et demande au garde des Sceaux d'intervenir vigoureusement. L'Alliance israélite universelle envoie un télégramme au pape Pie XII, lui faisant part de « l'émotion des communautés juives du monde entier » et demandant son « intervention pour ramener la paix entre les esprits ».

De son côté, la police multiplie les arrestations. Outre Mlle Brun qui était restée en France et tous ceux qui ont pris part à l'expédition, on voit arriver en prison des personnages aussi inattendus que la mère supérieure d'un couvent de Grenoble, le curé du village frontalier et trois autres prêtres de la région.

Dans les semaines qui suivent, d'autres religieux sont arrêtés à leur tour. Tous ont participé directement ou indirectement à la fuite des enfants Finaly. Tous revendiquent hautement leur acte, qu'ils considèrent comme un devoir sacré, et une partie de l'opinion catholique les approuve. Inversement, avec Me Maurice Garçon, l'autre partie de l'opinion est tout aussi virulente. Les querelles de religion vont-elles se réveiller en France en plein XXe siècle ? Il faut faire quelque chose, mais quoi ?

L'État espagnol est souverain et bien décidé à ne pas céder aux injonctions. Seule l'Église catholique de France pourrait agir. Car, dans sa très grande majorité, le clergé français a désapprouvé la conduite de certains de ses membres. Le 6 juin, le grand rabbin Kaplan et le cardinal Gerlier, préfet des Gaules, concluent un protocole d'accord. La communauté juive charge l'Église catholique de négocier le retour des enfants en France. Et le pape, lui-même, approuve cet accord. Oui, il a fallu aller jusqu'au pape pour résoudre l'affaire Finaly !

Dès lors, les autorités espagnoles, civiles et religieuses, ne peuvent que s'incliner. Le 27 juin 1953, une voiture passe en trombe le pont d'Hendaye et les policiers, des deux côtés de la frontière, s'écartent respectueusement ; ils ont des ordres. Les enfants Finaly sont enfin rentrés en France. Ils n'y resteront pas longtemps. Un mois plus tard, le 27 juillet 1953, sur une piste discrète du Bourget, un avion de la compagnie El-Al s'envole à destination de Tel-Aviv. À son bord, Mme Rosner, la tante d'Israël, et deux petits garçons en culottes courtes qui se prénomment Gérald et Robert.

Pourtant l'affaire Finaly n'est pas encore tout à fait terminée : il reste à régler les suites judiciaires. En mars 1954, Antoinette Brun comparaît devant la cour de Riom. Elle est accusée d'enlèvement d'enfants, mais aux termes de l'article 336 du code, c'est-à-dire « sans fraude ni violence ».

Il y a foule pour la voir paraître dans son tailleur noir, une large croix d'or sur son corsage blanc. La vieille demoiselle parle avec fougue, avec emportement, mais on lui reconnaît la sincérité. Quant à Mme Rosner, son avocat informe que, les enfants lui ayant été remis, elle retire sa plainte et la parole est donnée à l'avocat général Salingardes. Modéré, presque bonhomme, il évoque l'« atmosphère de grand jeu scout » dans laquelle s'est déroulée une partie de l'affaire, qui a vu « des gens honnêtes et pondérés ourdir des conjurations qui leur ont fait perdre la tête », puis il en vient à l'accusée :

– Vous l'avez devant vous, je le crains bien, non repentante. Pourtant, si elle peut sortir de cette audience pardonnée, elle ne peut pas en sortir justifiée.

Et il conclut :

– Mlle Brun a droit à une certaine bienveillance. Elle ne doit pas subir une sanction corporelle. Je demande à la cour de prononcer une sanction indulgente. Ce sera là, je crois, faire preuve d'une bonne justice.

Prenant la parole à son tour, Me Floriot, avocat d'Antoinette Brun, n'a plus qu'à dire, résumant l'avis général :

– Jetez le voile de l'oubli sur cette pénible affaire. Acquittez la vieille dame qui n'a péché que par excès de tendresse.

Mlle Brun est acquittée.

Le second et dernier acte judiciaire a lieu un an plus tard, le 8 juin 1955, chez le juge d'instruction de Bayonne. Les dix-huit personnes accusées de complicité dans l'affaire – une mère supérieure, des curés, des abbés, des enseignants religieux – sont relaxées.

La partie civile ayant retiré sa plainte, l'affaire se termine par un non-lieu.

Ainsi s'est achevée l'affaire Finaly, qui a passionné et divisé la France entre 1945 et 1953. Aujourd'hui, les enfants vivent toujours en Israël, tous les deux mariés, pères de famille et grands-pères. L'aîné est médecin comme son père, le cadet travaille dans la mécanique de précision. Malgré le baptême que leur avait imposé la trop zélée demoiselle, ils sont restés ce qu'ils étaient réellement et ce que voulaient leurs parents : des juifs comme les autres.

Une ténébreuse affaire

Clément de Ris est un modèle d'opportunisme, une qualité précieuse quand on est amené à traverser la Révolution. Par ses origines, il appartient à la noblesse de robe : il naît en 1750 d'un père procureur au Parlement de Paris, conseiller du roi et secrétaire de la Grande Chancellerie. Tout naturellement, le jeune Clément suit les traces paternelles. Il se marie en 1777 avec la fille d'un des membres du Parlement et, en 1786, achète la charge de maître d'hôtel de la reine, qui fait de lui un des courtisans les plus en vue de Versailles.

Malheureusement, en 1789, la charge est supprimée. Pourtant la Révolution n'a pas que des mauvais côtés. Lors de la mise en vente des possessions de l'Église, du domaine royal et des nobles émigrés, qui sont décrétées Biens nationaux, Clément de Ris fait l'acquisition, dans des conditions très avantageuses, du château de Beauvais, en Touraine, près du village d'Azay-sur-Cher, à quatre lieues de Tours. Il s'y installe avec sa famille et manifeste, dès lors, un grand intérêt pour les idées nouvelles. Il est commandant de la Garde nationale et électeur de son canton. En 1792, à la chute de la royauté, il devient membre de la Société montagnarde de Tours, affiliée aux Jacobins, et s'efforce de se montrer un bon révolutionnaire.

Mais la région est agitée. Le département d'Indre-et-Loire, situé entre la France vendéenne et la France républicaine, est devenu une zone d'affrontement. Un comité de défense républicain est constitué à Tours, en vue d'assurer la liaison avec les généraux opérant dans l'Ouest. Clément de Ris en accepte imprudemment la présidence. En agissant ainsi, l'opportuniste qu'il est imagine donner des gages au pouvoir en place, mais le poste, très exposé en pleine guerre civile, heurte ses convictions modérées. Il est ainsi amené à dresser des listes de suspects, tout en essayant de les prévenir à temps pour qu'ils échappent aux poursuites.

Clément de Ris ne tarde pas à mécontenter tout le monde : les royalistes lui reprochent d'avoir trahi la cause du roi, les révolutionnaires, auxquels son passé n'inspire nulle confiance, voient en lui un ennemi potentiel. En février 1794, il manque d'être arrêté à la suite d'une dénonciation et abandonne ses dangereuses fonctions pour celles, plus modestes mais plus sûres, de commissaire adjoint à la commission d'instruction publique. Il se tient tranquille jusqu'à la fin de la Terreur.

C'est avec joie et soulagement qu'il accueille le coup d'État de Napoléon Bonaparte, le 18 brumaire de l'an VIII (9 novembre 1799). Il se rallie, cette fois sans arrière-pensée, aux autorités du Consulat et se lie d'amitié avec Sieyès et Lucien Bonaparte, ce qui lui vaut d'être choisi pour faire partie du Sénat nouvellement constitué. Un poste purement honorifique dans cette chambre qui n'a aucun pouvoir politique, mais qui fait de lui un notable de premier plan. Clément de Ris est désormais un personnage riche et considéré.

La situation reste troublée. Si Fouché, le nouveau ministre de la Police, s'emploie à assurer la sécurité des villes et des campagnes et si la plupart des Chouans se sont ralliés à Bonaparte, tous n'ont pas déposé les armes. Il reste des irréductibles autour du chef royaliste Cadoudal.

La Touraine, proche des affrontements, est particulièrement exposée. Des bandes de Chouans, de déserteurs, de réfractaires en tout genre et de bandits parcourent le pays. Ils attaquent les diligences et les riches demeures, officiellement au nom de la royauté, officieusement pour leur propre compte.

Clément de Ris est très inquiet. Non seulement son action pendant la Révolution, lui, l'ancien maître d'hôtel de la reine, lui a attiré la haine des royalistes, mais en plus sa richesse risque de susciter la convoitise des bandits. De Paris, où il se trouve pour l'installation du Sénat, il écrit à l'un de ses fils : « Tout le monde doit être sur le qui-vive. Je te recommande de laisser la lumière en permanence pendant la nuit. Des hommes devront coucher près de la porte d'entrée, les trois chiens seront détachés, les verrous mis, les armes chargées... »

23 septembre 1800. C'est le début de l'automne. Il fait particulièrement beau sur la Touraine. Clément de Ris, qui n'a pas encore de séances au Sénat, profite de l'arrière-saison dans son château de Beauvais ; ce jour-là il est au chevet de son épouse, souffrante, dans la chambre conjugale au premier étage. Paulin, son plus jeune fils, joue dans le parc du domaine. Dans un champ voisin, des paysans sont au travail, les domestiques accomplissent leurs tâches quotidiennes, tant à l'intérieur qu'à l'extérieur du château.

Soudain, il entend un remue-ménage en bas, des bousculades et des éclats de voix. Il n'a pas le temps de quitter la pièce qu'un homme d'une trentaine d'années s'encadre dans la porte, armé d'une carabine, d'un sabre et de deux pistolets, dont l'un est braqué dans sa direction :

– Citoyen, êtes-vous le sénateur Clément de Ris ?
– Oui. Que me voulez-vous ?
– M'assurer de votre personne.

Un second individu, également armé et dont l'œil droit est dissimulé par un bandeau noir, arrive à son tour et pointe ses armes sur Mme de Ris, terrorisée. Pendant de longues minutes, le château est entièrement pillé. Argenterie, bijoux, bibelots précieux, tout est emporté. L'homme aux deux pistolets ordonne au sénateur de le suivre.

– Jamais !
– Dans ce cas, je vais vous abattre devant votre femme.

Clément de Ris n'a d'autre ressource que d'obéir... Sur le perron du château, l'ensemble de son personnel est tenu en respect par le reste de la bande, soit quatre hommes. La voiture du sénateur attend, attelée, avec le cocher, tenu en respect lui aussi. À l'intérieur est assis un prisonnier, que les bandits ont capturé pour qu'il leur indique le chemin. On apprendra plus tard qu'il s'agit d'un médecin nommé Petit. Celui qui semble être le chef bande les yeux du sénateur, avant de le faire monter dans la voiture. Le postillon refuse de faire partir l'attelage, mais un coup du plat du sabre le contraint à obéir. Le véhicule s'ébranle, accompagné des six hommes à cheval. Il est 6 heures du soir.

À la préfecture de Tours, on donne un bal en l'honneur de la République, dont c'est le huitième anniversaire. Clément de Ris avait décliné l'invitation en raison de l'état de santé de son épouse.

La nouvelle fait l'effet d'une bombe. Enlever un sénateur ! C'est une affaire politique de la plus haute gravité, une atteinte directe à l'autorité de l'État ! Le préfet Graham mobilise toutes les forces dont il dispose. Le général Liebert, commandant de la 22e division militaire, met sur pied la Garde nationale ; le commandant de la gendarmerie lance ses hommes dans toutes les directions. On fait sonner le tocsin.

Le lendemain, au petit jour, un détachement de gendarmes retrouve le postillon du sénateur. Il explique ce qui s'est passé : la voiture, embourbée en sortant du village de Saint-Quentin, au passage de l'Indrois, un petit affluent de l'Indre, a été abandonnée ; ils ont fait monter le sénateur et le docteur Petit sur deux chevaux et se sont enfuis en direction de la forêt de

Loches, après l'avoir relâché, lui, en le chargeant de dire qu'on ferait bientôt connaître à Mme de Ris les conditions exigées pour la libération de son mari... À la suite de ce témoignage, des troupes nombreuses fouillent la forêt de Loches, en vain.

Le 25 septembre, le second otage est libéré. Le médecin Petit se présente au château de Beauvais et son récit prolonge celui du cocher : il a dû conduire ses ravisseurs jusqu'à la forêt de Loches, on lui a ensuite bandé les yeux, puis on l'a fait monter à cheval pendant plusieurs heures. Enfin, ils sont arrivés dans ce qu'il suppose être une ferme. On les a fait descendre, le sénateur et lui, par une trappe, dans une sorte de cachot. On leur a retiré leur bandeau, on les a nourris à peu près convenablement, et ils ont passé toute la journée dans ce caveau, gardés par un homme cagoulé, avec un trou pour un seul œil ; soit il est borgne, soit il veut le faire croire.

Le soir, on a remis au docteur Petit une enveloppe et il a parcouru à cheval, les yeux de nouveau bandés, un long trajet, guidé par un des bandits, avant d'être abandonné en pleine nuit. Il est revenu par ses propres moyens jusqu'au château de Beauvais.

Après quoi, Petit remet à Mme de Ris la lettre dont il est porteur. Elle est de l'écriture du sénateur. Son époux la supplie de réunir 50 000 francs or et de les porter le 2 octobre à l'hôtel des Trois Marchands, à Blois. Si elle ne le fait pas, il sera exécuté.

À Paris, l'émotion est palpable. Le Premier Consul Bonaparte, se sentant directement visé à travers un des représentants de l'État, convoque, furieux, son ministre de la Police Fouché.

– C'est ainsi que vous faites régner l'ordre, monsieur le ministre ?

– Je fais de mon mieux, citoyen Premier Consul. Les campagnes ne sont pas encore sûres, spécialement la Touraine.

– Qui a fait le coup, selon vous ? Des Chouans ? Des brigands ?

– À mon avis, ils sont un peu des deux.

– Je suppose que vous allez employer les grands moyens et m'annoncer incessamment l'arrestation de ces coquins !

– Cela ne saurait tarder…

Fouché promet tout ce que veut le Premier Consul, mais il est loin d'être persuadé qu'un déploiement de force soit la bonne méthode. Il a toujours donné la priorité au renseignement et, d'après les rapports qui lui ont été faits, l'état de l'opinion dans la région n'est pas bon. Les royalistes y conservent des partisans et bénéficient de complicités. Il faut infiltrer leur milieu et il pense être en mesure de le faire…

Bonaparte convoque le Sénat en session extraordinaire pour l'informer de la disparition d'un de ses membres et assurer les sénateurs que tout sera fait pour retrouver leur collègue. C'est sans doute pour justifier ces paroles qu'il fait appeler, sans en avertir Fouché, le colonel Savary.

– Savary, il faut me retrouver le sénateur de Ris. Vous aurez tous les moyens nécessaires. Partez immédiatement pour Tours.

Bonaparte a souvent confié des missions confidentielles à Jean-Marie Savary, qui lui est entièrement dévoué. Il fait preuve d'efficacité, mais c'est un militaire, adepte des solutions expéditives. Dans le cas présent, il cherche à savoir s'il est prévu une remise de rançon, afin d'arrêter les ravisseurs quand ils la toucheront. Mme de Ris refuse de le renseigner, contrairement au docteur Petit.

Savary se rend en personne le 2 octobre à l'auberge des Trois Marchands à Blois, avec plusieurs de ses hommes en civil. La suite va prendre des allures de vaudeville... Mme de Ris attend, une lourde sacoche à la main. Le colonel repère plusieurs individus suspects qui ont l'air d'observer les alentours. Il est à deux doigts de les faire arrêter, puis se rend compte que ce sont des policiers en civil que le préfet Graham avait envoyés de son côté sans le prévenir. Pour un peu, ses hommes et eux s'entretuaient...

Pendant ce temps, Mme de Ris attend, de plus en plus inquiète, avec ses 50 000 francs or dans sa sacoche. Bien entendu, les ravisseurs ont repéré les envoyés si peu discrets du colonel et du préfet, et se sont bien gardés de se manifester. L'épouse du sénateur rentre au château de Beauvais sans avoir pu verser la rançon. L'enquête doit repartir de zéro.

C'est alors que Fouché reprend l'initiative, avec ses méthodes si particulières... Parmi ses agents, il convoque Carlos Sourdat, un ancien Chouan ayant participé à plusieurs complots contre le Directoire et qui, pour éviter la peine de mort, est passé au service du ministre de la Police, contre une amnistie toujours révocable.

– Partez pour Tours. Il me faut le sénateur le plus vite possible !

– Je ne demande pas mieux, mais il y aura des frais.

– Je vous remets 1 200 francs or, plus une lettre vous accréditant auprès de tous les fonctionnaires et officiers. Est-ce suffisant ?

– Plus que suffisant, citoyen ministre. D'autant que j'ai mon idée...

À Tours, Carlos Sourdat ne perd pas de temps. Il va trouver un de ses anciens camarades chouans, Charles de la Salabéry, toujours très bien renseigné. Effectivement, ce dernier lui dit tout de suite :

– Allons voir Gondé, il ne m'étonnerait pas qu'il soit dans le coup.

Gondé, dit « Charles », est un homme d'une trentaine d'années, intelligent, beau garçon, fils d'un receveur des tailles de Normandie, qui a été un des Chouans les plus actifs. Il n'a pas déposé les armes au moment de l'amnistie et a continué à vivre de rapines. Six mois plus tôt, avec un de ses lieutenants, Gaudin, un borgne surnommé « Monte-au-ciel », il a été condamné à mort par contumace pour avoir attaqué la diligence Caen-Paris...

Dans un hôtel de la ville, Gondé accueille avec chaleur ses deux anciens camarades de combat qu'il n'avait pas vus depuis longtemps et leur avoue sans difficulté, presque fièrement :

– Oui, c'est moi qui détiens le sénateur. J'ai fait le

263

coup avec mon lieutenant Gaudin et quelques jeunes gens de la noblesse.

Et le Chouan révèle les noms de ses complices, à condition que Sourdat les garde pour lui. Ce dernier y consent, puis lui demande :

– Pourquoi avez-vous fait cela ?

– Eux, c'est pour reprendre les armes, moi, pour de l'argent.

– Le prisonnier est bien traité ?

– Oui, mais la rançon n'a pas pu être versée. Je viens d'envoyer une seconde lettre à Mme de Ris, signée « Belzébuth », dans laquelle je lui donne un nouveau rendez-vous à Orléans, à l'auberge des Trois Maures. Sinon, il mourra.

Carlos Sourdat entreprend alors de démontrer à Gondé tous les dangers de l'aventure dans laquelle il s'est engagé.

– C'est beaucoup trop risqué ! Le Premier Consul en fait une affaire personnelle. Jamais il n'arrêtera les recherches si la rançon est versée. Il voudra par tous les moyens l'arrestation des coupables. Par contre, si de Ris est libéré, je peux te garantir l'impunité de la part de Fouché…

– Jamais on ne nous retrouvera !

– Crois-tu ? Un jour ou l'autre, un de vos complices finira par parler et, à ce moment, je ne donne pas cher de vos têtes !

Après une longue discussion, Sourdat finit par convaincre son compagnon d'arrêter son entreprise, et ils mettent au point une mise en scène pour que la libération du prisonnier ait l'air naturelle.

10 octobre 1800. Cela fait dix-neuf jours que Clément de Ris se morfond dans une sorte de caveau creusé sous un hangar de la ferme du Portail, dans la commune de Ferrière-sur-Beaulieu. Propriété des époux Lacroix, elle est exploitée par le couple Jourgeon. Lacroix, qui n'a pas beaucoup de personnalité, est l'ami de Gondé ; la femme Lacroix, jeune et jolie, est la maîtresse de ce dernier. C'est par son intermédiaire que les Jourgeon ont accepté d'assurer la garde du prisonnier. Les jeunes nobles de la bande se sont contentés de participer à l'enlèvement. Le seul à être présent est le borgne Gaudin, que Gondé convainc sans mal d'arrêter l'opération...

En milieu de journée, Gaudin prévient le sénateur qu'en raison des recherches dont il fait l'objet, on va devoir le transférer. Il lui bande les yeux, le hisse sur un cheval et l'entraîne dans une randonnée de plusieurs heures à travers les sentiers de la forêt de Loches.

Soudain, le sénateur entend des chevaux qui approchent. Des coups de pistolet retentissent. Il y a des cris, puis des bruits de galopade. Carlos Sourdat s'avance à cheval au-devant de Clément de Ris. Il lui enlève son bandeau.

– Êtes-vous le sénateur ?
– Lui-même...

Sourdat se présente et lui explique qu'il a été chargé par le ministre de la Police de le libérer. Il a eu connaissance de son changement de prison et, avec deux compagnons, il a attaqué ses ravisseurs dans la forêt de Loches. Ceux-ci ont, malheureusement, réussi à s'enfuir. Ensuite, il lui remet une lettre de Fouché, daté du 16 vendémiaire an IX (8 octobre 1800) : « Citoyen sénateur, je suis parvenu à découvrir le lieu où vous ont déposé les brigands qui se sont saisis de votre personne. J'envoie donc pour vous délivrer des hommes sûrs et braves. Ils auront le courage d'arrêter les brigands, de vous arracher de leurs mains et vous remettront à votre épouse. Ayez confiance en eux et abandonnez-vous aux soins qu'ils prendront de votre sûreté. Dès que vous serez libre et que vous aurez revu votre famille, rendez-vous à Paris et apportez-moi sur votre captivité tous les renseignements que vous pourrez me fournir. »

Clément de Ris rentre triomphalement à son château de Beauvais. Il offre à ses sauveteurs à souper et à coucher et, le lendemain, il remet à Sourdat une lettre destinée à Fouché : « Citoyen ministre, il y a vingt-quatre heures que je suis libre. Les hommes que vous aviez chargés de me rechercher m'ont retrouvé hier, au milieu de la forêt de Loches, au moment où mes bourreaux me traînaient à cheval, les yeux bandés, je ne sais où. Ils ont attaqué mon escorte, l'ont mise en fuite à coups de pistolet et m'ont ramené sain et sauf. Les premiers rayons du jour m'ont permis de lire, avec des larmes de reconnaissance, votre lettre du 16 vendémiaire. Il est impossible de faire une commission avec plus d'activité, de courage et de célérité. Je vais promptement mettre de l'ordre à mes affaires et aller vous porter tous les renseignements que j'ai sur mon arrestation et mes dix-neuf jours d'horrible captivité. Recevez, citoyen ministre, l'assurance de ma vive et éternelle gratitude. »

En lisant cette lettre, Fouché a tout lieu d'être satisfait. L'affaire est terminée. Découvrir et arrêter les auteurs du rapt ne l'intéresse pas. Il n'a aucune envie qu'ils parlent et révèlent les moyens peu orthodoxes employés pour arriver à ses fins. Bien entendu, il donne le change. Pour satisfaire le Premier Consul et l'opinion, il envoie aux préfets des instructions pressantes, afin que les recherches continuent. Et, par l'intermédiaire de Carlos Sourdat, il fait mettre en sécurité les coupables.

Lorsqu'il reçoit Clément de Ris, il lui fait comprendre qu'en raison des circonstances de sa délivrance, il ne souhaite pas que les investigations soient poussées trop loin. Le sénateur, extrêmement reconnaissant, se soucie assez peu de voir ses ravisseurs arrêtés et l'assure de sa collaboration. Aussi quand, un peu plus tard, il est reçu par le Premier Consul, il répond évasivement aux questions concernant sa captivité, assurant ne rien pouvoir dire parce qu'il avait les yeux bandés...

L'affaire aurait pu se terminer là. Mais c'était sans compter sur la conscience professionnelle des gendarmes. Ils interrogent longuement Clément de Ris et, malgré son peu d'empressement à les renseigner, ils arrivent à localiser la région de sa détention. Toutes les fermes sont soigneusement fouillées. Dans celle du Portail, ils trouvent, cachée sous des fagots, la trappe donnant accès au caveau, qui avait aussi servi sous la Terreur à cacher des prêtres réfractaires. Le couple Jourgeon est arrêté. Questionnés, l'homme et la femme finissent par avouer que les Lacroix les ont obligés à héberger le prisonnier.

Les Lacroix sont arrêtés à leur tour. Pour leur défense, ils prétendent avoir été réveillés en pleine nuit par des inconnus, qui les ont menacés de les fusiller s'ils n'accueillaient pas Clément de Ris. Contraints d'accepter, ils ont caché dans leur ferme du Portail le prisonnier dont ils ignoraient l'identité.

Les Lacroix, comme les Jourgeon, sont envoyés à Paris et incarcérés à la prison du Temple. Fouché leur rend visite, officiellement pour obtenir de plus amples informations, en réalité, pour les assurer qu'il va tout arranger.

Mais quelques semaines plus tard, le 24 décembre 1800, a lieu un attentat meurtrier contre le Premier Consul. Alors qu'il se rend à l'Opéra pour entendre l'oratorio de Haydn, *La Création*, une bombe explose rue Saint-Nicaise, au passage de sa voiture. Il est indemne, mais c'est un effroyable carnage : on dénombre vingt-six morts et cinquante blessés.

La colère de Bonaparte est terrible et Fouché se retrouve en première ligne. Convaincu de la culpabilité des Chouans, il le dit au Premier Consul, dont la fureur redouble.

– Encore les royalistes ! Non seulement ils ont enlevé un de mes sénateurs, mais maintenant ils osent s'attaquer à ma personne ! Les ravisseurs de Clément de Ris courent toujours. Qu'attendez-vous pour les faire arrêter ?

– Ce sera fait incessamment, citoyen Premier Consul.

– Je l'espère pour vous. Sinon vous pouvez dire adieu à vos fonctions !

Fouché étant directement menacé, il n'est plus question qu'il ménage qui que ce soit. Il convoque immédiatement Carlos Sourdat et l'accueille, le visage fermé.

– Vous vous souvenez que vous avez comploté contre le Directoire, Sourdat ?

– Tout cela est du passé, citoyen ministre.

– Du passé qui peut vous valoir la peine de mort.

– Mais vous m'avez accordé l'amnistie !

– Une amnistie révocable...

Carlos Sourdat comprend et blêmit.

– Qu'attendez-vous de moi ?

– Les noms de ceux qui ont enlevé Clément de Ris.

– J'ai juré de ne pas les révéler.

– C'est cela ou la guillotine pour vous. Choisissez !

Sourdat n'est évidemment plus en mesure de se taire.

– Gondé, son lieutenant Gaudin, le marquis de Cauchy, le comte de Mauduiron... Mais j'insiste pour Gaudin, c'est grâce à lui que j'ai tout appris. Il mérite l'impunité.

Fouché finit par consentir à cette demande. Après tout, trois têtes devraient suffire au Premier Consul et à l'opinion publique, très émue par l'enlèvement et l'attentat...

À partir de là, tout s'accélère. Jean David Charles, comte de Mauduiron, vingt ans, ancien Chouan de l'armée de Bourmont, vit chez sa mère à Nogent-le-

Rotrou. Auguste Louis Nicolas de Moustier, marquis de Cauchy, vingt-huit ans, descendant d'une vieille famille normande de parlementaires, a épousé l'année précédente la sœur de Mauduiron avec qui il vit chez sa belle-mère. Tous deux sont arrêtés et expédiés à Tours, avec une note de la main de Fouché : « Ces jeunes gens sont certainement les brigands qui ont enlevé Clément de Ris. »

Rousseau, le directeur de la police locale, chargé de l'instruction, n'a pas la tâche facile : Mauduiron et Cauchy nient et il n'y a pas la moindre preuve contre eux, à part l'affirmation du ministre, qui n'explique en rien d'où lui vient sa certitude. Restent les témoignages. Mais Clément de Ris, fidèle à la promesse qu'il a faite à Fouché, refuse purement et simplement de parler. Alors à Paris, pour les séances du Sénat, il se retranche derrière une loi de thermidor an IV (juillet 1796), qui « dispense les membres des premières autorités de se rendre aux citations les appelant hors des communes où ils exercent leurs emplois ».

Mme Clément de Ris n'est pas plus coopérative. Elle utilise le prétexte de sa myopie pour ne pas reconnaître les deux suspects. Quant aux domestiques du château de Beauvais, le temps a passé et les témoignages sont contradictoires.

Le 12 mai 1801, c'est au tour de Gaudin, le borgne, d'être arrêté et de rejoindre Tours. Lui aussi clame son innocence. Dévoiler la mise en scène organisée avec Sourdat pour délivrer le sénateur serait avouer sa participation au rapt. Les charges contre lui sont maigres, même si les témoins sont unanimes : il y avait un borgne parmi les bandits.

C'est dans ces conditions que les trois accusés sont envoyés, le 15 juillet 1801, à Tours, devant le tribunal spécial créé par la loi du 7 février 1801. Elle autorise « la formation de tribunaux pour juger les crimes commis sur les grandes routes et dans les campagnes par des bandes armées, les attentats dirigés contre les acquéreurs des Biens nationaux et enfin des assassinats contre des chefs de gouvernement ». Le tribunal comprend trois juges civils, trois juges militaires et deux adjoints. Un commissaire du gouvernement tient le siège du ministère public. Peu auparavant, Fouché avait écrit aux juges : « Les trois accusés sont les seuls qui m'ont été signalés d'une manière positive pour avoir fait partie des brigands qui ont enlevé Clément de Ris. » Affirmation aussi péremptoire que dénuée de la moindre justification.

Aux côtés des accusés principaux, les complices arrêtés avant eux : les époux Lacroix et Jourgeon. Tout n'est pourtant pas perdu pour les deux jeunes nobles ; ils disposent d'un illustre avocat, Me Chauveau-Lagarde, le défenseur de Marie-Antoinette, qui entend bien démontrer l'inanité de l'accusation.

Les débats n'apportent aucun élément nouveau. Les Lacroix et les Jourgeon reconnaissent la matérialité des faits. Mais ils soutiennent qu'ils ont été contraints d'obéir par les brigands et qu'aussitôt qu'ils l'ont pu, ils ont averti Carlos Sourdat, ce qui a permis de délivrer les prisonniers.

Mauduiron, Cauchy et Gaudin nient obstinément. Pour se décider, force est de s'en remettre aux témoins. Une quarantaine défile à la barre, mais les dépositions sont loin d'être unanimes. Clément de Ris s'est encore une fois retranché derrière ses fonctions de sénateur pour ne pas comparaître. Sa femme et ses fils ne sont pas là non plus ; ils ont produit un certificat médical alléguant leur état de santé précaire.

La défense a nettement l'avantage et, malgré les réquisitions du ministère public réclamant trois peines de mort, le tribunal refuse de se prononcer. Devant l'absence de preuve, il n'ose acquitter les accusés, mais conclut au renvoi du procès devant le tribunal de la Seine.

La décision est évidemment illégale. Un tribunal n'a pas à décider du renvoi devant telle ou telle autre juridiction. Le verdict est annulé par la Cour de cassation et les accusés renvoyés à Angers, devant le tribunal du Maine-et-Loire.

Tout recommence trois mois plus tard, en octobre 1801. Clément de Ris, qui refuse toujours de comparaître, a cette fois envoyé une lettre en faveur des accusés : « Quelque horrible que soit leur crime, quelque cruelles qu'aient été et qu'en soient encore les suites pour moi, je souffrirais toute ma vie d'avoir été, sinon la cause, du moins l'occasion qui peut amener la mort de plusieurs hommes. Plusieurs d'entre eux ont été entraînés par des circonstances malheureuses, peut-être même par des violences. »

En agissant ainsi, il outrepasse les demandes de Fouché. Sans doute est-il conscient de s'être bien sorti d'une aventure où il aurait pu laisser la vie. Devine-t-il que ses ravisseurs ont arrangé sa libération avec le ministre ? Veut-il leur prouver ainsi sa reconnaissance ? On ne le saura jamais.

De nouveau, c'est le défilé des témoins. Certains reconnaissent les accusés, les autres non et on en arrive aux plaidoiries de l'accusation et de la défense. Le commissaire du gouvernement Gazeau parle pendant cinq heures ; il insiste sur l'absence d'alibi des trois principaux accusés. Car le paradoxe est que ces hommes, contre lesquels il n'y a aucune preuve sérieuse et qui devraient être acquittés, sont réellement coupables. Seule une personne le sait : Fouché. Et il se garde bien d'expliquer comment il le sait.

Pour le reste, le commissaire du gouvernement Gazeau évoque longuement le passé d'extrémistes de Mauduiron, Cauchy et Gaudin, qui ont refusé l'amnistie, comme ceux qui ont perpétré l'attentat de la rue Saint-Nicaise. Car les auteurs de la tuerie ont, depuis, été arrêtés et ont avoué avoir agi au nom des royalistes. En conclusion, le représentant du ministère public réclame trois peines de mort.

En réplique, la défense démontre la faiblesse de l'acte d'accusation. D'abord, la bande était composée de six membres ; où sont les trois autres ? Ensuite, les témoignages sont insuffisants pour entraîner une condamnation, à plus forte raison une condamnation à mort. Quant à la principale victime, elle-même demande l'indulgence. Les juges vont-ils se montrer plus sévères qu'elle ?

La plaidoirie de Me Chauveau-Lagarde, parlant au nom des deux jeunes aristocrates, est brillante et émouvante. Elle est saluée par un tonnerre d'applaudissements et il faut faire évacuer la salle. Ce qui n'empêche pas le tribunal de revenir avec un verdict implacable : Cauchy, Mauduiron et Gaudin sont condamnés à mort, les époux Lacroix à six ans de prison, les époux Jourgeon acquittés.

La sentence est sans appel et immédiate. Les condamnés sont exécutés le lendemain, 3 novembre 1801, sur la place du Champ-de-Mars d'Angers. L'autorité, redoutant des troubles, a fait déployer des troupes importantes. Mais c'est inutile : les trois jeunes gens meurent avec courage sous les yeux d'une foule calme et respectueuse.

Par la suite, Gondé, rejeté par ses anciens amis pour traîtrise et miné par le remords, a fini par perdre la raison. Il est mort fou à l'asile de Bicêtre, en 1806.

Napoléon Ier, peut-être en compensation de son aventure, a conféré à Clément de Ris la dignité de pair. Faut-il dire qu'à la chute de l'Empire, celui-ci s'est empressé d'assurer Louis XVIII de son soutien ? Le roi l'a, d'ailleurs, confirmé dans ses titres et il est mort, estimé de tous, en 1827.

Il lui restait un dernier honneur à recevoir : entrer dans la littérature. Ce fut chose faite en 1841, lorsque son enlèvement inspira à Honoré de Balzac un de ses romans : *Une ténébreuse affaire*. Clément de Ris, sénateur et pair de France, avait désormais sa place dans *La Comédie humaine*.

Où est Jimmy ?

21 avril 1950. Un petit garçon de sept ans quitte son école, dans un quartier résidentiel de Londres. Il est habillé comme tous les petits Anglais qui appartiennent à un établissement scolaire distingué : casquette écossaise, blazer à boutons dorés avec un gros écusson sur la poitrine, pantalons longs. Le garçon ne se presse pas. La maison de ses parents est tout près. Il aime bien faire durer le trajet qui le ramène de l'école, regarder les vitrines, la circulation. Une voiture s'arrête. Une dame en sort et s'approche de lui pour lui parler.

Une demi-heure plus tard, ses parents commencent à s'inquiéter. Jimmy n'est pas encore rentré. D'habitude, il n'est jamais en retard pour son goûter. Sa mère charge la nurse de voir ce qui se passe. Celle-ci refait en sens inverse le chemin de l'école. Aucune trace de Jimmy. Elle interroge les passants, les commerçants. La marchande de journaux lui répond du ton le plus naturel :

– Jimmy ? Bien sûr que je l'ai vu ! Il est monté dans une voiture avec un couple. Comment ? Vous n'êtes pas au courant ?

La nurse rentre à toute allure chez ses maîtres. Il n'y a aucun doute possible : Jimmy Rogers, fils d'un des plus gros industriels de Londres, vient d'être enlevé. Mais personne – et pour cause ! – ne peut encore se douter qu'il ne s'agit pas du tout d'un enlèvement ordinaire.

23 heures, le même jour. Un cordon de policiers maintient les curieux et les journalistes à l'affût de nouvelles à distance de l'hôtel particulier de M. et Mme Rogers.
Dans le luxueux salon décoré de boiseries et de tableaux de maîtres, les responsables de Scotland Yard essayent de réconforter le père et la mère, qui ont les yeux fixés sur le téléphone. Mme Rogers répète pour la dixième fois :
– Vous croyez qu'ils vont appeler ?
Un des policiers répond, sur un ton aussi rassurant que possible :
– Mais bien sûr, madame. Les ravisseurs se manifestent toujours. Nous avons l'habitude et, jusqu'ici, nous avons fait preuve d'efficacité.
M. Rogers a un sursaut.
– Ne faites rien qui puisse mettre en danger la vie de Jimmy ! Je vous répète que je suis décidé à payer et à obéir à toutes leurs exigences.
– C'est entendu, monsieur. Nous ne ferons rien avant la remise de la rançon.
– Et la restitution de l'enfant.
– Et la restitution de l'enfant...

M. Rogers garde un moment le silence et reprend d'une voix troublée :

– C'est vrai, ma femme a raison : pourquoi n'appellent-ils pas ? Je préfère tout à ce silence !

Les policiers sont perplexes. Il est plus de 23 heures. Le petit Jimmy a disparu à 17 h 45. Ce mutisme des ravisseurs est anormal. Et la nuit entière se passe sans le moindre appel téléphonique. M. et Mme Rogers, qui n'ont pas dormi, se sentent gagnés par le désespoir.

Pourtant, le lendemain matin, un nouvel espoir naît en eux : le courrier ! C'est par la poste que les ravisseurs vont exprimer leurs exigences. Leur lettre sera là à la levée du matin. Vers 8 h 30, le facteur sonne à l'hôtel particulier. M. Rogers se précipite. Il jette les imprimés, il reste une dizaine de lettres. L'un des inspecteurs les lui retire doucement des mains et commence à les ouvrir avec des gants. L'une après l'autre, les missives tombent sur la table : des factures, un relevé bancaire, une lettre de Mme Rogers mère à son fils, un dépliant publicitaire, encore d'autres lettres sans intérêt... Pas la moindre trace d'un courrier des ravisseurs.

Mme Rogers se laisse tomber, la tête dans les mains. Elle murmure :

– Mais enfin, qu'est-ce qu'ils veulent ?

Les policiers ont beau essayer de trouver des paroles réconfortantes, ils sont franchement inquiets. Il peut y avoir toutes sortes de raisons à un enlèvement, mais quand il s'agit de personnes aussi riches que les Rogers, c'est forcément pour demander une rançon. Ne pas la réclamer est tout à fait illogique, et ce qui est illogique n'est jamais bon signe.

Les journaux font leurs grands titres sur l'affaire : « Enlèvement sans demande de rançon. On s'interroge sur le sort du petit Jimmy. » Au courrier de l'après-midi, il n'y a toujours pas de lettre et, le soir, c'est une nouvelle attente angoissée devant le téléphone, tandis que la foule des journalistes et des curieux se bousculent à l'extérieur.

Comme la première nuit, le téléphone reste désespérément muet. Les réflexions des policiers sont de plus en plus pessimistes. S'il ne s'agit pas d'argent, le seul mobile possible est la vengeance, avec tout ce que cela implique de risques pour l'enfant. Ils se décident à poser la question au père :

– Est-ce que quelqu'un a une raison de vous en vouloir, monsieur Rogers ?

– J'ai cherché, mais je ne vois pas, vraiment pas...

– Un de vos concurrents ?

– Je n'ai jamais eu de problèmes avec eux.

– Quelqu'un qui aurait été renvoyé d'une de vos usines ?

– Ce n'est pas moi qui m'occupe des licenciements.

– Ce n'est pas vous, mais vous êtes le patron, donc peut-être le responsable dans l'esprit du ravisseur.

– Et on aurait enlevé Jimmy pour cela ?

– Ce n'est qu'une hypothèse, bien sûr, mais nous allons faire des recherches dans cette direction.

22 avril 1950. Le matin du deuxième jour depuis l'enlèvement se lève. La pile de lettres qu'apporte le

facteur ne contient pas plus de demande de rançon que la veille. Tandis que Scotland Yard épluche la liste des employés récemment renvoyés des usines Rogers et fait des vérifications auprès des intéressés, toute l'Angleterre ne parle plus que de l'enlèvement de Jimmy. Le soir, à la radio, Mme Rogers fait une déclaration pathétique, en implorant les ravisseurs d'au moins se manifester par un moyen ou par un autre. Elle rappelle que son mari et elle sont prêts à payer ce qu'ils voudront.

Mais le téléphone ne sonne toujours pas. Les ravisseurs n'ont pas voulu entendre son appel. Les parents perdent espoir. Ils ne reverront plus jamais Jimmy. Quelqu'un l'a tué pour se venger d'on ne sait quoi. Lorsqu'ils auront de ses nouvelles, ce sera pour apprendre qu'on a retrouvé son corps.

Le lendemain matin, ils examinent le courrier sans illusion... Oh, il y en a, des lettres : des centaines, des milliers de lettres de sympathie venues de toute l'Angleterre ! Mais pas celle qu'ils attendent.

C'est à 10 h 30 exactement qu'une employée d'un grand magasin londonien voit un petit garçon vêtu d'un blazer avec un écusson, casquette écossaise sur la tête, s'approcher de son rayon. Il lui dit simplement :

– Bonjour, madame. Je m'appelle Jimmy Rogers. Je voudrais rentrer chez mes parents, s'il vous plaît.

L'enfant n'a visiblement pas subi de sévices et semble d'excellente humeur ! Entre ses parents en larmes, il répond aux premières questions des policiers.

– Au début, le monsieur et la dame n'étaient pas gentils avec moi, mais après, je me suis bien amusé ! J'ai ramené tout le vin...

Les policiers croient qu'il est sous le coup du choc nerveux.

– Tu es fatigué. Nous reparlerons de cela demain.

– Mais non, je ne suis pas fatigué ! Je parle du vin qui était dans la cave du monsieur.

– Quel monsieur ?

– Je ne le connais pas. Il habite une grande maison, un peu comme celle de papa et maman.

– Ici, à Londres ?

– Oui, pas loin.

Les policiers vérifient immédiatement les informations données par l'enfant. Elles sont exactes ! Trois jours plus tôt, un fait divers est passé totalement inaperçu : la cave de vins vieux d'un industriel londonien, habitant lui aussi un hôtel particulier de la capitale, a été dévalisée ; curieusement aucune trace d'effraction n'a été relevée, alors que la porte d'entrée et celle de la cave étaient fermées à clé, et personne n'aurait été assez mince pour se glisser entre les barreaux du soupirail...

Personne ? Pas un adulte, mais un enfant aussi frêle que Jimmy en était capable. Et les policiers aboutissent à cette conclusion ahurissante : on a enlevé le fils d'un des plus importants industriels britanniques uniquement pour cambrioler une cave de vins !

La confirmation arrive quelques mois plus tard, quand on arrête le couple de ravisseurs, au moment où il tentait d'écouler un lot de bouteilles volées. L'homme et la femme sont d'anciens domestiques, et ils n'avaient pas imaginé d'autre moyen, pour piller la cave de leur patron, que d'enlever un enfant !

Voici la confession complète qu'ils font aux hommes de Scotland Yard. Ils ont pris leur voiture et ont cherché un enfant dans les rues de Londres. Jimmy Rogers a été le premier qu'ils ont rencontré, sans se douter un seul instant que son père était l'une des plus grandes fortunes anglaises. Pour initier le petit Jimmy à son travail, ils reconnaissent avoir élevé la voix, mais jurent ne pas l'avoir frappé. Le soir même de l'enlèvement, ils sont partis en expédition tous les trois jusqu'à l'hôtel particulier. Tout s'est passé sans problème, l'enfant semblait ravi de jouer son rôle.

Le plus extraordinaire, c'est que, malgré les forces de police qui patrouillaient dans tout Londres à la recherche de Jimmy, personne ne les a inquiétés ! C'est en rentrant avec leur butin dans un modeste pavillon de banlieue qu'ils ont appris qui était leur petit prisonnier. Tentés un moment d'en profiter pour toucher une rançon, ils ont rapidement conclu que la situation les dépassait et, deux jours plus tard, ont relâché Jimmy... Et la femme conclut devant les policiers :

– Je vous assure qu'il s'est beaucoup amusé. Pour lui, c'étaient des vacances !

Trois jours beaucoup moins drôles pour les parents... Les ravisseurs seront condamnés à une lourde peine de prison.

L'Étrangleur

Nous sommes le mardi 26 mai 1964, dans un appartement parisien de la rue de Naples, une artère du 8e arrondissement. Il est presque 18 heures, lorsque Suzanne Taron s'aperçoit qu'il manque quinze francs dans son porte-monnaie. Elle est aussitôt certaine que c'est son fils Luc, onze ans, qui les lui a pris. Après une violente dispute, l'enfant se réfugie dans sa chambre. Peu après, Suzanne Taron constate que Luc n'est plus là et elle a beau chercher partout, il a disparu.

Effectivement, le petit Luc Taron, ne supportant pas la remontrance, s'est enfui de chez lui. Il erre dans les rues. Un de ses camarades l'aperçoit, vers 18 h 10, rue du Rocher et un autre le voit, cinq minutes plus tard, devant l'entrée de la station Villiers. Mais il n'y a plus aucun témoin lorsqu'un jeune homme s'approche de lui. Il a un peu plus de vingt ans, il est plutôt chétif de constitution, avec un drôle d'air sur le visage. Ils échangent quelques paroles et l'enfant le suit dans le métro…

Quand son père, Yves Taron, rentre de son travail et qu'il apprend la nouvelle, il est bien sûr inquiet, mais ni lui ni son épouse ne pensent au pire : Luc n'en est pas à sa première fugue.

Ils ne préviennent donc pas immédiatement la police. Yves Taron préfère chercher lui-même son fils dans les rues. Il explore en vain tout le quartier et rentre vers 23 heures. Suzanne et lui veillent toute la nuit et ce n'est qu'au matin, à 10 h 30, qu'ils se décident à signaler la disparition au commissariat. Malheureusement pour eux, à partir de ce moment, tout va très vite.

Les policiers non plus ne pensent pas à un enlèvement. La famille n'est pas riche et elle n'est pas en mesure de payer une rançon. Il s'agit vraisemblablement d'une fugue. Mais dans la soirée, le téléphone sonne dans l'appartement de la rue de Naples. C'est la police :

– Monsieur Taron ? Il y a peut-être du nouveau. Il vaudrait mieux que vous passiez nous voir.

M. Taron laisse sa femme devant le téléphone au cas où le petit appellerait. Au commissariat, les policiers lui montrent un blouson. En voyant le vêtement, M. Taron pâlit.

– C'est bien le sien ! Où l'avez-vous trouvé ?
– Sur la nationale 306, près de Châtillon.
– Mais que faisait-il là-bas ?
– Nous n'en savons rien. Il faudrait que vous nous suiviez à la morgue. Le corps d'un enfant a été retrouvé ce matin, dans le bois de Verrières...

Yves Taron reconnaît le corps de son fils. Il a déjà été examiné par les experts, qui sont formels : il n'y a pas eu de sévices sexuels.

Au même moment, le crime prend une dimension supplémentaire et va bientôt terroriser la France et faire parler de lui dans le monde entier... Ce même mercredi 27 mai, à 23 h 50, un coup de téléphone retentit à la rédaction d'Europe 1 :

– Je téléphone au sujet de l'affaire de Verrières. Allez 3, rue de Marignan, vous trouverez un message sur le pare-brise d'une voiture.

Sur ces mots, le correspondant raccroche. La découverte d'un enfant assassiné dans le bois de Verrières vient d'être rendue publique par la police et annoncée au journal précédent. On va immédiatement voir sur place. Devant le 3 de la rue de Marignan, qui est toute proche de la station de radio, il n'y a absolument rien sur les voitures en stationnement. Les personnes descendues voir croient à une mauvaise plaisanterie et reviennent sur leurs pas.

En réalité, l'information était exacte, mais le propriétaire du véhicule, croyant que c'était un prospectus, a chiffonné le papier et l'a mis dans sa poche. C'est plus tard qu'il en prend connaissance ; son contenu lui semble suffisamment inquiétant pour qu'il aille le porter à la police.

Il s'agit d'un texte manuscrit, écrit sur du papier quadrillé d'écolier : « Affaire du bois de Verrières. Après avoir demandé une rançon, qui m'a été refusée, j'ai emmené le petit Luc à Palaiseau. Je l'ai étranglé à 3 heures du matin. » Suivent des informations qui prouvent qu'il est bien le meurtrier : « Il avait du mercurochrome sur une jambe et portait un petit livre illustré. Il m'a dit être né le 9 mai 1953 et que son père avait une voiture Ariane. » Il conclut : « C'est un avertissement pour le prochain rapt : la rançon ou la mort ! » Signé : « L'Étrangleur n° 1. »

Le message est reproduit dans toute la presse et l'affaire du bois de Verrières devient l'« affaire de l'Étrangleur ». Curieusement, tous les journaux omettent le « n° 1 », sans doute parce que la signature est plus frappante sans. Ils ignorent qu'en agissant ainsi, ils portent une atteinte intolérable à l'ego du meurtrier, qui va multiplier les messages.

Le lendemain, 28 mai, l'Étrangleur se manifeste de nouveau, cette fois à l'AFP. Le téléphone sonne dans les bureaux de l'agence.

– Je suis le ravisseur du petit Luc. Pour vous prouver ce que je dis, je vais vous donner un renseignement que personne ne peut connaître : le blouson de l'enfant a été jeté sur la RN 306, près de Châtillon.

L'information n'ayant, en effet pas été rendue publique, le journaliste l'ignorait comme les autres. Il réplique :

– Je vous crois. Que voulez-vous me dire ?

– Que je continuerai tant que la rançon ne sera pas payée.

– Quelle rançon ?

Mais l'homme a raccroché.

Le 2 juin, ce sont les funérailles de la petite victime. Des policiers en civil sont disséminés dans le cortège qui accompagne la dépouille au cimetière. Ils scrutent les visages et prennent discrètement des photos. Le lendemain, nouveau message de l'Étrangleur : « Les obsèques étaient parfaites. J'ai été heureux d'y assister comme j'assisterai aux suivantes, si la rançon n'est pas payée… » L'analyse des photos ne donne rien. Soit le meurtrier a échappé à la vigilance des policiers, soit, plus vraisemblablement, il se vante et n'a pas pris le risque de venir.

Mais à partir de ce moment, il se déchaîne. Il ne se passe plus un jour sans que l'Étrangleur se manifeste. Les journaux sont inondés de ses lettres, non seulement les quotidiens français, mais aussi le *Daily Mail*, à qui il est dit que Scotland Yard a intérêt à se montrer vigilant, car l'Étrangleur va traverser la Manche !

Dans ces missives délirantes, l'Étrangleur met en cause la société, qu'il veut « pressurer, pour lui faire vomir son pus sanglant : l'argent ». Il donne des détails abominables sur la manière dont il a tué sa victime : « Je sais qu'il est plus facile d'étrangler de face, avec les pouces sur le larynx, mais je l'ai fait par-derrière avec seulement quatre doigts. C'est plus long. » Il avoue aussi regretter de ne pas avoir tué de nouveau, « car l'enfant que j'ai choisi est constamment surveillé ». Il réclame de l'argent, sous la menace d'enlever et de tuer une nouvelle petite victime : « C'est *France-Soir* qui paiera 50 millions. Parole d'Étrangleur. »

Les médias ne sont pas ses seuls destinataires. L'Étrangleur écrit aussi aux responsables de la police, au ministre de l'Intérieur et, comble de l'horreur, aux parents eux-mêmes. Il leur raconte par le menu le supplice de leur enfant : « J'ai senti son cœur battre sous sa carotide. » Dans un message daté du 10 juin, il s'adresse au père, Yves Taron : « Je vais vous donner un détail accablant : j'ai un moment relâché mon étreinte car j'avais des crampes dans les doigts. » Quelquefois, il se contente de téléphoner à leur domicile en disant : « Allô, ici l'Étrangleur ! », puis il raccroche. Les communications sont écoutées par la police. Mais les appels proviennent d'une cabine et la voix est maquillée.

Parfois, l'Étrangleur s'agace. Il téléphone à la RATP et l'injurie parce qu'elle n'a pas transmis son colis pour Europe 1. Il avait en effet déposé à la station Porte-de-Clignancourt, sur une banquette, un paquet contenant un journal illustré des *Aventures de Bugs Bunny*, portant l'inscription manuscrite : « Ce livre a appartenu au petit Luc Taron. L'Étrangleur. »

Presque un mois passe, la tension ne fait que monter. Les lettres de l'Étrangleur se font de plus en plus menaçantes. « Si dans les jours à venir je n'ai plus la une des journaux, d'autres enfants vont mourir. » Il faut bientôt parler d'une véritable psychose dans la région parisienne. Des voitures de police sillonnent les rues, les sorties d'école sont surveillées.

Pourtant, les policiers ne sont paradoxalement pas trop inquiets. Psychologues et psychiatres parviennent à la conclusion que l'homme est moins intéressé par l'accomplissement d'actes criminels que par sa propre médiatisation. Dans plusieurs articles parus dans la presse, ils émettent des doutes sur la

« dangerosité » de l'individu ; c'est la première fois que ce mot est employé et il entrera officiellement dans la langue française en 1970. Ce jugement va vexer l'homme et lui faire commettre une erreur, qui lui sera fatale.

26 juin 1964. Un mois jour pour jour après l'enlèvement, un jeune homme déclare au commissariat des Invalides le vol de sa 2 CV. Il a vingt-sept ans, se nomme Lucien Léger et il est infirmier à l'hôpital psychiatrique de Villejuif. Sa plainte est enregistrée, mais il ne s'agit jusque-là que de simple routine. Or, le même Lucien Léger revient cinq jours plus tard, pour dire qu'il a retrouvé sa voiture, mais avec des taches de sang à l'intérieur. Et il précise :
– C'est du sang humain.
Le policier s'étonne :
– Comment pouvez-vous le savoir ?
– Je suis infirmier. J'ai fait l'analyse. Il n'y a aucun doute.

Le soir même, l'Étrangleur annonce par téléphone à Radio Luxembourg qu'il a effectivement volé la voiture de Lucien Léger et l'a utilisée pour transporter le cadavre d'un truand qu'il a tué à Pigalle, ajoutant :
– C'est ma cinquième victime !

Le lendemain, Lucien Léger se rend dans les bureaux de *France-Soir*, à la demande du journal, pour raconter son aventure. Jacques Granier le reçoit. Le journaliste est frappé par son physique étrange. Ce gringalet à l'air timide porte des lunettes à verres fumés qui dissimulent son regard.

Lucien Léger explique qu'on lui a volé sa voiture et qu'il l'a retrouvée pratiquement au même endroit. Il pensait avoir été victime d'une farce, mais depuis qu'il a écouté la radio, il est certain que c'est l'Étrangleur qui a fait le coup ! Il se fait photographier devant sa 2 CV et prend congé. Le journaliste dira plus tard :

– Il avait une poignée de main molle, morte...

France-Soir publie la photo de Lucien Léger, suivie d'une longue interview, et la police s'intéresse immédiatement à ce curieux personnage. Une perquisition est décidée dans la chambre d'hôtel où il a élu domicile.

Les indices ne manquent pas : des coupures de presse consacrées à l'Étrangleur, un portrait-robot de lui épinglé au mur et sur lequel ont été ajoutées, au crayon, les lunettes fumées que Lucien Léger ne quitte jamais. Les policiers trouvent aussi l'ébauche d'un roman intitulé *Journal d'un assassin*, dans lequel on peut lire : « J'avance dans la rue, après avoir tué le plus seul des innocents passants. Je suis de la graine qui pousse au printemps des monstres. »

C'est suffisant pour que Lucien Léger soit arrêté le 5 juillet. Après une nuit d'interrogatoire, il finit par avouer à 7 h 30, le lendemain matin, qu'il est l'Étrangleur, mais il est incapable, malgré toutes les questions qui lui sont posées, de donner le moindre mobile à son acte.

Les enquêteurs sont évidemment satisfaits d'avoir résolu cette affaire, la plus médiatisée de leur carrière, mais ils aimeraient comprendre. Les analyses médicales sont formelles : le petit Luc Taron n'a subi aucune violence sexuelle. Lucien Léger n'a aucun antécédent judiciaire dans ce domaine et n'a pas le profil d'un pervers. D'autre part, il n'a jamais réclamé de rançon et, bien qu'il ait demandé de l'argent dans ses messages, ce n'est pas ce qui semble l'intéresser.

Alors ? À la suite des policiers, le juge d'instruction déploie en vain tous ses efforts pour lui faire avouer un mobile. En fait, une seule chose semble importante pour Léger : faire parler de lui. Rien ne le manifeste mieux que son attitude dans les heures qui suivent son inculpation : indifférent au jugement qu'on porte sur lui, il est grisé par la célébrité qui l'entoure ; il sourit aux photographes, prend des poses, leur propose des autographes. Il écrit à sa femme : « Je crois que mes Mémoires me vaudront la fortune. »

Mais peut-on tuer un enfant juste pour faire parler de soi ? Juge, policiers et journalistes se penchent sur son existence, pour essayer d'y trouver la clé de son comportement. Ils n'en retirent qu'une plus grande perplexité. La vie de Lucien Léger est banale. On n'y trouve ni la misère ni les événements tragiques qui peuvent prédisposer au crime. Quant à sa personnalité, elle est ordinaire, elle aussi. Il n'a rien d'un monstre.

Son enfance a été simplement médiocre. Il est le troisième de sept enfants d'une famille de la banlieue parisienne. Son père est ouvrier. Lui-même ne va pas plus loin que le certificat d'études. À l'école, il laisse le souvenir d'un enfant qu'on n'a jamais vu sourire. Il rêve de faire carrière dans le dessin industriel, mais échoue à ses examens, ce qui le laisse amer. Il fait son service militaire pendant la guerre d'Algérie, se vante d'avoir baroudé aux côtés du général Massu, mais en fait, il est affecté aux transmissions. Il fait la connaissance d'un autre appelé, Vincent, qui sera son seul ami et dont il épouse la sœur, Solange, une fois démobilisé.

Il végète d'un travail à l'autre : emballeur chez un éditeur, aide-soignant. Solange est une jeune femme fragile, qui a déjà fait plusieurs séjours en milieu psychiatrique. Elle est bientôt internée à l'hôpital de Villejuif. Lucien Léger demande et obtient un poste dans l'établissement pour rester près d'elle et tenter de comprendre sa maladie. Il se passionne pour l'étude des affections mentales et donne, aussi bien à ses collègues qu'à ses supérieurs, l'image d'un employé modèle.

Désormais seul, il réside à l'hôtel. Il occupe ses loisirs à peindre, à jouer de la guitare et à écrire. Il a des penchants artistiques, même si son talent n'est pas à la hauteur de ses ambitions. Il enregistre à compte d'auteur un disque de chansons et écrit des textes, dont les éditeurs ne veulent pas. Son roman, *Journal d'un assassin*, commencé après son meurtre, est le seul élément inquiétant. Tout se passe comme s'il y avait un contraste brutal entre lui-même et son crime. Sa personnalité ne correspond en rien à l'acte abominable qu'il a commis.

Alors, est-il fou ? Les psychiatres le déclarent responsable pénalement ; il répondra donc de ses actes devant la justice. Mais tout n'est pas absolument clair de ce côté : sujet à des migraines effrayantes dont aucun médicament ne vient à bout, il erre dans ces moments-là dans la rue jusqu'à la fin de la crise. Il était sans doute dans cet état lorsqu'il a rencontré le petit Luc Taron. Est-ce là la solution de l'énigme ? La question, on s'en doute, sera débattue par les experts.

En prison, il se produit un phénomène étrange. Après avoir avoué et persisté dans ses aveux pendant près d'un an, Lucien Léger se rétracte brutalement. Il est bien l'auteur des lettres de l'Étrangleur, mais pas du meurtre. Le meurtrier est un certain Henri, qu'il a rencontré dans un café et qui lui a raconté tous les détails du crime… Malgré l'insistance du juge d'instruction et de son avocat, il s'en tient désormais à cette version des faits.

Son procès s'ouvre le 2 mai 1966, devant la cour d'assises de Versailles. Le public s'est entassé pour apercevoir cet accusé hors du commun. Il est toutefois un peu déçu quand il fait son apparition. L'homme est malingre, un mètre soixante pour soixante kilos, et sagement vêtu d'un banal costume gris. Mais il a eu la curieuse idée d'arborer une cravate et une pochette rouges. Cette couleur criarde est jugée comme une provocation.

Après l'interrogatoire d'identité, le président Braunschweig entre dans le vif du sujet. Un profond silence règne dans la salle. Les esprits sont tendus à l'extrême.

– Léger, reconnaissez-vous être l'auteur du crime que vous impute l'acte d'accusation ?

– Non, je le nie.

Dans l'assistance, il y a un moment de dépit. On avait espéré que Lucien Léger abandonnerait cette absurde histoire de M. Henri, à laquelle personne ne croit, pas même son avocat, Me Albert Naud.

Le président Braunschweig poursuit ses questions avec une grande patience :

– Pourtant, le lendemain même de votre arrestation, vous avez reconnu avoir étranglé ce malheureux enfant. Ces aveux ont fait l'objet d'un procès-verbal que vous avez signé. Et ces aveux, vous les avez maintenus pendant onze mois. Pourquoi ?

– Pour détourner les soupçons du véritable auteur du crime. Henri avait commis ce meurtre involontairement, sans quoi je ne l'aurais pas aidé. Cet homme avait à se venger de M. Taron. Il a enlevé l'enfant, avec l'intention de le perdre dans le bois. Malheureusement, l'enfant s'est mis à crier. Henri lui a mis la main sur la bouche pour le faire taire et l'enfant est mort par suffocation.

Le président pousse un soupir. Il est bien obligé de continuer selon le schéma que lui impose l'accusé.

– Comme vous voudrez... Puisque vous ne vous reconnaissez pas coupable, il faut donner à MM. les jurés votre version des faits.

— Elle est très simple, monsieur le président. Le matin du 27 mai, j'ai reçu un coup de téléphone d'Henri. Il m'a donné rendez-vous dans un café. Il m'a mis au courant de l'accident du bois de Verrières. Il avait préparé un message pour le père. Seulement, redoutant que celui-ci reconnaisse son écriture, il m'a demandé de le recopier. J'ai hésité. Je l'ai gardé dans ma poche toute la journée et finalement, le soir, je suis allé le déposer sur le pare-brise d'une voiture, rue de Marignan, et j'ai averti les radios.

— Soit. Cela explique le premier message. Mais si vous n'étiez pas l'assassin, pourquoi avoir inondé la police et la presse de votre prose ? Pourquoi avoir écrit au commissaire chargé de l'enquête : « Chacune de vos gaffes coûtera la vie à une nouvelle petite victime » ?

— Je m'étais pris au jeu.

— Et comment expliquez-vous que vous ayez connu dans les moindres détails le signalement de l'enfant, les circonstances de sa fugue et même certains points concernant son père ?

— Parce que Henri me les avait communiqués.

— Il faudrait, Léger, que vous nous donniez des éléments permettant d'identifier cet Henri dont vous nous parlez.

— C'est facile : il a quarante-deux ans, des cheveux bruns, il porte des lunettes cerclées d'or et possède une ID noire. Il habite à Saint-Germain-des-Prés et il est correcteur d'imprimerie. Je l'ai connu dans un café de la rue de Rennes.

— Depuis combien de temps le connaissez-vous ?

– Je ne peux pas encore le dire, mais je le ferai. D'ailleurs, je suis persuadé qu'au cours de ces audiences, on apprendra des détails qui permettront de l'identifier.

– Et de l'arrêter.

– Il ne sera pas nécessaire de l'arrêter pour prouver mon innocence...

Ainsi se termine la première audience. Durant tout cet interrogatoire, Lucien Léger a fait preuve du plus grand calme. Il a soutenu sa thèse avec une assurance imperturbable. Ce n'est vraisemblablement pas de son côté que viendra la vérité, mais les débats sont loin d'être clos...

Le 3 mai, M. et Mme Léger, les parents de l'accusé, paraissent les premiers à la barre. Ces gens simples semblent dépassés par les événements et n'ont pas grand-chose à dire à la cour. Puis, c'est le témoignage de M. et Mme Taron. La déposition de Suzanne Taron est bouleversante, car à la douleur d'avoir perdu son fils s'ajoute le remords. C'est à cause de sa réprimande que Luc s'est enfui et que tout est arrivé. Elle se le reprochera jusqu'à son dernier jour. Elle conclut en pleurant :

– C'est d'autant plus affreux que le pauvre enfant avait pris cet argent pour me faire un cadeau pour la fête des Mères !

L'émotion est à son comble quand vient le tour de son mari de raconter les moments terribles qu'il a vécus. Le procureur général Lajaunie profite de sa présence à la barre pour s'adresser à l'accusé :

– Léger, vous avez soutenu que trois personnes connaissaient la vérité sur ce drame : M. Taron, cet

Henri et vous. M. Taron est là et il vous accuse. Est-ce à dire qu'il protège le vrai coupable ? Et si vous êtes vraiment innocent, pourquoi n'adjurez-vous pas M. Taron de dire la vérité ?

Cette implacable logique ne suffit pas à déstabiliser l'accusé, qui répond froidement :

– Je n'ai pas à dicter sa conduite à M. Taron. Qu'il agisse selon sa conscience, comme moi j'obéis à la mienne...

Avec les psychiatres, on entre dans la partie décisive du procès. Le premier, le docteur Marchand, qui a examiné l'accusé à plusieurs reprises, donne clairement son avis. Premièrement, Léger est responsable pénalement, il n'était pas en état de démence au moment des faits, au sens où l'entend la loi. Deuxièmement, son crime n'est pas sexuel, il n'a pas un profil pervers, n'a jamais été attiré par les jeunes enfants, son affectivité est normale. Alors pourquoi a-t-il fait cela ?

Le docteur Lafon, médecin-chef de l'hôpital de Villejuif où il était infirmier, a son explication :

– Il a voulu donner à son crime, à l'époque où il le reconnaissait, le retentissement maximum. D'une part, il valorisait ainsi son personnage, d'autre part, il se déchargeait de son acte sur le personnage odieux qu'il avait inventé : l'Étrangleur. Si Lucien Léger s'était tenu tranquille, jamais il n'aurait été soupçonné. Il n'avait aucun lien avec la famille Taron, il n'était fiché nulle part, personne n'aurait pensé à lui.

Cela peut-il suffire à expliquer un crime aussi épouvantable ? On tient peut-être une réponse avec la déposition du professeur Dupont. Lui ne fait pas de psychologie ; il s'est spécialisé dans les affections organiques du cerveau.

— L'accusé présente un ostéome crânien, c'est-à-dire un épaississement de la paroi osseuse sur sa face interne, du côté gauche du crâne. Cette prolifération osseuse explique les violents maux de tête dont il est atteint.

— Quels sont les effets exacts de cette malformation ? demande le président Braunschweig qui tient à ce que les choses soient parfaitement claires.

— Cet ostéome peut comprimer les méninges et provoquer ce qu'on appelle un équivalent épileptique.

— Était-il dans cet état lorsqu'il a rencontré le petit Luc Taron ?

— Je ne peux pas le dire, je ne peux parler qu'en général. Mais celui qui est atteint de cette affection peut, dans un moment d'obscurcissement de la pensée, perdre totalement le contrôle de ses actes.

Un brouhaha s'élève quand le professeur se retire. Chacun a compris l'importance de ces paroles. Le procès vient peut-être de se jouer à cet instant précis... L'expert suivant, le psychologue Jacques Salz, connaissait Lucien Léger bien avant les faits et lui a écrit dans sa cellule : « Tout un faisceau de présomptions indique que vous jouez dans cette affaire un rôle qui n'est pas le vôtre. » Cela lui a valu d'être cité par la défense.

Le président Braunschweig se réfère à l'expression que le psychologue a employée :

– Pouvez-vous indiquer à la cour quelles sont, à vos yeux, ces « présomptions » ?

– La principale, répond l'intéressé, c'est que Lucien Léger n'entre dans aucun des groupes de déséquilibre criminogène. Il n'y a aucune concordance entre son psychisme et le crime atroce qui lui est reproché...

Le 5 mai, troisième jour du procès, la cour entend les médecins légistes. Ils sont formels : la victime n'a pas été étranglée, malgré le surnom qu'a pris Léger, mais étouffée. Tous les détails affreux que donnaient les messages, sur les doigts qui serraient le cou, ont donc été inventés. Le docteur Martin, qui a procédé à l'autopsie, est parfaitement clair :

– L'enfant est mort étouffé, face contre terre, et le meurtrier a ensuite retourné le corps pour s'assurer que tout était fini.

Pour le docteur Locussol, qui s'est rendu sur les lieux en même temps que la police, le petit Luc était déjà sans connaissance quand on lui a appliqué la tête sur le sol.

– Le tapis de feuilles mortes de l'automne dernier n'était que dérangé. Il n'y a même pas eu l'esquisse d'une lutte entre le garçon et son meurtrier. Or, je prétends qu'un enfant de onze ans normalement constitué ne se laisse pas étrangler.

– Qu'en concluez-vous ? demande le président Braunschweig.

– Mon impression est qu'on a voulu empêcher cet enfant de crier et non le tuer. La mort est accidentelle.

Sensation dans la salle, car, du coup, la culpabilité de meurtre se trouve remise en question. En outre, si cela dément les propos que Lucien Léger tenait dans ses messages, cela corrobore exactement ce qu'il a dit à propos du meurtre qu'il attribue à Henri ! Mais ce n'est pas fini. Les Lelarge, un couple de cultivateurs qui habitent à proximité du bois de Verrières, font une déclaration tout à fait étonnante :

– Vers 5 heures du matin, nous avons vu un homme sortir du bois.

– Pouvez-vous nous le décrire ? demande le président.

– Il était vêtu d'un complet bleu, avec une chemise blanche, et il portait une serviette de cuir noir. Il avait l'air distingué.

– Est-ce que cette personne ressemble à l'accusé ?

– C'est difficile à dire, mais on ne dirait pas...

Le trouble s'installe dans le public : ce signalement ne correspond pas à Lucien Léger, mais pourrait convenir à cet Henri qu'on avait, peut-être un peu vite, relégué au rang des mythes. Alors qu'on croyait avoir affaire à un monstre qui aggravait son crime par ses affabulations, maintenant on commence à penser que tout n'est peut-être pas faux dans les discours qu'il tient.

La parole est ensuite donnée aux policiers, en l'occurrence au commissaire divisionnaire Camard, qui a recueilli les aveux. Il fait un récit très vivant de ces instants décisifs :

– L'interrogatoire a duré toute la nuit. À l'aube, je suis allé me restaurer un peu avec mes hommes. Je suis revenu une demi-heure plus tard et j'ai trouvé Lucien Léger en sanglots. Il venait d'avouer son crime aux deux agents qui le gardaient. Son désespoir était réel. Il venait sans doute de réaliser brusquement l'horreur de son crime.

Le président Braunschweig se tourne vers l'accusé. Sans doute veut-il lui tendre une perche. Cette scène où on l'a vu à la fois reconnaître les faits et exprimer son remords pourrait lui donner l'occasion de changer d'attitude.

– Est-ce exact, Léger ?

Malheureusement, il se heurte de nouveau à un mur. L'intéressé répond froidement :

– C'est exact. Seulement, je n'avais pas dormi depuis quarante-huit heures et je voulais en finir. Je me suis dit que j'allais faire de faux aveux, quitte à m'expliquer plus tard.

– Et il vous a fallu onze mois de réflexion pour vous expliquer ?

– J'espérais que le véritable meurtrier se découvrirait.

Le procureur Lajaunie intervient à son tour :

– Pourquoi sanglotiez-vous dans les locaux de la Sûreté ?

– Parce que je savais qu'il me fallait m'accuser ou dénoncer Henri.

– Ce n'était pas nouveau pour vous, on ne pleure pas pour cela.

– Je pleurais parce que j'avais déjà choisi : je pleurais sur moi-même.

Le président en revient aux messages de l'Étrangleur. On sent qu'il veut tout faire pour que l'accusé quitte son système de défense absurde et reconnaisse enfin la vérité, ce qui serait, d'ailleurs, tout bénéfice pour lui.

– Ces détails dans vos lettres établissaient votre culpabilité. Pourquoi les donniez-vous, si vous n'étiez pas l'auteur du crime ?

– Parce que c'était entendu ainsi avec Henri.

– Et cet homme a pensé à vous faire part des plus infimes détails ?

– Oui. Il n'a pas voulu le tuer, mais seulement l'empêcher de crier.

– Réfléchissez, Léger : croyez-vous avoir apporté assez de preuves de votre innocence ? demande le président Braunschweig.

– Oui, je crois avoir démontré que j'étais incapable de commettre ce crime.

– Il est établi, en effet, que vous étiez un brave garçon. Comment avez-vous pu pendant un mois faire subir à de malheureux parents un véritable martyre ?

Lucien Léger se tourne pour la première fois vers les parents de la victime :

– Je leur demande pardon.

– Ce n'est pas suffisant, Léger ! Le moment est venu de nous dire enfin la vérité. Ou bien vous êtes le coupable, ou bien c'est Henri et, si c'est lui, vous devez nous dire qui il est.

– Qu'on le demande à M. Taron !

Le président Braunschweig pousse un soupir.

– Léger, j'attendais autre chose de vous que cette misérable dérobade.

Le défenseur de l'accusé, Me Albert Naud, qui n'est pas beaucoup intervenu jusque-là, se lève et dit à son client :

303

– Je m'associe aux paroles du président, Léger : je vous supplie de dire la vérité !

Lucien Léger ne bronche pas. Le président Braunschweig s'adresse une dernière fois à lui :

– Réfléchissez toute la nuit et demain, à l'ouverture de l'audience, je vous donnerai une dernière fois la parole.

Le lendemain 7 mai 1966, à la reprise de séance, la tension est extrême. Lucien Léger, très pâle, se lève dans son box :

– Ne pas dénoncer un homme, dont on sait qu'il a commis un meurtre involontaire, ne constitue pas un crime. Face au pays qui me crie de dire le nom de l'assassin, je vais répondre en homme et en chrétien...

La salle est suspendue aux lèvres de l'accusé, qui semble en retirer une profonde satisfaction. Il laisse s'écouler un temps qui semble interminable, puis annonce, d'un ton glacial :

– Je répondrai à cette question après le réquisitoire et les plaidoiries.

Un brouhaha dépité et furieux s'élève dans le public : encore une fois, Lucien Léger se dérobe. Parlera-t-il après les plaidoiries ? Rien n'est moins certain... Les deux avocats de la partie civile, Mes Vizzavona et Vignolles, demandent la peine de mort. Mais le procureur Lajaunie, qui a fait preuve d'une réelle humanité pendant tous les débats, ne les suit pas dans cette voie :

– À partir du 27 mai 1964, date de son crime, le personnage imaginaire qui habitait cet insatisfait devient prédominant et c'est pourquoi il va se livrer à toutes les extravagances pour demeurer à la première page des journaux. Une fois en prison, Lucien Léger devient le pauvre hère qu'il a toujours été, doux et complaisant. Puis, lentement, on voit resurgir en lui l'affabulateur, le mythomane ! Il invente le mystérieux personnage d'Henri pour lequel il est censé se sacrifier... Le cas de Lucien Léger n'est pas simple. Mérite-t-il le châtiment suprême que demandent les parents de la victime ? Son avocat va essayer de vous démontrer qu'il peut exister des circonstances atténuantes pour ce crime odieux : le meurtre d'un enfant. Je ne lui ferme pas la porte.

Tout aussi remarquable est la plaidoirie du défenseur, Me Albert Naud. Il commence par un aveu :

– C'est la première fois de ma vie que je défends un homme pour qui j'ai une immense pitié, mais avec lequel je n'ai aucun contact humain.

Et il poursuit en plaidant la démence, née du mal cérébral de l'accusé. Pas un instant il ne reprend à son compte l'histoire d'Henri et il est tout à fait remarquable qu'un avocat se démarque ainsi de son client. Lorsqu'il en arrive à l'évocation des faits, il tente un parallèle audacieux et impressionnant entre le criminel et sa victime :

– Voici deux enfants unis par on ne sait quel lien trouble et mystérieux, entrant dans la forêt, fugueurs tous les deux, Lucien Léger fuyant le vide, Luc

Taron rêvant d'indépendance... Une fois dans la forêt, que se passe-t-il dans la tête de Lucien Léger ? Quel est cet obscurcissement qui gagne cet homme souffrant d'un ostéome crânien, qui le plonge dans des états crépusculaires où la lumière de la raison s'éteint dans le gouffre noir de la démence ? Ensuite, pour abolir son acte, il a inventé le personnage de l'Étrangleur, sur lequel il cristallise le sentiment d'horreur que lui inspire le meurtrier du jeune garçon...

Après seulement deux heures de délibération, le jury rend sa décision : Lucien Léger est condamné à la prison à perpétuité. Il a sauvé sa tête. On pense que c'est le dernier événement de ce procès hors normes. Eh bien, pas du tout : Lucien Léger se dresse dans son box et s'écrie :

– Vous venez de commettre une erreur judiciaire !

Puis il se tourne vers le père de la victime :

– Monsieur Taron, parlez-nous donc de Georges-Henri Molinaro !

Et comme celui-ci ne répond pas, il ajoute :

– Vous irez en prison, monsieur Taron !

C'est un incident judiciaire comme on n'en a pratiquement jamais connu. La salle est en effervescence. On ne s'entend plus. Le président Braunschweig finit par dominer le tumulte.

– Dans un cas aussi grave, monsieur Taron, je ne peux m'empêcher de vous poser, moi aussi, la question.

Yves Taron se lève, décomposé :

– C'est la dernière plaisanterie de l'accusé, content du succès qu'il a remporté.

Lucien Léger :
– Pas du tout !
Le président se tourne vers lui :
– Alors, dites-nous son nom et son adresse.
– Demandez à monsieur Taron !
– Pas de comédie, Léger : profession ? Domicile ?
L'intéressé laisse tomber d'une voix sèche :
– Commissaire à la DST, demeurant à Paris, rue de Rennes.

Le président se fait apporter un annuaire : il y a bien, au 96, rue de Rennes, un commissaire de la DST nommé Georges-Henri Molinari et non Molinaro. Immédiatement, le magistrat demande qu'on envoie des policiers sur place. Réveillé en pleine nuit, le commissaire est interrogé jusqu'au matin, au siège de la brigade mobile. Nul ne sait comment Lucien Léger connaissait son nom, mais il n'a rien à voir ni de près ni de loin avec l'affaire.

Au petit matin, le procureur Lajaunie annonce aux journalistes que tout est terminé. Le condamné vient de réussir son dernier coup d'éclat. Les barreaux de la prison se referment maintenant sur lui.

Et pour longtemps. Très longtemps. Alors qu'il est libérable à partir de 1979, Lucien Léger reste en prison. Ses demandes de libération s'accumulent et restent sans suite. Il en dépose pas moins de quinze. Le temps passe : trente ans, quarante ans. Il finit par devenir le plus vieux détenu d'Europe. Depuis le début de sa détention, il a vu défiler vingt-deux gardes des Sceaux ! Alors pourquoi ce traitement exceptionnel ?

Ce n'est pas en raison de l'atrocité de son crime : durant la même période, plusieurs assassins d'enfants ont été libérés au bout de vingt ans. La première raison est sans doute qu'il continue obstinément à nier la vérité, s'accrochant envers et contre tout à la version de la culpabilité d'Henri. Conduite qui, d'après les experts, implique un risque important de récidive. Il y a aussi l'attitude de M. Taron. Le père de la victime n'a jamais caché son intention de tuer Lucien Léger s'il sortait de prison. Il n'a pas admis qu'il échappe à la guillotine. Il a fondé une Ligue nationale contre le crime et pour l'application de la peine de mort et participe à tous les débats jusqu'à son abolition. En 1980, il déclare à l'hebdomadaire *Paris-Match*, au sujet du meurtrier de son fils : « Je le tuerai. Pas tout de suite. Juste le temps de lui faire éprouver l'angoisse que ma femme et moi, nous avons connue à l'époque. » Mais la principale raison reste sans doute politique. Lucien Léger, ou plutôt l'Étrangleur, est devenu un symbole. Le libérer heurterait une partie de l'opinion et aucun pouvoir ne veut prendre ce risque.

En prison, Lucien Léger se comporte selon ce qui est sans doute sa personnalité profonde, en être timide et consciencieux. Il se tient à l'écart des conflits, lit énormément, étudie la philosophie et le droit. Il est devenu végétarien et fait chaque jour sa gymnastique. Il s'accroche à sa liberté future, qui ne vient pas, répétant :

– Si je sors, je sors intact.

Cette situation ne peut durer indéfiniment. Son avocat, Me Jean-Jacques de Felice, qui a remplacé Albert Naud décédé depuis longtemps, se bat contre ce maintien en prison, qui équivaut, selon son expression, à une « peine de mort lente ». Il déclare dans la presse : « Il y a une durée de détention au-delà de laquelle la justice se mue en vengeance. » Un comité de soutien se crée en faveur de Lucien Léger, réclamant sa libération. En 2002, il saisit la Cour européenne des droits de l'homme pour « traitement inhumain ». Sa demande est rejetée en avril 2006, au motif que « la prison ne constitue pas un traitement inhumain et dégradant ».

Quand cette réponse lui parvient Lucien Léger est déjà libre depuis le 3 octobre 2005, après quarante et un ans et trois mois de détention. Il s'installe dans le Pas-de-Calais, près de Bapaume, chez un boulanger à la retraite, avec lequel il s'est lié d'amitié durant sa détention.

Ce petit homme maigre aux cheveux gris se fait engager à la Croix-Rouge de Douai où il s'occupe de la collecte des vêtements. Chaque matin, il dépouille son courrier, répond aux lettres de soutien et jette les menaces de mort, qui, dit-il, ne l'atteignent pas. Ses voisins, au début contrariés et inquiets de sa présence, s'habituent vite à lui. Il est la discrétion même. On le voit, en avril 2008, à la Cour européenne de Strasbourg, devant laquelle il est venu faire appel après le rejet de sa plainte. C'est sa dernière apparition en public.

On retrouve son cadavre, peu de temps après, le 18 juillet. Il était âgé de soixante et onze ans. Des examens sont effectués pour savoir si son décès ne serait pas dû à un acte criminel. Mais ils se révèlent négatifs. L'Étrangleur est mort chez lui de mort naturelle.

Les fossés de Vincennes

À Paris, on ne parle que de complots en cette fin d'hiver 1803. Le Premier Consul Bonaparte ne cesse d'accumuler les succès militaires mais, aussi populaire soit-il, il reste à la merci d'un coup de force. Après l'amnistie qui leur a été offerte, la quasi-totalité des Chouans et des émigrés ont déposé les armes ou se sont ralliés, mais il subsiste quelques irréductibles. Comme le dit Fouché, qui a perdu son ministère de la Police mais a gardé des informateurs un peu partout : « L'air est plein de poignards. »

Le régime vient pourtant de frapper deux grands coups contre ses adversaires de l'intérieur. Tout d'abord avec l'arrestation de Pichegru : cet ancien général de la Révolution, qui s'était couvert de gloire avec les armées de la République, a trahi ; acheté par les émigrés, il était en train de monter un complot pour enlever Bonaparte.

La seconde arrestation est peut-être plus importante encore : Georges Cadoudal, le dernier chef vendéen à n'avoir pas déposé les armes, préparait lui aussi le renversement du Premier Consul ; interrogé, il n'a rien dit, tout comme Pichegru, mais des complices arrêtés en même temps qu'eux ont déclaré qu'ils attendaient pour agir la venue à Paris d'un prince de sang.

Ce sont ces propos que rapporte à Bonaparte, le 10 mars 1804, le conseiller d'État Réal, ministre de la Police. Le Premier Consul se trouve dans son cabinet de travail des Tuileries, entouré de cartes, visiblement plongé dans de futures opérations militaires. La nouvelle lui fait tout oublier. Il rejette les cartes avec violence.

– C'est le duc d'Enghien ! Ce ne peut être que lui !

Effectivement, parmi les émigrés de sang royal, Louis Antoine de Bourbon-Condé, duc d'Enghien, est incontestablement le plus actif... Nul n'est de plus haut rang que lui. Fils unique de Louis de Bourbon-Condé et de Louise Marie d'Orléans, il est, en outre, le filleul de Louis XVI et de Marie-Antoinette. C'est en leur honneur qu'il porte le prénom de Louis Antoine.

Le jeune duc de trente-deux ans a émigré en 1789, quelques jours seulement après la prise de la Bastille et, à la vie dorée de la cour, a succédé pour lui une existence incertaine et mouvementée. Il a combattu dans l'armée de son grand-père le prince de Condé, aux côtés des Autrichiens, des Russes et des Anglais, en vue de restaurer l'Ancien Régime. Même si son action s'est soldée par un échec complet, il n'a de toute évidence pas renoncé. La preuve : il s'est installé tout près de la France, à quelques kilomètres seulement de Strasbourg, à Ettenheim, dans le grand-duché de Bade...

Le Premier Consul entre dans une de ces colères qui lui font totalement perdre le contrôle de lui.

– Les Bourbons veulent m'abattre comme un chien. Eh bien, on va voir !

Réal ne l'a jamais vu dans cet état.

– Que pouvons-nous faire ?

– Juger Enghien et lui infliger la peine qu'il mérite : la mort !

– Mais comment mettre la main sur lui ?

– L'opération ne présente pas de difficulté. Il suffira d'employer le nombre d'hommes suffisant.

– Il est à l'étranger, en territoire neutre...

– Le grand-duc de Bade n'a pas les moyens de s'opposer à moi.

– Et les autres puissances, que vont-elles dire ?

– Elles diront ce qu'elles voudront, mais elles ne bougeront pas : c'est l'essentiel... Appelez-moi Caulaincourt !

Il n'y a rien à ajouter. Réal se retire et va chercher le général Caulaincourt. Le Premier Consul charge ce dernier de prendre mille hommes avec lui et de partir pour Ettenheim. Le soir, lorsqu'il quitte son cabinet de travail, il n'a toujours pas décoléré. Il annonce la nouvelle à Joséphine qui, fervente royaliste, est bouleversée. Elle le supplie de renoncer : elle fait appel à son sens de l'honneur, lui demande de penser à l'image qu'il va donner de lui-même au monde entier. Mais autant Napoléon est fou amoureux d'elle, autant il ne lui a jamais accordé le moindre crédit dans la conduite des affaires. Il répond, avec un sourire indulgent :

– Tu es une enfant, tu n'entends rien à la politique.

Et il change de sujet... L'enlèvement du duc d'Enghien aura lieu.

14 mars 1804, 18 heures. Louis de Bourbon-Condé, duc d'Enghien, rentre chez lui, un peu à l'écart d'Ettenheim. C'est un jeune homme au corps bien fait et aux traits réguliers, qui paraît moins que son âge. Mais ce qui frappe surtout, c'est la distinction qui émane de lui, y compris dans les circonstances difficiles qu'il traverse.

Il a passé l'après-midi dans une maison proche de la sienne où s'est installée la princesse Charlotte de Rohan, la nièce du cardinal compromis autrefois dans l'affaire du collier de la reine. Les deux jeunes gens sont follement épris l'un de l'autre, mais le comte de Provence, futur Louis XVIII et chef des Bourbons depuis la mort de Louis XVI, s'est opposé à leur union. Certains prétendent que le cardinal de Rohan les a mariés secrètement. Ce qui est certain, en tout cas, c'est qu'ils ne se quittent pas. Le prince passe la moitié de son temps auprès de Charlotte, l'autre moitié étant consacrée à la chasse, sa distraction favorite.

Comme toujours, le duc d'Enghien est accompagné de son chien Mohiloff. Il adore ce petit carlin beige, cadeau de sa bien-aimée, qui l'a rapporté d'un voyage à la cour de Russie.

Le jeune prince arrive chez lui, une élégante bâtisse de construction récente mais de style gothique. On dirait un château médiéval en réduction. Féron, son valet de chambre, l'attend sur le perron. Il est très agité.

– Vous êtes en danger, monseigneur !
– Que se passe-t-il ?
– J'ai vu deux étrangers rôder autour de la maison.
– Ce n'est pas la première fois.
– Oui, mais j'ai reconnu l'un des deux. Je l'ai vu plusieurs fois en allant à Strasbourg faire des provisions : c'est un gendarme en civil. Il faut fuir, monseigneur !

Le duc d'Enghien a toujours fait la plus grande confiance à Féron, son plus vieux et son plus fidèle serviteur ; il lui est même arrivé plusieurs fois de lui demander conseil. Il prend très au sérieux son avertissement, mais il ne peut se résoudre à partir sur-le-champ : il affolerait Charlotte, qui ne cesse de trembler pour lui, et une partie de chasse avec quelques amis l'attend le lendemain, à laquelle il ne veut pas renoncer. Il réfléchit un instant et conclut :

– Je partirai après-demain. J'irai l'annoncer à la princesse après la chasse...

15 mars 1804, 5 heures du matin. Il termine son petit déjeuner, attendant les autres chasseurs, quand Féron rentre précipitamment.

– Il y a des soldats, monseigneur !
– Où cela ?
– Partout !

Au même moment, des coups violents retentissent.

– Ouvrez la porte, si vous ne voulez pas la voir enfoncer !

Le duc d'Enghien se saisit de son fusil, monte au premier étage et met en joue un officier, mais il

315

renonce à tirer. Ce serait un suicide, la bâtisse est cernée de soldats. Il donne l'ordre d'ouvrir. Le général Caulaincourt s'encadre dans la porte.

– Je vous demande de me suivre.

Comme à son habitude, le prince ne se départit pas de sa courtoisie. Il demande seulement :

– Me permettez-vous d'emmener mon chien ?

Sur un signe affirmatif du général, il siffle Mohiloff. Le carlin se précipite et s'engouffre à sa suite dans une calèche, qui attend plus loin. Dehors, la population d'Ettenheim, tirée de son sommeil, pose des questions alarmées, auxquelles Caulaincourt et ses officiers s'emploient à répondre de façon rassurante.

– C'est convenu avec le prince. Rentrez chez vous.

Par la portière, celui-ci n'en finit pas de découvrir des groupes de militaires avançant à la lueur des torches et des lanternes. Des centaines d'hommes, peut-être un millier, peut-être plus : ce n'est pas un détachement qui a été envoyé contre lui, c'est une véritable armée. Sur la banquette en face ont pris place deux soldats silencieux. Il leur demande la destination, mais ils ne répondent pas ; ils ont sans doute des consignes. Le prince n'insiste pas, il prend Mohiloff sur ses genoux...

Le Rhin ne tarde pas à apparaître. Il faut attendre le bac, ce qui prend quelque temps. Le grand fleuve est enfin franchi et, peu avant midi, le cortège arrive à Strasbourg. Quinze ans après l'été 1789, le duc d'Enghien est de retour en France, mais pas dans les conditions qu'il avait imaginées. Il est enfermé dans la citadelle de la ville, sans qu'on lui dise quoi que ce soit.

Curieusement, il n'est pas inquiet. Il s'attend à une négociation. Un émissaire du gouvernement français, peut-être le Premier Consul en personne, lui fera certainement des propositions à transmettre aux autres émigrés. Alors qu'il pense être là pour un long moment, dans la nuit du 17 au 18 mars, il est réveillé par un colonel de gendarmerie, qui se contente de lui dire :

– Venez avec moi.

Suivis d'une petite escorte, ils gagnent, par les rues désertes, le parvis de la cathédrale. Là, une chaise de poste à six chevaux est encadrée de militaires à cheval. Le duc prend place à l'intérieur, toujours accompagné de Mohiloff. Le véhicule est déjà occupé par un officier de gendarmerie, qui se lève et se présente, avec un fort accent alsacien :

– Lieutenant Pétermann. Je suis chargé de vous faire escorte.

– Nous allons à Paris ?

– Oui, monsieur le duc.

– Est-ce que je rencontrerai le Premier Consul ?

– Cela, malheureusement, je l'ignore...

Le lieutenant Pétermann ne sait visiblement rien de la suite des projets le concernant, mais c'est un brave homme, qui fait tout pour que le voyage se déroule au mieux... Le 19, ils passent la nuit à Châlons-sur-Marne. Le lendemain, vers le milieu de l'après-midi, ils arrivent à La Villette et entrent dans Paris. Les rues se succèdent, le trajet est très long,

Pétermann s'excuse de ne pouvoir renseigner son compagnon.

– Je ne saurais vous dire où nous sommes. Je ne suis jamais allé à Paris...

Le duc d'Enghien, lui, connaît la capitale. Et, soudain, il a un sourire : il retrouve un décor familier. Cette silhouette massive, succédant au bois qu'ils viennent de traverser, c'est le château de Vincennes : il y a été souvent étant enfant ! De vieux souvenirs lui reviennent, ceux d'une époque heureuse et paisible, malheureusement révolue. Et c'est visiblement le terme de leur voyage, car les grilles de l'esplanade sont ouvertes. Le véhicule s'y dirige...

Le citoyen Harel, gouverneur de Vincennes, est un pur produit des temps violents qui viennent de s'écouler. Ancien jacobin, un des plus actifs au moment de la Terreur, il a réussi à échapper à la répression après la chute de Robespierre. Par la suite, il a comploté contre Bonaparte et, une fois arrêté, a dénoncé ses complices, contre le pardon et la charge de gouverneur du château de Vincennes.

L'entretien du bâtiment est négligé depuis des décennies. Harel habite le pavillon de la Porte du Bois, le seul endroit à peu près en bon état ; il a sous ses ordres une centaine d'hommes, qui logent comme ils peuvent dans les ruines. Son poste est de peu d'importance, mais les hasards de l'histoire vont le placer brusquement au premier plan.

Il vient de recevoir une lettre signée du Premier Consul en personne et expédiée de la Malmaison où il se trouve actuellement : « Un individu dont le nom ne doit pas être connu va être conduit dans le château dont le commandement vous est confié. Vous le placerez dans un endroit vacant, en prenant les précautions convenables pour sa sûreté. L'intention du gouvernement est que tout ce qui lui sera relatif soit tenu très secret et qu'il ne soit fait aucune question sur ce qu'il est et sur les motifs de sa détention. Vous-même devrez ignorer qui il est. Vous seul devrez communiquer avec lui et vous ne le laisserez voir à qui que ce soit, jusqu'à nouvel ordre de ma part. Le Premier Consul compte, citoyen commandant, sur votre discrétion et votre exactitude à remplir ces différentes dispositions. »

Il vient de replier la lettre lorsque le bruit d'une voiture se fait entendre dans la cour. Il se précipite et arrive juste au moment où le véhicule s'immobilise. La portière s'ouvre. Un chien beige s'en échappe le premier, puis un lieutenant de gendarmerie en descend. Pétermann, qui n'est pas au courant des consignes, le renseigne immédiatement sur l'identité du prisonnier.

– Je vous confie la responsabilité du duc d'Enghien, citoyen. Tout s'est bien passé.

Le prince descend à son tour. Le gouverneur ne peut s'empêcher d'être frappé par sa jeunesse et impressionné par sa prestance. Malgré son passé d'ancien sans-culotte, pourfendeur d'aristocrates, il s'adresse au prisonnier avec déférence :

– Monsieur, voulez-vous monter un instant vous chauffer dans mes appartements, en attendant que la chambre qu'on vous destine soit préparée ?

Il est 17 heures passées, le jour est sur le point de tomber et il fait effectivement un temps humide et brumeux. Le duc d'Enghien le gratifie d'un sourire.

– Je me chaufferais avec plaisir et je ne serais pas fâché non plus de dîner, car je n'ai rien pris depuis ce matin...

Il est introduit dans la grande pièce qui sert au gouverneur de salon et de salle à manger. Le fidèle Mohiloff se couche près du feu. Harel envoie un brigadier s'occuper de mettre en état la plus présentable des chambres du château, située dans le pavillon du Roi, et un autre de ses hommes chercher des plats au restaurant Mavrée, sur la grand-route de Paris.

Lorsque la chambre est prête, il y conduit le duc d'Enghien. La pièce, à peine réchauffée, est délabrée et poussiéreuse. On a placé en hâte un lit, une table et quelques sièges ; des chiffons ont été mis aux fenêtres cassées. Dans la cheminée, les bûches ont du mal à prendre et dégagent plus de fumée que de flammes. Mohiloff furète, l'air inquiet, mais le prisonnier, très calme, examine attentivement les lieux et déclare au gouverneur :

– Je suis venu plusieurs fois au château, avec le prince de Condé, mon grand-père, quand j'étais enfant. Il me semble reconnaître cette pièce.

Harel ne sait trop que répondre. Il se contente de hocher la tête. Le duc d'Enghien lui sourit de nouveau.

– J'aimerais bien chasser dans le bois de Vincennes. Si je donne ma parole d'honneur de ne pas m'évader, croyez-vous qu'on m'accordera cette faveur ?

Le gouverneur n'en revient pas ! Il ne connaît pas les intentions de Bonaparte, mais dans la situation actuelle, il y a tout lieu de s'inquiéter. C'est dire à quel point le sang-froid du jeune homme est stupéfiant ; c'est plutôt d'inconscience qu'il faudrait parler...

Des coups frappés à la porte dispensent Harel de répondre. C'est un serveur du restaurant, qui apporte plusieurs plats. Avec la même courtoisie qu'il a manifestée depuis le début, le prisonnier demande à son hôte :

– Voyez-vous un inconvénient à ce que je partage mon repas avec mon chien ?

– Certainement pas...

Toujours aussi abasourdi, Harel le voit manger de bon appétit, donnant de temps en temps un morceau de viande ou un bout de pain au petit carlin. Une fois son repas terminé, le jeune homme s'avoue exténué ; il se déshabille, ne gardant que ses sous-vêtements, et se met au lit. Harel se retire alors, le laissant à la surveillance des gendarmes.

Dehors règne une agitation fébrile. Alors que la nuit est déjà tombée, des soldats ne cessent d'arriver. À la lueur des torches et des lanternes, ils se bousculent dans la cour et les abords du château. Harel voit venir vers lui le colonel Savary, aide de camp du Premier Consul, entouré d'officiers.

– Mes salutations, citoyen gouverneur ! Pouvez-vous nous conduire à vos appartements ?

De nouvelles troupes continuent encore d'arriver.

– Certainement, citoyen général. Mais combien d'hommes sont là ?

– Toute la garnison de Paris...

Bientôt, les chefs des différents corps qui ont pris position dans le château sont réunis dans le salon du gouverneur. Parmi eux les généraux Hulin et Barrois, les colonels Guitton, Bazancourt, Ravier et Rabbe, le capitaine Dautancourt. Tandis que Savary redescend dans la cour prendre le commandement de l'ensemble des troupes, le général Hulin s'adresse à ses collègues :

– Messieurs, nous avons reçu mission du Premier Consul de nous constituer en tribunal pour juger un prince émigré pris sur nos frontières. Il s'agit du duc d'Enghien. Il est accusé d'avoir organisé un complot contre le Premier Consul, en vue de l'assassiner.

Au nom de l'adversaire de la République le plus haut placé après la famille royale, un murmure passe dans les rangs. L'un des officiers finit par demander :

– Quand doit avoir lieu le procès ?

– Tout de suite.

Le général Hulin se tourne vers le gouverneur du château.

– Citoyen Harel, allez réveiller l'accusé !

Tandis que ce dernier disparaît en direction de la chambre du pavillon du Roi, les questions reprennent :

– Où sont les témoins ? Où est l'acte d'accusation ? Où est son défenseur ?

À chaque fois, le général Hulin répond :

– Il n'y en a pas...

Et il conclut :

– Messieurs, il s'agit d'une affaire d'État. Vous serez jugés à votre fermeté et à votre efficacité.

Peu après, à l'autre bout du château, le gouverneur Harel entre dans la chambre du prisonnier, qui dort profondément. Il doit secouer le jeune prince pour qu'il se réveille.

– Que se passe-t-il ? Que me veut-on ?
– Vous juger.
– Maintenant ? Et sur quoi ?
– Sur ce que vous avez voulu renverser et assassiner le Premier Consul.
– Voyons, ce n'est pas sérieux !
– Vous le direz devant le tribunal...

Le jeune prince n'ajoute rien. Il s'habille docilement et, suivi par Mohiloff, descend dans la cour, qui grouille de soldats. Il y en a au moins autant que lors de son arrestation. Il ne fait toujours aucun commentaire. Parvenu dans ses appartements, Harel l'introduit dans la pièce où se tiennent les membres du tribunal. Le général Hulin fait signe à l'accusé de s'asseoir sur une chaise placée devant lui et prend la parole.

– Vous êtes bien Louis Antoine Henri de Bourbon-Condé, ci-devant duc d'Enghien ?

Le jeune homme acquiesce.

– Quels ont été vos domiciles depuis que vous avez émigré ?

Le duc d'Enghien cite les villes d'Allemagne et d'autres pays étrangers où il est allé depuis 1789, en terminant par Ettenheim.

– Quelles sont vos ressources ?

Le prince reconnaît de bonne grâce qu'il touche une pension de l'Angleterre et qu'il n'a que cela pour vivre. Le général Hulin hoche la tête.

– L'interrogatoire d'identité est terminé. Je vais vous demander de signer le procès-verbal.

Le jeune homme signe le document qu'on lui tend puis demande :

– Me serait-il possible d'obtenir une entrevue avec le Premier Consul ? Un quart d'heure de conversation avec lui me permettrait d'expliquer toute la situation.

– Je ne peux pas vous le dire.

– Puis-je mentionner cette demande sur le procès-verbal ?

– Si vous voulez…

Le duc d'Enghien écrit sa requête, après quoi les gendarmes présents, qui forment la seule assistance, signent comme témoins et le jeune homme est reconduit dans sa chambre par le gouverneur Harel. Il ne fait aucun commentaire et n'en fait pas non plus quand ce dernier revient le chercher, une heure plus tard, pour le procès proprement dit.

Il a lieu au même endroit. La porte est ouverte pour donner un semblant de publicité aux débats, mais à part les gendarmes qui gardent les issues, il n'y a personne. Le prince prend place avec assurance à l'endroit qui lui est indiqué et garde le silence. Il ne proteste pas contre son arrestation illégale, il ne réclame pas d'avocat, il ne met pas en doute la légitimité de ce tribunal improvisé.

Le général Hulin prend la parole :

– Vous avez reconnu recevoir un traitement de l'Angleterre. Pour quelle raison ?

L'accusé ne se dérobe pas.

– Pour faire la guerre au gouvernement républicain et soutenir les droits de ma famille.

– Vous avez comploté avec Cadoudal et Pichegru pour assassiner Bonaparte.

– C'est faux, je ne les connais ni l'un ni l'autre.

– Pichegru a été acheté avec l'or des émigrés.

– On l'a prétendu, mais si c'est le cas, ce n'est pas moi qui m'en suis occupé. Quant à assassiner le Premier Consul, une pareille manière d'agir est si contraire à mon rang que je m'étonne qu'on puisse le supposer.

– Pourtant, vous êtes son ennemi.

– Je ne le nie pas, je m'en vante même. Mais je l'ai combattu loyalement.

Suivent d'autres questions du même genre, auxquelles l'accusé répond avec fermeté, presque avec provocation. Après quoi, il est reconduit de nouveau dans sa chambre et le tribunal délibère...

Il ne lui faut pas plus de quelques minutes pour prendre sa décision. Ni le général Hulin ni ses collègues n'ont le moindre état d'âme. L'arrestation à l'étranger ne soulève aucune objection parmi eux. Le fait qu'aucun commencement de preuve n'ait été apporté sur un prétendu complot contre la vie du Premier Consul ne trouble personne, ni l'absence de tout cadre légal. Ce ne sont pas des juristes qui forment ce tribunal de fortune mais des militaires, et ils ont fait fusiller tous les émigrés qu'ils ont capturés. Certes, le duc d'Enghien n'a pas été pris les armes à la main, mais il a combattu les troupes françaises, il a même commandé en chef contre elles et c'est suffisant, à leurs yeux, pour mériter la mort.

Le tribunal rédige donc son verdict : « Le ci-devant duc d'Enghien est condamné à mort, aux termes de la loi... datée du... », laissant aux véritables juristes le soin de remplir les blancs par la suite. La sentence, comme toujours en pareil cas, étant immédiatement exécutoire, les hommes présents en viennent à la seule question qui pose vraiment problème à leurs yeux : où exécuter le condamné ?

La discussion dure un moment. On songe d'abord à le faire dans la cour, mais elle est encombrée de soldats et les balles risqueraient de causer des blessés. Le bois de Vincennes ? Il comporterait des risques d'évasion. C'est alors que le général Hulin propose :

– Si nous allions voir les fossés ?

Chacun trouve l'idée intéressante et le tribunal s'y déplace sans attendre. On accède à ces lieux par la tour dite du Diable, fermée par une grille aux ferrures rouillées. Elle s'ouvre en grinçant sur un long couloir voûté ; au bout un escalier étroit et sombre s'enroule jusqu'en bas...

Déjà sinistres en plein jour, les fossés de Vincennes sont terrifiants la nuit, à la lumière tremblante des lampes. Ils forment un vaste terrain à l'abandon depuis longtemps, un long corridor entre l'esplanade, qui les domine de plusieurs mètres, et les formidables murailles. Hulin contemple le tout avec un hochement de tête.

– C'est parfait ! Qu'on aille chercher le jardinier pour qu'il creuse la fosse.

Bontemps, le jardinier, dormait profondément dans son petit logis situé dans les communs. Les soldats qui viennent de prendre position dans le château avaient pour instruction de faire mouvement dans le plus grand silence et l'ordre a été scrupuleusement exécuté. C'est dire sa surprise lorsqu'il voit des hommes en uniforme faire irruption dans sa chambre.

– Habillez-vous, prenez une pelle et suivez-nous !
– À cette heure-ci ! Mais pour quoi faire ?
– Creuser une tombe dans les fossés.

Bontemps ne réplique rien. Il s'habille en hâte, prend son instrument et, quand il sort, sa surprise se transforme en stupeur : il y a des soldats partout ! Ils sont si nombreux qu'il faut se frayer un chemin à travers leurs rangs. Ensuite, c'est la descente dans l'escalier humide de la tour du Diable. En bas, un militaire lui désigne un trou, creusé il y a longtemps : il faut l'agrandir aux dimensions d'un être humain.

À la lueur d'une lanterne posée sur le sol, le jardinier se met au travail. Non loin de lui, il distingue les silhouettes d'une douzaine de gendarmes. Et voici qu'arrivent d'autres soldats. Le colonel Savary a, en effet, décidé qu'indépendamment des gendarmes qui forment le peloton d'exécution, il y aurait dans les fossés un détachement de tous les corps d'armée présents. Le jardinier les regarde arriver dans un silence irréel. On dirait des spectres…

Pendant ce temps, celui dont on est en train de creuser la tombe ne se doute de rien. Le prisonnier est sous la garde du lieutenant Noirot qui, jadis, avait servi au régiment Royal-Navarre où il avait vu le prince, enfant, chez le colonel. Les deux hommes échangent leurs souvenirs avec plaisir. Le duc d'Enghien finit par s'interrompre et demande à son interlocuteur :

– Auriez-vous de quoi écrire ?

Le lieutenant va chercher le nécessaire et le prisonnier rédige une lettre à Charlotte de Rohan. Il vient juste de la terminer lorsque le gouverneur Harel fait son entrée. Il s'adresse à lui d'une voix qui tremble un peu :

– Voulez-vous me suivre ?

Comme à son habitude, le duc d'Enghien s'exécute sans poser de question, et Mohiloff emboîte le pas à son maître. On traverse de nouveau le terre-plein rempli de soldats, mais à la surprise du prince, le gouverneur ne prend pas la direction de ses appartements. Il pénètre dans la tour du Diable et s'engage dans l'escalier étroit et sombre. Pour la première fois, le prince a un mouvement de recul.

– Où me conduisez-vous ?

Harel ne répond pas. Le jeune homme insiste :

– Si c'est pour m'enterrer vivant dans un cachot, j'aime mieux mourir sur-le-champ !

Harel lui répond d'une voix sourde :

– Monsieur, veuillez me suivre et rassembler tout votre courage.

Le prince ne réplique rien à l'énoncé de cette phrase terrible. Il poursuit sa marche et, quelques instants plus tard, débouche dans les lugubres fossés. Mohiloff ne l'a pas quitté. L'adjudant de gendarmerie Pelé, qui commande le peloton, vient à la rencontre du duc d'Enghien, un feuillet dans une main, un falot dans l'autre :

– Je dois vous donner lecture du verdict.

– Faites...

L'adjudant porte le document à ses yeux. Il est bref, tragiquement bref : « Le tribunal condamne le ci-devant duc d'Enghien à la peine de mort. La sentence est exécutable immédiatement. »

Il y a un profond silence. Personne ne parle, personne ne bouge. Le jardinier Bontemps a fini de creuser la fosse. Le duc demande, d'une voix nette, qui ne tremble pas :

– Y a-t-il quelqu'un qui veuille me rendre un dernier service ?

Le peloton d'exécution vient à sa rencontre.

– Gendarmes, l'un d'entre vous a-t-il une paire de ciseaux ?

Un des hommes lui tend l'objet. Il se coupe une mèche de cheveux qu'il glisse avec sa bague dans la lettre destinée à Charlotte, avant de tendre le pli à l'adjudant.

– J'aimerais l'assistance d'un prêtre.

– Il n'y en a pas.

Comme le condamné insiste, la voix d'un officier se fait entendre sur l'esplanade dominant les fossés :

– Pas de capucinade !

Le duc d'Enghien se tait, ferme les yeux et prie en silence. L'adjudant ne tarde pas à interrompre son recueillement en lui désignant l'endroit qu'il doit occuper, devant un pommier rachitique et tordu, face aux murailles. Une fois qu'il est en place, il s'approche avec un morceau d'étoffe blanche, mais le duc refuse de se laisser bander les yeux. Il fait alors partir Mohiloff, qui s'était blotti dans ses jambes. Savary, qui suit les opérations du haut de l'esplanade, lance :

– Adjudant, commandez le feu !

L'adjudant Pelé porte la main à son chapeau et se découvre : c'est le signal convenu. Aussitôt éclate une détonation formidable, répercutée par les murailles. Lorsque la fumée se dissipe, on découvre le duc d'Enghien à terre, la poitrine et la tête fracassées. Un des gendarmes s'approche et constate le décès. On lui prend un carnet qu'il avait dans sa poche, mais on ne le dépouille pas de ses autres objets personnels. Puis on dépose le corps dans la fosse et on commence à jeter des pelletées de terre. Mohiloff fait entendre des cris plaintifs. Il sera adopté par Mme Harel et finira ses jours à Vincennes.

Une heure plus tard, tandis que les troupes retournent à Paris, le gouverneur rédige son rapport au Premier Consul : « Citoyen Consul, j'ai l'honneur de vous instruire que l'individu arrivé le 29 ventôse au château de Vincennes à cinq heures et demie du soir a été, dans le courant de la même nuit, jugé par la commission militaire, fusillé à trois heures du matin et enterré dans la place que j'ai l'honneur de commander. »

Ainsi s'est terminée la vie du duc d'Enghien. Le gouvernement de Bonaparte, devenu quelques mois plus tard l'empereur Napoléon Ier, a imposé le silence sur cette fin tragique. Mais à la chute de l'Empire, la Restauration a rendu solennellement hommage au jeune prince.

Son corps a été retiré des fossés et enterré dans la chapelle de Vincennes, sous un monument qui n'est pas loin d'être un chef-d'œuvre du mauvais goût : un groupe de quatre statues, deux hommes et deux femmes, les deux femmes figurant la Religion délivrant la France asservie et les deux hommes représentant le duc guetté par le Crime, dissimulant un poignard sous sa cape.

À côté de cet hommage maladroit, deux témoignages perpétuent de manière émouvante la mémoire du jeune condamné. Dans les fossés, là où se dressait le pommier, a été érigée une colonne toute simple, avec deux seuls mots : *Hic cecidit*, « C'est ici qu'il est tombé ». Le second souvenir est à Strasbourg : le palais des Rohan conserve aujourd'hui encore le corps naturalisé de Mohiloff, le petit carlin beige fidèle à son maître jusqu'à la mort.

Si on en vient, à présent, au jugement de l'histoire, il est sans appel. Tout était illégal, rien n'était défendable dans l'opération voulue et orchestrée par le Premier Consul. L'enlèvement en territoire étranger, dans un pays neutre de surcroît, a constitué une violation du droit international comme il y en a peu d'exemples ; seul le rapport de force, favorable à la France à ce moment, a pu le permettre.

La suite était à l'avenant. Non seulement il n'y avait pas la moindre preuve d'une participation du prince au complot de Cadoudal et Pichegru, mais tout était vraisemblablement inventé. Quant au tribunal mis sur pied par le pouvoir, il n'en était qu'un simulacre. Le verdict qui a été rendu dans la nuit du 20 au 21 mars 1804 était tout sauf un fait de justice.

Peut-on aller plus loin ? Le jugement le plus célèbre sur l'événement a été formulé par le député de Meurthe-et-Moselle, Antoine Boulay : « C'est plus qu'un crime, c'est une erreur. » Il est à noter que le nom de Boulay étant peu connu du grand public, et selon l'adage « On ne prête qu'aux riches », la phrase a été attribuée tantôt à Fouché, tantôt à Talleyrand, ce qui est un contresens évident car l'un et l'autre étaient favorables à l'opération.

D'une certaine manière, Boulay avait raison avec cette formule frappante : du point de vue moral, l'exécution du duc d'Enghien reste une tache indélébile sur la mémoire de Napoléon. Mais si on se place sur un plan cyniquement pragmatique, il n'est pas du tout sûr que ce soit exact : l'opinion publique n'a été que peu émue et, à la proclamation de l'Empire, la popularité du maître de la France était à son sommet ; quant aux puissances étrangères, si elles ont stigmatisé l'événement, pas une n'a bougé, ainsi que Bonaparte l'avait prévu.

En revanche, l'exécution du prince a frappé de terreur les derniers partisans de la contre-révolution. Ceux qui croyaient encore à une liquidation de l'héritage révolutionnaire par Napoléon et à un rapprochement avec les royalistes ont alors perdu leurs dernières illusions. Le Premier Consul, bientôt devenu empereur, est sorti renforcé de l'affaire.

Il faut en revenir à une formule plus simple : l'enlèvement du duc d'Enghien a été un crime, ni plus ni moins qu'un crime.

L'oreille coupée

Marinus Van Holden, cinquante-cinq ans, contemple avec admiration le paysage ordonné qui s'étend sous les fenêtres de sa luxueuse villa des environs d'Amsterdam. Il ne se lasse pas d'admirer les taches de couleur que font les massifs de tulipes sur les pelouses. Marinus Van Holden a toujours pratiqué un certain art de vivre typiquement hollandais, ce que lui permettent ses activités d'armateur qui l'ont rendu plusieurs fois milliardaire.

Un toussotement discret dans son dos l'arrache à sa rêverie. Gerda, sa bonne, lui apporte son petit déjeuner, ses journaux et le courrier.

– Monsieur, je me permets : vous devriez regarder. Il y a une lettre… bizarre.

Van Holden lève un sourcil interrogateur :

– Comment cela « bizarre » ?

– Le nom et l'adresse sont composés de caractères découpés dans le journal, monsieur.

Après avoir décacheté fébrilement l'enveloppe, Marinus Van Holden constate que la lettre a été écrite de la même façon.

« Si vous voulez revoir votre fils Piet vivant, dit-elle, préparez-vous à verser 2 millions de florins en petites coupures usagées. Rendez-vous cet après-midi à 16 heures à la Nieuwe Kerk. Entrez dans le troisième confessionnal de l'allée gauche et attendez. Si vous prévenez la police, Piet sera mis à mort dans d'affreuses tortures. »

Marinus Van Holden regarde sa montre : il est 9 heures ce 11 mai 1972. Il n'y a pas de temps à perdre. Il lance à Gerda, qui reste là, figée, et qui n'a pu s'empêcher de lire par-dessus son épaule :

– Apportez-moi le téléphone !

La petite bonne s'exécute en tremblant. L'instant d'après, il est en conversation avec le capitaine Carl Hagen, un des responsables de la police judiciaire hollandaise. Celui-ci écoute en silence la lecture du message que lui fait le milliardaire.

– Monsieur Van Holden, je vous félicite de votre courage. Nous vous assurons que nous agirons avec la plus grande discrétion et que la vie de votre fils ne sera pas en danger.

Mais à la stupéfaction du policier, Marinus Van Holden répond :

– Je ne crois pas que la vie de Piet soit en danger.

– Pardonnez-moi, j'avoue que je ne vous suis pas...

– Si vous connaissiez Piet, vous comprendriez, capitaine. Il faut que je vous parle de lui. Piet ne vaut pas grand-chose. Depuis la mort de ma femme, il a mal tourné. Il est soi-disant étudiant en sciences humaines, mais il ne fiche rien. C'est un hippie. Il vit en communauté, se drogue... enfin, vous voyez le genre... Il y a trois mois, je lui ai coupé les vivres et je lui ai dit de ne plus remettre les pieds chez moi. Il m'a envoyé plusieurs lettres de supplications. Comme je n'ai pas répondu, je suppose qu'il essaie une autre méthode.

Le capitaine Carl Hagen est confondu par le sang-froid de son interlocuteur.

– Vous soupçonnez donc votre fils d'avoir mis en scène un faux kidnapping ?

– Parfaitement. Il est capable de bien pire. J'espère que vous l'arrêterez et qu'il aura ce qu'il mérite !

Le policier a, malgré lui, un ton réprobateur.

– Enfin, monsieur Van Holden, Piet a pu être réellement enlevé. Si ses fréquentations sont louches, le risque n'est pas à écarter.

– Évidemment, cela ne peut pas être tout à fait exclu. Mais je reste persuadé que c'est un de ses petits camarades qui sera tout à l'heure dans le confessionnal de la Nieuwe Kerk...

Le capitaine Carl Hagen promet en tout cas de mettre au point un dispositif discret et efficace. Il n'y a plus maintenant qu'à attendre 16 heures.

La Nieuwe Kerk est une des deux cathédrales d'Amsterdam. Marinus Van Holden sort de sa limousine à 15 h 55, demande à son chauffeur de l'attendre et s'engouffre sous le porche. Il a eu le temps, grâce à un coup d'œil circulaire, de remarquer le mendiant, le promeneur lisant son journal et la bonne d'enfant poussant son landau. Le capitaine Hagen a bien fait les choses...

Le milliardaire se dirige rapidement vers le troisième confessionnal, magnifique spécimen d'art baroque, soulève le rideau et s'agenouille. Une voix au timbre ecclésiastique s'élève derrière la cloison de bois ajourée.

– Vous êtes monsieur Van Holden ?

L'armateur réplique d'une voix impatiente :

– Oui. Et vous, qui êtes-vous ? Où est Piet ?

La voix ne se départit pas de son calme :

– Je suis religieux, mon fils. C'est par mon intermédiaire que ses ravisseurs ont choisi de communiquer avec vous. Mais comme je les ai entendus en confession, je ne peux, hélas, rien faire d'autre que vous transmettre leur message.

Marinus Van Holden a la sensation désagréable que, dans le fond, tout pourrait être vrai. Et si la vie de son fils était réellement en danger ? Puis il se reprend vite : ce vaurien de Piet est plus imaginatif qu'il ne le pensait, voilà tout... Il lance à son interlocuteur :

– Alors, racontez-moi votre histoire !

La voix qui lui parvient en retour est émue :

– J'ai peur, monsieur Van Holden ! La personne m'a semblé farouchement déterminée. Voici ce qu'elle m'a chargé de vous dire : « Remettez la rançon à votre chauffeur, qui lui-même la déposera dans la boîte aux lettres de son immeuble en rentrant chez lui. »

L'interlocuteur invisible continue, bouleversé :

– Si vous ne le faites pas, monsieur Van Holden, la personne a dit que votre fils allait être coupé en morceaux vivant ! Si vous n'avez pas versé la rançon demain à minuit, après-demain matin vous recevrez son oreille droite, et ainsi de suite toutes les vingt-quatre heures.

Marinus Van Holden se tait. Il est troublé mais ne veut toujours pas y croire. Piet est capable d'inventer une telle horreur, il est capable de tout pour de l'argent... Enfin, le plus sage est de s'en remettre à la police. Derrière la cloison ajourée, la voix reprend :

— Soyez courageux, mon fils ! Dieu vous soutient dans cette épreuve.

Le milliardaire se lève sans écouter les prières qui s'échappent du confessionnal, et se fait conduire aussitôt au siège de la police.

Le capitaine Hagen, qui était sur les lieux avec ses hommes, a une expression surprise et choquée en apercevant l'armateur :

— Vous n'auriez pas dû venir ici, monsieur Van Holden. C'est provoquer les ravisseurs et mettre la vie de votre fils en danger !

Marinus Van Holden secoue la tête d'un air buté :

— Je n'y crois pas. C'est un coup monté. Je ne paierai pas. Vous avez arrêté le faux religieux ?

— Non. Pour la bonne raison que c'est un vrai. Il s'agit de l'abbé Jan Kramers, prêtre à la Nieuwe Kerk.

Le milliardaire ne veut pas laisser paraître sa surprise.

— Et vous l'avez interrogé ?

— Oui, mais il est lié par le secret de la confession.

Marinus Van Holden explique au capitaine Carl Hagen de quelle manière la rançon doit être versée, et conclut :

– Bien entendu, je ne céderai pas. Je vais remettre à mon chauffeur une boîte contenant des vieux journaux et vous n'aurez plus qu'à arrêter la personne qui se présentera devant sa boîte aux lettres.

Le policier approuve le plan d'action sans faire de réflexion sur cette insensibilité peu commune.

Le lendemain, Marinus Van Holden, qui a prévenu sa banque, récupère 2 millions de florins en petites coupures. Une fois monté dans sa voiture, il remet au chauffeur la boîte contenant les journaux et garde les billets. Après avoir quitté son service le soir, le chauffeur, discrètement filé par la police, dépose le paquet dans sa boîte aux lettres.

Marinus Van Holden attend la suite des événements sans trop d'inquiétude, persuadé que l'affaire est un coup monté par son fils. Et, de toute manière, la police arrêtera les malfaiteurs quand ils se présenteront chez son chauffeur. Le capitaine Hagen a promis de l'appeler quelle que soit l'heure pour lui annoncer la nouvelle.

Mais la nuit passe sans que le téléphone sonne. Au matin, le milliardaire reçoit un appel de Hagen.

– Personne n'est venu, monsieur Van Holden. J'espère que, malgré nos précautions, ils ne nous ont pas repérés. En tout cas, ils se sont méfiés.

Tant à cause de cette vaine nuit d'attente que parce qu'il est pour la première fois vraiment inquiet, Marinus Van Holden est d'une humeur massacrante.

– Je compte sur vous pour vous ressaisir, capitaine ! Cette affaire n'a que trop duré. Employez les grands moyens s'il le faut, mais cette mauvaise plaisanterie doit cesser !...

Il s'interrompt : Gerda, sa bonne, se tient gauchement devant lui, l'air apeuré, un petit paquet carré à la main.

– Monsieur... ça vient d'arriver au courrier.

Le milliardaire lui arrache l'objet et pâlit : l'adresse a été composée avec des lettres découpées dans le journal. Il enlève la ficelle, le papier, mais avant même de soulever le couvercle, il sait déjà ce qu'il va trouver : presque aussi blanche que le coton sur lequel elle repose, une oreille droite parfaitement coupée, l'oreille de Piet ; sur le lobe est fixé le petit diamant qu'il portait.

Marinus Van Holden se précipite sur le récepteur qu'il n'avait pas raccroché :

– Allô, capitaine, arrêtez tout ! Renvoyez vos hommes ! Vous m'entendez ? Je viens de recevoir son oreille. Ils vont tuer mon fils !

L'officier de police répond d'une voix plus dure qu'il ne l'aurait voulu :

– Moi, j'ai toujours pris cette affaire au sérieux, monsieur Van Holden. Il n'est pas question d'arrêter les recherches.

– Vous ne comprenez pas : dans vingt-quatre heures, je vais recevoir l'autre oreille ! Ne faites rien, je vous en supplie, je vais payer !

Et l'armateur saute dans sa voiture, prend lui-même le volant, et fonce à la Nieuwe Kerk. Là, il se précipite dans le troisième confessionnal de la rangée de gauche et tambourine contre la cloison ajourée :

– Ouvrez ! Ouvrez ! C'est Marinus Van Holden !

Le volet s'ouvre. Il reconnaît la voix de l'abbé Kramers.

– Vous avez douté, mon fils. Repentez-vous de votre sécheresse de cœur...

Le milliardaire interrompt ce prêche :

– Je suis prêt à payer. Est-ce qu'il y a un autre moyen de verser la rançon ? La police ne sera pas au courant.

L'abbé Jan Kramers murmure quelques chiffres et ajoute de sa voix bien timbrée :

– C'est le numéro du compte en Suisse sur lequel vous devez verser les 2 millions de florins. Faites vite, mon fils !

Marinus Van Holden s'en va comme un fou, il saute de nouveau dans sa voiture, fonce à sa banque, tandis qu'une voiture banalisée ne quitte pas sa trace... L'armateur est dans le bureau de son banquier. Il est en train de lui donner ses instructions pour le transfert des 2 millions en Suisse lorsque le téléphone sonne. C'est le capitaine Hagen :

– J'espère que vous n'avez pas encore versé l'argent, monsieur Van Holden. On vient de retrouver près de l'autoroute d'Utrecht un jeune homme à l'oreille coupée. Il a été vraisemblablement drogué, mais il survivra.

Marinus Van Holden a un cri :

– Piet !

– Non, ce n'est pas lui. Le blessé ne ressemble à votre fils que par l'âge et la forme des oreilles... Vous aviez raison : Piet est un vaurien, et pire encore !

341

Le milliardaire n'a pas le temps de se remettre de ses émotions successives que l'officier de police lui assène un dernier choc :

— Monsieur, je dois vous dire que nous venons d'arrêter l'abbé Kramers au moment où il tentait de passer en Allemagne. Il n'a pas encore avoué, mais cela ne saurait tarder.

Deux jours plus tard, Marinus Van Holden apprend dans le bureau du capitaine Hagen la vérité sur la dramatique série d'événements qu'il vient de vivre.

— Nous venons d'arrêter votre fils, monsieur Van Holden. Il se trouvait dans une communauté hippie en Allemagne, non loin de la frontière hollandaise.

— C'est lui qui a eu l'idée de tout cela, n'est-ce pas ? Je ne m'étais pas trompé. C'est bien une crapule ?

— Ce sont les juges qui décideront, mais d'après nos premières constatations, votre fils a peut-être été plus manipulé qu'autre chose. C'est leur chef, l'abbé Kramers, qui est le principal responsable...

Van Holden a un cri de surprise. L'officier de police continue :

— Oui, un drôle d'abbé, entre nous ! Il voulait fonder une secte d'inspiration satanique dont il aurait été le prophète. Mais pour cela, il avait besoin d'argent. C'est pourquoi il a demandé à votre fils de monter cette mise en scène.

Le milliardaire pose une dernière question :

— Et ce malheureux jeune homme, ce garçon à qui on a coupé une oreille ?

– Il vient de sortir du coma et il a pu parler. C'est un touriste anglais qui a été pris en auto-stop par un des membres de la communauté. Une fois arrivé chez eux, ils l'ont drogué. Malgré l'état dans lequel il se trouvait, il a tout de même eu un réflexe de survie quand on l'a mutilé... Il est parvenu à s'enfuir et à échapper à ses bourreaux.

À partir de ce jour, Marinus Van Holden n'a plus jamais voulu entendre parler de son fils. Il a payé le meilleur chirurgien de Hollande pour doter la victime d'une oreille artificielle et a fait plusieurs donations à des centres de cure pour jeunes drogués. En tout, il a dépensé exactement 2 millions de florins ; la somme qu'il avait failli consacrer, malgré lui, à l'édification d'une secte satanique.

Le premier enlèvement

Il fait beau en cette fin d'après-midi du mardi 12 avril 1960. Dans le jardin attenant au golf de Saint-Cloud, la température est assez douce pour que les enfants profitent des jeux de plein air. L'endroit, tout à fait sélect, est fermé par un grillage où les bambins peuvent se distraire, pendant que les adultes accomplissent leur parcours.

C'est le cas d'Éric Peugeot, quatre ans, qui joue en compagnie de son frère Jean-Philippe, sept ans. Tandis que leurs grands-parents sont sur le green, l'aîné fait des pâtés de sable et le cadet, un petit blond aux yeux bleus, ne cesse de monter et de descendre sur le toboggan. Ils ont été confiés à la surveillance de leur nurse, Jeanine. Le chauffeur, qui est un peu plus loin avec la voiture, jette également de temps en temps un œil sur eux.

Il est 17 h 25. La nurse, qui s'était assoupie quelques instants, rouvre les yeux et pousse un cri : Jean-Philippe est bien là, mais elle ne voit plus Éric. Elle se précipite vers le bac à sable où l'aîné des héritiers Peugeot est toujours en train de faire ses pâtés. Elle l'interroge :

– Où est Éric ?
– Il est parti avec un monsieur.
– Un monsieur comment ?
– Un monsieur comme tous les messieurs.
– Par où sont-ils allés ?
– Par là.

La nurse manque de se trouver mal. Jean-Philippe vient de lui désigner la porte grillagée fermant le jardin, qui est toujours cadenassée ; or la chaîne a été cisaillée et pend en deux morceaux. Elle se précipite et se retrouve dans un chemin de terre où il n'y a personne, à part un vieux jardinier.

– Quelqu'un est venu par ici ?
– Oui, dans une voiture. Un jeune homme et son chauffeur.
– Un enfant est monté avec eux ?
– Il me semble bien, oui…

Complètement affolée, la nurse revient dans le jardin, mais ce qui l'attend est plus terrible encore… Le chauffeur, qui était accouru à son tour sur les lieux, tient à la main une enveloppe.

– Je viens de la ramasser. Elle était au pied du toboggan.

Il la montre à Jeanine, qui peut lire, tapé à la machine en caractères rouges : « M. Roland Peugeot – Extrêmement urgent ».

La nurse est au bord des larmes.

– Qu'est-ce qu'il faut faire ?
– Prévenir monsieur. J'y vais…

Tandis qu'elle s'effondre en sanglots, le chauffeur court vers le bar du golf pour téléphoner. Il compose le numéro du bureau de son patron, rue de Berri, près

345

des Champs-Élysées. On ne dérange pas facilement le P-DG des usines Peugeot, mais quand la secrétaire apprend qu'il s'agit de son fils Éric, elle lui passe immédiatement l'intéressé. Le chauffeur le met au courant en quelques mots de ce qui vient de se passer. Roland Peugeot ne fait pas de commentaire inutile. Il demande seulement :
– Que dit la lettre ?
– Je ne me suis pas permis de l'ouvrir.
– Ouvrez-la.

Le chauffeur s'exécute. Le contenu, également tapé à la machine en caractères rouges, est terrible : « Cher monsieur Peugeot, voilà ce qu'on pourra lire dans les journaux si vous nous faites marrons : *Le jeune Peugeot, âgé de quatre ans, est mort après d'horribles tortures parce que ses parents ont refusé d'allonger 50 millions ou alors parce qu'ils ont été trop bavards avec la police.* Je ne tiens pas à confier votre petit aux bons soins de mon ami Dédé, c'est un type très bien, mais il est un peu dingue. »

Suivent les consignes pour la rançon : elle doit être versée en billets de 5 000 et 10 000 francs usagés et portant des numéros qui ne se suivent pas. Les instructions pour sa livraison seront données plus tard. Un mot de passe est joint au bas de la lettre, qui servira pour les tractations futures : « Laissez la clé. »

L'auteur compte en anciens francs, alors que le nouveau franc est entré en vigueur depuis le 1er janvier 1960. Il faut donc comprendre 500 000 francs, en billets de 50 et 100 francs, somme tout de même considérable qu'on peut chiffrer aux alentours de 1 million d'euros actuels...

Quelques heures plus tard, un conseil de guerre dramatique se tient au domicile du P-DG, avenue Victor-Hugo. Roland Peugeot et sa femme Colette sont seuls avec le commissaire Pierangeli, de la première brigade criminelle. Dès le départ, l'industriel pose ses conditions :
– La sécurité de l'enfant avant tout. Je veux respecter ce que dit la lettre. La police ne doit rien faire.
Le commissaire argumente. La police peut agir discrètement, sans que les ravisseurs s'en rendent compte. Mais Roland Peugeot est catégorique : il refuse toute intervention. À la fin, au bout d'une longue discussion, il accepte seulement d'être mis sur écoute téléphonique. Mais il n'y a pas le moindre appel durant la douloureuse veillée.

Le lendemain, le public est informé de la nouvelle. Les journaux font leur une sur l'événement, pratiquement le premier en France, d'où une très vive émotion. C'est d'ailleurs si nouveau que la presse et les commentateurs n'emploient pas encore le mot « enlèvement » mais « kidnapping », le terme américain créé lors du rapt du fils Lindbergh, en 1932. L'affaire s'était terminée tragiquement, par l'assassinat du bébé.

La France et l'Europe entière sont traumatisées. Dans tous les pays avoisinants, les familles de milliardaires engagent à la hâte des gardes du corps pour leurs enfants. Chacun a conscience qu'une nouvelle forme de criminalité vient de naître sur le vieux continent et que le rapt du fils Peugeot risque d'être le premier d'une longue liste.

Aussi l'émotion est-elle à son comble lorsque, au journal télévisé de 20 heures, le commentateur, après avoir longuement évoqué l'affaire, annonce brusquement :

– Maintenant, je cède la parole à M. Peugeot.

On découvre un homme d'une quarantaine d'années, aux traits tirés et aux yeux cernés derrière ses grosses lunettes d'écaille. On imagine que ce responsable d'un des plus grands groupes automobiles mondiaux doit être habitué au commandement et aux décisions. Le contraste n'en est que plus poignant avec son aspect et son ton pathétiques.

– C'est un père à qui on vient de prendre son enfant qui s'adresse à vous. Tous ceux qui ont des enfants et qui les aiment me comprendront, j'en suis sûr.

Il trébuche sur la fin de la phrase, ses yeux s'embuent, il doit retirer ses lunettes un instant.

– Mon seul souci est de le retrouver sain et sauf le plus tôt possible. Je n'ai pas déposé de plainte. Je prends l'engagement formel de demander que le ravisseur ne soit pas poursuivi...

Malgré cet appel, c'est le silence. Du moins de la part des ravisseurs, car le téléphone n'arrête pas de sonner avenue Victor-Hugo. C'est un véritable calvaire pour les parents, qui sont inondés d'appels de toutes sortes : des plaisantins ou des mythomanes se faisant passer pour les ravisseurs, des mages prétendant savoir où est l'enfant, des pervers annonçant sa mort, des escrocs demandant de l'argent.

Pendant ce temps, Roland Peugeot s'emploie à réunir la rançon conformément aux exigences concernant les billets…

Jeudi matin 14 avril. Le cœur de M. et Mme Peugeot fait un bond quand ils découvrent au courrier une deuxième lettre dactylographiée tapée à l'encre rouge. Elle commence par le mot de passe « Laissez la clé », qui n'a pas été rendu public. Cette fois, ce n'est pas une plaisanterie.

La suite du message indique toutes les précisions pour la remise de la rançon. Elle aura lieu passage Doisy, une ruelle coudée qui relie l'avenue des Ternes à la rue d'Armaillé, dans le 17e arrondissement. Les lieux sont bien choisis, car ils permettent de fuir par l'une ou l'autre issue. L'idée ne vient pas des ravisseurs : ce passage est utilisé dans le film de Claude Sautet *Classe tous risques*, qui passe alors sur les écrans. La remise est fixée pour l'après-midi même à 16 heures. M. Peugeot devra se tenir, avec la mallette contenant les billets, sur l'avenue des Ternes, le dos tourné au passage. Il ne devra pas se retourner.

La lettre se termine par une phrase rassurante : « Votre fils vous sera rendu cette nuit. Sa vie dépend de votre silence… »

À 15 h 55, Roland Peugeot prend place à l'endroit convenu. Dans la mallette qu'il serre nerveusement se trouve une fortune en billets usagés. Il n'attend pas longtemps : les ravisseurs sont ponctuels. À 16 heures précises, une voix retentit derrière lui :

– Laissez la clé.

Roland Peugeot relâche les doigts de sa mallette, tandis que d'autres s'en saisissent. Des pas s'éloignent, lentement d'abord, puis de plus en plus vite. Malgré la consigne, l'industriel se retourne. Il aperçoit durant quelques secondes une silhouette en train de courir, celle d'un jeune homme brun de grande taille... C'est sur cette vision fugitive qu'il rentre avenue Victor-Hugo. Il a fait ce que les ravisseurs attendaient, il a tenu parole, mais tiendront-ils la leur ? Pour lui et pour sa femme commence l'attente la plus angoissante de leur vie.

15 avril, 1 heure du matin. Tandis que le couple monte la garde devant leur téléphone, tout près de là, rue Saint-Didier, dans le 16e arrondissement, un homme sortant d'un music-hall aperçoit un petit garçon qui pleure en rasant les murs. Sur le coup, il ne pense pas à l'enlèvement, mais il ne peut laisser le bambin seul dans la nuit. Il s'approche.

– Où vas-tu comme ça ?

Pas de réponse. L'enfant continue de pleurer.

– Tu habites où ?

Cette fois, le petit répond en reniflant :

– Avenue Victor-Hugo.

– Tu t'appelles comment ?

– Éric.

– Éric Peugeot ?

– Oui...

Non loin de là, le café Brazza est en train de fermer. L'homme y entre en compagnie de l'enfant et demande un journal. La photo de la petite victime y

figure en première page : il n'y a pas de doute, c'est lui ! Il appelle aussitôt le commissariat le plus proche, porte Dauphine. Au bout du fil, la voix du policier de service est dubitative :
— C'est une blague ? Cela fait quinze fois qu'on nous fait le coup aujourd'hui !

Non, ce n'est pas une blague... Quelques minutes plus tard, Éric est au commissariat. Il semble en bonne santé. On lui pose seulement quelques questions, les plus urgentes, et ses réponses sont rassurantes.
— On t'a fait mal ?
— Non.
— Les gens avec qui tu étais, ils étaient comment ?
— Gentils.
— Tu n'as pas eu peur ?
— Non. C'étaient des amis...

Mais déjà Roland Peugeot arrive, suivi d'une foule de journalistes. Il prend son enfant dans ses bras, sous les éclairs des flashs. Il y a du monde, malgré l'heure tardive ; certains applaudissent, d'autres pleurent. Le soulagement est immense : à la différence du rapt du fils Lindbergh, celui d'Éric Peugeot s'est bien terminé. Dès qu'elle sera connue, la nouvelle fera le tour du monde.

Ainsi que Roland Peugeot l'avait annoncé, les ravisseurs n'ont pas été inquiétés... tant que l'enfant n'était pas rendu, mais maintenant, la police intervient. Elle dispose de peu d'indices. On interroge les proches du couple, on examine la chaîne et le cadenas de la porte grillagée. Le témoin principal est le vieux jardinier ; c'est le seul à avoir vu les ravisseurs.

– C'étaient un jeune homme distingué et son chauffeur. C'est pour cela que je ne me suis pas méfié. Ils ressemblaient tout à fait aux membres du golf.

– Qu'est-ce qui vous fait dire qu'il y avait un chauffeur ?

– Il avait un costume sombre et une casquette.

– Vous pouvez les décrire ?

– Le chauffeur était plutôt petit. Je n'ai pas vu ses cheveux à cause de la casquette. Le jeune homme était grand, brun, je crois...

C'est évidemment peu. Cela prouve l'ingéniosité des ravisseurs, qui ont choisi le meilleur déguisement pour passer inaperçus dans cet endroit fréquenté par la haute société. Quant à la voiture utilisée pour le rapt, une Peugeot par ironie du sort, elle est retrouvée dans l'Yonne. Il s'agit d'une 404 volée, immatriculée 75. Malheureusement, ils y ont mis le feu et on n'y trouvera aucun indice...

Il y a, bien sûr, un témoin plus direct encore, le petit Éric lui-même. Il est interrogé avec ménagement, mais à quatre ans, il n'a pas conscience de ce qu'il a vécu et il ne donne que des informations secondaires. La police en tire tout de même quelques conclusions : il a été séquestré dans une villa, probablement un pavillon de la région parisienne. Il n'y avait pas de femme avec lui, mais « deux messieurs très gentils », ce qui confirme le témoignage du jardinier.

Pour le reste, les ravisseurs semblent s'être bien conduits. Le petit Éric n'a pas gardé un mauvais souvenir de son séjour forcé, qui, pour lui, s'est apparenté à des vacances. Il avait une télévision, qu'il a regardée autant qu'il voulait, il se souvient d'avoir mangé de la viande, des pommes sautées, beaucoup de chocolat et d'avoir joué aux cartes avec « le plus gentil des deux messieurs ».

Les policiers possèdent un dernier atout : pendant que Roland Peugeot réunissait les billets, son père Jean-Philippe en a noté les numéros. Ils sont publiés par la presse et chacun est prié de se montrer attentif. Malheureusement, M. Peugeot père a oublié d'en noter l'équivalent de 40 000 francs, dont il y a tout lieu de craindre que les ravisseurs les dépensent en priorité. C'est sans doute le cas, puisque les mois passent sans apporter le moindre indice.

Fin novembre, le commissaire Pierangeli est remplacé par le commissaire Denis et, sans qu'il y ait la moindre relation de cause à effet, au même moment le nouveau responsable de l'enquête reçoit une information d'Interpol : deux individus, Rolland et Larcher, ont commencé à mener la grande vie tout de suite après le rapt.

Renseignements pris, Raymond Rolland, vingt-quatre ans, célibataire, est inconnu des services de police. C'est un beau garçon aux cheveux bruns et à la taille élancée, ce qui correspond au signalement d'un des deux ravisseurs. Ce play-boy dont on ne compte plus les aventures se fait appeler Rolland de

Beaufort et vit dans un luxueux appartement boulevard Suchet, alors qu'officiellement il n'a exercé que la profession d'ouvrier typographe, puis celle de réparateur de juke-box.

Pierre Larcher, dit « le beau Serge », trente-huit ans, a, lui, le profil d'un ravisseur d'enfant. Repris de justice multirécidiviste, il est recherché depuis 1959 pour tentative d'extorsion de fonds et violences. Il a fait sept ans de prison pour vol, proxénétisme, chantage et racket. De petite taille, râblé, malin, il est connu dans le milieu comme un ambitieux qui vise à devenir un grand truand. Il est célibataire, mais vit en ménage avec une certaine Rolande, qui a été stripteaseuse après s'être échappée d'une maison de correction.

Dans un premier temps, la police choisit de ne pas arrêter les deux suspects, de crainte d'être obligée de les relâcher faute de preuves. Elle préfère enquêter dans leur entourage, espérant trouver un indice décisif. Cette tactique s'avère payante. Elle découvre que l'ancienne épouse de Rolland, Ginette, possédait une machine à écrire de même marque et de même type que celle de la rançon. Son ex-mari, avec qui elle est restée en bons termes, la lui a empruntée le 3 avril 1960, neuf jours avant le rapt. Elle n'a plus revu depuis ni l'ex-mari ni la machine.

Cette fois, c'est suffisant pour passer à l'action. La police, qui suit discrètement les deux hommes, sait qu'ils sont aux sports d'hiver à Megève. Par une curieuse coïncidence, le couple Peugeot y est aussi. On peut imaginer que les ravisseurs le savaient et ont voulu goûter le plaisir de croiser leurs victimes sans être reconnus.

C'est le moment décisif : le dimanche 5 mars 1961, à 7 h 30, les policiers font irruption au chalet Les Six Enfants, loué par Rolland, et le trouvent avec sa maîtresse du moment, Ingelise, une Danoise blonde comme les blés. Pierre Larcher et sa compagne Rolande sont partis à l'aube pour Paris. Ils étaient en compagnie de deux jeunes gens, qu'ils avaient invités aux sports d'hiver : Mitsouko, une strip-teaseuse japonaise, et Jean Ribot, un étudiant en médecine. Tous sont arrêtés à Bourg-en-Bresse et conduits à la brigade mobile d'Annecy pour être interrogés. Le 6 mars au soir, Raymond Rolland passe aux aveux et Pierre Larcher fait de même le lendemain matin.

Leurs déclarations étant précises et concordantes, on peut ainsi reconstituer le rapt vu du côté des ravisseurs.

Raymond Rolland commence plutôt bien dans l'existence. C'est un garçon travailleur et courageux. Il le prouve quand il effectue son service en Algérie en tant que parachutiste. Blessé lors d'une opération, il revient avec une pension de réforme à 85 %. Malheureusement, il contracte la folie des grandeurs. Alors que son père est marchand de bestiaux, il se fait passer pour le fils d'un banquier et le neveu d'un homme politique haut placé. Il prétend aussi que sa famille descend d'Henri IV. Il s'est acheté d'occasion une voiture de sport bleu ciel et, grâce à son physique et son bagout, il multiplie les aventures féminines.

Il fait la connaissance de Pierre Larcher en allant réparer un juke-box dans un bar tenu par une ex-maîtresse de ce dernier. Les deux hommes sympathisent. Ils ont en commun le goût de l'argent facile et leurs origines bretonnes. Pour le reste, ils ne se ressemblent guère, mais ils sont complémentaires. Rolland est fasciné par Larcher, qui est un vrai truand, et Larcher se dit que Rolland, qui lui est entièrement dévoué, pourrait accomplir à sa place certaines besognes délicates.

Ils s'associent pour fonder une entreprise de billards électriques et de machines à sous clandestins. L'affaire est d'un excellent rapport, mais en 1959, il se produit un événement imprévu : Larcher roue de coups un concessionnaire de billards qui lui doit de l'argent et le menace – déjà ! – d'enlever son fils de onze ans s'il ne lui verse pas la somme exigée ; l'autre porte plainte et le truand est obligé de se mettre au vert pour échapper aux poursuites. Depuis, l'argent ne rentre plus.

C'est ce même Larcher qui trouve la solution. Un jour de février 1960, il se rend chez Rolland, boulevard Suchet. Il tient un livre de la Série noire. Il le lui tend.

– Il faut que tu lises ça !

Rolland prend l'ouvrage. Il s'agit de *Rapt*, de Lionel White.

– Qu'est-ce que c'est ?
– La fin de nos ennuis...

Et Larcher explique.

– Ce bouquin raconte l'enlèvement d'un gosse de riches aux États-Unis. On n'a qu'à faire pareil et on s'en mettra plein les poches !

Rolland ne fait pas d'objection, il demande seulement :

– Oui, mais quel gosse ? Tu as une idée ?

– Achetons le *Bottin mondain*. On trouvera bien…

Le jour même, ils se plongent dans la lecture du gros ouvrage et se fixent sur la famille Peugeot. Roland Peugeot habite avenue Victor-Hugo, à côté du boulevard Suchet, ils n'auront donc pas grand chemin à parcourir. Il est le père de deux enfants, de sept et quatre ans. C'est le cadet qu'ils choisissent : vu son jeune âge, il ne pourra pas témoigner de ce qu'il aura vu. Car ils n'ont pas l'intention de le tuer. Ce sont des truands, pas des meurtriers.

Une fois cette décision prise, ils font les repérages. Le meilleur endroit pour réaliser l'opération est le golf de Saint-Cloud. Tous les après-midi, quand il fait beau, un chauffeur et une nurse conduisent le petit Éric et son frère dans le jardin, tandis que les grands-parents font leur parcours sur le green…

La suite se passe avec une facilité déconcertante. Ils volent une 404 dans Paris, Pierre Larcher se déguise en chauffeur de maître et Raymond Rolland, avec sa prestance naturelle, joue les hommes du monde. Ils se rendent sur les lieux, et sont tout de suite convaincus que leur déguisement est bon : personne ne fait attention à eux, tout le monde les prend pour des habitués.

Ils examinent soigneusement le théâtre de l'action. Dans le coin réservé aux enfants, Éric Peugeot joue sur le toboggan, près d'une porte grillagée fermée par une chaîne facile à cisailler. De son côté, la nurse n'est pas toujours attentive. Elle s'éloigne, bavarde avec le chauffeur ou se repose dans la voiture. Il faudra faire vite, mais c'est possible.

Pour la rançon, Larcher pense à la somme de 30 millions, mais Rolland, impressionné par le luxe dans lequel vivent les Peugeot, en propose 50. Quant à la lettre, ils recopient mot pour mot le texte du roman policier. Il est d'ailleurs étonnant que les enquêteurs ne s'en soient pas aperçus.

La répartition des rôles ne donne lieu à aucune discussion : c'est Rolland qui agira. Larcher est trop heureux de se débarrasser de cette tâche dangereuse, et avec son physique avenant, l'enfant suivra plus volontiers Rolland.

Le 12 avril 1960, tout se déroule exactement comme prévu : la chaîne cède d'un seul coup de cisaille, le petit Éric ne se méfie pas, ni la nurse ni le chauffeur ne s'aperçoivent de quoi que ce soit. Les ravisseurs se rendent ensuite dans une villa louée en banlieue. C'est Rolland qui garde l'enfant. Il se montre avec lui aussi gentil que possible, lui permet de regarder la télévision et joue aux cartes en prenant soin de le laisser gagner. L'enfant non seulement ne sera pas traumatisé, mais gardera le meilleur souvenir de son séjour. C'est également Rolland qui est chargé de récupérer la rançon. Une fois la mallette en leur possession, les deux complices se partagent équitablement la rançon, 25 millions chacun. Mais ils ont le tort de dépenser immédiatement l'argent, manque de discrétion qui causera leur perte.

Comme le temps passe, ils se croient hors de danger. Fin février 1961, Rolland propose à Larcher un séjour à Megève où il sait que se trouvent les Peugeot ; il trouve cela excitant. Larcher est réticent, il a peur de courir un risque inutile. Mais son complice insiste et ils partent pour la station huppée de sports d'hiver.

À Megève, c'est la belle vie. Raymond Rolland emmène avec lui Jean Ribot, un étudiant en médecine pauvre et timide, stagiaire à l'hôpital de Courbevoie, qu'il veut éblouir et remercier de ses services : il lui a servi de prête-nom pour des actions soi-disant honnêtes. Il lui a présenté Mitsouko, une strip-teaseuse japonaise et une liaison s'est vite installée entre eux...

Telle est la situation lorsque la police arrête tout le monde. Les malheureux invités au chalet de Megève sont terrorisés : pendant l'interrogatoire, ils entendent la foule qui s'est massée dans la rue hurler : « À mort ! » Ils ignoraient d'où venait la fortune de Rolland et Larcher. Ils les prenaient pour de riches noceurs, qui jetaient l'argent par les fenêtres. Après une courte incarcération, ils seront mis hors de cause et libérés.

Quant aux deux coupables, solidaires au début, ils finissent par se déchirer devant le commissaire Denis, s'accusant mutuellement de porter la responsabilité principale du kidnapping. Rolland dit avoir agi à l'instigation de Larcher, qui réplique que c'est son complice qui a tout fait : c'est lui qui a enlevé Éric et c'est lui qui a été chercher la rançon. Point confirmé par M. Peugeot : la silhouette qu'il a vue en se retournant est bien celle de Rolland.

L'enquête close, la parole est à la justice et c'est un procès à grand spectacle qui s'ouvre le 29 octobre 1962, devant la cour d'assises de Versailles. Les journalistes sont venus de toute la France et du monde entier pour y assister. Les accusés sont défendus par deux vedettes du barreau : Me Floriot pour Pierre Larcher, Me Tixier-Vignancour pour Raymond Rolland ; le bâtonnier Chresteil représente la partie civile.

Les débats, suivis passionnément par le public, tournent plutôt à l'avantage de la défense. Les experts psychiatres, en particulier, viennent dire que les deux prévenus pourront se réinsérer dans la société après leur peine. La plaidoirie de Me Floriot est particulièrement brillante. Il réussit à faire pleurer Larcher en évoquant sa jeunesse malheureuse. Toute sa carrière de mauvais garçon provient, selon lui, de sa condamnation à trois ans de prison ferme pour le vol d'un vélo.

Une seule question se pose vraiment : lequel des deux est le plus coupable ? L'avocat général Touhas tranche les débats, lors de son réquisitoire : s'étant partagé équitablement la rançon, ils doivent partager la même peine. Il demande vingt ans de réclusion pour chacun et il est suivi par les jurés.

La suite des événements prouvera que les psychiatres avaient fait preuve de discernement. Pierre Larcher, après quatorze ans de détention, a trouvé un emploi dans l'édition et n'a plus jamais fait parler de lui. Quant à Raymond Rolland, il a passé tous les diplômes de droit en prison et, une fois sa peine purgée, le ravisseur du petit Peugeot a enseigné le droit à des générations d'étudiants !

Le premier enlèvement d'enfant en France s'est donc aussi bien terminé que possible. Ce ne fut malheureusement pas le cas de tous ceux qui ont suivi.

La dévote et le libertin

Jacques Bonneau n'exerce pas une profession prestigieuse – il est négociant en drap –, mais il est également contrôleur général des gabelles, ce qui fait de lui, en ce début du XVIIe siècle, un des hommes les plus riches du royaume. Son hôtel particulier rue Saint-Denis, à Paris, n'a rien à envier à ceux de la plus haute noblesse, son train de vie non plus.

Lorsqu'il meurt en 1644, il laisse un fils, Pierre, dix-huit ans, et une fille, Marie, âgée de quinze ans. Pour l'un comme pour l'autre, l'avenir est tout tracé : Pierre héritera des gabelles et Marie va prendre un époux. Certes, elle est roturière, mais avec la fortune qui est la sienne, elle peut prétendre aux partis les plus élevés.

Marie Bonneau est un curieux personnage. Ravissante en plus d'être riche, elle possède tous les avantages que peut offrir l'existence, mais elle ne pense qu'à la religion. Alors qu'elle pourrait avoir la vie la plus brillante, le rêve de cette jeune fille pieuse, voire dévote, est de s'enfermer dans un couvent. Peu de temps avant la mort de son père, se rendant à un bal sur son ordre, elle confie à une amie :

– Les jeunes gens ne pensent qu'à se réjouir, mais moi, je pense qu'il faut mourir !

Malgré cet étonnant état d'esprit, elle se plie aux devoirs qui sont les siens. Son oncle, devenu son tuteur, s'emploie à la marier noblement. Quoiqu'il puisse se tourner vers une famille au nom prestigieux, il se décide pour un membre de la noblesse de robe, un conseiller au Parlement, Jean-Jacques de Beauharnais, seigneur de Miramion. C'est un homme d'âge mûr, aux mœurs austères. Bien qu'elle n'ait pas son mot à dire, Marie est certainement satisfaite de ce choix, qui lui épargne les assiduités d'un fougueux jeune homme.

Le couple s'installe dans l'hôtel de Caumartin-Miramion, rue du Temple, mais l'union est brève. M. de Miramion meurt six mois plus tard, après avoir mis sa femme enceinte. Marie accouche d'une fille. La voici veuve et mère de famille à seulement seize ans ! Si elle ne l'a pas souhaité, avec l'esprit chrétien qui est le sien, rien ne pouvait mieux lui convenir. Elle a accompli son devoir en assurant sa descendance, elle ne dépend désormais de personne et va pouvoir se consacrer à la seule chose qui l'intéresse dans l'existence : la religion.

Dès lors, la jeune Mme de Miramion organise sa vie selon ses vœux. Elle partage avec sa belle-mère l'hôtel de Caumartin et va entendre tous les jours la messe dans la chapelle des pères de la Merci, à deux pas de chez elle. Ensuite, avec le père Clément, son confesseur et directeur de conscience, elle se consacre aux bonnes œuvres. À un âge où les filles

363

ne s'occupent que de coquetterie et de futilités, elle passe le plus clair de son temps à visiter les pauvres.

Le parti qu'elle représente est pourtant trop tentant. Comme le dit une formule du temps, « elle allie les grâces de Vénus aux promesses de Pactole » et, le délai décent de veuvage écoulé, elle est assaillie de demandes en mariage, qu'elle repousse toutes impitoyablement. Même d'Artagnan, venu lui présenter ses hommages, est éconduit avec autant de fermeté que les autres. Il insiste pourtant, en fougueux capitaine qu'il est ; peine perdue, il doit se retirer, la place est imprenable !

Le moins qu'on puisse dire, c'est que les débuts dans l'existence de Roger de Bussy-Rabutin ne ressemblent guère à ceux de Marie.

Pourtant, lorsqu'il naît, le 16 avril 1618, sa tante Jeanne de Chantal, fondatrice de l'ordre de la Visitation, prophétise, en se penchant sur son berceau :

– Il sera le saint de notre famille !

Mais la pieuse femme n'a pas été heureuse dans ses prédictions. C'est elle-même qui sera canonisée, tandis que Roger se fait remarquer dès l'adolescence par son insouciance et sa vie dissolue. Les adjectifs manquent pour le qualifier : moqueur, sensuel, flatteur, aventurier, impertinent, libertin, ce qui ne l'empêche pas d'être remarquablement doué sur le plan intellectuel. Il a, en particulier, un don incontestable pour l'écriture, talent qu'il partage avec sa cousine, la marquise de Sévigné.

Roger de Bussy-Rabutin, qui fait de brillantes études au collège des jésuites d'Autun puis au collège de Clermont à Paris, rêve de devenir maréchal et embrasse la carrière militaire à seize ans. Il se révèle d'ailleurs un excellent soldat, mais il est encore meilleur trousseur de jupons et tue un rival en duel, ce qui lui vaut de faire un séjour à la Bastille à seulement vingt-trois ans. Libéré, il devient le protégé du Grand Condé, se rallie à la cause royale pendant la Fronde et passe sous les ordres de Turenne.

À la différence de Condé, le maréchal de Turenne est un homme austère et rigoureux, aux antipodes de son propre caractère. Il déteste immédiatement cet officier remuant et insolent. Il dit de lui, un jour :

– Bussy-Rabutin est le meilleur homme de mon armée... pour les chansons !

Le jeune homme a compris. Il renonce à la carrière militaire. La discipline n'est pas faite pour lui et il a d'autres talents. Il se retire dans son château d'Épiry, près d'Autun, et se marie sans enthousiasme, parce qu'il faut respecter les usages. L'élue, une lointaine cousine, se nomme Gabrielle de Toulongeon. Il ne l'aime pas et la trompe dès le lendemain de ses noces. Elle meurt en accouchant de leur troisième fille.

Nous sommes en 1648. Roger de Bussy-Rabutin est veuf, il a vingt-neuf ans. Sa vie dissolue l'a ruiné et, tout naturellement, il se met en tête d'épouser une riche héritière. Seulement, laquelle choisir ?

C'est alors qu'un très déplaisant personnage fait son apparition et va jouer dans cette histoire le rôle du destin. Le frère Gabriel fait partie de ces religieux dévoyés, de ces faux dévots qui gravitent autour des familles de la bonne société et dont Molière tirera, quelques années plus tard, le personnage de Tartuffe. Loin de se distinguer par une particulière piété, frère Gabriel est au contraire le premier à excuser les incartades du seigneur de Rabutin, ce qui lui vaut l'amitié de ce dernier. Aussi Roger n'hésite-t-il à lui faire part du problème qui le préoccupe... Le religieux réfléchit un instant, avant de déclarer :

– Autant viser haut. Le plus beau parti est Mme de Miramion : 400 000 livres de rente et, en plus, elle est ravissante !

Roger de Bussy-Rabutin fait la moue.

– Croyez-vous ? On dit que c'est la dernière des dévotes, qu'elle a juré de ne jamais se remarier.

– Elle est dévote mais elle est femme, et quelle femme pourrait vous résister ?

On peut être un brillant esprit et faire preuve de la plus étonnante naïveté ! C'est le cas de Bussy-Rabutin, surtout quand on flatte sa vanité masculine. Il prend un air avantageux.

– Vous pensez que j'aurais mes chances ?

– Certainement.

– Mais comment s'en assurer ? Elle ferme sa porte à tout le monde.

– À tout le monde sauf aux religieux. Si vous voulez, je peux m'introduire auprès d'elle et plaider en votre faveur. Il m'étonnerait que la dame se montre insensible...

Frère Gabriel affiche une mine pleine d'humilité.

- Seulement, pour cela, je dois m'assurer des complicités dans la place. Deux mille livres me semblent nécessaires. Deux mille pour en gagner bientôt 400 000...

La somme est énorme mais, encore une fois, Roger de Bussy-Rabutin, certain de son succès, n'hésite pas. Il réunit les derniers fonds dont il dispose et les remet au religieux.

Celui-ci s'absente pendant une quinzaine de jours. Bien entendu, il ne tente pas la moindre démarche auprès de la pieuse veuve. Il va se donner incognito du bon temps dans la capitale et, lorsqu'il revient au château des Rabutin, il affiche un sourire triomphant.

- Nous avons réussi, monseigneur !
- Elle a dit oui ?
- Elle ne souhaite qu'une chose : être à vous, quoiqu'elle ne puisse se montrer aussi directe. Une acceptation trop franche, trop rapide, nuirait à sa réputation.
- Que faire alors ?
- Lui forcer la main. Elle demande que vous la placiez dans une position telle qu'elle ne puisse refuser. Enlevez-la et elle vous donnera son consentement, tout en sauvegardant son honneur.
- Elle veut que je l'enlève ? Vous en êtes certain ?
- Elle n'a pas de plus cher désir et le plus tôt sera le mieux !

Dès lors, Roger de Bussy-Rabutin emploie tout son temps à mettre au point l'enlèvement de Marie de Miramion, en compagnie de son frère Guy, chevalier de Malte, qui s'est passionné pour l'aventure. Aucun des deux n'attache d'importance à l'absence subite de frère Gabriel dont ils pensent qu'il est allé faire retraite dans quelque couvent.

Bientôt, tout est prêt. Il ne reste plus qu'à passer à l'action.

Si, l'hiver, Marie de Miramion ne quitte pas son hôtel parisien, elle passe la belle saison en compagnie de sa belle-mère, dans la propriété que possèdent les Miramion à Issy. Un endroit champêtre, que Mme de Sévigné décrit comme rempli de rossignols, qui chantent au milieu des vergers et des vignes. Le domaine des Miramion est situé au lieudit Les Moulineaux, une colline où il y avait autrefois des moulins.

Cet endroit idyllique si près de la capitale attire la meilleure société, les riches demeures sont nombreuses et, en été, Issy est le cadre d'une brillante vie mondaine. Ce ne sont que réceptions chez les uns et les autres. Bien entendu, Mme de Miramion, qui n'a pourtant pas encore vingt ans, ne reçoit personne et décline toutes les invitations. Elle mène la même existence qu'à Paris, faite de prières, de dévotions et parfois de pèlerinages dans les environs, notamment au mont Valérien, qu'elle accomplit chaque vendredi ; on l'appelle aussi à cette époque « colline du Calvaire », car il s'y dresse trois croix monumentales visibles de Paris...

À l'aube du vendredi 7 août 1648, deux chevaux sont attelés au carrosse des Miramion. Y prennent place Marie, sa belle-mère, deux femmes de chambre et le cocher à l'avant. Les quatre femmes sont à jeun, car elles veulent communier.

Le véhicule a quitté Les Moulineaux à destination du mont Valérien, il a franchi le pont de Sèvres et arrive dans Saint-Cloud, un village au milieu des champs et des bois, lorsqu'une vingtaine de cavaliers sortent brusquement d'un bosquet. L'un d'eux braque un pistolet sur le cocher.

– Descends !

L'homme s'exécute en tremblant. Un autre cocher le remplace et le carrosse reprend sa route à toute allure, escorté des vingt cavaliers.

Il traverse en trombe le bois de Boulogne, qui est alors une forêt sauvage infestée de brigands, et s'arrête dans une clairière où attendent quatre autres chevaux. Ceux-ci sont attelés au carrosse, en renfort des deux premiers. Après quoi le véhicule repart plus vite encore, toujours accompagné des cavaliers.

Marie de Miramion, sa belle-mère et les servantes, folles de terreur, se demandent ce qui leur arrive. Elles n'y comprennent rien. Si c'étaient des voleurs, ils les auraient déjà dépouillées et les auraient laissées sur place ou peut-être tuées. Au lieu de cela, tout indique qu'il s'agit d'un enlèvement. Mais qui en est l'auteur et pourquoi ?

Elles se penchent aux fenêtres, essayant de reconnaître quelqu'un parmi leurs ravisseurs. Serait-ce d'Artagnan, qui se vengerait d'avoir été repoussé ? Le bouillant Gascon serait bien capable d'un tel coup de force. Mais tous les visages qu'elles voient leur sont inconnus. Le chef porte une casaque frappée de la croix de Malte : serait-ce un chevalier de l'ordre ?...

Les cavaliers s'aperçoivent de leur manège et tranchent les courroies qui retiennent les rideaux de cuir. Le noir se fait brutalement dans le carrosse, déclenchant les hurlements de terreur des passagères...

Marie de Miramion est la première à reprendre ses esprits. Avec un petit couteau qu'elle a sur elle, elle parvient à pratiquer une fente dans les rideaux et à y passer la tête. Dehors, cet équipage insolite roulant à vive allure attire l'attention. Des badauds s'arrêtent le long de la route. Elle crie de toutes ses forces :

– Je suis madame de Miramion ! On m'enlève ! Au secours !

Le chevalier de Malte est obligé d'intervenir :

– Ce n'est rien ! C'est une folle que nous conduisons à l'asile.

Puis il vient à sa hauteur, le pistolet levé :

– Rentrez ! Si vous recommencez, je vous brûle la cervelle !

Marie n'a d'autre choix que de retourner avec les autres dans le noir sans savoir où on l'emmène... En fait, le carrosse contourne Paris où les risques d'arrestation par la police seraient trop grands. Il se dirige d'abord vers le nord : Clichy, La Garenne, Saint-Denis, puis vers l'est : Aubervilliers, Pantin, la forêt de Bondy, la forêt de Livry. Et là, pour la première fois depuis le bois de Boulogne, l'attelage s'arrête. La portière s'ouvre. Le chevalier de Malte s'incline :

– Mesdames, si vous voulez bien descendre...

Les passagères sont éblouies par le soleil, qui est déjà haut. Elles ont roulé plusieurs heures et découvrent avec inquiétude qu'elles se trouvent dans une clairière au milieu des bois. Elles n'ont aucune envie de descendre, mais les cavaliers ont leur pistolet à la main et la phrase courtoise du chevalier équivaut à un ordre.

Une fois qu'elles sont à terre, celui-ci désigne Mme de Miramion mère et l'une des servantes :

– Nous sommes obligés de nous séparer de vous.

La belle-mère de Marie pousse des hauts cris.

– Vous n'allez pas nous abandonner ici, au milieu des bêtes et des brigands ?

– Nous sommes tout près de Paris, madame. Il n'y a ni bêtes ni brigands. On ne tardera pas à vous porter secours.

Délaissant la plus âgée des dames de Miramion, le chevalier se tourne vers la plus jeune.

– Avant de poursuivre la route, vous prendrez bien le temps de vous restaurer.

Marie refuse sèchement :

– Jamais ! Dites-moi qui vous êtes et pourquoi vous m'avez enlevée.

– Plus tard... Dans ce cas, je vous demande de remonter.

Et, avec ses deux passagères, le carrosse reprend sa course effrénée. Il se dirige, cette fois, vers le sud : Brie, Champagne, Bourgogne. À quatre reprises, les chevaux sont remplacés dans des relais secrets : l'enlèvement a été minutieusement préparé !

Les heures passent. Pour Mme de Miramion et sa compagne, la faim et la soif s'ajoutent maintenant à leur angoisse. Elles n'ont rien mangé depuis la veille et n'ont rien bu depuis le matin. Or, la chaleur de cette journée d'août est écrasante. Elles ont la gorge desséchée, mais pour rien au monde elles n'absorberaient la moindre goutte d'eau, de crainte qu'on en profite pour les droguer.

La nuit tombe et le véhicule roule toujours. Enfin, les passagères entendent le bruit caractéristique des roues sur un pont-levis, puis sur des pavés. Le carrosse s'arrête peu après. De nouveau, le chevalier de Malte vient ouvrir la portière.

– Nous sommes arrivés. Si vous voulez vous donner la peine...

Marie découvre la cour d'un château. Elle ne bouge pas d'un pouce et redemande :

– Où suis-je ? Qui êtes-vous ? Pourquoi m'avez-vous enlevée ?

Cette fois, son interlocuteur lui répond de bonne grâce :

– Vous êtes dans le château de Launay, près de Sens, commanderie de l'ordre de Malte, et je suis Guy de Bussy-Rabutin.

– Je ne vous connais pas !

– Non, mais vous connaissez mon frère, Roger.

– Pas davantage !

– Allons, madame, le voyage vous a troublée. C'est sur votre demande qu'il vous a enlevée. C'est à cette condition que vous accepterez de l'épouser.

– Vous êtes fou, complètement fou !

– C'est ce que vous avez dit vous-même à frère Gabriel...
– De qui parlez-vous ?
– Du confesseur de mon frère.
– Je n'ai jamais rencontré cet homme...

Et Mme de Miramion ajoute, toujours sans bouger de son siège :

– C'est la mort seule que je veux, ou la liberté !

Quoique Guy de Bussy-Rabutin ait une très désagréable impression, il essaie de n'en rien laisser paraître.

– Nous allons éclaircir tout cela. En attendant, vous ne pouvez rester dans votre voiture. Installez-vous où vous voulez dans le château. Je vous donne ma parole de gentilhomme qu'il ne vous sera fait aucun mal.

Pas fâchée de quitter ce carrosse où elle a voyagé sans discontinuer depuis quinze heures, Marie de Miramion accepte de descendre et d'être conduite, suivie de sa servante, dans un corps de garde désaffecté. Sur une table traînent deux pistolets, elle se saisit vivement de l'un d'eux et s'exclame :

– Si on me touche, je me tue !

Se tenant à distance respectueuse, Guy de Bussy-Rabutin lui propose une nouvelle fois de se restaurer ou de prendre au moins un peu d'eau. Mais elle refuse obstinément. Elle demande seulement qu'on lui apporte les coussins du carrosse pour qu'elle puisse s'étendre.

Le chevalier de Malte se retire sur ces entrefaites et va rejoindre son frère. Roger de Bussy-Rabutin, qui attendait au château de connaître la tournure des événements pour faire son apparition, voit venir vers lui Guy, la mine défaite.

– Nous avons été joués !

D'un ton lugubre, Guy de Bussy-Rabutin lui fait le récit de ce qui vient de se passer. Roger n'en revient pas.

– Frère Gabriel m'a donc menti ? Mais pourquoi ?
– Tu ne te rappelles pas lui avoir donné 2 000 livres ?

Roger de Bussy-Rabutin baisse la tête et garde le silence. Il a enfin compris de quelle légèreté, pour ne pas dire de quelle sottise il a fait preuve.

– Je vais me jeter à ses pieds et lui proposer de la raccompagner.
– Attends demain matin. Laisse-la au moins se reposer...

Le lendemain matin, c'est la pire des épreuves qui commence pour lui. Sa prisonnière l'attend, la robe froissée, l'air épuisé, mais farouche, le pistolet à la main, dans le corps de garde où elle a passé la nuit. Jamais de sa vie il ne s'est trouvé dans une situation plus humiliante. D'une voix blême, il lui fait le récit de la tromperie dont il a été victime et termine en se jetant à genoux.

– Madame, j'implore votre pardon !

Marie de Miramion répond sèchement :

– Vous l'aurez à condition de me libérer sur-le-champ.

Bussy-Rabutin donne des ordres pour qu'on prépare le carrosse et lui propose de boire et manger quelque chose, maintenant que la situation est éclaircie. Il est indispensable qu'elle reprenne des forces,

ainsi que sa suivante, avant le voyage du retour. Mais même dans ces conditions, la méfiance de sa prisonnière n'a pas désarmé. Elle lui réplique :
— Je veux bien manger deux œufs frais.

Il les lui fait apporter et c'est seulement après avoir soigneusement examiné que la coquille ne comportait ni trou ni brisure qu'elle consent à les avaler. Ensuite, elle se rend dans la cour où son carrosse l'attend avec de nouveaux chevaux et, sans un mot, elle quitte le château, avec une escorte de trois cavaliers, fournie par son hôte. Il lui a remis également 100 pistoles — une somme considérable empruntée à son frère — pour les frais du voyage.

Immobile, les bras ballants, le seigneur de Bussy-Rabutin voit disparaître le véhicule en direction de Sens. Tandis que tous ses espoirs s'effondrent, il sent bien que ses ennuis ne font que commencer.

Le carrosse n'arrivera jamais à Sens. Le cocher débarqué au pont de Saint-Cloud et, plus tard, la belle-mère et la servante abandonnées dans la forêt de Livry ont prévenu les gendarmes. Ils ont également recueilli les déclarations de témoins, intrigués par ces cavaliers entourant un carrosse allant à fond de train et d'où s'élevaient des cris de femmes. Son itinéraire a pu être reconstitué et la police a fait preuve d'une remarquable efficacité.

Ou, plus précisément, les gabelous, les soldats des gabelles... Pierre de Miramion, informé très tôt de l'enlèvement de sa sœur, a décidé d'agir par lui-même. Le corps des gabelles dispose, en effet, de sa propre force, puissamment armée et remarquablement organisée. En quelques heures, il a réuni pas moins de six cents hommes. Il a suivi les fugitifs à la trace et, la nuit tombant, s'est arrêté à Sens, où le carrosse a été vu entrant dans une commanderie de Malte située à Launay. Au matin, il s'est mis en mouvement dans cette direction.

Voilà ce qu'apprennent les cavaliers qui escortent Mme de Miramion : intrigués par une animation inhabituelle au bord de la route, voyant des gens se parler avec la plus grande excitation, ils ont mis pied à terre pour savoir ce qui se passe. La réponse les glace de terreur.

— On dit que les gabelous vont donner l'assaut à un château où une dame a été enlevée.
— Ils sont nombreux ?
— Il paraît qu'ils sont six cents.
— Et ils sont loin ?
— Ils arrivent...

Du coup, c'est la fuite éperdue. Les trois cavaliers et le cocher, après avoir dételé un des chevaux du carrosse, font demi-tour ventre à terre pour prévenir leurs maîtres et leur dire de fuir, s'il en est encore temps... Quant à Marie de Miramion et sa servante, elles se retrouvent en rase campagne dans le véhicule abandonné. Redoutant un retour de leurs ravisseurs et malgré leur état d'épuisement, elles décident de rejoindre Sens à pied.

Après avoir parcouru une lieue, Marie rencontre l'armée des gabelles. Elle tombe dans les bras de son frère et le rassure : son honneur est sauf. Elle lui raconte en quelques mots l'aventure dont elle a été victime et s'évanouit.

Son état semble si alarmant qu'on lui donne l'extrême-onction. Mais il y a plus de peur que de mal : ramenée à Issy en litière, elle se rétablira en quelques jours. Quant à Pierre de Miramion, il renonce à donner l'assaut au château ; l'affaire se réglera devant les tribunaux.

Le scandale déclenché par l'enlèvement est énorme. On en parle dans tout le royaume et même dans l'Europe entière. Pour Roger de Bussy-Rabutin, la situation est d'autant plus grave que les Miramion sont une famille de robe très en vue et peuvent compter sur la diligence de la justice. Car, contrairement à ce qu'elle avait dit contrainte et forcée, Marie n'a nullement pardonné à son ravisseur, qu'elle poursuit de sa vindicte avec acharnement.

Face à ces assauts redoutables, Bussy-Rabutin se tourne vers le seul appui dont il dispose : le Grand Condé. Le prince lui a gardé son amitié et, auréolé de sa victoire à Rocroi, il est tout-puissant auprès du roi. Heureusement, car son intervention parvient tout juste à arrêter l'action judiciaire. Malgré cela, le sire de Rabutin doit verser 6 000 livres à sa prisonnière d'un jour. Quoique bien moindre que ce que demandait la prude veuve, cette compensation le laisse plus ruiné que jamais.

En fait, le véritable, le seul responsable, c'est frère Gabriel, mais les lois du royaume le protègent. En tant que religieux, il ne relève que des tribunaux ecclésiastiques et l'Église, à moins de faits particulièrement graves, répugne à poursuivre l'un des siens. D'autre part, la pieuse Mme de Miramion n'aurait jamais voulu porter plainte contre lui. Le Tartuffe est le seul à s'être sorti sans dommage de l'aventure.

On ne sera pas étonné d'apprendre que, par la suite, l'un et l'autre des protagonistes poursuivirent leur existence dans deux directions totalement divergentes. Exilé sur ses terres par Louis XIV, à la suite d'un autre libertinage, Roger de Bussy-Rabutin profita de cette inaction forcée pour se livrer à sa passion de toujours : la littérature. Outre sa correspondance avec sa cousine la marquise de Sévigné, il écrivit une *Histoire amoureuse des Gaules*, chronique scandaleuse de la vie galante à la cour qui connut un immense succès et assura sa renommée.

Mme de Miramion, de son côté, continua à mener une vie exemplaire. Devenue une des plus actives parmi les dames de la bonne société qui œuvraient auprès de saint Vincent de Paul, elle se consacra principalement aux filles de joie, dépensant sans compter pour leur réinsertion. Considérant, avec une conception très en avance sur son temps, que l'instruction était la meilleure manière de lutter contre la misère, elle organisa un enseignement gratuit pour jeunes filles pauvres. À sa mort, en 1696, elle était considérée par tous comme une sainte. Saint-Simon lui décerna ce bel éloge funèbre : « C'était une femme d'un grand sens et d'une grande douceur, qui, de sa tête et de sa bourse, eut part à plusieurs établissements très utiles dans Paris [...] Le roi eut toujours pour elle une grande considération, dont, dans son humilité, elle ne se servait qu'avec grande réserve et pour le bien des autres. »

Son ravisseur d'un jour la précéda de trois ans dans la tombe et la rencontre de ces deux êtres que tout opposait n'est pas le moindre paradoxe de cette extravagante histoire.

Les otages du Liban

22 mars 1985, 8 h 30. Marcel Carton, quarante-quatre ans, consul adjoint à Beyrouth, se rend à son bureau de l'ambassade de France, située au cœur du secteur musulman de la capitale libanaise. Il n'en est plus qu'à trois cents mètres ; il aperçoit les blocs de béton, les chicanes et les sacs de sable qui protègent le bâtiment.

Comme chaque matin, il s'arrête au tabac-librairie de la rue de Rome, pour acheter les journaux *L'Orient*, *Le Réveil* et le *Daily Star*. Il est en train de payer lorsque surgissent deux hommes d'une trentaine d'années, revolver au poing. L'un d'eux colle le canon de son arme sur la tempe du commerçant, l'autre pousse Marcel Carton dans une BMW sans plaque d'immatriculation, qui démarre sur les chapeaux de roues et disparaît dans la circulation.

Au même moment, Marcel Fontaine, soixante et un ans, responsable du protocole à l'ambassade de France, et sa fille Danielle, trente-quatre ans, attachée culturelle, gagnent en voiture leur lieu de travail. Ils viennent de quitter le secteur chrétien où ils habitent et entrent dans le secteur musulman. Il fait beau, les rues sont animées, les gens font leurs courses dans les magasins.

Soudain, la voiture devant eux, une BMW sans plaque d'immatriculation, freine brutalement. Trois hommes armés en sortent. Deux d'entre eux se précipitent sur Marcel Fontaine en criant :

– Viens ici !

Ils le jettent dans leur voiture, laissant le troisième prendre sa place au volant, à côté de la jeune femme terrifiée. Les deux voitures démarrent, tandis qu'on lui bande les yeux. Après un long trajet, on fait sortir Marcel Fontaine du véhicule, on le conduit dans une pièce sombre et on lui retire son bandeau. Il est seul. Est-il dans une cave, un sous-sol ? Il l'ignore. Ce qu'il sait en revanche, c'est qu'il est désormais un otage.

En cette année 1985, le Liban est un pays ravagé. Cela fait exactement dix ans qu'une guerre civile d'une rare férocité ensanglante le pays. Les combats sont particulièrement acharnés à Beyrouth. La ville est coupée en deux : à l'est, la partie chrétienne, à l'ouest, la partie musulmane et, au milieu, une ligne de démarcation, pour ne pas dire une ligne de front, qu'on ne peut franchir qu'en passant des barrages de miliciens armés.

En théorie, cette guerre oppose les chrétiens aux musulmans, mais dans un pays aussi mélangé, la situation est infiniment plus complexe. Le camp musulman est rongé par une violente rivalité entre les chiites et les Palestiniens sunnites et, à ces belligérants, il faut ajouter les Druses, qui ont une religion à part et défendent leur propre cause. Les puissances voisines ne sont pas en reste. Elles interviennent toutes, soit directement, soit par partisans interposés. La Syrie, qui n'a jamais admis l'existence du Liban, occupe le pays. Israël multiplie les incursions militaires dans la partie sud, pour protéger soi-disant sa sécurité, et contribue ainsi à exacerber les passions. L'ayatollah Khomeiny, à la tête de l'Iran depuis 1979, soutient la fraction islamiste extrémiste, l'Iran qui est aussi opposé à l'Irak dans une guerre meurtrière, ayant déjà fait, selon les estimations, cinq cent mille morts.

Le pays à feu et à sang qu'est le Liban est, en outre, en proie à une véritable plaie : les enlèvements. Chaque camp s'empare d'autant d'adversaires qu'il peut et essaie ensuite d'en tirer une rançon ou les échanger contre ses propres partisans. Depuis dix ans que dure la guerre, environ cinquante mille personnes ont été kidnappées à Beyrouth. Chaque habitant peut citer une quinzaine d'enlevés parmi ses connaissances...

Le sort d'un otage se joue dans les premières heures. Ceux qui n'ont pas de relations ou de valeur marchande sont éliminés rapidement ; ainsi quatre à cinq mille personnes ont déjà été exécutées. Mais il n'est pas bon non plus de rester prisonnier trop longtemps. Ceux qu'on oublie sont voués à la mort pour laisser la place aux suivants. Si, au contraire, une négociation s'engage, elle aboutit dans la plupart des cas.

En ce mois de mars 1985, pour la première fois, des non-Libanais sont enlevés. Entre le 14 et le 16 mars, deux Américains, deux Britanniques et un prêtre hollandais ont disparu. En même temps, une nouvelle organisation, le Djihad islamique, publiait un communiqué : « Avertissement aux ressortissants étrangers. Nous allons purifier Beyrouth l'islamique des agents du Mossad et de la CIA, qui se prétendent hommes d'affaires, industriels, prêtres, chercheurs scientifiques et journalistes. »

Les Américains ont pris la menace très au sérieux et ont évacué la quasi-totalité de leur personnel diplomatique ; la France, elle, ne s'est pas crue visée. Contrairement aux États-Unis, elle avait voté à l'ONU la condamnation d'Israël pour son action au Liban et s'estimait bien vue des différentes factions arabes. Un responsable sur place a résumé l'opinion générale en affirmant : « Je suis confiant. Les Libanais savent que nous faisons ce que nous pouvons pour les protéger. Nous n'avons pas d'ennemis ici. »

S'agirait-il alors d'une méprise ? Marcel Carton, Marcel Fontaine et sa fille auraient-ils été enlevés par erreur ? Si on se l'était imaginé, il faut déchanter. Le jour même, un coup de fil à l'ambassade de France revendique l'enlèvement au nom du Djihad islamique :

— Les otages seront libérés à deux conditions : l'annulation du contrat entre la France et l'Arabie saoudite prévoyant la livraison de quarante-six Mirage 2000 contre du pétrole et l'arrêt de l'intervention directe et indirecte de la France dans la guerre Iran-Irak. Alors, tout reprendra son cours normal. À bon entendeur, salut !

À Paris, c'est la stupeur. Ici, il faut rappeler brièvement la situation politique française, car elle va jouer un rôle majeur dans ce qui va suivre. Depuis l'élection de François Mitterrand en 1981, la gauche est au pouvoir, même si l'opposition relève la tête et compte remporter les élections législatives, qui auront lieu un an plus tard.

Mais quoi qu'il en soit, ni à gauche ni à droite on ne s'attendait à un tel coup de théâtre. C'est la première fois que la France est confrontée à une prise d'otages de cette envergure. Que plusieurs de nos ressortissants soient enlevés, c'est concevable dans une ville aussi dangereuse que Beyrouth. On comprendrait que l'initiative vienne de chefs de guerre locaux avec lesquels il serait toujours possible de s'arranger. Mais c'est la revendication qui pose problème. L'opération est dirigée contre la France en tant que telle. Alors, qui en est l'auteur ? On a beau réfléchir, on ne voit pas le rapport avec l'une ou l'autre des factions qui combattent à Beyrouth. En quoi la livraison des Mirage à l'Arabie saoudite intéresse-t-elle les Libanais ? Reste à espérer que la revendication soit fantaisiste et qu'on parvienne rapidement à entrer en contact avec les véritables auteurs du rapt.

En tout cas, le nombre des otages se trouve bientôt ramené de trois à deux. Quelques jours plus tard, Danielle, la fille de Marcel Fontaine, est libérée. Il ne s'agit pas d'une mesure de clémence : les preneurs d'otages ne gardent pas les femmes ; ils ne l'ont emmenée que parce qu'elle était là. Mais son père, à qui ils n'ont rien dit, va s'imaginer longtemps qu'elle a été tuée... Danielle Fontaine est porteuse d'une recommandation des ravisseurs au gouvernement français : il doit s'éloigner du « grand Satan », ainsi que l'ayatollah Khomeiny appelle les États-Unis. Elle transmet le message à l'ambassade, qui lui demande de garder le silence.

Le gouvernement français essaie de réagir. Aucun de ses contacts à Beyrouth ne recueille d'information en provenance d'un belligérant qui aurait enlevé les deux hommes : il faut donc s'en tenir au Djihad islamique. Mais qui est-il, ce fameux mouvement que personne ne connaît ? Les spécialistes pensent que ce nom vague regroupe tous les combattants musulmans, qui peuvent être très différents entre eux, voire opposés.

Dans un premier temps, François Mitterrand se tourne vers le président syrien Hafez el-Assad, avec lequel il a de bons rapports. Ce dernier est au courant de pratiquement tout ce qui se passe au Liban et devrait logiquement pouvoir l'aider. Hafez el-Assad accepte de jouer ce rôle, qui ne peut être que valorisant pour lui, mais au bout de quelques semaines, il est obligé d'avouer son impuissance.

Les autorités françaises sont plus que jamais dans le brouillard. Non seulement elles ignorent où sont les otages, mais elles ne savent pas avec qui négocier. Elles n'ont pas encore compris que la solution n'est pas liée à la situation libanaise. En attendant, la situation va devenir plus dramatique encore.

Le 22 mai 1985, soit exactement deux mois après l'enlèvement de Marcel Carton et Marcel Fontaine, Jean-Paul Kauffmann, quarante et un ans, journaliste à *L'Événement du jeudi*, et Michel Seurat, trente-sept ans, chercheur au CNRS, débarquent à l'aéroport de Beyrouth. Il est vide, seuls quelques voyageurs se hâtent de débarquer ou d'embarquer. C'est qu'à quelques centaines de mètres de là, Palestiniens sunnites et militants chiites s'entre-tuent. Les deux Français finissent par trouver un taxi qui accepte de les conduire en ville. Ils n'y arriveront jamais.

Leurs épouses sont prévenues de leur disparition quarante-huit heures plus tard par le ministère des Affaires étrangères. On n'a aucun signe de vie de leur part, on ne sait même pas s'ils ont été enlevés.

L'émotion soulevée par l'événement est immense. Au Liban, tous les étrangers dont la présence n'est pas indispensable quittent le pays. Ceux qui restent sont constamment sur le qui-vive, épiant l'apparition d'une BMW sans plaque d'immatriculation, le véhicule préféré des ravisseurs, prenant leur voiture pour faire un trajet de cent mètres.

En France, le choc n'est pas moins grand. Les manifestations en faveur des otages se multiplient dans tout le pays. Les journaux télévisés s'ouvrent systématiquement sur la photo des quatre disparus et le nombre de jours de leur détention. L'angoisse de l'opinion est d'autant plus justifiée qu'aucune information ne filtre à leur sujet.

De son côté, François Mitterrand s'obstine à jouer la carte syrienne. Il téléphone presque quotidiennement à Hafez el-Assad, qui multiplie les efforts. Au mois d'août, le président français reçoit Joëlle Kauffmann, la femme du journaliste, et lui assure que son homologue syrien « travaille vraiment » à la libération de son mari. Pourtant les résultats ne sont pas au rendez-vous et on s'enlise plus que jamais. C'est alors que, miraculeusement, une initiative individuelle va tout changer...

Le docteur Reza Raad, un Libanais de confession chiite, est installé en France depuis longtemps. Il a gardé de nombreuses relations dans son pays et, malgré les mises en garde qui lui sont faites, il se rend à Beyrouth. Et il dit en partant :

– Le Liban est un petit pays où tout le monde connaît tout le monde. Il suffit de frapper à la bonne porte.

Et il faut croire qu'il l'a trouvée, car début septembre, il rapporte deux lettres de Michel Seurat et Jean-Paul Kauffmann. Seurat précise entre autres qu'il se trouve « dans des locaux plus agréables ».

C'est la première fois qu'on a des nouvelles directes des otages ! Du coup, les autorités, au départ sceptiques, voire hostiles, changent radicalement d'attitude. Le docteur Reza Raad repart pour Beyrouth, en mission officielle cette fois. C'est désormais sur lui que reposent les espoirs du pays.

Et il ne les déçoit pas, car il revient avec des informations capitales. Il connaît l'identité des ravisseurs et leurs exigences. Les ravisseurs sont des Iraniens. On aurait dû s'en douter, après le message transmis par Danielle Fontaine, il reprenait les mots mêmes de Khomeiny, mais l'allusion n'avait pas été saisie. Plus précisément, le chef des preneurs d'otages est un Iranien, Rafik Doust. Le docteur Raad l'a rencontré et ce dernier lui a fait part des conditions pour la libération des otages. Elles sont au nombre de trois : le règlement de la dette d'Eurodif, la libération des auteurs de l'attentat contre Chapour Bakhtiar et l'arrêt de l'aide militaire à l'Irak.

Eurodif est une centrale nucléaire française. En 1975, le shah avait prêté 1 milliard de dollars pour sa construction et devait recevoir en contrepartie de l'uranium enrichi. Avec l'arrivée au pouvoir des ayatollahs, cette livraison a été annulée, mais l'argent n'a pas été rendu.

Chapour Bakhtiar est le dernier Premier ministre du shah d'Iran et l'ennemi personnel de Khomeiny. La France l'héberge depuis la révolution islamiste. En 1980, les autorités iraniennes ont envoyé un commando de cinq hommes, sous les ordres d'Anis Naccache, pour l'assassiner, mais ils ont échoué. Dans l'opération, un policier et une femme ont été tués. Les auteurs de l'attentat ont été condamnés à la prison à vie.

Quant à l'aide militaire de la France en Irak, elle est réelle et même massive. La France est prête à tout pour empêcher la contagion des idées islamistes, y compris à fournir les armes les plus sophistiquées, comme les missiles...

Le gouvernement français se réunit pour discuter de ces revendications. Pour ce qui est d'Eurodif, il n'y a pas de contestation. La dette est réelle et la

France se doit de l'honorer ; il faut seulement essayer d'obtenir un échéancier. Le cas d'Anis Naccache et du commando pose un problème plus délicat. Pierre Joxe, ministre de l'Intérieur, est contre toute libération, parce qu'il ne pourrait plus, dit-il, « tenir la police ». Il est soutenu par Laurent Fabius, Premier ministre, et Robert Badinter, garde des Sceaux, pour des raisons de principe. D'autres sont partisans de céder pour revoir les otages. Mitterrand tranche : seul Naccache sera échangé, les autres membres du commando resteront en prison. Quant à l'aide militaire à l'Irak, elle ne peut être remise en cause ; c'est un point qui n'est pas négociable.

Le docteur Reza Raad, désormais porte-parole du gouvernement français, reprend le chemin du Proche-Orient.

Nous sommes alors fin 1985. Dans un geste symbolique qui ne manque ni de grandeur ni de courage, les familles des otages décident de passer Noël à Beyrouth, afin d'être plus proches d'eux. C'est un moment terrible pour elles. Elles découvrent la réalité du terrain, plus effrayante encore que ce qu'elles imaginaient. Beyrouth n'est plus qu'un champ de bataille. Des combats à l'arme lourde ont lieu entre les milices chiites et druses. Partout, ce ne sont que bâtiments effondrés, façades criblées de trous d'obus et de balles. Et c'est là que sont détenus leur fils, leur frère, leur mari ; même si les négociations aboutissent, ils risquent d'être ensevelis avant, dans l'immeuble qui leur sert de prison ! Pourtant, en ce jour de Noël, les familles gardent espoir. Le gouvernement, tenu de respecter le secret, leur a juste fait savoir que les négociations étaient en bonne voie.

Le docteur Raad, lui, est à Damas où il traite avec l'ambassadeur iranien en Syrie. Et l'accord est pratiquement conclu. Les quatre otages seront échangés contre Anis Naccache, tandis que des discussions seront entamées pour l'échelonnement de la dette. La date et le lieu de l'échange sont fixés : ce sera le samedi 4 janvier 1986, à Damas.

Anis Naccache est sorti de sa cellule, les familles des otages, qui sont rentrées en France, sont prévenues. On leur dit de se préparer à prendre l'avion pour Damas. On imagine leur joie, leur délivrance ! Joëlle Kauffmann va même acheter un bouquet de fleurs pour son mari !

Mais il ne se passe rien. La libération est d'abord reportée au samedi suivant, 11 janvier, prétendument pour des raisons techniques, puis, purement et simplement annulée. Anis Naccache est reconduit dans sa cellule, Joëlle Kauffmann jette ses fleurs fanées.

Que s'est-il passé ? C'est ici qu'intervient la politique intérieure française. Un émissaire de l'opposition est allé trouver les Iraniens et leur a démontré, sondages à l'appui, que Chirac et la droite avaient toutes les chances de prendre le pouvoir aux élections législatives du mois de mars suivant. Le nouveau gouvernement promettait de faire beaucoup mieux : ce ne serait pas le seul Anis Naccache qui serait libéré, mais tout le commando. Dans ces conditions, les Iraniens ont décidé d'attendre.

Pendant deux mois, les négociations piétinent, tandis qu'un nouvel élément vient apporter une dimension plus tragique encore à la situation : trois attentats secouent Paris en une semaine. Les spécialistes y voient la marque des Iraniens, pour augmenter la pression sur les autorités.

Un nouvel intermédiaire est choisi par François Mitterrand, Éric Rouleau, ambassadeur de France à Tunis. Cet ancien correspondant du *Monde* connaît parfaitement le Proche-Orient et a gardé beaucoup d'amitiés en Iran. Début mars 1986, il part pour Téhéran.

Il rencontre Rafik Doust, avec une nouvelle concession faite par le gouvernement français : François Mitterrand accepte de libérer les membres du commando Naccache, non pas en même temps que leur chef, mais un peu plus tard, en usant de son droit de grâce. Pour la seconde fois, on parvient à un accord : l'échange des prisonniers aura lieu le 15 mars, à Damas.

Mais pour la seconde fois, l'accord est annulé au dernier moment. On apprendra plus tard que l'opposition avait envoyé un représentant à Téhéran ; on était alors en pleine campagne électorale et il n'était pas question que le gouvernement parvienne à un accord juste avant les élections. L'envoyé de l'opposition se faisait communiquer toutes les propositions d'Éric Rouleau et avançait, à chaque fois, une proposition plus avantageuse. De nouveau, les Iraniens ont préféré attendre.

Ils ont même décidé de frapper plus fort encore.

Le 8 mars, une équipe d'Antenne 2, composée de Philippe Rochot, Aurel Cornéa, Georges Hansen et Jean-Louis Normandin, débarque à Beyrouth. Ils sont là sur la foi de rumeurs indiquant que les pourparlers de Téhéran se passent bien et espèrent pouvoir filmer la libération des otages. Mais sur place, l'atmosphère est pesante et ils se rendent compte qu'il n'est pas question de la moindre libération. Ils décident de faire un autre reportage.

Un prêche de Mohammed Fadlallah, le chef spirituel des chiites du Liban, doit avoir lieu dans une banlieue de la ville et ils choisissent de s'y rendre. Ils tombent sur une scène particulièrement inquiétante. Les propos du chef religieux sont d'une rare violence et la foule des fidèles est très excitée. Mohamed Fadlallah s'écrie :

– Si un chien français ou un chat américain meurt dans les ruelles du Liban, ils remuent ciel et terre, mais ils ne réagissent pas lorsque des massacres sont commis contre les peuples opprimés ! Mort à Israël ! Mort à l'Amérique ! Mort à la France !

Tous, dans la mosquée, reprennent la triple exclamation.

Le « Mort à la France ! » oppresse l'équipe d'Antenne 2. Ils ont hâte d'être dans l'avion du retour et se demandent même si on va leur laisser quitter les lieux. Dans le taxi, arrivés près de l'aéroport, ils pensent être enfin tirés d'affaire, quand ils sont arrêtés par des hommes en armes et conduits, les yeux bandés, vers un lieu inconnu.

Il y a maintenant huit otages français au Liban.

Non, pas huit, sept ! Un pas de plus dans l'horreur est en effet franchi peu après. Le 10 mars, une photo du corps de Michel Seurat est déposée à l'AFP. On le voit, les yeux clos, dans un linceul. Photo suivie par un coup de téléphone en provenance de Téhéran :
– Michel est liquidé, les autres, pas encore !

On saura plus tard qu'il s'agit d'une affabulation pour faire monter la pression : Michel Seurat n'a pas été exécuté, il est mort de maladie, vraisemblablement d'une hépatite. Ce sociologue de trente-huit ans au regard doux, qui s'était pris de passion pour le Liban, s'est éteint dans des conditions affreuses, par manque de soins. Ses compagnons de détention l'ont vu dépérir progressivement, à partir de la fin 1985. Ses geôliers ont refusé de lui fournir le moindre médicament. Il a été soigné avec un dévouement admirable par un autre otage, un médecin juif, Élie Hallak, qui n'a malheureusement rien pu faire avec les moyens dont il disposait. Hallak sera, d'ailleurs, assassiné un peu plus tard par ses ravisseurs, avec sept autres otages juifs...

On est alors à quelques jours des élections législatives. Simultanément à l'annonce de la mort de Michel Seurat, une cassette vidéo est envoyée aux télévisions françaises. On y voit Jean-Paul Kauffmann, Marcel Carton et Marcel Fontaine dans un état effrayant, barbus, épuisés, le regard sombre. Ils disent leur amertume, leur désespoir :
– Nous sommes ici parce que la France a choisi le camp de Saddam Hussein et fournit des armes à

l'Irak, au lieu d'être impartiale. Quand donc finira cette nuit ?

Mais les chaînes de télévision refusent de jouer le jeu des ravisseurs : elles ne diffusent que quelques images, sans la bande-son.

Le 16 mars 1986, les élections législatives donnent la victoire à l'opposition. La France entre dans une ère inédite de cohabitation entre un gouvernement de droite et un président de gauche. Le gouvernement du Premier ministre Jacques Chirac détermine la politique du pays, à l'exception de la politique étrangère : deux légitimités s'opposent, car c'est traditionnellement le domaine réservé du chef de l'État. Une telle situation n'est guère favorable aux otages du Liban...

En attendant, l'Iran se manifeste une nouvelle fois par la terreur. Les 17 et 20 mars, deux attentats, dans le TGV Paris-Lyon et sur les Champs-Élysées, font deux morts et trente-huit blessés. Les ayatollahs entendent sans doute ainsi rappeler à Chirac les engagements qu'il a pris. Le nouveau Premier ministre fait, d'ailleurs, immédiatement un discours, dans lequel il évoque le « grand pays qu'est l'Iran » et il engage le chef de l'État à gracier les membres du commando Naccache.

Mais c'est là que se manifestent les effets de la politique intérieure française, en sens inverse, cette fois. François Mitterrand, n'ayant aucune envie d'accorder à ses adversaires politiques le bénéfice d'un succès après leur arrivée au pouvoir, refuse toute grâce. Y compris celles qu'il était disposé à accorder précédemment. Le commando restera en prison jusqu'à nouvel ordre.

La situation est bloquée. Seul le président de la République a le droit de grâce. Le gouvernement est incapable d'honorer les promesses faites aux ravisseurs. Il peut bien faire progresser les négociations sur la dette d'Eurodif, fixer son montant à 1,4 milliard de dollars avec les intérêts, cela ne changera rien. Les sept otages français, victimes d'une situation qui les dépasse, vont sans doute rester longtemps dans leur terrible prison.

Car ce que vivent les malheureux n'a rien à voir avec une détention ordinaire. Il faut les imaginer enchaînés jour et nuit, au milieu d'une ville en pleine guerre où retentissent en permanence le sifflement des balles, les rafales des armes automatiques, le fracas des obus.

Le pire est peut-être l'inaction. Ils ne savent pas où ils sont. Leur chaîne est volontairement trop courte pour qu'ils puissent aller jusqu'à la fenêtre. Les heures se succèdent sans qu'ils aient la moindre distraction ; ils sont livrés à eux-mêmes, loin de tout, sans nouvelles des leurs, dans un monde de mort et de folie. Et pour les quatre premiers d'entre eux, ce cauchemar dure depuis plus d'un an !

Il y a aussi la brutalité et le sadisme de leurs geôliers. Souvent, ceux-ci les interrogent, le canon d'un fusil sur la tempe. Parfois ils tirent, mais l'arme n'est pas chargée, ce qui les fait rire. Marcel Fontaine évoque ce souvenir :

– Une fois, ils ont dit à Kauffmann et à moi : « Couchez-vous sur le ventre, faites vos prières : ou on vous libère, ou on vous tue ! » On a passé comme ça une heure ou deux, après quoi ils nous ont dit de nous relever et ils sont partis. Ce sont des sauvages, des fanatiques !

Pour des raisons de sécurité, les otages changent souvent de lieu de détention. Ils vont d'appartement en appartement, de cave en cave, de sous-sol en sous-sol, le plus souvent drogués dans des cercueils. C'est le meilleur moyen pour ne pas attirer l'attention, car des voitures transportant des cercueils, il n'y a que cela à Beyrouth, où meurent des centaines de personnes par jour ! Et, à chaque fois, le même cauchemar recommence, avec la brutalité de leurs gardiens ou leurs questions puériles et absurdes :

– Bois-tu du vin ?

– Oui, bien sûr.

– C'est interdit par le Coran.

– Vous savez bien que nous ne sommes pas musulmans.

– Pourquoi n'êtes-vous pas musulmans ?

Jean-Paul Kauffmann a écrit, dans *La Maison du retour*, le livre qu'il a consacré à sa détention : « À chaque supplique, nos ravisseurs nous opposaient le mot fatidique : *boukra*, "demain", c'est-à-dire un jour peut-être ou jamais. *Boukra*, c'est le contraire du futur, c'est la réponse dédaigneuse des geôliers au prisonnier crédule qui se persuade qu'il a encore un avenir. »

Le temps passe. En juin 1986, Jacques Chirac fait un geste dans le seul dossier qui progresse, celui d'Eurodif : il verse un premier remboursement de 330 millions de dollars. Le résultat ne tarde pas. Le 22 du même mois, Philippe Rochot et Georges Hansen sont libérés. On les retrouve en pleine nuit près de l'hôtel Beaurivage, qui domine la plage de Beyrouth. Ils sont pris en charge par les services de sécurité syriens et conduits à Damas où ils sont remis aux Français. C'est un événement. Ils sont non seulement les premiers Français, mais les premiers Occidentaux à être libérés depuis qu'il y a des prises d'otages au Liban !

Du coup, un vent d'optimisme se met à souffler. S'ils ont été libérés, leurs compagnons ne vont pas tarder à l'être. Mais à la réflexion, rien n'est moins sûr. La dette d'Eurodif n'est qu'un des éléments de la négociation. Les autres sont au point mort. À commencer par la libération du commando, sur lequel Mitterrand met toujours son veto. En faisant libérer seulement deux des journalistes d'Antenne 2 et pas les quatre, les Iraniens démontrent qu'ils contrôlent les preneurs d'otages. Ils se sentent en position de force : le gouvernement français a déjà cédé sur un point, il faut qu'il cède sur les autres.

Cette analyse est sûrement bonne car, bien loin d'évoluer favorablement, la situation va devenir bientôt dramatique. Le 1er septembre est envoyée une nouvelle cassette plus préoccupante encore que les précédentes. On y entend Jean-Paul Kauffmann déclarer :

– Nous vivons perpétuellement des moments d'angoisse et de frayeur. La mort nous obsède à chaque instant de la journée. Nerveusement, nous sommes au bout du rouleau. Tout peut arriver. Il faut que vous sachiez que nous ne reverrons peut-être jamais les nôtres. Nous avons le sentiment d'être complètement abandonnés. Nous portons déjà en nous des marques qui ne s'effaceront jamais.

Quelques jours plus tard, une nouvelle vague d'attentats secoue le pays. Entre le 8 et le 17 septembre, cinq bombes font treize morts et plus de cent cinquante blessés à Paris. L'Iran rappelle de terrible manière que les promesses qui lui ont été faites n'ont pas été tenues. La France, empêtrée dans ses divisions politiques, sait moins que jamais comment se sortir de ce guêpier.

La suite est chaotique. Le 24 décembre 1986, Aurel Cornéa, un des journalistes d'Antenne 2, est libéré, mais le 13 janvier 1987, Roger Auque, correspondant de RTL en mission à Beyrouth, est fait prisonnier.

C'est un peu plus tard que se produit un événement qui va tout changer. Walid Gordji, un des auteurs des récents attentats parisiens, se réfugie à l'ambassade d'Iran et y donne même une conférence de presse. Alors, pour la première fois les autorités françaises se révoltent. En juillet 1987, la France rompt ses relations diplomatiques avec l'Iran, tandis que le ministre de l'Intérieur Charles Pasqua organise le blocus de l'ambassade. Walid Gordji et le personnel diplomatique iranien se retrouvent à leur tour dans la position d'otages.

C'est un véritable coup de génie ! En agissant ainsi, la France change totalement la donne. Elle montre qu'elle n'est pas disposée à tout accepter et, avec les Iraniens prisonniers dans l'ambassade, elle dispose enfin d'une monnaie d'échange. Les négociations donnent rapidement des résultats. Le 29 décembre, Jean-Louis Normandin, le dernier des membres de l'équipe d'Antenne 2, et Roger Auque, l'otage le plus récent, sont libérés. Deux jours plus tard, le siège de l'ambassade iranienne à Paris est levé et Gordji autorisé à quitter le territoire.

L'année 1988 qui commence est pourtant, pour les otages, celle de tous les dangers, car la France est de nouveau en période électorale. Au mois de mai aura lieu l'élection présidentielle, pour laquelle François Mitterrand et Jacques Chirac vont encore une fois s'affronter. Va-t-on assister au même manège que lors des élections législatives de 1986 ?

Il semble bien... Des rumeurs courent selon lesquelles la gauche serait prête à tout pour empêcher les négociations d'aboutir. Pas question que Chirac remporte un succès qui pourrait lui donner la victoire. Alors, cette fois, c'est assez ! Le 22 février, une gigantesque manifestation est organisée pour les mille jours de détention de Kauffmann, réunissant non seulement une foule considérable, mais des hommes politiques de droite et de gauche, pour la première fois confondus. À l'issue du rassemblement, Joëlle Kauffmann prononce un discours pathétique, qui se termine par un cri de tout son être : « Arrêtez ! »

Le mot s'applique autant aux ravisseurs qu'aux dirigeants français et là, il se passe quelque chose : son appel est entendu. C'est fini, plus personne ne jouera le jeu du calcul politique. Celui des deux camps qui sera en mesure d'obtenir la libération des otages le fera, l'autre ne s'y opposera pas. La droite étant au pouvoir, c'est à elle de jouer, elle a les mains libres...

Curieusement, c'est au ministre de l'Intérieur qu'est attribuée cette mission relevant de la diplomatie. Charles Pasqua confie la tâche à l'un de ses vieux amis, Jean-Paul Marchiani, à tous points de vue l'homme de la situation. Corse comme Pasqua lui-même, il est à l'aise dans les imbroglios méditerranéens, les affaires de clans et de palabres. D'autre part, il vient des services secrets. Il a toujours travaillé dans l'ombre et la discrétion est indispensable pour la mission qu'il doit accomplir.

Ensuite, par rapport à ses prédécesseurs, il dispose de cartes réelles. L'Iran cherche le rétablissement des relations diplomatiques avec la France et est prêt à faire des efforts pour l'obtenir. De plus, outre le commando Naccache, d'autres Iraniens sont dans les prisons françaises : notamment deux des responsables des récents attentats, Fouad Ali Saleh et Georges Ibrahim Abdallah. Leur libération pourra être proposée en échange de celle des otages...

Il est très difficile de savoir dans quelles conditions Jean-Paul Marchiani a accompli sa mission. Le 22 avril à Beyrouth, il rencontre divers responsables. Nul ne sait ce qu'ils se disent. Y a-t-il eu le versement d'une rançon de 3 millions de dollars, les « frais de garde », selon l'expression employée par les ravisseurs ? On l'ignore. Tout ce qu'on sait, c'est que le 4 mai 1988, à la tombée de la nuit, Kauffmann, Carton et Fontaine sont relâchés devant l'hôtel Summerland. Jean-Paul Marchiani est là pour les accueillir.

Au même moment, Jacques Chirac est en meeting électoral à Strasbourg. Philippe Séguin lui tend une note l'informant de la nouvelle. Il l'annonce à la foule en liesse, commentant sobrement :

– Je suis heureux qu'un terme soit mis au calvaire des otages.

Et ajoute :

– Je pense à celui qui ne rentrera pas.

L'affaire est enfin terminée. Quatre jours plus tard, le 8 mai, François Mitterrand est élu président de la République, avec exactement le nombre de voix que lui prédisaient les sondages une semaine plus tôt. La libération des otages n'a pas eu la moindre influence sur le vote des Français.

En guise d'épilogue, on ne peut que revenir sur ces hommes dont la souffrance a été interminable. Et, d'abord, sur celui qui a connu le sort le plus tragique. À l'automne 2005, on a découvert des ossements humains sur un chantier de Beyrouth. D'après plusieurs témoignages, c'était dans ces parages qu'était détenu Michel Seurat au moment de sa mort. Des spécimens osseux ont été envoyés en France, pour des comparaisons d'ADN qui se sont révélées positives.

Le corps a été rapatrié en France le 7 mars 2006. Marie Seurat, sa veuve, s'est dite apaisée et a déclaré que sa pensée allait aux dix-sept mille disparus libanais, morts pendant la guerre civile, qui a duré de 1975 à 1990 et dont les corps n'ont pas été retrouvés.

Quant aux survivants, ils en sont restés marqués pour le restant de leur existence.

– C'est une épreuve destructrice qui entame l'être humain, a déclaré Philippe Rochot.

Marcel Fontaine, lui, a dit simplement :

– J'essaie d'oublier tout cela.

Jean-Paul Kauffmann a écrit dans son livre : « Connaître l'humiliation et la peur, éprouver quotidiennement l'exceptionnelle stupidité de geôliers, avoir toujours le dessous, ce n'est pas un accident de parcours, c'est un ratage. »

Rançon sans enlèvement

M. et Mme Davidson sont un couple heureux. Il faut dire que la vie, jusqu'ici, les a pleinement favorisés. Ils habitent un charmant hôtel particulier du West End, la partie résidentielle de Londres. Ils ont vingt-six ans tous les deux, sont mariés depuis quatre ans et leur avenir semble s'annoncer de la manière la plus brillante.

Lui, Edmund, est un des plus jeunes directeurs de banque ; il s'est hissé sans difficulté à cette place importante et ses remarquables qualités lui promettent d'aller rapidement plus loin. Elle, Emma, réussit avec autant de brio dans une branche toute différente : c'est une actrice de théâtre déjà très en vue, son nom fait partie de ceux que la critique encense ; de l'avis de tous les connaisseurs, Emma Davidson est à l'aube d'une grande carrière.

Le couple a un fils, Michael, âgé de deux ans, et Mme Davidson attend un second enfant. Ce 3 juin 1958, la naissance est imminente ; Emma est entrée la veille à la clinique. Bref, les Davidson sont jeunes, riches, gâtés par la vie, et on ne voit pas ce qui pourrait troubler ce parfait équilibre...

Le soir même, Edmund Davidson rentre chez lui. Il est nerveux. Dix fois dans la journée, il a téléphoné à la clinique pour avoir des nouvelles de sa femme. Mais l'accouchement tarde. Ce sera peut-être pour cette nuit ou pour demain.

À son arrivée, la bonne lui remet le courrier. Parmi le lot habituel de revues et quotidiens auxquels il est abonné, il y a une lettre. Avant de l'ouvrir, Edmund Davidson a une sensation de malaise, peut-être due à la façon dont son nom est rédigé sur l'enveloppe : uniquement en lettres majuscules. Tout comme la missive. Il n'est pas du tout rassuré en l'ouvrant.

« Si vous ne voulez pas que nous enlevions votre fils Michael, payez-nous 250 livres d'une manière que nous vous indiquerons au téléphone, demain, à minuit. Ne prévenez pas la police, sinon il arriverait malheur à l'enfant. »

Heureusement qu'Emma n'a pas pu lire la lettre ! D'ailleurs, les bandits ont sans doute attendu son départ pour expédier leur courrier. Une précaution délicate de leur part, mais à la réflexion très inquiétante : ils sont parfaitement informés de tout ce qui se passe chez eux. Après avoir longuement pesé le pour et le contre, évalué les risques, Edmund Davidson décide d'aller trouver la police pour lui demander sa protection.

L'inspecteur de Scotland Yard Mac Gregor considère avec perplexité la lettre que vient de lui remettre Davidson.

– Je dois vous avouer, monsieur, que c'est la première fois que je vois une chose pareille. Réclamer une rançon pour un enlèvement qui n'a pas eu lieu, c'est d'une audace peu commune !

– Ce sont des gens dangereux, alors ?

L'inspecteur sourit à son interlocuteur, qui s'agite nerveusement en face de lui.

– Non, monsieur Davidson, il s'agit incontestablement d'un illuminé ou d'un farceur. En tout cas, c'est du bluff. Nous allons organiser une surveillance autour de votre fils. Car vous n'allez pas payer, bien entendu !

– Si, je vais payer.

– Vous n'y pensez pas !

– Écoutez, j'ai longuement réfléchi. Deux cent cinquante livres est une toute petite somme. Je ne peux pas prendre le moindre risque, aussi faible soit-il. Ma femme est sur le point d'accoucher. Je devrais être à la clinique en ce moment. Imaginez ce qu'elle éprouverait si un malheur arrivait !

L'inspecteur Mac Gregor tente de le raisonner :

– Voyons, réfléchissez. Protégé par la police, votre fils ne risque rien. Versez cette somme une première fois, et vous mettez le doigt dans l'engrenage ! Au second coup, c'est 500 livres qu'on vous réclamera, puis 1 000, et plus encore. Pendant des années peut-être, vous allez être victime de ce chantage alors que le ou les truands n'ont certainement pas les moyens de mettre leurs menaces à exécution.

Mais Edmund Davidson secoue la tête d'un air grave.

— Je sais que vous avez raison. S'il s'agissait de mes affaires, j'estimerais ce risque à sa juste valeur : insignifiant. Mais là, il s'agit de mon foyer, de mon fils, de ma femme, je ne peux pas me permettre de prendre le moindre pari. Si vous voulez, venez chez moi ce soir. Vous enregistrerez leur appel.

Le soir, l'inspecteur Mac Gregor patiente dans l'hôtel particulier, en compagnie d'Edmund Davidson. Ils attendent minuit, l'heure prévue pour le coup de téléphone.

L'après-midi même, son épouse a accouché d'une petite fille, mais il n'y a aucune joie sur le visage d'Edmund. Il a dû se forcer, devant sa femme, pour sourire et donner l'apparence du bonheur.

À minuit cinq, la sonnerie du téléphone retentit. Edmund Davidson bondit sur le récepteur, l'inspecteur prend l'écouteur et met le magnétophone en marche. Au bout du fil, une voix dure s'exprime avec un léger accent italien :

— Félicitations pour la naissance de votre fille, monsieur Davidson. Mais c'est Michael qui nous intéresse. Rendez-vous immédiatement à Sheperd Street. Devant le numéro 105, il y a une cabine téléphonique. Glissez les 250 livres dans l'annuaire qui se trouve sur la planchette et filez. C'est tout !

L'homme a raccroché. Edmund Davidson se lève d'un bond, livide.

– Vous avez entendu cet accent italien ? C'est sûrement la Mafia. Ils savent que ma femme vient d'accoucher. Ils sont au courant de tout ! Je vous en prie, ne venez pas. J'irai seul. Il ne faut prendre aucun risque !

L'inspecteur lui pose la main sur le bras dans un geste rassurant.

– Faites-nous confiance, monsieur Davidson. Je vous suivrai discrètement avec quelques hommes. Nous n'interviendrons pas. Et ne vous inquiétez pas outre mesure : tous les Italiens ne font pas partie de la Mafia. De plus, il ne faut pas être spécialement renseigné pour savoir que votre femme vient d'accoucher d'une fille. C'est une actrice connue, la nouvelle était dans la plupart des journaux du soir.

Une demi-heure plus tard, l'inspecteur, couché dans le fond d'une voiture avec deux de ses hommes, voit Edmund Davidson s'arrêter devant la cabine téléphonique, entrer rapidement, glisser une liasse dans l'annuaire sur la planchette, remonter dans sa voiture et disparaître dans la nuit.

L'attente commence. L'inspecteur Mac Gregor est pratiquement sûr qu'il s'agit non pas d'une bande, mais d'un individu isolé. La voix au téléphone était jeune. C'est sans doute un débutant. Un débutant plein d'imagination pour avoir trouvé un coup si original, mais un débutant tout de même.

Sheperd Street reste déserte... Il est près de 1 heure du matin. Quelques voitures passent de temps en temps, aucune ne fait mine de ralentir devant la cabine.

Un promeneur arrive. L'homme est grand. Il est vêtu d'un pantalon sombre et d'une chemise blanche. Courbé dans la voiture, Mac Gregor l'observe attentivement. Il a les cheveux bruns très bouclés, indiscutablement il a le type italien. L'homme s'arrête quelques instants devant la cabine et jette un coup d'œil en direction de la voiture où sont cachés les policiers. Ne remarquant rien de suspect, il entre rapidement, ouvre les pages de l'annuaire et met la liasse de billets dans sa poche.

L'inspecteur Mac Gregor sort de la voiture et le prend en filature. Il a demandé à ses hommes, qui sont une douzaine en tout, de le suivre lui-même à distance. Il est satisfait, et il y a de quoi ! Décidément, cette enquête aura été plus facile qu'il ne l'avait imaginé. L'homme est seul, tout le prouve. C'est le même qui a appelé et qui est venu rechercher les billets. C'est un amateur qui a agi sans moyens. Il n'a même pas de voiture.

Quelques dizaines de mètres devant l'inspecteur, l'homme marche à grands pas. Il a l'air de connaître parfaitement ce quartier commerçant de Sheperd Street, où habitent bon nombre d'immigrés italiens. Le jeune homme tourne dans une rue à gauche. L'inspecteur presse le pas ; il a juste le temps de voir l'Italien tourner encore à gauche. Il s'y précipite à son tour et a un sourire de triomphe : c'est une impasse ! Dix mètres devant lui, l'homme s'est arrêté devant une petite boutique. Il met la main à sa poche, sans doute pour chercher ses clés. Il entre...

L'inspecteur attend quelques instants. Il s'arrête avec stupeur devant le magasin minable où a pénétré l'Italien. Oui, l'enquête est terminée sur le plan policier. L'homme est un petit malfaiteur sans envergure qui a agi seul et il ne sera pas difficile de l'arrêter, avec tous les hommes dont il dispose. Mais cette affaire réserve des surprises d'un autre genre.

L'inspecteur regarde de nouveau le magasin où il est entré. Sur la porte beige à la peinture écaillée, une inscription en lettres poussiéreuses : « Antonio Calvo – Objets de piété ». Dans la vitrine sale, on peut voir sur des étagères des Madones, des enfants Jésus, des saints et des saintes en plâtre...

Il est 6 heures du matin. C'est le moment ! Mac Gregor frappe à la porte de la boutique et lance d'une voix forte :

– Police ! Ouvrez !

Il y a un moment d'attente. Quelques personnes passent la tête aux fenêtres de la ruelle. L'inspecteur s'apprête à dire à ses hommes de fracturer la porte quand on entend du bruit à l'intérieur de la boutique. Un jeune homme vient ouvrir.

Il doit avoir entre vingt-cinq et trente ans. Il a passé une blouse blanche par-dessus sa chemise. Sa haute taille, son visage osseux et ses longs cheveux bruns bouclés lui donnent une allure d'artiste. Devant l'irruption des agents dans sa boutique, il joue l'étonnement. Il bredouille :

– Messieurs, que me voulez-vous ? Je ne comprends pas...

L'inspecteur Mac Gregor lui coupe la parole d'un ton bref.

– Ça suffit comme ça ! Nous savons que c'est vous.

Et il ordonne à ses hommes de faire une perquisition complète. Les policiers s'avancent, désorientés, parmi les Saintes Vierges souriantes, les saints Pierre avec les clés du Paradis, les saints François entourés de petits oiseaux...

Mais la fouille ne tarde pas à donner des résultats. Dans une petite pièce attenante à la boutique et qui fait à la fois office de chambre à coucher et de bureau, les policiers découvrent un buvard où on lit encore les lettres majuscules de la demande de rançon et une liasse de 250 livres.

L'inspecteur met les pièces à conviction sous le nez de l'Italien, qui s'effondre.

– Je n'avais pas l'intention de faire du mal au petit. Je n'en aurais jamais été capable, je vous le jure !

L'inspecteur l'interrompt d'un geste.

– Pourquoi vous êtes-vous réfugié dans cette boutique ? Où est Antonio Calvo ?

– Mais, Antonio Calvo, c'est moi, répond le jeune homme, surpris.

– Vous voulez dire que c'est votre métier de fabriquer tous ces... objets ? Allez, vos papiers et plus vite que ça !

L'Italien tend sa carte d'identité. Aucun doute n'est possible : c'est bien Antonio Calvo, né à Venise en 1932, sculpteur de profession...

Au milieu des saintes et des saints de plâtre, Antonio Calvo commence son extraordinaire confession.

– Je suis venu en Angleterre après la guerre. Chez nous, c'était la misère, il n'y avait pas assez de travail.

Je me suis mis à faire des statuettes religieuses. C'est mon métier. En Italie, cela marche bien. Mais en Angleterre, ce n'est pas la même chose. Il n'y a guère que les Italiens qui m'en achètent et quelques vieilles dames.

Il hoche la tête d'un air désabusé.

– Mais depuis quelque temps, même les Italiens ne veulent plus de la Madone et de leur saint patron. La religion se perd...

L'inspecteur Mac Gregor et les agents de Scotland Yard écoutent bouche bée. Non, il ne s'agit pas de cynisme. Le jeune homme est effectivement sincère. Antonio Calvo continue. Ses yeux fiévreux lancent des éclairs.

– Un jour, j'ai lu dans une revue un article sur les Davidson. Une chose m'a frappé : ils avaient tous les deux mon âge. Ça m'a fait mal, tous les détails qu'on donnait sur eux : leur hôtel particulier, la fortune du mari, la célébrité de la femme. Moi, dans mon impasse, je savais que je n'arriverais jamais à rien. Et pourtant, moi aussi, je suis un artiste, moi aussi, j'ai du talent ! Alors, j'ai pensé que je pourrais rétablir un peu l'équilibre...

Le jeune homme a un sourire triste.

– Seulement je ne suis pas un malfaiteur. Je ne voulais commettre aucun acte répréhensible, aucune violence. C'est alors que j'ai pensé à demander de l'argent pour empêcher un enlèvement. Mais je ne l'aurais jamais commis, jamais !

Antonio Calvo se tait. Et tandis que l'inspecteur Mac Gregor lui fait signe de le suivre, le jeune homme le regarde avec une expression suppliante. Il désigne du doigt une statuette.

– C'est saint Antoine, mon patron. Est-ce que je pourrais l'emporter en prison ?

À la suite de l'arrestation d'Antonio Calvo, une enquête a été menée en Italie, par l'intermédiaire d'Interpol, pour savoir s'il s'était rendu coupable d'autres délits dans son pays d'origine. Il s'est avéré que Calvo appartenait à une famille pauvre mais honnête. Il avait commencé son apprentissage chez un fabricant d'objets de piété quand les difficultés matérielles l'avaient contraint à s'expatrier.

À son procès, qui a eu lieu quelques mois plus tard, Antonio Calvo a suscité la curiosité puis la sympathie des juges et des jurés. Ce coupable hors du commun qui parlait avec ferveur de son métier avec de grands gestes était, de toute évidence, sincère.

M. et Mme Davidson ayant retiré leur plainte, il n'a été condamné qu'à six mois de prison avec sursis et il est sorti libre du tribunal. Dans le public, on entendait de nombreux commentaires, le plus souvent favorables, sur ce verdict d'indulgence. Le condamné, lui, n'en a pas paru autrement surpris : après tout, n'était-il pas sous la protection de saint Antoine ?

Les généraux et le rossignol

Le général Koutiepoff est assurément une belle figure de militaire ! Cinquante-quatre ans, en ce début de l'année 1930, grand, puissant, avec une moustache et une barbe noire taillée en forme de bêche, qui lui donnent un faux air de Landru, les yeux légèrement bridés, la voix tonnante, Alexandre Pavlovitch Koutiepoff en impose à tous ceux qu'il rencontre.

Il en impose également par son passé. Il s'est brillamment illustré pendant la Grande Guerre qui, en ce qui concerne la Russie, s'est terminée en 1917. Mais pour le général Koutiepoff, ce ne fut pas la fin des hostilités, bien au contraire. Durant la guerre civile qui a suivi, il a été l'adjoint du général Wrangel, commandant de l'Armée blanche, en lutte contre Lénine et les rouges. Les blancs ont fini par être battus. En novembre 1920, les débris de leur armée ont reflué en Crimée et embarqué à destination de Gallipoli, en Turquie.

Pour tous les partisans du régime tsariste est venu le temps de l'exil. Le général Koutiepoff a émigré en France, alors que son ancien chef Wrangel choisissait la Belgique. Très actif, Koutiepoff a fondé l'Union des anciens militaires russes à l'étranger, une organisation antibolchevique de soixante mille membres, et la mort du général Wrangel, en 1928, a fait de lui le chef indiscuté de toutes les organisations blanches à l'étranger. Depuis, il jouit d'un prestige sans égal au sein de l'émigration russe, en même temps qu'il est devenu l'homme à abattre pour les bolcheviques.

Face à cette menace, il refuse, comme ses amis le pressent de le faire, de s'entourer d'une garde personnelle. Tout cela coûterait cher et il ne veut pas employer les fonds de l'association à son profit. Le général Koutiepoff est, d'ailleurs, extrêmement économe. Depuis qu'il est en exil, il vit de manière on ne peut plus modeste. Il habite, avec sa femme et leur fils en bas âge, au 26 de la rue Rousselet, dans le 7e arrondissement, un immeuble sans charme ni confort, comme tous ceux de cette rue étroite et sombre. Pour sa sécurité, il a seulement accepté que trente émigrés russes chauffeurs de taxi se relaient pour le convoyer un jour par mois. C'est ce qu'il appelle sa « brigade ». À part cela, sa seule précaution est de ne jamais monter seul avec quelqu'un dans un ascenseur.

Et pourtant, de nombreux indices montrent que l'ordre de l'éliminer a été donné à Moscou et que le filet se resserre autour de lui. Le 15 janvier 1930 a lieu une réunion de l'Union des services de l'armée russe, regroupant tous les officiers blancs de Paris. Lorsqu'elle se termine, un taxi se présente pour le raccompagner, mais ne reconnaissant pas le chauffeur comme l'un de sa brigade, Koutiepoff refuse de monter dans le véhicule. Le bon taxi arrive peu après... Son entourage ne s'y est pas trompé : il vient d'échapper à une tentative d'enlèvement. Malheureusement, il y en aura d'autres !

Dimanche 26 janvier 1930. Le général Koutiepoff a décidé d'assister à la messe célébrée au 81, rue Mademoiselle, dans le 15ᵉ arrondissement, en l'honneur des vétérans de Gallipoli. La veille, il a demandé au chauffeur de service de ne pas venir. C'est son seul déplacement de la journée et, comme ce n'est pas loin, il ira à pied... Il est 10 h 30 lorsqu'il quitte le 26, rue Rousselet. Non loin de là, rue Mademoiselle, le général Repyev, président de l'Association des vétérans de Gallipoli, s'apprête à accueillir son chef sur les marches de l'église. Mais le temps passe et celui-ci ne vient pas. Le général Repyev finit par donner l'ordre de célébrer le service sans lui.

À 14 heures, l'épouse de Koutiepoff commence à s'inquiéter : son mari, qui avait promis de rentrer pour déjeuner, n'est toujours pas là ; or, il est d'une ponctualité toute militaire. À 15 heures, elle envoie Fedot, son ordonnance, à l'Association des vétérans. Fedot revient une heure plus tard : le général n'est pas allé à la messe et personne n'a de ses nouvelles. Folle d'angoisse, elle téléphone au secrétaire militaire de son mari, qui lui conseille d'alerter la police.

En réponse à son coup de fil, deux inspecteurs se présentent rue Rousselet. Mais malgré les menaces évidentes qui planent sur le général, ceux-ci prennent la chose avec beaucoup de calme.

– Madame, êtes-vous au courant de tous les faits et gestes de votre mari ?

– Non, bien sûr. Il ne me dit pas tout.

– Est-ce qu'il lui est déjà arrivé de s'absenter sans vous prévenir ?

– Une fois ou deux.

– Vous voyez ! S'il n'y a pas de nouvelles demain, il sera toujours temps de s'inquiéter. En attendant, nous vous demandons de ne pas prévenir la presse...

Le lendemain, pas le moindre signe de vie du général Koutiepoff. Tandis que son épouse porte plainte contre X pour enlèvement, l'enquête commence. Mais une demi-journée a été perdue et ce retard pourrait bien s'avérer décisif. En tout cas, les plus grands moyens sont mis en œuvre.

De Londres où il prend part à une conférence internationale sur le désarmement, le président du Conseil, André Tardieu, décide qu'une force de quarante agents sera mise à la disposition du commissaire Bidet, chargé des Affaires russes. La photo du disparu est en outre envoyée à toutes les frontières et dans tous les ports...

Les premières investigations montrent à quel point le général était menacé. Elles commencent à son domicile ; le chef des émigrés russes pouvait difficilement trouver un endroit plus mal situé : son appartement donne sur un petit jardin, en face duquel se trouve la pension de famille des étudiants soviétiques à Paris. La rue Rousselet est passée au peigne fin. Bien qu'elle ne soit pas longue, les commerçants y sont nombreux : deux épiceries, un marchand de bois et charbon, qui fait estaminet, une blanchisserie et un marchand de couleurs. Un peu plus loin, au croisement avec la rue Oudinot, se dresse la clinique Saint-Jean-de-Dieu, une belle bâtisse de trois étages, avec un grand parc.

Il devient vite évident que l'endroit grouillait d'espions. Ils avaient pour quartier général le café Le Rousselet, rue de Sèvres. Des jeunes gens ne cessaient de s'y relayer. Ils s'asseyaient près de la fenêtre et prenaient des notes en consommant un café. Ils semblaient recevoir des ordres d'un petit homme coiffé d'un béret noir. Celui-ci apparaissait deux ou trois fois par jour, comme pour s'assurer que tout le monde était bien à son poste. Par la suite, on découvre deux autres postes d'observation, dans la blanchisserie et dans l'estaminet.

Mieux encore : le général Koutiepoff était suivi partout où il allait. On remarque entre autres un taxi Citroën jaune conduit par un jeune homme aux joues roses. Le chauffeur est d'ailleurs un habitué de la blanchisserie. Le chef des émigrés russes, conscient de cette surveillance, disait en plaisantant :

– Ils me protègent.

Alors, que s'est-il passé, lors du fatidique dimanche 26 janvier ? La police parvient à reconstituer l'itinéraire pris par le général pour se rendre à l'église. Il est sorti de chez lui à 10 h 30, comme peut en attester le marchand de couleurs situé pratiquement en face du 26. Le propriétaire du cinéma Sèvres-Pathé, rue de Sèvres, le voit, à 10 h 45, se diriger vers le boulevard des Invalides. Peu avant 11 heures, il est remarqué par un officier russe blanc devant l'arrêt du tramway 89, à l'angle de la rue de Sèvres et du boulevard des Invalides. Koutiepoff semble préoccupé, car il ne lui rend pas le salut qu'il lui adresse, alors qu'il est d'habitude extrêmement courtois.

Un peu plus tard, un chauffeur de taxi le voit quitter les lieux non pas en direction de la rue Mademoiselle, mais vers la rue Oudinot, comme s'il voulait rentrer chez lui sans assister à la messe. À partir de là, les témoignages s'arrêtent. Avait-il rendez-vous devant l'arrêt de tramway ? En tout cas, il n'attendait pas le tramway lui-même car, pour des raisons de sécurité, il ne prenait pas les transports en commun. Quant à ce rendez-vous, il demeure mystérieux : il n'en avait parlé à personne et son carnet, qu'on consulte à son domicile, n'en fait pas mention...

Deux jours après le début de l'enquête, la police décide de rendre l'enlèvement public. La presse s'empare de l'affaire, ce qui change tout : les témoins affluent et la vérité ne tarde pas à être découverte.

Un certain M. Pomov a pris, le 18 janvier, le train de Cannes à Paris. Il s'est trouvé dans le même compartiment que trois hommes qui parlaient français avec l'accent russe. Après avoir échangé des banalités avec eux, il a fait semblant de dormir. Ses compagnons de voyage ont alors entamé une conversation en letton, sûrs de ne pas être compris. Or, M. Pomov est letton et il les a entendus dire qu'ils étaient chargés de commettre un attentat contre un Russe blanc très haut placé.

Le témoignage décisif survient peu après. Auguste Steinmetz est en convalescence à la clinique Saint-

Jean-de-Dieu, à l'angle des rues Rousselet et Oudinot. Vers 11 heures du matin, le dimanche 26, il regarde à sa fenêtre et aperçoit un curieux spectacle : une puissante Alfa Romeo grise est garée devant l'entrée de la clinique et un agent de police se tient non loin. Ce qui est surprenant, c'est que le véhicule est en stationnement interdit et que l'agent n'intervient pas. Auguste Steinmetz en conclut que l'auto attend un malade, car ses portières sont ouvertes. Deux hommes sont à côté. L'un est jeune, mince et solide ; l'autre, plus âgé, semble particulièrement impatient : il ne cesse de jeter des regards en direction du boulevard des Invalides.

Une seconde voiture, un taxi Renault rouge, est garée rue Oudinot, au milieu de la chaussée et gêne considérablement la circulation. Encore une fois, il est tout à fait étonnant que l'agent ne s'en formalise pas. Soudain, les moteurs des deux voitures se mettent en marche, tandis qu'un homme d'âge mûr fait son apparition. Il ressemble à Landru avec sa moustache et sa barbe noires. Auguste Steinmetz ne l'a jamais vu, mais après la publication par la presse de la photo du général Koutiepoff, il peut affirmer que c'est lui.

Lorsqu'il arrive à la hauteur de l'Alfa Romeo grise, les deux hommes viennent à sa rencontre, lui disent quelques mots et le prennent chacun par un bras. Ensuite, malgré sa résistance frénétique, ils le poussent à l'arrière de la voiture et prennent place à ses côtés. L'agent, qui n'était pas intervenu, monte alors à l'avant de la voiture, qui démarre, suivie du taxi rouge...

À la fin de son témoignage, Auguste Steinmetz précise que s'il n'avait rien dit jusque-là, c'est à cause de l'agent : il ne pensait pas avoir assisté à un enlèvement, mais à une arrestation opérée par la police.

La présence de cet agent – de toute évidence un faux agent – a joué un grand rôle, comme le confirment d'autres témoignages. Peu après, à 11 h 05, l'agent de police Chauveau, en faction devant le consulat d'Italie, avenue de Villars, voit les deux voitures arriver à vive allure. Il distingue une scène de bagarre à l'intérieur de la première, mais la présence d'un de ses collègues sur le siège avant le dissuade d'intervenir.

Le témoignage d'une dame Flottes montre que l'opération a été à deux doigts d'échouer. Elle avance à pied, au milieu d'un embouteillage, pont de l'Alma, essayant de se frayer un chemin au milieu des véhicules à l'arrêt, lorsqu'elle aperçoit, dans une voiture grise, un homme appliquant un mouchoir sur le visage de son voisin. Devant ce spectacle, elle s'apprête à donner l'alerte, mais il y a un agent à côté du conducteur. Il ouvre sa vitre et lui déclare :

– Le malheureux a eu les jambes écrasées. Nous lui administrons de l'éther pour soulager ses souffrances.

Ensuite, il lui explique que l'homme a été accidenté sur la voie publique et qu'on le conduit à l'hôpital le plus proche. Mme Flottes trouve son français d'une élégance surprenante pour un simple agent, mais elle n'insiste pas. D'autant que, l'embouteillage persistant, l'agent sort et fait circuler les véhicules de manière parfaitement professionnelle. Lorsqu'on recommence à rouler, il remonte et les deux voitures disparaissent.

D'autres témoins permettent de reconstituer leur parcours. On les voit porte de Saint-Cloud, roulant à tombeau ouvert. Vers midi, les deux voitures traversent Évreux à vive allure. À 13 h 30, elles sont aperçues à un passage à niveau entre Pont-l'Évêque et Trouville. Peu après, M. Grandcollot, maire de Bonneville-sur-Touques, les voit s'engager sur la route nationale 27, en direction de la mer.

À cet endroit, une falaise domine la plage d'une centaine de mètres et la route ne donne pas accès au rivage, sauf entre Villers-sur-Mer et Houlgate, au lieudit Les Vaches noires. La falaise s'est effondrée et un sentier impraticable par mauvais temps descend jusqu'à la mer au milieu des genets et des marécages.

Vers 16 heures, un couple d'amoureux, qui se promène dans ces lieux d'habitude déserts, a la surprise d'entendre le bruit d'un canot à moteur. Aussitôt, deux autos paraissent sur le chemin boueux et s'arrêtent non loin. Un sergent de ville descend de la première, avec un paquet enroulé dans une toile de sac. Lui-même et ses compagnons le chargent sur leurs épaules et empruntent le sentier jusqu'à la mer.

Intrigués, les amoureux se cachent et observent la suite. Le canot à moteur est secoué par les vagues et un cargo mouille au large. Les hommes s'avancent dans l'eau vers le canot. Il y a avec eux une femme, qui pousse un petit cri lorsque la mer l'éclabousse. Le paquet est hissé dans le canot et deux des hommes montent avec lui. L'embarcation part alors à vive allure vers le cargo. Le reste des occupants des voitures, y compris la femme et le sergent de ville, font demi-tour. Tandis qu'ils passent près des amoureux, l'un d'eux dit à ses compagnons :

– Vous ferez bien de tout nettoyer. Il faut que la voiture soit d'une propreté parfaite...

Un peu plus tard, vers 16 h 30, M. Grandcollot voit repasser l'Alfa Romeo et le taxi Renault dans son village. Mais cette fois, comme ils roulent à faible allure, il voit nettement le conducteur du premier véhicule, un jeune homme au visage rouge et aux cheveux blonds hirsutes. D'après les photos que lui présente la police, il reconnaît formellement l'agent du Guépéou Yanovitch. Une demi-heure plus tard, les deux voitures sont vues à Pont-l'Évêque. Les témoignages s'arrêtent là.

Les circonstances de l'enlèvement sont donc clairement établies et la présence d'un membre du Guépéou, le terrible service secret de Staline, n'est pas pour surprendre. Même si les autorités de Moscou démentent toute responsabilité dans l'affaire, personne ne peut douter que l'opération ait été décidée au Kremlin.

L'opinion publique, en tout cas, n'en doute pas. Depuis que l'affaire a été rendue publique, elle soulève une émotion considérable. Cet enlèvement orchestré en plein Paris par une puissance étrangère, avec de surcroît l'aide d'un faux agent, suscite l'indignation. On réclame que l'ambassade soviétique rue de Grenelle soit perquisitionnée, car c'est là, de toute évidence, que se trouvent les coupables.

Et cela semble effectivement le cas. Pendant les jours qui suivent l'enlèvement, d'épaisses fumées s'élèvent des cheminées de l'ambassade et les pelouses des environs se couvrent de cendres. Ce qui ne peut pas ou ne doit pas être brûlé est emballé dans une malle et convoyé à Bruxelles le 1er février, par le premier secrétaire Ahrens. D'après certains témoignages, c'est également à l'ambassade que se cache l'agent du Guépéou Yanovitch. Lui-même reste introuvable, mais sa femme quitte, elle aussi, la rue de Grenelle à destination de la Belgique, à bord d'une voiture diplomatique.

Les semaines passent et l'émotion ne retombe pas. Les réunions de protestation et les manifestations de rue se multiplient. Des collectes sont organisées pour aider aux recherches et atteignent la somme jamais vue de 450 000 francs ! Le 4 février, l'ambassadeur soviétique Dovgalevski remet au Quai d'Orsay une note stigmatisant l'hostilité de la presse. Le 11 février, le député de droite Ybarnégaray demande que la France rompe ses relations diplomatiques avec l'URSS. Le soir, trois cents manifestants marchent contre l'ambassade. Ses occupants sont tellement effrayés que l'ambassadeur les fait armer.

Et puis la tempête se calme aussi brusquement qu'elle a commencé. Le 17 février, le ministère Tardieu tombe sur une question budgétaire de médiocre importance, et l'opinion ne s'intéresse plus qu'à la crise ministérielle. Le général Koutiepoff et sa barbe noire, le Guépéou et ses méthodes expéditives sortent des esprits, la presse ne leur consacre plus que quelques lignes dans les pages intérieures...

L'enquête se poursuit pourtant. À défaut de retrouver les auteurs de l'enlèvement, vraisemblablement à jamais hors d'atteinte, elle cherche à découvrir avec qui avait rendez-vous le général devant l'arrêt du tramway. C'est un traître, mais qui ? Un ami, un employé ? Quel prétexte a-t-il invoqué pour l'attirer dans ce piège ? Pendant des mois, pas moins de quatre-vingts pistes sont explorées, mais pas une ne donne quoi que ce soit.

Il en est de même pour identifier le faux agent, qui a été un rouage si important dans le déroulement de l'opération. Il semble bien qu'à la différence des autres, il soit français et non russe. D'après Mme Flottes, il parlait sans accent et même avec aisance. Est-ce un étudiant sympathisant des Soviétiques ? En tout cas, il jouait son rôle depuis un moment, car il a été aperçu quelques semaines auparavant au même endroit, en train de s'entretenir avec une femme blonde ressemblant à celle aperçue en Normandie. C'est ce que confirme l'enquête auprès des loueurs de costumes : un déguisement d'agent de police loué deux mois plus tôt n'a pas été rendu. Mais les coordonnées du client n'ont pas été conservées...

On en restera malheureusement là et les circonstances de la mort du général Koutiepoff ne seront jamais élucidées. Le Kremlin a-t-il voulu le capturer vivant pour lui faire subir un lavage de cerveau afin qu'il reconnaisse le régime soviétique, ce qui aurait été un coup bien plus dur porté aux blancs que son élimination pure et simple ? Mais le général Koutiepoff était cardiaque et il n'a sans doute pas survécu à son enlèvement, notamment à la bagarre et à l'inhalation d'éther. Est-ce un mort qui a été hissé dans le canot, puis dans le cargo qui attendait au large ? Il y a peu de chances en tout cas qu'il soit arrivé vivant en URSS.

Même s'il ne s'agit pas à proprement parler d'un rebondissement, l'affaire Koutiepoff fait reparler d'elle sept ans plus tard. Le 23 septembre 1937, une information sensationnelle fait les gros titres de la presse : « Le général Miller, successeur du général Koutiepoff à la présidence des Anciens combattants russes, disparaît à son tour en plein Paris. On ignore également ce qu'est devenu son collaborateur, le général Skobline. »

Physiquement et moralement, les deux hommes se ressemblent, même si le second est plus âgé. Âgé de soixante-dix ans, Ievgueni Karlovitch Miller, tout comme le général Koutiepoff, a exercé des responsabilités dans les armées blanches. Physiquement, ils ont la même allure martiale : une haute stature, un corps solidement charpenté, une barbe et une moustache imposantes.

Comme son prédécesseur, le général Miller fait preuve de discrétion. Il habite avec sa femme et ses deux filles un modeste appartement au 3 *bis* de la rue Jean-Baptiste-Clément, à Boulogne. Il mène une vie simple, passant la plupart de son temps au siège de son association, 29, rue du Colisée. Il a coutume de déjeuner d'un casse-croûte qu'il emporte dans une musette.

Mais le 22 septembre 1937, il se produit un fait inhabituel. Il quitte son bureau à 12 h 10, en disant au général Koussouvsky, son secrétaire :

– J'ai un rendez-vous à 12 h 30. Je serai de retour dans l'après-midi...

Il marque un temps d'hésitation et sort une lettre de sa proche.

– Tenez, voici une lettre que j'ai mise sous enveloppe fermée. Je vous demande de ne l'ouvrir que si je tardais trop à rentrer.

Le général Koussouvsky prend la missive, surpris et impressionné, mais n'ose pas poser de question. Il voit la silhouette massive de son chef s'éloigner. Il ne le reverra jamais...

Tout l'après-midi se passe sans qu'il rentre à son bureau. Le général Koussouvsky lui-même a quitté les lieux à 15 heures. Quand il revient en début de soirée le téléphone sonne. Au bout du fil, l'épouse du général Miller :

– Que se passe-t-il ? Mon mari n'est pas rentré dîner. Avez-vous de ses nouvelles ?

Koussouvsky lui répond que non et se souvient alors de la lettre, à laquelle, curieusement, il ne pensait plus, malgré son caractère inquiétant. Il l'ouvre et la lui lit : « Je dois retrouver le général Skobline à l'angle des rues Jasmin et Raffet pour aller à un rendez-vous avec un officier allemand attaché militaire dans un pays limitrophe de l'URSS... Le rendez-vous a été arrangé par le général Skobline. Serait-ce un guet-apens ? C'est dans cette éventualité que je laisse la présente lettre. »

Mme Miller est horrifiée.

– Il faut immédiatement prévenir la police !

Mais le secrétaire de son mari n'est pas de cet avis.

– Si vous le permettez, je préfère réunir le conseil des responsables de l'association. Skobline en fait partie. Nous l'interrogerons. Au besoin, nous le ferons parler.

Après que l'épouse a donné son accord, Koussouvsky convoque en pleine nuit, pour une raison de la plus extrême urgence, les membres du conseil, dont Skobline. Une fois qu'ils sont tous réunis, Koussouvsky annonce la disparition du général Miller et donne lecture de sa lettre. Les regards se tournent vers Skobline, qui est livide.

– Je suis stupéfait. Je ne comprends absolument rien !

– Vous n'aviez pas donné rendez-vous au général Miller aujourd'hui ?

– Mais non, pas du tout !

Parmi les membres du conseil, c'est la plus totale confusion. Tout le monde parle en même temps. Profitant du désordre qui s'est installé, le général Skobline quitte la pièce. L'instant d'après, on entend la porte d'entrée s'ouvrir et un bruit de cavalcade dans l'escalier. Skobline a disparu. Lui non plus, on ne le reverra jamais.

Le général Koussouvsky revient peu après, tout essoufflé, après s'être vainement mis à sa poursuite avec quelques autres. Il conclut :

– Il ne reste plus qu'à alerter la police...

L'enquête commence. Les ravisseurs du général Miller ont une grande avance, mais la bonne piste se présente très rapidement. Un cargo russe, le *Maria*

Oulianova, quitte le port du Havre dans la soirée après avoir chargé différentes personnes venant de l'ambassade russe à Paris. Ces personnes ont avec elles du matériel, dont une grande caisse.

La Sûreté générale propose d'arraisonner le *Maria Oulianovna* par un navire de guerre et de lui faire faire demi-tour, mais le ministre de l'Intérieur Marx Dormoy refuse. Il faut dire que les circonstances politiques sont encore plus défavorables que lors de l'enlèvement du général Koutiepoff. Le Front populaire est au pouvoir et il n'est pas question de mécontenter l'URSS, alliée indispensable contre le fascisme et le nazisme triomphants.

L'enquête pour retrouver le général est donc abandonnée... Ainsi qu'on l'apprendra bien plus tard, le général Miller a été conduit vivant en URSS et a subi le sort qu'on réservait à son prédécesseur : le convaincre de se rallier au nouveau régime. Face à son refus obstiné, malgré des tortures qui ont duré près de deux ans, il a été condamné à mort par un tribunal militaire, et exécuté le 11 mai 1939...

C'est dans une autre direction que se concentrent les recherches de la police française. Cherchant à savoir comment a été organisé le rapt, les enquêteurs suivent la piste de Mme Skobline, que son mari a abandonnée dans sa fuite. Dès le matin du 23 septembre, les policiers la retrouvent dans une chambre de l'hôtel Pax, avenue Victor-Hugo, où le couple a l'habitude de descendre lorsqu'il vient à Paris. Ils découvrent une fort belle femme d'une cinquantaine d'années, à la voix profonde et au charme incontestable. Il faut dire que celle qu'ils ont en face d'eux est loin d'être ordinaire...

Nadia Vinnikova est née en Russie, près de Koursk, en septembre 1884. Elle est le douzième et dernier enfant d'une famille de paysans pauvres. Pour éviter d'avoir une bouche de plus à nourrir, ses parents la font entrer au couvent où elle se fait remarquer par sa voix merveilleuse à la messe. Pour elle, c'est une révélation : elle n'a pas la foi, elle n'est pas faite pour être religieuse mais pour être chanteuse. Elle s'enfuit du couvent, se fait engager dans un cirque qui passait par là, puis dans une troupe de musiciens ambulants. Elle épouse l'un des danseurs, Plevitsky, et ne cesse de chanter, avec un succès toujours croissant.

Peu à peu, celle qu'on n'appelle plus que la Plevitskaïa devient célèbre. Elle s'est spécialisée dans les chansons populaires russes, qu'elle interprète devant des auditoires de plus en plus prestigieux. À chaque fois, le public est sous le charme de sa voix chaude, envoûtante. Et, bientôt, c'est la consécration suprême : elle chante devant le tsar ! À la fin de son récital, Nicolas II vient lui serrer les mains avec chaleur.

– J'ai pris grand plaisir à vous entendre, Nadia Plevitskaïa. On me dit que vous n'avez jamais appris à chanter, surtout n'apprenez jamais. J'ai entendu beaucoup de rossignols savants. Ils chantent pour l'oreille. Vous, vous êtes un rossignol de chez nous, un rossignol de Koursk, vous chantez pour le cœur !

Le « rossignol de Koursk », ce surnom donné par le tsar en personne, ne quittera plus la Plevitskaïa. Sa renommée grandit encore. Elle habite un luxueux appartement à Saint-Pétersbourg. Et, tandis que son mari vit dans son ombre, ses admirateurs la couvrent de bijoux et de fourrures. Elle divorce en 1914, pour épouser un jeune noble, Youri Livitski, qui meurt à la guerre.

Lorsque éclate la révolution d'Octobre, elle est de tout cœur du côté des rouges, elle, la fille du peuple. Elle aimerait continuer sa carrière sous le nouveau régime, mais le destin en décide autrement. Elle se trouve à Koursk lorsque la ville est prise par les blancs. Un jeune et beau général de vingt-six ans, Nicolas Skobline, lui fait la cour. Elle se laisse séduire, se marie de nouveau et adopte sa cause. Malheureusement, les tsaristes sont vaincus et elle doit suivre son mari en exil. Comme la plupart de ses semblables, il choisit la France et plus précisément Paris...

Telle est la femme que les policiers découvrent dans sa luxueuse chambre d'hôtel. Elle s'alarme lorsqu'ils lui déclinent leur identité.

– Que se passe-t-il ? Il est arrivé malheur à mon mari ?

– Il a disparu, madame, et le général Miller aussi.

La Plevitskaïa manque de se trouver mal.

Les policiers lui racontent la disparition du général Miller, la lettre qu'il a laissée, accusant le général Skobline, et la fuite de ce dernier lorsqu'on lui en a donné lecture... La belle chanteuse, visiblement bouleversée, déclare aux enquêteurs qu'elle est prête à répondre à leurs questions.

– Votre mari n'avait pas rendez-vous à 12 h 30 avec le général Miller ?

– Pas du tout. À cette heure-là, il était avec moi...

Et le rossignol de Koursk entame un récit détaillé. Peu avant midi, son mari l'a déposée devant un magasin de modes, avenue Victor-Hugo. Comme il déteste entrer dans ce genre de boutique, il est resté à l'attendre dehors dans sa voiture. Elle en est ressortie une heure et demie plus tard puis ils se sont rendus ensemble au restaurant. Il était donc impossible qu'il soit au même moment avec le général Miller.

Les policiers passent à un autre sujet.

– Quels étaient vos rapports avec le général Miller ?

– Excellents. Mon mari et moi, nous étions souvent chez lui et il venait fréquemment chez nous avec sa femme.

– Il a pourtant accusé formellement Skobline.

– C'est incompréhensible !

Malheureusement pour la Plevitskaïa, les vérifications menées par les enquêteurs sont loin de confirmer ses propos. On ne tarde pas à apprendre que le général Skobline était soupçonné par ses collègues de l'association d'être à la solde de Moscou. Un tribunal d'honneur avait même été constitué pour le juger, mais il n'avait pas pris de décision, faute de preuves. Quant aux deux généraux, leur entente était loin d'être parfaite. Les domestiques des époux Skobline révèlent que ceux-ci surnommaient le général Miller le « vieux gâteux ». Enfin et surtout, l'alibi donné par le rossignol de Koursk est faux, il a même été soigneusement fabriqué pour innocenter son mari… La vendeuse de modes qui s'est occupée de Nadia est formelle :

– Elle ne cessait d'aller regarder à la fenêtre et de répéter : « Mon mari m'attend dans la voiture, il doit s'impatienter ! » Mais il n'y avait personne. La voiture est arrivée vers 13 h 30 pour venir rechercher Mme Skobline, elle n'y était pas avant.

Dès lors, non seulement la culpabilité du général Skobline semble évidente, mais sa femme apparaît clairement comme sa complice. Ils semblent avoir sous-estimé leur victime. Gâteux, le général Miller était loin de l'être, il avait même de sérieux soupçons, d'où cette lettre, à laquelle ils ne s'attendaient ni l'un ni l'autre et qui a conduit Skobline à prendre la fuite…

Nadia, le rossignol de Koursk, est arrêtée. À défaut des intouchables Soviétiques, c'est elle qui sera la seule inculpée dans cette affaire, la seule à passer en jugement.

En attendant, les journalistes s'intéressent de près à l'affaire et une version à charge contre l'accusée se dessine. On pourrait à peu près résumer les choses de cette manière…

Après l'exil, le rossignol de Koursk cherche à rentrer en Russie. Ayant d'abord été du côté des rouges, elle a gardé des contacts avec eux. Elle parlemente avec le Guépéou pour gagner son pardon et son retour au pays. Après avoir un moment fait la sourde oreille, il finit par lui laisser une chance : elle sera pardonnée si elle convainc son mari de travailler pour les Soviets.

En apparence, la chose est difficile. À la différence de la fille de paysans pauvres qu'est Nadia, Nicolas Skobline est un tsariste convaincu. Mais c'est oublier l'ascendant que la belle chanteuse possède sur son mari. Un des proches du couple a pu dire :

– Chez eux, c'est elle qui porte la culotte de général.

Nadia sait être convaincante. Faisant appel à l'amour de son mari pour le sol natal et peut-être aussi à sa cupidité, elle finit par avoir gain de cause.

Sur les ordres du Guépéou, le général Skobline accomplit diverses missions et la situation du couple, qui était jusque-là plutôt dans la gêne, s'améliore brusquement au début de l'année 1930. Les Skobline achètent une belle propriété à Ozoir-la-Ferrière. Or c'est le 26 janvier de cette année-là que le général Koutiepoff a été enlevé. Skobline aurait-il participé à l'enlèvement ? Est-ce lui le mystérieux homme qui avait rendez-vous devant le tramway ?

Si ces questions restent sans réponse, il semble certain qu'il continue ses activités secrètes au profit des Soviétiques. Ce sont elles qui finissent par le faire soupçonner des autres émigrés blancs, qui ne peuvent le condamner, faute de preuves. Et c'est alors que Skobline reçoit une nouvelle mission, peut-être la dernière avant le retour au pays : organiser l'enlèvement du général Miller. Il pense y parvenir facilement, mais Miller, moins naïf qu'il ne l'imagine, le dénonce par avance dans une lettre destinée à ses amis.

Ce ne sont pourtant que des hypothèses et le public espère en savoir plus lors du procès de Nadia Skobline, qui s'ouvre le 4 décembre 1938, devant la cour d'assises de Paris.

L'accusée fait son entrée dans le box, terriblement vieillie et usée. La Plevitskaïa, le rossignol de Koursk, la chanteuse qui faisait vibrer toute la Russie semble bien loin ! Plus que la détention et l'incertitude sur son propre sort – elle risque la prison à perpétuité –, c'est l'absence de son mari qui semble l'avoir minée. Car, depuis la nuit du 22 septembre 1937, il n'a pas donné le moindre signe de vie.

Et, à la réflexion, son attitude est difficilement excusable. Si sa femme est aujourd'hui devant les juges, c'est parce qu'elle a donné ce faux alibi maladroit, la désignant comme sa complice, c'est parce qu'elle est restée solidaire de lui, essayant de le protéger à tout prix. Mais lui, a-t-il pensé à elle ? Qu'est-ce qui l'empêchait, après s'être enfui de la rue du Colisée, de revenir à l'hôtel Pax et de tenter de gagner la Russie avec elle ? Au contraire, il l'a lâchement abandonnée à la police et la justice françaises.

Le président Delegorgue commence d'ailleurs, non sans quelque cruauté, par aborder ce point, lors de son interrogatoire :

– Vous formiez avec votre mari un ménage uni, avez-vous dit. Vous vous aimiez. Alors, je vous le demande : pourquoi n'est-il pas là pour vous défendre, pour crier votre innocence ? Même en fuite, il pouvait écrire aux juges, à moi, à vous-même.

Quand on aime une femme, on ne la laisse pas sur ce banc où vous êtes, exposée aux travaux forcés !

On lui traduit mot à mot ces propos, car elle parle très mal français, elle, la fille de paysans qui n'a reçu aucune instruction. Elle éclate en sanglots et parvient à prononcer entre ses larmes :

– Il ne sait pas ! Je suis sûre qu'il ne sait pas ! S'il savait, il serait ici !

Que peut-elle dire d'autre ? Certainement pas évoquer la version la plus simple et la plus vraisemblable : si le général Skobline n'a pas donné signe de vie, c'est qu'il est mort. Les Soviétiques ont préféré faire disparaître un homme qui en savait trop... Le président Delegorgue, qui mène les débats de manière assez hostile à l'accusée, poursuit :

– Depuis quelque temps, vos cachets de cantatrice devenaient rares et pourtant vous continuiez à vivre sur un grand pied...

La Plevitskaïa ne répond pas, semblant ignorer l'accusation contenue dans cette phrase. Du coup, le président hausse le ton :

– Femme Skobline, si vous savez où est le général Miller, je vous adjure, au nom de son épouse, de ses enfants, de le dire ! Savez-vous s'il est mort ou vivant ? J'insiste sur le fait que votre aveu ne saurait aggraver les charges qui pèsent sur vous, au contraire !

On traduit encore une fois tous les mots à l'accusée. Elle s'écrie :

– Je ne sais rien de cette affaire, ma conscience est pure ! Je souffre plus que n'importe qui d'être ici !

Il n'y a qu'un témoin qui connaît tout, c'est Dieu, et, lui, il sait que je suis innocente !

La suite des débats n'apporte rien qu'on ne sache déjà. Le commissaire Piguet déclare qu'une camionnette immatriculée 235 X CD et appartenant à l'ambassade soviétique a apporté au Havre une caisse de grandes dimensions, qui a été embarquée sur le cargo *Maria Oulianovna*. Ensuite, on assiste à un défilé d'individus plus ou moins louches, qui se prétendent agents de renseignement ; certains affirment que l'accusée est innocente, d'autres qu'elle est coupable, mais aucun d'eux n'apporte la moindre preuve.

Arrivent enfin les plaidoiries. Dans son réquisitoire, l'avocat général Flach réclame la réclusion criminelle à perpétuité. Prenant la parole pour la défense, Mᵉ Philonenko rappelle que personne ne sait exactement ce qui s'est passé et conclut :

— Il faut laisser à la Plevitskaïa une chance de survie !

Mais cet appel reste vain : l'accusée est condamnée à vingt ans de réclusion criminelle. C'est extrêmement lourd compte tenu qu'il n'y a aucune preuve formelle et que, si culpabilité il y a, son rôle n'a certainement été que secondaire… C'est un être totalement effondré qui est emmené vers la prison pour femmes de Rennes.

La cage s'est refermée sur le rossignol ; il n'en sortira pas. Celle qui faisait battre le cœur de toute la Russie est devenue le n° 9202 à la centrale de Rennes. Elle couche avec ses codétenues dans un dortoir de cent places et porte l'uniforme réglementaire : une blouse, une longue jupe de bure et un bonnet blanc, dont aucune mèche ne doit dépasser.

Sa santé se dégrade rapidement. Le 10 mai 1940, jour de l'attaque allemande, alors qu'elle souffre d'un abcès au pied gauche qui s'est infecté, elle demande à faire des révélations. Le commissaire Belin, de la Sûreté nationale, se déplace en personne, étant donné l'importance de l'affaire.

Il trouve une femme « amaigrie, voûtée, ridée et très humble » qui continue à nier toute participation à l'enlèvement, mais qui, pour la première fois, accuse son mari de l'avoir organisé. Il aurait conduit le général Miller dans un pavillon de Saint-Cloud où des Soviétiques l'attendaient et lui auraient fait une piqûre pour l'endormir. Elle dit faire ces révélations pour soulager sa conscience, mais non pour se venger de son époux, qu'elle aime toujours.

– Ce fut mon grand amour. J'ignore où il se trouve. Je meurs de tristesse de ne pas l'avoir revu depuis trois ans…

Son état s'aggrave. Le 20 juillet, elle est amputée du pied, dans une clinique de Rennes, que les Allemands viennent d'occuper. Le 10 septembre, elle quitte la clinique pour la prison. Le médecin qui l'examine constate « un état de déficience complète, avec phénomènes d'adynamie cardiaque ». Elle meurt le 21 d'un arrêt du cœur.

Ainsi s'est terminée cette double affaire, qui avait fait quatre victimes : trois généraux – car Skobline a certainement été éliminé lui aussi – et un être fragile et dépassé par les événements. Au fond, le rossignol de Koursk ne demandait qu'une chose : chanter, mais il a eu le malheur de vivre dans une époque divisée, déchirée, où le bruit des balles et des bombes empêchait d'entendre le chant des oiseaux.

Un enlèvement peut en cacher un autre

17 octobre 2001. Le carabinier Angelotti fait sa ronde sur les quais de Civitavecchia, grande ville industrielle près de Rome, lorsqu'il est alerté par des cris perçants. Il se précipite et tombe nez à nez avec une femme de type asiatique, plutôt corpulente, qui s'égosille à répéter :
– Mario ! Mario !
Le carabinier tente de la calmer.
– Qu'est-ce qui s'est passé, madame ? Qui est ce Mario ?
Pour toute réponse, elle se lance dans une tirade précipitée en chinois, dans laquelle le prénom « Mario » revient sans cesse.
– Encore une fois, calmez-vous ! Et d'abord, qui êtes-vous ? Montrez-moi vos papiers.
La femme, loin de s'exécuter, continue de plus belle son incompréhensible monologue et se met à pleurer. En désespoir de cause, le carabinier la conduit au commissariat.
Au commissariat, les choses ne s'arrangent pas. La femme n'a pas de papiers sur elle et, malgré les

efforts des policiers, elle est incapable de prononcer le moindre mot d'italien, ni d'une langue européenne quelconque. Comme les faits semblent sérieux, on fait venir un interprète de chinois.

Lorsqu'elle le voit arriver, la femme a une expression d'intense soulagement et lui débite un long discours, ponctué de gestes démonstratifs. L'interprète l'écoute avec un air de plus en plus soucieux avant de livrer la traduction aux policiers.

– Il s'agit d'un enlèvement. Mme Wangi est bonne à tout faire chez un couple à Rome. Tout à l'heure, en descendant avec leur fils Mario dans sa poussette, elle a été attaquée en sortant de l'immeuble par deux hommes noirs. Ils ont pris le bébé et ils les ont fait monter tous les deux dans une voiture. Ils ont roulé jusqu'à Civitavecchia. Là, ils ont relâché Mme Wangi et ils ont disparu avec le bébé...

Il existe en Italie une brigade spécialisée dans les enlèvements. Tandis que ses policiers d'élite sont prévenus, leurs collègues de Civitavecchia continuent leur interrogatoire par interprète interposé.

– Comment s'appellent vos employeurs ?
– M. et Mme Monelli.
– Où habitent-ils ?

La Chinoise donne une adresse au nord de Rome, où a eu lieu l'enlèvement. Et elle précise que ses patrons possèdent une boutique de confection artisanale dans le même quartier.

– Depuis combien de temps êtes-vous à leur service ?

La femme se trouble et se remet à pleurer. Elle explique qu'elle est en situation irrégulière. Les carabiniers lui répliquent que pour l'instant cela n'a pas d'importance et la pressent de continuer. Elle est là depuis peu et, parmi ses multiples tâches, elle s'occupe du petit Mario, âgé de six mois. Elle le promène, en particulier, tous les après-midi dans sa poussette.

– Les ravisseurs étaient des Noirs dites-vous ? Quel âge avaient-ils ?

– Vingt-cinq, trente ans.

– Vous les aviez déjà vus ?

– Jamais. Je vous le jure !

La suite de l'enquête est menée par le commissaire Alfaro de la brigade des enlèvements. Il interroge à leur domicile les Monelli, couple d'une trentaine d'années. Giorgio, le mari, est un homme qu'on sent sûr de lui et doué d'une forte autorité, sa femme Anna est plus effacée, mais pour l'instant, tous deux sont totalement anéantis.

– Pourquoi s'en prendre à nous, monsieur le commissaire ? Pourquoi ?

– Je suis ici pour le découvrir, monsieur Monelli. Je suppose que les ravisseurs vont vous demander une rançon. Vous avez une entreprise de confection, m'a-t-on dit...

– Quelle entreprise ? Une petite boutique de rien du tout ! Ma femme et moi, nous cousons nous-mêmes les vêtements et nous les vendons. Ce n'est pas la misère mais pas la richesse, je vous le jure !

– Vous ne possédez rien d'autre ?

– Quelques économies. Il y a des millions de gens plus riches que nous.

– Alors il peut s'agir d'une vengeance. Voyez-vous quelqu'un qui puisse vous en vouloir ?

– Mais non, pas du tout !

Au même moment le téléphone sonne. Sur un signe du commissaire, Giorgio Monelli décroche. Au bout du fil, une voix avec un fort accent africain.

– Monsieur Monelli, si vous voulez revoir vivant Mario, déposez à minuit une valise avec 1 million d'euros en petites coupures, sur la route nationale 12 au kilomètre 113.

– Qui êtes-vous ? Où est mon fils ?

– Il vous sera rendu après. La rançon d'abord.

Le ravisseur a raccroché. M. Monelli s'exprime avec angoisse.

– Un million d'euros, c'est inimaginable ! Je n'ai pas une telle fortune. Qu'est-ce que je peux faire ?

– Vous allez faire semblant de céder et nous mettrons la main sur les ravisseurs.

Mme Monelli intervient soudain.

– Je ne veux pas ! Ils vont faire du mal à Mario. Je ne veux pas !

Et elle éclate en sanglots déchirants. Le commissaire a toutes les peines du monde à la calmer. Le soir même, elle exprime son désespoir d'une manière pathétique à la télévision. Car, dès le début, les journalistes se sont emparés de l'affaire. Les enlèvements, souvent liés à la Mafia, sont un sujet sensible en Italie. Et si ce n'est pas, de toute évidence, le cas de celui-ci, l'émotion soulevée reste intense.

Minuit moins le quart. Un épisode périlleux se prépare : la remise de rançon ou, du moins, son simulacre... Renseignements pris, le kilomètre 113 de la nationale 12 se situe dans les environs de la ville, très au sud. L'endroit est particulièrement bien choisi : il y a peu de circulation et il se trouve au milieu d'une forêt par laquelle on peut facilement s'échapper à pied.

C'est la raison pour laquelle le commissaire Alfaro a décidé d'employer les grands moyens : outre les voitures de police qui ont pris position discrètement alentour, il a mobilisé pas moins d'une cinquantaine d'hommes parmi les troupes d'élite dont il dispose. Ils sont revêtus de leur tenue de combat : une combinaison noire, avec cagoule, lunettes, gilet pare-balles et fusil muni d'un viseur infrarouge.

M. Monelli arrive au volant de sa voiture. À la borne 113, il dépose la valise et disparaît. Maintenant, il n'y a plus qu'à attendre... Pas longtemps : cinq minutes se sont à peine écoulées qu'un bruit de moteur fatigué se fait entendre. C'est celui d'une vieille Fiat poussive. Un homme en sort. Il s'empare de la valise et redémarre.

Immédiatement, le plan d'action est mis en œuvre et aboutit tout de suite, tant le rapport de force est disproportionné. Contre les voitures surpuissantes de la police, la véritable antiquité des ravisseurs n'a aucune chance. Elle est arrêtée au premier barrage et ses occupants, deux Noirs, se rendent sans résistance. Prudemment, les hommes d'élite, harnachés de leur matériel, explorent le véhicule et découvrent sur la banquette arrière... le petit Mario profondément endormi.

Peu de temps après, répondant aux journalistes qui, malgré l'heure tardive, sont là pour l'interroger, le commissaire Alfaro donne libre cours à sa satisfaction :

– Encore une fois la brigade antienlèvement a eu le dernier mot. Je félicite mes hommes pour leur professionnalisme. Les futurs ravisseurs savent à quoi s'en tenir !

Le policier a effectivement toutes les raisons d'être satisfait, mais il a parlé un peu vite. L'affaire du petit Mario n'est pas terminée. Elle s'est étrangement conclue d'ailleurs, car il fallait aux ravisseurs une singulière inconscience pour se jeter dans la gueule du loup au volant d'une épave avec le bébé sur le siège arrière. Mais ceux-ci sont tout sauf inconscients, et leur interrogatoire va réserver une surprise de taille !

Il s'agit de deux frères, Macumba et Simba Touré, vingt-deux et vingt-sept ans, de nationalité guinéenne, sans emploi ni domicile fixe et tous deux en situation irrégulière sur le territoire italien. L'aîné, Simba, revendique la responsabilité du kidnapping :

– Je suis content d'avoir réussi. Je ne regrette rien !

Le commissaire Alfaro le regarde avec des yeux ronds.

– Réussi quoi ?

– À sauver Saskia.

– Qui est Saskia ?

– Ma cousine...

Le chef de la brigade antienlèvement pense avoir affaire à deux fous, ce qui expliquerait d'ailleurs qu'ils se soient fait prendre d'une manière aussi lamentable. Mais Simba Touré n'est pas fou. Il s'exprime avec beaucoup d'assurance :

– Ma cousine est employée par le couple Monelli. Quand je dis « employée », ce n'est pas le mot qui convient, elle est en esclavage ! Elle travaille quinze heures par jour à la fabrique de leur magasin, elle est à peine nourrie. Ils en profitent parce qu'elle n'a pas de papiers...

Le commissaire Alfaro, qui commence à entrevoir une vérité totalement différente de ce qu'il imaginait, ne comprend toujours pas :

– Quel rapport avec cet enlèvement ?

– J'ai rencontré Saskia par hasard. Ils la laissent quand même sortir de temps en temps. Et elle m'a tout raconté. J'ai voulu l'aider à s'échapper. Elle a refusé, elle avait trop peur. Alors j'ai eu l'idée de l'enlèvement.

– Par vengeance ?

– Pas exactement. Je voulais que la police sache ce que les Monelli ont fait et qu'elle les punisse. Si j'avais été vous voir pour vous le raconter, vous ne m'auriez pas écouté. Vous m'auriez arrêté et expulsé comme sans-papiers, c'est tout ! Alors que maintenant, vous allez bien être obligé d'agir.

Le commissaire considère avec stupeur l'homme qu'il a en face de lui, ce beau Noir qui s'exprime

445

avec calme, souriant de toutes ses dents. Il refuse malgré tout de se laisser influencer par ses arguments :

– Il n'empêche que vous avez commis un crime et qu'il faudra payer !

– Je suis d'accord. Mais eux aussi vont payer. Et bien plus que je ne l'avais imaginé ! Je ne pensais pas que l'affaire aurait une telle publicité.

Simba Touré ne se trompait pas. Les journalistes, qui s'étaient passionnés pour l'enlèvement, ont donné un retentissement plus grand encore au sort de la malheureuse Saskia. La photo de cette esclave moderne au corps maigre et aux yeux douloureux a paru dans tous les journaux et celle du réduit qui lui servait de logement, ou plutôt de prison, a suscité l'indignation générale. Dans tous les commentaires, c'était la même conclusion qui revenait : le véritable enlèvement, c'est elle qui en avait été victime ; la véritable séquestrée, c'était elle et non le petit Mario, à qui ses pseudo-ravisseurs n'avaient pas fait le moindre mal !

L'affaire a connu deux épilogues sur le plan judiciaire. Macumba et Simba Touré, dont les avocats ont pu établir qu'ils n'avaient jamais eu l'intention de toucher une rançon de l'enfant et qu'ils l'auraient rendu de toute manière, ont été condamnés à cinq ans de prison. Mais le couple Monelli a été presque aussi sévèrement sanctionné, se voyant infliger dix-huit mois avec sursis et une très forte amende.

Quant à Saskia, suite à une campagne de presse en sa faveur, elle a reçu une autorisation de séjour en Italie et il lui a été proposé un emploi de couturière : un vrai travail cette fois, non des travaux forcés.

Une surprise pour Rosy

Valentina Ranescu se penche vers le lit de la chambre 31. Malgré le sobre costume d'infirmière et la coiffe qui dissimule en partie ses beaux cheveux noirs, elle est élégante et jolie. Et puis elle a cet air doux, compréhensif, qui plaît tant aux malades.

– Madame Hilmann, c'est l'heure de votre médicament.

La jeune femme allongée dans le lit se redresse et lui sourit. Elles ont toutes les deux le même âge : vingt-huit ans. C'est peut-être pour cela que Valentina a sympathisé avec elle, plus qu'avec ses autres patientes...

– Alors, madame Hilmann, quand va venir Rosy ?
– Cet après-midi, elle me l'a promis.

La jeune infirmière a un sourire enjoué.

– Je tâcherai de quitter mon service pour venir la voir. Je lui ai acheté une petite robe. Ne lui dites rien surtout. C'est une surprise !

Mme Hilmann secoue la tête d'un air contrarié.

– Vous êtes trop gentille avec moi, Valentina ! Et puis, vous gâtez trop cette enfant.

Valentina Ranescu attend que la malade ait terminé d'avaler sa potion et s'en va en disant :
– À cet après-midi, madame Hilmann !

En refermant la porte de la chambre, Valentina pousse un gros soupir. Mme Hilmann ne peut pas comprendre. Personne d'ailleurs ne peut comprendre. Rosy a sept ans, l'âge d'Elena, et elle lui ressemble tant.

La jeune infirmière s'occupe maintenant de ses autres malades avec le même dévouement souriant, mais elle est amère. Quand elle a quitté la Roumanie, six ans plus tôt, en 1970, elle n'avait qu'une chose en tête : fuir le régime. Elle a tout laissé derrière elle : sa maison, son métier de professeur d'allemand. Arrivée en Allemagne, elle n'a trouvé que cette place d'infirmière à Bochum, dans la Ruhr.

Oui, c'est douloureux d'être exilée, même si on l'a choisi. Il y a le climat, les gens, les habitudes. Mais il y a surtout Elena, sa fille, qui est restée là-bas. Elle l'a eue seule. Le père, un étudiant rencontré à l'université, l'a quittée quand il a appris qu'elle était enceinte. Sur le coup, cela a été dur, mais la naissance d'Elena lui a fait tout oublier. Elena, dont elle ne parvient pas à supporter l'absence. Elle regrette même, à présent, d'être partie.

À chaque fois qu'elle voit la petite Rosy, elle ne peut s'empêcher d'être heureuse et bouleversée. Elle lui rappelle tant sa fille ! C'est pour cela qu'elle s'est attachée à sa mère, qu'elle fait tout pour voir l'enfant quelques minutes, qu'elle la comble de cadeaux.

Valentina Ranescu se raidit... Non, elle ne veut plus penser à cette idée folle qui lui est venue la veille. Elle doit la chasser de son esprit à tout jamais. Ce serait trop grave, beaucoup trop grave !

Valentina Ranescu a terminé sa journée. Elle est seule dans sa petite chambre d'une rue triste de Bochum. Elle repense à la petite Rosy, qu'elle a vue tout à l'heure, au sourire qu'elle lui a fait quand elle lui a donné la robe... Et Elena, où est-elle en ce moment ?

Valentina regarde la photo de la fillette que lui a envoyée sa sœur. Elle a été prise il y a un mois. La ressemblance avec Rosy Hilmann est frappante. La fillette sourit. On a dû lui dire : « Fais un beau sourire pour ta maman. » Mais elle a répondu sans doute : « Pourquoi est-ce que je ne la vois jamais, ma maman ? »

Valentina fait les cent pas dans sa chambre... Non, ce n'est pas possible : elle ne peut plus rester comme ça. Elle doit agir, même s'il lui faut prendre tous les risques ! Valentina Ranescu est une femme énergique, qui n'a peur de rien. Elle l'a bien prouvé lorsqu'elle a fui la Roumanie...

C'était sur la magnifique, l'immense plage de Mamaia. Le mois d'août 1970 touchait à sa fin. Elle avait fait la connaissance d'une Allemande de son âge. Dès le début, elle avait tout prémédité. Elle s'était rapidement liée d'amitié avec elle. Valentina a toujours été très ouverte, elle a toujours spontanément inspiré la confiance.

Un après-midi, pendant que son amie se baignait, Valentina a fouillé dans son sac sur la plage. Son passeport était là. Elle n'a pas hésité une seconde. Elle est partie, laissant l'Allemande au milieu de l'eau, et elle a sauté dans sa voiture. Elle a foncé vers la frontière. Dans son coffre, ses valises étaient prêtes depuis déjà plusieurs jours. Les douaniers ne l'ont pas remarquée parmi la file des touristes.

Valentina écrase sa cigarette. Oui, elle est une femme d'action. Rien ne lui a jamais fait peur : ni les risques ni les conséquences de ses actes. Alors, elle ne va pas s'arrêter là.

Quelques jours ont passé. À la clinique, l'état de santé de Mme Hilmann s'améliore rapidement. Maintenant, elle est désormais très proche de son adorable infirmière. La veille de son départ, elle lui dit :

– Valentina, il faudra venir chez nous. Dès que j'irai tout à fait bien, je vous invite à la maison.

Et, quinze jours plus tard, Valentina Ranescu arrive chez les Hilmann. Elle a apporté une énorme boîte de chocolats pour Rosy. Tout le monde la trouve charmante, même les autres enfants, qui sont malgré tout un peu jaloux de l'attention particulière qu'elle porte à la fillette. Au dîner, Valentina est gaie, spirituelle. Les Hilmann ne peuvent s'empêcher d'être admiratifs devant la perfection de son allemand. Elle parle leur propre langue mieux qu'eux-mêmes. Et puis, elle raconte des anecdotes passionnantes sur son pays...

En se séparant, on se promet de se revoir très vite. Le couple et les enfants sont ravis de cette nouvelle amie qui leur apporte toute sa chaleur méridionale, alors que les gens de la Ruhr sont, en général, plutôt moroses. Et on se revoit. La fois suivante, Valentina les invite au restaurant. Un dimanche, elle propose d'emmener tous les enfants au cinéma. C'est devenu une familière de la maison. Mme Hilmann n'hésite plus à lui demander un service : faire une course, garder les enfants ou passer les prendre à l'école.

Au cours des longues conversations qu'elle a avec le couple, Valentina leur parle toujours de la Roumanie. Ils l'écoutent, de plus en plus séduits. Le soleil, les plages qui n'en finissent pas, la mer toujours chaude et le pays n'est pas envahi de touristes comme la France, l'Italie ou l'Espagne. Elle est si convaincante, son enthousiasme est si communicatif, qu'au mois de juin 1977, M. et Mme Hilmann décident d'aller en Roumanie. Valentina applaudit de joie en apprenant la nouvelle. Toujours serviable, elle se propose de les aider :

– Donnez-moi vos passeports. J'ai un ami au consulat. Je vais m'occuper des visas.

Les Hilmann la remercient chaleureusement sans se poser de questions. Ils ne trouvent pas étrange qu'une femme qui a quitté son pays pour des raisons politiques ait conservé des relations dans les milieux officiels...

Chez elle, Valentina Ranescu contemple les passeports allemands. Elle se revoit sept ans en arrière et n'a pas une seconde d'hésitation. Elle ouvre le passeport de Mme Hilmann, enlève la photo et la remplace par la sienne. Elle prend aussi celui de Rosy. Les autres ne l'intéressent pas. Elle recontacte ensuite un de ses amis qui fabrique de faux visas roumains... Une semaine plus tard, les papiers sont en règle.

Le lendemain matin, elle se gare devant l'école de Rosy. En l'apercevant, l'enfant se précipite vers elle. Elle adore Valentina, et pas seulement parce qu'elle la couvre de cadeaux. Elle aime l'entendre parler de son pays lointain, où elle va aller en vacances avec ses parents. L'enfant s'installe, toute joyeuse, sur le siège et lui demande :
– Où est-ce qu'on va ?
Valentina répond en riant :
– C'est une surprise.
Elle ne prend pas le chemin de la maison des Hilmann. Rosy, excitée, ne dit rien. Elles quittent la ville et s'engagent sur l'autoroute. Rosy demande encore, toute guillerette :
– On va à la campagne ?
– Tu verras bien. C'est une surprise..., répond Valentina sans quitter la route des yeux.

On roule depuis déjà plus de trois heures. À un relais sur l'autoroute, Valentina Ranescu s'arrête pour faire le plein et déjeuner. À table, la petite fille a droit à tout ce qu'elle demande : des jus de fruits, des gâteaux, des glaces. Puis elles repartent. Valentina roule le pied collé au plancher. Deux heures plus tard, à la frontière autrichienne, elle tend les passeports au policier. Il jette un coup d'œil rapide et leur fait signe de passer.

Rosy ouvre de grands yeux : pour une surprise, c'est une surprise ! Valentina serre les dents. La route est encore longue : deux mille kilomètres pour arriver en Roumanie. Elle ne reculera pas, elle a décidé d'emmener Rosy en Roumanie, de la laisser là-bas et de rentrer avec sa fille.

Valentina Ranescu et la petite Rosy roulent ensemble sur les routes d'Autriche. Il y a déjà huit heures qu'elles sont parties. Valentina a décidé de ne pas s'arrêter de la nuit. Elle est épuisée, mais tant pis ! Les parents de Rosy ont dû s'apercevoir de la disparition et donner l'alerte. Elle doit mettre le maximum de kilomètres entre eux.

On va, bien entendu, penser à un enlèvement ordinaire. On l'a sûrement vue attendre la fillette à la sortie de l'école et on la recherchera dans la région de Bochum. Personne ne peut s'imaginer que sa ravisseuse a décidé d'emmener Rosy jusqu'en Roumanie. D'ici à ce qu'on comprenne, il faut qu'il se soit écoulé le plus long délai possible et qu'elle soit déjà sur le chemin du retour...

À ses côtés, la petite fille demande, avec une pointe d'impatience :

– Valentina, c'est quand la surprise ?

Valentina vient d'allumer ses phares et répond machinalement :

– Bientôt, bientôt...

Mais brusquement l'enfant n'a plus envie de jouer. Elle se met à crier :

– Je veux rentrer ! Il fait nuit. Je veux rentrer !

Valentina, qui s'attendait à cette réaction, lui parle doucement :

– On va aller dans mon pays, Rosy. Tu sais, là où il y a du soleil...

Mais la petite fille éclate en sanglots.

– Je ne veux pas aller dans ton pays. Je veux aller chez papa et maman. Je vais descendre.

Et elle commence à ouvrir la portière. Valentina Ranescu arrête immédiatement la voiture et lui serre le bras.

– Tu ne peux pas sortir, Rosy. Ici, c'est le pays des loups. Si tu sors, ils vont te manger. Tu as compris ? Tu ne dois pas sortir avant qu'on soit dans mon pays...

Toute la nuit, Valentina conduit. Au petit matin, elle franchit, toujours sans problème, la frontière yougoslave. L'enfant, après avoir pleuré longtemps, a fini par s'endormir. Quand elle se réveille, le soleil est déjà haut. Valentina conduit depuis vingt-quatre heures sans interruption. Mais la rage de réussir la maintient dans un état second. Elle décide de s'arrêter pour prendre un café, se rafraîchir un peu et laisser reposer le moteur. Avant de descendre, elle fait la leçon à Rosy :

– Attention, ne t'éloigne pas de moi. Il y a des loups partout. Même si tu ne les vois pas, ils sont derrière les arbres, derrière les maisons, partout !

La petite fille, terrifiée, se tasse sur elle-même et la suit sans dire un mot. Valentina se rend compte qu'elle a peur, mais pas seulement des loups, elle a peur d'elle... De nouveau, pendant toute une journée, Valentina conduit. Elle voit à peine la route. Elle est morte de fatigue et s'efforce de réunir ses forces pour aller jusqu'au bout. Rosy pleure silencieusement dans son coin.

Alors que la nuit est déjà tombée depuis longtemps, c'est la frontière roumaine. Là encore, le policier la regarde à peine. Il rend les deux passeports à la jeune femme et lui adresse un petit salut réglementaire. Sur les routes de son pays, Valentina Ranescu se dit qu'elle devrait être émue. Jamais elle n'aurait pensé revenir et c'est peut-être la dernière fois qu'elle s'y trouve. Mais elle n'a pas le temps de s'attendrir. La route est encore longue jusqu'à Bucarest. Il faut arriver avant le matin.

Enfin les faubourgs de la capitale apparaissent. Comme une somnambule, Valentina se dirige à travers ces rues qu'elle connaît par cœur. La prochaine à droite... Voilà, elle est devant la maison de sa sœur.

Elle sonne. Elle insiste longtemps avant que celle-ci vienne lui ouvrir. Sur le seuil, elle a une expression de stupeur. Valentina lui fait signe de se taire. Elle tient par la main la petite Rosy, qu'elle vient de réveiller et qui pleure. À l'intérieur, elle lui explique en peu de mots la situation. Sa sœur ne lui pose aucune question, ne lui fait pas de reproche. Elle accepte de garder la petite Allemande chez elle jusqu'à ce qu'elle ait repassé la frontière avec Elena. Et elle accepte, par là même, de se retrouver en prison...

Ensuite, elle va réveiller Elena. Quand Valentina la voit, elle se précipite vers elle, la couvre de baisers. Mais la petite a un mouvement de recul. Elle ne reconnaît pas sa mère. Elle avait à peine deux ans lorsqu'elle est partie et sept ans ont passé depuis.

Mais elle est très intriguée par la fillette qui pleure silencieusement dans un coin de la pièce...

Immédiatement, Valentina Ranescu reprend la route. Il n'y a plus que quelques heures à attendre avant qu'elle soit hors de danger. Dès qu'elle aura passé la frontière roumaine, elle ne risquera plus rien. Elle sera certainement arrêtée, mais elle bénéficiera de l'asile politique.

Elle se tourne vers sa fille.

— Alors, ma chérie, tu es heureuse d'être avec ta maman ?

Elena ne répond pas tout de suite. Elle regarde sa mère, l'air soucieux :

— Pourquoi elle pleurait, la petite fille, tout à l'heure ?

— Ne t'inquiète pas, ma chérie. Tu es heureuse ?

— Dis, c'est toi qui lui as fait de la peine, à la petite fille ?

Valentina est un peu déçue de la froideur d'Elena, mais elle n'a pas le temps de se poser de questions. Voici la frontière. Cette fois, les policiers et les douaniers sont plus scrupuleux. On lui fait ouvrir son coffre, on examine ses papiers avec soin. Mais le faussaire a fait du bon travail.

— C'est votre fille ? demande le policier en désignant l'enfant.

— Oui, c'est ma fille ! répond Valentina d'un ton triomphant.

À Bochum, l'alerte a été donnée depuis longtemps. Une enquête rapide a permis d'établir que Valentina était allée chercher Rosy à la sortie de l'école. Mais, comme la Roumaine l'avait pensé, on s'est d'abord orienté vers un rapt d'enfant ordinaire, sans doute un rapt affectif, par besoin de maternité. On a fait des recherches uniquement dans Bochum et sa région. C'est après seulement, quand les Hilmann ont parlé des passeports dérobés, que les policiers ont deviné l'incroyable plan de Valentina Ranescu et prévenu Interpol.

Immédiatement son signalement a été diffusé en Autriche, en Yougoslavie et en Roumanie. Mais il était trop tard pour empêcher la substitution d'enfants : Valentina avait déjà repassé la frontière de son pays.

La police roumaine s'est évidemment précipitée chez la sœur de Valentina, qui leur a remis la fillette, avant d'être emmenée menottes aux mains. Et la petite Rosy Hilmann a été rendue le jour même à ses parents à bord d'un avion spécial appartenant à l'ambassade allemande. Quant à Valentina, arrêtée à la frontière austro-yougoslave, elle a été immédiatement conduite en Allemagne et incarcérée. Elena a été placée à l'Assistance publique.

Valentina Ranescu a été condamnée à dix ans de prison pour rapt d'enfant, une lourde peine, motivée sans doute par le fait qu'elle avait trahi la confiance d'une famille et infligé à une jeune enfant une épreuve particulièrement traumatisante. Mais le pire, pour elle, a été l'attitude d'Elena. Sa fille est restée profondément choquée par le mal qu'elle avait fait à une enfant de son âge et n'a jamais, pendant sa détention, consenti à lui rendre visite. Quand elle est sortie de prison, Elena n'était pas là pour l'accueillir. Et par la suite, elle a obstinément refusé d'avoir le moindre contact avec elle.

Valentina s'est retrouvée seule, définitivement seule. Elle a continué à exercer son métier d'infirmière et, à la chute du régime communiste, est retournée en Roumanie.

Sa sœur a été internée suite à son expédition et elle est morte en prison, pour avoir tenté de s'évader. Du moins selon la version officielle...

Le corps de Valentina Ranescu a été retrouvé peu après flottant dans les eaux du Danube. Sur la berge, elle avait laissé un mot où elle disait à Elena qu'elle l'aimait et demandait pardon à Rosy.

Les disparues de l'Yonne

Il se passe de drôles de choses, dans l'Yonne, en cette fin des années 1970 ! À vrai dire, ce ne sont que des rumeurs : on prétend que des jeunes filles auraient disparu mystérieusement. Aucune affaire policière ou judiciaire n'est en cours, aucune plainte n'a été déposée, mais les bruits persistent. On parle de réseau clandestin de prostitution, de traite des Blanches, de soirées spéciales organisées par les notables de la région. Certains comparent même le département au triangle des Bermudes ! Alors, qu'en est-il exactement ? L'autorité finit par s'émouvoir et une enquête est confiée au gendarme Christian Jambert, dans les derniers jours de février 1980.

S'il a été désigné pour ces recherches sortant de l'ordinaire, c'est que l'adjudant Christian Jambert, âgé d'une quarantaine d'années, est un modèle de perspicacité et d'opiniâtreté. Cet enfant de l'Assistance publique est entré très tôt dans la gendarmerie par vocation et pour trouver, selon son expression, « la famille qu'il n'a jamais eue ».

Aucune tâche ne lui fait peur. Il se met immédiatement au travail et entreprend d'en savoir plus sur cette enquête sans plainte, sans témoignage et sans victime.

Il constate que la rumeur vise plus particulièrement les jeunes filles handicapées et défavorisées. Celles qui présentent un déficit intellectuel leur permettant quand même de suivre des études sont scolarisées dans des établissements spécialisés, les IME (instituts médico-éducatifs). Ils sont nombreux dans le département et Christian Jambert vérifie leurs archives. Il découvre, dans l'IME de Grattery, à Auxerre, sept disparitions inexpliquées touchant des élèves handicapées mentales légères. Toutes relèvent de la Ddass, qui les a placées dans des foyers d'accueil. Voici la liste que le gendarme parvient à établir : Françoise Lemoine, dix-neuf ans, disparue fin 1976 ; Christine Marlot, seize ans, disparue en janvier 1977 ; Jacqueline Weiss, dix-huit ans, disparue en avril 1977 ; Chantal Gras, dix-huit ans, disparue également en avril 1977 ; Madeleine Dejust, vingt-deux ans, disparue en juillet 1977 ; Bernadette Lemoine, dix-neuf ans, disparue début 1979 ; Martine Renault, dix-sept ans, disparue fin 1979.

Mais le directeur de l'institut médico-éducatif de Grattery, Pierre Meunier, ne semble pas particulièrement ému de cet état de choses :

– Vous n'arriverez à rien ! Ces histoires de traite des Blanches, ce n'est pas sérieux.

– En attendant, pourquoi n'avez-vous pas signalé ces disparitions ?

– Parce qu'il ne s'agit pas de disparitions. Elles ont préféré aller ailleurs, c'est tout.

Et il ajoute cet argument de poids :

– Elles dépendent toutes de la Ddass. S'il y avait eu un problème quelconque, elle aurait forcément réagi.

Cela semble incontestable... Le gendarme continue pourtant son enquête. Il part du principe qu'il ne s'agit pas de cas sans rapport entre eux, mais d'une seule et même affaire. Existe-t-il une circonstance précise au cours de laquelle une personne ou un groupe de personnes aurait pu entrer en contact avec la totalité des disparues ? Après avoir soigneusement cherché, Christian Jambert conclut par l'affirmative : toutes étaient emmenées en car de chez elles jusqu'à l'institut médico-éducatif. C'est ainsi que le gendarme décide d'interroger le chauffeur du véhicule.

Avant de le rencontrer, il se renseigne à son sujet. Il se nomme Émile Louis. Il est né à Auxerre en 1934 et vient lui aussi de l'Assistance publique. Il a été abandonné par sa mère trois semaines après sa naissance et placé dans une famille de Pontigny, dans l'Yonne. Son enfance se passe normalement jusqu'à l'âge de quatorze ans, où il met le feu à une grange ; il prétend qu'elle appartient à de « faux résistants », qui auraient tondu ses sœurs de lait à la Libération. C'est totalement imaginaire et cela lui vaut d'être envoyé dans un centre de redressement.

À dix-sept ans, il s'engage dans la marine. Il fait la guerre d'Indochine, revient en 1954 et se marie. Il a quatre enfants, deux filles et deux garçons. Il exerce divers métiers : maçon, cheminot, puis gardien du château de Villefargeau. En 1962, il devient chauffeur de car aux Rapides de Bourgogne, profession qu'il ne quittera plus. Au nombre de ses tâches figure le transport des jeunes filles, de leur domicile à l'IME de Grattery. Sur le plan personnel, après avoir divorcé, Émile Louis s'est mis en ménage avec Gilberte Baudry, assistante maternelle, qui élève chez elle plusieurs enfants de la Ddass. Le couple habite à Rouvray, un village proche d'Auxerre.

L'adjudant Christian Jambert fait plusieurs découvertes qui lui confirment qu'il touche peut-être au but. L'une des disparues, Jacqueline Weiss, une enfant de l'Assistance, était élevée par la compagne d'Émile Louis. Elle habitait donc chez lui. Et de là à penser qu'il l'ait poursuivie de ses assiduités, il n'y a qu'un pas.

Car Émile Louis est loin d'avoir bonne réputation à Rouvray et dans les environs. On le considère comme un pervers, un obsédé sexuel. Des jeunes filles et des jeunes femmes se sont plaintes d'attouchements ou de propos déplacés. On parle même de faits plus graves encore…

Inutile de dire que le gendarme attend beaucoup de son entretien avec le chauffeur de car. Il l'interroge en tant que simple témoin. Pour l'instant, il n'est pas question d'une accusation quelconque. L'homme est décontracté. Il approche de la cinquantaine, il a une allure bonhomme avec son embonpoint et son sourire.

– Bien sûr que je les connaissais, ces petites ! Je les aimais bien. Et elles aussi, elles m'aimaient bien. Elles m'appelaient « tonton ».

– Vous savez où elles ont pu aller ?

– Elles ont dû suivre un galant. À cet âge-là, on a le feu quelque part.

– Jacqueline Weiss, vous la connaissiez encore mieux que les autres, elle était élevée chez vous. Pourquoi est-elle partie ?

– Je ne sais pas. Elle n'a rien dit.

– Depuis, elle n'a plus donné de nouvelles ?

– Non.

– Et vous ne vous êtes pas inquiété ?

– Je ne vois pas pourquoi. Elle est majeure.

– Il y a des bruits qui courent sur vous. Vous êtes au courant ?

Le chauffeur de car hausse les épaules.

– Les gens parlent, ils disent n'importe quoi. Vous savez ce que c'est dans les campagnes.

Et il ajoute :

– On ne peut pas plaire à tout le monde !

L'enquêteur est obligé de s'en tenir là. Émile Louis lui semble fortement suspect, mais des soupçons sont insuffisants. Pour aller plus loin, il faudrait un début de preuve. Or, c'est précisément à ce moment qu'il se produit un fait nouveau et capital. Une autre des jeunes filles élevées par Monique, la compagne d'Émile Louis, disparaît à son tour : Sylviane Lesage, vingt-trois ans.

Comme pour Jacqueline Weiss, le chauffeur nie savoir où elle est allée, mais cette fois, à l'initiative de l'adjudant Christian Jambert, les recherches sont entreprises avec de gros moyens. Toute la région est fouillée et le résultat ne tarde pas : le 5 juillet 1981, le corps nu de la malheureuse est retrouvé enterré dans un hangar de Rouvray. Presque simultanément, trois fillettes placées chez la compagne d'Émile Louis parlent, l'accusant d'agressions sexuelles. Arrêté, l'intéressé se défend comme un beau diable.

– C'est vrai, j'ai fait des bêtises. Des attouchements, oui, d'accord, mais je n'ai tué personne !

Il est mis en examen et poursuivi pour trois affaires différentes, que le procureur d'Auxerre a tenu à distinguer. La première concerne les « attouchements sur mineures de quinze ans », la deuxième porte sur le meurtre de Sylviane Lesage, la troisième, enfin, concerne les sept disparues, qu'il convoyait dans son car...

La première inculpation suit son cours normalement : en janvier 1983, Émile Louis est condamné à six ans de prison. Il fait appel et, le 24 décembre de la même année, sa peine est réduite à quatre ans. Restent les deux autres, et celles-là subissent un sort différent. Malgré l'insistance de Christian Jambert, qui fait un rapport détaillé, la justice refuse d'y croire.

En mai 1984, le procureur d'Auxerre rend un non-lieu, précisant : « Aucun élément certain ne permet de retenir la culpabilité d'Émile Louis, malgré les nombreuses investigations effectuées. » Le fait que l'intéressé ait été condamné pour abus sexuel sur des fillettes aurait dû être un élément à charge, mais il n'a pas été pris en considération par le magistrat. Il répète à qui veut l'entendre :

– Pas de cadavre, pas de meurtre !

Christian Jambert n'est pas de cet avis. Pour lui, la culpabilité du chauffeur est évidente et il continue à tout faire pour qu'il réponde de ses actes devant la justice. Il obtient du substitut du procureur l'autorisation de soumettre un nouveau rapport, qu'il lui apporte le 26 juin 1984. Il y est dit notamment : « Les sept jeunes filles se trouvaient toutes dans l'environnement d'Émile Louis. Ces circonstances sont étranges, d'autant que la découverte du cadavre de Sylviane Lesage, disparue dans des conditions identiques aux autres, a mené une fois de plus les enquêteurs vers Émile Louis. » Malheureusement, le rapport n'a pas de suite. Il s'égare quelque part dans les archives du tribunal d'Auxerre. Le substitut dira l'avoir transmis au procureur, qui ne se rappelle pas l'avoir reçu.

Entre-temps, Émile Louis est sorti de prison. Il a atteint l'âge de la retraite et, comme il est interdit de séjour dans l'Yonne, il s'installe dans le Var, à Fréjus, chez la sœur de son ex-épouse. L'action judiciaire est close. L'enquête policière est au point mort, le gendarme Jambert attendant toujours les suites de son rapport, qui ne viennent pas. On ne voit pas ce qui pourrait relancer l'affaire des disparues de l'Yonne. Une affaire terminée sans avoir vraiment commencé.

Le temps passe. Sous son nouveau climat, Émile Louis reste fidèle à lui-même. Chassé par son ex-belle-sœur parce qu'il se montrait trop entreprenant, il s'installe dans un camping où il loue un mobile-home et poursuit des jeunes filles de ses assiduités ; il leur offre des rafraîchissements drogués et abuse d'elles une fois qu'elles sont inconscientes. Plusieurs portent plainte. Il est arrêté et condamné, en novembre 1989, à cinq ans de prison pour abus sexuels avec violence sur mineures de moins de quinze ans.

Cette nouvelle affaire, qui met en lumière la gravité et le côté irrépressible des pulsions qui l'habitent, ne suscite pas la moindre réaction de la part de la police et la justice de l'Yonne. Tout a été dit. En quoi ce qui se passe du côté de la Méditerranée pourrait-il changer quoi que ce soit ?

À sa sortie de prison, en avril 1992, Émile Louis rencontre Chantal Perrault. C'est une grande dépressive, qui a tenté plusieurs fois de mettre fin à ses jours. Elle correspond parfaitement au type de femme qu'il affectionne : elle est sujette à des problèmes psychiques et il peut la dominer à sa guise. Il se met en ménage avec elle et ne tarde pas à l'épouser.

Chantal est très éprise. Elle dit à ses amies :

– C'est le plus merveilleux des maris. Il est très prévenant. Il fait toutes les courses. Il m'a plusieurs fois sauvée du suicide.

Elle omet d'ajouter qu'il a une curieuse manie. Tous les samedis, il lui fait prendre un mélange de drogues qui a pour effet de la plonger dans un sommeil profond. Elle se réveille longtemps après attachée aux montants du lit. Elle ne sait pas ce qu'il lui a fait durant tout ce temps, mais elle a des écorchures sur la poitrine et elle a mal au ventre...

Au même moment, dans l'Yonne, une autre affaire de mœurs fait grand bruit. Le 18 mai 1992, Pierre Meunier est condamné à six ans de prison pour attouchements sexuels avec violence. Pierre Meunier, l'ancien directeur de l'institut médico-éducatif de Grattery au centre de l'affaire, qui s'était montré bien peu curieux sur les disparitions qui s'y étaient produites... Peut-être ne souhaitait-il pas qu'on fouille dans son établissement alors que cela faisait des années qu'il abusait de ses pensionnaires...

Cette fois, c'en est trop ! Face à cette situation, deux hommes sonnent la révolte. Le gendarme Christian Jambert, avec le caractère entier et même excessif qui est le sien, poursuit l'enquête de sa propre initiative. Il en fait son affaire personnelle. Il va jusqu'à passer ses vacances dans le Var pour suivre son suspect et retourne lui-même la terre dans les environs de Rouvray. Sa hiérarchie n'apprécie guère. Un rapport établi par l'inspection de la gendarmerie le qualifie d'« électron libre incontrôlable, avec un engagement très au-delà de ses obligations professionnelles ».

Un autre homme entre en scène, Pierre Monnoir, frère d'un handicapé, qui fonde, début 1993, l'Association de défense des handicapées de l'Yonne dans le but de faire la vérité sur les disparitions. Depuis le commencement de l'affaire, le procureur et son substitut ont changé. Monnoir va voir ce dernier et parvient à l'intéresser. Le substitut pense qu'effectivement, il pourrait y avoir eu des négligences et des dysfonctionnements. Malheureusement, lorsqu'il va trouver son supérieur avec les premiers résultats qu'il a obtenus, il se heurte à un refus catégorique. Pour le procureur d'Auxerre, la justice s'est déjà prononcée, il n'est pas question d'y revenir. Il n'y a aucun fait nouveau ; tout cela, ce sont des racontars, des ragots, du vent !

Et le temps passe encore. Trois ans exactement... Nous sommes en 1996, année qui va s'avérer décisive. Non parce que au mois de juin le rapport du gendarme Christian Jambert est découvert par hasard dans les archives du tribunal d'Auxerre – lorsqu'il en prend connaissance, le procureur le classe sans suite, avec la note suivante : « Aucun renseignement sérieux, aucun élément tangible ne vient étayer les soupçons évoqués. » Non, l'élément nouveau vient des médias et plus précisément de la télévision...

En cette année 1996, une émission rencontre un grand succès : *Perdu de vue*, sur TF1, présentée par Jacques Pradel. Elle consiste à rechercher des personnes disparues et à essayer d'élucider des affaires inexpliquées. Les premières démarches que Pierre Monnoir a faites du côté de la justice se sont heurtées à un mur, alors il tente sa chance. Il va voir les responsables de *Perdu de vue* avec son dossier sous le bras. Il est immédiatement pris au sérieux et, le 25 mars, une émission est consacrée à l'affaire.

Non seulement elle donne les noms des disparues, mais elle montre leurs photos. Elles apparaissent toutes les sept, jeunes, si jeunes, avec leur visage souriant ou désavantagé par de mauvais clichés de Photomaton. On est sans nouvelles d'elles depuis près de vingt ans, annonce le présentateur, et il poursuit en précisant qu'elles ont en commun de connaître un chauffeur de car local, dont il ne cite évidemment pas le nom.

Ensuite, conformément au principe de l'émission, il lance un appel à témoins. Ceux qui auraient vu ces jeunes filles, ceux qui peuvent apporter des témoignages sur elles sont invités à appeler. Le résultat est impressionnant. Les nombreux coups de téléphone vont tous dans le même sens. La famille, les amis des disparues sont unanimes : elles se sont volatilisées du jour au lendemain et, depuis, n'ont donné aucun signe de vie.

Même si rien de vraiment concret ne sort de l'émission, un pas décisif est franchi. L'affaire existe pour la première fois. Elle a un nom : les « disparues de l'Yonne », elle a même un visage ou plutôt sept, qui pourraient bien être ceux de sept victimes. L'opinion publique est émue et troublée. Est-ce qu'un criminel en série resterait impuni, en raison d'un dysfonctionnement de la justice et de la police ? Ce serait un scandale comme on en connaît peu d'exemples !

Pourtant, la presse nationale reste muette sur la question. Visiblement, elle ne prend pas les révélations au sérieux. Et, dans l'Yonne, c'est d'hostilité résolue qu'il faut parler. *L'Yonne républicaine* accuse les responsables de l'émission d'avoir monté en épingle des faits divers sans importance pour faire de l'audience. Elle écrit : « Plusieurs femmes placées par la DDASS ont disparu dans l'Auxerrois entre 1977 et 1979. TF1 a tenté d'établir un rapport entre elles. Rien ne permet de l'affirmer. » Quant aux responsables locaux de la justice et de la gendarmerie, ils opposent un démenti catégorique.

Mais désormais, la machine est lancée et elle ne va plus s'arrêter. Une deuxième émission a lieu au mois d'avril suivant. Le « chauffeur de car », toujours anonyme, est mis une nouvelle fois en cause. L'indifférence des services sociaux, de la Ddass, en particulier, est montrée du doigt. L'inertie de la justice et des enquêteurs, à part le gendarme Jambert, est vivement dénoncée.

On voit aussi pour la première fois à l'écran les deux personnages qui ont fait repartir l'affaire. Pierre Monnoir, le responsable de l'Association de défense des handicapées de l'Yonne, vient dire les problèmes qu'il rencontre. Son organisation serait prête à porter plainte, mais les avocats auxerrois contactés se sont tous désistés. Le présentateur lance alors un appel à l'antenne demandant à un « avocat courageux » de se manifester.

On assiste ensuite au témoignage du gendarme Christian Jambert. Celui-ci, désormais à la retraite et délivré du devoir de réserve, raconte dans le détail les découvertes qu'il a faites à propos des jeunes filles.

– L'une a disparu un mercredi après-midi de l'institut, en disant à deux copines qu'elle partait avec un chauffeur de car parce qu'il avait retrouvé sa mère et qu'elle pourrait la rencontrer. Elle n'a jamais reparu depuis ce jour. Pour les autres, c'est pareil : on les a vues partir avec le même individu, toujours le même, et on ne les a jamais revues.

Le présentateur s'étonne :

– Pourquoi votre enquête n'a-t-elle pas été prise en compte par la justice ?

Le gendarme a un haussement d'épaules fataliste :

– Un gendarme n'a pas le pouvoir de poursuivre. Il doit le demander au procureur. C'est ce que j'ai fait, en déposant mon rapport d'enquête. À ma grande surprise, je n'en ai plus jamais entendu parler. Depuis, le chauffeur de car a quitté la région, après avoir été condamné pour des problèmes de mœurs sur des enfants. Dans le Midi, il a été arrêté et condamné pour des problèmes de mœurs encore une fois !

Une troisième émission, diffusée au mois de juin, marque une progression capitale. Un « avocat courageux » a répondu à l'appel et se présente aux téléspectateurs. Il se nomme Pierre Gonzalez de Gaspard et il explique ce qui l'a décidé.

– J'ai pu mesurer l'angoisse des familles. J'ai dit oui car elles méritent d'être défendues.

Le dialogue s'engage entre Jacques Pradel et lui.

– Vous allez donc porter plainte au nom de l'association de défense des disparues ?

– Le dossier va être présenté incessamment auprès du doyen des juges d'instruction d'Auxerre.

Le présentateur lui pose alors la question que se pose certainement plus d'un téléspectateur.

– Ces disparitions ont eu lieu il y a presque vingt ans et, en matière de meurtre, la prescription est de dix ans. Comment est-ce possible sur le plan juridique ?

Me Pierre Gonzalez de Gaspard a un sourire : il livre l'idée qu'il a eue et qui va s'avérer décisive.

– Je vais porter plainte pour enlèvement et séquestration. Il s'agit d'un crime supposé se prolonger tant qu'on n'a pas retrouvé la victime. Il ne peut donc être prescrit.

– C'est moins grave qu'un meurtre...

– Oui, mais c'est la seule manière de poursuivre le coupable.

– Et si les corps sont retrouvés ?

– À ce moment, la prescription s'appliquera et l'action judiciaire sera éteinte.

C'est grâce à ce brillant artifice juridique que Me Pierre Gonzalez de Gaspard peut poursuivre son action. Le 3 juillet 1996, il dépose sa plainte pour enlèvement et séquestration au nom de l'Association de défense des handicapées de l'Yonne. Il y a foule, ce jour-là, sur les marches du palais de justice d'Auxerre : les familles des victimes, la télévision, la radio, des journalistes de la presse.

Mais cette publicité ne va pas influencer la justice, bien au contraire. Alors qu'elle avait fait preuve jusque-là d'une rapidité pour le moins modérée, sa réaction ne tarde pas : l'instruction ne sera par rouverte, rien ne le justifie !

Il y aurait de quoi baisser les bras, mais Me Gonzalez de Gaspard ne s'avoue pas vaincu : il fait appel de cette décision devant les instances juridiques de Paris, dont dépend Auxerre. Et cette fois il obtient gain de cause. En mai 1997, la chambre d'accusation de Paris ordonne l'ouverture d'une instruction. C'est la première décision officielle positive depuis vingt ans qu'ont eu lieu les disparitions !

Cette victoire est ternie par un drame qui se produit en même temps. Le 4 août, on retrouve le corps du gendarme Christian Jambert dans son garage, avec sa carabine 22 long rifle à côté de lui. Il s'est apparemment suicidé, après avoir rédigé un mot pour sa fille, lui demandant pardon.

Pour tous ceux qui se sont intéressés à l'affaire, l'émotion est vive. Le suicide est plus que probable. Christian Jambert avait déjà fait une première tentative en 1995 et, depuis, avait connu de graves moments de dépression. Il n'empêche que, dans les circonstances présentes, on peut se poser des questions. Le gendarme avait été agressé récemment et se sentait menacé. Il avait confié à son fils une sacoche contenant ses notes sur les disparitions, sacoche que ce dernier lui avait rendue dix jours avant sa mort mais qu'on n'a pas retrouvée sur place.

Et ce n'est pas tout ! Les constatations faites sur le cadavre montrent qu'il a été touché de deux balles, toutes deux mortelles, l'une entrée par la bouche, l'autre par la tempe. Renseignement pris auprès des spécialistes, ce genre de tir à répétition est possible, il est même relativement fréquent avec la 22 long rifle. Mais il n'empêche que cela peut ressembler à un crime maquillé.

Alors, le gendarme aurait-il été éliminé par quelqu'un qui ne voulait pas qu'il aille plus loin dans ses recherches ? Ses enfants demandent une autopsie, ne serait-ce que pour dissiper les doutes. Mais la justice rend, encore une fois, une décision négative : il n'y aura pas d'autopsie, il s'agit d'un suicide, point final !

Si l'instruction des disparues de l'Yonne est désormais ouverte, les enquêteurs ne sont pas plus pressés qu'auparavant : il faut plus de trois ans pour que les choses aboutissent. C'est seulement le 12 décembre 2000 qu'Émile Louis est arrêté à Draguignan, pour sept enlèvements et séquestrations...

Deux décennies ont passé depuis que Christian Jambert s'est intéressé pour la première fois à lui. Émile Louis a maintenant soixante-six ans. Avec ses cheveux tout blancs et sa tête ronde, il aurait l'air d'un bon grand-père s'il n'y avait quelque chose d'inquiétant dans son regard et de déplaisant dans son sourire.

Dès qu'il arrive dans la gendarmerie, il se défend comme un beau diable.

– Qu'est-ce qu'on me veut ? C'est un coup monté ! On m'accuse des pires horreurs depuis que la télé a parlé de moi. Je n'ai tué personne !

– Vous n'êtes pas accusé de meurtre, mais d'enlèvement et séquestration.

– Qu'est-ce que c'est que cette histoire ? Qui est-ce que j'ai enlevé ?

Les enquêteurs lui donnent les noms des sept élèves de l'IME de Grattery, disparues entre 1977 et 1979. Bien entendu, Émile Louis se récrie.

– C'est vieux, tout cela ! Comment voulez-vous que je me souvienne ? Et puis, il y a prescription depuis longtemps.

– Pour meurtre, oui, mais pas pour enlèvement...

C'est le moment clé de l'interrogatoire. Les gendarmes jouent très serré. Ils savent que leur position est délicate. Émile Louis n'est poursuivi que parce qu'il pourrait théoriquement détenir encore une des disparues de l'Yonne. Mais c'est hautement improbable, voire invraisemblable. Aucun tribunal ne le condamnera sur cette base, il a même de bonnes chances de bénéficier d'un non-lieu avant la fin de la procédure. Dans ces conditions, le seul espoir est d'obtenir ses aveux.

Les gendarmes s'emploient à le persuader que l'accusation d'enlèvement risque de lui valoir de longues années de prison et que la meilleure façon d'échapper aux poursuites est d'avouer les meurtres. Il lui suffit de dire où sont les cadavres et il sera automatiquement mis hors de cause dès qu'ils auront été retrouvés. Mais Émile Louis est méfiant. Il se fait apporter un exemplaire du code pénal et lit soigneusement les articles concernant la prescription.

Et puis, soudain, il passe aux aveux ! Il commence par la première des disparues, Françoise Lemoine. Les gendarmes ont du mal à y croire tandis qu'ils enregistrent sa déposition : « En ce qui concerne Françoise Lemoine, j'ai fait sa connaissance par l'intermédiaire de ses parents. Il nous arrivait fréquemment de nous rendre sur la commune de Rouvray. Nous avons fait l'amour sur une plage du Serein. J'ai eu un trou noir, je ne sais pas ce qui s'est passé, je n'étais plus moi-même. Je ne me souviens plus dans quelles circonstances j'ai été amené à tuer Françoise Lemoine. Je ne me rendais compte de rien. J'étais habité par quelqu'un d'autre qui me poussait au mal. Cette force me poussait à tuer. J'étais au pied du corps, j'ai appelé Françoise comme pour la réveiller. Je pense être resté auprès du corps pendant une demi-heure, trois quarts d'heure. C'est après ce moment que la bestiole m'a quitté et j'ai réalisé que j'avais fait une connerie. Françoise ne respirait plus, elle n'avait pas de trace de sang. J'ai traîné son corps pendant cinq ou six mètres, pour le cacher en bordure d'un bois. Je suis revenu le lendemain avec une pelle pour l'enterrer. »

Et il continue, il enchaîne la confession des six autres meurtres dans l'ordre chronologique. Il donne des détails sur la manière dont il a rencontré les jeunes filles, les relations qu'il avait avec elles, qui étaient toujours, selon lui, librement consenties. Il se montre particulièrement précis sur les lieux de sépulture, car c'est évidemment pour lui l'élément capital. Ceux-ci sont très groupés. Il a enterré ses victimes dans la terre meuble et sablonneuse du Serein, un affluent de l'Yonne où il allait autrefois pêcher à la ligne.

Le lendemain, il persévère dans ses aveux. Interrogé de nouveau sur la manière dont il a tué ses victimes, point sur lequel il s'était montré évasif la veille, il n'est pas plus précis :

– Je ne sais pas. Je suis comme tombé évanoui et, quand je me suis réveillé, elles étaient mortes.

On n'en saura pas plus. Comme il dit à chaque fois qu'il n'y avait pas de sang, on peut supposer qu'il les a étranglées, mais cela n'a pas une réelle importance. Même chose pour ses motivations. Il reprend le mot qu'il a eu en avouant le premier meurtre :

– C'est à cause de la bestiole. Il y avait une sale bête en moi, qui m'obligeait à tuer.

Tout cela dit d'une manière calme, détachée. Le lieutenant-colonel Michel Pattin, qui dirige l'enquête, déclare un peu plus tard aux journalistes :

– C'est comme si les meurtres qu'il a avoués ne le concernaient pas. Il n'a pas l'air ému de les évoquer...

L'arrestation d'Émile Louis et ses aveux ont une conséquence inattendue : de nouvelles victimes de violences sexuelles portent plainte contre lui. Elles s'étaient tues jusque-là, par peur ou parce qu'elles n'avaient pas compris jusqu'alors à quel personnage elles avaient eu affaire. Le 21 décembre, une femme de trente-deux ans légèrement handicapée porte plainte pour viol et séquestration. Elle était venue faire le ménage alors que Chantal était en maison de repos, il l'aurait droguée, enfermée et agressée.

Chantal, sa femme, qui jusque-là ne disait que du bien de lui, porte plainte à son tour, ainsi que sa fille, qui vivait en compagnie du couple. Toutes deux se plaignent de sévices. Indépendamment de l'affaire des disparues de l'Yonne, Émile Louis est donc mis en examen pour violences sexuelles.

Mais c'est évidemment l'autre partie de l'accusation, celle concernant les meurtres, qui passionne l'opinion et les médias. Le 18 décembre, l'accusé se retrouve en compagnie des enquêteurs sur les bords du Serein. Des tractopelles sont là pour creuser aux endroits qu'il indiquera. Il désigne sans la moindre hésitation sept emplacements très peu distants les uns des autres. Il n'y a pas plus d'un kilomètre entre le premier et le dernier.

Les engins entrent en action et, au premier endroit indiqué, ils mettent au jour les os d'un bras, un bassin et un fémur. Ces restes seront identifiés un peu plus tard comme ceux de Madeleine Dejust, disparue en juillet 1977. Un second squelette apparaît, celui de Jacqueline Weiss, l'enfant de l'Assistance qui avait été élevée par la compagne d'Émile Louis et qui avait vécu sous son toit.

Ce dernier ne manifeste pas la moindre émotion. Mais il n'en est pas de même des représentants des familles et des membres de l'Association de défense des handicapées de l'Yonne qui assistent à la scène un peu plus loin. Une vive inquiétude se lit sur leur visage. Paradoxalement, ces exhumations, qui sont l'aboutissement de leurs efforts, qui prouvent qu'ils avaient raison envers et contre tous, représentent pour eux une terrible menace. Si les macabres découvertes se poursuivent, si les sept corps sont retrouvés, Émile Louis aura gagné la partie. Il sera reconnu comme sept fois meurtrier, mais ses crimes seront prescrits !

Alors, il faut espérer qu'au moins une des disparues de l'Yonne échappe aux recherches, condition indispensable pour que l'action judiciaire pour enlèvement et séquestration puisse se poursuivre. Et leurs vœux sont exaucés ! À partir de ce moment, il n'y aura plus d'autre découverte. Selon les spécialistes, le Serein, qui est sujet à des crues importantes, a dû emporter les autres cadavres dans ses eaux. Au bout de quelques semaines, les recherches sont abandonnées. Émile Louis sera jugé pour ses crimes.

En attendant, pour tous ceux qui, par leur négligence, leur indifférence ou leur entêtement, ont rendu possible ce scandale, l'heure est venue de rendre des comptes.

Les services sociaux sont particulièrement visés. Avec le recul, l'attitude de la DDASS paraît inconcevable. Elle qui avait la responsabilité de ces jeunes filles fragiles, dont l'une, Christine Marlot, était mineure, ne s'est inquiétée à aucun moment. Elle a enregistré leurs disparitions comme des départs volontaires sans jamais faire le lien entre elles. Des sanctions sont prises contre les responsables.

Un autre organisme est tout aussi coupable : l'APAJH (Association pour adultes et jeunes handicapés) de l'Yonne, qui gère les divers instituts médico-éducatifs du département. Le fait que les jeunes filles, qui étaient toutes scolarisées, aient quitté l'IME de Grattery pour ne se réinscrire dans aucun établissement aurait dû immédiatement l'alerter, ce qui n'a pas été le cas. L'APAJH de l'Yonne sera purement et simplement dissoute.

Reste la justice. La garde des Sceaux, Marylise Lebranchu, se montre particulièrement sévère à son endroit. « Il apparaît, écrit-elle, un fonctionnement délictueux de l'institution judiciaire. Le parquet n'a pas réussi à exploiter les éléments réunis de longue date contre Émile Louis. Trois procédures établies entre 1979 et 1984 par le gendarme Christian Jambert n'ont pas reçu l'attention qu'elles méritaient. Seule, rappelle la ministre, l'action des parties civiles a permis l'ouverture d'une information en mai 1997, après deux refus successifs de la justice d'Auxerre, qui estimait les faits prescrits. Ces dysfonctionnements sont susceptibles d'engager la responsabilité de l'État pour faute lourde. »

Mais s'il y a une chose dont la justice a horreur, c'est de reconnaître ses torts. Les quatre magistrats mis en cause, les deux procureurs d'Auxerre et les deux substituts en place au moment des faits, récusent toute erreur professionnelle. Bien qu'ils comparaissent pour faute grave devant le Conseil supérieur de la magistrature et que la ministre juge sévèrement leur action, ils seront absous par le Conseil d'État.

C'est le 23 avril que s'ouvre devant les assises du Var le procès d'Émile Louis pour sévices sexuels. Les faits ont un air de déjà-vu, puisque c'est pour lui le troisième procès du genre. Dans le cas présent, il est poursuivi pour viol avec tortures sur sa seconde épouse Chantal et pour attouchements sur la fille de celle-ci. La voisine, quant à elle, a retiré sa plainte.

La salle est pleine. Les journalistes n'ont pas voulu manquer cette sorte de répétition générale avant le procès des disparues de l'Yonne. Le grand public va avoir ainsi l'occasion de découvrir la personnalité de l'accusé, ses deux précédents passages devant la justice étant pratiquement passés inaperçus.

A priori, Émile Louis a l'air d'un brave homme avec ses allures de grand-père débonnaire, mais on se rend vite compte que cette apparente bonhomie, qui lui servait d'ailleurs pour tromper ses victimes, cache une personnalité profondément perverse. Chantal raconte comment il lui faisait absorber des drogues chaque samedi soir et comment elle se réveillait le lendemain avec des plaies sur les seins et les parties intimes. Émile Louis hausse les épaules.

– Je ne reconnais absolument rien !

Puis il ajoute, magnanime :

– Je lui ai sauvé la vie plusieurs fois, quand elle a tenté de se suicider. Je ne lui en veux pas.

Pour sa belle-fille, âgée de quatorze ans à l'époque, il nie la gravité des faits.

– Je ne lui ai rien fait de mal. Juste une claque affectueuse sur les fesses de temps en temps, monsieur le président !

Ce dernier insiste néanmoins.

– Votre belle-fille vous accuse d'avoir pris des photos d'elle nue dans son bain.

– Peut-être bien, c'est possible.

– Et cela ne vous choque pas ?

– Non. Elle me prenait en photo sous la douche...

Viennent ensuite les dépositions des témoins, presque tous des femmes. Leur jugement est unanime et accablant. Les mêmes mots reviennent sans cesse : « beau parleur », « bonimenteur », « vicieux ». L'intéressé fait face avec beaucoup d'aplomb et conclut ce défilé avec une phrase qui lui est familière :

– On ne peut pas plaire à tout le monde !

Le président donne alors lecture d'une lettre de sa mère adoptive, décédée depuis. Elle le décrit comme le pire menteur qui soit et elle emploie à ce sujet une expression imagée : « Il aurait avalé un renard dont la queue sortirait de sa bouche qu'il nous dirait que ce n'est pas vrai. »

La journée suivante s'ouvre sur un témoignage particulièrement impressionnant. Celui de la propre fille de l'accusé, Maryline, aînée des quatre enfants qu'il a eus de son premier mariage. Elle est âgée de quarante-huit ans et a publié un livre : *Être la fille d'Émile Louis*. Elle évite son regard et ne dit jamais « mon père » quand elle parle de lui.

– Il m'a violée à l'âge de cinq ans. Et il avait des drôles de jeux. Son préféré, c'était la Gestapo : j'étais une résistante et il me faisait avouer en me mettant la tête sous l'eau du lavabo.

Mais Maryline raconte une chose plus grave encore :
— Un jour, quand j'avais onze ans, je l'ai vu éventrer une femme, dans un bois de l'Yonne. Il l'avait attachée nue à un arbre. Il m'a fait faire une danse d'Indien devant elle et il lui a donné un coup de couteau dans le ventre, de bas en haut...

Le président intervient pour préciser que le corps n'a jamais été retrouvé. Émile Louis prend vivement sa fille à partie.
— Je conteste intégralement ce que tu dis ! Pourquoi t'acharnes-tu contre moi ?

Le ton monte entre eux et on en reste là. Défilent à la barre les femmes dont l'accusé a abusé ou qui ont échappé de peu à ses tentatives. Plusieurs racontent leurs étranges sensations après avoir bu un sirop ou un café chez lui. Anne-Marie Salers se souvient d'un café « hyper-fort » qu'il lui avait préparé ; après, elle ne sait plus trop ce qui lui est arrivé. Mme Bertier évoque un médicament qu'Émile voulait absolument lui administrer, une mixture mélangée à du sirop, destiné, selon lui, à la remonter. Elle précise :
— J'en ai pris une fois et je me suis sentie partir.

Toujours à l'aise, Émile Louis rétorque :
— Je lui donnais des pastilles contre le mal de mer, parce qu'elle ne faisait que vomir après les repas...

Bernard Delarue est un des rares témoins masculins à venir déposer. Il a été un moment ami avec l'accusé et il rapporte le genre de propos qu'il tenait.

– Pour lui, les femmes étaient toutes des salopes, des bonnes à rien. Il m'a dit qu'il fallait en prendre une, l'amener dans un bois, l'attacher à un arbre, la fouetter et la laisser crever sur place.

Émile Louis tente de protester, puis admet :

– C'est vrai qu'on déconnait peut-être un peu tous les deux !

Arrive l'heure des plaidoiries. Après avoir retracé avec beaucoup de précision la façon d'agir de l'accusé, toujours selon le même mode opératoire, avec administration de drogues sur des femmes fragiles psychiquement, le procureur demande vingt ans de réclusion pour ce « père tranquille en apparence » qui est en fait un « sexagénaire libidineux et violeur en série ».

Parlant pour la défense, Me Thuault conteste, à la suite de son client, le côté criminel des faits et, après deux heures et demie de délibération, les jurés reviennent avec leur verdict. Ils ont suivi en tout point l'avocat général : l'accusé est condamné à vingt ans de prison, avec une peine de sûreté des deux tiers.

Le dernier acte peut avoir lieu. Les avocats d'Émile Louis ont bien tenté d'empêcher la poursuite de la procédure en réclamant la prescription, mais celle-ci a été écartée par la Cour de cassation, en février 2002. Rien ne peut plus empêcher le procès de se dérouler.

Le mercredi 3 novembre 2004, devant les assises de l'Yonne, Émile Louis, âgé de soixante-dix ans, amaigri, apparaît dans son box fermé par une vitre, pour le protéger d'éventuels attentats.

Lecture est faite de l'acte d'accusation, avec l'énumération des sept jeunes filles, dont le nom est maintenant bien connu. Le président Jean-Pierre Getti lui demande s'il a une déclaration à faire. Émile Louis se dresse dans son box.

– Monsieur le président, je conteste l'intégralité des faits !

La première journée est consacrée à l'évocation de la vie de l'accusé. Ce dernier ne manque pas d'insister sur tout ce qui peut lui être favorable. Né le 21 janvier 1934, il a été abandonné à vingt et un jours et confié à une famille d'accueil ; il a été élevé en compagnie des trois filles du couple. Ce n'est que lorsqu'il avait quatorze ans que ceux qu'il prenait pour ses parents lui ont révélé qu'il avait été adopté.

Émile Louis intervient :

– D'apprendre que j'étais un bâtard m'a traumatisé pour toujours !

Selon lui, c'est ce choc qui explique le geste qu'il commet alors : il met le feu à la grange d'un des « faux résistants » qui ont tondu deux de ses sœurs de lait. Mais il y a erreur sur la personne et il est envoyé en maison de correction. Nouvelle intervention de l'accusé.

– J'ai été violé par un éducateur !

Le fait est incontestable, Émile Louis l'a toujours mis en avant pour excuser sa conduite ultérieure. Ensuite, à dix-sept ans, il s'engage dans la marine nationale « par esprit de patriotisme », tient-il à préciser. Puis, c'est son retour en France, son mariage et le début des délits sexuels dont il se rend coupable...

À partir de ce moment, il n'intervient plus. Il écoute, l'air morose, l'évocation de ses trois condamnations et des motifs qui les ont entraînées.

Les deux journées suivantes sont plus calmes pour lui : elles sont consacrées à des responsabilités autres que les siennes. L'attitude de la Ddass, dont dépendaient les jeunes disparues, révolte visiblement le public. Il est rappelé à quel point elles étaient vulnérables. Leur QI ne dépassait pas 67, alors que la moyenne est de 100. L'indifférence de l'administration, qui était chargée de les protéger, est incroyable ; par exemple, Christine Marlot, qui avait disparu en janvier 1977, avait été réinscrite en septembre pour la rentrée scolaire suivante !

La justice est à son tour sur la sellette. Les quatre magistrats en poste à Auxerre au moment de l'enquête ne sont venus qu'avec la plus extrême réticence ; la cour a même envisagé de « recourir à toutes les mesures adéquates pour les contraindre à se présenter à l'audience ». Les deux procureurs et les deux substituts reconnaissent du bout des lèvres que l'affaire n'a pas été traitée de manière entièrement satisfaisante. Pour le reste, ils se rejettent la responsabilité des suites données aux rapports de Christian Jambert.

On n'en apprendra pas plus et c'est l'avocat des parties civiles, Mᵉ Seban, qui tire la conclusion de cet épisode :

– Si nous sommes aujourd'hui devant la cour d'assises, ce n'est vraiment pas grâce à ceux dont c'était le travail ! C'est un long parcours que les familles ont fait seules...

Le répit pour Émile Louis est de courte durée. Après ce qui a été une parenthèse nécessaire dans les débats, on en revient à l'essentiel : l'affaire criminelle et ses aveux. L'adjudant Barou, un des gendarmes qui les ont recueillis, les répète à la barre. Il évoque ensuite le transport sur les bords du Serein où Émile Louis a indiqué sans hésitation sept emplacements.

Répondant à la question du président sur la raison, providentielle pour la justice, qui a fait que cinq corps sont restés introuvables, l'adjudant de gendarmerie avance une hypothèse :

– Le Serein a bougé depuis vingt-cinq ans. Il est tout à fait possible que les restes aient été emportés par le courant.

Le président Getti se tourne vers l'accusé.

– Vous avez entendu ces aveux. Qu'avez-vous à dire à leur sujet ?

– Je les récuse. J'ai dit n'importe quoi pour rentrer chez moi. J'ai tout inventé.

Le président :

– On a retrouvé deux des corps aux endroits que vous avez dits, ce n'est pas une invention, ce n'est pas de l'imagination.

Émile Louis, visiblement embarrassé, finit par déclarer :

– J'ai vu deux hommes transporter quelque chose et remuer la terre à ces endroits-là. Et les autres, je les ai désignés au petit bonheur la chance.

– Voyons ! Lors de la deuxième instruction, trois ans plus tard, vous avez désigné exactement les mêmes emplacements.

L'accusé se tait. Le président Getti prend un ton grave.

– Monsieur Louis, vous êtes à un âge où on fait le bilan de sa vie. Ne pensez-vous pas qu'aujourd'hui il serait utile, nécessaire, de dire véritablement ce que vous avez fait ?

Pas de réaction. L'occupant du box vitré affiche un air buté.

– Dites-le pour vos victimes, pour vos enfants, pour ceux que vous aimez sincèrement. C'est aujourd'hui que les choses se jouent !

Le magistrat marque un silence, puis prononce solennellement :

– Monsieur Louis, avez-vous tué ces jeunes filles ?
– Monsieur le président, je vous certifie que je n'ai pas tué ces jeunes filles. Je les aimais, ces gamines !

L'accusé étouffe un sanglot et le président suspend la séance. Les parties civiles se lèvent, dépitées. Elles savent que le moment qu'elles espéraient, les aveux publics d'Émile Louis et sa demande de pardon, n'arrivera pas ; l'homme continuera à nier jusqu'au bout.

Ce qui se vérifie dès le lendemain. Ses avocats, Mes Thuault et Fraitag, évoquent la piste d'un réseau de prostitution : les sept jeunes filles auraient été enlevées dans le cadre d'une traite des Blanches. Cette possibilité, un instant envisagée par les enquêteurs, avait été rapidement écartée. C'est ce que confirme l'adjudant Barou, qui revient à la barre :

les recherches qui ont été faites dans ce sens n'ont rien donné.

Émile Louis prend alors la parole et évoque la thèse du complot, qu'il a toujours mise en avant pour se disculper.

– Il y a quelqu'un qui m'en veut, quelqu'un qui fait partie de ce réseau et qui veut que je paye à sa place !

Le président le ramène à la réalité :

– Il n'y a pas de réseau, il n'y a pas de complot. Ce quelqu'un qui vous en veut, c'est ce que vous appelez la « bestiole »...

Mais il n'y a rien à faire, l'accusé nie l'évidence. Rien ne le désarçonne. Lorsqu'un de ses collègues aux Rapides de Bourgogne vient dire à la barre : « Je l'ai vu creuser une fosse près du Serein, un jour de juin 1977 », il répond placidement :

– Je plantais des endives...

Le 17 novembre, on apprend que le recours qu'il avait déposé devant la Cour européenne des droits de l'homme au sujet de la prescription a été rejeté. Le procès ira donc jusqu'au bout et on voit revenir à la barre sa fille, Maryline, qui répète les accusations qu'elle avait proférées au procès du Var. Elle ne regarde toujours pas son père et ne l'appelle que par son nom. Elle déclare :

– M. Louis agissait en véritable prédateur sur ses enfants, sa famille. Ce n'est pas un être humain, il n'aime personne, pas même les animaux !

Puis elle reprend les mêmes propos que précédemment : le viol à cinq ans, les interrogatoires de la Gestapo et, enfin, cette jeune fille éventrée sous ses yeux dans la forêt. Cette fois, elle n'est pas la seule à déposer : ses trois frères et sœurs ont tenu à témoigner eux aussi mais pour démentir formellement ses propos. Fabien Louis, son plus jeune frère, affirme à la barre :

– Elle est complètement mythomane. Elle dit n'importe quoi ! Nous avons eu une vie de famille normale.

Son autre frère, Fabrice, renchérit :

– Elle ment depuis toujours. S'il fallait la croire, elle aurait été avocate, agent secret, elle aurait eu un nombre incroyable de cancers !

On apprend qu'un psychiatre a noté chez elle une « tendance à la victimisation fantaisiste ». Et il faut bien reconnaître que la scène de l'éventration par son père devant elle est difficile à admettre. Les parties civiles ont d'ailleurs manifesté les plus grandes réticences vis-à-vis de ce témoignage, qui risquait de porter atteinte au sérieux de l'accusation. L'avocat général Philippe Bilger intervient en ce sens. Il demande à Maryline :

– Comment expliquer que vous êtes la seule à attaquer votre père ?

Elle ne se trouble pas :

– Nous n'avons pas tous vécu la même chose.

Amenés à exprimer leur sentiment sur l'affaire, les trois autres enfants d'Émile Louis disent ne pas croire leur père coupable et soutiennent comme lui l'hypothèse du complot. Ils ont d'ailleurs gardé les meilleurs rapports avec lui. Ils continuent de le soutenir et viennent le voir régulièrement en prison.

Le lendemain, le procureur Bilger reprend la parole, cette fois pour son réquisitoire. Il demande le maximum, la perpétuité avec une peine de sûreté de vingt-deux ans, ce qui est évidemment symbolique étant donné l'âge de l'accusé. Il a cette formule :

– Par cette peine, je veux mettre une fleur implacable sur le tombeau visible ou invisible de ces femmes.

Il a, d'autre part, l'honnêteté de reconnaître les fautes de la justice et de dénoncer l'« erreur fatale » de son collègue le procureur d'Auxerre, qui n'a pas donné suite au rapport du gendarme Christian Jambert. Il lui accorde toutefois des circonstances atténuantes :

– Face à des crimes exceptionnels, il aurait fallu des gens exceptionnels, mais nous sommes confrontés à l'imperfection banale des gens ordinaires...

Me Seban, au nom des parties civiles, a des accents émus pour évoquer le sort des jeunes disparues :

– Elles rêvaient d'avoir des enfants, d'avoir un métier, et elles ont rencontré Émile Louis...

Face à ces discours, les avocats de la défense ne peuvent que tenter d'accréditer la thèse du complot. Le verdict tombe peu après, pratiquement conforme aux réquisitions : la perpétuité, avec une peine de sûreté de dix-huit ans...

Émile Louis fera appel de ses deux condamnations, mais en vain. La décision du tribunal de l'Yonne sera maintenue et celle du tribunal du Var sera même aggravée : trente ans, au lieu de vingt. La Cour de cassation rejettera le pourvoi du condamné en septembre 2007.

Cette fois, le dernier mot a été dit. La justice a fini par l'emporter. De justesse, il faut bien le reconnaître.

Table

Rendez-moi mon enfant !	7
Anna la romantique	19
L'enlèvement amoureux	30
Les billets de 500 francs	45
La loi du Far West	68
L'affaire Ben Barka	119
Un joli cercueil	144
La prison de sable	164
Un cauchemar d'écrivain	188
Drôle d'enlèvement !	204
Enlèvement sans rançon	224
L'affaire Finaly	239
Une ténébreuse affaire	255
Où est Jimmy ?	276
L'étrangleur	284
Les fossés de Vincennes	311

L'oreille coupée	334
Le premier enlèvement	344
La dévote et le libertin	362
Les otages du Liban	380
Rançon sans enlèvement	403
Les généraux et le rossignol	413
Un enlèvement peut en cacher un autre	439
Une surprise pour Rosy	448
Les disparues de l'Yonne	460

*Ouvrages parus
aux éditions Albin Michel :*

INSTINCT MORTEL
70 histoires vraies

LES GÉNIES DE L'ARNAQUE
80 chefs-d'œuvre de l'escroquerie

INSTANT CRUCIAL
Les stupéfiants rendez-vous du hasard

POSSESSION
L'étrange destin des choses

ISSUE FATALE
75 histoires inexorables

LE CARREFOUR DES ANGOISSES
Les Aventuriers du XXe siècle, t. 1
60 récits où la vie ne tient qu'à un fil

ILS ONT VU L'AU-DELÀ
Les Aventuriers du XXe siècle, t. 2
60 histoires vraies et pourtant incroyables

JOURNÉES D'ENFER
Les Aventuriers du XXe siècle, t. 3
60 récits des tréfonds de l'horreur
au sommet du sacrifice

L'ENFANT CRIMINEL

LES AMANTS DIABOLIQUES

L'EMPREINTE DE LA BÊTE
50 histoires où l'animal a le premier rôle

JE ME VENGERAI
40 rancunes mortelles

SURVIVRONT-ILS ?
45 suspenses où la vie se joue à pile ou face

SANS LAISSER D'ADRESSE
Enquêtes sur des disparitions et des réapparitions
extraordinaires

DESTINS SUR ORDONNANCE
40 histoires où la médecine va du meilleur au pire

CRIMES DANS LA SOIE
30 histoires de milliardaires assassins

ILS ONT OSÉ
40 exploits incroyables

COMPLOTS
Quand ils s'entendent pour tuer

NUL NE SAIT QUI NOUS SOMMES

MORT OU VIF
Les chasses à l'homme les plus extraordinaires

26 DOSSIERS QUI DÉFIENT LA RAISON

LA TERRIBLE VÉRITÉ
26 grandes énigmes de l'histoire enfin résolues

SUR LE FIL DU RASOIR
Quand la science traque le crime

ILS ONT MARCHÉ SUR LA TÊTE
450 faits divers inouïs, impayables et désopilants

www.pierre-bellemare.com

Composition réalisée par NORD COMPO

Achevé d'imprimer en décembre 2011 en France par
CPI BRODARD ET TAUPIN
La Flèche (Sarthe)
N° d'impression : 66052
Dépôt légal 1re publication : janvier 2012
LIBRAIRIE GÉNÉRALE FRANÇAISE
31, rue de Fleurus – 75278 Paris Cedex 06

31/6431/6

CW01263373

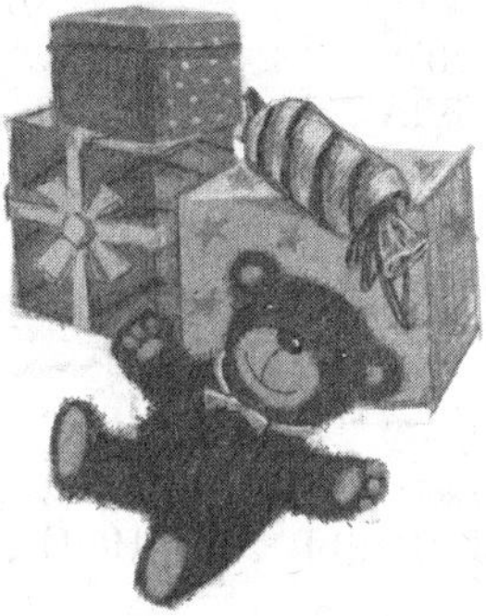

Жанар Кусаинова
ИСТОРИЯ ПРО НОВЫЙ ГОД

Лариса Бау
РОЖДЕСТВЕНСКИЙ ДЕТЕКТИВ

Наталья Волнистая
О СЛУЧАЙНОСТЯХ И ЗАКОНОМЕРНОСТЯХ

Мария Артемьева
МАЙКА И ТАСИК

Александр Цыпкин
ЧУВСТВО ДОЛГА
PRADA И ПРАВДА

Виталий Сероклинов
ЛЮ
ПРИЩЕПКА

Евгения Полянина
МАНДАРИНЫ – НЕ ГЛАВНОЕ

Лада Бланк
АНГЕЛИНА

Юлия Евграфова
ПАРАЛЛЕЛЬНЫЕ МИРЫ

Лара Галль
ПОЙДИТЕ К ПРОДАЮЩИМ И КУПИТЕ

Анастасия Манакова
WE THREE KINGS

Ольга Лукас
ЛАПА ИЩЕТ ЧЕЛОВЕКА

Михаил Шахназаров
ДЕРЕНИКС

Анна Кудрявская
ВСЕГО ЛИШЬ СЛУЧАЙ

Улья Нова
КТО ТВОЙ АНГЕЛ?

Владимир Зисман
ТЕТЯ СОНЯ ИЗ СИАНЯ

Наталья Корсакова
ПРИХОДИТЕ ВЫПИТЬ ЧАЮ

Наринэ Абгарян
ЮБИЛЕЙ

Андрей Кивинов
ФЕЙЕРВЕРК

РАССКАЗЫ к Новому году и Рождеству

Москва
Издательство АСТ

УДК 821.161.1
ББК 84(2Рос = Рус)6
Р24

Серия «Праздник-Праздник»
Серийное оформление: *Юлия Межова*

Р24 Рассказы к Новому году и Рождеству.— Москва: Издательство АСТ, 2016.— 318, [1] с. (Праздник-Праздник).

ISBN 978-5-17-099448-9

Канун Нового года и Рождества — наверное, лучшее время в году. Люди подводят итоги уходящего года, строят планы и загадывают желания на год наступающий, наряжают елки, запасаются подарками и с нетерпением ждут каникул. А еще ждут волшебства и чудес. И чудеса случаются. Кто-то, уже давно отчаявшийся, вдруг находит любовь. Кто-то встречает своего ангела-хранителя или просто хорошего человека, который помогает в трудную минуту. У кого-то исполняются желания, кто-то сам исполняет чужие желания.

Обо всех этих разнообразных чудесах и рассказывают истории, собранные в этой книге.

Подписано в печать 25.07.2016.
Формат 60 x 84 $^1/_{16}$ Усл. печ. л. 18,6.
Тираж 5000 экз. Заказ № 6243.

Общероссийский классификатор продукции
ОК-005-93, том 1: 953000 — книги, брошюры

© Авторы, текст, 2016
© Юлия Межова, ил. и обложка, 2016
© ООО «Издательство АСТ», 2016

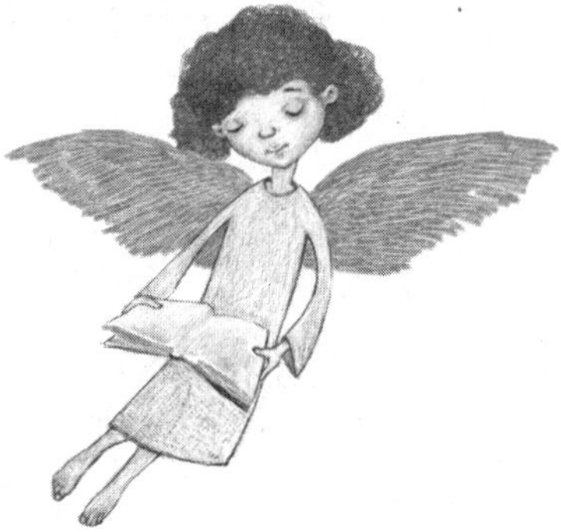

Вместо вступления

Канун Нового года и Рождества — наверное, лучшее время в году. Люди подводят итоги уходящего года, строят планы и загадывают желания на год наступающий, наряжают ёлку, запасаются подарками и с нетерпением ждут каникул. А ещё ждут волшебства и чудес. И чудеса случаются. Кто-то уже давно отчаявшийся вдруг находит любовь. Кто-то встречает своего ангела-хранителя или просто хорошего человека, который помогает в трудную минуту. У кого-то исполняются желания, кто-то сам исполняет чужие желания.

Обо всех этих разнообразных чудесах и рассказывают истории, собранные в этой книге.

Жанар Кусаинова
История про Новый год

Это было очень-очень давно. Я училась на журфаке, я была такая маленькая студенточка: лохматые волосы, драные джинсы, серый свитер, на курсе меня называли Мурзилкой, потому что я печаталась в детских изданиях. Так вот, у меня была несчастная любовь, мальчик с исторического, Алишер. Он играл со мной в известную игру — «Стой там, иди сюда!». То есть люблю — не люблю, не люблю — люблю. Нужна — не нужна, не нужна — нужна.

И так далее.

И вот, после того как он в пятый раз ушёл от меня навсегда, он вдруг появился и прислал сообщение на пейджер: «Ты прости меня, я понял, насколько ты мне нужна, я люблю тебя, а давай вместе отпразднуем Новый год?»

И я поверила. А как могла не поверить — меня ведь качало от одного звучания его имени, мне он грезился в каждом силуэте, мелькнувшем вдали.

Итак, я бросила гостей, я поссорилась с друзьями («ты чокнулась, ты себя не уважаешь, ты ненормальная, ну и катись, только потом не приходи, не ной»).

Я помчалась к нему — нет, не так, я помчалась к НЕМУ. Я бежала, не разбирая дороги, я забыла шапку и шарф, и снег, ветер нахлестом — в лицо. А я даже не застегнула куртку, я бегу. Такое счастье.

ОН ведь ОПЯТЬ МЕНЯ ЛЮБИТ! И все равно, сколько это продлится. Главное — то, что есть сейчас. И солнце снова горячими капельками разливается в моей крови.

А время на часах уже 10 вечера.

И вот я уже в его подъезде. Я уже в лифте. ЛЕЧУ ВВЕРХ К НЕМУ!!!! И вдруг лифт застревает, просто намертво. А уже праздник в самом разгаре, я слышу, как все веселятся.

А на мой пейджер пришло его сообщение: «Можешь не торопиться, я передумал, я от тебя ухожу, ты меня достала. Пошла вон...»

И тут я заревела белугой. Вот ведь черт!

В лифт постучали.

Голос пожилого человека спросил:

— Вы плачете? Вам плохо? Что случилось?

— Лифт застрял, и мне не вырваться, а еще меня бросил самый любимый человек.

— Что ж, бывает. Но все еще образуется, поверьте. А пока пойду попробую позвонить диспетчерам.

— Спасибо.

Через некоторое время. Тот же голос:

— Там никто не берет трубку. Это понятно, ведь Новый год.

— Ничего страшного. Спасибо за помощь.

— Это понятно, но что же делать? Неужели вы так и будете здесь сидеть?

— А куда мне деваться?
— Ну да, ну да. Я сейчас вернусь.
(Он принес стул и тарелки оркестровые.)
— Я всегда мечтал быть музыкантом, играть на рояле, но умею только на тарелках.

Старик играл для меня на тарелках, пел «В лесу родилась елочка».
— Простите, барышня, а вы любите поэзию?
— Да. Например, Маяковского, Олжаса Сулейменова, Блока и Рембо.
— А Вертинского?
— Кто это?
— Вы не знаете? Неужели не слышали никогда?
— Нет.
— Я сейчас.

Через некоторое время у моего лифта зазвучала пластинка. Я впервые услышала Вертинского. И Козловского, и многих других. До утра этот человек был со мной.

Он говорил. Он утешал меня. Рассказывал о своей жизни.

— Мой отец был врагом народа. Моя мама, чтобы спасти меня, быстренько с ним развелась и от него отказалась. Он сам ее заставил это сделать. Сказал, что главное — спасти сына. Мы бежали в Казахстан. Мама правильно все рассчитала, там, где полно репрессированных, вряд ли будут искать. А уже началась война.

Я отстал от нее на вокзале в Алма-Ате. Искать не решился. Помнил папины слова. Главное — выжить, прятаться, но выжить. Найдемся потом, когда все это кончится.

ИСТОРИЯ ПРО НОВЫЙ ГОД

Меня забрали в милицию. Там сидела какая-то пожилая женщина-казашка, она хорошо говорила на русском, очень стеснялась меня допрашивать, но больше некому, все мужчины ушли на фронт. Она сказала, что она пианистка, когда-то училась в консерватории, кажется, в Москве. Но теперь такое время, не до музыки.

У нее был огромный флюс, болел зуб. На щеке старенький платок повязан. Она очень смущалась. Робко совала мне сухари, просила, чтобы поел. Там было много детей. Кто-то из них просто потерялся, ревел, а подростки бежали на фронт. Их ловили, а они снова бежали.

Я назвал чужую фамилию, чужое имя. Она оформила на меня какие-то бумажки, и я оказался в детском доме. А потом я сбежал и оттуда. Познакомился с Кречетом. Был такой знаменитый вор-карманник. Просто виртуоз. Он меня учил, что публику надо уважать.

— Уважать?

— Конечно! Теперь-то, нынешние,— этого не умеют. Рвут-режут почем зря куртки и сумки, вырывают из рук, портят вещи. А Кречет учил, что если вынул кошелек, то закрой за собой сумочку. Нашел документы, подбрось в почтовый ящик. Не воруй у инвалидов, детей, беременных, стариков, у нищих. У него была целая школа.

— Да он просто Робин Гуд.

— Напрасно иронизируете, милая девушка, он был профессионал. Мастер!

— Простите меня.

— Ничего-ничего. Просто теперь не очень-то принято уважать мастеров. Менеджеров много — мастеров нет.

— А как вас зовут?
— Александр.
— А как называла вас мама?
— Аристарх. Но меня давно никто так не называл.
— А можно мне?
— Да.

Мы с Аристархом слушали музыку, разговаривали. Это было очень здорово.

А потом, когда пробило двенадцать, он принес какую-то швабру, чуть-чуть раздвинул двери лифта и в образовавшуюся щель просунул мне соломинку, чтобы я через нее выпила шампанское. Я глянула на моего спасителя.

Это был пожилой человек. Нарядно одетый, черный пиджак, сорочка, шляпа и галстук. Все с иголочки.

— Ух ты! Вы так здорово выглядите!
— Спасибо. Все-таки я ведь к девушке иду!
— Но ведь это не свидание!
— Ну и что! Кречет учил: «Уважайте публику!» Я иду к девушке, я ее уважаю, значит, и выглядеть должен соответственно.
— Спасибо.
— Да не за что.
— Я у вас столько времени отняла.
— Ну, во-первых, я потратил его с удовольствием, а во-вторых, если бы мне было с кем еще его тратить... Не с кем. Я один остался в Новый год. Так бывает.

Аристарху все-таки удалось вытащить меня из плена. Все-таки воровской опыт не прошел даром.

— А вы всю жизнь были вором?

— Нет. Только в юности. А так я часовщик. И антиквар. Больше всего я люблю часы. Мне нравится, что тиканье в часах похоже на то, как стучит сердце у человека. Тик-так, тик-так. Если разрешите, я хотел бы пригласить вас к себе. Не бойтесь, мы просто выпьем чаю, в подъезде холодно, я бы не хотел, чтобы вы простудились.

И мы пошли к нему.

Это была чудесная квартира. Множество картин, удивительных часов, патефонов и музыкальных шкатулок, древних фотоаппаратов, книг и разного рода редкостей. Это был просто праздник.

Я услышала миллион чудесных историй про войну и любовь, про раненых солдат, про Кречета и других знаменитых воров, про послевоенную Алма-Ату и другое.

Мы пили чай из старинных фарфоровых китайских чашечек. Аристарх показал мне настоящую чайную церемонию, которой его научили китайцы, бежавшие от культурной революции...

Он разрешил мне померить одежду 20, 30, 40-х годов, шляпки и платья, туфельки. Все эти сокровища из его невероятной коллекции!

Я стояла за ширмой, сделанной из самого настоящего шелка, расписанного вручную. Я чувствовала себя самой красивой на земле. Лучше чем Мэрилин Монро точно!

Это все было настолько сказочно, что я до сих пор улыбаюсь, когда вспоминаю ту ночь и то утро.

А тем временем мне на пейджер опять пришло сообщение: «Какой я был дурак. Приезжай ко мне срочно, давай опять будем вместе».

Но я никуда не поехала, мы с Аристархом взяли молоток и разбили мой прекрасный пейджер на куски. И это было счастье.

А потом мы немного дружили с Аристархом. И это было самое лучшее время в моей студенческой жизни.

Но однажды, приехав к нему опять, я увидела, что его волшебной старинной двери с огромным замком нет. А на ее месте какое-то металлическое плоское уродство. Позвонила. Через дверь мне ответил женский голос, что такой-то здесь больше не живет. Кто я? Я его внучка! Я его наследница! А ты кто?

И действительно, кто я? Я засмущалась и сказала, что я никто.

И убежала.

Больше я никогда не видела этого человека. Но часто про него вспоминаю.

Спасибо вам за все, Аристарх!

Вы были чудесный!

Наталья Волнистая
О случайностях и закономерностях

Для новогоднего корпоратива подготовили капустник на производственную тему, генеральный изображал бобра-строителя, финдиректор — запасливую белочку, юристу Ивановой достался лесник как олицетворение всех и всяческих надзоров.

Ужасно глупо, но после трех рюмок очень смешно и бешеный успех.

Вся в аплодисментах и комплиментах, Иванова побежала переодеться, в темном коридоре ошиблась дверью и влетела к экономистам, где и обнаружила Сидорова in flagrante с фифой из планового отдела.

Сидоров промямлил что-то неразборчивое, а фифа глянула на Иванову победительно.

Еще и хихикнула, мерзавка.

Иванова развернулась и ушла как была — в ватнике и с накладными усами.

Таксист нервно оглядывался и бубнил под нос про то, что извращенцев развелось — плюнуть некуда, брезгливо отсчитал сдачу и даже от чаевых отказался.

На следующий день Сидоров подошел как ни в чем не бывало, сказал, Ксения, я все объясню.
И объяснил.
И добавил, ну что, Новый год на даче? почему?! я же объяснил! знаешь, Ксения, тяжело разговаривать с человеком, который тебе не верит! в смысле мне не верит! не ожидал!
И оскорбленно удалился в сторону планового отдела.

Днем тридцать первого позвонила взволнованная мама, Ксюша, Петровне в магазине сказали, в вашем районе завелся маньяк! подкарауливает женщин! грабит! раз маньяк, то не только грабит! Петровна приметы записала, слушай: куртка темная, высокий! папа говорит, пусть твой Вадим собаку выгуляет, сама не ходи!
Мама, сказала Иванова, моего Вадима уже нет.
И слава богу, выпалила мама, не одобрявшая Сидорова.
Помолчала и добавила, вот увидишь, Ксюша, оно и к лучшему, погоди, а Новый год ты с кем встречать будешь? с подругой, с Верочкой, что ли? может, к нам приедешь? папа бы и с собакой погулял, Ксюша, не переживай, таких Сидоровых в базарный день пучок на пятачок, что из-за них расстраиваться.

Не на что пенять — каков базар, таков и выбор.

Но полтора года в песок.

За полтора года и к хомяку привяжешься, а тут человек.

Хотя и Сидоров.

К подруге Верочке Иванова не поехала, наплела что-то про простуду, мол, боится заразить Верочкиных близняшек.

Вечером Тирион принес в зубах поводок, ткнулся мордой, пора, пора.

Иванова постояла в прихожей перед зеркалом, нашла седой волос в челке и подумала, что мир разделен очень неровно.

С одной стороны — счастье, а с другой — она сама, ее тридцать лет и старость не за горами, сплошь сидоровы да мокрый снег с дождем вперемежку.

Хотелось заплакать, но не заплакалось.

В куртке заклинило молнию, дубленку по такой погоде жаль, и Иванова надела не убранный в кладовку папин офицерский ватник.

Выглянула в окно, горел только дальний фонарь. Она еще подумала и решительно приклеила усы.

Обломись, маньяк.

Хорошо, в подъезде никто не встретился.

Шли мимо школьного стадиона, как вдруг перед ними из ниоткуда выросла высокая тень и хрипло спросила, мужик, закурить есть?

Иванова и не подозревала, сколько мыслей может пронестись в одно краткое мгновение.

Но, пока мозг переваривал пронесшееся, подсознание сработало и устами Ивановой выкрикнуло, взять его! Тирион, фас! куси! фас!

Тирион взлаял и радостно заскакал вокруг тени, пытаясь на данный момент лизнуть ее хоть куда, а в перспективе подружиться.

Мужик, ты что, рехнулся? тихо, пес, тихо, хороший песик, это хозяин у тебя ненормальный, сказала тень, посветила телефоном и заржала, а отсмеявшись, сказала, девушка, у вас ус отклеился! никак примеряетесь к смене пола? тренируетесь?

Сознание вопило — дура! дура! а бодрое подсознание выпалило, это от маньяков!

Сильный ход, сказала тень, жаль, я не маньяк, опробовали бы метод, вот что, давайте-ка я вас провожу, пока вы кого-нибудь до смерти не напугали, все равно в магазин, сигареты кончились, кстати, почему Тирион?

Иванова сказала, на улице за мной увязался, хромой, безобразный, думала, не вырастет, а он вымахал в громадину, добрый, но бестолковый.

Да, сказал несостоявшийся маньяк, следовало бы назвать Ходором, усы снимите, мало ли что люди подумают.

В квартире горел свет.

Ксюша, сказала мама, почему не предупредила, что простудилась, что дома останешься? мы от Верочки узнали, а Петровна недослышала, напутала, и не у вас, и не маньяк, мы с папой тебе не дозвонились, я так перенервничала, а вдруг, мало ли что, решили сами посмотреть, убедиться, Ксюша, что за солдафонский вид?

Тетеря глухая твоя Петровна, курица заполошная, меньше бы ты ее слушала, сказал папа, а вы кто такой?

Кажется, я судьба вашей дочери, увидел ее с усами и сразу понял — судьба, сказал маньяк, так бывает, я читал.

Бывает, сказал папа и чмокнул маму в лоб, по себе знаю — бывает, да, Маруся? стоп, про усы не понял, что за усы?

Ой, да ладно тебе глупости говорить, иди лучше лапы собаке вымой, Ксюша, немедленно сними этот ужас, смотреть страшно, сказала мама, а мы, как чувствовали, на всякий случай шампанское привезли, и рыбку, и курицу, и оливье, что за Новый год без оливье, и пирог с брусникой, только с одного бока подгорел чуток, недоглядела, переживала, все из рук валилось, ну что вы застыли, полчаса до курантов осталось, поторапливайтесь!

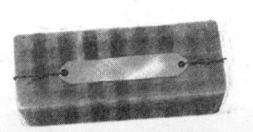

Александр Цыпкин

Чувство долга

Было мне одиннадцать лет, все шло хорошо, из денег я предпочитал красные десятки, хотя давали мне в школу максимум желтоватые рубли. Тем не менее копейки все равно за людей мною не воспринимались, но лишь до тех пор, пока я не получил в подарок копилку. Опустив в классического борова первую монету, я сразу же лишился рассудка. Откуда-то взялась патологическая жадность и развился слух. Тратить деньги я перестал в принципе, а звон выпавшего из кармана чужого медяка начал слышать за несколько километров. Мне до дрожи в пятках хотелось поскорее наполнить свиноподобный сундучок и посчитать сокровища. Я даже начал взвешивать копилку на безмене, чем немало озадачил родителей, которые не понимали, как можно перевести силу тяжести в суммы. Незадолго до окончательного заполнения фарфоровый сейф переехал ко мне в кровать. Я засыпал и просыпался с ним в обнимку, так как боялся, что чудовища, вроде бы переставшие жить под моей кроватью уже пару лет как, вернутся и украдут накопленное.

Приближался Новый год. Я ожидал различных зимних подарков и собирался либо купить коньки к подаренной клюшке, либо наоборот. Чуть ли не второго января я торжественно расколотил ларец, растекся между монетами, облобызал каждую, посчитал несколько раз, разложил по номиналу и увидел нирвану всеми доступными на тот момент глазами. Ненадолго вернувшись в реальный мир, я задумался, как же это все поменять на бумажные деньги. Пришлось обратиться к бабушке, которая умилилась малолетнему скряге и согласилась помочь. На следующий вечер она сообщила, что обмен произошел, но попросила эти деньги на пару дней в долг. Я был горд — профинансировать практически главу семьи, это ли не верх могущества? Проценты брать не стал. Еще через день бабушка попала в больницу, о чем я узнал из случайно услышанного разговора родителей.

Я, как мне кажется, не самый плохой человек и точно был хорошим ребенком. Меня близкие любили, и я их любил, заботился о них, рисовал открытки, читал с табуретки стихи, писал про семью в стенгазете, гордился, ценил, но в тот момент, когда я услышал о бабушкином несчастье, темная сила затоптала все ростки добродетели на поверхности моей души.

«А что будет с моими деньгами, если...» Я возненавидел эту мысль, как только она появилась, и загнал ее в самый дальний угол моей головы, но и оттуда она сверкала пурпурно-фиолетовым. Нет, я, конечно, переживал, даже плакал, но мысль-то проскочила. Мне стало очень стыдно, мерзко и противно из-за ее рождения. Ох уж эти метания порядочного человека, которые на корню убивают возможность спокойного совершения непорядочных поступков!

На мое и общее счастье, скоро выяснилось, что жизни бабушки ничего не угрожает, и я вновь начал ощущать себя достойным сыном своих родителей, пока опять же не подслушал разговор о потенциальных проблемах с бабушкиной памятью после случившегося.

Пока речь шла о жизни и смерти, свет во мне, разумеется, побеждал тьму, и я, конечно, не думал о деньгах, если не считать самого первого мгновения. Но вот теперь дьявол занялся мною всерьез, и он был в мелочах, точнее, в мелочи.

Я живо представил себе, как здоровая и невредимая бабушка возвращается домой, все счастливы, она все помнит, кроме своего долга. Воспаленное воображение нарисовало мне именно такую картину частичной потери памяти. «Лучше она бы что-то другое забыла, например про тройки в четверти или про разбитую вазу, но ведь не вспомнит именно про деньги, уж я-то чувствую». Пару дней я провел детально изучая амнезию по имевшейся в доме медицинской литературе. Обретенные таким образом знания меня не порадовали. Настроение ухудшилось до предела.

Ждать исхода не представлялось возможным, и я напросился на визит в больницу. Разумеется, признаваться в своих страхах у меня в планах не было, но как-то прояснить ситуацию с бабушкиной памятью хотелось.

ЧУВСТВО ДОЛГА

По дороге я провел разведку.

— Папа, а что, бабушка может про меня совсем забыть? — полным трагического сочувствия голосом поинтересовался я у хорошего врача.

— А что ты натворил? — без тени сомнения в причинах моей сентиментальности отреагировал хороший отец, знавший, с кем имеет дело.

— Я ничего, просто так спросил.— Изобразить научный интерес мне, очевидно, не удалось.

— Ты не волнуйся, я, если что, про тебя напомню.

После этих слов я замолчал до самой палаты.

— Ну вот вы зачем ребенка в больницу притащили? — Бабушка была достаточно бодра.

— Сам вызвался,— порадовал папа.

— Спасибо, Сашуль, мне очень приятно, как дела?

А вот мне не было очень приятно. Вновь на меня напали стыд и самобичевание.

«Спроси, спроси ее про дни перед больницей»,— шептал в ухо внутренний демон, державший в руках коньки, на которые я собирал деньги.

— Хорошо,— выдавил я из себя.

— Очень твоей памятью интересовался,— огрел дубиной меня и демона смеющийся отец.

Я мгновенно вспыхнул.

— Моей памятью? — удивилась бабушка.

Я ненавидел себя, весь мир, деньги, коньки, копилки и особенно папу.

— Ага, вероятно, рассчитывает, что ты о чем-нибудь забудешь, уж слишком тревожный голос у него был, когда спрашивал.— Отец упивался моментом, не подозревая, что его предположение диаметрально противоположно истине.

— Слушай, а может, у меня и правда с памятью проблемы? Саня, напомни, что я должна забыть? Я не буду ругать, просто я и правда грехов за тобой не помню последнее время.

Если бы я тогда знал, что такое сюрреализм, то точно бы охарактеризовал ситуацию этим словом.

— Ты ничего не должна забыть! Я правда просто так спросил, когда услышал про болезнь! Я же все изучаю! — Я уже почти рыдал, но это была правда, я практически жил внутри Большой советской энциклопедии, если вдруг узнавал о чем-то новом.

— Да ладно, успокойся ты, ну забыла — значит, забыла, считай, что тебе повезло,— с улыбкой на лице попыталась успокоить меня бабушка.

На этой фразе даже демон внутри меня начал смеяться. Я же просто был готов взорваться на месте. «Повезло?!»

— Я пошел в туалет,— прикрывая свой отход, произнес я дрожащим голосом, полным обиды и разочарования.

«Деньги — зло. Я тону во вранье. Я больше никогда, никогда...» — и далее целый список, заканчивающийся клятвой не давать в долг более, чем готов потерять. Вот такие мысли крутились в моей голове все дорогу из больницы домой.

Вечером папа сдал мне мелочь, как это периодически происходило весь последний месяц, и спросил:

— Когда копилку-то разбиваешь?

Мне стало совсем нехорошо. В списке «никогда более» ложь находилась на первом месте, а рассказать отцу о судьбе накоплений в нынешних обстоятельствах означало бы катастрофу. Редко когда так ясно осознаешь полную безвыходность своего положения.

Похолодевшими губами я пролепетал:

— Я ее уже разбил, так что мелочь больше не нужна, спасибо.

— О как, и сколько насобирал? — не отвлекаясь от книжки, поинтересовался отец.

Его равнодушие так диссонировало с бурей, бушевавшей внутри меня, что мне казалось, этот контраст осязаем и виден невооруженным взглядом, как парашют Штирлица в известном анекдоте.

— Двенадцать рублей.— Обреченность чувствовалась в каждом слове.

— Куда дел?

Я как раз в тот момент читал «Колодец и маятник» Эдгара По. В рассказе инквизиция создала комнату, стены которой сжимаются, загоняя жертву в бездонный колодец.

— В долг дал,— выполз ответ.

«Господи, если он не спросит „кому", я обещаю тебе... ну, в общем, все обещаю, что хочешь!!!»

— Кому? — Папа отвлекся от книги и посмотрел на меня с неподдельным любопытством.

Бога нет. Ох. Я опустил глаза, обмяк, усох и начал сознаваться:

— Баб...

И вдруг зазвонил телефон. Я рванул к нему, как раб с плантации:

— Але!

— Саня, это бабушка, папа дома? И, кстати, не забудь у меня свои двенадцать рублей забрать, когда в следующий раз придешь.

— Да мне не горит.— От моих щек в тот момент можно было прикуривать.— Пап, тебя.

За время папиного разговора я стремительно почистил зубы, разделся, лег спать и, понимая, что не засну, стал учиться изображать спящего. Папа так и не заглянул. Я вошел в роль и вырубился.

Эпилог

Через два дня я заехал к бабушке, забрал деньги, положил их в варежку, которую немедленно оставил в трамвае. Я не удивился и не расстроился. В графе «Уроки» стояло «Оплачено».

А рассказ этот о бабушкином великодушии и такте. Именно эти качества, к сожалению, все реже и реже встречаются в людях.

Prada и правда

*Как всегда, трагикомедия о любви
с высокодуховным финалом*

Обсуждали тут с коллегами CRM. Кто не в курсе, это такая система работы с клиентом, когда ты знаешь о нем все, а информацию собираешь покруче товарищей с Лубянки. Вспомнил чудесную историю времен моего доблестного безделья у Dennis Beloff. Год две тысячи четвертый. Мы продавали одежду. Дорогую. Я гордо значился бренд-директором всей группы компаний и кроме всего прочего отвечал за выращивание и полив клиентов.

Однажды в какой-то из бутиков пришел потенциальный плодоносящий кактус. Мне сообщили о подозреваемом в наличии денег субъекте, я провалился из офиса в зал и начал товарища обхаживать. Тот без удивления рассматривал костюмы по пять тысяч долларов, чем подтверждал результаты первичного диагноза, поставленного продавцом.

В общем, он кое-что выбрал, я с ним разговорился, кактус был уже почти в горшке, и я предложил ему заполнить карточку клиента, чтобы получать от нас скидки, бонусы и поздравления с удачно сданными анализами, так как о них мы будем знать все.

Иван Иванович Шнеерсон (звали его не так, но ключевую интригу ФИО я сохранил, имя и отчество — русские, дублирующиеся, фамилия — богоизбранная) при словах «карточка клиента» изменился в лице, как будто я — следователь и предложил ему заполнить явку с повинной. Через пару месяцев, беседуя с Иван Ивановичем после его очередной покупки, я узнал причину этой метаморфозы.

Наш герой был добротным еврейским мужем. Два экзистенциональных «никогда» бесконечно бунтовали в его голове, но победить их не представлялось возможным. Он бы никогда не бросил жену и никогда бы не смог оставаться окончательно верным. Отсюда переживания, расстройства желудка и провалы в таймменеджменте. Более того, г-н Шнеерсон входил в тот мужской возраст, когда временных подруг ночей суровых уже бессовестно удерживать только на голом энтузиазме. Ему было за пятьдесят.

Подозрения, что он не Ален Делон и тем более не Рон Джереми, посещали его все чаще, и ощущение несправедливости по отношению к своим любовницам он пытался сгладить подарками, но вел в голове невидимый баланс всех этих пожертвований, чтобы все более-менее поровну, а главное, чтобы общая сумма поступков и реальных денег хоть как-то соотносилась с его оцифрованной любовью к жене. Интеллигенция.

Баланс видел только сам г-н Шнеерсон и его совесть. Остальные участники данного невидимого документа убили бы его автора, узнай, что они попали в такой неоднозначный список.

Проведя очередную сверку, Иван Иванович повез г-жу Шнеерсон в Милан. Причем не как обычно на распродажи, а прямо-таки в сезон. Ноябрьский Петербург уже грязно белел, а в Милане было тепло, красиво и дорого.

Ольга Сергеевна с пониманием относилась к особенностям, следующим из фамилии Шнеерсон, а проявление щедрости так вообще воспринимала как неожиданный луч солнца в том же самом ноябре.

И вот зашла наша семейная пара в дорогой бутик. Ольга Сергеевна налегке и Иван Иванович на изрядном «тяжелеке». Его давили бесконечные пакеты и страх окончательной суммы.

— Я сумку, и все, — сказала Ольга Сергеевна.

Сумку выбрали быстро. Иван Иванович протянул карту и паспорт для оформления tax free. (Война войной, а обед по расписанию.)

Русскоязычный продавец покопался в компьютере и отрубил г-ну Шнеерсону голову:

— Ну как вам покупки, которые вы сделали в сентябре, все понравилось?

Голова Иван Ивановича покатилась из магазина, но на ее месте, к несчастью, выросла новая, и прямо в нее смотрели красные бесчувственные окуляры Терминатора Т-800 по имени Ольга Сергеевна.

— А я не знала, что в сентябре ты был в Милане.

Иван Иванович проглотил утюг, пакеты стали в десять раз тяжелее, мозг отчаянно пытался найти выход.

Выход был найден в молчании, прерванном вопросом Т-800 продавцу:

— Вы ничего не путаете?

Г-н Шнеерсон читал про йогов, передачу мыслей и вообще смотрел «Матрицу», как там граф Калиостро ложки гнул. Он собрал все свои извилины в копье и метнул его в мозг продавцу. Оно со свистом пролетело в пустой голове исполнительного товарища, который сдал Ивана Ивановича со всеми органами:

— Нет-нет, у нас же система — вот, был шестнадцатого сентября, купил две женские сумки.

Утюг в животе заботливого любовника начал медленно, но верно нагреваться.

— Какая прелесть, если я не ошибаюсь, в сентябре ты летал с партнерами в Осло, на какую-то встречу.

Изнутри г-на Шнеерсона запахло жареным. Как, впрочем, и снаружи.

— Хотел сделать тебе сюрприз и заехал, пока были распродажи, чтобы купить подарки на Новый год тебе и Сереже (сын), ну и стыдно стало, что экономлю, не стал тебе говорить.

Смотреть на Ивана Ивановича было очень больно. Он из последних сил играл человека, стыдящегося своей жадности. В сентябре он и правда был в Милане, и правда из жадности. Одна из его пассий была выгуляна по бутикам, так как в балансе г-на Шнеерсона на ее имени значился zero.

— Ванечка, а зачем Сереже на Новый год женская сумка?

Остывающий утюг вновь раскалился.

«И правда старею»,— подумал про себя гений махинаций.

— Я его Оле купил,— (девушка сына).
— И где они сейчас, эти щедрые подарки?
— В офисе, и кстати, это, конечно, только часть из подарков, так, безделушки.

Счет Иван Ивановича был большой, но очень чувствительный. Как и сердце. Оба в этот момент расчувствовались.

— Ванечка, Новый год в этом году для тебе настанет сразу, как мы вернемся. Чего ждать! Молодой человек, а покажите, пожалуйста, какие сумки купил мой муж.
— Одной уже нет, а вторая вот,— пустоголовый продавец продолжал сотрудничать с полицией и указал на какой-то зеленоватый кошмар.
— А это кому, мне или Оле? — спросил Терминатор, внимательно изучая болотного цвета изделие.

Сумка была не только бездарна, но, как говорят, чуть менее чем самая дешевая в данном магазине. Именно сумки Иван Иванович купил тогда сам, как бы сюрпризом, пока его временное развлечение грабило Габану.

— Оле,— прожевал Иван Иванович.
— Хорошего же ты мнения о ее вкусе! Интересно, что ты мне купил. Спасибо, пойдем.

Из Милана семейная пара должна была поехать во Флоренцию и потом домой в Петербург. Ивану Ивановичу вживили чип и посадили на цепь сразу при выходе из бутика.

Он вырвался только в туалет, позвонил помощнице и сказал срочно позвонить в бутик, визитку он взял, найти идиота-продавца, отложить чертову зеленую сумку, прилететь в Милан, купить ее и еще одну на ее выбор, но подороже, снять все бирки и чеки, срочно вернуться и положить все это ему в шкаф в офисе.

Ошалевшая помощница видела и слышала всякое, но такое несоответствие мышиного писка своего шефа и сути вопроса понять не могла. Тем не менее утром следующего дня рванула в Милан и исполнила все указания.

В Новый год Иван Иванович вручил своей жене темно-синюю сумку, внутри которой лежали серьги с сапфирами. Большими, незапланированными сапфирами. Также он передал Сереже сумку для Оли и конверт самому сыну. Ольга Сергеевна еще раз посмотрела на безвкусный подарок и скептически покачала головой.

Вечером Т-800 примерил серьги.

— Дорого?

— Ну да... — взгрустнул Иван Иванович. Исключительная порядочность в своей беспорядочности обошлась нашему герою в сумму убийственную для рядового российского Ивана Ивановича и ментально неприемлемую для абсолютно любого Шнеерсона.

— За все, Ванечка, нужно платить, особенно за доброе сердце... пороки и слабости.

Утюг начал оживать, слюна застряла в горле, так как Иван Иванович боялся сглотнуть слишком громко.

— Не бывает двух зеленых сумок с одинаковыми царапинами, не бывает,— сказала с доброй улыбкой умная женщина.

Евгения Полянина

Мандарины — не главное

В квартире пахло лаком от Сережиных моделей, мамиными лекарствами, капустой из бабушкиной сковородки и мясным кормом Сэрки. А от Алисы ничем не пахло.

Она сидела на полу перед распахнутой дверью морозилки. Давно стемнело, и небо заволокли тучи, только луна выглядывала полосками. В таком свете кухня из мятно-бежевой становилась синей, как будто давным-давно утонула, и Алиса сидит где-то под водой и где-то под водой ковыряет стенки.

Она даже высунула язык от стараний. Но зацепить намерзший лед никак не удавалось. На пол сыпалась и тут же таяла белая крошка. Голые Алисины ноги намокли и замерзли, но она упрямо продолжала ковырять.

Наконец ей удалось пихнуть вилку под слой намерзшего льда. Алиса протолкнула ее дальше и начала давить на ручку. Так напряглась, что не заметила, как запыхтела. Поднажать бы… еще совсем немножко…

Есть!

Лед хрустнул, и здоровенный кусок плюхнулся на пол. Брызнуло на лицо и шею. Алиса схватила лед в правую руку, левой подхватила терку и рванула в коридор. Едва остановилась у зала и дальше заскользила на цыпочках, чтобы не разбудить маму. Алиса была такой маленькой, что ее почти никогда не замечали. Только Сэрка поднял голову, мяукнул что-то невразумительное и снова сложился в идеальный круг.

Алиса, едва дыша, опустила ручку, юркнула на балкон и, прижавшись к стеклу затылком, выдохнула: фух, не разбудила. Сразу же запахло влагой, ногам стало еще холоднее, а правую ладонь жгло.

Алиса подтащила табуретку, вскарабкалась на нее, открыла балконное окно и, высунув на улицу руки, начала натирать лед. Вниз посыпалась белоснежная крошка. А Алиса все терла и терла, пока в руке не остался совсем крошечный комочек, и она не испугалась, что порежет пальцы.

Она поставила терку на подоконник, вцепилась руками в раму и перекинулась так, что почти согнулась пополам. Вниз летел снег! Алиса смотрела и смотрела, пока снежинки не утонули в серо-черном колодце двора. А потом услышала, что под балконной дверью тихонечко поскуливает Сэрка.

— Тише! — шикнула она, вернувшись в зал.— Пошли есть.

Слово «есть» Сэрка знал так же хорошо, как и свое имя, он благодарно потерся об Алисины ноги и побежал на кухню. Алиса бросила тоскливый взгляд в окно, выдохнула и отправилась следом. Новый год уже завтра, а у них ни снега, ни елки, ни красной икры.

Она положила Сэрке корм, бросила на пол тряпку, слегка поелозила ею по луже — высохнет как-нибудь — и отправилась спать. Морозилка посвистывала, но Алиса ничего не услышала. Она так устала, что едва добралась до кровати, плюхнулась туда и укрылась уголком одеяла.

— Ну молодец!

Алиса открыла глаза. Над ней, уперев руки, стоял Сережа. На фоне окна он казался почти черным. В полшага подскочил к ее кровати и потянул одеяло.

«Ну нет!» — подумала Алиса, в Новый год ее еще не будили! Все отлично знают — в Новый год нужно как следует выспаться! Она схватила одеяло руками, обхватила ногами и потянула на себя.

После секунд борьбы Сережка проиграл — его руки соскользнули, и он рухнул, ударившись о стол. Стол затрясся, сохнущая на нем модель самолета подскочила к самому краю и застыла, свесившись носом.

— Вот дура! — подскочил Сережа. Он бережно поправил модельку и злобно уставился на сестру: — Все ломаешь! Или чуть не сломала! Голову мне чуть не сломала...

— Так чуть же,— уперлась Алиса.

— А холодильник сломала! Без всяких «чуть»!

Как сломала? Алиса и думать забыла про сон, подскочила с кровати и побежала на кухню. Только краем глаза успела заметить, что мама не на диване. В последнее время мама вставала, только когда случалось что-то страшное!

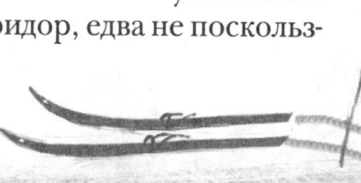

«Что же я наделала, мамочки?» — Алиса ухватилась за косяк, чтобы завернуть в коридор, едва не поскользнулась на линолеуме, удержалась, добежала до кухни и так и замерла у порога.

Перед морозилкой, пыхтя и вздыхая, согнулась бабушка, она медленно собирала воду тряпкой. Низ ее юбки был насквозь мокрый и стал из нежно-голубого темно-синим. Мама стояла рядом, правой рукой держалась за стиральную машину, а левой перебирала продукты. Она с тоской посмотрела на банку замороженных ягод, на капающее из пакета мороженое, достала заляпанную мороженым упаковку и промыла ее в раковине.

— Ну что ж, на завтрак будем есть пельмени.

Пахло чем-то незнакомым и гадким. Алиса смотрела на не замечавших ее маму и бабушку, хотела помочь, но так испугалась, что не могла пошевелиться. Она очнулась, только когда Сэрка ткнул в ноги мохнатую голову.

— Мяу,— требовательно сказал он. Он никогда не пропускал слово «есть» мимо ушей.

Алиса ковырялась в пельменях, а они — корявые и измазанные майонезом — как будто таращились на нее и косили глазами-морщинами на холодильник: молодец, Алиса, умница.

— Хо-о-оспади, ну что за ребенок,— фыркала бабушка,— мать болеет, а она...

Дурацкие пельмени! Алиса со всей силы ударила вилкой. Сережке хорошо — Сережку все любят с его дурацкими моделями дурацких самолетов. Он для взрослых как ангелок — встанет, ручки за спину, в щечках — ямочки — все за них так и тянут, и волосы одуванчиком. Вот бы они скорее стали белыми, тогда Алиса их сдует, и Сережка останется лысым.

А она другая — длинная, тощая, темная, с вечно пыльными ногами и растрепанными волосами. «Обезьяна»,— говорит бабушка. Алиса сначала смеялась, а теперь начала обижаться. Что-то ей в этом слове не нравилось. Особенно с тех пор, как она выучила другое, похожее — «изъян».

Только Алиса знала, какой Сережа вредный и неправильный. Вечно ползает за ней змеей и подзуживает, а потом: Алиска то сделала, Алиска это...

Вот и сегодня, пока бабушка и мама разбирались с морем проблем — а воды и правда было много, Сережка выдумал учить младшую сестру.

— Слу-шать,— командовал он, заложив за спину руки и прохаживаясь по коридору, пока Сэрка отчаянно пытался ухватить его за ноги,— вот холодильник. Холодильник — эт-что? Это техника. Техника — эт-что? Это не для девчонок. А ты у нас кто? Кто? — уставился он на Алиску.

— Девочка,— промямлила она, опустив глаза.

— Верно! К тому же девочка дошкольного возраста. Эт значит что? Что тебе с техникой играть нельзя. Видишь, что с морозилкой сделала?

— Хо-о-спади, ну что за дети,— фыркнула бабушка, разгибаясь. С этого она начала и повторяла до сих пор — прерывалась, только чтобы перевести дыхание.

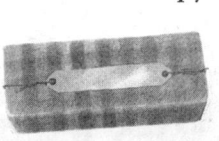

Ну его, этого Сережку. Ну его, этот холодильник. И пельмени — ну. У Алиски были дела поважнее — тридцать первое! Даже звучит сочно: как округлившиеся пакеты с продуктами, как набухшие мандарины, с которых капает сок, и его потом можно слизывать с пальцев. И как кругляши красной икры, толстым слоем намазанные на бутерброды. Звучит сочно, а в холодильнике ничего нет.

Алиса бросила вилку. Та ударилась о тарелку, отозвалась глухим стуком, и все повернулись. Заметили все-таки. Сережа уставился из-под нахмуренных бровей. Губы поджал, нос растянул и фыркнул. А Алиса точно-точно поняла, что он имеет в виду: дура.

— Что за ребенок, хоспади,— всплеснула руками бабушка.

Алиска подскочила и бросилась с кухни: глаза мокрые, губы дрожат. Глупые! Какие же они все глупые! Тридцать первое. Тридцать первое! А они набросились из-за дурацкой морозилки.

Ну она им еще покажет.

Алиса с разбегу грохнулась перед кроватью на колени, нагнулась так, что торчала только попа, голову сунула за свисавшее одеяло — где в этой горе мусора нужное? Наконец заметила, повернулась, скрючила ступню, чтобы получилась клюшкой, ногу сунула под кровать: ловись, рыбка. Первый раз ничего не зацепила, второй — хватанула слишком много. Вытащила разом и забытые Сэркины игрушки, и скатавшийся в перекати-поле ком пыли, и обломки Сережкиной модели Су — никогда не забудет, как он на нее кричал после великой ноябрьской авиакатастрофы: самолет пал жертвой огромной летающей головы пупса.

Но самое главное тоже вытащила — пухлую розовую свинью из любимого мультика, с нарисованны-

МАНДАРИНЫ – НЕ ГЛАВНОЕ

ми щеками и пятном на левом глазу. В спине у свиньи была щелка, а внизу дыра, закрытая резинкой. Алиса затаила дыхание: неужели и правда придется открывать? Она ведь так долго копила! Уже четыре месяца бережно складывала каждую сэкономленную монетку, а бумажки сворачивала в четыре раза, чтобы пролезли. Она ведь себе на свадьбу откладывала! А тут беда.

И быстрее, пока не передумала, схватилась за резинку и подцепила ее короткими ногтями. На пол посыпались монетки. Три бумажки — одна в пятьдесят рублей и две по десять — застряли внутри. Пришлось доставать руками. А кроме них было совсем мало: десять кругленьких десяток, две пятерки, остальное — рубли и двушки.

Ну ничего. И этого хватит, если подойти к делу с умом. Нужно-то всего ничего — елку и красную икру. Мандарины, салаты и холодец, конечно, здорово. Но на них двухсот пятидесяти шести рублей не хватит.

Зимой Алиса носила резиновые сапоги. Они были желтыми, с блямбами розовых цветов, но от них все равно было грустно. Грустно от темно-серого неба, нависшего над Питером, от луж, от стойкого запаха влаги. Алиса обходила лужи, вяло пинала носками, но даже это не приносило радости. Лужи должны быть осенью и весной, а зимой снег — что тут непонятного?

Рядом с домом, на перекрестке за низкой оградой стоял продавец. Его окружали мохнатые елки, приваленные к ограде и друг к другу, перетянутые некрасивой серой веревкой. Алиса каждый день проходила мимо и думала: скоро вас заберут, нарядят, будете краси-и-ивые. А сегодня даже елки выглядели грустными — повесили лапы. Наверное, уже понимали, что не всех заберут, и единственным украшением многих так и останется эта скучная серая веревка.

Алиса опустила руку в карман, выдохнула и побрела к продавцу, старательно огибая лужи:

— Простите, а сколько стоит?

Продавец глянул из-под козырька. Он выглядел нелепым в огромной куртке до колен, наползшей рукавами до кончиков пальцев, из которых едва поблескивал огонек сигареты.

— Девятьсот.

Алиска потрясла мелочь в кармане.

— А есть со скидками?

— Нет,— равнодушно отозвался продавец,— скидки будут после шести. Пятьдесят процентов.

Алиса поджала губы. Вот так всегда. Хорошо хоть Сережки рядом нет — он бы обязательно посмеялся.

— А сколько будет в итоге?

Продавец снисходительно фыркнул:

— Четыреста пятьдесят.

Все равно не хватает! Алиска уже почувствовала, как на глаза наворачиваются слезы. Что же делать? Можно попросить у Сережи — но он опять начнет вредничать. У бабушки — всплеснет руками, скажет это свое «хо-о-спади». У мамы она бы просить не стала. Да и, если узнают, что Алиса выскользнула на улицу, никого не предупредив, накажут. А ветки вообще не нужны. Или елка, или можно вообще ничего не праздновать.

Ладно, она обязательно что-то придумает. Алиса повернулась и со всех ног побежала в сторону магазина.

Небо треснуло и разразилось дождем.

Мокрая курица с растрепанными волосами. Она оттянула веки, чтобы глаза стали похожи на шарики, высунула язык и наморщила нос. Вот теперь точно обезьяна! Шапка с помпончиком — мама сама вязала — мокрая насквозь. С куртки течет. Даже резиновые сапоги не помогли — вода затекла внутрь, и всю обратную дорогу Алиса хлюпала.

Зато она купила банку красной икры. Двести сорок восемь рублей — еще восемь осталось звенеть в кармане. Совсем немного, но она вернет их в копилку и будет добавлять каждую неделю. Даже попросит бабушку вместо воскресного мороженого отдавать деньгами — так точно успеет скопить на свадьбу. Тем более — Алиска высунула язык еще сильнее — кто ее такую обезьяну возьмет?

Она сняла шапку, начала стягивать сапоги, но тут в коридоре появился Сережка. Они стояли друг напротив друга, как в старых фильмах про ковбоев. Алиска тут же вспомнила про комок пыли. Если он сейчас прокатится между ними — она совсем не удивится. Приготовится прыгать от Сережкиного пистолета — тем более он у него есть, и пульки тоже. Но вместо пыли между ними появился Сэрка. Посмотрел на хозяина, на хозяйку и лениво мяукнул.

«Мяу» послужило сигналом. Сережка тут же сорвался с места и побежал в зал. Алиска — за ним, стаскивая на ходу сапоги.

— Стой! Не надо рас...

Закончить она не успела. Так и замерла перед мамой с компрессом на лбу, перед бабушкой, которая в очках-половинках разгадывала кроссворд из «никому-не-трогать» стопки. Замерла и выпучила на них глаза, а они дружно на нее уставились, и на их лицах было выражение мученического смирения: ну что опять учудила?

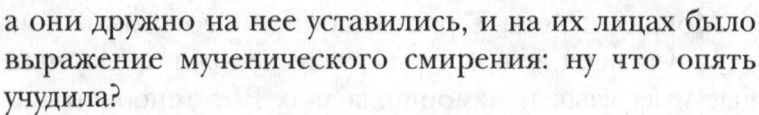

— Хоспади! — всплеснула руками бабушка.— Что за ребенок?

— Это она на улице так,— отчеканил Сережка.

— И никому не сказала? Али-и-иса, ну что с тобой делать?

— Ванну набери,— чуть слышно ответила мама, по голосу казалось, что она совсем не сердится,— надо согреть, чтобы не простыла.

Бабушка, кряхтя, поднялась с кресла. Убрала кроссворды в стопку и поманила пальцем:

— Идем, хоре ты луковое.

— Ой, подожди-подожди! — Алиса со всех ног помчалась в кухню. Распахнула холодильник — а там сверху вниз на нее смотрит полупустая пасть. Тарелка с недоеденными пельменями, плошка с яйцами, бабушкина сковородка с капустой, а вдоль нижней стенки колючие уголки соусов: кетчуп, горчица, тартар.

Алиса встала на цыпочки, приподняла соусы и сунула под них банку с красной икрой.

А медленное и кряхтящее тело бабушки уже плыло по коридору в ванную.

К вечеру дождь прекратился. Алиса снова брела по улицам — на этот раз предупредив, получив зонтик и указания не уходить далеко и к восьми возвращаться. Зонтик был не самым главным. Самое главное она держала в руках. И так волновалась, что на перекресток рванула бегом.

Слава Богу! Продавец все еще был на месте. Алиса подскочила к нему и со всей силы потянула за длиннющую куртку:

— А у вас скидки уже появились?

Продавец отскочил. Алиска заметила, как он что-то пробормотал, но так тихо, что ничего не было слышно. Потом выдохнул и прижал руку к груди:

— Ох, нельзя же так! Кондратий хватит!

«А кто такой Кондратий?» — хотела спросить Алиса. Но вовремя догадалась, что это не добавит ей очков — лучше притвориться, что она все-все на свете знает.

— Не хватит,— махнула она рукой,— а подкрадываюсь я всегда незаметно. Так как у вас со скидками?

— Ну четыреста пятьдесят,— протянул продавец, почесывая бровь.

— Ура! — Алиса чувствовала, как засветилась от счастья. Продавец, наверное, вместо ее лица увидел большую ярко-желтую лампочку.— Вот!

Она протянула сложенный в четыре раза листок бумаги.

— Эм, это что? — Продавец достал из длиннющих рукавов руки, развернул бумажку и заморгал.

На бумажке аккуратным детским почерком было написано:

ГОРАНТИЙНОЕ ПИСЬМО

Я, Зорина Алиса Сергеевна, обязуюсь, как только выросту и начну заробатывать (или когда соберу денги в копилке) вернуть Продавцу Елок на перекрестке проспекта Комендантского и улицы Шаврова 450 (четыристо пятьдесят) рублей.

Алиса поджала губы и упрямыми намокшими глазами уставилась на продавца. А вдруг она неправильно списала с Интернета? А вдруг без печати гарантию не примут? После долгой-долгой паузы, за которую Алиса успела решить, что все безнадежно, продавец, наконец, заговорил:

— А точно отдашь?

— Точно-точно! — обрадовалась она.— Вы меня засудите, если я не заплачу.

Продавец скривил губы, хмыкнул и выдохнул.

— Ладно, вон ту возьми,— кивнул он и ткнул рукавом на приваленную к ограде елку,— сама-то дотащишь?

— Дотащу-дотащу! Спасибо!

Алиса обхватила елку, как будто обнимала старого знакомого. Но елка оказалась тяжелой — Алиса изогнулась буквой «Г» — почти встала на мостик, и сапоги заскользили по лужам. Она бы грохнулась на спину, но извернулась и приземлилась на теплое, мокрое и колючее тело елки с резким смолистым запахом хвои, от которого почему-то страшно захотелось есть. Алиса снова подскочила, прижала ствол к бедру, обхватила правой рукой и пошла, чтобы елка волочилась следом. Но елка осталась лежать — тяжелая, мокрая от дождя, перетянутая старой бечевкой. Никуда она не собиралась, ей и здесь — под серым небом — хорошо.

Ну что за упрямица? Тебя в квартиру отнесут — тепло, уютно, светло и ароматно, украсим тебя сережками-шариками, обвесим бусами-гирляндами, а сверху старую ребристую, сияющую, как рубин, звезду. У Алисы бус никогда не было, и она немного даже завидовала елке, а та — вот глупая — не хотела идти.

Алиска наконец наловчилась. Встала к елке передом, к дому задом, схватила ствол обеими руками и попятилась раком. Ну давай же, деревяха, тащись, краси-и-ивая будешь!

Елка скрипнула — будто фыркнула — и поддалась. Заскользила по лужам, поднимая грязные брызги, скоро и веревка стала грязно-коричневой, и Алисин голубой пуховик покрылся точками — коричневыми метеоритами, оставляющими за собой водянистый грязный хвост.

Продавец смотрел, пока она не исчезла в подъезде, мял сигарету и думал: «Во деваха».

Самым трудным оказалось поднять елку по лестнице к лифту. Алиса медленно — ступенька за ступенькой — тащила, пыхтя и напевая, чтобы было не скучно: жил отважный капитан...

А когда капитан влюбился, а Алиске осталось две ступеньки, елка вдруг выскочила и поехала вниз.

— Стой-стой, ну куда же ты?!

И Алисе вдруг так захотелось плакать. То ли от того, что никак у нее эту дуру дотащить не получалось. То ли от того, что так и не удалось этой «зимой», так же как елка, махнуть с горки, хватаясь руками за бублик, чтобы в ушах ветер, а в глаза — снег. А может, и от того, что мама месяц почти не встает.

Она плюхнулась на ступеньку, уперла локти в острые колени, спрятала лицо в ладонях и сидела так, пока не устала от безделья. А потом встала и, шоркая по грязному полу, попятилась к лифту. «Ну и не надо!» — подумала она, нажимая прожженную кнопку,— ну и не нужно никакого Нового года. И ёлки не нужно! И красной икры на жёлтом жирном масле — Алиска её тайно съест, чтобы больше досталось. Вот бы сейчас закрыть глаза и вдруг оказаться в другом месте!

А когда лифт распахнулся, Алиска задохнулась на середине вдоха — дверь была не её! Не чёрная и железная с ссадинами вокруг замка, а деревянная, с золочёным глазком и причудливо извернувшейся ручкой. Дверь была дяди Гены — соседа сверху. Да как же так, если она точно-точно нажимала на знакомую кнопку, в которую палец как будто проваливался?

Алиска, ни секунды не думая, запрыгала к звонку. И снова стало хорошо, и снова захотелось обрадовать всех красной икрой! Вот оно — самое настоящее новогоднее чудо! Ведь неслучайно лифт её именно сюда привёз. А дядя Гена — обязательно поможет.

За дверью что-то заворчало и зашаркало. Интересно, какой у него пол в коридоре? Такой же жёлтый линолеум, как у них, или плитка, как у Олежки? Щёлкнул замок, крутанулся ключ, и дверь легко, будто зевнула, распахнулась. А на пороге стоял дядя Гена. Какой-то он был низкий для своего обычно роста, с заспанными глазами и заляпанной красным пятном футболкой.

— Чего ва... — начал он, а «м» повисло где-то в воздухе, похожее на бабушкино «ммм», когда она сосредоточенно водит карандашом в кроссвордах,— Алиска? Что-то случилось?

Она смогла только схватить его за руку и потащить за собой:

— Там, там, дядя Гена! Елка! Я не дотащу. Я ее поднимаю, а она катится.

— Ладно, погоди, дай хоть...

— Она же замерзнет! Ей в тепло нужно, к украшениям...

И вниз на лифте. А Алиска все говорила и говорила. И про елку, и про икру, и про то, что ей теперь свадьбу придется переносить. И про маму, и про бабушку, и про сломанную морозилку — почти со слезами.

— И я тогда снег на терке... на терке... на... — Алиске вдруг сдавило горло. Елки не было! Ее елки! Той самой, которую она тащила, которой обещала и бусы, и серьги, и звезду на перекошенную макушку.

Не было!

И никакое это не чудо!

Она сделала глубокий вдох, а на выдохе разразилась громогласным ревом. И как бы дядя Гена ни пытался, ему никак не удавалось ее успокоить. Обессилев, он просто подхватил маленький, грязный, ревущий комок, отнес к квартире и передал бабушке из рук в руки. А Алиса все ревела и ревела, пока ее не раздели и не уложили спать.

Алиса проснулась от знакомого кисло-сладкого сочного запаха. Заворочалась в постели: неужели она так разоспалась, что теперь даже запахи во сне чувствует? А нет, пахло оттуда — из реальности.

Она приоткрыла правый глаз и лениво оглядела комнату. Перед ней, восседая на высоком стуле, уперев ноги в перекладину между ножками, сидел и гордо ел мандарин Сережка. Он то и дело совал свернутую спиралью кожуру Сэрке, тот нюхал, фыркал и пятился, сощурив в отвращении глаза. А потом опять подходил — уж очень аппетитно все это выглядело.

— А мне? — тут же подскочила Алиска.

Из-за набитого рта Сережа так и не смог сказать ничего вразумительного. Промямлил что-то и махнул рукой. Но Алиса все поняла: там, в кухне. Она на бегу натянула домашнее платье, выскочила в зал и так и замерла! Прямо за диваном стояла ее елка — ее! Потертая, с поломанными лапами, но зеленая, колючая, с терпким смолистым запахом, с легким поклоном макушки-головы, и самое главное — умытая, чистая и без удушливой грязно-серой веревки. А возле елки стоял дядя Гена — он переоделся в джинсы и светло-серую кофту и сразу стал и выше, и красивее, и даже каким-то родным сразу стал. Ловко подцеплял поломанные ветки, накручивал зеленой ниткой с катушки и привязывал к стволу, чтобы торчали как новенькие.

Бабушка, охая и фыркая — обременили лишними делами,— ковырялась в коробке с игрушками и сухими руками вытягивала запутавшиеся дождики. А с закрытой кухни — подумать только! — тянуло мясом. И все эти запахи: мандаринов, хвои, фирменной бабушкиной стряпни и теплой «надышанной» комнаты — переплелись и закружили Алиску куда-то в совершенно другой мир.

— Ну, конечно, отметили б! — заворчала бабуся, когда Алиса невразумительно залепетала, едва борясь со слезами обиды и радости.— Без елки думали отметить. Я ж бы ее не потащила. Но без курицы жареной я б вас не оставила. И пюрешечку сейчас сделаем...

— И бутерброды с икрой! — обрадовалась Алиса.

— Ишь удумала! Денег нет, а ей икры захотелось. Без икры будем.

— Да я сейчас, сейчас!

Алиса побежала дальше, в кухню, проскользнула, дверь за собой закрыла — чтобы Сэрка не мешался — и принялась за дело.

Намазывать масло она умела — точно знала, сколько надо подождать, чтобы оно подтаяло — не крошилось, но и не растекалось водой. И сколько брать на один ломоть хлеба и как намазывать, чтобы вышло вкусно. А вот с икрой пришлось помучиться — сначала мало, потом много, да еще и Сэрка просочился через щель и начал тереться о голени теплой головой. Зато, когда Алиса вынесла все это великолепие на большой праздничной тарелке с синим ободком, когда все увидели бутерброды, на которых, как шарики на елке, блестели кругляши икры, все старания окупились сполна. Сережка так и замер с мандарином во рту. Да и все замерли, только Сэрка выписывал восьмерки и драл горло, требуя угостить.

А потом весь этот круговорот запахов, звуков и голосов закружил Алиску. Вон еще ту лапу привяжите, мам, курицу проверь, хоспади, в могилу бабушку загоните, ну что ты свои мандарины ешь и ешь, иди вон дяде Гене помоги звезду крепить. Ну что делать? Разбили так разбили. У тебя же клей от моделей остался — склеите как-нибудь.

И урчание Сэрки, и звон бьющихся друг от друга игрушек, шорох мишуры, хруст бабушкиных суставов, мамино тихое покашливание и даже «Джингл Бэлс» —

который писклявым голосом затянул Сережка,— все это закружило, как ураган Дороти из мультика, и выбросило уже в ночь к бою курантов, к столу с белой скатертью, к прожаренной до коричневого цвета курице, к вазе с мандаринами, которые Сережа хватал зубами, потому что «ну что за ребенок, хоспади, все руки клеем заляпал», и, конечно же, к бутербродам с икрой на широкой тарелке.

— Ну спасибо за приглашение! — поднял бокал дядя Гена.— За хозяек, за хозяев,— он подмигнул Сереже,— и за Алиску, которая так захотела Нового года, что получила.

— Только снега нет,— пробормотала она, уставившись в стакан с яблочным соком.

— Ну это дело поправимое,— дядя Гена хитро улыбнулся и глянул на часы,— выходите на балкон минут через десять, а я пока Деду Морозу позвоню. А то, погляди на него, работает раз в год, и то халявит.

Мама укуталась одеялами, бабушка надела любимую «выходную» шаль. Сережу и Алиску заставили вырядиться в пуховики — так они и стояли на балконе, как два огромных новогодних шара. Даже Сэрка уселся на подоконник, распушился и тоже стал напоминать шар.

И вдруг откуда-то сверху полетела мокрая крошка, такая же, как и прошлой ночью у Алиски, а вместе с ней белые, кружащие звездочки — самый настоящий снег! Алиса посмотрела по сторонам — снег был только у них! Дед Мороз и правда расстарался. Нет, поняла она вдруг, задрав голову: не Дед Мороз, а дядя Гена. Да и какая разница? Если чудо случилось, неважно ведь, кто его делает!

На балконе пахло Сережиным клеем для моделей, бабушкиными духами с едким запахом розы и мамиными лекарствами. А от Алисы пахло мандаринами и хвоей. Она стояла на табуретке, схватившись руками за раму, и смотрела вглубь синего новогоднего двора.

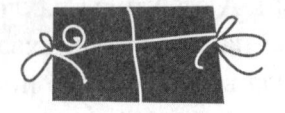

Юлия Евграфова

Параллельные миры

Зима у нас холодная. Долгая, темная, полгода почти зима. Утром встанешь — еще темень, с работы выходишь — снова темно. Сугробы тусклые, серо-бурые, поверх закиданы ледяным крошевом с тротуаров. Снег, щедро присыпанный солью, мокрой кашей лежит вдоль дорог, не давая перейти улицу, водой просачивается сквозь сапоги, студит ноги.

Но за городом зима — совсем иное дело. Белым-бело куда хватит глаз. Снег тут чистый, ровный, сахарно-белый, искрящийся и падает неспешно, тихо, ложится теплой шапкой, надежно защищая землю, торжественными манишками оседает на лапах елей.

Так думала Марина Львовна, осторожно ведя машину по проселочной заснеженной дороге.

Неделю назад Димка, ее так быстро повзрослевший сын, как бы между прочим уточнил за ужином:

— Ма, ты на Новый год как всегда к Романовым?

— А куда же еще? — пожала плечами Марина.

По сложившейся традиции, в Новый год всегда собирались у Романовых. Сначала потому, что у них дети маленькие и не с кем оставить, а потом просто по привычке. Разве можно в Новый год еще куда-то — не к Романовым?

— Супер, мать. Я тогда Олю к нам приглашу, ты ведь не против?

Марина Львовна понимала, что ответ «против» никак не вписывается в Димкину концепцию встречи Нового года. Да и что ей возражать — все понятно. Мальчик ведь совсем большой, даже и не мальчик уже. И девочка-сокурсница сама из общежития, где им встречаться? Есть, конечно, клубы и рестораны, но неспокойно там, опасно, все что угодно может приключиться. И об остаться наедине там речь не идет. Да и не наспонсируешься, он же ее по клубам не на стипендию водит. Регулярно приходится инвестировать в сыновью личную жизнь.

— Не против, родной. Даже рада.

— Рада? — удивился сынуля, не переставая жевать.— Правда, что ли? Чему? Она тебе нравится?

Нравится не нравится... Марина ответила тактично:

— К сожалению, в данном случае мое мнение не определяющее. А рада я тому, что мне готовить тебе не нужно, Оленька приедет и все приготовит. А ты заодно будешь умненьким и поглядишь, на что она способна. Я имею в виду — на кухне.

А позавчера позвонила Раечка Романова:

— Ой, Маришка, ты не поверишь! Лесик везет меня на Гоа, Новый год встречать! Это в Индию, прикинь?

Юлия Евграфова

Там какая-то горящая путевка на двоих, так и называется «Новый год на Гоа». Так что мы младших детей оставляем на старших, старших детей оставляем на бабушку, а сами будем с Санта-Клаусом на пляже веселиться! Или у них, в Индии, другой Дед Мороз, ты не знаешь?

— Не знаю,— рассеянно отвечала Марина, суетливо прокручивая в голове варианты собственного праздника. Ничего толкового на ум не шло.

— Не, клево, да? — восторженно щебетала Раечка.— Первый раз в жизни не в родных четырех стенах. Готовить не надо, посуду мыть не надо, и конкурсы дурацкие не надо выдумывать. А то мне от этих многолетних новогодних приемов тошно уже.

Вот так — взяла и продала их дружную компанию ни за грош.

— Так что в этот раз изменяем традициям, все наши будут тусоваться у Ивановых.

К Ивановым Марине не хотелось — слишком шумно у них. Можно было пойти к Лариске Булкиной, но и туда не хотелось, Марина Львовна не любила бесшабашно-слезливые посиделки сорокалетних разведенок.

Можно было бы и дома остаться в кои веки, спокойно телик посмотреть в халате, шампанского выпить под мисочку оливье и бутерброд с икрой. Но ведь есть еще Димка со своей Оленькой. Лучшего подарка сыну и представить трудно: мама остается с ними в новогоднюю ночь! Оленька, по слухам, уже развила бурную деятельность, составила меню романтического ужина и даже продукты закупила. И ведь, без сомнения, на две персоны, а никак не на три.

Аннушка уже разлила масло...

— А что, Баранкин, махнем на дачу? — с тихой безысходностью бросила Марина Львовна в угол, в сторону собачьей лежанки.

Крупная лобастая дворняга, светло-рыжая, с закрученным баранкой хвостом, взвилась с нагретого, належенного места, подскочила вплотную и недоверчиво уставилась янтарными глазами. Волшебное слово «дача» стояло у нее в одном ряду со словами «гулять» и «косточка», но произносилось оно только летом, а за окном тихо падали мягкие, белые хлопья.

— А что? Можем мы с тобой встретить Новый год на даче? Говорят, это чудесно. Кругом звезды, тишина, снег скрипит, воздух морозный, прозрачный... А, Баранкин? Знаешь, когда тебя еще в помине не было, мы зимой часто ездили на дачу, на лыжах катались, печку топили. Хорошо-о-о было! Вкусностей купим, тебе говядинки на косточке. Зачем нам к кому-то идти? А Димке скажем, что ты со мной к Ивановым пошел, а? А то он ведь нас не отпустит.

Сын, сбрендивший от первой взрослой любви, даже не удивился, что мать отправляется в гости с собакой, да еще и тридцатого с утра. Готовить, поди, будет помогать.

Зимой на дачу Марина Львовна теперь не ездила, не любила. Дом выстуженный, белье отсыревшее, летний водопровод отключен, дорожка к дому засыпана. Но она позвонила дачному сторожу, попросила того на участке почистить, дом протопить. Сторож не отказал, знал, что Марина в долгу не останется.

Юлия Евграфова

— Героическая ты баба, Маришка! — приветствовал сторож.— Декабристка прям. Или что, из дома выгнали? Здорово, Бараныч.

— Глупости говорите, Иван Тимофеевич,— рассердилась Марина такой его прозорливости и с энтузиазмом пояснила: — Просто, знаете, на природу захотелось, за город, воздухом подышать. Здравствуйте, дорогой! Красота-то какая!

— Ага, красота, едрить ее,— согласился сторож.— Только как бы нам с тобой в этой красоте вдвоем не пришлось куковать.

Марина вопросительно пошевелила заметными морщинками на лбу.

— На небо погляди. Ты, должно, последняя сегодня приехала. Часика через два-три пурга начнется, деньком. Если вовремя не прекратится да ночью грейдер не пройдет, не почистит, то и не проедет никто завтрева. Вот я и говорю, вдвоем будем куковать в Новый год, едрить его. Ты, Марысь, сегодня дом не грей, в кухне оставайся, я там протопил. Дом у тебя на электричестве, а электричество отключают в метель, провода рвутся, старые уже, едрить их. Если чаво, то и завтра дом нагреть успеешь.

— У меня камин в доме,— попыталась защитить Марина свое чудесное, недавно заново отстроенное жилище, стоившее стольких сил и средств. Предмет Марининой гордости и зависти всех соседей.

Она пять лет во многом себе отказывала, чтобы сделать так, как хочется. Чтобы за городом, но с удобствами. Удобства, правда, полагались только летом, потому что водопровод в садоводстве хлипкий, поверхностный, и с первыми заморозками его отключали, а на скважину еще предстояло заработать. Ничего, если все хорошо пойдет, то и скважину осилит, работы сейчас много. Марина Львовна была разработчиком учебных электронных курсов и в профессиональном кругу пользовалась отличной репутацией.

— А что на весь дом твой камин фуфлыжный? — хмыкнул сторож.— Молодые, все форсите, печку русскую ложить надо было, а не камин. А в дом твой олигархский я даже ходить боюсь, эк наворочали.

Добавил, уходя:

— Я там елку за домом сложил, как ты просила. Хорошая елочка, пушистая. Только ты ее на всякий пожарный изолентой к яблоне примотай да игрушки крепче вяжи, чтобы ветром не улетели. И свечи, свечи наготове держи, провода рвутся...

Елку к яблоне изолентой — это сильно! Да ну его, паникер старый, любит страху нагнать. Какая такая пурга? Просто снег идет, зимой так положено. Но послушалась, на кухне осталась.

Кухня когда-то была задумана как времянка — давно, только участок получили. Ее еще Маринин отец строил, царствие ему небесное. А потом Вася перестраивал, бывший муж. Не поднялась у Марины рука времяночку снести — утеплили, обшили, в отдельную кухню превратили. Когда Димка с друзьями приезжал, то вечером молодежь на кухоньке отлично время проводила. Сидели до первых петухов и не беспокоились, что Марину разбудят.

Марина Львовна разгрузила машину, сложила пакеты в кухне на пол, на диван. В уголке дивана посте-

Юлия Евграфова

лила старенькое детское одеяльце для Баранкина: пол холодный, как бы бока себе не застудил. Баранкин от такой милости почувствовал себя кумом королю, вальяжно растянулся на полдивана, бесцеремонно подмяв под себя одеяло.

Марина Львовна переоделась в теплый лыжный костюм не первой молодости, куртку и валенки надела, на голову пуховый платок намотала, вышла на улицу.

Снег падал медленно и ровно, ложился на плечи и рукава крупными хлопьями, рыхлыми сгустками точеных снежинок, прохладно таял на щеках, оседал на ресницах. Марина сняла рукавицы, зачерпнула ладонями белого великолепия, слепила тугой снежок, откусила кусочек. Зубы приятно заломило, а во рту остался привкус чего-то давным-давно забытого, зыбкого, сказочного. Чуть сильнее надавила пальцами, и снежный комок рассыпался, упал под ноги, остался лежать сиротливыми неровными островками. Здесь же вертелся под ногами Баранкин, весело засовывал в сугроб черную пуговицу носа, рыл лапами, метил желтым углы.

Марина достала снеговую лопату, принялась, пыхтя и отдуваясь, расчищать площадку под елку. Быстро вспотела, скинула куртку, оставшись в лыжной шерстяной кофте, сдвинула на полголовы теплый платок. В этом мелькании лопаты, в веером разлетавшемся снежном крошеве, даже в свинцовых тучах над головой было что-то безмятежное, вольное, не поддающееся исчислениям и замерам.

Сквозь шарканье лопаты со стороны дороги послышался мерный, ровный рокот — ехал автомобиль. Зимой дорога хорошо просматривалась, насквозь. Не обремененные листвой березки по обочине лишь густо прочерчивали небо тонкими ветвями. Мимо участка медленно, вязко прокатилась большая черная машина, низкая, крутозадая и блестящая. Из тех навороченных, что Марина Львовна всегда с опаской пропускала на дороге вперед себя. Сыто урча, автомобиль проехал мимо, помедлил на перекрестке — Марина была единственной, кто сегодня приехал, и промяла колею только до собственной калитки,— сдал задом и, вырулив на расчищенный сторожем пятачок, остановился. Со своего наблюдательного пункта Марине было хорошо видно, как неспешно открылась водительская дверь, и снизу показалась нога в ботинке — таком же нелепом на фоне пустого зимнего садоводства, как и сам черный БМВ,— изумительно черном и блестящем. Расчищенный пятачок оказался мал, и ступить из салона можно было только в снег. Ботинок завис над сугробом, вдохнул морозного воздуха, поймал носком вереницу снежинок и втянулся обратно в теплое нутро. Исподтишка наблюдавшая Марина усмехнулась. Баранкин тоже наблюдал, навострив уши, чуть заметно напрягшись.

Со второй попытки получилось заметно лучше: ботинок бесстрашно плюхнулся в снег, за ним в снег ткнулась черная брючина с восхитительной стрелкой, и из салона вылез водитель целиком. Марина неприлично присвистнула. «Инопланетянин», со смехом решила она, оглядев с головы до ног такого-разэдакого в черной тонкой дубленке, с непокрытой головой. Он был безупречен и строг, выдержан и торжественен, и его можно было смело отправлять на церемонию в Букингемский дворец — хоть на свадьбу, хоть на поминки. Такие красавчики в наше время встречаются обычно на страницах глянцевых журналов да по телевизору, в рекламе конфет «Коркунов».

В Букингемский дворец он не пошел, а решительно направился вперед по тоненькой, протоптанной сторожем тропке, загребая ботинками снег. Нужно было бы предложить свою помощь, но уж слишком неприступной выглядела фигура на пустой дороге. Марина пожала плечами и пошла за дом, искать елку.

Снегопад понемногу усиливался, уже не разобрать было отдельных снежинок, они слипались в рыхлые белые комки и абсолютно по-новогоднему ложились на темной зелени колючие еловые лапы. Марина прикрепила елку к металлическому стержню, который Димка для неведомых целей вбил осенью в газон, подергала. Вроде бы крепко получилось. Где-то на чердаке лежала коробка со старыми елочными игрушками, сосланными на дачу за ненадобностью, но искать их сегодня было бессмысленно. Снег вдруг повалил так, словно там, наверху, что-то прохудилось, и в прореху посыпался из небесной подушки белый пух. Марина старательно потопала ногами, отряхивая валенки, похлопала себя руками, сбивая налипшие хлопья, потрясла ставший белым платок, смахнула варежками снег с собачьей шерсти и пошла с Баранкиным в кухоньку чай пить. Стол стоял у окна, и за чашкой свежего, горячего чая ей было хорошо видно, как инопланетный красавец возвращается обратно, с трудом передвигая ноги, превратившись за прошедшие полчаса в воистину снежного человека. Он долго отряхивался у машины резкими, злыми движениями, топал ногами, прежде чем запихнуть их в салон. Завел двигатель, засверкал в раннем зимнем сумраке фарами и габаритами, двинулся вперед, потом дернулся назад, поерзал туда-сюда на дороге и... засел.

Он вдруг понял, что решительно и окончательно засел, глупо и всерьез. Колеса прокручивались, выстреливая позади себя белыми фонтанами, машина только глубже зарывалась в снег. Чертыхаясь, вылез наружу, открыл багажник в поисках лопаты — он слышал, что в России все зимой с лопатами ездят,— и с любопытством оглядел объемное пустое нутро. Какая-то торичеллиева пустота. Да и зачем его водителю лопата, если тот вечером машину ставит в подземный паркинг, а утром ее оттуда же и забирает?

«Совсем ненормальный, кто же к нам без лопаты зимой суется? Кто к нам без лопаты придет, тот без лопаты и погибнет»,— подумала, наблюдая за его перемещениями, Марина.

Он с силой захлопнул багажник, вернулся в салон, от нечего делать потыкал пальцем в кнопки магнитолы. «Снег кружится, летает и тает...» — старательно выводил женский голос.

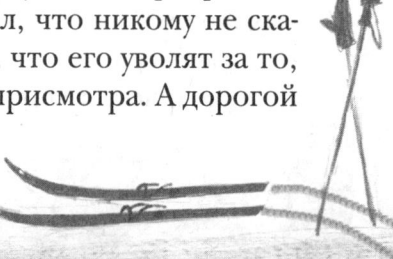

И телефон он забыл зарядить. Аппарат, как назло, отключился еще по дороге сюда. И водителя он отпустил — зачем-то решил проявить великодушие, потому что у того жену в роддом увезли. Храбро сказал, что сам съездит, и пообещал, что никому не скажет,— молодой водитель боялся, что его уволят за то, что оставил дорогого гостя без присмотра. А дорогой гость хотел всем показать, что уж здесь-то, на родине, не пропадет и сам черт ему тут не брат. Вот и показал. И сколько сидеть? До весны? А завтра Новый год, в офисе с утра фуршет. Ему нужно будет улыбаться, задвинув на задний план проблемы, пить мелкими глотками холодное шампанское, закусывать его недозрелой безвкусной клубничиной, милостиво брать с подноса заботливо поднесенную тарталетку с черной икрой. Нужно шутить с топ-менеджерами, говорить первый тост, а он тут расселся.

Он снова ткнул пальцем в магнитолу, и «снег кружится» замолчал. Нужно было как-то выбираться. Вроде бы здесь, на участке, какая-то бабка была с лопатой, пойти, что ли, лопату у нее попросить, пока совсем не стемнело? Сторожиха, должно быть. Здесь зимой нормальные люди не живут. Вон большой дом темный стоит, свет только в сторожке. Она ему лопату, а он ей денег даст, чтобы купила себе чего-нибудь к праздничному столу.

Он вежливо постучался и, немного помедлив, вошел:

— Извините, вы не могли бы одолжить мне лопату? Здравствуйте. А лучше продать.

— Вам для согрева или для дела? — безмятежно уточнила Марина, сдерживая смех.

Что он копать собрался? В таких ботинках!

— Не понял, простите. Мне дорогу почистить.

— Если для дела, то километра два до шоссе чистить, а если для согрева, то я вам лучше чаю горячего налью. Заходите.

В полумраке сторожки он разглядел неопределенного возраста тетку, споро кидавшую дрова в жаркое

ПАРАЛЛЕЛЬНЫЕ МИРЫ

жерло печки. Тетка была в валенках, с накинутым на плечи серым пуховым платком. К ногам его кинулась собака неясной расцветки, дворняжьей породы, принялась шумно обнюхивать, противно тыкаться в руку холодным носом. Раньше, давно, такие псы стаями жили у метро, клянчили колбасу в кооперативных ларьках. Может быть, и сейчас живут, но он много лет не был возле метро.

— На место, Баран! — скомандовала тетка.

Это она кому — ему? Он, что ли, баран? Нет, это собаке. Бежать бы отсюда, но слова «горячий чай» звучали так маняще, и он почувствовал, что до костей продрог. В раздумье он пошаркал ногами о половик, и Марина Львовна, закрыв топку, обернулась. Было невооруженным глазом видно, что тонкая кожа его элегантных ботинок фасона «оксфорд» насквозь промокла, пропиталась ледяной водой, а брюки ниже колена больше не топорщились торжественно стрелками — обвисли под тяжестью налипшего подмерзшего крошева. И на дубленке предательски выступили мокрые пятна, и волосы сбились сосульками.

— У-у-у... — протянула Марина, — никакой лопаты я вам не дам, дорогой товарищ. Раздевайтесь.

— В каком смысле? — испугался он.

Он слышал, что в России бывает опасно, но не думал, что разбоем промышляют тетки. Сейчас натравит на него своего волкодава и ограбит, даже на помощь не позовешь. Только раздеваться-то зачем? Или она, чего доброго, от него интима потребует под страхом смерти?

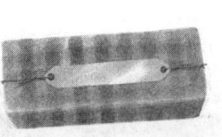

Юлия Евграфова

— В прямом. Я вам носки теплые дам и другие брюки, а ваше пока просушим.

Он ни под каким видом не собирался здесь раздеваться, тем более надевать чужие штаны, но тетка уже решительно шуровала на нижней полке шкафа, где до сих пор хранились вещи бывшего мужа. Марина выудила ватные штаны, в которых Василий когда-то ходил на зимнюю рыбалку, толстые носки из козьей шерсти, достала из-за печки большие валенки.

— Да раздевайтесь же, не стойте столбом, я не смотрю,— сердито поторопила сторожиха,— или вы решили замерзнуть, как генерал Карбышев?

У тетки, наверно, есть телефон, и можно было бы попросить, но он не помнил наизусть ни одного русского номера. Он вздохнул... и разделся. А потом оделся. Жуть. Носки нещадно кололись, валенки были нечистыми, в пятнах, а такие штаны он надевал в последний раз тридцать лет назад, когда в армии служил. И тетка над ним хохочет, согнувшись пополам, потому что штаны и валенки в сочетании с его пиджаком от костюма и белой сорочкой с галстуком — инфернальное зрелище.

— У вас выпить есть? — зло спросил он, почувствовав, что чай ему нынче не помощник.

— Есть. Виски будете?

Марина Львовна пила мало, оттого напитки себе всегда покупала качественные. И бутылку виски она вчера приобрела специально, чтобы себя побаловать. Хорошую бутылку, дорогую, тем более что по итогам года премию большую дали.

— Буду, да.

— Нате, пейте. Пейте скорее, пока совсем не закоченели. Льда предлагать не буду, и так холодно.

Он налил себе виски в стакан, выпил залпом и заметно сморщился. Виски дрянь. Он поднес к свету бутылку, изучил этикетку. «Произведено и разлито в Англии». Что-то не встречал он таких бутылок в Англии, хоть марка и известная. Понятно, это как раз то, что в России ласково именуют «паленкой».

— Вы голодный? Я сейчас что-нибудь закусить соображу.

И он понял, что действительно голодный. Она закуталась в неимоверный платок, сбегала куда-то и вернулась с миской моченой антоновки, солеными огурцами, грибами в банке. Виски моченым яблоком он еще никогда не закусывал. Она доставала из объемистой сумки разные мясные нарезки, твердые колбаски, соленую рыбу, кружками выкладывала по тарелочкам. А хорошо сторожа живут! Каждый раз, когда она проносилась мимо него, он улавливал носом легкий запах пота и еле заметно кривился. Мыться здесь, должно быть, негде бедолаге.

А потом она решила, что темно, и зажгла верхний свет. И будто бы случилось волшебное превращение. Она оказалась никакой не теткой, а довольно привлекательной, молодящейся, вполне ухоженной женщиной. Даже, наверно, младше его.

— Вы откуда такой? — бесцеремонно поинтересовалась она.— Где живете?

— В Англии.— Он старался не говорить «в Лондоне», потому что русских лондонцев нынче в России не очень любят. Хм, и в Лондоне русских лондонцев не очень любят.

Юлия Евграфова

— А здесь у вас что, русский экстрим? — Она была чрезвычайно любопытна.

— Нет. Здесь у моей тетушки дача, она попросила съездить, проверить. А то ей приснился сон, что дачу ограбили и сожгли.

Он не стал вдаваться в подробности и рассказывать, что тетушка вынула из него всю душу с этой самой дачей, старой избушкой на курьих ножках. Но тетя Глаша его одна вырастила, в детдом не сдала. Каждый год сидела с ним летом на той самой даче, и он не хотел портить отношения перед праздником. А завтра Новый год, и совсем не будет времени поехать. Нужно было сразу и решительно пресечь тетушкины фантазии, а он захотел отчего-то выглядеть героем. Может быть, оттого, что тетя Глаша не ставила его ни в грош, иначе как спекулянтом и барином не называла.

— То-то я смотрю, вы какой-то весь нездешний, не дачный. Дача-то цела, я надеюсь? А где дом, далеко?

— Цела дача. На Звездной улице, в конце.

— Да что вы! Это где рядом детей едят?

Он вздрогнул и посмотрел на нее, как на душевнобольную.

— Я, когда была маленькой, меня бабушка пугала, что, если буду себя плохо вести, то меня старуха из большого дома заберет к себе и съест, потому что она Баба-яга. Тогда ни у кого заборов не было — так, в лучшем случае из штакетника легкомысленного. А в том доме был забор высокий, сплошной, глухой. Мы с ребятами в щелочки подглядывали. Там какой-то мальчик жил старший, но он с нами не дружил...

— Это я,— неожиданно признался он и сам себе удивился.

Он не хотел этих воспоминаний, никакого лиризма не хотел. Он хотел лопату и поскорее исчезнуть отсюда, а вместо того сидел в чужих ватных штанах и закусывал виски моченой антоновкой. Неплохо, кстати.

— А Баба-яга — это, я полагаю, моя тетя Глаша.

— Ох, простите, неудачно получилось.— Она неловко, смущенно улыбнулась, и он заметил, что у нее на щеках симпатичные ямочки. И еще заметил, что волосы у нее мягкие, пепельные и вьются сами собой, ложатся на лоб колечками. Когда колечек на лбу становится много, она трясет головой и откидывает их в сторону. Давным-давно, в пионерском лагере, он был влюблен в девочку с такими же волосами и даже на полном серьезе считал ее настоящей Мальвиной.

А она заметила, что у него красивые руки и пальцы тонкие, аристократичные. И вовсе он не глянцевый и не рекламный, а самый реальный. Тот мальчик, что жил когда-то в доме на Звездной улице. И жил он вовсе не с Бабой-ягой, а со Снежной королевой. Это же Кай, самый настоящий, только он слишком много лет провел в ледяном замке, выкладывая из ледышек слово «вечность». Его просто надо отогреть, чтобы оттаяло сердце.

И Марине показалось, что все это неслучайно: он, она и канун Нового года. И метель неслучайно, и то, что его машина застряла аккурат у ее калитки. Метель усилится, и грейдер не придет, и никто больше сюда не приедет. А завтра снег стихнет, и она покажет ему свой чудный новый дом, похвастается. Там, правда,

Юлия Евграфова

сейчас водопровод отключен и канализация не работает, но это ведь не главное, раз в году можно поморозить попу в дощатом туалете, сохраненном как раз для зимних поездок на дачу. Они вместе достанут с чердака коробку с игрушками, нарядят елку, накроют в доме на стол. Марина наденет черные брючки, которые хорошо подтягивают живот, а у него высохнут брюки. Она, правда, вспотела, пока снег чистила, и от нее слегка потом пахнет, но она что-нибудь придумает. И они вместе встретят Новый год. И это будет самая настоящая, главная сказка в ее жизни, та, о которой потом долго-долго рассказывают детям и внукам. С хорошим концом сказка.

Марина Львовна была уверена, что у него нет жены и никого нет, кроме тети Глаши. Что ему до смерти надоели молоденькие дурочки с длинными ногами и силиконовыми сиськами, что ему жизненно необходимо встретить Новый год именно здесь, с ней. Они будут разговаривать, рассказывать друг другу, вспоминать. С ней ему есть что вспомнить, не то что с молоденькими ногасто-сисястыми дурочками. Когда он был молодым и Марина была молодой, дурочки еще даже под стол пешком не ходили, что они могут в нем понимать? Им будет так хорошо, так уютно, а в двенадцать они выйдут на улицу с бокалами шампанского, откроют дверь и впустят Новый год. И загадают желания. А желания у них будут одинаковыми...

Он с аппетитом ел, размышляя о том, что вообще-то нужно хотя бы имя ее узнать. Или зачем? Пусть будет Мальвиной, повзрослевшей и повидавшей жизни. Слово «постаревшей» ему по отношению к ней употреблять не хотелось. Правда, Артемон у нее подкачал. Он понял, что она ему интересна. Почему она здесь одна, зимой? Как выдерживает в таких нечеловеческих условиях? Она ведь не опустившаяся, не алкоголичка, просто, надо полагать, так жизнь сложилась. Ему захотелось узнать, расспросить...

— Привет олигархам! — Без стука открылась дверь, и на пороге возник старик в тулупе и военной шапке-ушанке. Старик хотел еще что-то сказать, но увидел за столом чужого мужчину, изумился и замолк на полуслове, только озадаченно добавил: — Вот такие дела, Баран.

— Что-то случилось, Иван Тимофеевич? — не слишком радушно спросила Марина Львовна.

— Так я пришел тебе сказать, что метель закончилась. Там слышно — грейдер идет. Можешь идти рубильник в доме включать, будет електричество,— добавил в сторону незнакомца за столом: — Здрасте вам!

Он терпеть не мог, когда его называли олигархом. Ругательное какое-то слово, никакой он не олигарх, просто хорошо обеспеченный человек. Или это вообще не про него сказано? А про кого тогда?

— Ох, пойдемте скорее на улицу! — со счастливой улыбкой позвала его Мальвина мягким грудным голосом.

Марина снова накинула на плечи платок, вместе со сторожем выбежала наружу. Почти стемнело, и было тихо-тихо, ни снежинки, ни ветринки. Воздух чистый, густой, хоть ножом его режь и на булку намазывай. То, что она так старательно чистила днем, завалило новым слоем снега, пухлого и рыхлого, словно сахарная вата.

— Твой? — односложно, с опаской спросил сторож, кивнув в сторону кухни, где остался сидеть чужой мужик.

— Нет,— так же односложно ответила Марина. Не хотела торопить события, боялась спугнуть.

— Ну и слава Богу,— успокоился сторож. Ему тот, за столом, исключительно не понравился. Знамо дело, из тех, что на чужой каравай: баба одинокая, с домом, с машиной, уши развесит, и привет! — Ладно, если ничего не нужно, то я пошел.

Когда Марина вернулась, он уже вовсю переодевался. Брюки высохли, но только Марина повесила их слишком близко к горячей печке, и от металлической задвижки на ткани осталась рыжая подпалина. И ботинки почти высохли, но сморщились и потеряли форму.

— Как же вы поедете? — Марина никак не хотела верить в то, что он сейчас уедет.— Вы же выпили, вас милиция остановит на шоссе. Права отберут.

— Да? — Он задумался, и у Марины появился небольшой шанс.

Обычно он не садился за руль выпивши, да он в России вообще за руль не садился, с водителем ездил. Но не оставаться же тут, в самом-то деле! Спать в сторожке? А сторожиху куда? Или сторожиха... Э-э! Стоп! Она, надо признать, симпатичная тетка и хохотушка, эта Мальвина, но не надо до крайностей доводить. Как в страшной сказке: ты меня в баньке попарь, накорми и спать уложи... Исключено. А русских прав у него вообще нет, нечего отбирать.

— Вы носки не снимайте, оставьте, ботинки, должно быть, еще сырые внутри,— предложила Марина, щедро оставляя ему возможность вернуться, носки привезти.

Он вернется завтра, перед самым Новым годом, привезет носки, а еще ей корзину с фруктами и шампанским. И они нарядят елку, накроют на стол, зажгут свечи и встретят Новый год. Так всегда показывают в фильмах, глупых одноразовых фильмах, что крутят на всех каналах в новогодние каникулы. Так положено, так должно быть. На то она и сказка. На то и Новый год!

Он не стал спорить, сунул ноги в шерстяных носках в ботинки «оксфорд». Ботинкам, разумеется, от этого только хуже, ну да ладно, все равно выбрасывать. И брюки теперь выбрасывать, а они от костюма. Ну да леший с ними, могло быть и хуже. Мог тут совсем застрять, а у него с утра фуршет, а после обеда самолет в Лондон. Он захотел взять с дивана дубленку, но обнаружил, что на ней мирно разлеглась собака, которую они почему-то называют бараном. Он нерешительно потянул дубленку на себя, ухватив за рукав, и собака недовольно забурчала, неохотно освободила такую теплую и мягкую подстилку. На сырую дубленку клочьями налипла сиво-рыжая собачья шерсть.

Эх, леший с ними со всеми!

Он вышел из сторожки на улицу, глотнул свежего, чистого и хрустящего воздуха. Глотнул еще раз, расправляя легкие. В свете уличного фонаря снег искрился россыпью бриллиантов, кое-где слегка подпорченный свежими следами двух пар ног: сторожевых и Мальвининых. И захотелось обратно в детство, где можно тайком от тети Глаши есть снежки, пред-

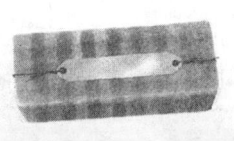

Юлия Евграфова

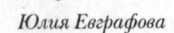

ставляя, что это мороженое. Где одной из самых больших зимних неприятностей была боль в языке, когда на спор лизнешь металлические качели. Захотелось остаться здесь, спрятаться от проблем, топить печку, носить валенки, есть моченые яблоки...

В спину резко ударило — с силой распахнул лапами дверь зверь по кличке Баран. И боль в спине уничтожила наваждение, вернула на грешную землю.

Он дождался грейдера, который выдернул из сугроба машину, поблагодарил Мальвину с широкой улыбкой. Денег предлагать не стал, почувствовал, что она обидится.

— С наступающим Новым годом. Спасибо, Мальвина.

Она решила, что ослышалась, что он сказал «Марина». Странно, откуда он узнал?

Он попрощался и уехал. Марина Львовна долго стояла на дороге, провожая взглядом тусклеющие светлячки габаритов. Улыбалась и верила, что он вернется.

Милиции на шоссе не было. Он приехал в гостиницу, позвонил тете Глаше, отчитался, что дом в целости и сохранности. Услышал в ответ, что молодец, хоть и буржуй. Потом со смехом рассказал о своем приключении жене, молодой, длинноногой и силиконовой.

— Смешная такая тетка с собакой. Сторожиха, должно быть. Они там вдвоем с каким-то дедком живут. Кажется, вдвоем во всем поселке. Представляешь, у них даже электричество с перебоями. И снег лопатой чистят. Но они такие передовые, виски пьют и балыком закусывают! Она мне дала ватные штаны поносить и валенки, пока мое сохло. И накормила. Я даже денег предложить не решился, вдруг обидится? Все-таки русские хлебосольный народ, добрый. С душой.

— Ты помойся хорошо, вдруг там вши или блохи в этой сторожке.

Жена даже не приревновала, узнав, что он снимал у какой-то тетки штаны. Только двумя пальцами выудила из ботинок шерстяные носки, поболтала ими в воздухе, фыркнула и отнесла в помойное ведро.

— Ботинки тоже выкини и брюки,— попросил он.
— Хорошо. А дубленку можно попробовать в чистку сдать.
— Я ее в аэропорту водителю отдам, пусть отчистит и носит.

Утром он побывал на фуршете, был улыбчив и приветлив. Выпил шампанского, заел кислой клубникой и тарталеткой с черной икрой, а после обеда улетел домой, в Лондон.

Марина нарядила елку, накрыла в доме на стол. Грейдер почистил хорошо, и с самого утра начали подъезжать машины, привозить любителей встретить Новый год на даче. Она уговаривала себя, что он, разумеется, не приедет, все она нафантазировала. Но на каждый звук проезжающей машины выглядывала в окно, а ближе к вечеру несколько раз выходила на дорогу, всматривалась в темную даль. Вроде бы просто так, ноги размять. В десять вечера она надела брючки, которые подтягивали живот, нарядную кофточку, пригласила Ивана Тимофеевича, и они встретили Новый год под телевизор, оливье и полусладкое шампанское. А Тимофеевич еще и к виски приложился, назвал самогоном. У горящего камина Баранкин весело катал носом объеденную говяжью кость.

А в двенадцать они вышли с бокалами на улицу, чокнулись около елки под бой курантов и загадали желания. Тимофеич загадал, чтобы еще годик протянуть и чтобы коленки не болели, а Марина — чтобы все было хорошо. Пусть даже ничего в ее жизни не прибавится, главное, чтобы не растерять того, что сейчас есть. И подумала про него, Кая, и пожелала ему счастья.

И он, выпивая в двенадцать бокал холодного, настоящего брюта под бой Биг-Бена, вспомнил про вчерашнюю Мальвину и пожелал ей счастья.

А хеппи-энд? Как в фильмах, которые крутят по всем каналам в новогодние каникулы? Никакого хеппи-энда, по крайней мере на этот раз. Зима у нас холодная, долгая, темная, полгода почти зима.

Анастасия Манакова
We Three Kings [1]

Если пойду я и долиною смертной тени,
Не убоюсь зла, потому что Ты со мной... [2]

Золотое марево висело над раскаленной улочкой, переливалось оттенками, издавало тихие звуки, похожие на стрекот ночных сверчков. Издалека Юзефу казалось, что облако жидкого золота — живое. Что оно, подчиняясь какой-то хаотичной внутренней силе, совершает ленивые движения взад-вперед, раскачиваясь, расплескиваясь, словно мед, жидкими брызгами — то лужицей в пыли дороги, то солнечным зайчиком на воротах дома, то стекая по белой стене маленького, давно не крашенного костела причудливыми пятнами и линиями.

Юзефова сестра Бронька в подоткнутой мокрой юбке, тяжело покачиваясь, вышла из ворот с корытом мыльной воды, выплеснула воду прямо в середину доро-

---
[1] Название рождественского гимна.
[2] Псалом Давида (22:4).

ги. Из-за приходского двора, оглядываясь по сторонам, вышел ксендз Немировский в наглухо застегнутом помятом костюме и шляпе, натянутой в этот теплый день до середины ушей, быстро глянул на чумазого Юзефа, сидящего в тени куста, оглянулся на Броньку и поклонился, как говаривал их покойный отец Адам, «бровями». С начала лета, когда в город вошли оккупанты, ксендзу пришлось научиться держать лицо и, как говорит Бронька, «держаться за Бога двумя руками». В первый же день оккупации на двери костела повисла белая бумажка за подписью коменданта и печатью двух мертвых голов, гласившая о том, что любая просветительская деятельность «в национальном духе» будет караться смертной казнью. Службы прекратились, хор мальчиков, особая гордость отца Немировского, был распущен, воскресная школа закрыта, и все, что оставалось делать в эти странные времена,— молиться за закрытыми дверями в темных домах. Единственное, с чем никто не знал что делать,— это природа, смерти и рождения, безостановочный цикл жизни, который не прекращается ни на день. Отец Немировский надевал свой старый городской костюм, прятал под рубашку требник и четки, натягивал на голову шляпу и, оглядываясь ежесекундно, шел туда, где был нужен,— крестить, соборовать, отпевать.

— Пан Немировский!..— Бронька тяжело распрямляется, держась руками за поясницу, расставляет свои крепкие ноги, облитые солнечным светом так, что кажутся двумя колоннами.— Дайте ж мне белье, что ли? Я бы постирала, что вы ходите весь пыльный, как я не знаю кто.

Ксендз замирает и всматривается в даль, в мелко дрожащий горячий воздух на горизонте. Где-то там железнодорожная станция, и каждый час тишину разрывают гудки идущих составов, которые ворвались в жизнь города в один день и с тех пор идут безостановочным потоком. Что за груз в этих составах — пока не знал никто, но ксендз каким-то образом чувствовал, что ничего хорошего городу это не сулит. Ни городу, ни ему, ни его такой разной пастве, ни миру в целом ничего хорошего не сулили эти составы, эти звуки, этот запах машинного масла и горящего в топках угля, скрип кожаных сапог, колонны мотоциклов, эти люди, которые вошли на улицы чеканным шагом. В подвале закрытого на амбарный замок костела уже сидели несколько неугодных новому режиму человек. Каждый раз, пробираясь ночью по мощеному двору с мешком скудной пищи в руках, воровато оглядываясь через плечо в гулком отзвуке собственных шагов, ксендз Немировский думал о том, что самое тяжкое в пастырской службе — это, пожалуй, не страх быть убитым, а страх не суметь уберечь то, зачем Господь вообще призвал на эту землю каждого из своих слуг. Страх не справиться с этим долгом довлел над ним, и это приводило его в отчаяние.

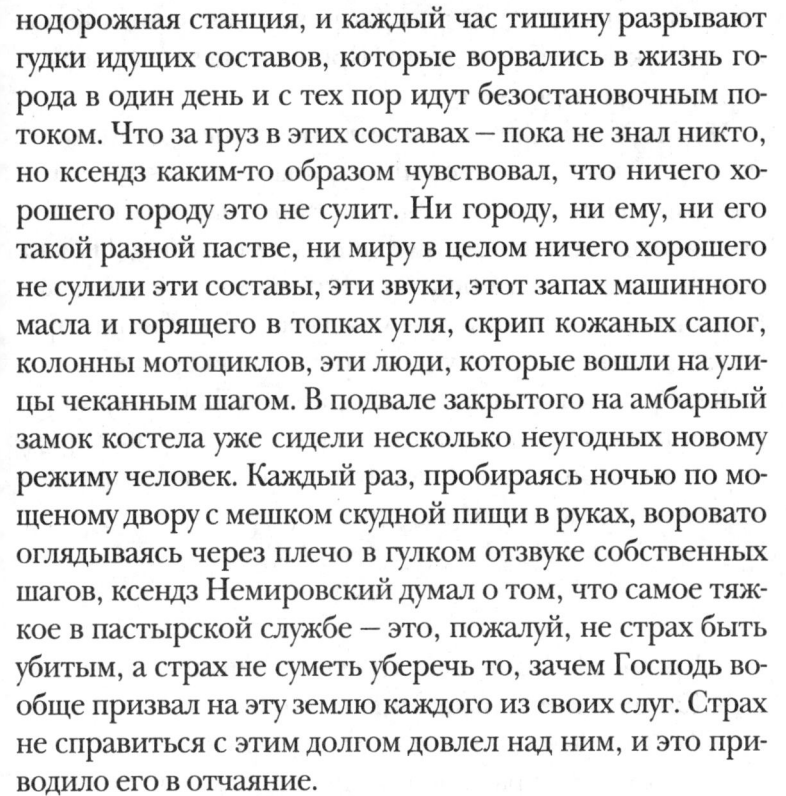

— Нет, пани Броня, спасибо. Не хочу утруждать вас,— улыбнулся он, поправил галстук под воротничком и пошел вверх по пустой улице, сутулясь так, как будто не 31 год был ему, а все 70.

— Блаженный какой-то, Езус Мария,— буркнула Бронька, подняла корыто и рявкнула на Юзефа: — А ты что сидишь?!.. Дел нет никаких больше?.. Иди помоги, бездельник.

Юзеф дернул плечом, отвернулся и демонстративно принялся кидать мелкие камушки в стенку. Камушки отскакивали, с нежным шорохом ссыпались в траву, постукивая друг о друга. Бронька махнула рукой и скрылась за воротами.

Черный камушек отскочил от стены, ударил прямо в середину золотистой лужицы солнечного света в белой пыли дороги. Она внезапно зашевелилась и поднялась с земли ослепительным роем трещащей золотыми крыльями мошкары. Рой на минуту завис как будто в середине воздуха — между белой землей и горизонтом, затем вздрогнул и устремился вверх по улице.

Юзеф стоял и смотрел, как далекая фигурка, почти растворившаяся в зыбком воздухе, бредет навстречу черным мотоциклам, а над головой ее сияет и переливается живое золотое облако.

★★★

— Бронька!.. Бронька!.. Где штаны мои?..
— Какие штаны, наказание господне?..
— Те, что ты стирала вчера?.. Красные!..
— Зачем тебе красные штаны, ирод?.. Ты что, к цыганам собрался?

Хлопья мыльной пены летят по всей кухне, повторяя причудливый танец снега за окном. Юзеф подпрыгивает на одной ноге, зябко ежась в исподнем, — пока бегал от сестры и мочалки, врезался в сначала в дидух[1]

---

[1] Небольшой декоративный сноп из колосков разных злаков. Ставится в угол праздничного стола, символизирует достаток в доме. Иисус родился в Вифлееме, что в переводе означает «дом хлеба», отсюда берет начало традиция ставить в угол рождественского стола дидух или вазу с колосьями пшеницы.

на столе, потом в печь, потом в елку, накололся и начал чертыхаться. Бронька, не оборачиваясь, свободной от теста рукой отвешивает подзатыльник — ах ты ирод, только нехристь черта поминает накануне светлого Рождества Христова. Бронька — она такая. Вся в мать — строгая, хозяйственная, крепкая, во всем у нее должен быть порядок, все на своем месте, включая это самое наказание господне, братца. Иногда Юзефу кажется, что если бы она могла, то сначала два дня стирала бы его, как свои любимые простыни, потом выбеливала, выкрахмаливала, выглаживала бы до сухого скрипа острых сгибов, перекладывала бы лавандой и засовывала, сурово сдвинув широкие черные брови над холодными синими глазами, в большой резной шкаф. И еще кулак показала бы — лежи, мол, не шевелись тут мне. Зря, что ли, сил столько потратила. А он что, он лежал бы — рука у Броньки тяжелая, а характер паршивый, не зря уже двадцать, а она так все в девках сидит. Какой дурак на такой ведьме женится? Хотя все говорят, что Бронька красивая — волосы белые-белые, как льняная скатерть, все в куделях, как у овечки. Но вот характер паршивый, что правда, то правда.

— Что ты пляшешь, ирод? Иди макогон бери и мак тереть начинай!..

Юзеф обреченно вздыхает, тайком утирается углом скатерти и тащится за макитрой. Мак тереть — ненавистное занятие, потому что растереть его нужно в жижу, медленно и вдумчиво, по чуть-чуть досыпая сахару в черную, как смола, маковую кашу. Считается, что тереть мак для рождественских завиванцев[1] и кутьи —

---

[1] Витой маковый рулет из дрожжевого теста.

исключительно мужская задача. У женщин полно своей работы в последний вечер Адвента — дом украсить, елку поставить, положить под нее подарки для семьи, приготовить постный стол на Вигилию[1] и Гвяздку[2], приготовить заранее пироги и мясные блюда на следующие дни праздника. Мужчины собираются в доме и за долгими беседами трут мак для рождественских угощений, пока вокруг бегают дети, умоляя «дать лизнуть макогона».

Но после смерти родителей их с сестрой осталось только двое, никаких других мужчин в доме нет, поэтому святая маковая обязанность лежит на нем. Вот и приходится долго-долго, пыхтя и сопя, тереть мак, пока Бронька не сунет в сладкую кашу палец и не останется довольна.

Зато после — это Юзеф знает точно — можно быстро натянуть пальто и сбежать на заснеженную улицу, по которой уже потихоньку пробираются маленькие фигурки от дома к дому, разнося последние подарки родне и завершая приготовления. Юзеф упорно трет мак и думает о том, что уже скоро выскочит за дверь так быстро, что Бронькин половник не успеет достать его макушку, натянет на крыльце сапоги и побежит к самому своему лучшему другу — докторовой дочке Мирке. Только Мирка не смеется над ним и не считает дурачком, она-то знает, что Юзеф просто не любит разгова-

---

[1] 24 декабря, навечерие перед Рождеством, во время которого проводится первая рождественская литургия в костелах. Вигилийным ужином заканчивается предваряющий праздник пост.

[2] «Звездочка» — появление первой звезды на ночном небе, символизирующей Рождение Младенца. После встречи Гвяздки, по возвращении со службы, люди садятся за стол.

ривать, но любит слушать, поэтому слушать Миркины истории, вычитанные в толстых книгах, которыми набит кабинет ее отца,— одно из самых его любимых занятий. Несмотря на то что доктор и его жена с дочерью в костел не ходят, Мирка любит волшебное рождественское время. И уж она точно самый большой мастер рождественских историй — с такими деталями и подробностями, что дух захватывает. И перед глазами становится картинка — как в темном хлеву, сияя мягким светом, лежит в люльке младенец, согреваемый теплым дыханием осла, растерянный Иосиф пытается разжечь костер, а рядом стоит рыжая, конопатая Мирка и восторженно смотрит в глубь времени своими огромными янтарными глазами.

Юзеф успевает выскочить во двор в тот момент, когда сестра еще только тянется к венику — дать ротозею поперек спины, и, скосив на прощание глаза, несколько секунд приплясывает на пороге, впуская в дом длинные языки снежного ветра.

Бронька опускает руку с веником и вдруг начинает громко, заливисто хохотать, всхлипывая и утирая слезы. Нет сладу с эти мальчишкой. Но до чего ж он похож на их отца — такой же молчаливый, твердолобый, как маленький упорный бычок. Как решил — так и будет. И одновременно сколько в нем мягкой силы от матери! Броньке иногда кажется, что он сильнее ее самой, «солдата Броньки», как в шутку называл ее отец.

Она вздыхает, кладет в середину стола охапку душистого летнего сена и накрывает его белоснежной крепко накрахмаленной скатертью, раз за разом задумчиво разглаживая ее ладонями, пока поверхность не становится идеально ровной. Ставит свечу, расставляет миски, ставит поминальную тарелку — в нее Юзеф, единственный мужчина в доме, будет откладывать по ложке от каждого праздничного блюда. Вилки и ножи завернуты в полотенце и убраны в посудный шкаф — в Вигилию принято ставить стулья и тарелки для тех членов семьи, кого уже нет, и убирать острые предметы — чтобы никто из них не поранился. Она придвигает во главу стола старое отцовское кресло и рядом ставит стул, на котором мать провела столько времени за шитьем, накидывает на него ветхую цветастую шаль. Ставит рядом со столом традиционное ведерко — для домашнего скота. Пять минут стоит, задумчиво глядя на фотографию на стене: мать в кремовом платье с высоким воротничком положила руку на плечо отца в старомодном коричневом костюме, ее непокорные кудри стоят прозрачным нимбом над головой. Рядом нахмуренная голенастая Бронька в дурацкой соломенной шляпке и маленький ушастый комочек в чепчике и крестильном платьице смешно растопыривает ручки.

Она идет в комнату, опускается на колени и начинает шепотом молиться. Матери, которая ждет своего Сына, Сыну, который несет в мир любовь, за всех сыновей и матерей, которые ушли и еще придут. И за брата. И за себя. И за этот тихий город, за сумерки Рождества, которые начали опускаться на землю вместе с густым снегом, за огни, которые начали зажигаться, за людей, которые идут на службу и смотрят в небо и ждут появления звезды.

«Сердце Марии, благословенное среди всех сердец человеческих, молись за нас.

Сердце Марии, со Спасителем на кресте распятое, молись за нас.

Сердце Марии, благодати полное, молись за нас. Молись за нас».

✦✦✦

— Господи, а жалостливый он какой. Хромой, кривой, слепой, глухой. Что делать-то будем?
— Ну я даже не знаю. Любить, наверное.

✦✦✦

В дверь постучали так, что Юзеф подпрыгнул на кровати, стукнулся об изголовье и буквально скатился с нее. Выбежал в кухню и увидел бледную Броньку в ночной рубахе, крепко стиснувшую руки под материной шалью. Они переглянулись. Бронька замотала головой — мол, не смей! Не вздумай открывать! Я тут старшая! Но Юзеф так же молча кивнул головой — я мужчина. Я открою.

Майская темнота была сокрушительно непроглядной, но, когда глаза немного привыкли, Юзеф разглядел у порога пана Казика, помощника ксендза Немировского. Он был бледен, руки тряслись, и белые манжеты рубашки, виднеющиеся в рукавах пиджака, танцевали, как ночные мотыльки. «Что-то случилось»,— сразу поняла Бронька, отодвинула брата, вытянула в темноту обе руки и силком втащила ночного гостя в дом. Потом выглянула, покрутила головой, вслушалась в тишину и аккуратно закрыла дверь.

Анастасия Манакова

В кухне она усадила Казимира за стол, открыла посудный шкаф, достала бутылку крепкой сливовой настойки, налила до краев стакан и молча поставила перед ним. Он взял стакан и, стуча зубами о стекло, стал пить крупными глотками.

— Немировского забрали,— наконец выдохнул он в пустой стакан и посмотрел на Броньку.

Она достала из шкафа всю бутылку и поставила ее в середину стола.

— Кто забрал? — спросила, разглаживая руками невидимые складки на скатерти.

— Гестапо,— ответил Казимир и заплакал.

— За что забрали?..

— За то, что отказался облачение снимать. Я совершенно не знаю, что делать, пани Бронислава. Завтра придут за мной. Все знают, что я прислуживаю на литургиях и по-прежнему веду катехизацию. Кто-нибудь им укажет.

Бронька встала и принялась мерить шагами кухню. Потом остановилась, обняла себя двумя руками и о чем-то надолго задумалась — Юзефу даже пришлось ткнуть ее пальцем. Она вздрогнула, взглянула на брата невидящими глазами и вдруг стремительно вышла из комнаты. Через пять минут вернулась с бумажным свертком в руках и положила его на стол рядом с бутылкой.

— Тут деньги, которые мы с братом скопили, их немного, но вам должно хватить на дорогу. И четыре русских рубля золотом, отец нам оставил. Бегите, пан Казик, бегите прямо сейчас. И не оглядывайтесь. И не возвращайтесь.

Через час, нагруженный одеждой покойного Адама Возняка и едой, собранной руками его дочери Брониславы, пан Казимир Заремба уходил из города берегом реки Солы. Он направлялся в Краков, чтобы добраться до Варшавы.

Юзеф лежал без сна, вглядываясь в темноту, как будто в ней должны загореться алые письмена, все объясняющие.

В бывшей родительской спальне на коленях стояла Бронька и плакала, прижимая горячий лоб к прохладному кованому боку кровати.

«Сердце Марии, скорбящим утешение. Молись за нас».

★★★

После службы Юзеф все никак не мог выбраться из костела — нарядная Бронька успевала одновременно и целоваться с соседями, и болтать с подругами, и строить глазки усатому Войтовскому, и одновременно с этим крепко держать брата за подол пиджака, чтобы он не удрал вместе со своими дружками Яцеком и Войцеком.

Юзеф топтался на месте, перебирая ногами, как резвый конь, и тоскливо поглядывал на дверь и ксендза Немировского, возвышающегося над толпой прихожан в своем ослепительно-белом одеянии. Скорей бы уже закончилась к нему толпа поздравляющих, тогда и Бронька подойдет поцеловать руку, а это значит, что она разожмет свои цепкие пальцы, и он сможет выскользнуть на улицу, где наверняка его уже ждет Мирка. Наконец, люди начали расходиться по домам, радостные и одухотворенные, с улицы послышались первые песни и звонкий смех, Бронька ослабила хватку, но на ее скуластом лице под сурово сведенными бровями явственно читалось — через полчаса чтобы был дома.

Юзеф вывалился из костела в облаке теплого воздуха и сразу увидел Мирку в ее смешной лохматой шубке, высоких ботиках и кокетливой бархатной беретке на рыжих тугих кудряшках. Она держала в руках огромный бумажный пакет, доверху набитый блестящими глянцевыми апельсинами, и, радостно смеясь, вручала каждому выходящему в церковный двор.

Последний апельсин достался Юзефу, и он тут же начал его есть, не дочистив до конца, выедая солнечную мякоть прямо из горьковатой шкурки.

— Фу, ну и манеры!..— расхохоталась Мирка и ткнула его в бок острым кулачком.— Ты ешь как дикарь с острова Борнео!..

Юзеф засунул в карман пальто апельсиновые корки — Броньке потом в хозяйстве сгодится, отбежал на несколько шагов, слепил снежок и кинул в нее.

— Ах, так!..— взвизгнула Мирка.— Ну ладно же, пане, не знаешь, с кем связался!..

Через пятнадцать минут, вдоволь накидавшись друг в друга снегом, они лежали в сугробе, раскинув руки, и смотрели в небо.

— Знаешь, когда вырасту, уеду и стану писателем. Или врачом, как папа,— сказала Мирка, накручивая на палец завиток волос.

— У тебя получится писателем,— сказал Юзеф и вытер рукавом пальто нос.— Истории рассказываешь — закачаешься.

— А ты?

— А я не знаю.

— Смотри, Юзеф,— вдруг сказала Мирка и положила голову ему на плечо.— Взошла ваша звезда.

Дома они уселись за стол, Бронька протянула брату спички, улыбнулась и накрыла его ладонь своей. Юзеф зажег свечу, они преломили оплатек[1] и стали праздновать Рождество в тишине и молчании.

Над городом светила звезда, протягивая лучи к серебристым сахарным крышам. Из труб струился дым, где-то вдалеке лаяла собака. В сугробе рядом с домом доктора, в снежном отпечатке двух тел, осталась лежать бархатная беретка и чуть поодаль — апельсиновая корка, похожая на завиток волос.

Перед сном Бронька долго прислушивалась к звукам в доме — казалось, что в тишине слышно негромкий говор, басистое бурчание и тихий мелодичный смех. Немного потянуло табаком.

Она улыбнулась, закрыла глаза, проваливаясь в дрему. Кажется, родители остались довольны.

★★★

— Я не поеду.
— Надо ехать. Надо срочно убираться.
— Я не поеду, это мой дом.
— Это и мой дом, Езус Мария, собирай свои вещи и помоги мне.

---

[1] Opłatek — пресный хлеб, символизирующий тело Христово. Обычай преламывать оплатек с близкими людьми является важнейшим моментом Вигилии в Польше.

Их выселяли. Выселяли очень быстро. Буквально сразу, как только в город пошли первые составы, стало понятно, что опасения были не напрасны,— немцы забрали военные казармы под концентрационный лагерь, и в нем практически сразу появились пленные. Слухи о нем ходили страшные — один страшней другого, но подлинно никто ничего не знал — к лагерю было запрещено подходить под страхом расстрела. Редкие горожане, попавшие по приказу в него работать, не просто ничего не рассказывали, а вообще оборвали все связи с соседями. Все, что было известно,— что туда привезли откуда-то измученного, непохожего на себя ксендза Немировского, а потом за одну ночь вывезли всех евреев, живших в городе. Тех, кого не успели расстрелять сразу.

Теперь главный упырь, как называла их Бронька (и сразу крестилась), приказал лагерь расширить и забрать под его нужды практически весь город вплоть до Бжезинки.

Бронька с Юзефом держались за родительский дом до последнего — благо он был практически у черты города, но, когда Броньку вызвали в комендатуру и брезгливо приказали убраться, она не стала спорить — жить-то хочется. Прилетела она назад со скоростью ветра и начала бросать вещи в мешки.

— Нет.

Бронька грохнула на пол кастрюлю, съехала по стенке и заплакала.

Юзеф выскочил во двор и почти сразу замер — от ворот к дому ленивым шагом, поскрипывая сапогами, шли два высоких немца в серой форме «мертвых голов». Ему показалось, что воздух вдруг закончился, и тишина стала оглушающей, такой оглушающей, что барабанные перепонки не выдерживали напряжения. Сзади в плечо вцепились пальцы и сжали до боли. За воротами в середине улицы виднелась большая крытая машина.

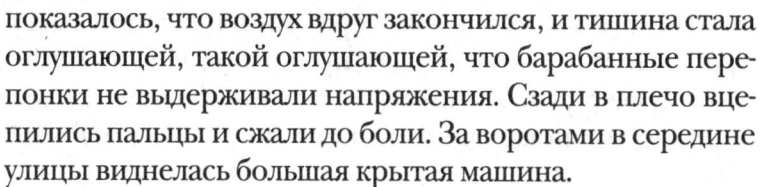

— Юзеф Возняк?..— так же лениво поинтересовался один из них.

— А в чем дело? — севшим голосом спросила за его спиной Бронька.

— Никаких вопросов,— ответил второй и снял с плеча автомат.

В этот момент Бронька поняла — кто-то видел, как ночью Юзеф провожал до берега Солы пана Казика, и этот кто-то донес, решив, что мальчик выводил беглого еврея.

— Не смейте!..— закричала она и выскочила вперед.— Не дам!.. Ему тринадцать лет, он ребенок!..

«Мертвоголовый» равнодушно ударил Броньку кулаком в лицо, и она беззвучно рухнула в пыль как подкошенная. Юзеф бросился на него. «Мертвоголовый» усмехнулся и ударил первым.

Последнее, что Юзеф видел перед тем, как его бросили в набитую людьми крытую машину,— Бронькина безжизненная нога в одном чулке и ботинок, лежащий рядом.

Потом свет погас.

★★★

Это место — совсем другое. Улица большая, дома огромные. Здесь холодно, так холодно, что зубы начинают выбивать дробь уже через минуту, сырой ветер пробирается сквозь одежду прямо под кости, минуя кожу. Юзеф разворачивается и плетется домой, едва переставляя покалеченные ноги по скользкому льду. «Поменьше» наклоняется и спрашивает:

— Ты замерз?

Лица ее почти не видно в снежном мельтешении, в сизых сырых сумерках. К тому же Юзеф почти ослеп, оглох на одно ухо и мерит мир тенями разных размеров, остатками запахов, остатком звуков и неуловимыми его глазам движениями. Он вздыхает и втягивает почти замерзшие сопли.

— Горе луковое,— говорит «Поменьше», крепко берет его под мышки и перекидывает через плечо.— Пойдем, отнесу тебя, раз сам идти не можешь.

Войдя в дом, она долго топает модными вышитыми валенками, сбивая снег, сажает Юзефа на лавку. Он сидит и ждет, пока она закончит длинный ритуал собственного разоблачения от одежды и примется раздевать его. Покорно опускает голову, пока «Поменьше» стаскивает с него куртку, поднимает, всматривается в ее лицо почти невидящими глазами.

— Ну что?..— спрашивает «Побольше», выглядывая из кухни, отирает о передник руки, испачканные мукой.

— Да ну что, погуляли вот. Три минуты. Слишком холодно для него.

Загребая воздух хромыми ногами, Юзеф входит на кухню, садится на пол, привалившись к теплому боку плиты.

— Шел бы ты отсюда,— говорит «Побольше», гремя посудой.— Что за манера сидеть у плиты?.. А если я наступлю на тебя?.. А если упаду?..

Юзеф виновато пучит на нее глаза, но от плиты не уходит. В доме начинает пахнуть едой, и в это время его ничем не заставишь покинуть свой теплый пост.

— Мама!.— кричит из комнаты «Поменьше».— Завтра буду полено печь!.. Сегодня не буду!.. Ночью на службу уеду!..

Юзеф оглядывается на «Побольше» и вытягивается у плиты в полный рост, прислоняясь к ней всем собой. Постепенно становится тепло, живой жар проникает в измученное тело тонкими струйками, растекаясь по мышцам и костям, наполняя его, словно золотистое облако. Запах теста, тонкий запах вина из открытой бутылки, запах снега и машинного масла из приоткрытого окна, запах еловых лап в вазе и мандаринов в большой прозрачной миске. Он проваливается в сон постепенно, словно в яму мягкого матраса, плывет, покачиваясь, в облаке запахов и тепла от горячей плиты, постепенно теряя картину этого мира, и вот уже облако пахнет теплой пылью, золотистой мошкарой, одуванчиками.

«Поменьше» садится на кухонный табурет, вытаскивает зубами длинную тонкую сигарету из пачки, задумчиво смотрит на него, выпуская дым в потолок.

— Интересно все же, что там в этой головенке, правда?

— Мы ничего не знаем о его жизни, наверняка тот еще ящичек Пандоры.

— Безусловно, но все же он хороший пес. Сильный.

— Хороший.

— Интересно, он нас полюбит?

— Не знаю. Но мы его точно полюбим.

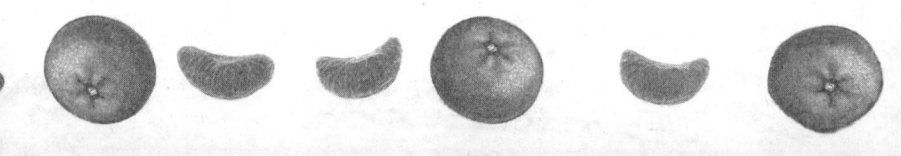

— Господи, как же он прожил все эти годы в приюте, в таком страшном особенно, я не могу понять, ведь в лагерях практически. Я вообще не могу понять, как можно бить собаку, особенно такую маленькую собаку, как рука может подняться.

— У него хорошая природа. Крепкая, сильная. Смотри, сколько лет, как его покалечили и испугали, а он все пережил.

— Это да. Слушай, нам надо его как-то назвать. Переменим судьбу. По-моему, он похож на Достоевского. Хотя нет, скорее на Бродского.

— Давай назовем его Иосиф? Нужно дать ему хорошее, правильное имя. Невозможно с такой унизительной кличкой существовать.

— Иосиф Прекрасный или Иосиф Мудрый?.. А может, Иосиф Аримафейский. Хотя скорее Юзеф. Мне кажется, это больше всего подходит.

«Поменьше» берет мандарин, задумчиво чистит, пуская кожуру между пальцев тонкой спиралью, ест его, выплевывая косточки в сжатый кулак. Кусочек кожуры обрывается и падает под стол, остается лежать в углу под ножкой, и, когда «Поменьше» выскакивает из квартиры, как всегда хлопнув дверью, а остальные засыпают, Юзеф прокрадывается на кухню. Долго, шумно нюхает мандариновую корку, пытаясь вспомнить. Но почему-то вместо ясного воспоминания приходят только волнистые линии и тонкий запах волос. Почему-то вспоминается рыжий завиток и ярко-белый. Почему-то ему кажется, что так пахнут девочки-подростки — мандаринами и медной проволокой. А девушки пахнут по-другому. Крахмалом и лавандой. «По запаху. По запаху найду», — думает Юзеф.

Он шумно вздыхает последний раз, перекладывает корку из-под стола в «гнездо» — соседнее от того, в котором спит Старшая Собака, и, прихрамывая, утягивается вдаль по темному коридору. Спать.

Где-то среди ярких огней ночного города «Поменьше» обнимает пальцами четки среди разноязыкой толпы разноцветных городских католиков. Хор поет, плавится и потрескивает в тишине торжественно освещенного храма воск свечей. Священник провозглашает, что Младенец родился, и люди начинают смеяться, плакать, обнимать друг друга, держаться за руки.

Улыбчивые иностранцы на заснеженном до крыш Невском похожи на стаю ярких птиц, принесенную неожиданным ветром из разноцветных стран — жарких, пахнущих сандалом и миром, гвоздикой, дикими мелкими розами. Они тихо что-то обсуждают, склонившись над картой, рядом кучей свалены огромные рюкзаки, сумки, пакеты. Модно стриженный седой мужчина что-то доказывает невесомому даже под ворохом одежды субтильному старику-китайцу, махая рукой вдоль проспекта — туда, где огни сливаются в сплошную линию. Гибкий темнокожий юноша, похожий издалека на молодого Уилла Смита, мерзнет, постукивая себя по бокам ладонями в варежках, любопытно крутит головой, всматриваясь в лица прохожих. В темноте улыбка его сверкает даже на фоне искристого снега.

«Поменьше» улыбается и прячет провода наушников под шарф.

We three kings of Orient are[1]
Bearing gifts we traverse afar

Наконец они разбираются в карте, взваливают на себя вещи и неторопливо уходят, немного пригибаясь под тяжестью груза. Впереди идет старик, торжественно неся в руках свернутую карту, за ним канадский лесоруб — в профиль становится видно, что на щеке, под левым глазом у него татуировка маленького якоря. Юноша идет последним, высокий и стройный, будто на нем нет ни тяжелого рюкзака, ни слоев теплой одежды. Белые кроссовки не оставляют следов в снегу, как будто он его вообще не касается. Проходя мимо, услужливо открывает дверь такси, делает знак рукой: ну что ж вы, мисс?.. Прошу вас.

Field and fountain, moor and mountain
Following yonder star

Над длинным городом стоит яркая звезда. Один луч ее направлен в небо, второй — в крышу дома, под которой, свернувшись калачом, спит собака.

На Большеохтинском кладбище, на каменной лавочке у гранитного памятника в виде большой раскрытой книги, стоит бутылка домашней сливовицы, лежит кусок макового рулета в коричневом крафтовом пакете из модного бара, стоят две граненые рюмки. Маленькая хрупкая Юлька подпрыгивает от холода — очень зябко и страшно ей среди могил в коротком

---

[1] Рождественский гимн авторства преподобного Джона Генри Хопкинса (1820—1891 гг.), служителя епископальной церкви, штат Пенсильвания.

пуховичке, кроссовках и узких джинсах. Не зря она шапку хотела надеть, но как всегда забыла. У Йоса — традиция. Каждый год на католическое Рождество он перекидывает Юльку через забор кладбища прямиков в сугроб, подтягивается сам и сидит час на могиле бабушки, выставив Юльку прыгать от холода за ограду. Что-то говорит, чертит пальцем непонятные слова на белом инее, покрывающем гранит, смеется, песни поет. Рулет каждый год сам печет, три часа перед этим мак перетирает в ступке пестиком. Никому не доверяет эту работу.

Бронислава Адамовна. Говорят, с окраин Освенцима уходила вместе с советскими войсками, которые шли освобождать лагерь. Вышла замуж за офицера Красной армии, уехала в Советский Союз и всю жизнь работала в детском доме. До директора дослужилась. Юлька ее не застала, но суровая была женщина, судя по фотографиям,— белые пушистые волосы кудрявым венчиком над высоким лбом, суровые темные брови, сведенные к переносице, пронзительные синие глаза.

Юлька вздрагивает и начинает подпрыгивать выше. Ей совсем невозможно представить, каково это — жить рядом с лагерем. Под черным небом. Под черными облаками из труб крематория.

В старой, дребезжащей всеми частями машине такси «Поменьше» стягивает теплую шапку, стаскивает с запястья резинку, собирает волосы, откидывает голову назад и думает о том, что этот тяжелый год, наконец, закончился.

Westward leading, still proceeding
Guide us to thy perfect light...

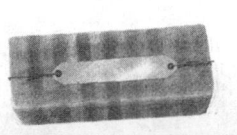

***

— Юзеф!.. Юзеф!..— Войцек кричит издалека, бежит, придерживая рукой порванный ворот у горла.
— Что случилось?.. Что ты орешь, ненормальный?..— Бронька вырастает на пороге, как каменная стена. Войцек с разбега бьется головой о высокую грудь под белой вышитой рубахой и застывает, шумно дыша, уперев руки в колени.
— Пана доктора... Стрелили... Мирку забрали... Докторшу...

У Юзефа подкашиваются ноги, и он почти падает, цепляясь за стену. Бронька беззвучно открывает рот, как рыба, пытаясь поймать легкими воздух, но ей это никак не удается, закрывает лицо ладонями. Пан доктор принимал ее, Броньку, на свет божий. И Юзефа. А потом провожал их родителей.

К тому моменту, когда она успевает добежать до докторова дома, во дворе пылает костер из книг. Соседи выбрасывают через окно вещи, деловито вполголоса обсуждая, где чья куча, кому достанется Миркин аккордеон, кому достанется докторшина австрийская посуда.

На самом пороге — ногами на улице, головой на камне, неестественно вывернув длинные руки, лежит пан доктор. Из-под воинственно завитых усов стекает тонкая струйка крови, заливая белую рубашку и желтую звезду, нашитую на отворот франтоватого пиджака. Вопреки приказу — не на рукав. Один коричневый, невидящий глаз смотрит в небо, второй выбит, из ноги торчит сломанная кость.

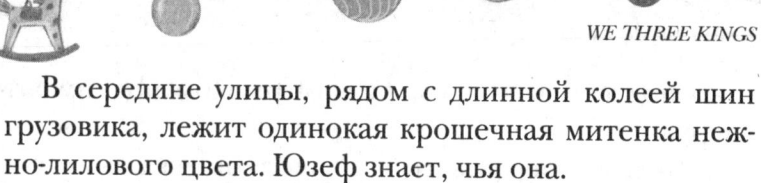

В середине улицы, рядом с длинной колеей шин грузовика, лежит одинокая крошечная митенка нежно-лилового цвета. Юзеф знает, чья она.

Он садится на корточки, утыкается лицом в бронзовые от загара сестринские колени под подоткнутой юбкой, и тихо скулит.

★★★

— Выходить!..— слышит Юзеф сквозь беспамятство резкий выкрик.

Чьи-то руки мягко трясут его, быстрыми пальцами ощупывают голову. В небытии ему кажется, что это руки сестры, он тянется к ней, зовет: «Броня, Броня».

— Бедный мальчик,— шепчет в темноте хриплый молодой голос,— очнись, очнись скорее, иначе будет хуже.

— Да бросьте вы, Петр, оставьте, нужно выходить немедленно, нас же убьют.

Легкая рука тормошит нетерпеливо — давай, давай. Темнота перед глазами начинает рассеиваться, появляется точка света, растет, становится кругом, все шире и шире, в один момент с громким хлопком круг становится огромным, и на Юзефа обрушиваются свет, звук, движение. Он видит перед собой спины людей, которые прыгают по очереди куда-то вниз и исчезают. Склоненный над ним молодой белозубый парень улыбается — «молодец», давай!

Юзеф, цепляясь ватными руками за дно, встает и, согнувшись, выпрыгивает из машины, не удержавшись, падает. Рядом слышен удар ног о землю, и те же руки подхватывают его, резким рывком поднимают вверх.

— Нельзя задерживаться, иначе тебя искалечат или убьют. Вообще ничего нельзя себе позволять, ни секунды слабости,— шепчет невидимый пока Петр и подталкивает его вперед тем же движением, что Бронька подталкивала его к умывальнику в детстве,— двумя острыми пальцами между лопаток.

Юзеф поднял голову и видит молчаливую колонну мужчин разного возраста, колючую проволоку и парящие в воздухе будки часовых.

Колонна вздрогнула от резкого окрика и двинулась вперед. Юзефа толкнули, и он буквально потерялся в этом марширующем потоке, а поскольку рост не позволял смотреть вокруг, единственное, что ему было видно,— спины товарищей по несчастью. За ними с грохотом захлопнулись огромные железные ворота, и невидимый, но ощущаемый Петр невесело и тихо усмехнулся:

— Конечно, именно работа сделает нас свободными.

Когда они вошли в барак, Юзеф на секунду решил, что снова ослеп или потерял сознание,— такая непроницаемая темень в нем царила. Но глаза почти сразу привыкли, и в тусклом свете, струившемся из слепых грязных окон, он смог рассмотреть длинные, уходящие в даль барака трехъярусные шеренги полок («Для чего здесь полки?..») и какое-то неясное колебание вокруг них. Как будто в проходе, возле каждого нижнего ряда стояли какие-то призрачные... кто?.. растения?.. деревья?.. и какой-то невидимый ветер качал их из стороны в сторону.

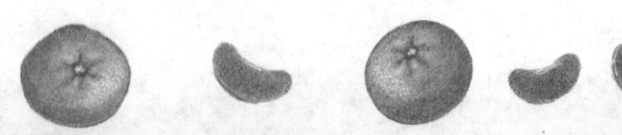

Юзеф обернулся и отскочил от двери барака, неумышленно сделав то, чего никогда в своей короткой жизни не позволял себе, спрятавшись за спину Петра. Какие-то неясные тени, плоские призрачные фигуры в полосатых одеждах заглядывали в двери барака, колыхались на пороге. Лица их были грязны, изможденны и напоминали не человеческие лица, а маски — то ли неожиданно страшного Гвяздора, то ли козлоногого австрийского Крампуса.

«Езус Мария!..— Бронькиным голосом проносится в его голове мысль.— В какой же темный лес занесло Ханселя без Гретель».

В детстве это была их любимая сказка. Правда, уже в середине истории относительно взрослая Бронька начинала хохотать и дразниться, что нормальный парень сразу бы домик сломал и съел. А бабку поколотил. Но ничего, если бы это была история про них, то тут все наоборот — нормальная здоровая девка сломала бы домик и отходила бабку кочергой, пока ее сопливый братец доедает марципановое крыльцо. И так она была убедительна в этом задорном хулиганстве, что Юзеф вырос со звонким ощущением победы — навсегда, вопреки всему и во всем. Во-первых, он и сам кого угодно поколотит, а во-вторых, у Броньки лютая рука.

Внезапно в бараке стало светлее, и Юзеф с кристальным ужасом понял, что все эти тени — люди. Изможденные, измученные, ломкие и сухие, как прошлогодняя трава. Лысые головы, черные глазницы, синие щеки, руки, живущие отдельной от тела жизнью.

Люди колыхались в проходах, люди заглядывали в дверь барака — в их глазах он читал одновременно ожидание, ужас и надежду. Уже потом, спустя время, ему наконец стал понятен этот смысл — ужас встретить кого-то из родных, близких, знакомых; ожидание того же — увидеть хоть одно родное лицо; надежду — вопреки всему.

— Ну что, свиньи?..— загрохотал из самого дальнего угла голос и каменным эхом покатился по проходам между.— Жрать небось хотите?.. Только устроились с комфортом, а уже жрать хотите?.. Все вы одинаковые, чертовы свиньи. Ленивые, грязные, ни на что не годные, позор человеческой породы. Так вот!.. Жрать вы будете, когда заработаете!.. Потому что только работа делает человека свободным и сытым!

За спиной Юзефа что-то шевельнулось, и он едва заметным движением обернулся назад. Высокий тощий человек в полосатой робе стоял, обессиленно привалившись спиной к стене барака, и длинными ногтями медленно-медленно чесал грудь под рубахой. Весь рукав был покрыт шевелящимися черными точками.

«Вши»,— подумал Юзеф. Вшей он в своей жизни не видел никогда — только на картинке в одной из толстых книжек пана доктора.

— Так-так,— грохотал все ближе каменный голос,— что это у нас тут?.. Профессор!.. Здравствуйте, профессор, думаю, что очки вам тут больше не потребуются, потому что с сегодняшнего дня вы будете изучать исключительно науку чистки выгребных ям!..

Раздался удар — так звучит удар топора о дерево, вскрик и звук падения тела.

— Не бойся, мальчик,— вдруг услышал он шепот слева.— Ничего не бойся.

Твердые мозолистые пальцы коротко сжали локоть и отпустили.

— Отец,— зашипел кто-то рядом.— Вы нас всех погубите.

— Он нас не слышит. А мальчику страшно.

— Мне не страшно,— прошептал Юзеф и почувствовал, как по затылку бегут крупные капли холодного пота.

— Если капо[1] услышит, вы прекрасно знаете, чем это кончится!..— задыхался от страха другой человек, и Юзеф подумал, что такой голос может быть только у маленького, круглого, суетливого толстячка в жилетке, с которой свисает длинная часовая цепочка.

— Строиться!..— прогрохотал уже совсем близко Каменный Великан, и толпа покорно развернулась, устремившись к выходу.

Человек — не тот, что чесал свою восковую кожу длинными ногтями, а тот, что сказал «не бойся», оказался очень высоким и очень худым немолодым мужчиной, с круглой головой, резко очерченными скулами и высоким лбом. Чем-то он напоминал Юзефу сестру — может, сурово стиснутым в ровную нить запавшим ртом, а может, пронзительными глазами, пристально глядящими из-под широких бровей. Он щурится, как щурится очень близорукий человек, внезапно лишенный очков.

А Каменный Великан оказывается миниатюрным, как женщина, с такими же маленькими руками и ногами, обутыми в хорошие сапоги, ростом не больше

---

[1] Узник, выполняющий административную работу и осуществляющий надзор за рабочей бригадой.

тринадцатилетнего Юзефа. Так странно смотрится эта картина — злой, жестокий гном, окруженный сухими, мертвыми деревьями.

— А теперь в зауну[1]. Быстро!.. Данцен!..— захохотал Каменный Гном. Тут же из рядов выскочили несколько человек, отработанными движениями растолкали заключенных в группы по десять, и колонна двинулась вон из барака.

★★★

«Дни расплетают тряпочку, сотканную Тобою. И она скукоживается на глазах, под рукою. Зеленая нитка следом за голубою становится серой, коричневой, никакою. Уж и краешек виден того батиста. Ни один живописец не напишет конец аллеи...»[2] Это он уже выучил — они обе разговаривают. Вслух. Иногда сами с собой. Первое время это доставляло неудобства — Юзефу все казалось, что это они с ним разговаривают. Или со Старшей Собакой — в таком случае он собирал негнущиеся конечности вместе и на деревянных ногах подползал поближе. Во-первых, чтобы быть в курсе, а во-вторых, чтобы этой эффектной скандалистке не доставалось всего внимания. Со временем стало понятно, что этот дом не временный, кажется, именно здесь он и проживет остаток своей странной

---

[1] Комплексное помещение, предназначенное для «дезинфекции» заключенных. Перед входом в зауну в рекреации у людей забирали все носильные и личные вещи, брили волосы, наносили татуировки с номерами и вносили имена в реестр.

[2] Иосиф Бродский.

жизни, поэтому Юзеф начал нащупывать границы и искать правила, но больше пытался придумать свои.

Та, что «Побольше», вслух говорила в основном по делу. Та, что «Поменьше», в основном трещала, как сухой горох на стиральной доске. Чаще всего шепотом непонятными фразами, по ночам с громким стуком колотя пальцами плоский серый предмет с множеством кнопок, похожий на раскрытую книгу.

— Что, грузовичок лупоглазый, испугался?..— усмехается «Поменьше» и начинает чесать его двумя руками.

Юзеф ворчит, клокочет, булькает, как старый чайник на огне, плюется, чихает. От возмущения такой фривольностью, конечно, но чаще от удовольствия. Пузо чешется, сходят старые корки.

— Ой, ну ладно, не ворчи, а то зенки потеряешь от возмущения,— хихикает она и снова начинает шептать свои странные слова, со скоростью швейной машины избивая дальше плоский серый предмет. Потом оборачивается, пристально смотрит на него и вздыхает:

— Не зря говорят, что вы, мопсы, уникальные собаки, которые от горя чернеют.

Иногда Юзеф как будто вспоминает, но так неуловимо, что мысль теряется в осколках памяти, растворяется, не успев начаться.

— А вот скажи-ка мне, дружочек,— вдруг нарушает она тишину и стрекот,— ты так реагируешь на девочек почему?.. У тебя была семья и в ней была девочка?.. Ты теперь эту девочку ищешь?.. Не планируешь ли ты, случаем, привязать узелок на палочку и пуститься на поиски?.. За высокие горы, за широкие реки, прихрамывая на все четыре ноги и помахивая крючком хвоста?..

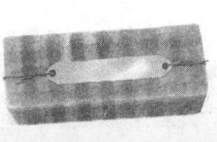

Юзеф взыхает и демонстративно отворачивается. «Знала бы ты».

«Поменьше» хихикает и вдруг с размаха целует его в круглый лоб:

— А мы вот тебя не отпустим. Возьмем и не отпустим.

Иногда ему кажется, что они обе что-то заговаривают, зашептывают и завязывают в узелки.

«Дни расплетают тряпочку...»

★★★

Есть хочется всегда. Каждую минуту.

Лагерную иерархию он выучил очень быстро. Хочешь жить — молчи. Бьют — молчи. Молчи, когда рвут собаки или рвут кого-то другого. Молчи, выполняя самую тяжкую работу. Молчи, переступая через мертвое тело на пороге барака. Молчи, если понос раздирает кишки. Молчи, если болезненный жар снедает кости. Молчи, если крысы грызут пальцы, а насекомые ввинчиваются в поры, заставляя снимать кожу слой за слоем с себя в чесотке.

Поэтому Юзеф перестал разговаривать вообще.

К концу третьего месяца он уже едва мог таскать ноги, но умереть ему не давали три вещи: знание, что за разделительной полосой женские бараки, и там может быть все еще живая Мирка; где-то там, за красными стенами этого места уже давно похоронили Броньку, и он просто не может сдохнуть не увидев ее в последний раз. И ярость. Тупая, тянущая, как больные кишки, красная ярость. И еще — его любили и жалели

WE THREE KINGS

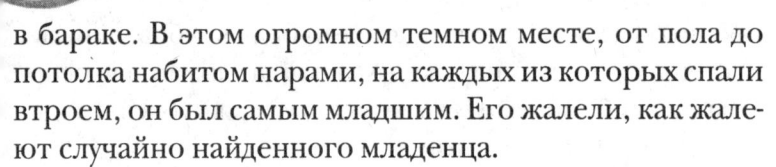

в бараке. В этом огромном темном месте, от пола до потолка набитом нарами, на каждых из которых спали втроем, он был самым младшим. Его жалели, как жалеют случайно найденного младенца.

И еще у него появились друзья. Всего два — молодой, несмотря ни на что веселый Петр, как оказалось, советский лейтенант, и суровый близорукий старик-чахоточник, каждую ночь заходящийся в таком кашле, будто легкие разрывали грудную клетку в попытке вырваться наружу, словно упрямые корни дерева. Тот самый, что сказал ему не бояться.

Петр был смелым. Барачные доходяги никак не могли понять, почему он все еще жив,— на рожон он лез с тупым упорством, как будто проверяя своих палачей на прочность. Всех — и черные «винкели»[1], и «мертвые головы», и овчарок, и даже легендарное чудовище, коменданта Хесса, который любил лично осматривать «цугангов»[2].

Сколько раз его приносили в барак полумертвым, но спустя несколько дней, проведенных в бреду, Петр внезапно открывал глаза и, сплевывая длинную крова-

---

[1] Знак в форме треугольника, который нашивали на одежду для идентификации причин заключения. Черный «винкель» носили капо, фольксдойче, а также заключенные «антиобщественники». Политических заключенных (включая советских и союзных военнопленных, а также членов польского и французского Сопротивления) обозначали красными треугольниками, уголовников — зелеными, Свидетелей Иеговы лиловыми. Евреям, помимо всего, следовало носить желтый треугольник; в сочетании с винкелем эти два треугольника образовывали шестиконечную звезду Давида.

[2] Новоприбывшие заключенные.

вую нитку сквозь остатки когда-то белых зубов, держась за стены, выполз наружу, охая, когда сломанные рёбра давали о себе знать. Пять минут стоял, жмурясь, глядел на солнце, а потом хрипел:

— Живы будем, не помрём.

Однажды раздобыл где-то сажи и пальцем нарисовал на своём красном «винкеле» профиль усатого мужика с трубкой в зубах. После того как капо прекратили бить его ногами и Пётр затих в липкой кровавой луже, расплескавшейся по брусчатке, его куда-то унесли и он пропал на неделю. Потом его внесли в барак на одеяле, положили на второй ярус, и Юзеф подумал, что ночью, пожалуй, спать нельзя — умрёт. Но ночью Пётр открыл глаза и запел «Наверх вы, товарищи, все по местам», потом рассмеялся и сказал: «Хрен вам, а не коммуниста, собаки фашистские».

Но страшнее всего было за старика. На самом деле стариком он не был, но приехал в лагерь из варшавского Павяка[1], в котором под пытками старели за несколько дней. Старик был францисканским священником, и священником непростым — настоятелем. В лагерь попал за широкомасштабное сопротивление — на территории монастыря Непорочной Девы[2], основанного стариком, монахи не только прятали большое количество евреев и членов Со-

---

[1] Ныне не существующая тюрьма раздельного типа (женские и мужские корпуса) на территории Варшавы. Во время оккупации Польши использовалась для предварительного содержания и пересылки заключённых.

[2] Монастырский комплекс Непоклянув, в переводе с польского «Монастырь Непорочной Девы», основанный отцом Максимилианом Марией Кольбе. Находится недалеко от Варшавы.

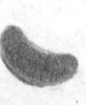

противления, но и вели радиотрансляции, призывающие людей к борьбе, выпускали огромный тираж газеты, передававшейся подпольем из рук в руки, собирали лекарства, переправляли документы для тех, кому нужно было бежать.

Старика «мертвоголовые» ненавидели люто. Избивали каждый день сапогами и заставляли бегом таскать огромные камни, голыми руками чистить выгребные ямы, топили в ледяной воде, снова избивали и сажали в одиночный стоячий карцер, в котором невозможно даже прислониться к стене и сухожилия лопаются от напряжения.

Но сделать с ним ничего не могли. Старик возвращался в барак и снова занимал свое место у выхода — так он провожал в последний путь молитвой умерших и встречал молитвой каждый новый день.

Однажды Юзеф вернулся и нашел старика за необычной беседой. Поджав ноги хитрым вензелем, рядом со стариком на нижней шконке сидел странный маленький круглолицый человек, вместо глаз у которого были две щелочки. Они говорили на совершенно незнакомом Юзефу, успевшему на слух освоить все лагерные языки, наречии.

Позже старик сказал Петру, что маленький человечек — тоже монах, только из Японии. А старик по Японии скучает — ведь там второй его дом, второй Непоклянув, видевший чудо Божье.

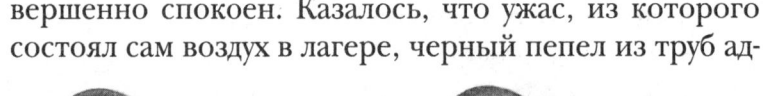

Маленький монах Юзефу понравился — он был так же молчалив и наблюдателен и совершенно, совершенно спокоен. Казалось, что ужас, из которого состоял сам воздух в лагере, черный пепел из труб адской топки, в которой ежедневно исчезали сотни людей, не касался его никак. Как будто вокруг маленького монаха был воздушный пузырь. Его не пугала никакая работа, он не страдал от голода, холода и паразитов, отсутствия воды и страшного запаха. Его били, но он вставал уже через секунду, и на теле его не оставалось синяков.

Наступил душный август 1941 года — один из самых страшных для лагеря месяцев. Юзефа перевели работать в «канаду»[1] — сортировать вещи «ушедших в трубу»[2]. Вечером первого дня его работы барак среди ночи подняли по тревоге — один из заключенных пропал. Всех выгнали на площадь перед бараками. Заместитель коменданта Фрищц, холеная сволочь с белыми глазами, шагнул вперед:

— Сейчас, свиньи, я преподнесу вам урок. Десять человек вперед. Сегодня вы умрете. Каждый день, пока не будет пойман беглец, я буду казнить десять человек.

«Мертвоголовые» пошли по рядам, выдергивая людей в середину плаца. Юзеф инстинктивно съежился. Растерянные, дрожащие заключенные, которых вытащили, умоляюще оглядывались через плечо на собратьев. Внезапно один из них заплакал:

— Неужели я больше не увижу жену и детей? Что же теперь с ними будет?

Старик вышел из строя и обратился к Фрищцу:

---

[1] Склад с вещами убитых. Существовало две «канады»: первая находилась на территории материнского лагеря (Аушвиц 1), вторая — в западной части в Биркенау.

[2] Сожженные в крематории.

— Господин оберштурмфюрер. Отпустите этого человека. Позвольте мне занять его место.

Фришц усмехнулся:

— Каков ваш номер?..

Старик поднял запястье над головой, словно осеняя плац крестным знамением:

— Номер 16670.

— Ну что ж, номер 16670. Извольте.

Один из «мертвоголовых» швырнул плачущего обратно в толпу, старик шагнул вперед и встал на его место.

Это был последний раз, когда Юзеф видел его живым.

Через два дня Петр заплакал впервые. Он плакал и повторял: «Они все еще живы. Все еще живы». Несмотря на то что само существование какой бы то ни было религии коммунист Петр отрицал категорически и высмеивал старика с его рыцарским служением Непорочной Деве, втайне он им гордился — стойкостью, верой, следованием долгу, спокойной несокрушимой верой в добро, которое, как росток, найдет почву, чтобы пробиться даже в таком месте.

Старик молился и пел, и вместе с ним молились и пели в смертной камере девять человек, один за другим замолкая. Еще через три дня «мертвоголовым» надоело слышать его слабый голос, и лагерный врач вошел в камеру со шприцом[1].

Юзеф прятался за углом здания, на которое выходило узкое окно камеры, обессиленно прижимаясь лбом к кирпичной стене, и сам не смог понять, в какой мо-

---

[1] Смертельная инъекция фенола.

мент наступила тишина. В какой момент старик замолчал навсегда. Юзеф точно знал, что, если поймают, забьют насмерть, но ему было все равно.

— Хороший был человек,— раздался за плечом тихий голос.

Юзеф обернулся. Маленький круглолицый монах, сдвинув брови почти так же, как это делал старик, не отрываясь, смотрел на зарешеченное окно.

— Хороший был человек. Хорошо переродится,— только сейчас стало очевидно, что речь маленького монаха польская.

И Юзеф, впервые за долгое время, с трудом подбирая слова, заговорил:

— Переродится?..

— Мы верим в то, что человек не уходит навсегда. Любая душа живет так, как прожила предыдущую жизнь. Жил правильно, делал добро — в цепи перерождений достигнет высшего просветления. Жил плохо — будет перерождаться все ниже и ниже, пока не родится грязью. Он был хороший человек. Он уже достиг. А эти люди — нет. Они не родятся даже грязью. Даже камнем. Потому что даже у камня есть душа.

— А я?..— неожиданно спросил Юзеф.

— И ты. Ты хороший человек. Если достойно завершишь свой путь, переродишься собакой. Многие не любят собак, считают их недостойными, но мы — нет. Собака обладает чистой, верной душой. Хорошие люди становятся божьими (так вы говорите?..) собаками.

— А ты?..— так же неожиданно спросил Юзеф.

— Я — другое. Цель моего существования в другом.

✸✸✸

Сентябрь[1] был теплым.

— Об одном только жалею,— сказал Петр и устало прикрыл глаза.— Что жениться не успел. И что батю не увижу. Один я у него.

Юзеф не жалел ни о чем. Он вспоминал сухой треск преломленного рождественского оплатка, суровые темно-синие глаза под яркими бровями, белоснежное одеяние ксендза, нежный запах воска и ладана, пронзительно-радостный запах апельсина и рыжее облако кудрей.

✸✸✸

Через десять часов двери блока 11 открыли. В помещение хлынул солнечный свет, бескомпромиссный, яркий, торжествующий.

В этом торжествующем свете мертвые, вывернутые мучительной болью голые тела казались огромным полотном. Содранные ногти, искривленные в предсмертной муке рты, остекленевшие глаза, сожженная кожа — всего этого не стало, как будто вместе с солнечным светом в камеру спустился Бог и взял всех своих детей туда, где больше нет ни боли, ни страдания.

---

[1] 3 сентября 1941 года по приказу Карла Фришца в блоке 11 был проведен первый эксперимент по применению «циклона Б» для массового убийства людей. Этот эксперимент стал прообразом газовой камеры. В результате первого применения «циклона Б» было уничтожено 600 советских военнопленных и 250 польских узников.

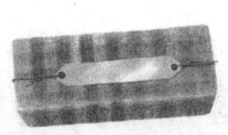

Внезапно одно из тел возле открытых дверей зашевелилось.

Маленький круглолицый монах сел и погладил по голове мертвого мальчика.

Потом встал и вышел в солнечный свет.

★★★

Под утро рождественской ночи все засыпают.

Спит та, что постарше, и с кем-то говорит во сне. Спит хозяин. Спит старшая собака между ними, раскинув широкие уши и короткие лапки, смешно подергивая пятачком носа. Спит та, что помладше, закинув ноги на стену.

Мерно тикает будильник на старинном пианино, светящийся в темноте прямоугольник экрана ноутбука разговаривает с тишиной. С черно-белой фотографии смотрит печально и пристально монах-францисканец Максимилиан Мария Кольбе, святой покровитель трудного века.

Забываются коротким сном три короля. Сон их тревожен и радостен одновременно. Юноша Бальтазар бежит вслед за звездным светом, подпрыгивая и взлетая, забывая о сане и благопристойности. Полы богатого одеяния взлетают и опадают вместе с холодным ночным воздухом вслед за гибким телом, браслеты на смуглых запястьях вторят движению затейливой мелодией. Зрелый Мельхиор ведет под уздцы белого верблюда, груженного благочестивыми дарами. Борода Мельхиора умащена драгоценными маслами, выглажена и острижена руками знаменитых брадобреев, но за время пути кудри развились, яркое серебро подернулось инеем белой пустынной пыли. Под левым глазом его, если приглядеться в темноте, видна крошечная татуировка — синий якорь. Каспар, покачиваясь на спине норовистого скакуна, безотрывно смотрит на горизонт в ожидании силуэта белого глиняного домика и двух деревьев, склонившихся в темноте ночи над ветхой крышей. Пальцы его поглаживают самую драгоценную корону мира, но он думает о том, что лучший дар лежит за пазухой пурпурных одежд, расшитых алмазными брызгами и золотыми драконами,— простая деревянная игрушка ослика, выточенная из дубового корня. У ослика печальные глаза и длинные уши. Просто у Каспара десять внуков, и он точно знает, что детям не интересны никакие драгоценности. Глаза старика слипаются, и он дремлет, уронив подбородок на грудь, чтобы сон стал двойным, тройным, многослойным, вечным. Пока дремлет старший из трех возрастов человека, будущее не наступит. Караван так и будет идти вперед, ведомый звездой, а младенец так и будет тихо спать в яслях. И ничего из того, о чем старик Каспар знает, не случится.

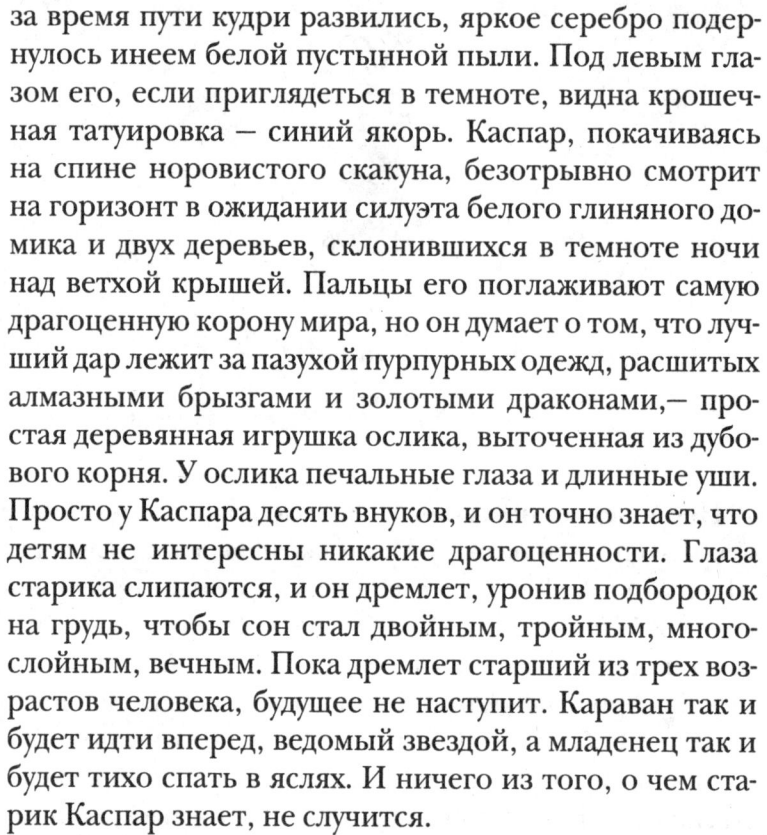

Спит Бронислава Адамовна, спит апельсиновая девочка, спит ксендз Немировский, спят Петр и его батя, сложивший голову под Ржевом.

Маленькая собака Юзеф спит в своем небесно-голубом гнезде, и снится ему, что он Иосиф.

То ли Прекрасный, то ли Мудрый, то ли Аримафейский.

То ли просто мальчик.

Михаил Шахназаров
Дереникс

Неон медленно скользит по заснеженным холмам открыточных пейзажей. Местечко называют польской Швейцарией. Летом все в зелени. Осенью пригорки укрыты багряно-желтым гобеленом. Именно осенью у меня появляется желание купить здесь небольшой домик. Закурив, медленно отпиваю из никелированной фляжки. Роберту это не нравится. Снова не повезло со жребием. Перед каждой поездкой мы подбрасываем монетку. Вне зависимости от того, на чьей машине отправимся в путь. Угадавший ведет авто до Белостока, или, как говорят поляки,— Блястока. Менее удачливый садится за руль по отъезде в Ригу.

В Белостоке расположены холодильники Януша. Гигантские свиные мавзолеи. Латыши давно распродали всех породистых свиней. Через несколько лет принялись закупать мясо в Германии и Польше. Пересекая границу Латвии, туши глубокой заморозки тут же становились контрабандой в особо крупных размерах.

Фуры выйдут из Польши через пять дней. А через шесть часов наступит Новый год. Я еще раз поднес к губам узкое горлышко фляги. Роберт увеличил скорость. Нервничает... Хороший знак. Роберт становится менее разговорчивым. А для меня настоящее счастье не слышать голос Роберта. Как для него — не слышать мой голос. Он считает меня позором нации. Не знаю язык, игнорирую хаш. И не развожусь, чтобы жениться на армянской девушке. Хотя сам Роберт взял в жены девушку из белорусской деревни. И он не устает повторять, как хорошо она знает свое место в доме. Роберт тоже из деревенских. А говорит, что коренной ереванец. На этих словах буква "р" в его исполнении сильно тарахтит. Сильнее, чем у говорящих попугаев.

С Робертом меня познакомили. Сказали: есть земляк с отлаженным бизнесом. Земляку не хватало оборотных средств и надежного прикрытия. У меня были деньги, два на корню продавшихся мента в чине. А еще — полное отсутствие желания платить налоги. Но то, что наш союз с Робертом не будет долгим, стало ясно при первой встрече. Глубокие погружения мизинца в волосатые ноздри заставили морщиться. А уверения в том, что настоящую любовь я познаю благодаря гродненским проституткам, которыми кишит Белосток (он так и сказал — «кишит»), окончательно убедили меня в нежелании Роберта хотя бы казаться чуточку интеллигентнее. Но мы ударили по рукам и налоговой системе республики.

Когда до польско-литовской границы оставались считаные километры, фары выхватили силуэт автоматчика. Он стоял рядом с небольшим автобусом.

Взмах светящегося жезла заставил Роберта билингвально матернуться:

— Кунем ворот! Это еще что за мудозвон?

— Польский Дед Мороз. Гжегож Пшебздецки, тля! Ждет тебя со свинцовыми фляками.

Боковое стекло медленно сползло вниз. Отдав честь, польский воин наклонился. Обшарив глазами салон, выпалил:

— Гасница ест, пан?

— Была,— отвечаю.— В Блястоке. Гасница «Кристалл». Вернее, это... отель «Кристалл».

— Нье, пан. Гасница, гасница! — повысил голос военный.

— Да я-то понял, что гасница. Не видите, пан, домой едем. А гасница осталась в Блястоке. Сзади гасница «Кристалл» осталась,— указал я ладонью за спину.

— Нье, пан! Гас-ни-ца,— произнес поляк по слогам.

— Do you speak English?

Выучить английский натовец не успел.

— А по-моему, он огнетушитель просит. Но у меня его нет,— полушепотом проговорил Роберт.

— Да я и без тебя понял, что огнетушитель. Ну нет и нет. Сейчас этот славянский рейнджер отведет тебя в лесные чащобы и расстреляет, на хер. За несоблюдение правил пожарной безопасности в польских лесах.

Мой нетрезвый смех окончательно вывел Роберта из себя. Назвав меня идиотом, он плюнул. Забыл, что не на улице. Слюна потекла по сердцевине руля, украшенной известной эмблемой. Потомок жертв Сусанина предложил Роберту выйти из машины и препроводил к автобусу. Вернулся мой компаньон минут через десять.

— Сколько? — спрашиваю.
— Сто баксов. Суки...
— Краковяк-то хоть станцевали?
— Хватит умничать! — заорал Роберт.— Меня дочь дома ждет!
— И жена Оля. Грозная и непредсказуемая жена Оля... И орать ты будешь на нее, а не на меня!

Мою жену тоже зовут Оля. Большие глаза, пшеничные волосы, такие же мозги. Как и у меня. Человек в здравом уме не позволит себе такого брака. Анна назвала Ольгу дворняжкой, сказала это, когда я вставал с постели. Конечно же, пришлось Анну осадить, но она права... А я всегда жалел и подкармливал дворняжек. Псины отвечали радостным поскуливанием, виляя хвостами. С людьми не так.

Поляков мы прошли споро. Я протянул служивому флягу, провоцировал выпить за Новый год и процветание Речи Посполитой. Он с улыбкой отказался, пожелав счастливой дороги. Машина плавно тронулась к литовскому КПП. Взяв у Роберта документы, я направился к небольшой будке.

Внутри сидел тучный пунцовый мужчина. Страж границы напоминал борова, втиснутого в матерчатый домик для кошек. На левой груди пузана висела табличка с фамилией Козлявичюс. Жизнь сталкивала меня с тремя людьми, носящими фамилию Козлов. Не считая знатока из телевизора. Все трое заслуживали туннеля скотобойни.

Медленно листая мой паспорт, таможенник изрек:
— Ну вот и приплыли, господин Аракелов.

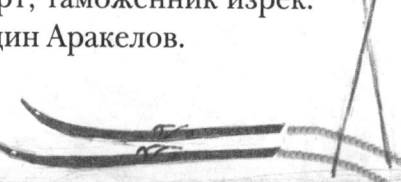

Не сказать что я испугался. Скорее, расстроился. У меня отберут модное кашне, тугой ремень и шнурки от новых итальянских ботинок. В КПЗ не нальют. Там даже нет радиоточки, по которой можно прослушать звон бокалов. Да и Оля пахнет приятнее, чем клопы.

— В смысле — «приплыли», господин Козлявичюс?

— Как приплывают, так и приплыли,— неприятно усмехнулся литовец с русскими корнями.

— Ну приплыли так приплыли. И за что, если не секрет?

— Не за что, а куда. В Литву приплыли, господин Аракелов! В Литву! Шуток не понимаете?

Вот сука, думаю. Я бы тебе приплыл. Доху на твою хрячью тушу натянуть да в полынью с морозостойкими пираньями бросить.

— Хорошие у вас шутки, господин Козлявичюс. Небось в Советской армии прапорщиком послужить успели?

Мне не стоило произносить этой фразы. Разве что про себя. И виски здесь ни при чем. Это несдержанность и врождённая тяга к конфликтным ситуациям... Козлявичюс надул и без того пухлые щеки. Ничего не ответив, принялся за паспорт Роберта. Меня так и подмывало сказать: «Сейчас вы одновременно похожи на козла и бурундука. Причем беременного».

— А где Дереникс, господин Аракелов? — ожил таможенник.

— Огнетушитель, что ли?

— Какой огнетушитель? — процедил Козлявичюс.

— Неподалеку отсюда нас остановили поляки. Гасницу спрашивали. Гасница по-польски — огнетушитель. Может, дереникс это огнетушитель по-литовски?

— Хм... Странно, Аракелов. Очень странно... Здесь русским языком написано: Дереникс Вартанянс,— он развернул ко мне паспорт Роберта.

Написано было, конечно же, не по-русски, а по-латышски. Но написано именно то, о чем говорил Козлявичюс.

Метнувшись к авто, рванул дверцу:

— Роберт, ты что, тля, Дереникс?

— А че? Не знал, что ли? Только не Дереникс и не тля. А Дереник. Я же тебя Артемс не называю.

— Баран,— просипел я.

— Дереник, а не баран. А баран это ты.

Цепочка «гасница — Козлявичюс — Дереникс» приобрела очертания дурного знака. Я подбежал к будке:

— Господин Козлявичюс! А вон Дереникс! Вон, гляньте! Лицо вам свое с удовольствием показывает.

К лобовому стеклу вытянулась огромная голова Роберта. Из-под черных густых усов проглядывала улыбка.

— На Сталина похож,— бросив взгляд в сторону машины, проговорил Козлявичюс.— Сталин бабку мою в Сибирь выслал. За мешок картошки выслал мою бабушку Аудроню в Сибирь. Там она и померла. Деда они раньше в расход пустили. Сволочи...

— Да не то слово,— поддакнул я.— Просто негодяи без чести и совести. Но Дереник — он добрый. Тот случай, когда внешность обманчива. Его даже собака и теща больше, чем жена, любят.

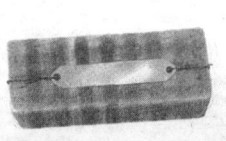

— Может быть, может быть... Но странно все как-то получается. Шутка моя вас напрягла. Прапорщиком «красным» обозвали. Едете в одной машине и не знаете, как земляка зовут. Тот вообще на тирана похож, который мою бабку Аудроню в Сибирь выслал. Какие-то вы, ребята, левые.

Ну, то, что мы ребята далеко не правые, ясно было и без резюме Козлявичюса. Может, поэтому все мои оправдания выглядели по-детски. Я говорил, что мы честные латышские армяне, и нам не терпится положить под елку подарки, которых так ждут наши плачущие дети. Что в баскетболе для меня не существует другой команды, кроме «Жальгириса», а «золотой» состав клуба я помню до сих пор наизусть. Даже уверения в знании истории рода Гедиминовичей не смогли убедить Козлявичюса изменить решение. А решение говорило о том, что Новый год нам дома справлять не придется.

— Повторяю: машину — на тщательный досмотр, господин Аракелов.

— То есть?.. То есть здравствуй жопа Новый год, господин Козлявичюс,— сказал я, достав фляжку. Терять было нечего.

Мне стало жалко Дереникса — Роберта. «Мерседес» надежен, крепок, как автомат Калашникова. Но автомат может собрать и разобрать даже хорошо выдрессированный примат. А проделать эту операцию с «мерседесом» по силам только немецким специалистам. Во всяком случае, без нанесения ущерба автомобилю...

Известие о внеплановом техосмотре с последствиями придавило Дереникса к рулевой колонке. Меня предательски покидал хмель. Пока мой компаньон отгонял машину в специальный бокс, я успел сходить в магазин duty free. В пакете булькали две бутылки виски, литровая «кола» и коробка шоколадных трюфелей. Кушать мне в этот вечер хотелось только виски.

После визита в бокс Дереникс выглядел еще подавленней. Сразу попросил выпить. После трех больших глотков, сделанных из бутылки, направился в сторону будки с Козлявичюсом. Он клялся мамой, что всего этого так не оставит. Указывая на меня, грозился, что я подключу «каунасских» и «вильнюсских». В эти мгновения подумалось, что он такой же идиот, как живой шлагбаум в виде Козлявичюса. В финале сцены Дереникс поклялся могилой дедушки, что Козлявичюса найдут и силком превратят в гомосексуалиста. Пришлось вмешаться. Извинившись, я оттащил дебошира в сторонку:

— Дереникс, прекрати буянить. Будь романтиком. Новый год на государственной границе братской республики! Всю жизнь помнить будем. Прекрати, Дереникс!

— Черт, прекрати называть меня Дерениксом! Меня под елкой любимая дочь ждет!

— Под елкой? Дочь? Дочь под елкой?.. Я тебе больше не дам виски, Дереникс. Тем более из горла.

В кармане заботливого отца заверещал мобильный. Сначала Дереникс говорил с дочерью. Объяснял, каким тяжелым выдался вояж папы-контрабандиста. Рассказывал, как папа устал и поэтому приедет с подарками только завтра. Что девочка передала трубку Оле — я понял по мимике Дереникса. Несколько раз он повторял слова «проблемы» и «сюрприз». Но Ольга не спешила сочувствовать проблемам и была равнодушна к сюрпризу.

— Вот сучка! Я ей правду говорю, а она талдычит, что мы по проституткам с тобой гуляем.

— Да я слышал.

— Что ты слышал?

— Слышал, как она тебя колченогим чудовищем обозвала,— я начал хохотать.— И, судя по всему, с места, которое она так хорошо знает.

Звонок от моей супруги раздался, когда мы сидели в небольшом кафе при терминале. Почти все столики были заняты дальнобойщиками. В зале громко играла музыка. То и дело раздавался смех. Я вышел на улицу. Пляски снежинок под матерные тирады Ольги смотрелись убого. Она кипела от злости: в магазинах Белостока не оказалось плаща белой кожи. Лучшая реакция — молчание. И я молчал. Оля продолжала орать:

— А теперь слушай! Я стою на подоконнике. Ты слышишь меня? Я стою на подоконнике, и меня уже ничто не остановит. Ты слышишь, ублюдок?

— Слышу, конечно. Слышу и жду.

— Ну! Ну скажи, скажи! Чего ты ждешь, подонок?

— Жду, когда ты об асфальт наконец треснешься.

КПЗ удалось избежать. Чокаться под бой курантов с Ольгой не придется. Дереникс в состоянии алкогольного грогги обычно спит. То есть и вправду романтика. Романтика свободы.

Когда я предавался этим мыслям, из будки вышел Козлявичюс. Мне захотелось его поздравить.

— Господин Козлявичюс! — закричал я.— Желаю, чтобы в наступающем году люди стали честнее! А еще — чтобы через этот КПП не прошло ни одного контрабандного груза!

Такие слова, адресованные таможеннику, сродни пожеланию тотального безденежья. Козлявичюс остановился. Улыбнувшись, покрутил у виска пальцем:

— И тебе того же, честный латышский армянин!

Пока я общался с Олей и поздравлял Козлявичюса, Дереникс успел познакомиться с пьяным водителем грузовика.

— Наш земляк,— представил он знакомца.
— Тоже латышский армянин? — спрашиваю.
— Нет. Латышский латыш. Висвалдисом зовут. Висвалдис, а это Артем.

Мы пожали руки, выпили за знакомство.

— Ну че? Оля опять грозится вены перерезать? — с ухмылкой поинтересовался Дереникс.

— Она поняла, что это звучит неубедительно. Оля штурмует подоконник. И лучше перескочить на другую тему.

Висвалдис предложил выпить за добрый путь и ровный асфальт. Делал губами пузыри и читал стихи Райниса. Есенина я читать не стал. Чувствовал — не оценят. Дереникс подмигивал полной барменше. У окна шел турнир по армрестлингу. Было слышно, как принимаются ставки. В зале появился Козлявичюс. Жестом пригласил меня на выход. Уловить запах спиртного я был уже не в состоянии. Но мне показалось, что глаза литовца блестели.

— Слушай, Аракелов. Я тут посоветовался со сменщиком. В общем, хочешь Новый год дома встретить?

— Не сказать что горю желанием, но в принципе можно.

— Вот и хорошо. Ты ж понимаешь, Аракелов, что если «мерсик» сейчас по всем правилам разберут, то его уже и на конвейере в Германии как надо собрать не смогут.

— Конечно, понимаю. У знакомого ваши латвийские коллеги новый «мицубиши» разобрали. Он его потом казахам продал. До сих пор благодарит Господа, что казахи не мстительные и не злопамятные.

— Ну вот видишь. Ты сообразительный. Штука баксов — и все невзгоды останутся в уходящем году.

— Издеваетесь, господин Козлявичюс? Дереникс уже с каким-то пьяным водителем грузовика братается. Я по пьяни гонять люблю. А мне всю ночь цыгане, танцующие на чернобыльском саркофаге снились. Два трупа на вашей совести будут. Не могли раньше предложить, пока Дереникс трезвым был?

— И так тебе плохо, честный латышский армянин, и так плохо. Сам не знаешь, чего хочешь.

Садиться за руль не хотелось. Дорога скользкая. На машине с таким движком ехать медленно — просто грех. Вспомнив считаные метры, которые не дали мне влететь под фуру на скорости в сто шестьдесят, от идеи порулить я отказался.

— А у вас же эвакуатор должен быть,— говорю.

Мы сторговались в небольшой комнатенке. Добрая воля Козлявичюса обошлась в семьсот долларов. Водитель эвакуатора Редас согласился домчать до Риги за четыреста баксов. Я разместился в кабине. Попивая виски, закусывал трюфелями. За спиной раскачивался «мерседес» со спящим Дерениксом. Когда до наступления Нового года оставался час с небольшим, мы пересекли границу Риги. Созвонившись с друзьями, попросил Редаса высадить меня в центре. Я брел по пустынным улицам и с улыбкой смотрел на горящие в окнах свечи...

Мы славно справили Новый год. Через два дня я появился дома. В красивом пакете лежал белый кожаный плащ. Ольге он не понравился. А я и не расстроился. Просто знал, что и Ольга, и плащ, и Дереникс — все это осталось в прошлом.

Улья Нова

Кто твой ангел?

Маленькая часовенка была закрыта. Анечка несколько раз подергала железную ручку черной двери: «Заперли, опоздала». Ни тебе Рождества, ни свечки, ни шоколадных с позолотой икон, ни баса батюшки. Черная запертая дверь, снежок, темные окошки. Рождество случилось.

Анечка заспешила домой. Но метро тоже уже закрылось, пришлось ловить попутку. Она долго стояла на обочине. Мимо проносились машины. После каждой проехавшей становилось холоднее. И город окутывала ночная зимняя грусть. Наконец притормозила копейка, а подробнее их Анечка не различала. В салоне было темно и сильно накурено. Водитель в мятой кожаной кепке, похожей на чайный гриб, прохрипел, что в честь Рождества денег не возьмет. Так уж и быть, довезет, не обидит. Так он сегодня решил. Машина, а в ней Анечка полетели по заснеженным пустынным улицам. Было странно, но Анечка не возражала.

Усталая от того, что в последнее время постоянно приходилось куда-то спешить и все равно не успевать вовремя, что люди вокруг требовали внимания и жалости, что жить почему-то становилось все тяжелее, Анечка нахохлилась в гнездышке меховой шубки и совсем скоро заснула. Машина продолжала скользить по темному городу. Повсюду мерцали гирлянды, звездочки, разноцветные новогодние лампочки и неоновые снежинки.

Когда-то Анечке хотелось верить в ангела. В те времена ангелов в ее жизни не было, а намеренный поиск приводил к неприятностям. Анечка пыталась выяснить у разных знакомых, какое должно возникнуть чувство, когда ты впервые встречаешь своего ангела на улице или когда ангел укрывает тебя крыльями от беды. Ей очень хотелось знать, что происходит, когда ангел неслышно пролетает под потолком комнаты, освещая своим теплым сиянием темные уголки и, вдохнув сон, ускользает в форточку.

Одна женщина в очереди сказала, что все свыше должно внушать страх. Это разочаровало Анечку, потому что она не любила бояться. Старушка-вахтерша призналась, что лишь однажды за всю свою жизнь видела ангела. Это случилось на Черном море, вечером. Ангел тихо прошел по маленькой комнатке пансионата. Старушка-рассказчица в то время была еще молодой незамужней девушкой, и она спросонья вся затрепетала от счастья. Но настоящего счастья в ее жизни никогда не было — так, отдельные проблески, блестки. Бывший Анечкин парень утверждал, что видит ангелов довольно часто, и как-то раз даже сумел дотронуться до мягких, прозрачных крыльев одного из них. Но они все равно расстались прошлой весной — просто так, просто любовь закончилась.

Однажды Анечку попросили присмотреть за трехлетней племянницей. Анечка читала книжку, а маленькая девочка ползала по полу, разбрасывала кубики и заводила свои квакающие и булькающие музыкальные игрушки. Потом вдруг маленькая девочка затихла, уставилась в черное незанавешенное окно, долго смотрела туда и сияла теплой, счастливой улыбкой. Анечка отложила книжку, подошла к окну, осмотрела улицу и спящее под черным пододеяльником небо. Но ничего и никого там не нашла. Видимо, ангел уже улетел. Или он был предназначен только для маленьких девочек и не хотел показываться на глаза взрослым.

Сейчас Анечка дремала в машине, покачиваясь из стороны в сторону, свет фонарей и фар освещал ее лицо — редкие реснички, пухлую щечку и уголок рта, утопающий в сером мехе шубки.

Анечке снилось, что она — тоже маленькая бревенчатая часовенка, отстроенная добрыми людьми у дороги, в глухой тайге. Только одна бумажная иконка и еще треножник на три свечи — больше ничего там внутри и не было. Иногда редкие снежинки прорывались внутрь через трещины купола и медленно опускались к полу, мерцая в сумраке. Потом однажды в темноте послышался настойчивый стук. Кто-то отворил тяжелую железную дверь, вошел, принеся с собой вьюгу и завывающий ветер, пахнущий заиндевелой хвоей.

КТО ТВОЙ АНГЕЛ?

В темноте ничего не было видно. Ни лица, ни одежды. Только черная глыба человека и его порывистое дыхание, клубящееся на выдохах паром. Он достал из кармана коробок спичек, неуклюже уронил, ругнулся, тут же поспешно перекрестился. Он взял с полки у стены свечку, зажег, поставил. Долго рылся в карманах, не нашел монетки. Постоял, поклонился, вышел. У него за спиной были крылья.

Во сне Анечка улыбнулась. Было радостно, словно хор в ее душе пел рождественские гимны. Они ведь знакомы, просто она не догадывалась, что он — ее ангел. Ей сразу стало трудно жить, узнав того, кто зажег эту свечку в маленькой таежной часовенке, в ее темной душе. Зато ей теперь стало светло от простоты решения, чудно вспоминать всю свою прошлую жизнь и то, сколько раз она проходила мимо него, не замечая.

Теперь, во сне, Анечка испытала страх того, что свыше, о котором когда-то говорила ей женщина в очереди. Теперь, во сне, Анечка боялась нарушить расстояние, разделявшее их. Она удивилась: оказывается, это так ответственно — знать своего ангела, быть рядом и никогда не коснуться его крыльев, его ладони.

Теперь она знала, что у ее ангела совсем не такие тонкие пальцы, как рисуют на иконах. У него обыкновенные, даже чуть грубоватые руки. Анечка была уверена, что, пока он присутствует где-то рядом, она не сможет быть злой, но все равно никогда не сумеет околдовать его. Во сне она размышляла о девушке, которая была так прекрасна и чиста, что ангел не сумел удержаться, и на земле родился их сын, от которого ведет начало весь ангельский род, огромное белокрылое воинство. Теперь Анечке было тепло, ведь она знала: где-то в закоулках города, в подвале, в подсобке, на узенькой кушетке охранника, прикрытый драповой курткой, спит ее ангел. Веки скрывают цвет его глаз, но она знает — они серо-синие, как осенняя озерная вода.

Анечка не могла знать только одного: той часовенке в глубине тайги было около трехсот с лишним лет. Стены часовенки — древние, изъеденные жуками-короедами сосновые бревна. Та свечка горела медленно, нагреваясь от пламени. Та свечка постепенно размягчилась, накренилась, согнулась, упала с треножника на деревянный пол. Пожар занялся мгновенно. Сгорела бумажная иконка. Занялась стена. Вскоре таежная дорога озарилась неугомонным пламенем. Языки огня плясали на фоне черных стволов тайги, снега и ночи.

— Приехали, красавица,— прохрипел водитель,— твоя остановка.

Ответа не последовало. Ни звука, ни шороха. Он оглянулся. На заднем сиденье никого не было. Пассажирка в шубке исчезла. Водитель замер. Немного растерялся. На всякий случай еще раз внимательно оглядел заднее сиденье от правой до левой двери. Потом пожал плечами и почему-то подумал, как же легко ошибиться, как же легко все на свете перепутать. Он-то намеревался сегодня, в Рождество, довезти кого-нибудь до дома и не взять ни копейки. Это был такой особый рождественский дар. Он был уверен, что разговор со всеми, кто свыше,— это добрые дела и щедрые поступки. Водителю было очень страшно забирать свой повторный анализ из больницы. Теперь он сокрушался: наверное, надо быть смелее, как-нибудь обходиться без всяких суеверий и дурацких сказок. В ту ночь он больше никого не подвозил ни за деньги, ни за надежду. Расстроенный, притихший, водитель «копейки» неторопливо рулил домой, от Профсоюзной — в Орехово. По дороге он решил на всякий случай ничего не рассказывать жене и сыну. Просто умолчать об этом странном происшествии, как будто ничего не было. Он ехал, на дороге было очень мало машин. А над городом кружили сиреневые ангелы снегопада и черные крылатые лошадки рождественской ночи.

После праздников водитель все же набрался смелости, доехал до больницы, забрал свой повторный анализ. Ничего не понял в закорючках и росчерках. Выслушал врача. Впервые с осени выдохнул с облегчением: «Спасибо вам, доктор! Ну и хорошо — еще поживем». Все случившееся было таким обычным, будничным, как будто иначе и быть не могло. Правда, уже в машине, выезжая из больничного двора на шоссе, водитель все же улыбнулся своему доброму рождественскому ангелу в серой шубке. Никогда ведь не знаешь, кем эти ангелы прикинутся в следующий раз, кем покажутся со стороны. И на всякий случай водитель прошептал: «Спасибо, еще поживем!»

Наталья Корсакова
Приходите выпить чаю

Город спал. Настя чувствовала эту до слез обидную очевидность сквозь зыбкую полудрему, которая никак не хотела превращаться в сон. Где-то там горожане, измотанные подготовкой к Новому году, крепко спали в теплых квартирках с наряженными елками, а она голодным медведем тревожно ворочалась в кровати, мечтая хоть о коротком забытьи.

Неоновые кирпичики индикатора часов жизнерадостно высвечивали: три сорок, тридцать первое декабря. И это в субботу, когда можно спать и спать, не заботясь о пробуждении. Но по какому-то несправедливому закону мироздания именно сейчас мозг был свеж, ясен и переполнен идеями. Настя отмахивалась от них, старательно и глубоко дыша, как советовали в упражнениях по борьбе с бессонницей. Мысленно рисовала огромный квадрат Малевича, вглядывалась в беспросветную тьму, пытаясь угнездиться в ней и незаметно для себя отползти в царство Морфея.

Но вместо приятной темноты квадрат вдруг высвечивал то мигреневый залом бровей начальницы отдела Селены Викторовны, вечно жующей что-то соблазнительно пахнущее, но как назло имеющей осиную талию и хрупкую конфигурацию. То неприятно ярко проявлялось пятно от пролитого на юбку шампанского, которое в действительности было гораздо меньше и почти незаметным. То возникал в полный рост Арефьев, посредственный менеджер с бездной амбиций, в которых утопали все его благие намерения.

Тренькнул и тут же угас звонок домашнего телефона. Настя дернула за ниточку торшера и изумленно уставилась на аппарат. Странно, никто из ее сослуживцев и знакомых не знал этого номера. Общение как-то само собой свелось к коротким диалогам по сотовому. Телефон, словно выдержав драматическую паузу, защебетал вновь.

Она поднесла трубку к уху, прислушалась к едва слышному шелесту на линии, словно там осторожно разворачивали одну бесконечную конфету.

— Слушаю.— Опять получилось тоненько и совсем несолидно. Ну и пусть, нахмурилась она, раздосадованная тем, что опять ее, наверно, примут за ребенка.

— Здравствуйте,— незнакомый мужской голос с приятным бархатным тембром был негромок и деликатен.— Анастасия Сергеевна Симохина?

— Здравствуйте,— она слегка откашлялась, чтобы придать себе побольше вербальной взрослости.— Да, это я.

— Предприятие «Легкий момент» беспокоит. Хочу напомнить о доставке.

Настя покосилась на открытый ежедневник. Восклицательных знаков, символизирующих срочное и важное, нигде не стояло. Значит, она ничего не забыла.

— Это ошибка. Я ничего не заказывала.

— Озерная семь, квартира сто тридцать шесть? — не теряя жизнерадостности поинтересовался незнакомец.

— Верно.

— Вот видите. Значит, все правильно. Итак, пройдемся по списку,— бархат в голосе усилился и ей показалось, что еще чуть-чуть — и незнакомый собеседник замурлыкает.— Жираф по кличке Ульрих, самец, рост пять метров пятьдесят семь сантиметров, вес девятьсот восемьдесят три килограмма. Здоров, все необходимые справки в наличии. Доставка оплачена, от вас никаких документов не требуется. Прибытие к вашему дому планируем через три часа.

— Ульрих? — переспросила Настя, опять срываясь на детский голосок.

— Совершенно верно,— нежно проворковал незнакомец.

С ветки на елке отцепился завиток мишуры и свесился до пола, покачиваясь мохнатой качелью. Настя озадаченно следила за ней, а в голове крутилось загадочное: «жираф Ульрих». Живой жираф. Ей привезут. Сюда. В двушку. На седьмой этаж. Она тряхнула головой. Нет, кто-то явно пытается ее разыграть. Ворваться вот так к спящему человеку, огорошить подарком и сгинуть в ночи. А ей потом медленно приходить в себя, пытаясь отделить сон от реальности.

ПРИХОДИТЕ ВЫПИТЬ ЧАЮ

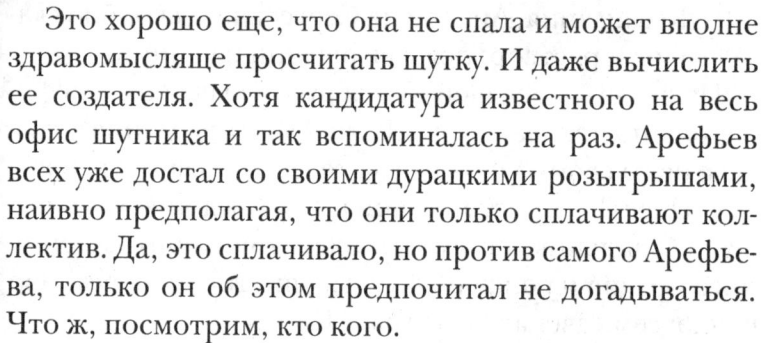

Это хорошо еще, что она не спала и может вполне здравомысляще просчитать шутку. И даже вычислить ее создателя. Хотя кандидатура известного на весь офис шутника и так вспоминалась на раз. Арефьев всех уже достал со своими дурацкими розыгрышами, наивно предполагая, что они только сплачивают коллектив. Да, это сплачивало, но против самого Арефьева, только он об этом предпочитал не догадываться. Что ж, посмотрим, кто кого.

— Рост пять метров, говорите? — уточнила она, прикидывая как бы смотрелся жираф в ее скромной гостиной с обычными потолками в два с половиной метра. Выходило не очень гуманно.

— Точнее, пять пятьдесят семь,— слегка запнувшись, поправил голос. Видимо, собеседник ожидал совершенно иной реакции.

А вот не дождетесь! Она даже язык ему показала, очень довольная собой.

— Замечательно. Доставляйте.

— А вы... — начал было голос и умолк.

Настя усмехнулась. Наверно, Арефьев сейчас бьется головой о стену от горя, что шутка не удалась. Ничего, ему полезно. Она вдруг зевнула и поняла, что стремительно, без всяких предварительных оповещений, засыпает. Мозг, словно по щелчку, отключившись, с таким же энтузиазмом, как и бодрствовал, перешел в режим сна.

— Всего хорошего,— сказала она, постаравшись скопировать приятную бархатинку в голосе. Получилось так убого, что она тут же дала себе слово больше не пытаться приукрашивать свою тональность.— Рада была услышать эту чудесную новость.

— До свидания, Анастасия Сергеевна,— скорбно сказал голос и растворился в шуршании на линии.

Нащупав слабеющей от сна рукой рычажок телефона, она положила трубку. И только мироздание убаюкало ее на своих ладонях, как телефон зазвонил снова.

— Нееет! — простонала она, с надеждой всматриваясь в будильник, но вместо ожидаемого оптимистичного полдня на циферблате, как приговор, отчетливо сияло: семь двенадцать утра.— Кто?

— Анастасия Сергеевна,— знакомый бархат плескался в трубке.— Ульрих прибыл. Встречайте.

— Ага,— согласилась она и бросила на рычаг трубку.— Бегу, роняя тапки. Ну, Арефьев, если это ты, последние патлы повыдергиваю. Урод кудрявый.

Она попыталась вернуться в приятную уютность сна, но тщетно — непотопляемым надувным матрасом ее выталкивало вон.

Телефон зажурчал снова.

— Да! — рявкнула она в трубку.

— Анастасия Сергеевна...

— Уже двадцать пять лет Анастасия Сергеевна! И что с того?!

— Мы ждем вас внизу,— вздохнул бархатный голос и деликатно отключился.

— Ну, Арефьев, ну, погоди! — Настя вскочила и принялась одеваться.— Я тебе устрою праздник распрямления волос!

Гнев рвался наружу, грозя испепелить все, что окажется в зоне поражения. Одежда почти не пострадала, если не считать пары вырванных с корнем пуговиц. Мебель стойко выдержала натиск, попискивая выдвижными полками и всхлипывая створками. И только елка, вздрагивая серебряным дождем от стремительных передвижений Насти по комнате, назойливо тянула к ней украшенные ветви, с немым укором в каждом шарике отражая скачущую полуодетую фигуру.

Она выскочила из квартиры нечесаная, без макияжа. Тратить время на красоту означало растерять боевой пыл, который намеревалась обрушить на компанию шутников. Несла в себе это клокочущее, жаркое, чтобы выплеснуть все, без остатка, освобождаясь от злости на бессонницу, от наглого выдергивания из сна и на этот идиотский полуночный розыгрыш.

Во дворе, подсвеченный фарами с двух сторон, стоял огромный, ей даже показалось метров под десять высотой, темно-синий прицеп. Колеса у него были небольшие и парные, по четыре с каждой стороны. В рифленой стене, под самой крышей, виднелось небольшое узкое окошко.

— Анастасия Сергеевна, здравствуйте,— бросился ей навстречу проворный низенький мужчина в безукоризненно отглаженном костюме.

Она, почему-то надеясь увидеть обладателя бархатного голоса, страшно разочаровалась. Незнакомец ей сразу не понравился. Было в нем что-то неприятное: то ли кривящийся в улыбке тонкогубый рот, то ли вся эта подчеркнутая безукоризненность. И голос у него был дребезжащий, с шепелявинкой.

Он сунул ей в руки толстенькую папочку с документами, сверху которой лежал плотный лист бумаги, украшенный затейливыми вензелями.

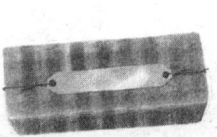

— Распишитесь вот тут,— он ткнул в строчку кончиком ручки.

— Арефьев здесь? — спросила она, раздражаясь от бессмысленной вычурности завитков, заполнявших полстраницы, и черкнула в указанном месте.

— А кто это? Не знаю такого. Все документы на Ульриха в папке,— он ловко вытянул из ее пальцев ручку и забрал подписанный лист, взамен протянув большой ключ и визитку: — Это от прицепа. А это мои контакты, если понадобятся услуги по перевозке.

— Не понадобятся,— отмахнулась она, пряча ключ с визиткой в карман пуховика и тщательно рассматривая двор. Скорее всего, шутники прячутся где-нибудь, хихикая над ней. Ничего, расправа будет короткой, но справедливой.

— Сено лежит за фургоном,— сказал человек в костюме, благожелательно глядя на нее маленькими подвижными черными глазками.— Немного, но на первое время хватит, пока не обустроитесь.

— Сено? Какое еще сено?

— Для Ульриха,— пояснил он.

И бочком, в едва заметном полупоклоне, ловко скользнул в черную иномарку, начищенную так, словно она была покрыта жиром. Фары погасли, и в скудном свете уличных фонарей темной громадой айсберга ясно обрисовался высокий прямоугольник фургона. Иномарка выехала первой, за ней уехал грузовик. Стало тихо.

Вопреки ожиданиям, шутники не выскочили с серпантином и хлопушками, не заорали что-нибудь дурацкое, как полагалось в таких случаях. Ничего. Тишина неприятно сгустилась со всех сторон.

И тут ее осенило. Ну конечно же, они прячутся в фургоне. Вот же креативщики хреновы. Настя на цыпочках подкралась к нему, прислушалась. Арефьев имел обыкновение мерзко хихикать, пока застигнутая врасплох жертва его шутки металась в панике. Но там тоже было тихо. Тогда она обошла фургон, чутко вслушиваясь и делая очень незаинтересованное лицо, чтобы со стороны это выглядело прогулкой, а не подготовкой к возмездию. Свернув за угол, чуть не споткнулась о горку прессованного в небольшие прямоугольники сена.

— Ну ты посмотри,— удивленно прошептала она.— Даже реквизит подготовили. Арефьев, ты превзошел самого себя.

Ключ, вопреки ожиданиям, подошел к замку на дверях прицепа. И даже легко, без шума провернулся. Настя потянула за дверцу. В лицо пахнуло запахом навоза, горячим телом животного и еще чем-то специфически пахучим. Россыпь светодиодов струилась по потолку, сбегая ровными строчками по углам вниз, до самого пола.

Настя охнула и вцепилась в ручку дверцы, чтобы не упасть. Там, высоко, под звездной россыпью, ясно обозначилась небольшая голова на длинной пятнистой шее с парой вдумчивых темных глаз, небольшими рожками с пушистыми кисточками на концах и ушами идеально листовидной формы.

— Е-мое, жираф,— тоненько выдохнула она и осела на снег.

Голова под потолком сопроводила ее перемещение заинтересованным взглядом.

— Ульрих,— прошептала она.

Жираф издал резкий гнусавый звук, похожий на то, как если бы человеку закрыли нос и рот и заставили вопить. Настя вздрогнула. Животина явно откликалась на свое имя.

— У меня есть жираф,— сказала она погромче, вслушиваясь в смысл слов, но не находя его.— Или я сошла с ума.

Вывалившаяся из рук папка открылась, оскорбительно назойливо сияя затейливой надписью «Дарственная». Настя подтянула ее к себе. Под вензелями черным по белому утверждалось, что Анастасия Сергеевна Симохина является законной владелицей жирафа Ульриха, племенное клеймо номер шесть три шесть пять шесть восемь. Далее шли какие-то подробные медицинские справки. Бумаг, намекающих на имя дарителя, не было.

Она закрыла папку и зажмурилась, надеясь, что, когда откроет глаза, морок развеется, и останется только пустой холодный двор. Но жираф все так же взирал на нее из звездного поднебесья фургона, совершенно не собираясь испаряться.

Цепляясь за дверцу, она кое-как встала. В коленях ощущалась неприятная слабость. Вроде и стоишь твердо на ногах, но такое чувство, что сейчас мир перевернется, и ты рухнешь прямо в небо. А там и зацепиться не за что.

— Что же мне с тобой делать, Ульрих? — От пережитого потрясения голос истончился до фальцета.— Ты даже в лифт не войдешь. Ой, что я говорю? Какой лифт?

Ульрих мотнул ухом и кивнул, видимо выражая согласие с непригодностью ее квартиры для его проживания.

— Ты пока побудь здесь, а я что-нибудь придумаю,— она улыбнулась ему, остро чувствуя, как глупо это выглядит со стороны.

Уже закрывая дверь фургона, вспомнила про сено. Ведь растащат же. Ясно, что никому не нужно, но любой бесхозный предмет всегда вызывал у соплеменников по человечеству горячее желание если не утащить, так сломать или уничтожить.

В несколько ходок она перетащила сено в фургон. Ульрих, с интересом наблюдавший за ней, одобрительно фыркал. Напоследок она вскарабкалась внутрь и, замирая от ужаса, подошла к жирафу. Их довольно символически разделяла лишь крупная сетка, сшитая из толстых строп, что перегораживала фургон.

— Привет,— прошептала Настя, вновь пугаясь до мурашек его огромности и страстно желая прикоснуться к пятнистой шкуре, но так же сильно боясь это сделать.

Жираф где-то там высоко над головой шумно фыркнул и бодро топнул раздвоенным копытом. Настя, не помня себя, выскочила из фургона и стремительно захлопнула дверь. Папка с документами осталась на тюке сена, и убедительных причин забрать ее оттуда прямо сейчас не было. Как-нибудь в другой раз. Сначала нужно привыкнуть к тому, что есть.

Дома, когда вытаскивала из волос соломинки, ей вдруг представилось, что Ульрих не фыркал, а чихал. Что, если она выстудила фургон и жираф заболел? Ее окатило огнем с макушки до пят. Она бросилась к ноутбуку и судорожно набила поисковой запрос в браузере, все время промахиваясь мимо клавиш и забивая блекспейсом неправильно набранные слова. Открылась страничка ссылок, и Настя погрузилась в пятнистый мир жирафьего царства.

Успокоившись, что застудить жирафа при таком кратковременном общении довольно затруднительно, она углубилась в правила ухода. Ответственность за живое существо требовала тщательной проработки всех нюансов. Настя торопливо набросала в блокноте основные правила и довольно вздохнула. Теперь она знает все: и чем кормить, и как ухаживать. Она даже почувствовала себя экспертом по содержанию жирафов.

И тут же схватилась за голову. Что она делает? Какой, к черту, жираф? Зачем? Зачем ей это нужно? Она все равно не сможет его содержать. Это же не собачка. И даже не лошадь. Хотя и поменьше слона.

— Может быть, я сплю? — сказала она в пространство и ущипнула себя за руку.

Получилось болезненно. Будет синяк, подумала она обреченно, растирая покрасневшую кожу. Делать-то что теперь? Обзор всех возможностей сводился к единственно правильному: вернуть животину дарителю. Эта, как ее, «Легкая чего-то там» контора просто обязана была ей помочь.

Визитка нашлась на полу в прихожей. Наискосок жирно и красным шла надпись: «Предприятие „Легкий момент"». Буквы, местами едва видимые, стояли вразброс, то поднимаясь над строкой, то опускаясь много ниже. Под надписью было приписано от руки непонятное: «Ад. Вр.» и цифры телефона.

Настя набрала номер. Сначала зуммера не было, только шипение. Потом, словно из невообразимой дали, робко пробился осипший гудок. Потом еще один.

— Слушаю, Анастасия Сергеевна,— так отчетливо раздался знакомый бархатный голос, что она вздрогнула.— Чем могу помочь?

— Простите, а как вас зовут?

— Стас. Просто Стас,— в голосе послышалась улыбка.

Только бы не подумал, что захотела пофлиртовать, нахмурилась она.

— Послушайте, Стас, а не могли бы вы забрать Ульриха обратно? Видите ли, мой дворецкий из загородного поместья уехал на все праздники. А без него, как вы понимаете, перевезти жирафа я не могу.

— Понимаю,— сказал незнакомый собеседник. И за этим «понимаю» вполне ясно чувствовалось восхищение ее выдумкой о поместье.

Снова что-то зашуршало в трубке, но в этот раз ей показалось, будто это рокот прибоя. На мгновение привиделось плеснувшее у ног море. В лицо дохнуло теплым влажным бризом. Она зажмурилась, стараясь удержать иллюзию.

— Анастасия Сергеевна,— после долгой паузы сказал он, словно почувствовав ее настроение и деликатно не торопя.— Для просчета мне нужен конечный пункт доставки.

Она со вздохом отпустила эфемерное море, возвращаясь в зимнюю промозглость.

— Отвезите его бывшему хозяину.

— Сожалею. Это невозможно,— скорбь окрасила его голос.

— Почему? — с вызовом спросила она, готовая смести любые возражения.

— Видите ли,— скорбь загустела, наполняясь благородным резонансом,— дарение Ульриха было последней волей усопшего.

Это было как удар под дых. Такой непредсказуемости от хозяина жирафа она не ожидала.

— Ну тогда... тогда передайте его в какой-нибудь зоопарк.

— Если бы вы отказались сразу,— голос вздохнул, переполняясь сочувствием,— то это было бы очень необременительно для вас. Такой пункт был в договоре. Теперь же все издержки по перевозке лягут на ваши плечи. Сожалею.

— И сколько?

— В зависимости от дальности перевозки, примерно от сорока тысяч.

— Всего-то,— облегченно выдохнула она, радуясь, что отделалась так легко.— Оформляйте доставку.

— Анастасия Сергеевна,— бархат в его голосе стал невероятно нежен,— мы ведем расчеты в евро.

Высчитывать, сколько это выходило по сегодняшнему курсу, было больно. Да и без расчетов предчувствовалась цифра с шестью нолями, которая совершенно не гармонировала ни с зарплатой, ни с кредитом.

— И что же мне делать? — растерянно прошептала она.

— Не знаю, Анастасия Сергеевна,— бархат его голоса обволакивал, баюкая, утешая.— К сожалению, я ничем не могу помочь.

— До свидания, Стас! — вдруг рассердилась Настя и бросила трубку.— Бедный Ульрих! Ты даже не представляешь, как вляпался со своей новой хозяйкой.

Она подошла к окну. Рассвет уже обозначился на небе мутной розоватой пеленой. Окна в доме напротив были темными, кроме трех. Ну вот, народ уже просыпается, а она беспокойной совой все таращится на мироздание. Настя посмотрела вниз, на стоянку. И перестала дышать.

Фургона не было.

Не было!

Но, вместо того чтобы почувствовать облегчение, что избавилась от неожиданного подарка, она почему-то до слез растревожилась. Выскочила во двор. Заметалась по детской площадке, заглядывая во все щели. И тут же спохватывалась, вспоминая габариты Ульриха. И снова забывала. Ульрих, миленький, заголосила она вполголоса, куда же ты подевался? Где тебя искать?

Полиция! Ну конечно же! Нужно срочно бежать в полицию. Они обязательно найдут Ульриха, ведь прошло не так много времени. Они найдут. Они обязательно найдут! Она помчалась по улице, вдохновленная надеждой. Но через пару минут энтузиазм вдруг иссяк, и она без сил рухнула на ближайшую скамейку.

Вот что она скажет дежурному? У меня украли жирафа? Ага, у девушки с седьмого этажа украли настоящего взрослого жирафа. Отделение потом весь год ржать будет. Настя чуть не расплакалась от такой несправедливости. И тут ей отчаянно захотелось услышать бархатный голос. Она достала мобильный и позвонила Стасу. На этот раз в трубке была идеальная тишина. Глубокая, как в пещере.

— Анастасия Сергеевна, рад вас слышать,— в бархате отчетливо звучала радость. А возможно, ей это только показалось.— Чем могу помочь?

— Ульриха украли.

— Да что вы? — с дежурной вежливостью отозвался он.

И она подумала, что звонить ему было глупо.

— Даже не знаю, где мне его теперь искать.

— Зачем? Все разрешилось само собой. Вы же хотели от него избавиться, вот и радуйтесь.

— Но не таким же способом,— еще сильнее расстроилась она.

— Бросьте, Анастасия Сергеевна. Все неприятности закончились, живите себе дальше.

— Я так и сделаю,— тоненько, почти визгливо крикнула она и отключилась.

Почему-то она ждала от него других слов. Не утешения, но чего-то особенного, а получилось так, словно на мороз выскочила и окоченела до судорог.

Пелена на небе вдруг разорвалась, и в лицо ударил нежный утренний свет.

— Здравствуй, солнце,— вслух сказала Настя, жмурясь.

— И тебе здравствуй,— сипло раздалось рядом.

Она вздрогнула. Из солнечного сияния выдвинулась невысокая, широкоплечая фигура с собакой. Мужичок с помятым лицом и в не по росту большой, замызганной куртке грустно смотрел на нее, теребя в руках поводок. Собака была непонятной породы, большая, грязная, рыжая, с висячими ушами и умным взглядом.

— Дамочка, купите собачку,— просипел мужичок.

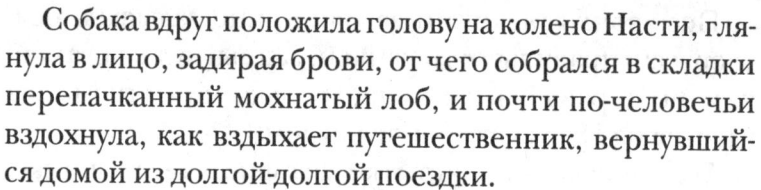

Собака вдруг положила голову на колено Насти, глянула в лицо, задирая брови, от чего собрался в складки перепачканный мохнатый лоб, и почти по-человечьи вздохнула, как вздыхает путешественник, вернувшийся домой из долгой-долгой поездки.

— Друзей продаете? — Она осторожно почесала собаку за ухом, где было почище. И та, часто-часто заскоблив хвостом по земле, жарко лизнула ладонь.

— Так ить,— он потерянно развел руками,— жись такая.

— Сколько? — полезла в карман Настя.

— А сколько не жалко.

Она выгребла несколько бумажных купюр и всю мелочь.

— Благодарствую,— он протянул ей поводок.

— Не нужно. Оставьте друга себе.

— Но как же? — озадачился мужичок.— Я ж его продал.

— Считайте это новогодним подарком.

— Ага,— он зачарованно смотрел на деньги, уже став их полноправным владельцем, но разрушение сделки немилосердно требовало от его трепетно-справедливой души их возврата. Мучительная гримаса прошла по лицу мужичка и тут же сошла, оставив просветление.— Вы тут приглядите за ним. Я долг отдам и вернусь. Хорошо? Одна нога там, другая здесь.

Он вручил ей поводок, оказавшийся обычной бельевой веревкой, давно потерявшей свой истинный цвет, хлопнул пса по загривку:

— Его Жирафом зовут.

— Что? — вздрогнула Настя.— Жираф?

Пес звонко гавкнул и взволнованно задышал, подтверждая правильность клички, запрыгнул на скамейку и, постаравшись как можно большим участком тела улечься на Настю, устроился рядом.

Мужичок кивнул и прытко засеменил по тропинке. У поворота чуть задержался, глянул на них ласково и исчез.

Прождала она его около часа, постепенно осознавая, что хозяин пса не вернется. И когда бег вокруг скамейки уже не согревал, Настя, привязав конец поводка к ошейнику, чтобы не волочился по земле, с чувством выполненного долга отправилась домой, совершенно искренне предполагая, что Жираф последует ее примеру и тотчас помчится к своему непутевому хозяину. Но пес увязался следом, усиленно виляя хвостом и заглядывая в лицо.

Убедительное вразумление, что им не по пути, и он должен вернуться к хозяину, на пса не действовало, а привязать его в такой холод у нее не поднималась рука. Так они и дошли до подъезда.

— Я не люблю собак,— сказала она ему.— Понимаешь? Иди домой.

Но пес не сводил взгляда с двери, явно собираясь проскользнуть в подъезд первым.

— Чего, мать, скотиной обзавелась? — раздался сзади чуть охрипший голос местной бомжихи Мани, пару месяцев назад прибившейся к микрорайону.

— Нет,— она обернулась.— Просто составил мне компанию.

Маня, всегда зябнувшая, одевалась во все, что было, и от этого многослойного буйства одежды походила на колобок. Несколько платков матрешечно и обильно кутали ее голову так, что оставалась только узкая щелочка для глаз и носа.

— А ну пшел! — Она грозно топнула разношенным, облезлым сапогом.

Пес дрогнул всем телом, но не сдвинулся с места, продолжая смотреть на дверь. Хвост, только что кокетливо гнувшийся кончиком в завиток, поджался, а задние ноги мелко, почти незаметно задрожали.

— Вот же скотина,— прогнусавила Маня.— Ничего, мы его сейчас.

Она неповоротливо закачалась, тяжело поворачиваясь в поисках чего-нибудь тяжелого.

— Не надо. Он сам уйдет. Не гоните его,— торопливо сказала Настя, ощущая внутри непонятную тоску.— Вы его придержите, чтобы в подъезд не зашел.

— Придержу,— охотно согласилась Маня и, с трудом нащупав огромными брезентовыми рукавицами поводок, торжественно потрясла им, словно трофеем.— Иди.

Настя скользнула в подъезд, оставляя за дверью бессмысленную суету неправильно начавшегося утра и свои переживания по поводу обретения и потери. Квартира встретила ее теплом и одиночеством. Серые утренние тени лежали на стенах. Было тихо. Увитая мишурой елка в углу смотрелась чужеродно.

— Напиться, что ли? — сказала она вслух.

И вдруг накатило бессмысленное сожаление, что не пересилила себя, не прикоснулась к жирафу. Не почувствовала, каково это — погладить пятнистую шкуру животного из страны, в которой она, возможно, никогда не побывает. Теперь навсегда, до самой смерти это упущенное будет ранить, как горошина под перинами у принцессы, когда спать можно, но болит все тело.

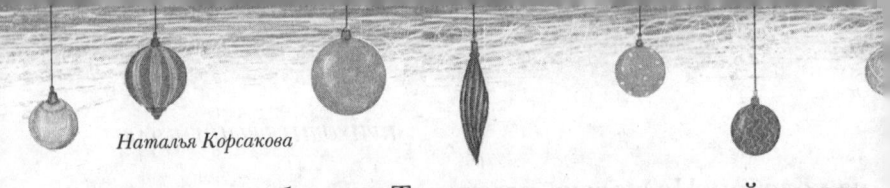

В дверь замолотили чем-то тяжелым и мягким, но, разглядев звонок, вдавили что есть дури кнопку, от чего он забился в истеричном щебете.

— Кто там? — спросила Настя, но с той стороны что-то шумело, и приглушенный голос было не разобрать.

Открытую дверь тут же выбило из рук и долбануло о стену от прыжка чего-то рыжего, ломанувшегося в квартиру..

— Стоять! — придушенно взвизгнуло что-то со стороны лифта, и на порог выкатилась Маня, грозно потрясая оборванным поводком.

Настя отскочила в сторону, и вовремя: бомжиха смогла затормозить только через пару шагов и начала медлительный, как разворот орбитальной станции, процесс поворота к хозяйке квартиры.

— Что случилось? — спросила Настя, краем уха ловя неприятные шорохи в комнате.

— Перегрыз веревку, засранец,— Маня возмущенно засопела.— За новой пришла. Дашь?

— Конечно, сейчас,— кивнула она, пытаясь сообразить, чем можно заменить поводок. Веревок в доме не было. Разве что приспособить ремень от сумки.

В комнате что-то шумно грохнуло, посыпалось, задребезжало. Настя бросилась туда и растерянно замерла на пороге. Веселым рыжим вихрем метался по квартире Жираф, раззявив от счастливого избытка сил пасть с ярко-розовым свесившимся набок языком, сметая все на своем пути.

Книги, ежедневник, лампа, распечатка в двести страниц, кофейная чашка и плед уже пали жертвой скачущего стихийного бедствия, разметавшись по полу в живописном беспорядке. Последним трофеем стала елка, подрубленная мощным рывком за тонкую нить гирлянды и теперь медленно заваливающаяся набок.

— Ааааа! — завопила Маня и бросилась спасать новогоднюю пизанскую башню.

Ее бросок оказался неудачен. Бильярдным шариком, отрикошетив от попавшегося на пути стола, Маня, падая, приняла в объятия елку и вместе с ней под звон лопающихся игрушек рухнула на пол, плюща ее своим телом. Пес пришел в восторг от произошедшего и с энтузиазмом принялся терзать гирлянду, порыкивая и, по всем правилам обработки дичи, с остервенением мотая головой.

Маня изловчилась, поймала пса за ошейник и подтянула к себе. Платочная амбразура от падения сдвинулась, и теперь Маня, не смея пошевелиться, испуганно и одноглазо косила на Настю. Жираф елозил, пытаясь вывернуться, но бомжиха держала крепко.

— Отлично,— сказала Настя. Прокашлялась, возвращая в голос взрослость: — А теперь подите вон.

— Уже уходим,— бомжиха торопливо завозилась. Шарики под ней хрустко и взрывчато лопались.— Не сердись на него. Тварь же Божья, не ведает, что творит.

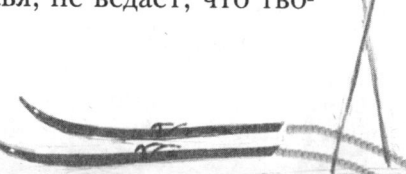

Тварь вдруг вывернулась из ее рук и бросилась к Насте, в ловком прыжке ткнувшись холодным носом в щеку и лизнув губы.

— Фу,— Настя отпрянула, брезгливо отирая лицо тыльной стороной ладони.— Мерзость какая.

Пес радостным галопом по комнате отпраздновал удачно совершенный маневр.

— Стоять! — невнятно крикнула Маня сквозь платки, бросаясь за псом и топыря руки.— Кому сказала, стоять!

Только Жираф воспринял это как приглашение к игре и азартно запрыгал вокруг нее. Дальнейшие телодвижения Мани опрокинули два стула и одну вазу с изящным гербарием, который тут же погиб, ссыпавшись на пол. Ноутбук, поехавший по столешнице опасно накренившегося стола, Настя успела подхватить, выдирая провода и роняя зарядку. А вокруг металось, гавкало, лезло лизаться, уворачивалось, блестя глазами, рыжее четвероногое безобразие.

Изловчившись, Настя все же схватила его за ошейник и поволокла в прихожую. Пес упирался, топорщил когти, собирая в гармошку коврик. На помощь подоспела Маня, уперлась обеими руками в рыжий зад Жирафа и выкатилась с ним за порог.

Настя захлопнула входную дверь и, привалившись к ней, сползла вниз. Сил не было. До новогоднего вечера еще далеко, а ее уже тошнит от одного упоминания праздника. Вот все люди как люди, а у нее вечно что-то на пустом месте случается. Даже подаренного жирафа и то украли.

ПРИХОДИТЕ ВЫПИТЬ ЧАЮ

Она поднялась и, опираясь на стену рукой, раненым солдатом побрела на поле брани. Живописный разгром в квартире был настолько ужасен, что она чуть не расплакалась. Елка тушкой растерзанного чудовища лежала посреди комнаты, ободранная и недоумевающая. Куски мишуры, равномерно рассредоточенные по всему полу, ненавязчиво утверждали, что праздник закончился.

— С Новым годом, Анастасия Сергеевна,— громко и с чувством сказала Настя.— Вот и отпраздновали.

Упала на диван и натянула на голову плед. Делать ничего не хотелось. Ну и пусть елка лежит на полу. Вот такое у нее креативное осмысление украшения комнаты.

В дверь осторожно тренькнули. Настя, ничему не удивляясь, побрела в прихожую. Мироздание сегодня было удивительно щедро на события. За дверью, на солидном удалении, словно боясь нечаянно сбить с ног, стояла Маня. Одна.

— Вот,— тихо сказала она, протягивая что-то завернутое в газету.— Подарок. Это мой, ты не подумай чего.

Настя отвернула пожелтевшие уголки бумажного комка. Новогодняя игрушка. Зеленый кувшинчик с двумя тонюсенькими ручками. Довольно неказистый, местами с облупившимся нанесением.

— Спасибо,— сказала Настя.

— Ага,— кивнула бомжиха и осторожно попятилась.

— А хотите чаю? — вдруг неожиданно для самой себя предложила она.— У меня и тортик есть.

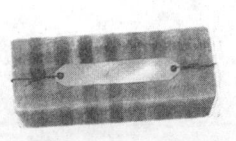

Маня замерла. В ее глазах отразилось смятение, недоверие и отрицание. Но, не дав ей завершить мыслительный процесс, откуда-то с лестницы вывернулся жизнерадостный Жираф и, оттоптав Насте ноги, промчался в квартиру.

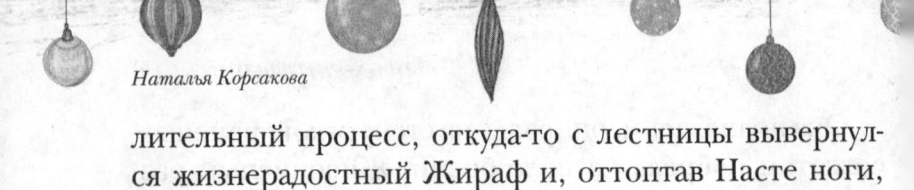

— Стоять! — гаркнула Маня и целеустремленно кинулась за ним.

Настя благоразумно вжалась в стену.

— Вот и славно,— сказала она, закрывая дверь.

Гости обнаружились в гостиной, занятые старинной забавой по перетягиванию каната. Канатом на этот раз служило покрывало. Оно было гобеленовым, старой закалки и потому выдержало натиск, даже не треснув. Настя тут же подарила его Жирафу, чему тот обрадовался и немедленно улегся на него, выражая всем своим существом, что наконец обрел место под солнцем.

Маня, протопавшая на кухню в чем была, очень удручилась крохотностью помещения и мизерной посадочной площадью табуретки. И тогда, сдавшись на уговоры Насти, она принялась раздеваться. Складывала одежки прямо на пол, у стены, заботливо расправляя и откровенно дорожа каждой.

И неожиданно под всем этим разноразмерным изобилием обнаружилась сухонькая миловидная старушка. Она застенчиво одернула коротенькую юбку нежной девочковой раскраски и уложила на колени большие худые руки с выпуклым деревом вен под кожей.

Настя залюбовалась ее лицом. В нем не было ничего особенного, но что-то трогательно доверчивое притягивало взгляд, и становилось как-то спокойнее на душе, от чего хотелось смотреть и смотреть. И морщинки у нее были лучистые и совершенно ее не старили, скорее наоборот. Морщинки ведь всегда подчеркивают самое главное.

Старушка, а вернее, как выпытала Настя, Мария Михайловна страшно засмущалась, раскраснелась, застигнутая врасплох улыбкой Насти, словно сброшенная броня одежд унесла с собой спасительную защиту цинизма.

Чай пили весело. Сначала Мария Михайловна отнекивалась, хлебая слабо заваренный чай, но потом, вдохнув запах свежайшей ветчины, решилась на бутерброд. Потом на второй. На третьем она разохалась, тревожась за фигуру, а Настя хохотала над ее причитаниями и подсовывала новые бутербродные шедевры.

Жираф, посчитавший, что на кухне гораздо интереснее, бросил глодать елку и улегся у их ног. Ему тоже перепало колбаски, с извинениями, что нет нормальной еды. Но пес не возражал, лихо ловил на лету куски, которые тут же телепортировались неизвестно куда, потому что до желудка не доходили. Во всяком случае, морда Жирафа откровенно сообщала об этом казусе.

Перекусив, Мария Михайловна принялась наводить порядок. Все уговоры Насти бросить это занятие были отметены, и как-то незаметно она оказалась на побегушках у энергичной старушки. И выяснилось, что елка не так уж и пострадала. И что многие игрушки остались целыми. А мусор они вымели за пять минут.

Через какой-то час веселой возни с попутным воспитанием Жирафа все водворилось на свои места, и даже стало как-то непривычно уютно. Вещи и слегка передвинутая мебель неуловимо изменили комнату.

Неожиданно позвонили в дверь. Мария Михайловна вздрогнула, съёжилась, засеменила к горке своей одежды.

— Я никого не жду,— Настя, ухватив её за худенькие плечи, усадила обратно на диван.— У нас ещё тортик остался. Сидите здесь и никуда не уходите. Обещаете?

Старушка удивлённо глянула на неё и кивнула.

— Анастасия Сергеевна,— раздалось бархатное из-за входной двери.— Это Стас.

Настя распахнула дверь и остолбенела. Там стоял ОН. Мужчина её мечты. Тот, что грезился. Не слащавый мальчик с обложки журнала, но муж суровый и прекрасный, в крепком силуэте плеч которого чувствовалась надёжность рыцаря. Его светло-бежевое кашемировое пальто было небрежно распахнуто, открывая стильный костюм-тройку с нереально белоснежной рубашкой.

— Ещё раз здравствуйте,— его голос был так ласков, что у неё подогнулись колени.

— Стас? — едва собрав силы, прошептала она.

— Да. Это я,— он белозубо улыбнулся, и ей захотелось прямо тут умереть от счастья, что сподобилась увидеть свой идеал.

— Вот чёрт,— слабея, выдохнула она.

— Зачем же так фамильярно? Мы давно уже не используем этот архаизм,— он взял её ладони в свои.

Она перестала дышать, понимать и осязать.

Вокруг мягко вспыхнул и заполонил всё пространство цветущий яблоневый сад. Тёплый солнечный день утвердился вокруг, обнимая ароматом цветов. Два плетёных кресла возникли на сочной молодой траве. Стас усадил ее, даже не удивившуюся, считающую, что так и должно быть, и присел рядом.

— Весна,— сказала она.

Его глаза улыбались в ответ, и чувство, что она больше никогда не будет так счастлива, снова переполнило ее.

— Я могу избавить вас от этой суеты,— его голос приобрел еще большую глубину и бархатность.— Вы проснетесь утром, и этой суматохи не будет. Ничего из того, что произошло в этот день, не случится. Вы отлично выспитесь. Елка останется целой. И Новый год вы встретите спокойно и без хлопот. Впрочем, как и всегда.

Что-то особенное было в его глазах, и она чувствовала, что будет так, как он сказал. Ее жизнь, вдруг давшая неприятный зигзаг, теперь выправится и станет идеальной.

— Но как же?..

— Вы же не любите собак, Анастасия Сергеевна,— он читал ее мысли, но это было забавно.

— Но он такой милый,— заулыбалась она, вспоминая невоспитанное рыжее чудо, к которому уже успела немного привязаться.

— Я подарю вам щенка. Породистого. Будущего чемпиона. На выставках он соберет все медали, какие только можно.

Она согласно кивнула, легко прощаясь с неугомонным псом. Так нужно. И она опять чувствовала всю важность подтверждения этой необходимости. Это же для ее блага.

— Вот и славно,— его улыбка солнцем согрела ее.— Теперь осталось самое простое.

— Что? — прошептала она, почти теряя сознание от предчувствия чего-то радостного, что ворвется в ее жизнь.

— Скажите «да»,— его губы были так близко.— Скажите, и все изменится. У вас появится возможность прожить этот день заново. Без хлопот и проблем.

Она дышала цветочным ароматом, каждой клеточкой ощущая невыразимое, бесконечное счастье. И то прекрасное, исправленное будущее уже выстлалось нежным ковром у ее ног, осталось только шагнуть.

Где-то в невыразимой дали послышался лай. Потом снова и снова. Не стихал. Тревожил. Напоминал.

— Что это?

— Несущественное,— отмахнулся он.

— Что-то случилось,— медленно произнесла она, прислушиваясь к чему-то внутри.— Я чувствую.

Он откинулся на спинку кресла резким, капризным движением. Отстучал по подлокотнику нетерпеливую дробь пальцами.

— Той женщине, что сидит у вас на диване, стало плохо. Вот и все.

— Но я...— Она вдруг растеряла слова, мысли путались.— Я должна что-то сделать.

— Скажите «да», и все изменится.

— А что с ней будет?

— Без понятия,— он беззаботно улыбнулся.— Но я знаю, что будет, если вы скажете «нет». Вы вызовете скорую и всю новогоднюю ночь проведете у постели этой незнакомой женщины. И не только эту ночь. Потому что, по непонятной мне причине, не сможете ее прогнать. Но вы же всего этого не хотите? Так?

— Не хочу,— она послушно мотнула головой.

— Настенька,— бархат обнял ее, стер сомнения,— я рад, что не ошибся в вас.

Она заглянула ему в глаза и словно прыгнула в пропасть.

— Я так безнадежна?

Он шевельнул бровью, весь как-то неуловимо меняясь, теряя юношескую поэтичность.

— Когда женщина начинает задавать вопросы, мир теряет устойчивость,— он встал и протянул ей ладонь.— Идемте, Анастасия Сергеевна.

Она, легко опершись на его руку, поднялась. Сад развеялся холодным туманом, небо потемнело, сгущаясь в звездную ночь. Бездна вдруг открылась у ее ног, отвесной скалой уходя вниз, к далекому рокочущему морю. Настя слабо вскрикнула, отшатнулась.

— Вы хотите меня убить?

— О, это так вульгарно, Анастасия Сергеевна,— укоризненно качнул головой он.— Мне просто нравится это место.

— Стас, верните меня домой. Пожалуйста.

— Вы уже дома, милая Настенька. Только один шаг — и вы там.

— Шутите? — Она посмотрела вниз, и у нее задрожали коленки.

— Отнюдь,— он опять изменился, но она все никак не могла постичь этой перемены. Только смотреть на него уже было до мурашек страшно.

— Но вы же можете меня...

— Могу,— он подставил лицо ветру и прикрыл глаза.— Но не хочу. К тому же так интереснее. Вы не находите?

— Нет.

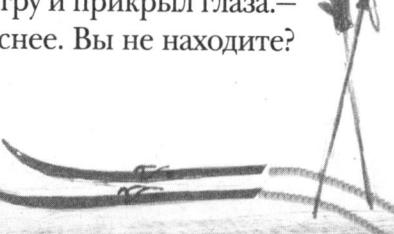

— Тогда скажите «да»,— он посмотрел на нее, не скрывая злой насмешки.— Все в ваших руках. Ну же, решайтесь.

— А приходите к нам как-нибудь пить чай! — крикнула она и шагнула вперед, ловя на его прекрасном лице такое обыкновенное человеческое изумление.

Пол ударил в ладони. Она неловко осела на коврик, стуча зубами от пережитого ужаса, ощупывая себя и не веря, что снова дома. И тут налетело гавкающее, рыжее, неуклюжее. Ткнулось мокрым в щеку, лизнуло в ухо и умчалось, клацая когтями по половицам. Снова залаяло, уже из комнаты.

— Бегу,— прошептала она.— Только найду телефон.

Андрей Кивинов
Фейерверк

— Ты куда?
— На службу,— торопливо завязывая шнурок, буркнул Максим Максимович,— в ларек.
— Рехнулся? — Стоявшая на пороге комнаты супруга потерла виски руками, выходя из полусонного состояния.— Пять утра.
— Рефлектор я не вырубил.
— Какой еще рефлектор?
— Электрический. Спираль открытая, не дай бог, бумага займется. Иди спи. Я быстро. Туда и обратно.
Максим Максимович выпрямился, накинул пуховик и проверил, на месте ли ключи от ларька.
— Тебе не приснилось? Точно не выключил?
— Точно. Хорошо, вспомнил. Ступай, говорю, спи.
— Делать тебе нечего,— недовольно проворчала жена, возвращаясь в спальню,— загорелось бы, уже бы подняли.
— Как же. Поднимут у нас.

До ларька минут десять ходьбы. Максим Максимович отправился не привычным маршрутом по улице, а дворами, рассчитывая немного срезать. Вообще-то, он не помнил точно, выключил вчера рефлектор или нет. Скорей всего, выключил. Он делал это автоматически, после того как однажды от открытой спирали полыхнула газета. Хорошо, сразу заметил и затушил пламя. Но теперь «синдром утюга» не давал покоя. Да и просто не спалось сегодня. Ворочался, ворочался, потом покурил на кухне, полюбовался на контуры седых ночных облаков и в конце концов решил прогуляться по декабрьскому морозу.

Службой он называл ларек чисто по инерции. После долгих лет, проведенных в армии, никак не мог привыкнуть к слову «работа». Искусство торговли тоже поначалу давалась с трудом. Хотя, казалось бы, чего проще. Бери деньги, пробивай чек, выдавай товар. Но, когда после первого рабочего дня не сошелся дебет с кредитом, Максим Максимович прикинул, что может не только остаться без жалованья, но и лишиться пенсии, назначенной ему родным Министерством обороны. По поводу того, что торговля в ларьке — занятие в основном женское, подполковник запаса переживал не особо. Это приносило небольшой, но доход — всяко лучше, чем без дела куковать дома, тоскуя на смешную офицерскую пенсию. Да и с тоски, сидя в четырех стенах, свихнешься.

Устроиться за прилавок помог бывший сослуживец, охранявший сейчас офис хозяина торгового предприятия. «Предприятие» сказано громко — несколько ларьков, раскиданных по городу, но какая разница?

ФЕЙЕРВЕРК

Лишь бы платили. Товар был не слишком ходовой. Канцелярские товары, книги, батарейки и всякая мелочь, требующаяся в хозяйстве. Покупатели косяком не шли, сиди себе на табурете, решай кроссворды. И лишь под Новый год торговля резко оживлялась. Батяня-комбат, как называл шефа Максим Максимович, привозил в ларек праздничную пиротехнику, особенно популярную у мирных горожан в последние годы. Петарды, хлопушки, ракетницы, салюты и прочую чепуху великого китайского производства. Наверно, за несколько предпраздничных дней фирма делала годовой план, что позволяло ей сводить концы с концами и не разориться с позором. Расходились огнедышащие игрушки отлично, несмотря на немалые цены. Даже случались очереди. Максим Максимович откровенно не понимал, как можно выкидывать, в буквальном смысле на ветер, по три, по четыре тысячи... Ради чего? Посмотреть, как шарахнет в небе ракета или рванет в сугробе идиотская хлопушка? Хорошо удовольствие! Он этих ракет и хлопушек за время службы бесплатно насмотрелся. До рези в глазах. И канонады наслушался. Особенно впечатлял привезенный вчера фейерверк «Звездные войны». Помещался он в черном ящике размером с автомобильный аккумулятор и стоил десять тысяч. Сверкающая этикетка гарантировала, что в течение трех минут зрители получат незабываемые впечатления, на фоне которых фильмы Лукаса — дешевая поделка. Пока «Войны» никто не приобрел, но Максим Максимович не сомневался, что в последний день декабря они обязательно уйдут.

Андрей Кивинов

Собственно, тридцать первое уже наступило. По графику два последних предпраздничных дня торговую вахту нес Максим Максимович, нарядившись в Деда Мороза, как приказал комбат. Вахта была усиленной, на два часа длиннее обычного, что и понятно. В девять вечера ларек закроется, отклеивай ватную бороду и иди встречать Новый год. Очередной. Точно такой же, как и предыдущий, и наверняка такой же, как следующий...

Максим Максимыч на ходу достал сигарету, закурил...

Да, сценарий написан давно, и туда никто не вносит изменений. Салат оливье, шампанское на двоих, водка, селедка под шубой, телевизор, разговор ни о чем, «Ирония судьбы», сон до трех дня, остатки оливье, грязная посуда, жена у раковины, ленивый вечер у телевизора, короткая передышка и снова работа, прилавок, дом, телевизор... круговорот Максим Максимыча в природе. Хотя, с другой стороны, все вроде ладно. Не хуже, чем у других. Может, и лучше. Все обустроено, все, как говорится, течет согласно уставу. Вон соседи, муж с женой. То дерутся до синяков, то целуются на лестнице. Что ж это за жизнь?..

Но глаза-то у них блестят. Даже когда синяки... У Максим Максимовича давно не блестят. Все вроде по уставу, а не блестят...

Он прибавил шагу, перемахнул баррикаду из песка, снега и грязного льда, старательно сооруженную трудолюбивыми дворниками прямо на тротуаре. Обогнул покосившуюся тщедушную елку на детской площадке, усеянной окурками, приблизился к темной арке. Ларек сразу за ней, на углу гастронома. Место людное, бойкое, для торговли вполне удобное.

Признаков пожара не наблюдалось. «Слава Богу,— в душе перекрестился Максим Максимович,— стоит, родимый. Не горит». Он сделал пару шагов из арки и вдруг замер.

Внутри черного пространства ларька мелькнул луч фонарика. Показалось? Нет. Вот снова. Луч замер на несколько секунд, затем пропал. Максим Максимович на всякий случай шагнул за толстый ствол росшего на газоне тополя. Осторожно выглянул. Фонарик снова зажегся, луч заскользил по стенам, словно солнечный зайчик, запущенный веселым хулиганом. Рядом с ларьком ни души. Да, сомнений не оставалось. Внутри кто-то есть. И, скорей всего, объявился он там не затем, чтобы выключить рефлектор.

«Ворюги поганые,— пробормотал Максим Максимович,— опять залезли».

Первый раз в ларек пробрались на прошлой неделе. Видимо, местные пацаны. Банально вышибли булыжником витринное стекло и утащили несколько коробок с пиротехникой. На другой день окрестные дворы подвергались массированной бомбардировке ракетниц и петард. Комбат срочно пригнал рабочих, те навесили на витрины стальные решетки во избежание подобных неприятностей. Максим Максимович предложил укрепить заднюю стенку ларька, представлявшую собой лист гофрированной жести, приваренный к каркасу точечной сваркой. Достаточно подсунуть туда ломик, посильнее рвануть, и Сезам откроется. Но батяня предложение проигнорировал ввиду природной скупости. Вероятно, сегодня злоумышленник воспользовался именно этим путем.

Максим Максимович, стараясь громко не скрипеть подошвами на снегу, сделал небольшой круг, огибая ларек. Пригляделся. Да, так и есть. Жесть внизу, возле основания, была отогнута на полметра над землей.

Времени на планирование и подготовку к задержанию неприятеля не оставалось. Сейчас тот обшарит закрома, выскочит и удерет в ближайшую подворотню. И наглой морды не успеешь разглядеть. Максим Максимович сделал еще несколько осторожных шагов и прислушался. Глухой звук упавшей со стеллажа коробки, звон разбитого шарика, висевшего на пластмассовой елке. Никаких голосов. Скорей всего, одиночка. И потом, кто-нибудь обязательно стоял бы на боевом карауле подле ларька.

Ну и что делать?.. «Алло, милиция?..» «Поняли! Через полчаса будем, ждите! Может быть...» Нет, все равно звонить неоткуда.

В паре метров от тыльной стенки валялся припорошенный снегом верстак, сколоченный на скорую руку из грубых досок. На нем работяги резали решетки, подгоняя под размер. Увозить верстак не стали, бросив на газоне, рассчитывая, что этим займутся дворники. У дворников пока не доходили метлы. Может, и к лучшему. Да, пожалуй, к лучшему...

Максим Максимович, словно опытный диверсант в сугробах Аляски, незаметно подкрался к верстаку, резко схватил его за ножки, приподнял и, громко выдохнув, прижал к стенке ларька. «Все, задание выполнено, товарищ командир! Готов к наградам Родины».

ФЕЙЕРВЕРК

Вырваться из окружения теперь невозможно. На окнах решетки, дверь на замке, тыл на верстаке. Вернее, под верстаком. Прижимая его, подполковник запаса уперся ногой в бетонный столб, торчавший рядом с ларьком. Теперь осталось дождаться первого прохожего и попросить его вызвать милицию.

— Эй! Кто там? — Встревоженный голос принадлежал взрослому мужчине, а не пацану, как предполагал Максим Максимович.

— Скоро узнаешь,— ответил бывший офицер, плотнее прижимая верстак к стенке и негромко добавил заезженное: — Влип, очкарик.

— Мужик, алло. Ты кто?

— Тебе письменно доложить или так?

Не ответив, угодивший в капкан с силой толкнул верстак, надеясь освободиться. Затем еще. Подергал дверь, но, убедившись, что это бесперспективно, прекратил попытки.

— Не вылезешь, ворюга,— пробормотал Максим Максимович, бросив взгляд на ближайший дом в надежде заметить раннего прохожего,— сиди и не рыпайся.

— Мужик, кончай, а? Выпусти,— в интонациях появились просительные нотки. Таким тоном пойманные патрулем самовольно гуляющие солдаты просят отпустить их на свободу.

— А «Дирола» со спиртом тебе не принести? Ты, сволочь, радуйся, что я тебя через стекло не прихлопнул.

Прихлопнуть собеседника Максим Максимович мог разве что снежком, но, дабы не искушать того на новые активные действия, решил тонко намекнуть на наличие огнестрельного оружия.

— Что, на бутылку не хватало? — продолжил он более мирно.

— Нет, не на бутылку... Слушай, давай поговорим, а?

— Ну разговаривай. Мешаю тебе, что ли? Только не дергайся. Не вылезешь.

— Хорошо, не буду... Ты, вообще, кто?

— Не ты а вы... На брудершафт не пили. А познакомимся в милиции. Там и узнаешь, кто я такой. Заодно и прошлый четверг вспомнишь.

— Какой четверг?

— А то не знаешь? Когда ты стекло разбил и товара на двадцать тысяч уволок.

— Не бил я ничего.

— Ну-ну, рассказывай. И сегодня стенка сама сломалась. От ветра. А ты случайно залез... Погреться.

Из подъезда стоявшего напротив дома выскочил хрякообразный пятнистый бультерьер и, сделав пару кульбитов на снегу, помчался на детскую площадку справлять нужду. Место знает, стало быть, обученный. Следом, покручивая поводком, лениво выполз хозяин, круглый мужик в короткой дубленке. «И не лень же вставать в такую рань»,— подумал Максим Максимович.

— Простите, можно вас? — негромко позвал он мужчину.

Тот, повертев головой, заметил стоящего у ларька человека, окликнул бультерьера и, не спеша, подошел.

— Здравствуйте. С наступающим. Я здесь на службе,— кивнул на ларек Максим Максимович,— в смысле продавец. Гаврика одного прихватил, обворовать хотел. Держу вот. Милицию вызовите.

ФЕЙЕРВЕРК

— Чего, правда? — Хозяин собаки-убийцы прижал лицо к решетке, пытаясь разглядеть находящегося внутри вора.

— Правда-правда... Нас второй раз грабят. Вот повезло, поймал гада. Позвоните по ноль-два.

— Лады. Меня месяц назад тоже обнесли. Дверь ломиком сковырнули. Даже белье постельное уперли. Может, этот же козел... Роки! Ко мне,— толстяк окликнул коротконогого друга,— ко мне, сказано!

Роки, игнорируя приказ, продолжал резвиться на площадке, гоняясь за голубями.

— У вас же такой боец,— кивнул на бультерьера Максим Максимович,— как он допустил? Или его дома не было?

— Боец — съел огурец,— кисло усмехнулся мужчина.— Был. Для того и купили, чтоб квартиру охранял. Штуку баксов отдали за дурня. Родословная. Челюсти будь здоров, руку перекусит, а мозгов... Бандита увидал, прыгнул и повис у него на куртке. Тот куртку спокойно снял и на вешалку. Пока вещи выносили, этот охранничек так и висел на куртке. Я пришел вечером, еле отцепил. Короче, одна куртка в квартире и осталась. Самое обидное, мы ведь дрессировщика специально нанимали. Тот гарантировал... Роки! Иди сюда, скотина бестолковая! Только и умеешь за голубями гоняться!

Хозяин побежал на площадку ловить своего дрессированного охранника с гордой боксерской кличкой Роки.

— Позвонить не забудьте,— напомнил Максим Максимович.

— Да позвоню...

Когда мужчина скрылся в подъезде, пойманный вновь подал голос:

169

— Вы правда тут работаете?

— Правда,— нехотя отозвался Максим Максимович,— по двенадцать часов стою, чтоб семью прокормить. Ноги к вечеру как свинцовые. Между прочим, из-за первой кражи с нас премиальные сняли.

— Вчера тоже работали?

— Да, работал. Тебе не все ли равно?

— Я вас видел, когда заходил. Может, помните? Я про фейерверк спрашивал. Который в черной коробке. «Звездные войны», кажется.

Максим Максимович напряг память. Да, точно, крутился тут вчера один тип. Тощий и сухой, как старый веник. С трехнедельной бородой. Лет тридцать. С гнилыми зубами и неистребимым «окающим» акцентом. В драной матерчатой куртке и старых кроссовках. Насквозь провонявший подвальной сыростью так, что после него пришлось проветривать ларек. Странный субъект, подумал тогда подполковник, расспрашивает про хлопушку за десять тысяч, а зимние ботинки купить не может.

— Не помню,— соврал он,— много вас таких. Где деньги лежат, небось высматривал?

— Мне не нужны ваши деньги.

— Да уж, конечно. На экскурсию заглянул. Стенку тоже не ты сломал?

— Я,— выдержав небольшую паузу, признался парень,— простите... Пожалуйста, выпустите меня. Я все починю.

— Сейчас, помечтай. Сами теперь починим.

— Меня арестуют,— продолжал канючить парень.

— А ты медаль «За отвагу» хотел? Арестуют и правильно сделают. Воздух чище будет.

Напротив, на стекле гастронома красовался рекламный плакат, как нельзя лучше подходивший к ситуации. Краснощекий толстяк держал пивную кружку на фоне красного флага. «Свободу настоящему мужику!»

— Я отработаю. Хотите, грузчиком. Или еще кем. Обещаю. Сколько скажете, столько и буду работать. Мне нельзя сейчас в тюрьму.

— Воровать не надо! А попался — будь любезен!

— Понимаете... Я только откинулся, в смысле — освободился. Месяца не прошло.

— Молодец,— усмехнулся Максим Максимович,— стало быть, рецидивист. Видимо, мало сидел, раз ничему не научился.

— Много... Восемь лет.

— Ого! За что ж столько?

— Подрался. На танцах в общаге. Ткнул одного жирдяя пьяного. Стамеской.

— Насмерть, что ли?

— Нет, рана не глубокая была. Но проникающая... Дали по верхнему пределу. Восьмилетку. Я ж не шишка, блата нет. В Форносово сидел, знаете, зона такая здесь, под Питером?

— Мне это ни к чему знать,— Максим Максимович зевнул и бросил взгляд на угол гастронома, за которым послышалось тарахтенье двигателя. Неужели милиция так быстро отреагировала? Нет, хлебовоз. В окнах магазина зажегся свет. Может, попросить их продублировать хозяина бестолкового Роки?

— Я вообще-то не питерский,— продолжал парень,— из Зайцево. Село такое. В Псковской области. Было. Сейчас там не живет никто. Брошено.

Максим Максимович достал сигареты. Ладно, пусть болтает. Главное, чтоб дверь не пытался сломать.

— После школы сюда приехал, в путягу поступил. На краснодеревщика учился. Закончил и на фабрику мебельную. В общаге жил. Потом эта драка дурацкая...

— То есть ты у нас жертва обстоятельств? Невинная?

— Да нет. Сразу признался, что стамеской саданул. Хотя там и не видел никто, в суматохе. Но я и не отпирался. За дело ведь бил. Не я, так он бы меня... Вы закурить не дадите?

— А сто граммов не налить?.. Ты меня на жалость не бери. Все вы так. Сначала натворите, потом в ногах валяетесь — простите, пожалуйста, детство трудное, игрушки чугунные, люди злые... Знаем эту песню. Никто тебя в ларек лезть не заставлял.

Последние слова Максим Максимович произнес с нескрываемым раздражением. Действительно, пока не попадутся, все в ажуре, как влипнут, заводят жалостливую серенаду. «Не приди я сегодня, стоял бы этот певец на рынке и продавал бы пиротехнику с новогодней улыбкой на довольной роже. А мне опять зарплату урезали бы».

Парень несколько секунд помолчал, вероятно прикидывая, чем бы еще вымолить свободу. «Давай напрягай извилины, сочиняй дальше, „настоящий мужик"».

— У меня пацан здесь. Сын. Семь лет. Андрюшка. В первом классе.

— Мать-старушка и карточный долг.

— Мама умерла,— не реагируя на язвительный тон Максима Максимовича, произнес узник,— два года назад. Там, в Зайцево. Шестьдесят восемь всего было. Инсульт.

— А батя жив? — более мягким тоном спросил отставной подполковник.

— Не знаю. Может, жив. Я и не видел-то его ни разу. Он городской, из Пскова, на практику к нам в Зайцево приезжал. Из техникума сельскохозяйственного.

— Так зачем ты в ларек забрался, если не за деньгами? За хлопушками?

— Я... — Парень на секунду замялся, не зная, как продолжить: — Я для сына...

— Что «для сына»?

— Я обещал ему... Сейчас...

Урчание очередной машины за углом гастронома прервало парня. Он замолчал, прислушиваясь.

— Это милиция?

— Нет. Такси. Так при чем здесь твой сын?

— У меня здесь нет никого, кроме Андрюшки. Вообще никого. Я ж с Ленкой расписан не был. Это мать его. Она сначала писала, даже приезжала несколько раз. Ждать обещала. Через полгода, как меня осудили, Андрюшка родился. А потом надоело ей ждать.

— Еще бы...

— Нет, она вообще-то хорошая, не злая. Просто другого полюбила. Через год замуж вышла за вояку одного. Письмо мне прислала. Так и так, прощай, Володя, у меня новая жизнь. Меня Владимиром звать.

— Очень приятно.

— Я, как вышел, сразу к ней. На сына посмотреть да и помощи попросить на первое время. Она здесь, рядом живет. В сталинской семиэтажке с колоннами. Втайне думал, может, разошлась с военным своим, примет... Не приняла. Нужен я ей такой... Денег вот одолжила немного, и все. Тяжелый разговор получился. К Андрюшке даже не пустила. Мол, нечего ребенка травмировать. Есть у него отец. Пусть не родной, а отец... А я, получается, посторонняя личность. Погоди, говорю, я ж от отцовства не отказываюсь, помогать буду, как смогу. Только на ноги встану. Она — не надо нам никакой помощи, обойдемся... — Володя опять прислушался, затем продолжил: — В общем, неделю у приятеля с зоны проконтовался, после подвальчик присмотрел теплый. На работу не берут без прописки, а где ж ее взять? Подхалтуривал, где мог. Правда, мужик один обещал после Нового года к себе в мастерскую взять, плотником. Я ж столярничать не разучился, на зоне мебель строгал... А не возьмет, в Псков вернусь, там родня кое-какая, пустят на первое время.

Максим Максимович снова ухмыльнулся. «Красиво заливает...»

— Во вторник, позавчера, решил Андрюшку повидать. В школе. У них последний день перед каникулами. Попросил уборщицу, чтоб показала... Вылитый я, один в один. Я б и без уборщицы узнал... Хороший мальчишка. Он мне сперва не поверил, но я ему фотку показал, где мы с Ленкой. Поговорили, в общем... Растерялся он здорово, да и я, если честно. Спрашиваю, чего тебе, сынок, на Новый год подарить? Он плечами пожимает... Я вдруг прикинул, как же подарок передать? Ленка меня теперь на порог не пустит... Тут мысля в башку и стукнула... Хочешь, сынок, я тебе салют подарю? Самый красивый. Вполнеба. Ты, главное, в

ФЕЙЕРВЕРК

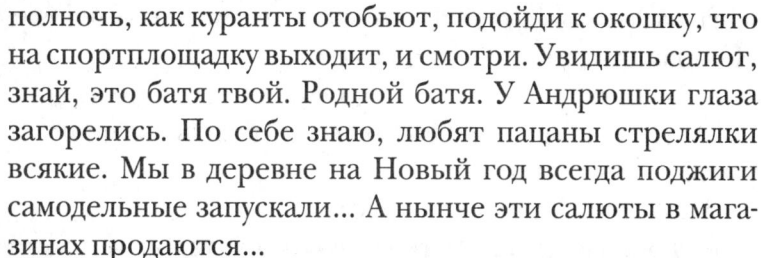

полночь, как куранты отобьют, подойди к окошку, что на спортплощадку выходит, и смотри. Увидишь салют, знай, это батя твой. Родной батя. У Андрюшки глаза загорелись. По себе знаю, любят пацаны стрелялки всякие. Мы в деревне на Новый год всегда поджиги самодельные запускали... А нынче эти салюты в магазинах продаются...

— И ты, значит, недолго думая, в ларек залез. Герой. За чужой счет подарки делать ума не надо.

— Не хотел я сначала воровать. Надеялся денег достать. Занять. Но кто ж десять тысяч первому встречному с восьмилеткой за плечами даст? У меня, когда вчера сюда заходил, еще и в мыслях не было залезать. Рассчитывал все ж найти деньги... Не нашел...

Володя громко чихнул, зацепив рукой елочку. Шарики на ней весело зазвенели.

— А я ж Андрюшке обещал. Он ждать будет. А теперь что? Хорош батя. Появился и пропал. Да еще обманул... Мне ж меньше трехи не дадут. И все, потеряю Андрюшку. Потом не объяснишь. Да хрен с этой трешницей. Отсижу. Пацана подведу. Он теперь знает, что батя у него есть...

Пошел редкий снег. Прохожих на улице еще не было. Сегодня выходной, на службу не надо, перед бурной ночью лучше выспаться. Некоторые, судя по громким звукам магнитофона, летевшим из окна дома, уже начали пировать. Водитель хлебовоза, закончив разгрузку, закрыл борт машины, забрался в кабину и запустил двигатель. Максим Максимович взглянул на часы. Прошло двадцать минут. Отдел милиции находился в конце соседней улицы, пешком за четверть часа дойти можно, если, конечно, не через Камчатку. Не позвонил этот собачник, что ли?

— То есть ты, значит, предлагаешь тебя не только выпустить, но еще и фейерверк за десять тысяч подарить? Так, что ли?

Володя из Зайцево не ответил.

— То-то и оно... У тебя, голубок, таких историй плаксивых, наверно, с десяток, на все случаи жизни. Как побрякушек на елке. Один красавец мне тоже про больную жену вещал, а потом с прилавка калькулятор пропал. Ты эту сказку про сына в милиции рассказывай, а меня нечего лечить.

— Не вру я! — эмоционально отозвался бывший зэк.— Понимаю, чепуха какая-то, только без резона мне врать. Все равно теперь посадят. А насчет сына в школе можете спросить. Ковалев Андрюшка. Первый «Б».

— Уже бегу...

— Зря вы так...

— Ах, я еще и нехороший. Деньги всегда найти можно. Если очень надо. Значит, не очень надо. Молчал бы лучше.

Володя замолчал. Прошло еще четверть часа. Без разговоров. Больше он не канючил и выпустить не просил. Нога, которой Максим Максимович упирался в столб, здорово затекла, но он не опускал ее, боясь, что парень снова попробует вырваться. Несмотря на легкий мороз, было жарко, словно после марш-броска с полной выкладкой.

«Ну скоро они там?» Максим Максимович принялся высматривать прохожих, чтобы призвать кого-нибудь на помощь. Миловидная дама в шубке, кое-как вывалившаяся из тормознувшего такси, на его призывы не отреагировала. Едва держась на ногах, потащилась к парадному подъезду. К дедку, копающемуся в недрах мусорного бака, обращаться вообще не имело смысла.

— Скажите,— неожиданно спросил Володя,— а у вас есть дети?

— Есть...

— Сын?

— Да. Двадцать три года. Что еще интересует?

— Ничего... Просто так спросил.

Сын жил отдельно. С молодой женой. Не сказать что отношения с ним были натянутыми, но теплыми их тоже не назовешь. То ли юная супруга так влияла на сына, считая Максима Максимовича отсталым от жизни, то ли характер, то ли еще что... За последние два года они ни разу не собрались на какой-нибудь семейный праздник, не говоря уже чтоб посидеть просто так, безо всякого повода. Сегодня они снова будут встречать Новый год порознь. Хорошо бы хоть позвонили, поздравили...

Отцы и дети? Кто их, нынешних, разберет. Все сейчас поменялось... Вы, предки, свою роль выполнили, до свиданья. Да нет, глупости... Просто у них теперь своя жизнь. Хотя обидно. Все ведь для детей... Почему тогда? В чем нестыковка?..

Ну где там эта чертова милиция?!... За что им деньги платят? Что, у них нормативов нет? Идиотизм... Надо было сказать «убивают». Может, мне еще и в отдел этого самому тащить? Сейчас возьму и выпущу его к чертовой матери! Так ведь завтра снова куда-нибудь заберется... Во, кажется, едут. Дождались.

Андрей Кивинов

Максим Максимович, будучи почти всю службу связанным с армейским автохозяйством, научился различать марки машин по звуку двигателя. Вот и сейчас он без труда угадал тяжелое урчание мотора «уазика», который, сверкая голубым маячком на брезентовой крыше, пару секунд спустя вырулил из-за гастронома.

«Они б еще сирену включили,— подумал Максим Максимович,— можно подумать, в пробке застряли».

Он опустил затекшую ногу и помассировал ее ладонями. Милицейский транспорт вскарабкался на поребрик и прямо по заснеженному газону подкатил к ларьку.

— Все, рота, подъем,— бросил он Володе,— выходи. Когда сержант-водитель обыскивал парня, перед тем как посадить в зарешеченный отсек машины, последний поднял глаза на Максима Максимовича и каким-то по-детски обиженным тоном произнес:

— С наступающим... Служите дальше.

Рефлектор оказался выключенным. В ларьке висел тяжелый запах прелости и подвальной сырости. Часть упаковок с товаром была аккуратно составлена со стеллажей на пол. «Надо же, не просто сбросил, а составил». Возле кассового аппарата лежала на боку черная коробка со «Звездными войнами».

— Все цело? — заглянул в двери оперативный уполномоченный.

— Вроде да... Бардак только.

— Не трогайте ничего. Сейчас эксперт подъедет, следы снимет... И вызовите кого-нибудь из своего руководства, нам нужно заявление.

— А с ним что будет? — поинтересовался Максим Максимович, кивнув на машину.

— Сначала на трое суток. А там поглядим. В зависимости от личности.

Покинув ларек, Максим Максимович достал сигареты, но затем, подумав о чем-то, спрятал пачку обратно в карман. Уполномоченный докладывал начальству о раскрытии кражи, громко крича в перемотанный изолентой микрофон рации. Водитель машины стряхивал снег с брезента «уазика».

Володя из Зайцево каким-то зачарованным, но в то же время грустным взглядом, прижав лицо к решетке, смотрел куда-то в сторону. Максим Максимович обернулся. В небольшом сквере, в сотне метров от гастронома, переливаясь веселыми огнями электрических гирлянд, сверкала новогодняя елка...

После праздников батяня-комбат выписал отличившемуся подполковнику премию в размере месячного оклада. За спасение частного имущества и героизм.

★★★

Год спустя, покупая шампанское, Максим Максимович заметил в дверях универсама знакомое худощавое лицо. Человек выходил на улицу. Впрочем, сказать с уверенностью, что он не обознался, Максим Максимович не мог, зрение здорово подсело, а очки остались дома. «Может, просто похож? Или все-таки он?» Тогда, в январе, сразу после праздников его вызвали в милиции и допросили о ночном происшествии. Делом занималась молодая дамочка с длинными красными ногтями, которые мешали ей печатать на машинке. «А где этот?» — спросил Максим Максимович. «В тюрьме,— не отрываясь от печатания, ответила дамочка,— он ранее судимый, к тому же без прописки. Не отпускать же такого...» Закончив допрос, она оставила на всякий случай свою визитку, предупредила, что месяца через три Максима Максимовича вызовут в суд, и попросила обязательно прийти.

Но ни через три, ни через девять месяцев Максима Максимовича никуда не вызывали. Он спрашивал у комбата, но тот пожимал плечами — надо будет, вызовут. Неужели выпустили?

Максиму Максимовичу очень хотелось, чтобы он сейчас не ошибся. Чтобы это был он, Володя... «Да, я тогда все сделал правильно, задержал вора, передал его органам... Какие могут быть угрызения? Его арестовали? Но ты здесь при чем, товарищ подполковник... История с сыном? Скорей всего, это выдумка... Или нет?.. Но что с того, даже если правда? Вор должен сидеть. А он вор... Воры не бывают честными... Но... Лучше б его отпустили. Не знаю, почему, но так оно лучше».

Максим Максимович покинул очередь, вышел на улицу, огляделся по сторонам. Парня не было. То ли свернул за угол, то ли сел в отходивший от остановки троллейбус. «Обознался или нет?»

Вернувшись домой, он отыскал в трюмо визитку дамочки-следователя, набрал номер.

— Слушаю,— раздался знакомый голос.

— Здравствуйте... С наступающим...

Максим Максимович представился и напомнил обстоятельства прошлогодней истории.

— И что вас интересует?

— А чем все закончилось? Просто меня так и не вызвали в суд.

— Дело же прекращено. Я разве не уведомила вашего начальника?

— Он ничего не говорил,— почувствовав явное облегчение, ответил Максим Максимович.

— Возможно, уведомление не дошло. Это бывает.

— Простите, а почему прекращено?

— За смертью обвиняемого...

— Как?.. Как за смертью? — едва слышно выдавил из себя отставной подполковник.

— Он с кем-то подрался в камере, и его ударили ножом... Это вина администрации тюрьмы. Допустили, что у арестованных был нож... Алло, вы слышите? Алло?

— Да... Слышу... Скажите, пожалуйста... Если знаете. У него есть сын?

— Сын? Кажется, есть... Да, точно. Я вызывала его бывшую сожительницу. Она что-то говорила про мальчика.

Не попрощавшись, Максим Максимович положил трубку и уставился в белое, пустое окно.

★★★

За пятнадцать минут до боя курантов Максим Максимович вышел в прихожую, обулся, накинул куртку и поднял с пола приготовленную хозяйственную сумку.

— Куда ты? — обалдело уставилась на него жена, выглядывая из кухни.— За стол пора.

— Я сейчас. Быстро,— как-то виновато ответил отставник, шагнул за порог и аккуратно прикрыл дверь.

Выйдя на улицу, он почти бегом направился к спортивной площадке, расположенной в соседнем квартале. Редкие прохожие неслись домой, боясь опоздать к первому удару часов. Кое-кто начал праздновать прямо на улице. Впрочем, Максим Максимович не обращал на них ни малейшего внимания. Без пяти двенадцать он остановился в центре площадки и внимательно посмотрел на окна возвышавшегося напротив семиэтажного сталинского дома с колоннами. Затем вытащил из сумки черную коробку и поставил ее на снег. «Звездные войны! Незабываемые впечатления!» Чуть замерзшими пальцами извлек спрятанный под защитной бумагой фитиль и стал ждать.

Когда пробил двенадцатый удар курантов, Максим Максимович зажег спичку и поднес ее к фитилю.

Лариса Бау
Рождественский детектив

В нашем славном городе Джерси-сити, где от мерзости запустения спасает работа в соседнем Нью-Йорке, от снежных бурь — горы Пенсильвании, от акул — предательство Гольфстрима, живут как богобоязненные, так и шаловливые люди.

Нашего мэра зовут Иеремия, и он ревнитель праздников.

В чудесные предновогодние дни возле горсовета устанавливают елку и менору.

Возле елки всегда ставят сарайчик, в нем пластмассовых барашков и козликов, Деву Марию, Иосифа, волхвов и голенького младенчика Христа. Сверху на палке прикручена электрическая вифлеемская звезда.

Это умиляет и трогает мою нехристианскую душу. И я всегда заворачиваю по дороге, чтобы посмотреть эту немного китч, немного наив, немного обшарпанную милую-родную компанию.

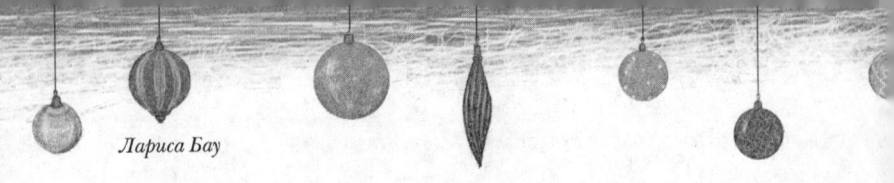

На днях подхожу — две пожилые тетки плачут, показывают пальцами в сарайчик, взывают ко мне по-испански. Коренные жительницы нашего города. По-английски немного говорят и даже немного понимают. Смотрю — а младенчика Христа нету. Украли младенчика Христа, похитили злоумышленники.

Бегу к полицейскому, закрывающему своей огромной тушей главную горсоветную дверь, они трусят за мной.

Полицейский смеется: Христа украли? Такое бывает, шалят подростки. Не могу подойти — охраняю двери в горсовет, вдруг мэра Иеремию тоже похитят?

Но полицейского вызывает. Другого. Тот прилетает с мигалкой, бежит к рыдающим, рука привычно на пистолете (городок у нас шебутной).

— Вот, — говорю, — сэр, нету младенчика!

Тетки голосят. Полицейский переругивается с ними по-испански, оглядывая окрестности преступления: менора на месте, гигантская чугунная тетка в шлеме античного вида, указующая ввысь, — на месте, чугунный макет санто-доминговского собора, подарок благодарных иммигрантов, — на месте, даже чугунный карликовый солдат Первой мировой войны в обмотках — и тот на месте.

Полицейский надеется: может, младенчика еще не положили в ясли и принесут в ночь двадцать четвертого под Рождество.

Возражаю: а как же, сэр, все уже собрались, двадцать второе декабря, даже волхвы притащились издалека, вифлеемская звезда в наличии над сарайчиком, трепещет-мигает под ветром. Вспомните Библию, сэр: если уж все собрались, так Христа давайте сразу. И в прошлом году все сразу были. Заранее, за неделю.

Полицейский залезает внутрь, шурует там в надежде, может, младенчика ветром в угол забило. Несмело подхожу, вступаю в священный хлев, дуэт рыдающих не решается, благоговеет в сторонке. Барашки и козлятки на цепи, волхвы прочно ввинчены в землю, Дева Мария прикована цепью к яслям, ясли — к сарайному полу. А младенчика нету, отвинтили от яслей!

Полицейский мнется — у него каждый день дела поважнее, особенно с наступлением темноты, особенно там, подальше от горсовета, где заколоченные дома, разбитый асфальт, печальные горожане слоняются возле винных магазинчиков...

Но кесарев протокол составляет, мы — свидетели-истцы — подписываемся, и он клятвенно обещает теткам младенчика вовремя раздобыть. Теперь, поди, охрану к сарайчику приставят.

Схожу проверю завтра. Зря, что ли, налоги платим?

Прихожу назавтра.
Нету младенчика, нету пупсика нашего.
А может, кто добросердечный похитил его, чтоб от злой судьбы уберечь? Или он сам ушел, надоели ему грехи человеческие заранее?

Нежится где-нибудь на островах теплого океана, кокосовым молоком из трубочки лакомится, ласковый ветер овевает личико...

Глаза мои сладостно увлажняются, благодатью согревается суровое сердце...

Нечего тут в сарае на ветру, младенцам вредно. Минус девять градусов, северный ветер, подозрительные шастают...

А мэр Иеремия на месте. Стережет его полицейский, хотя его вообще похитить трудно — такой он огромный, толстый, крикливый мужик.

Ночью город замело снегом. И сарайчик с волхвами, Девой Марией и Иосифом, с барашками и козлятками замело так, что одна верхушка с вифлеемской звездой торчит. Вернулся ли младенчик? Таинственно там, тихо и светло.

Чистят снег на площади верные сподвижники мэра Иеремии. Завтра приду посмотрю, может, все уже привычно, все на месте, хорошо и спокойно.

Помните теток рыдающих? Мне открылось, кто они, тревожные сердцем, взыскующие чуда.

Они ангелы... Проходя мимо маленького детского сада, я вижу их. Одна кормит из бутылочки мальчика в полосатых носках на непослушных ножках, другая вытирает пыль на подоконнике.

Замечает меня, узнает, стучит в окно...

Я захожу внутрь: в надеждах не страдать за человечество тут резвятся, вопят, хихикют, складывают пирамидки, слюнявят мишек, чавкают и чмокают разноплеменные человеки...

Мы обнимаемся, и я обещаю им зайти завтра, надеюсь, с благой вестью, тоже ангелом как бы.

Угасал короткий зимний день.

Через талые сугробы пробралась к вифлеемской звезде старушка с торбой.

Стесняясь заранее, отгоняя дурацкие мысли, что вот сейчас стража мэра Иеремии набежит подозревать... надо будет рассказывать, запинаясь, подыскивая слова, нелепую историю об украденном беспечными иродами младенце, жалеть, что копию кесарева протокола не озаботилась получить, и ангелы-свидетели далеко...

В торбе у нее копеечная кукла — в ясли положить, если чуда не случится. Если злоумышленники назад младенца не принесут. Или если Господь не озаботится, не скажет: Мария, у нас с тобой пара дней осталась, человеки уже елки нарядили, угощения заготовили, свечки на подоконниках зажгли, не можем мы их обмануть, давай как-нибудь постараемся, а?

Вздохнула облегченно: вот он, младенчик, привязан к яслям крепко. Сдержал полицейский слово, архангел-защитник, нашел, не зря налоги платим.

Она вынула из торбы щетку, подмела в сарайке, почистила от снега и козлят с барашками, и Деву Марию, Иосифа, усталых волхвов. Подправила звезду.

Посмотрела на горсоветный дворец. Стражи мэра Иеремии помахали ей рукой.

Темнело, она поспешила в детский сад с благой вестью. Обнялась с тетками.

Подошла девочка, потянула ее показать башню из кубиков.

Лариса Бау

Старушка вынула из торбы куклу: Мэри, подарок тебе!

Обладатель полосатых носков и плюшевого медведя выплюнул соску и широко улыбнулся во все шесть новых зубиков.

Счастливого Рождества!
И не говорите, что удел известен!
Может быть так, что никто никого никогда ...
Счастливого Рождества!

Мария Артемьева
Майка и Тасик

Хорошее утро начинается с тишины.

Пусть поскрипывают сугробы под ногами прохожих. Пусть шелестят вымороженные, покрытые инеем коричневые листья дуба под окном, упрямо не желая покидать насиженных веток. Пусть булькает батарея у стены — кто-то из домовиков, несомненно обитающих в системе отопления старого дома, полощет там свое барахлишко: буль-буль-буль. И через минуту снова: буль-буль...

БАБАХ! За стеной в коридоре что-то шарахнулось, обвалилось, покатилось. Тасик подпрыгнул на кровати. Благодушный настрой испарился в одно мгновение. Ворчливый одышливый голосок, как ни в чем не бывало, поинтересовался из коридора:

— Тасик, а ты не брал мои тапочки?

— На черта они мне сдались? — прошептал Тасик. И, почесав впалый живот под светящейся насквозь застиранной пижамой, зажмурился, почему-то решив, что он еще сумеет уснуть. Надежда была напрасна.

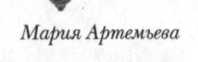

За стеной пыхтело, тужилось, скрипело... И вновь обрушилось с оглушительным грохотом. Тасик застонал:

— Майка, прекрати!

Возня за стеной усилилась.

— Майка, через колено тебя! Прекрати немедленно!!!

Никакого ответа. Сопение, кряхтенье, стук и возня.

Чертыхнувшись, Тасик приподнялся и сел в постели. Помассировал занемевший локоть. Помял коленку. Взъерошил седой ежик на голове. Наконец оторвал костлявую задницу от постели, постоял, согнувшись крючком... Медленно, хрустя суставами, распрямился.

И решительной походкой ржавого циркуля шагнул из спальни:

— Майка! Какого черта ты тут затеяла?

Майка (160—140—160) в цветастом халате, задрав кверху необъятный зад и отвернув в сторону полное лицо, краснея и потея, изнемогала от усилий, правой рукой вытягивая что-то на себя из щели между обувной тумбой и стеной.

— Надо бы прибраться... перед праздниками! — стонала она.— А то как-то... нехо... ро... шо!

Сваленные с вешалки пальто, плащи, шапки, шарфы, зонты, варежки и перчатки большой кучей громоздились рядом, прямо на полу. Что-то за тумбой никак не уступало Майке.

— Та...сик... помо...ги! — попросила Майка.

— Тыщу раз говорил — не называй меня так.

Негнущимися ржаво-циркульными ногами Тасик подошел к стене и заглянул в щель. Ничего опасного не разглядев, отважно сунулся рукой наугад, ухватил и потащил что-то.

Обувная тумба с натужным скрипом поехала от стены.
— Тасик, что ты делаешь?! — завопила Майка.
— Что ты просила, Майка, то и делаю,— огрызнулся Тасик и, напрягши сухие жилистые руки, покрытые редким сеньким пушком, дернул.

Тумба накренилась, неряшливо раззявив дверцы...
— Тасик, не надо!!!
БДЫЩ! ДРЫНЦ-ТЫНЦ-ТЫНЦ! БУЭЭЭЭ... Вся обувь из тумбы вырвалась на свободу, затопив крохотную прихожую. А дверца оторвалась и острым углом мстительно пригвоздила Тасикову ногу к полу.

Тасик взвыл, согнулся, чтоб пощупать больное место, и ему прострелило спину.
— Еть! Майка!!! Через колено тебя...
— Стой, не двигайся! Ох, горе луковое... Стой, я сейчас! Я бегу-бегу! Ты только не двигайся!
— Да не могу я двигаться! — завопил, раздражаясь, Тасик.— Давай уже действуй!

Толстая короткостриженая седая Майка, подбирая полы халата, начала действовать. Она заторопилась на кухню. Все ее пышные формы заколыхались, заволновались, пришли в движение. Шажок. Еще шажок.
— Да быстрее же, еть твою дивизию!!!
— Бегу, бегу!
Она вправду торопилась: это было написано на ее лице. Мука, разлитая по тугим щекам, и отчаяние в глазах делали ее чрезвычайно похожей на спринтера, с искаженной физиономией пересекающего заветную финишную черту. Вот только расстояние, какое Майке удалось осилить...
— Уауу!!! — взывал Тасик из коридора.

Тюбик с обезболивающей мазью хранился на дверце холодильника в кухне. Кухню отделяли от прихожей ровно пять шагов. Еще три до холодильника. И обратно. Итого шестнадцать.

Майка героически преодолела все расстояние за пять минут. (Обычно она тратила не меньше десяти.)

Но неблагодарный Тасик остался недоволен.

— За смертью тебя посылать, перечница... — ворчал он, вздрагивая всем телом, когда Майка могучей красной лапой щедро разляпывала крем по его пояснице.

— Я тебя предупреждала,— невозмутимо ответствовала Майка.— Я же говорила...

— Говорила, еть! Со свету ты меня сживешь. Что это такое?

Обретший свободу Тасик осторожно разогнулся и с изумлением уставился на пыльный, грязный, жеваный лоскут неизвестно чего, зажатый в его руке.

Пронзенный радикулитом, он поначалу и позабыл о своей добыче. Тумбу, между прочим, чинить придется... И не кому-нибудь, а ему — Тасику!

— Что это такое?! — грозно сдвинув брови, спросил он.

— Сдается мне, Тасик... что это коврик. Светочка мне подарила... Не помнишь разве? На пятидесятилетие.

Тасик угрюмо помотал головой:

— Тыщу раз говорил — не называй меня так.

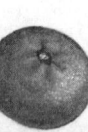

— Вот. А я тоже забыла,— не слушая мужа, балаболила Майка.— А тут гляжу — чего у нас моли-то так развелось? Откуда?!.. Нехорошо как-то — перед праздниками... И ты представляешь — вспомнила! Как ты тогда подвыпивши пришел и тумбу задел, горе луковое! А я как раз перед этим Светочкин подарок положила на край. Оно и съехало!

— То есть вот двадцать... Раз, два, три, четыре... Десять... — на пальцах подсчитал Тасик.— Ну да! Двадцать два года! Это дерьмо тут за тумбой валялось...

— Какое же дерьмо? Тасик! Это ж Светочка подарила.

— ДВАДЦАТЬ ДВА ГОДА ВАЛЯЛОСЬ! — Тасик поднял очи горе́ и возвысил голос примерно на октаву: — И ВОТ ТЕПЕРЬ СРОЧНО ТЕБЕ НА КОЙ ХРЕН ПОНАДОБИЛОСЬ?! А?! Ты меня инвалидом сделать хочешь?! Японский городовой, еть растуды тебя поленом!!!

Майка не отвечала. Она спокойно пережидала его гнев, скучливо блуждая взором туда-сюда, вверх-вниз... Но вдруг замерла, как охотничий пес, учуявший запах крови:

— Эт-т-то что такое?

— Что? Что? Ты куда смотришь? — всполошился Тасик.

Глаза Майки сузились до состояния амбразурной щели. Тяжелый выдох. Голова ее наклонилась — словно башенка танка навелась на цель...

— Я так и думала! — свистящим змеиным шепотом произнесла она.— МОИ ТАПОЧКИ!!!

Тасик отшатнулся. Обливаясь холодным потом, взглянул себе на ноги. На нем действительно оказались Майкины тапочки — зеленые, с красным мохнатым кантом и помятыми задниками.

Тасик прижался спиной к стене.

— Грязный старикашка! Диверсант! — сказала Майка. И презрительно расстреляв мужа взглядом, ушла.

Глядя, как она колышется в направлении кухни, Тасик с облегчением выдохнул.

— Сама такая! Со своим склерозом! Все забываешь! — крикнул он ей вдогонку.

Майка вздохнула. От ее могучего дыхания взметнулся длинный обойный лоскут, отставший от стены и основательно разлохмаченный.

«Подклеить надо бы»,— подумал хозяйственный Тасик. Лоскут болтался здесь уже лет пять, но как-то не очень часто попадался ему на глаза. Что называется, не мозолил. В отличие от Майки. Ох уж эта Майка!

★★★

Гаже бабы, думал Тасик, это еще поискать, да хрен найдешь. Как же он с ней намучился за эти годы! За все последние пятьдесят шесть лет. Уму непостижимо!..

Ветер сотрясал оконное стекло.

Тасик, вздыхая, стоял в кухне и наблюдал, как вспухает на горизонте серая перина огромной тучи, закрывая собой белые кучерявые барашки маленьких облачков и фарфоровую синеву утреннего неба. «Опять дождь. Небось и праздники будут без снега. Вот ведь напасть»,— думал Тасик, кушал вареное вкрутую яйцо и вспоминал свои обиды.

...Ведь у них в доме дня не проходило, чтоб что-нибудь да не так! И никакого взаимопонимания. Вот вопиющий случай. В каком же это было году?.. У Светки ее — той самой, будь она неладна,— на именинах. Поехали тогда всем гуртом на генеральскую дачу ее предка. Шашлыки, водочка, то-се... Молодые были:

мне сорок три, ей тоже сорок один... Ну что, казалось бы?! Дети подросли. Ванька с Илюшкой в армии, Инеска в институте. Живи — радуйся!

Нет. Эта дурища всю жизнь в комплексах, как муха в паутине.

Тасик даже крякнул от огорчения.

Ну что уж он такого, казалось бы, и сделал?!

Ну всего-то хотел Майку удивить. Насмешить немножко.

Если у этой окаянной бабы и было что хорошее — так это ее смех. Бойкий, всей грудью, открытый, ясный... Как звонкая песня в морозном поле — далеко слыхать.

На генеральской даче их поместили во втором этаже — со всеми удобствами: комнатка возле лестницы, рядом — туалет и душ.

Там он и подстерег Майку — на лестнице возле душа. Встал в проеме между лестницей и коридором, руками уперевшись в балки, а ногами в стены — в позе витрувианского человека Леонардо да Винчи. В точности. То есть, значит, абсолютно голый...

Сделал одухотворенное лицо, повернулся в профиль и так замер.

Думал Майку повеселить.

Ага, щас!

На лестнице было темно. Он потом так и не узнал, чем Майка его саданула в солнечное сплетение (сама она утверждала, что рукой. Но разве может женщина РУКОЙ так садануть под дых, чтоб здоровенный мужик упал и сознание потерял на десять минут?!).

А ведь так оно все и было.

Мария Артемьева

Визг, темнота, удар. Вспышки перед глазами... И снова темнота. Очнулся от боли — Майка, разобравшись, с кем в бой вступила, побежала в ванную за водой, чтоб мужа в чувство привести, и по своей вечной слоновьей неуклюжести прищемила ему яичко. Ногой.

Тасик поежился и почесал свои печально обвисшие достоинства.

Она, между прочим, клялась, что ударила его с перепугу.

«Вижу,— говорит,— в темноте что-то белеется... Думала — то ли привидение, то ли Ковригин, папочкин любимый адъютант, повесился. Он все чего-то пистолет мне показывал... Ну, думаю, допился, диверсант, до зеленых чертей... Откуда ж мне знать было, что это ты?!»

«А кто ж, еть твою, здесь еще возьмется в три часа ночи! Чем ты думаешь, женщина?!» — язвил жену Тасик. Майка жалостливо кривила лицо и прикладывала ему к причинному месту холодную грелку. Глаза ее блестели от слез.

Но Тасик подозревал, что слезы катились градом по ее тугим красным щекам не столько от жалости, сколько совсем наоборот: Майку душил хохот. Кошмарная баба.

★★★

— Просто кошмарная,— сказал Тасик в закрытое окно.

Ветер действительно сменился нудным холодным дождем, и Тасик поник плечами и духом. Очень хотелось снега. А зима, как назло, напрочь забыла свои обязанности. И вела себя как нерадивая хозяйка, которая перед самым приходом гостей разводит в доме грязь и мокредь, затевая генеральную уборку не вовремя.

А кстати! Тасик взглянул на часы.

«Кошмарная баба» ушла к соседке за трехлитровой банкой (зачем она ей вообще понадобилась?) уже больше часа назад.

Даже при ее черепашье-слоновьей скорости спуститься на третий этаж и подняться обратно на пятый в доме с работающим лифтом можно и до наступления полуночи. Или она решила заодно у соседки Новый год встретить?..

Тасик, сам не понимая почему, заволновался.

Сердясь на отсутствующую жену, он в раздражении принялся расхаживать по коридорчику между кухней и большой комнатой туда-сюда. При ходьбе у Тасика явственно поскрипывали колени, и это раздражало его еще сильнее.

— Растуды поленом, японский городовой! И куда она запропастилась?!

Чтобы отвлечь голову, надо чем-то занять руки.

Тасик решил починить дверцу обувной тумбочки в прихожей. Все-таки на носу праздники.

Нагнувшись и оглядев повреждения — дверца болталась на одной петле,— Тасик понял, что для ремонта потребуется отвертка.

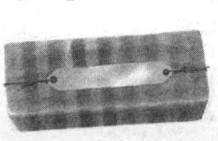

В поисках отвертки он перерыл стенной шкаф, используемый под всякие хозяйственные мелочи, взбудоражил мирно спящую на антресолях полувековую пыль, обшарил каждый уголок секретера и, только наведя устрашающий хаос в квартире, вспомнил, что нужная ему отвертка, должно быть, хранится в ящике кухонного стола: именно там Майка любит держать наиболее ценные вещи, которые всегда должны быть под рукой. А уж эту отвертку она особенно опасалась выпустить из виду, чтоб как-нибудь нечаянно не утратить власть над чудо-инструментом: этой отверткой ей было очень удобно выковыривать мелкие вещи, регулярно падающие с кухонного шкафчика за холодильник. В узкий просвет между холодильником и напольной плиткой пролезала только эта отвертка — достаточно тонкая и длинная, но в то же время не острая.

Тасику вспомнилась та жуткая неделя, которую ему пришлось пережить позапрошлой осенью, когда спасительная отвертка куда-то запропастилась, и Майке поневоле приходилось импровизировать посторонними предметами, как то: портняжными ножницами, вязальной спицей, полуметровым хлебным ножом прабабушки и даже пластиковыми, потрескавшимися от старости Инескиными прыгалками.

Ни один из этих предметов не сумел в полной мере заменить ее волшебную отвертку. Майка ворчала и ругалась.

Она ворчала так, что у Тасика от напряжения отваливалась голова. Казалось, стены дома уже мелко подрагивают от ее злобного клекота. Еще чуть-чуть — и зараженный злым ворчанием дом задергается в агонии и рухнет, взметнув вверх кирпичи и похоронив под обломками и Тасика, и саму Майку, и все проклятые ею предметы, и всех соседей, и — вот это было б по справедливости — ненаглядную Майкину отвертку, которая, гадина, ведь скрывалась же где-то все это время! Лежала тихо, инкогнито, под слоем каких-то совершенно никому не нужных шампуров и вилок (так оно оказалось впоследствии).

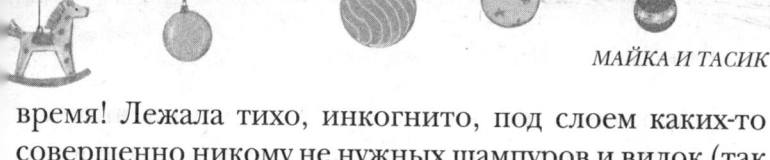

Довольный своей сметливостью Тасик проследовал в кухню. Встав к кухонному столу передом, а к стеклянной двери, соответственно, задом, Тасик потянул на себя ручку широкого ящика в столе.

Ящик дружелюбно выехал вперед на пять сантиметров и... передумал. Застрял. Тасик вцепился в ручку ящика, подергал. Бесполезно: ящик не сдавался. Он упрямо вгрызался в стены стола — надежно окопался там и, судя по всему, решил стоять намертво.

Тасик потряс стол. Внутри ящика возмущенно загрохотали хранимые в нем предметы — это походило на коллективный протест или, возможно, попытку отстреливаться.

Усилием воли Тасик обуздал гнев и, стараясь действовать в рамках разумного (памятуя о судьбе обувной тумбочки в прихожей), попытался приложить силу в другой плоскости.

Если ящик не едет ни вперед ни назад, остается последнее.

Тасик собрался с силами и всем весом навалился на ручку ящика, пытаясь отжать конструкцию книзу.

— Еще! Чуть-чуть... Сама... пойдет...

Ящик жалобно скрипнул, малодушно сдал два сантиметра, и... ручка его отвалилась.

Со злости Тасик шарахнул кулаком по столу. Раздался гром, сверкнули молнии... Ящик грянул оземь, и все, что в нем таилось, брызнуло врассыпную по всей кухне. Чего тут только не было!

Мария Артемьева

Добро, нажитое, накопленное и награбленное самой Майкой и всеми ее предками, возможно, еще со времен татаро-монгольского ига, старинные предметы странного вида и непонятного назначения, о котором Тасик и догадаться не мог...

«Удивительно, что ящик не рухнул раньше. Как это все туда влезало?!» — ужаснулся Тасик и ощутил непонятную вибрацию возле своей голой беззащитной ноги. Глянув вниз, он увидел, что в его пластиковый шлепанец впиявился стальной штопор и теперь, дрожа от возбуждения, пытается пробурить дыру в Тасиковой ноге.

Инстинктивно Тасик отскочил назад и угодил спиною в кухонную дверь.

Раздался такой звук, какой издает очень спелый арбуз, когда в него с размаху всаживают нож: «Хресь!»

— Тасик, я тебя не понимаю,— произнес сзади знакомый ворчливый голосок. Он звучал строго и взыскующе.

Тасик обернулся: сквозь потрескавшееся стекло кухонной двери на него надвигалось какое-то чудовище, сплошь покрытое сеткой морщин.

— Если б ты только знал, как ты мне надоел. Диверсант! — сказало чудовище...

★★★

Скандал затих только к вечеру.

Тасик первым сделал попытку к примирению, лично собрав все Майкино добро обратно в ящик.

Правда, поставить его на место не удалось: во-первых — не лезло, во-вторых — треснули деревянные планки, на которых он держался. Но Тасик уверил жену, что это пустяки: вместо дурацких занозистых деревянных планок он купит в хозяйственном комплект роликов, после чего ящик будет выпрыгивать из стола, как дрессированный.

— По первому твоему зову,— обещал Тасик и заглядывал Майке в глаза.

— Ага,— соглашалась Майка и отпихивала плечом Тасикову голову.— Конечно. Горе луковое.

Под присмотром Майки Тасик ненадолго завладел ее волшебной отверткой, снял с поломанной дверцы тумбочки погнутые петли и закрутил новые, припасенные с незапамятных времен в хозяйственном шкафу. Дверца тумбочки от новых петель немного перекосилась. Зато удалось, наконец, собрать и надежно запереть обратно всю обувь.

Майка, однако, не смягчилась. Когда она приходила в угрюмое настроение, выпихнуть ее оттуда было непросто.

— Ну что, идем спать? — спросил Тасик в одиннадцать вечера, в обычный их час отбоя.

— Иди. Мне тут еще... варенье закрывать,— буркнула Майка, перекидывая с места на место какие-то предметы в кухонном ящике.— Куда эта дурацкая машинка закопалась? Открутить бы ей... зараззза!

В произносимом Майкой слове «зараза» было не меньше восьми или десяти «з». Еще бы парочку — и можно было бы считать, что это просто пчелиное жужжание. Но Майка соблюдала меру, не утрачивая окончательно дара человеческой речи.

Тасик вздохнул и ушел спать.

Вольготно развалившись в супружеской постели, широко разбросав руки и ноги, он лежал, тщетно жмуря глаза и созывая к себе приятные мечты... Сон не шел.

Он ворочался, елозя по всему пространству супружеского ложа, то свивая вокруг себя одеяло коконом, то развивая его, выкидывая наружу то ногу, то руку...

Когда Майка в три часа ночи соизволила явиться в спальню, Тасик едва успел забыться, зацепившись где-то на самом краешке сонного небытия, нацеленный головою и всем телом в черную пропасть, но еще способный слышать звуки по эту сторону реальности.

Майка, скинув халат и переодевшись в ночнушку с непомерно растянутым во все стороны Багзом Банни, зажгла ночничок и бросила короткий взгляд на мужа.

Тасик покоился на бочку, отодвинувшись вглубь двуспальной кровати, и, согнувшись крючочком, крепко обнимал женину подушку.

Майка вынула подушку из его рук, взбила, положила себе под голову и, погасив ночничок, легла. Кровать тяжело заскрипела под ее телом. Тасик сладостно замычал и, обхватив круглые бока супруги, подтянулся вперед, притеревшись к ее мягким местам всеми своими мослами.

Майка пихнула его назад, брыкнулась и сбросила руки, посягнувшие на ее независимость. Но стряхнуть с себя Тасика было так же непросто, как снять с костюма прилипшую жвачку.

«Ммм... Моя попа пришла!» — пролепетал сквозь сон Тасик и еще крепче вцепился в Майку.

«Зараза»,— подумала Майка, но вступать в борьбу за свободу ей было лень. Очень хотелось спать. Она шумно выдохнула и закрыла глаза.

Сны им снились разные.

Майка видела во сне, как Тасик, сидя за праздничным столом, поедает сваренное ею варенье, черпая его сначала половником, а потом просто лакая из тазика, как собака.

Тасику снилась Майка: молодая, золотисто-загорелая, хохочущая. Она лежала с ним, голая, в траве, вздрагивала от удовольствия и смотрела широко распахнутыми глазами без всякого стыда.

★★★

На следующий день деловитый Тасик встал пораньше и сразу же приступил к починке кухонного стола. Пока Майка досматривала сны, он перебрал все заскорузлое старинное добро, каким-то чудом умещавшееся в кухонном ящике раньше, кинул в полиэтиленовый пакет наиболее одиозные предметы — вроде венчиков для взбивания омлета, косточковынимателя и советской электровафельницы с пятнами ржавчины на рукояти — и вознамерился снести все на помойку.

Ему хотелось сделать это до того, как Майка проснется.

Но он опоздал: Майка застукала его на пороге и подозрительно прищурилась:

— Куда это ты собрался?

— Вот это надо... необходимо выкинуть,— сказал Тасик, потрясая тяжелым пакетом.

— А ну-ка... Покажи!

Тасик был вынужден уступить пакет для досмотра своей большей половине.

— Та-а-ак,— протянула Майка, выбрав из пакета косточковыниматель, которым за всю свою долгую жизнь не успела воспользоваться ни разу.— Так. А если это понадобится? — спросила она.

В Майкиной душе желание порядка в доме всегда боролось с суеверным страхом перед вещами. Она по опыту знала: стоит расстаться с какой-нибудь наиболее никчемной финтифлюшкой из своих закромов, и эта гадкая мелочь тут же и всенепременно понадобится в хозяйстве. Вещи умеют мстить. Они, в отличие от людей, никому ничего не прощают.

Тасик со стоном возвел очи горé. Майка, не обращая на него внимания, ковырялась в пакете.

— А вот без этого царский омлет приготовить вообще нельзя!

— Если б я еще знал, что такое царский омлет,— заметил Тасик.— Живу с тобой тыщу лет и что-то никак не познакомлюсь с этим, еть, интересным блюдом.

— Нет, я понимаю, что ты человек легкомысленный, но выкидывать вафельницу! Это же просто...

Майка воззрилась на Тасика, как на особь, способную зарезать белочку в парке.

— А это?!

В пухлой Майкиной руке красовалась большая хрустальная пробка от графина, блестящая и тяжелая, как граната.

— Сначала ты разбил мой-мамин сервиз, а теперь и последнее на помойку несешь?! И когда ты перестанешь мне жизнь портить?!

— Господи,— не выдержал Тасик,— неужели невозможно хотя бы последние годы провести спокойно?! Пожить без тебя. Нет, надо срочно разводиться! Может, человеком, наконец, стану. А нет — так, еть, хоть здоровым до гроба дотяну!

— Давай-давай! Разводись. Я хоть любовника себе нормального заведу. Разбил мою жизнь... мой-мамин сервиз грохнул... Житья от тебя нет! Диверсант!

И Майка, и Тасик, не задумываясь, крутили давние записи времен своей молодости. Возможно, это навевало им приятную ностальгию. А с другой стороны, к чему менять эти пластинки? Хлопотно и глупо.

Заряда хватило примерно до середины дня.

Пообедав еще по разные стороны баррикад, Майка и Тасик, как звери на водопое, сошлись на перемирие у телевизора. Вместе посмеявшись одной из своих любимых передач — одной из немногих, которые они любили оба,— они надумали подкрепить разгулявшиеся нервы.

— Хлопнем, что ли, корвалолу? — предложил Тасик.

— На брудершафт,— проворчала Майка.

Тасик, хихикая, пошел к холодильнику и обнаружил, что корвалол кончился.

— Ничего. В аптеку сбегаю.

Получив нужную сумму у своей хранительницы всего, Тасик бодро выдвинулся на передовую.

— Шарф надень. Там, кажется, подморозило! — крикнула ему вслед Майка. Но за Тасиком уже захлопнулась дверь.— Горе луковое.

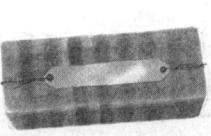

Спустя час она называла его не иначе как «диверсант», «кровосос проклятущий», «хмырь мерзавчатый» и другими удивительными словами. У Майки их были несметные запасы.

У нее были собственные методы борьбы с неприятностями.

В ожидании запропастившегося куда-то Тасика она обычно распекала его во все корки, и ее ужасные проклятия срабатывали, как волшебные заклинания: Тасик являлся домой целым и невредимым, будто подгоняемый мощным вихрем ругательств, щедро рассылаемых ему Майкой по каким-то особым энергетическим линиям планеты.

Если на эти же линии случайно заступали еще чьи-то конечности — лапы, крылья, ласты, брюхоноги или что там еще бывает у живых существ, — они, должно быть, падали замертво, сраженные наповал Майкиной руганью, и, таким образом, при всей своей зловредности, ни одно из них не могло повредить Тасику — все они безропотно и безусловно уступали дорогу Майкиному мужу.

До ближайшей аптеки и обратно, до следующей за ближайшей аптекой и обратно, и даже при самом худшем варианте — если корвалолу не оказалось нигде — до третьей, и последней в округе аптеки — было не больше сорока минут самой медленной Тасиковой ходьбы.

Сделав скидки на очереди, сбой кассовых аппаратов, обмороки у кассирш и другие стихийные явления, все равно больше двух часов Тасик в аптеку, по Майкиному рассуждению, ходить не мог.

Прошло три часа.

Майка, осознав, что ее ругательные заклинания утратили силу, перепугалась и растерялась.

Ее мысленному взору представали мучительные картины, одна другой жутче: мертвое тело Тасика, не дождавшегося корвалолу, у аптечной стойки; тело Тасика, разрезанное пополам колесами огромного автобуса; голова Тасика, размозженная битой грабителя; руки Тасика, отрезанные дверьми лифта, среди сплошной антисанитарии валяющиеся в шахте,— назад не пришьют...

— Чертов диверсант,— шептала растерянно Майка. И мучилась, мучилась, мучилась...

В пять часов неожиданно задребезжал телефон, одной своей обыденностью развеяв страшные грезы.

— Тасик?! — закричала Майка в трубку.

— Это Майя Ивановна? Из пятьдесят второй больницы беспокоят,— сухо сказала трубка.— Ваш муж, Станислав Николаевич, просил позвонить. Он подвернул ногу...

★★★

Да. Тасик поскользнулся на обледеневшем порожке аптеки. После дождя и впрямь подморозило. Тасик не был к этому готов.

Порожек аптеки был невысоким, но Тасик умудрился сверзиться так, что сломал ногу, вывихнул плечо и разбил голову.

По счастью, именно возле аптек в большом количестве водятся сострадательные люди. Тасика увезли на скорой, и теперь он лежал, весь белый, укутанный в бинты, словно личинка шелкопряда, в шестой палате хирургического отделения и чинно-благородно ожидал результатов рентгена.

Результаты, однако, превзошли все ожидания.

— Ну вы не бейспакойтесь. Ноги-то заживут. И ущипы тоже,— покусывая сухие губы, объяснил жгучий брюнет в белом халате — врач-аспирант с непривычным именем Жосе Хосеевич, иностранный специалист на стажировке.— Все будет карасе.

— Как-как? — не расслышал Тасик.

— Карасе,— повторил Жосе Хосеевич, хмуря брови.— Но вот это...

Он вытянул из пачки снимков один, где была запечатлена черно-белая Тасикова голова в профиль и как бы в разрезе.

— Вот видите? — Доктор потыкал в какую-то туманность в мозгу Тасика на снимке.— Возможно, это есть опуколь.

Тасик оптимистично улыбнулся доктору:

— Да?

— Надо сделать до-по-лни-телл-ные анализы. Ищо один снимок. Понаблюдать динамик... Но — ущтите, это есть только гипотетищеский сейщас прогноз, в настоящий момент я нищего утверздать не имею права, но...

— Что «но», доктор? — Заинтересованный Тасик всем телом потянулся вперед, подгоняя докторову откровенность.— Но?..

— Если это опуколь... И опуколь зло-как-чеественная... Прогноз неблагоприятный. Месяц. Максимум.

Доктор деликатно замолчал. Наступила пауза.

— А потом? — спросил любопытный Тасик.

Жозе Хосеевич виновато развел руками. Кроме того, что Тасик, по его предположениям, не дотянет даже до Рождества, он не знал, что бывает потом. Хотя, как у католика, у него имелись теории.

★★★

Когда Майка дотелепалась до больницы — с куриным бульончиком, морковным салатиком, сметанкой и черносмородиновым компотом (все в отдельных, тщательно запакованных баночках и сверточках, чтобы не разлить) — время посещений в больнице уже подходило к концу, и она еле уговорила впустить ее хотя бы ненадолго к своему «старику».

— Этот диверсант, черт свинячий, ходить по улицам не умеет, а мне с моим весом разве ж дотащишься досюда, разве ж успеешь? — жаловалась она, не отставая.

Медсестра с первого взгляда поняла, что единственный способ отвязаться от липучей старухи — уступить ей. Нельзя же кидаться в атаку на стихийное бедствие?

Сестра вздохнула и впустила Майку в отделение.

Майка ожидала застать в Тасике некоторые перемены, но полагала, что все они будут материального характера.

Однако ее встретил совсем другой Тасик. Белый и чистый от бинтов, он весь светился непонятным умилением. Блеклые водянистые глаза сияли от слез, лицо вытянулось, под глазами пали синеватые тени, нос заострился.

Завидев это странное существо ангельского чина, Майка перепугалась до икоты:

— Что?! Говори сразу, Тасик! Не тяни!

Она даже про сумки свои забыла: баночки, супчики и витаминчики были сброшены просто и безответственно на пол, словно чьё-то почтовое отправление в грузовом вагоне Сыктывкар — Вологда.

— Майка,— тихо умилилось существо.

— Тасик, я тебя убью. Говори немедленно, горе луковое!

— Да вроде у меня опухоль в мозгу,— признался Тасик, и по худой щеке, по уже намеченной другими мокрой дорожке пустилась в извилистый путь сияющая слеза.— Доктор говорит, месяца не протяну.

— Теперь понятно, почему ты у меня такой идиот,— прошептала Майка.

Тасик скривил губу, чтоб не усмехнуться, но не удержался — фыркнул. Ангельское выражение слегка сползло с его лица. Он попытался нацепить его обратно. Но в присутствии Майки это оказалось непросто.

— Что ж теперь делать будем? — нахмурилась Майка. И принялась въедливо допрашивать мужа обо всех деталях того, что с ним случилось. Кто, когда, куда пошёл, отвёл, сделал, сказал, обещал, объяснил — и чтоб всё в подробностях.

Тасик даже утомился — бинты, стягивающие ушибы на голове, ему мешали.

— Посещающие! — громко крикнула в коридоре сестра.— Больница закрывается. Все на выход!

Тасик испытал приступ беспокойства. Ему вдруг показалось, что больница, вся целиком, сейчас отбудет куда-то. Отчалит и уплывет в темную, полную опасностей неизвестность. Надолго. Может быть, навсегда.

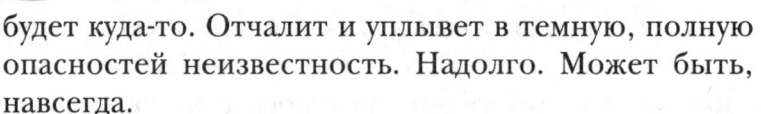

Не хватало только марша «Прощание славянки», чтобы он разрыдался, как ребенок, впервые отправляемый родителями в детский лагерь.

— Майка, я боюсь тут один!.. Останься со мной, пожалуйста! Все равно мои соседи ночевать на дом уходят,— горячо зашептал Тасик. Он уже позабыл о своем ангельском статусе: подмигивал, щурился, моргал, дергал щеками от возбуждения.— А вдруг я ночью помру? Ведь это же опухоль! Кто ее знает, когда она там захочет лопнуть? Никто ж не знает. Помирать стану — никто мне тут даже воды не подаст, один я! Врачей не дозовешься. Майка! Останься, а? Майечка!!!

Майка в растерянности смотрела на мужа:

— Да как же?..

— А ты под кровать залезь. Я тебя одеялом прикрою... Сестра зайдет — скажу, что ты ушла. А ночью они тут все сами дрыхнут — не добудишься, это уж точно. А, Майечка?!

Майка вздохнула.

∗∗∗

Тасик оказался прав. Медсестре не пришло в голову обыскивать палату.

Тасик, взволнованный, с фальшивым лицом, заготовил целую речь о том, что вот, дескать, супруга-то его уже ушла, побыла пятнадцать минут, и все: адье, салют, как ветрены женщины...

Он рассчитывал вызвать сочувствие к себе и тем самым окончательно замазать глаза медсестре, но о своих страданиях ему не привелось даже заикнуться. Девушка в белом халате едва заглянула в приоткрытую дверь и унеслась дальше по коридору.

Тасик был этим несколько разочарован. Но на всякий случай они все же терпеливо выждали, пока в больнице не погасили повсюду свет и в коридорах не установилась мертвая тишина. Тогда Тасик, наконец, встрепенулся.

— Эй! Майка! — шепнул он вниз.— Вылезай.

Кровать заходила ходуном, зашаталась. Тасик едва не слетел с нее. Ему пришлось вцепиться пальцами в железную раму.

Майка (160—140—160) с тихим стоном выбралась из-под Тасиковой кровати и кое-как пристроилась на краешке у него в ногах.

Кровать заскрипела, но в хирургическом отделении все кровати были прочными.

В больнице их никто не услышал.

Вместе они покушали из Майкиных баночек. Это был своеобразный пикник в медицинском духе, среди белых стен и одеял.

Они так давно никуда не выбирались вдвоем. Дружно пожалев об этом, вполголоса они обсудили места, куда бы могли поехать. И каждый, разумеется, предлагал свое, не соглашаясь с другим.

И они смеялись шепотом, сетуя на собственную неспособность хоть о чем-то договориться.

— Хорошо, что хоронить нас будут дети. А иначе мы б и могилу не поделили,— тихо сказала Майка.

Тасик закивал, прыская от смеха в кулак.

В стенах больницы шевелились черные тени, и только рекламный щит где-то вдалеке, на проспекте, ярко переливаясь огнями, светло и неугомонно засматривался в больничное окно.

— Майка...
— Что?
— Какая же ты у меня красивая,— прошептал Тасик, любуясь Майкиным лицом, смиренным и перламутрово-розовым в свете рекламы.
— Болван,— смутилась Майка.

Тасик взял ее руку и потянул, заставив придвинуться ближе.

— Ну что? Что тебе? — сдавшись, залепетала Майка.
— Иди ко мне. Как я по тебе соскучился.

Он протянул руку и погладил ее лицо, шею, ухо...

Майка заплакала, обхватила его худые плечи, горячо дыша, бормоча что-то ласковое, невнятное, каким-то невероятным образом притерлась к своему Тасику... Он затрясся, сграбастал ее всю и крепко-крепко прижал к себе, ко всему вибрирующему от нетерпения телу.

Теперь они лежали на больничной койке вдвоем, умещаясь на ней чудом, словно им удалось силой воли ужаться в размерах и объеме. Они гладили друг друга, и каждое прикосновение вызывало в них трепет. Так включение вилки в розетку неизменно вызывает ток.

— Хорошая моя, Майка, хорошая... — повторял он.
— Тасичек мой,— шептала она.
— Я люблю тебя... Всегда любил...

— Я тоже...
— Я не могу без тебя!
— Счастье ты мое... луковое.

Они долго не засыпали, плакали, шептали друг другу какие-то признания, смеялись и утешали один другого изо всех сил, как могли. Если и вспоминали о смерти, то как о глупом, досадном недоразумении, которое могло бы стать им случайной помехой.

Но они ее не боялись. На смерть им было наплевать.

Настоящую любовь не заботит ни прошлое, ни будущее, ей не нужны ни воспоминания, ни надежды; каждое ее мгновение — как вспышка вечности, бесценно и восхитительно...

Они заснули, привычно обняв друг друга, и это было лучше всего.

Самодостаточные и цельно-замкнутые, как отдельная вселенная, объединенные родством общего чувства, они были и родителями, и детьми для самих себя. Всю энергию, которая была им нужна, они давали друг другу.

И у них оставалось еще много, чтобы щедро излучать в мировое пространство.

Может быть, где-то, в каких-то дальних уголках нашего мира кто-то плакал от счастья, улавливая это незримое излучение любви, крохотные искры, которые единственные приносили облегчение его страждущему существованию, позволяя дышать, жить, верить... Кто знает?

***

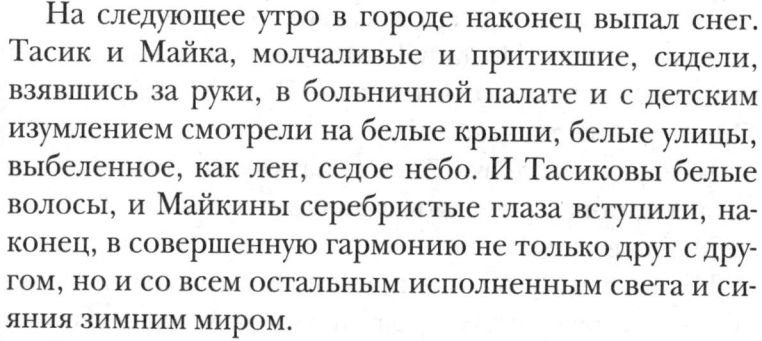

На следующее утро в городе наконец выпал снег. Тасик и Майка, молчаливые и притихшие, сидели, взявшись за руки, в больничной палате и с детским изумлением смотрели на белые крыши, белые улицы, выбеленное, как лен, седое небо. И Тасиковы белые волосы, и Майкины серебристые глаза вступили, наконец, в совершенную гармонию не только друг с другом, но и со всем остальным исполненным света и сияния зимним миром.

Они даже не сразу услышали, как шаркает ногами и вежливо откашливается, переминаясь на пороге палаты, чем-то весьма огорченный иноземный доктор-практикант Жосе Хосеевич.

— Вы меня просьтите, Станисьляв Никольаевич,— старательно выговаривая русские слова, сказал он. И, войдя в палату, прижал руку к сердцу, смущенно поглядывая на стариков.— Вы знаете, я русский язык есче не очень карасе понимаю... Вы по фамилья Новиков? — прищелкивая пальцами, спросил доктор.— Новиков Эс Эн?

— Да,— подтвердил Тасик.

— О! Так ващ снимок в порядке. Карасе! Я есть фамилью перепутал.

— Да ну? — удивился Тасик.

— Ну да. С Носиков. Тожже Эс Эн, но он Сергей... Просьтите! — Жозе Хосеевич краснел и мялся.

Тасик все еще ничего не понимал.

— Вы хотите сказать, Жосе Хосеевич... Что давеча это был не мой снимок? И у меня... Никакой опухоли в голове нет? Карасе, значит? — добивался он.

— Нет! У вас нишшего в голове нет. У вас карасе! — горячо закивал доктор-иностранец. И тут же ретировался, угрызаемый стыдом за свою ошибку.

— Ну что ж... — По лицу Тасика расползлась довольная ухмылка.— Это карасе, что карасе. Чудо, Майка! Правда? Прямо рождественское чудо, а?!

Повернув голову, Тасик наткнулся на Майкин взгляд и, поперхнувшись, закашлялся.

Майка встала.

Проведя одну половину ночи под кроватью, а другую — на торчавших из кровати железках, она, безусловно, не считала, что тут все совершенно карасе.

Кое-что она готова была оспорить.

— Чудо? Чудо-юдо... Значит, ты даже снимок не удосужился проверить?!! — свистящим шепотом вытолкнула она сквозь узкую щель рта.— Диверсант!..

Башенка танка самонавелась, стремительно изготовившись к бою.

Виталий Сероклинов
Лю

...Да что ты со своими джек-лондоновскими сюжетами пряничные домики выстраиваешь, ты послушай, как оно бывает в жизни, когда случаются настоящие рождественские истории...

Я вот, ты знаешь, много лет мечтала о Нью-Йорке, вырезки собирала, про «город контрастов» выписывала — и ведь сбылось, все сбылось! Да так повезло, что не только нам, но и папе в лотерее грин-карта досталась: такое тут часто бывает, есть даже статистика, там таких совпадений видимо-невидимо, но что нам до статистики, мы за себя счастливы были, что все вместе уедем.

Да нет, это еще не рождественская история, погоди,— ну повезло и повезло, чего тут такого, я же говорю — ста-ти-сти-ка! Слушай дальше...

В общем, приехали мы, устроились как могли. Не то время уже было, когда пособия раздавали не глядя: приехал — сам справляйся, тут тебе не богадельня, а пособие еще заслужить надо. Я подработок нахватала, где могла, муж с утра до ночи разгружал и язык учил; папа тоже помогал: у него руки золотые, он любую сантехнику с закрытыми глазами мог перебрать и понять, что с ней не так, хотя лет двадцать уже пенсионером был, да не каким-нибудь, а заслуженным, со степенями,— если бы они тут нужны кому-то были. Ну и за ребятней нашей присматривал, в школу провожал — чужой город, чужая страна, мало ли... Он вообще на этот счет мнительный, но его можно понять: все детство по детдомам, когда после бомбежки один остался, сестру и маму потеряв под Киевом,— меня от себя только на свадьбе оторвал, да и то еле руку у него отняла и жениху протянула, до того папа переживал...

Ну вот, все вкалывали, даже старшая моя бебиситтерствовала, а что, это тут в порядке вещей, даже у пуэрториканцев, мы у них в районе жили, потому что жилье почти бесплатно досталось, мой начальник с основной работы помог — не сразу, сначала присмотрелся к нам с мужем, потом с папой познакомился, тот ему разводку труб по всему дому переделал — вот тогда уже...

Да нет, это еще не та самая история, чего тут особенного: ну устроились, ну не голодали, так тут никто и не голодает даже не работая — такого в моих вырезках не писали...

А дальше все как-то пролетело — месяц, другой, третий — и уже Новый год, оказалось, через неделю. А у папы насчет Нового года один бзик — должна быть елка! Втемяшил себе в голову, что если елки нет, то в этом году ему помирать, вот и... Ты же знаешь, мужики мнительные, чуть что — начинают хвататься за разные места и вдаль смотреть, с придыханием сообщая «последнюю волю»,— вот и папа такой у нас. Да нет, он тоже не просто так, конечно, это, еще когда мама жива была, у него случилось: в тот последний ее год они без елки оказались, в санатории отмечали,— вот после этого он и...

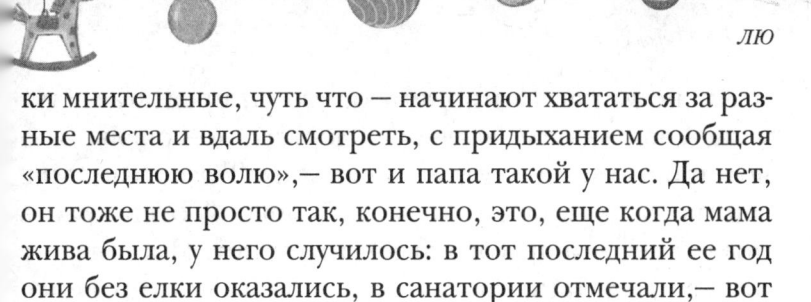

Да нет, это я просто объясняю, иначе не поймешь предыстории.

И вот настает наш первый Новый год в этом самом «Большом яблоке», вернее, день или два до сочельника их: вокруг суета, во всех магазинах елки светятся, рождественские распродажи, которые нам не по карману,— а у нас дома шаром покати, все выплаты слопали и расходы на всякое обязательное: ты не представляешь, сколько там перед Новым годом счетов приходит — только успевай расплачиваться. Да еще и муж заболел, а страховки не хватило. А папа при этом все надеялся, что с елкой получится, а в конце уж и надеяться перестал — только заплакал, когда понял, да повторял: «Лю... Лю...» Это он меня так называл, еще с малолетства — от Вали, Валюши,— и сестру его так звали, и бабушку, традиция такая в семье... Ну вот, плачет, не навзрыд, конечно, а как старики плачут, без слез,— и у меня аж внутри что-то перевернулось: он же верит, что все, последний год его, раз елки нет. Ну и ребятишкам непривычно — мы двадцатого обычно наряжали все вместе, а тут уже два дня после прошло, а у нас даже никаких разговоров на этот счет.

И тут папа мне говорит — я даже не ожидала от него,— давай, говорит, елочку унесем — и смотрит на

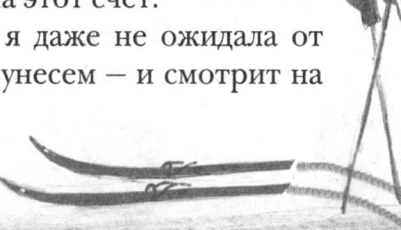

Виталий Сероклинов

меня, не мигая. И я понимаю, что он предлагает: тут у нас елки многие во дворах держат, до сочельника, вот про них он и говорил... «унести». Тут я и сама уже заплакала: дожили, называется, родной отец красть предлагает,— а другого выхода-то и нет. И я пошла с ним, а что делать — не пошла бы, он и сам отправился бы, да мало ли что случилось бы... Да нет, сейчас-то я знаю, что елки эти народ выбрасывает уже двадцать шестого декабря, чтобы место в доме не занимали. И в магазинах их, бывает, раздают, и в организациях благотворительных,— но мы же тогда не знали, вот и...

И вот мы кварталов шесть прошли, там приличный район начинался, не чета нашим латинским кварталам, тут люди традиции блюли, и можно было... унести, если повезет. А на пути у нас большой торговый центр стоит — мы и решили через него пройти, чтобы не обходить, заодно и погреться. А у центра, не на главной дорожке, чуть сбоку, старушка сидит на раскладном стульчике с каким-то котелком в руках и маленькой елочкой в здоровенном горшке, к стульчику прислоненном. То ли нищая, то ли кто — мы тогда и не разбирались, не знали, что в праздничные дни добровольцы собирают для благотворительных организаций пожертвования. А еще, я помню, меня удивило, что старушка та совсем уж древняя,— а зубы все целые, судя по улыбке. Сейчас-то я привыкла, что зубы тут — первое дело, а тогда меня это очень удивило.

Старушка эта нам что-то сказала с улыбкой насчет пожертвований. А папа мой человек вежливый, он перед ней на ломаном английском извиняться стал, что какие уж тут пожертвования, ни цента нет, на елку не хватает, хоть чужую уноси. Сдал нас, в общем, прилюдно сдал. А старушка еще больше разулыбалась, руками всплеснула да и наклонила в нашу сторону ту кадку с елочкой: забирайте, мол, для хороших людей не жалко — так и сказала, на чистом русском, вернее, с сильным акцентом, но довольно разборчиво. И тут суета началась, я разревелась снова, а папа стал по карманам хлопать и что-то той старушке предлагать, но что он мог предложить — карточку с телефоном соседей, у нас-то телефона не было, а в карточке про его сантехнические умения написано и тому подобное, тут все так делают, никто от руки записывать телефон не будет, визитки нужны...

Да нет, и это еще не совсем та история, хотя ну да, сбылась у нас мечта с елочкой, сбылась, мы часа два эту кадку до дома перли — зато настоящая, даже пахла чем-то хвойным, хоть и не совсем как там, дома. А на следующий день, прямо с утра, папе позвонила та старушка — прорвало там что-то у нее, а тут в Рождество и в его канун никого не допросишься поработать, совсем как у нас... у вас. А если допросишься-дозвонишься, то такие деньги с тебя слупят, что год до следующего кануна икаться будет. Папа поехал помочь, конечно,— да и рядом это было, три остановки, старушка даже сказала, что дорогу оплатит, тут так принято, когда тебе помогают. И вот мы сидим, папу ждем, а его все нет и нет; а потом звонок соседям — и у меня все похолодело внутри: папе плохо, я у него записана в контактах, его увезли в больницу, что-то с сердцем, подробности позже, тут у врачей не принято незнакомому человеку, пусть даже и родственнику, сообщать детали по телефону.

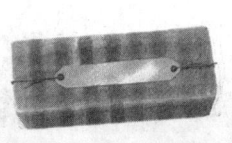

Ну вот, приезжаю я в больницу, а там скандал: оказывается, им обоим плохо стало, папе и той самой старушке, сначала у нее сердце сбоило, а когда за ней приехали, то он ее руку не выпускал, уж не знаю, как его «скорая» с собой взяла, здесь это категорически запрещено; а когда привезли, он тоже не выдержал. И теперь их не могут положить в разные палаты, потому что он ее руку не выпускает и что-то, мне врач сказал, повторяет по-русски и плачет.

Когда я вошла, ему уже полегче было, она тоже улыбалась, вернее, старалась улыбаться да все по руке его гладила, пока он ей говорил: «Лю... Лю...» Ну тогда я и поняла, хоть и не сразу поверила, потому что так не бывает,— сестра это, та самая потерявшаяся сестра, в честь которой меня назвали.

Ты меня извини, я отключусь сейчас — не могу спокойно вспоминать эту историю, каждый раз плачу, даже на телевидение отказалась идти, они там хотели показать, что все в жизни бывает, а я — не могу, слезы лить начинаю. Папа скоро должен прийти, увидит меня с красными глазами, спросит: «Лю, ты чего, опять плачешь? А кто будет елку наряжать, подарки заворачивать — тетя твоя сегодня жаловалась, что на распродаже локтем стукнулась о дверь, так что на нас не рассчитывай...»

А я, как вспомню про тетю Лю, снова в слезы, так ни разу и не записала ту историю, хоть и на телевидении предлагали, и младшая просила для школы. Кулинарный конкурс у них там, рождественские сказки и истории, с песнями, гимнами и пряничными домиками. Только наша история, учительница сказала, все равно бы не подошла — у нас про пряничный домик ничего нету, а сама я только торт «Наполеон» умею печь, да и то — пересушиваю...

Прищепка

Его многие называют везунчиком. А он никакой и не везунчик, ничего невероятного у него в жизни не происходит: нормально школу закончил, нормальный аттестат получил, в институт пошел, в какой хотел. Даже не с первого раза поступил — какое уж тут везение... Остался тогда на подготовительные курсы, устроился слесарем при главном корпусе, общагу дали. На следующий год поступил, даже полбалла лишних набрал.

На письменной математике рядом оказалась одна девочка...

Они до сих пор спорят, кто кому тогда больше помог. Он нехотя признает, что без нее у него было бы две ошибки, а она смеется в ответ, что их дочка в него пошла — такая же упрямая.

Им тогда почти сразу дали маленькую комнату — повезло, старая комендантша немножко поддала в тот день, а новая не выселила. И не болели они почти — ни сами, ни чадо. Нет, ну уж не настолько, конечно: и грипп из садика дочка приносила, и, когда Лиза Новикова угостила подружек в садике, почти всей группой в инфекционку загремели. Только и грипп на излете доставался, и в инфекционку тогда не легли, сами справились, а девочки в больнице еще что-то подхватили, долго выздоравливали — кто их знает, чем они там детей кормят...

Что еще... Машина вроде хорошая, но не сказать чтобы уж очень, хоть и не по статусу, если честно. Там как вышло: его старый «опель» царапнули и немного помяли крыло — встречный «камазист» заснул, ну да хорошо, что обошлось царапиной. Приехал он в мастерскую прицениться, во сколько обойдется грунтовка и правка, а хозяин мастерской оказался фанатом этих «опелей»: как увидел — чуть за сердце не схватился, продай, говорит, редкость великая! Машинки эти, оказывается, ограниченной партией в свое время выпустили, потому и в дефиците они, какой-то там двигатель у них особенный. В общем, за своего ржавого, если честно, «рыжего» он получил почти нехоженую «вольвюху», да еще с новеньким зимним комплектом резины сверху.

Но машина — это же ерунда, это разве везение? Везение — это когда джекпот, а у него с лотереями как-то не складывалось. Вот разве что, когда в новую квартиру въехали (очередь на заводе дошла, ага, уже когда никто не верил и давно все позабыли, что была она, эта очередь, еще с позадавних времен), свезло немного. Поужались-то тогда сильно — все ж обставить надо да ремонт: известно, как у нас квартиры сдают,— пальцем в гипсокартон ткни, все и повываливается, а под подоконники лучше не заглядывай, труха там одна. Правда, их квартиру то ли образцовой держали, то ли что, но, тьфу-тьфу-тьфу, даже кран до сих пор не потек... Ну и вот, на стиральную машину у них отложенных грошей уже не хватило, хоть заужимайся. А где ж без стиралки пеленки-распашонки стирать? Но свезло: он чего-то копеечное прикупил в строительном магазине, но как раз хватило, чтобы в лотерее поучаствовать,— и, вуаля, стиралку выиграл; не «Бош», конечно, но такая навороченная, что до сих пор не во всех функциях разобрались.

Нет, ну по мелочи тоже, случается, везет: где-то чудом из-под колес увернется, где-то у бати тромб так пролетит, что даже врачи удивляются. А мама — та и вовсе будто не стареет.

А еще ему цыганки гадать отказываются. Те, конечно, кто настоящие гадалки. Говорят, ведет его кто-то. Или следит за ним. Он в ответ смеется: дескать, определитесь уже, «на поводке» я или «под колпаком».

Да нет, он и сам чувствует что-то такое в себе, только понять до конца не может... Как-то с мужиками сидели, он даже признался, что честно пытался вспомнить какой-нибудь знаменательный поступок из своей жизни, за который ему... воздается, что ли. И не вспомнил. Ну жертвует, конечно, что-то, посылает, помогает — но как все... Прошлым летом им на завод автобус интернатовский привезли, так они его бесплатно починили — детишкам же. Но это не считается...

Про ту поездку в больницу он, конечно, не помнит. Вообще-то их тогда гороно поставило в план, ну а потом уж и сами увлеклись. Это называлось «шефство»: ездили с одноклассниками по детским садикам и больницам с концертами и спектаклями. Конечно, казенщины было много, речовок всяких. Но после речовок всегда был веселый спектакль: что-то они пели, переделывая слова из киномюзиклов, какие-то сценки ставили.

Ему тогда лет четырнадцать было, только-только голос перестал ломаться. И досталось ему петь на новогоднем утреннике в детской больнице «где среди пампасов бегают бизоны и над баобабами закаты, словно кровь». Он надел на нос прищепку — и получилось очень смешно, гундосо. Прищепка-то была почти незаметная, прозрачная: отец из Болгарии привез маме набор, десять штук на капроновой ленте. Капрон отец потом тоже приспособил, коньки к валенкам приматывал, а прищепки мама берегла — это ж такое богатство, такая редкость: у всех деревянные, серые от воды, а у них — красота! Вот одну прищепку он тогда у мамы и стащил — для спектакля.

Отыграли, насмешили ребятишек из кардиологии. А одна девочка, кроха совсем, не смеялась. Сидит и ни на что не реагирует, а вид у нее такой, будто заплачет.

Он и не выдержал, подошел к девочке, когда все закончилось, что-то рассказывать начал, присел перед ней, стал рожи корчить, потом по карманам своим давай шарить — что бы ей подарить. Отдал все, что было: горсть резинок-«авиационок», они ими на уроках пулялись, карандаш ТМ со сломанным грифелем, карамельку какую-то... А потом еще раз смешно изобразил тот гнусавый голос, с прищепкой на носу. Тут-то девочка рассмеялась и потянулась ручонкой к прищепке. Что делать — он и отдал. Поднялся, по затылку, по коротеньким волосам ей ладонью провел — колется «ежик»: их так в детдоме стригли — он же не знал, что она детдомовская. А еще, вспомнив, колпак бумажный с себя снял и тоже девочке отдал. Это у него в последней сценке такая роль была — Петрушка.

Ну и все, собственно, он про эту историю скоро забыл — через два дня Новый год был, ему тогда отец впервые шампанского налил, совсем ты у нас взрослый, говорит,— в общем, хватило новых впечатлений...

А девочка раньше всех спать легла, подарки не выпуская из рук. И не видела она, что соседки по палате утащили из шкафа на медсестринском посту разные красивые таблетки и поделили на всех. Особенно им красненькие понравились, самые сладенькие. Она бы тоже, наверное, красненькие захотела попробовать, да заснула уже с прищепкой в руке, так что ей таблеток не досталось.

Наутро ее трясли и спрашивали, зачем залезла в шкаф,— она одна тут детдомовкой была, на нее сразу и подумали. Остальные говорить уже не могли, им желудки промывали.

Потом в больницу еще долго комиссии минздравовские приезжали, проверяющие всякие. Ее-то уже выписали тогда — оказалось, что аорточка увеличена, но ничего страшного, просто наблюдаться надо регулярно.

И правда оказалось, что ничего страшного: никогда она про аорточку больше не вспоминала, выросла, на швею выучилась, даже комнатушку дали почти сразу, хоть и в «малосемейке». Замуж вышла за хорошего парня, уральца, переехала к нему, на химзавод устроилась. Вредно, конечно, но зато доплачивали, да и интересно было, по командировкам поездила, страну повидала. Завод скоро прикрыли, а она стала потихоньку шить, как учили. Сначала на себя шила, потом уж и по заказам. Скоро помощниц набрала, от заказов отбоя не было, в областной центр перебрались. Муж помог швейные машинки модернизировать: он у нее настоящий изобретатель, два патента даже в Америке зарегистрированы, на паях с одной крупной машиностроительной фирмой. И химия, кстати, не успела ей навредить: родила мальчика, здоровеньким растет, в этом году думают не прививать от гриппа — зачем, если организм и сам справляется.

Карандаш и колпак, конечно, потерялись, но прищепка где-то у сына в игрушках лежит. Сын любит, когда она его смешит гундосым голосом, надевая на нос уже потускневшую прищепку и напевая ему песенку про бизонов и пампасы.

✱ ✱ ✱

А за прищепку ему тогда от мамы крепко попало. Все-таки комплект был, жалко. Теперь оставшиеся девять лежат где-то на чердаке у родителей.

Сначала-то он маме не признался, кому отдал, а потом уж и сам забыл. Разве что иногда ладонь у него чем-то мяконько покалывает, будто ершиком волос. Но он не может вспомнить, откуда ему знакомо это ощущение.

Лада Бланк
Ангелина

Новый год в детском ожоговом центре — праздник специфический. Огонь не знает правил. Он делает свое дело напористо, сурово, невзирая на нежный возраст, праздничные даты или людские представления о справедливости.

Из узких щелок между повязками, скрывающими лицо, Витя смотрел на нее в упор, не моргая. В уголках глаз застыли бусинки усталых и испуганных слез. По стенам широкого тусклого коридора распластались другие маленькие обитатели ожогового центра. Они провожали глазами каталку, на которой лежал мальчик, целиком обмотанный белыми бинтами, застывший, словно мумия. Врачи бесконечно латали его тело, чтобы собрать хотя бы подобие черненького глазастого пятиклассника Вити, с ямочками на лице и шустрыми ногами.

Пятая пересадка кожи за два месяца. Теперь на лице. Искать доноров становилось все сложнее.

— Геля,— едва выдохнул мальчик и слегка пошевелил рукой. Ангелина накрыла культю теплой ладонью, молчаливо следуя за каталкой по коридору, и наклонилась к отверстию для губ.— Я его простил.

Он всегда говорил это перед операцией.

Она отвела глаза.

Отец Вити в пьяном угаре поджег дом и оставил сына в огне. Где сейчас родитель, было неизвестно; мальчик надолго поселился в больничной палате напротив сестринской подсобки.

Двери операционной захлопнулись, и в общем просторном зале с высокими потолками повисла осязаемая мрачная тишина. Было позднее утро, но в отделение почти не проникало солнце.

По обеим сторонам комнаты стояли желтые покатые скамейки с черными железными ногами, на которые потихоньку, пятясь из коридора, заползали малыши. В углу примостился низкий длинный столик с разбросанным конструктором. У окна пригорюнился стеллаж с небольшой библиотекой детских книг. Из палат сочился приглушенный свет, были слышны стоны и детские взвизги, а нянечка развозила полдник на громоздкой лязгающей тележке.

И, совершенно чужая в этом мире, наполненном слезами и нашатырем, в центре зала вдруг вырастала зеленая великанша, пушистая, как гигантский длинношерстный кот, красавица-елка. Она распахнула могучие ветки и будто бы слегка присела, делая реверанс больным детям и упорным врачам, снова и снова спасающим их жизни. Щедро распыляя лесные ароматы с нотами трескучих заснеженных тропинок, елка всем своим видом заявляла о возможности чуда.

Ангелина подошла к окну, подняла плотные жалюзи и прижалась лбом к стеклу, покрытому зимними узорами.

В детстве ее дразнили каланчой и горбатой вороной. Высоченная, тоненькая, с длинным узким носом, каштановыми густыми волосами до плеч, оттеняющими фарфоровый цвет лица, и прямой непокорной челкой, девушка действительно была похожа на ворону. Она избавилась от сутулости, когда училась ходить по подиуму. В юности Геля думала, что станет моделью и покорит мир, а потом будет разъезжать по свету, учиться в институте и участвовать в благотворительных проектах.

Но блестящего будущего не случилось. Ангелина приехала в город, но не смогла поступить в экономический институт, куда мама так хотела ее пристроить. Мечты о карьере модели казались теперь несусветной глупостью. И когда мама умерла, она начала работать то тут, то там. Еще пару лет Геля судорожно и безуспешно пыталась поступить хоть в какой-нибудь вуз, чтобы зацепиться, встроиться в систему. А потом и вовсе оказалась в больничных сиделках.

Ангелина смотрела на свое отражение. Два года в больнице почти разрушили ее нервную систему. Зеленые глаза запали, щека подрагивала. Лицо как будто выбелили, стерли девичий румянец. Вместе с ним исчезли желания и силы. Она чувствовала себя старой и разбитой. Уже несколько месяцев подряд Геля заканчивала смену стопкой со смесью валерьянки и пустырника. Каждый день она видела, как по недосмотру родителей или по жестокой случайности в ожоговый центр попадали дети. У них были обваренные подбородки, ручки и ножки, ожоговый шок и лихорадка. Родители выли от ужаса, ожидая пересадки кожи.

Витя.

В этом мальчике таилась удивительная сила. Как только боль отступала, в худеньком изувеченном тельце разгоралась жизнь. Большие карие глаза раскрывались, и Витя начинал чертить на компьютере какие-то схемы, запоем проглатывал технические журналы. У него уцелела большая часть рук, на правую поставили протез нового поколения, он мог видеть. И говорил, что это — главное. Только ребенок мог не отчаяться и так искренне любить жизнь, взрослый давно бы озлобился, затаил обиду.

Запертый в белом коконе, мальчик верил, что когда-нибудь обязательно вылупится из него на волю. Втайне мечтал, что Геля заберет его к себе. Но потом пугался своих мыслей и переключался на что-то более понятное, возможное.

Геле хотелось сорвать с Вити белые тряпки и посмотреть, как он побежит по дорожке напротив больницы и будет махать ей на прощание. Она так четко видела эту сцену, что ей казалось, будто она реальна.

Тем отвратительнее было вдруг вернуться из своих мыслей в реальность, ощутив запах свежей мочи с оттенком гари. И услышать крики детей из перевязочной.

— Чай хааачуу, пайййдемм! — неожиданно повисла на ноге малюсенькая Аленка.— Пай-дем, пай-дем, пай-деем.

Геля собрала остатки сил, развернулась в зал, подняла малышку на руки и прижала к себе.

— Да, зайцы, и то верно! — Хватит грустить.

Они уселись вокруг столика, кто на скамейках, кто у Гелиных ног. Старшие принесли поднос с чаем в высоких стаканах и печеньем в белых пиалах. Потом пили чай, и Геля читала им сказки.

Спустя час Ангелина уложила малышей на дневной сон, сделала перевязки и пошла в больничную ванную стирать нижнее бельё своих подопечных. Нужно было как-то скоротать время. Еще полчаса — и Витю привезут из операционной.

По пути она заскочила в палату номер три рядом с сестринской. У высокой кровати сидела мама годовалого малыша и остекленевшим взглядом смотрела на его сонный профиль. Мальчик схватил кружку с кипятком со стола на кухне и вывернул себе на шею, пока мама на секунду отвлеклась на бестолковый звонок по мобильному. Геля подошла, тихо опустилась на корточки и заглянула ей в глаза:

— Вы ложитесь, полежите с ним рядом. Все будет хорошо.

Мама подняла опухшие глаза и с надеждой посмотрела на Гелю.

— Я... Мне так...

— Вы не виноваты. Этот ожог пройдет почти бесследно, поверьте, я видела разные случаи. У вас все будет хорошо. И не плачьте, пожалуйста. Тут у нас не принято, чтобы детей не пугать. Только улыбки и хорошее настроение.

Геля ободряюще улыбнулась и направилась к выходу.

Мама перевела взгляд на удаляющуюся девушку и подумала, что никогда не видела такой красивой, такой особенной улыбки. На сердце стало легче.

Геля зашла в больничную прачечную, присела на край облупившейся ванны. Пару лет назад она была полна сил совершить маленькую революцию. А сейчас чувствовала себя куклой, которую по недоразумению заставляет двигаться неугомонный кукловод с неизвестной целью. Незаметная, бесполезная одиночка.

Наконец двери операционной со скрипом отворились. Витю вывезли молоденькая ассистентка главврача и большой санитар в синем халате, не сходящемся на могучем торсе, с огромными ручищами и трехдневной щетиной. Витя еще не отошел от наркоза.

«Зачем же так складывать руки»,— содрогнулась Геля от вида перебинтованного мальчика со скрещенными на груди руками.

Она встретилась глазами с главврачом, который стоял в глубине операционной. Он стянул одноразовую шапочку, вытер пот со лба и еле заметно кивнул.

Геля чуть слышно вздохнула. Все кивки Виктора Анатольевича она выучила назубок. Этот означал, что операция прошла успешно и осложнений, скорее всего, не будет. Значит, совсем скоро Витя будет вместе со всеми встречать Новый год.

Ангелина забыла об усталости, схватила каталку и повезла Витю в палату.

На полпути остановилась и бережно положила худые Витины руки вдоль тела.

«Вот так гораздо лучше»,— подумала она и, легонько улыбаясь, ввезла его в палату.

Виктор посмотрел на ее длинные точеные ноги в светлых балетках, торчащие из-под короткого белого халата. Потом вышел из операционной, почти сорвал халат, сунул его в руки белокурой маленькой сестре и порывистой походкой направился в кабинет.

Санитар зашел в палату и легко, как пушинку, переложил Витю на кровать.

День прошел незаметно, в череде нескончаемых больничных дел.

Марина Львовна, старшая сестра отделения, выключила из розетки развешенные по всему залу новогодние гирлянды, погасила верхний свет в больничных коридорах. Оставила гореть два торшера по бокам зала и настольную лампу на стойке дежурного поста.

Зашла в Витину палату.

«Совсем измучилась девочка»,— подумала она сокрушенно.

Легонько потеребила Гелю за плечо и шепнула ей почти неслышно, чтобы не испугать:

— Иди домой, дочка. Давай быстренько. А то Виктору расскажу.

Виктор Анатольевич любил порядок, смена закончилась — домой, отдыхать.

Геля посмотрела на стенные часы. Почти час ночи. Она уснула в палате своего маленького друга, на соседней кровати.

Его палата была большой, но уютной. Старались всем больничным штатом. Цветастый чайник в углу, телевизор на стене. На кровати — новый матрац и яркое, не больничное, постельное белье.

В палате стояло еще несколько детских коек, но с Витей никого не селили.

На стенах висели чертежи самолетов и каких-то новых летающих машин, которые Витя придумывал сам.

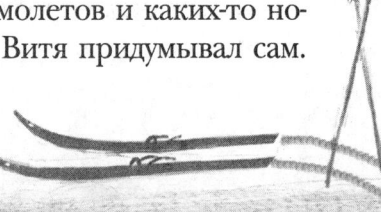

Каждому самолету он давал имена. Любимым был красный лайнер Футурист, на котором они все вместе когда-нибудь, по Витиному заявлению, отправятся на море.

«Надо идти, завтра будет непростой, решающий день»,— подумала Геля и направилась к выходу.

По дороге она заглянула в приоткрытую дверь третьей палаты. Постояла полминуты и, когда глаза привыкли к темноте, увидела, как, тихо вздрагивая, беспокойно спит мама, скорчившись у кровати на коленях и положив голову рядом с головой своего малыша. Так они спали, дыхание к дыханию.

«Койки мамашам не полагаются»,— сказала бы сестра Валя. И это было правдой.

На следующее утро Ангелина шла в больницу с твердой решимостью наконец поговорить с главврачом.

Виктор Анатольевич был красивым молодым мужчиной и неизменно будоражил сокровенное женщин самых разных возрастов и конфессий. Отец — какая-то медицинская шишка — в силу неясных причин запихнул его, молодого и перспективного, на эту должность в провинциальной больнице. И Виктор работал с размахом, талантливо, уверенно, к нему стекались пациенты со всей страны, его вызывали на медицинские консилиумы. Но понемногу невероятная несовместимость детей и ожогов четвертой степени источила душу и стянула ее железным кожухом защитного цинизма. Он совершенно выгорел и не мог уже вспомнить, что прежде был способен что-то чувствовать. Виктор выпивал, и следы злоупотребления дорогим виски начинали проступать на лице то отеком, то лопнувшим сосудом.

Он сидел в своем кабинете и никак не мог сосредоточиться.

Недавний звонок бывшей жены, по обыкновению, выбил его из наезженной колеи рабочего дня. Но уже не было ни злости, ни раздражения. Он посмотрел на вереницу дипломов на стене. Задержался на фото отца в золоченой раме. Тот вполоборота, величаво и с укором, поглядывал на Виктора, пожимая руку президенту на вручении очередного ордена. Они все от него чего-то хотели. Плевать.

Геля постучала в кабинет и, войдя, с облегчением поняла, что главный на месте.

— Виктор Анатольевич!

Она стояла прямая, взгляд в упор, и только руки выдавали волнение, неустанно теребя полу халата. Протянула ему слегка помятый листок с заявлением.

— Я ухожу. Детям не говорите. После праздника им сама объясню.

Пробегавший истории болезни взгляд Виктора на секунду переместился на Гелю. Он не помнил, чтобы та говорила так громко и решительно.

— Ненадолго тебя хватило,— сказал главный, размашисто подписывая заявление.

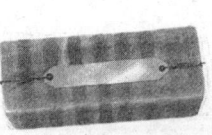

Спорить не было сил. Почему-то вдруг захотелось поддаться неожиданному порыву и обхватить темную голову Виктора. Положить ее себе на плечо. И гладить, гладить не переставая. И голову, и руки, жилистые, крепкие. Всегда, с самой первой минуты, она смотрела на него снизу вверх, как на небожителя, обладателя тайной врачебной и явной мужской силы. Перевела взгляд на лицо, стараясь запечатлеть в памяти каждую черточку. Он никогда не обращал на нее внимания. Пользовался, как и все вокруг, ее безотказностью и немым согласием с обстоятельствами.

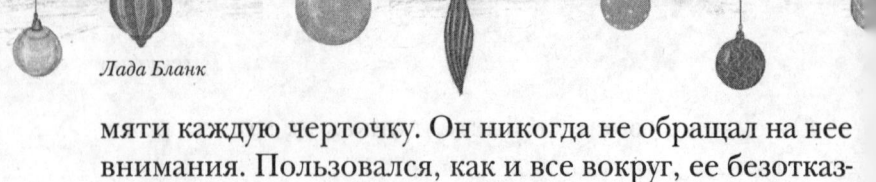

Виктор Анатольевич посмотрел сквозь Гелю и как будто что-то вспомнил:

— Куда пойдешь?

— Лечиться поеду, в санаторий.— Она помолчала.— У меня лицо немеет, говорят, это нервное,— проговорила она в равнодушную тишину.— Ванны, грязи.

— Тут не только лицо онемеет.— Он посмотрел ей в глаза и неожиданно для себя спросил: — Ну а потом?

— Ну а потом буду искать другую работу и поступать в медицинский. Не могу я больше на все это безмолвно смотреть.— И зачем только наболтала ему, подумала Геля.

Ни разу они не говорили наедине. Она даже не была уверена, что он помнил ее имя.

— Хм.— Главврач удивленно посмотрел на странную девушку и подумал, что ничего о ней не знает. Удобная, как дополнительная рука, она неизменно оказывалась там, где больничный организм вдруг начинал пульсировать, и срочно нужны были перевязка, лекарства или нежные объятия для испуганного ребенка.— Ну это вряд ли. Так тебя там и ждут.— Он помолчал.— Не найдешь работу — возвращайся. Дети любят тебя. Да и Витю выхаживать будет некому.

Надавил на самое больное.

Геля знала, что спасается бегством, но какой-то внутренний инстинкт гнал ее из больницы.

Она прикрыла дверь кабинета и нащупала в кармане распечатанные билеты. Путевка куплена, предоплата внесена. На карте накопилось прилично, она почти не тратила деньги. Ровно через две недели она уедет из этой зимней слякоти и будет бродить вечерами по сухим мостовым уютного чешского городка, ловить руками снежинки и мечтать о будущем. В уютном кафе рядом с санаторием она обязательно поболтает с какой-нибудь русской бабушкой, укутанной пледом, сядет в уголок с книжкой и будет потягивать глинтвейн, меланхолично глядя в окно на сказочный снежок. А потом вернется и начнет все сначала.

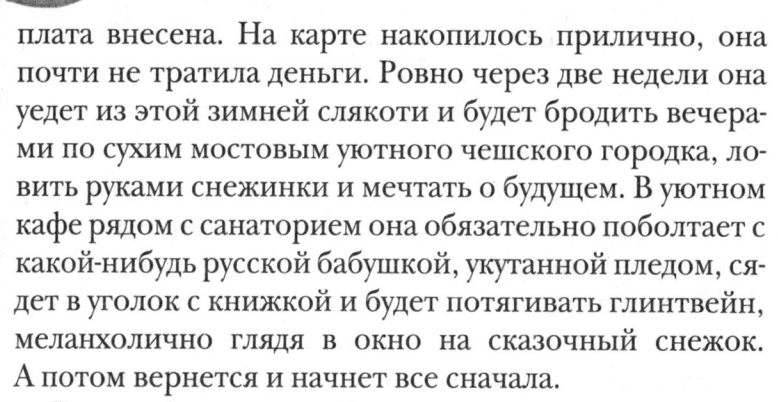

Виктор Анатольевич достал из ящика стола желтую пачку крепких сигарет без фильтра, подошел к окну и нетерпеливо затянулся. Что-то неуловимо екнуло у него в том месте, где по анатомической логике должно было быть сердце. Но, едва ощутив первую затяжку, он начал думать о круговороте новых дел и тут же переключился на работу.

Геля вышла в зал, наклонилась к компьютеру, спрятавшемуся за елкой, и включила четвертую симфонию Шуберта. Буду учиться на дневном, а на выходных и по вечерам — вкалывать. Она подышала, ощутила внезапный прилив сил от собственного решительного шага и начала смену.

Близился праздник. С детства сохранившееся мандариновое ощущение само собой растекалось где-то внутри. Воспоминания о счастливых домашних посиделках, горках шоколада в цветных обертках и долгожданных новогодних подарках поневоле возвышали этот день над вереницей других, монотонных, безликих, запускали механизм ожидания событий, обязательно радостных, обязательно волнующих.

Новый год Геля собиралась встречать в больнице. Домой детей на праздник не отпускали. Родители приносили подарки и уходили с тяжелым сердцем, отдавая ребят на откуп врачам и медсестрам. А вот у отказников праздники заканчивались слезами, потому что получать новогодние подарки им было не от кого.

Но только не в этом году.

Ангелина добилась для своих детей подарков от благотворительного фонда, с которым вела переговоры целых полгода. И полгода спустя фонд исполнял мечты ее маленьких отказников. Верочке со сгоревшими ногами — куклу-фею; Виталику, которого воспитательница детского дома случайно окатила кастрюлей кипящего молока,— новенький смартфон, а малюсенькой Аленке, на которой целиком сгорело легкое летнее платьице,— кукольный домик. И вот, наконец, за пару недель до праздника, фонд нашел спонсора на баснословно дорогой 3D-принтер для Вити. Это был подарок, о котором он мечтал. Который даст ему силы переживать каждый новый день.

После праздника она уйдет, а потом станет навещать Витю и кормить его шоколадом, помогать Марине Львовне и приносить малышам печенье.

И попробует начать собственную жизнь.

Вечером, упаковав часть подарков, Геля подошла к ординаторской и услышала в чуть приоткрытую дверь сухой голос Виктора Анатольевича:

— Не дадут больше кожи, закрыли для него квоты. Тем более для лица не дадут. Сказали натягивать, как сумеем, и перестать лезть со своими запросами.

Геля боком вошла в кабинет.

— Жаль, конечно. Но вы сделали, что могли, Виктор Анатольевич.

Холодная, как лягушка, врач детского отделения Евгения изобразила сострадание, больше похожее на заигрывание. Она была вся такая женщина-женщина, халат в обтяжку, большая грудь навынос, туфли на высоких каблучках. Евгения давно пыталась заманить в свои сети холостого главврача, но, судя по его пустому, равнодушному взгляду, совершенно безуспешно. Тот как-то вскользь, по-врачебному сухо поглядывал на ее торчащую из халата грудь. И думал о Вите. О том, сколько труда и сил вложил в этого мальчика. И как все неудачно теперь складывалось.

Геля подошла поближе. Стало ясно, что пересадка оказалась неудачной. Справившись худо-бедно с другими частями Витиного тела, для его лица специально приберегли самую лучшую кожу какого-то молоденького донора. И она не прижилась. И теперь Новый год и все ее планы летят в тартарары. Вите удалят неприжившийся лоскут, стянут старую кожу в невыразительный комок, и он будет отходить от наркоза. Потом очнется. Вялый, апатичный. Нет, он не покажет виду. Соберется с силами, будет отшучиваться и бахвалиться новым протезом, мол, он еще даст о себе знать. Но лицо его теперь навсегда останется месивом из шрамов. Гуинплен, никому не нужный, потерянный, одинокий, такой же, как она сама, только хуже, гораздо хуже. Все ее отчаяние — только в душе, а его — на лице, на теле, израненном и навсегда утратившем свою детскую нежность.

В этом городе больше не было хирургов, которые могли бы ему помочь. Возиться с брошенным мальчиком никто не станет. Жив — и бог с ним. Да, существовали фонды, но и к их помощи уже тоже прибегали. Шансов было ноль.

— И вы не будете бороться? — выкрикнула Геля.

Виктор Анатольевич бросил на нее усталый взгляд и медленно опустился в кресло. Он постукивал длинными пальцами, слегка пожелтевшими от нескончаемых сигарет, по пухлой папке с Витиной историей болезни.

— Кризис, плюс все квоты мы исчерпали, ты сама это знаешь.

— Он даже без повязки никогда ходить не сможет, это же невозможно так оставить! — Гелю трясло от негодования.— Как вы можете! — Нельзя сдаваться, нельзя!

Виктор молчал.

Она выскочила из ординаторской, вбежала в Витину палату.

Он лежал тихо-тихо, почти неслышно. Спал. Геля наклонилась к перемотанному лицу и стала гладить его потихоньку, еле-еле, чтобы не разбудить и не сделать больно.

— Маленький ты мой, маленький. За что так, почему? Что же мне теперь делать?!

Марина Львовна зашла в палату, постояла рядом с Витей, поправила ему капельницу. Потом подошла к Геле и неловко погладила по голове:

— Пойдем, хватит рыдать. Пусть поспит.

Геля шепнула в ответ:

— Я посижу, не могу пока. Пожалуйста.

Сестра покачала полуседой головой и вышла из палаты.

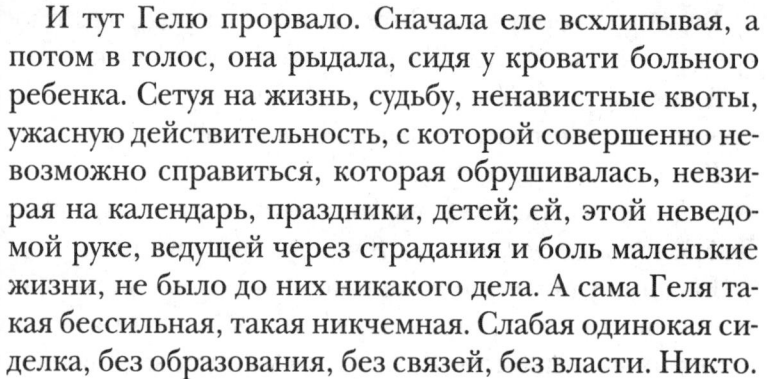

И тут Гелю прорвало. Сначала еле всхлипывая, а потом в голос, она рыдала, сидя у кровати больного ребенка. Сетуя на жизнь, судьбу, ненавистные квоты, ужасную действительность, с которой совершенно невозможно справиться, которая обрушивалась, невзирая на календарь, праздники, детей; ей, этой неведомой руке, ведущей через страдания и боль маленькие жизни, не было до них никакого дела. А сама Геля такая бессильная, такая никчемная. Слабая одинокая сиделка, без образования, без связей, без власти. Никто.

Внезапно она выпрямилась от мысли, словно пронзившей ее насквозь.

«Нет. Кое-что я могу сделать. Кое-что у меня есть. И даже очень много, и даже более чем достаточно».

Она выскочила из палаты и отправилась на поиски главврача.

Виктор Анатольевич делал обход вместе с Евгенией. Виктор часто помогал врачам разбирать новые случаи, мог внезапно вмешаться в ход лечения. Он считал, только так может контролировать больничный кровоток. Быть близко и чувствовать его малейшие вибрации.

Геля зашла в палату, подошла к главврачу поближе и слегка коснулась рукава.

Он выпрямился, и они встали друг напротив друга. И стояли так, почти одного роста, глядя друг другу в глаза.

— Я буду донором,— громко сказала Геля.

Он медленно провел рукой по лбу, посмотрел на нее долгим глубоким взглядом и отчеканил:

— Нет.

Виктор отвернулся к Пете пяти лет от роду. Тот смотрел на них во все глаза, придерживая повязку крохотной пухлой ручкой. Светлые кудряшки рассыпались по подушке, и на них играло закатное солнце.

Геля повысила голос:

— Да. Я все решила, вы не имеете права отказать. Добровольное донорство. Я читала инструкцию.

Евгения удивленно уставилась на Гелю, как на обезьянку в цирке, которая вдруг начала вытворять неожиданные кульбиты. Как можно было пожертвовать куском своей здоровой кожи ради какого-то чужого ребенка, в ее голове совершенно не укладывалось. Тем более куском кожи с бедра — ведь это так видно на пляже. Или, того хуже, с шеи. У молоденькой девушки останется кошмарный шрам. И все ради того, чтобы лицо мальчика стало чуть менее страшным.

Геля посмотрела на Евгению и заявила:

— Моя кожа, что хочу, то и делаю.

Главврач положил ей руку на плечо:

— Геля, это слишком опасно для вас. А толку не будет никакого. Подрастет, передадим его в пластику. Отдадите лоскут, а он не факт что приживется. Будет плохо и вам, и ему.

— Приживется. Моя кожа приживется, я знаю. У нас одна группа крови. И мы еще как-то совпадаем, я чувствую это.— Перед выходом из палаты вдруг повернулась, тряхнула челкой и проговорила: — Вы знаете мое имя. Как это мило.

Вышла и твердым шагом направилась в его кабинет.

В ней поселилась сила, сопротивляться которой было немыслимо.

Виктор Анатольевич ошарашенно смотрел ей вслед и непроизвольно поддался порыву.

— Завершите осмотр,— бросил он Евгении и направился вслед за Гелей.

События развивались стремительно. Результаты анализов показали, что Геля полностью здорова. Причин откладывать пересадку не было.

Когда ее везли в операционную, она улыбалась.

Накануне Ангелина получила доступ к Витиной истории болезни и личному делу. Витин папа после смерти второй жены остался с мальчиком один. И, судя по всему, постепенно превратился в обыкновенного деревенского пьяницу. До того как произошло несчастье, его не раз вызывали в органы опеки и грозились отобрать ребенка.

На одном из документов Геля обнаружила его фото.

...Фотографию своего собственного отца она видела лишь однажды. Мама никогда не рассказывала о нем и только один раз поддалась ее мольбам, вытащила откуда-то помятый черно-белый снимок и безмолвно, с перекошенным лицом передала дочери. В личном деле Вити было точно такое же фото.

...

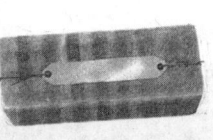

Тридцать первого декабря, ближе к полуночи, их вместе ввезли в украшенный к празднику зал: Гелю на одной каталке, Витю — на другой. Обитатели ожоговой радостно обступили их и наперебой обнимали. А потом столпились вокруг елки-великанши, такие живые, с блестящими глазами, болтая и предвкушая приближение праздника. Пахло шоколадными конфетами, морсом из черной смородины и еловыми шишками. Подвыпившие медсестры в хозблоке заигрывали с Сергеем Сергеичем из перевязочного пункта, свеженареченным Дедом Морозом, ожидающим своего торжественного выхода.

Марина Львовна по Гелиной команде включила заготовленную новогоднюю фонограмму, сделала погромче колонки.

И началось, закрутилось.

Спустя полчаса весь пол был усыпан конфетти, подарки распакованы. Ее подопечные, все до единого, светились алыми счастливыми щеками.

Такого буйства красок и детских восторгов ожоговый центр не видел со времен своего основания.

Геля, будто в полусне, глядела на ребят повлажневшими глазами и чувствовала, как неизвестно откуда в нее вливаются новые силы.

Виктор Анатольевич неслышно подошел к Геле сзади и медленно проговорил, усмехнувшись:

— Ну что же, Ангелина... — Он помолчал. А потом наклонился и с непонятно откуда взявшейся нежной игривостью сказал: — Я долго молчал. Но теперь, когда я узнал вас, скажем так... с другой стороны, я скажу. Зад у вас — отменный.

Геля покраснела, зажмурилась и едва слышно хмыкнула.

Главврач отвез каталку чуть ближе к центру зала, и они вместе смотрели, как ребята увлеченно играли подарками. От него приятно веяло терпким парфюмом с легким шлейфом сигарет без фильтра.

— И еще. Похоже, я смогу для вас кое-что сделать,— изменившимся тоном отрывисто бросил он.

Геле захотелось схватить и удержать сердце, зачастившее от его близости.

— У меня в первом меде приличные связи. Вы поступите и останетесь работать здесь. Ангелы в больнице — дело, знаете ли, нечастое,— хмыкнул он.

Гелю охватило осознание одновременно правильности и предопределенности происходящего. Как будто перемешанные в невыразительную массу детали пазла вдруг чудесным образом разместились по своим местам. Уютные чешские мостовые медленно таяли в тумане.

А проступали другие картинки, пока нечеткие, но наполненные таким важным для нее смыслом.

Витя, полулежа в своем кресле-каталке, медленно поглаживал коробку из-под принтера, которую попросил водрузить себе на колени. Геле было ясно, что где-то там, под повязкой, он улыбался.

В уголках его глаз носились неутомимые чертики будущих побед и разочарований, надежды и отчаяния, радости и грусти. Жизни.

Лара Галль

Пойдите к продающим и купите

Человек местами как цветок, думаю я,— во сне сворачивается наиболее удобным образом, а наяву расправляется, чтобы вобрать всем сердцем и всем помышлением своим побольше обслуживания.

Человек определенно божественнен, думаю я,— мифы не лгут, ну потому что посмотрите на любого, да хоть на себя: разве в настройках по умолчанию не стоит «каждый должен быть мне полезен» и «все должно быть устроено так, чтобы мне было удобно». И это не только в сфере обслуживания, человеку вся жизнь вообще — сфера обслуживания.

И раздражается ли он на плохой wi-fi в полете, или на угрюмую кассиршу, или на козла водителя в правом ряду, или на тупящего ребенка, или на неумелого любовника, или на непонимающую мать — это всегда вопль по неидеальному обслуживанию, всегда. И жалобы вида «меня не ценят», «меня не понимают», «меня не балуют» — суть одно: меня плохо обслуживают. Хотя кто, ну кто будет тебя понимать и ценить, баловать и угадывать, если вокруг — такие же как ты, с запросом на то же, что и у тебя? Ну это примерно как если бы все вдруг выиграли в лотерею — возможно, почему нет, только выигрыш будет меньше стоимости лотерейного билета.

Кстати, знаменитое «наг я вышел из чрева матери моей, наг и возвращусь» — в том числе и про то, что без других человеку не выжить с рождения до смерти: человек наг, и ему кажется, что ему нечего дать другим и надо успеть взять побольше, чтобы поставить между собой и смертью. И чем больше он наберет и поставит — тем мощнее буфер между одной наготой и другой. И человек смотрит из окна себя на мир как на источник недополученной дани.

Забавно, что даже в своей заботе о других человек норовит обслужить себя, думаю я, глядя на фарфоровых кукол в витрине.

Куклы в старинных шляпках и платьях, локоны причесок прелестны, а вон та похожа на маленькую девочку, которой я хочу купить подарок на Новый год. Вот куплю и подарю ей — они так похожи, что это невозможно просто так оставить, надо непременно составить историю: купить куклу и принести девочке ее двойника, и увидеть ее реакцию, и уже распирает от сюжета, ааааа. (Девочка хочет на Новый год совсем другое — проектор звездного неба, например,— но, что она понимает, когда тут такое, вот куплю, принесу, и будет круто.) Не будет, понимаю я,— невозможно предписать другому, что ощущать, когда тебя прет от собственных затей.

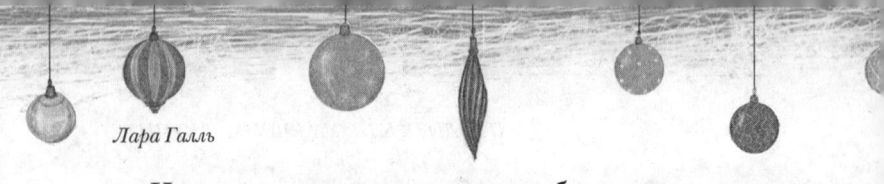

Человек склонен ставить себе в зачет количество усилий.

Не конечную пользу другому, а «я пытался» — словно количество суеты нагляднее, самооправдательней, чем тихое вникание и точечное попадание в пользу для другого. Но нет, «я пытался» имеет для человека вес, а то, что вам другое нужно,— так это «вы о себе возомнили».

На самом деле возомнили все:

возомнила я, порывающаяся купить внучкам коробку с птифурами, потому что мимими же: маленькие пальчики будут брать эти крошечные пирожные – ну разве не идеально я срифмовала? (маленькие пальчики предпочитают маленькие бутылочки с актимелем, но это их сюжет, а я вот только что вообразила свой с птифурами, что ж мне, нельзя драматургом побыть за свои деньги, ну подумаешь, диатез);

возомнили все, кто сейчас покупает подарки к Рождеству, уложив рот в гримаску в «пусть скажут спасибо и за это»;

возомнили и те, кто предчувствует, что дарители опять не угадают и вручат какую-то фигню, потому что ни фига не понимают, не умеют выбрать, а хочется чуда и праздника;

все возомнили о себе, но того не видят, потому что самое сладкое чувство на свете — это ощущение что ты режиссируешь сюжет (ну раз уж не повезло стать гениальным актером у режиссера, позвавшего тебя на все готовое — украсить собой идеальную картинку).

И я все думаю про это чудо, которого все ждут в Рождество,— оно главный герой всех этих святочных историй, расплавляющих сердце в слезы.

ПОЙДИТЕ К ПРОДАЮЩИМ И КУПИТЕ

Это чудо совпадения, когда человеку вдруг дают в точности то, что ему нужно. И явление это — такое ценное и редкое, что о нем без конца снимают фильмы и тиражируют истории, чтобы хоть как-то растормошить это чудо случаться почаще, и все верят, что чудо случается, потому что вот так идеально срабатывают высшие силы, и происходит резонанс полезности у дающего и принимающего.

На самом деле это чудо вполне можно воспроизвести в домашних условиях. Потому что всякая история про чудо — это история про то, что другой на время убрал до минимума настройки собственного желания обслуживаться и прислушался к эфиру другого. И сквозь шум и треск чужих частот уловил в нем древний запрос на избавление от страха. И подарил ему что-то годное для помещения в буфер между первой и последней наготой.

(Ну примерно как Бог подарил миру младенца Иисуса, контрабандно протащив его на чумную нашу планету, мысленно прибавляю я,— исключительно полезный подарок, вот только бы уметь его правильно юзать.)

И последнее полнолуние этого декабря подсвечивает эту мысль древним светом.

Ольга Лукас

Лапа ищет человека

Лапу бросили за четыре дня до Нового года.

Медсестра Рая сразу заподозрила неладное. Так она потом рассказывала всем сотрудникам и посетителям клиники «Кошачий лекарь»:

— Я сразу заподозрила. Когда ребенка оставляют в кабинете одного — что это за хозяева такие?

«Ребенок» — значит, четвероногий пациент. Рая всех животных называет детьми. Особенно тех, кто нуждается в медицинской помощи.

Но Лапа ни в какой помощи не нуждался. Хозяева принесли его на осмотр, оставили в кабинете доктора Иванова, а сами пошли к Максиму, заводить карточку пациента.

Максим — администратор клиники и будущий ветеринар. На самом деле он хоть завтра может идти и лечить животных, он это умеет, и опыт у него есть. Но он хочет работать только в «Кошачьем лекаре». Вот и ждет, когда клиника расширится, и ему выделят отдельный кабинет для приемов. Пока же он консультирует хозяев по телефону, выписывает карточки, принимает оплату и ведет хозяйство. А помогает ему Подарок — серый кот дворовой породы, один из старейших сотрудников «Кошачьего лекаря».

Подарок успокаивает животных, которые пришли на прием, поддерживает их хозяев и деликатно удаляется на кухню, если в кошачью клинику приводят собаку. А один раз безутешные хозяева принесли попугайчика, которого потрепала соседская кошка. И потребовали, чтобы вслед за Подарком убрались все коты, ожидавшие своей очереди в коридоре! Ведь от этих хищников — одни когти чего стоят — всего можно ожидать, а бедная птичка уже настрадалась. Но Максим навел порядок, взял попугая под свою защиту, и вскоре доктор Иванов уже осматривал пернатого пациента.

Так вот, когда хозяева Лапы подошли к стойке администратора, чтобы оформить все необходимые документы, Рая сразу заподозрила неладное, а Максим — нет.

— Порода — шотландский вислоухий. Цвет — дымчатый.— записал он в карточку пациента.— Сколько лет коту? Не больше двух, да?

— Где-то около двух,— кивнула хозяйка.— Мы точную дату потеряли. Понимаете, записали на бумажке, положили в секретер и потеряли.

— Понимаю,— сказал Максим, привычным движением смахивая на пол исписанные мятые листки, которым не место на стойке администратора клиники.— Как зовут?

— Ирина Владимировна. А мужа — Аркадий Кириллович.

— Котика как зовут.

— Понимаете,— смутилась Ирина Владимировна,— мы записали на бумажке его возраст, и паспортное имя, и породу, что там еще?

— Родителей! — подсказал Аркадий Кириллович.— Дипломированные медалисты!

— И положили в секретер? — догадался Максим.— Но называете же вы его как-то. Когда погладить хотите, например.

— Погладить? — удивился Аркадий Кириллович.

— Мы его зовем Лапа! — внесла ясность супруга.— Понимаете, когда нам его принесли, он был — ну вылитый лапоть. Такой, знаете, каким щи хлебают. Мы сначала назвали его Лапоть, а потом сократили до Лапы.

— Тогда я записываю: кличка — Лапа,— сказал Максим. Он не стал говорить, на кого, по его мнению, похожи сами хозяева шотландского вислоухого котика (Аркадий Кириллович — на лысого ежика в тесном костюме, Ирина Владимировна — на метелочку для пыли, сделанную из разноцветных синтетических волокон).

— У него и документы какие-то должны быть, у заводчика,— подал голос Аркадий Кириллович.

— Не надо. Сейчас мы заведем ему карточку. Какие жалобы?

— Жалобы? Вы знаете, он ковер царапает,— начала перечислять Ирина Владимировна,— потом — будит нас в выходные рано утром, чтобы поесть ему дали. Еще рассыпает в туалете свой наполнитель. Потом —

топает по ночам по коридору. Один раз уронил с полки сувенирную фигурку.

— Из крана пьет, когда у него миска своя есть! — наябедничал Аркадий Кириллович.— Шерстью на брюки линяет! Вечером как придем — проходу от него нет, все лезет, куда мы — туда и он! Под ногами шныряет!

— Значит, на здоровье жалоб нет, и вы решили удостовериться, что с животным все в порядке? — уточнил Максим.

— Мне сотрудница на работе сказала — отвезите вы его в клинику и осмотрите, чего он у вас бегает по ночам и всех будит,— пояснила Ирина Владимировна,— может, он психический.

— У сотрудницы свои коты есть?

— Что вы, нет, конечно. Ей только котов не хватало, с ее-то детьми. Все как один ненормальные!

— Вы только не волнуйтесь. Доктор сейчас осмотрит вашего котика, мы подлечим его, если понадобится. В дальнейшем будете привозить его раз в год на плановый осмотр. Ветеринары нашей клиники также выезжают на дом. Но к здоровому животному врача вызывать смысла я не вижу.

— Раз в год? — нахмурился Аркадий Кириллович.— Знаете, молодой человек, вы пока тут заполняйте все, а мы сходим в банкомат, снимем деньги. Чтобы заплатить вам за работу, за прием. За лекарства там всякие.

Максим кивнул, и хозяева Лапы ушли. Отключили телефон и больше не вернулись. Оставили в клинике своего шотландского вислоухого друга. Решили, наверное, что это слишком дорогое удовольствие — раз в год на осмотр приезжать. А вдруг кот окажется психическим, как предрекала сотрудница Ирины Владимировны? Тогда вообще расходов не оберешься.

А Лапа-то об этом ничего не знал! Он терпеливо сносил все медицинские манипуляции: доктор Иванов умеет успокоить даже самого тревожного котика. Вот, только когда осмотр закончился и показал, что пациент совершенно здоров, некому было за него порадоваться. И заплатить по счету.

Рая, которая, как мы помним, с самого начала заподозрила неладное, но почему-то молчала, схватила «ребенка» в охапку и начала его укачивать.

Лапа обмяк у нее на руках, как плюшевая игрушка. Впервые в жизни он покинул квартиру, в которой жил почти два года, оказался среди незнакомых запахов, и хозяева куда-то исчезли.

Появились новые пациенты, и Рая вынуждена была заняться ими. Лапу отдали Максиму. А тот перепоручил его заботам Подарка.

Увидев другого кота, по виду здешнего хозяина и начальника над всеми людьми, Лапа прижал и без того обвисшие уши, весь съежился и стал медленно отступать к выходу.

— Не бойся меня, пошли,— коротко сказал Подарок и повел новенького на кухню.— Ешь, пей. Туалет сам найдешь. Надеюсь, ты приучен? Захочешь отдохнуть — вон там шкаф со швабрами, на верхней полке сплю я, можешь устраиваться этажом ниже. Освоишься — приходи, поговорим.

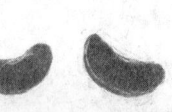

Лапа хотел внимательно обнюхать кухню, но за дверью послышались шаги, и он прыгнул вверх, в сторону, снова вверх — и оказался в пластмассовой синей бочке. В сентябре в ней привезли песок, и доктор Иванов велел ее не выбрасывать: летом эта бочка пригодится ему на даче. Сейчас же бочка стояла в углу, занимала место и не приносила никакой пользы. До тех пор, пока в нее не прыгнул Лапа.

В бочке было уютно и безопасно. Пахло песком и пластмассой, но это были неопасные запахи. Весь мир оказался за пределами синих стен, и дымчатый шотландский вислоухий решил обдумать все, что с ним произошло. Но вместо этого уснул.

Лапы хватились лишь к вечеру: Максим каждый час звонил нерадивым хозяевам, но те, как видно, не просто отключили телефон, но для надежности еще и закопали его в землю на перекрестке трех нехоженых дорог где-нибудь в глухомани.

Подарок был занят важным делом: успокаивал сиамских котят, прибывших на первый в жизни осмотр. Доктор Иванов ушел сегодня пораньше, зато вернулась с выездов Анна Борисовна, чтобы закапать глаза своей постоянной пациентке, престарелой болонке Кумушке. По правде сказать, хозяйка Кумушки, одинокая старушка, и сама прекрасно справлялась с этой процедурой, но ей нравилось приходить в клинику, чтобы поболтать с Раей.

— А где же кот-то ваш новый? Или его в карантин закрыли? — спросила разговорчивая бабулька, когда запас дневных сплетен был исчерпан.

Тут всполошился Максим: он оставил Лапу на попечение Подарка, потом приехали эти сиамские, и Подарок приступил к своим должностным обязанностям.

Но котят уже собрали в переноску, клиника скоро закрывалась, и надо было решать, оставлять вислоухого подкидыша на ночь или временно пристроить к кому-то из сотрудников?

— Убежал, должно,— рассуждала хозяйка Кумушки,— коты по запаху дом находят. У нас жильцы из пятого подъезда забыли как-то раз кошку на даче...

Увлекательную историю о путешествии соседской кошки, преодолевшей все препятствия на пути к родному пятому подъезду, слушать было некому: Рая, Максим и Подарок отправились на поиски Лапы.

Но нашла его Анна Борисовна: зашла на кухню попить кофе, сняла с полки свою любимую оранжевую чашку, привычно споткнулась о синюю бочку, которую доктор Иванов будто нарочно поставил на дороге, и вдруг увидела в бочке кота, о котором уже столько всего сегодня слышала!

— Вы посмотрите на этого Диогена! — шепотом сказала Анна Борисовна, вернувшись в коридор, где обычно ждали приема животные и их хозяева, а теперь сидела только хозяйка Кумушки.

Все, кто еще оставался в клинике: сама Анна Борисовна, Рая, Максим, Кумушка и ее хозяйка,— на цыпочках зашли в кухню и по очереди заглянули в бочку. Для чего Кумушку, к примеру, пришлось поднять в воздух. Такое обращение ей не понравилось, о чем она сообщила посредством недовольного гавканья, переходящего в капризный визг.

Шум, возня и суета разбудили Лапу. Он ошалело огляделся по сторонам, выгнул спину и сиганул вверх.

— Вы на бешенство его проверяли? — испуганно спросила хозяйка Кумушки.— А то у одних тут из восьмого подъезда собаку бешеный барсук покусал...

И снова слушатели разбежались, не захотели знать, что стало с собакой и барсуком,— может быть, они излечились от бешенства и стали большими друзьями?

Лапа заметил приоткрытую входную дверь и решил прорваться к ней во что бы то ни стало. Обманным прыжком заманил в тупик Анну Борисовну, распознал ловушку, которую приготовила ему Рая, но все-таки угодил в руки Максиму и затих, признавая поражение.

— Мы тебя, Максим, завтра тоже на бешенство проверим, а сегодня пора закрываться,— сказала Анна Борисовна, которой так и не удалось попить кофе.

— Идите, я с ним поговорю,— ответил Максим.— В случае чего — возьму к себе домой. Двери тут все закрою, электроприборы выключу.

— Тебе уже надо диван у начальства просить,— заметила Рая.— Поставим рядом с рабочим местом. Чтобы туда-сюда не мотаться.

Когда все ушли, Максим вернулся к своему столу, посадил вислоухого котика на колени и, машинально почесывая его за ухом, стал разговаривать с компьютером.

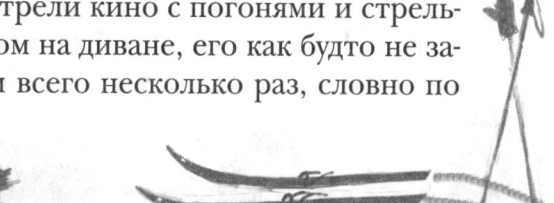

Прежние хозяева Лапы с компьютером разговаривали редко: только если он зависал на самой середине интересного фильма. Днем они очень много работали, а по вечерам смотрели кино с погонями и стрельбой. Лапа лежал рядом на диване, его как будто не замечали. И погладили всего несколько раз, словно по ошибке. Да здесь, в этой клинике, за один день он получил больше внимания и любви, чем дома — почти за два года!

Максим перестал гладить вислоухого подкидыша. Разговор с компьютером у него не клеился.

Лапа не очень понял, что к чему. Вроде бы администратор клиники просил, чтобы компьютер его выслушал, а компьютер — неисправный, должно быть,— сердился и категорически отказывался это делать. Знаете, как сердится компьютер? Он кричит высоким пронзительным голосом: «Пусть коты тебя слушают, а мне не звони больше!» — и замолкает.

Ничего не добившись от несовершенной техники, Максим погасил экран, пересадил Лапу в ящик стола и принялся катать шарики из накопившихся за день листков. На этих листках он записывал телефоны и адреса пациентов, имена животных и их хозяев, названия лекарств, которые необходимо срочно заказать в клинику, и просто какие-то посторонние вещи, вроде списка покупок на ближайшие дни.

Воспользовавшись моментом, Лапа улизнул на кухню: теперь, когда и людей, и тревожащих запахов стало поменьше, он почувствовал сильный голод и спешил подкрепиться.

Он не заметил, когда рядом оказался Подарок.

Старожил был крупнее и сильнее, он улегся, перегородив выход из кухни.

— Никто тебе так ничего и не объяснил,— спокойно сказал Подарок,— в нашей клинике это обычное дело. Но я умею объяснять, у меня работа такая.

— Работа? — повторил Лапа, укладываясь на пол напротив Подарка, но так, чтобы в любой момент подскочить и дать стрекача.

Кот Подарок был из числа животных, которые сами зарабатывают себе на миску корма и теплую лежанку. Он, как и Лапа, был подкидышем.

— Было у нашей мамы трое детей: двое умных, один — счастливый,— так всегда начинал свой рассказ Подарок.— Вернее, одна. Наша трехцветная сестренка понравилась соседям. Они говорили, что такие кошки приносят счастье. Может быть. Маркиза, во всяком случае, абсолютно счастлива. Раз в год мы встречаемся, когда ее приносят сюда на осмотр. Знали бы ее хозяева, что будет дальше,— взяли бы к себе и нас с братом.

Лапа мысленно перенесся в прошлое, в квартиру, где родились три маленьких котенка, одним из которых был его собеседник.

Недолго котята жили в теплой квартире: в одну холодную ночь, когда мама-кошка спокойно спала, Подарка и его брата положили в картонную коробку и отнесли на крыльцо клиники «Кошачий лекарь». К счастью, рассеянный доктор Иванов в тот день забыл выключить в своем кабинете обогреватель. Дважды его уже штрафовали за это, и платить третий штраф он не хотел — а потому, ругая свою забывчивость, вылез из теплой постели, оделся, вышел во двор, сел за руль и поехал в клинику. И обнаружил на пороге замерзающих котят.

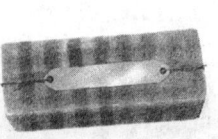

На следующий день Рая обклеила все столбы, водопроводные трубы и доски грозным объявлением: «Кто подбросил на крыльцо „Кошачьего лекаря" двух котят-мальчиков, серого и рыжего? Пусть сознается сам, я его все равно найду, и пощады не будет!»

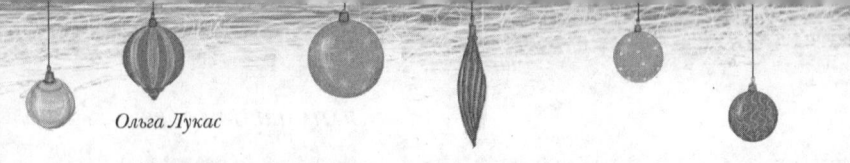

Конечно, никто не сознался. Зато за рыжим котенком пришли печальные дедушка и бабушка, недавно потерявшие пожилого рыжего любимца, постоянного пациента клиники.

— Как вы их назвали? — деловито осведомился дедушка.

— Пока никак,— ответил доктор Иванов,— не до того было. Глистов гнали, глаза им промывали.

— А если глистам промыть глаза — они все поймут и уйдут сами? — заинтересовалась бабушка.

— Я зову их Подарок. И того и другого,— вмешалась Рая.— Они же нам бесплатно достались. Вроде как в подарок.

— Нет, бесплатно животных брать нельзя, плохая примета,— сказала бабушка.— Давайте мы вам заплатим за глистов и за глаза. И возьмём себе этого, рыженького.

— Подарок остается у вас,— подытожил дедушка,— а наш будет зваться Неподарок.

Так и порешили.

Лапа молча слушал эту историю. Он уже несколько раз мог выскочить в приоткрытую дверь кухни: Подарок не успел бы его поймать, так он был увлечен воспоминаниями.

— Тебе повезло, что доставили сразу в клинику,— закончил он свой рассказ,— на крыльце было холодно. И крышки у коробки не было. Сверху мокрый снег сыпался. И вокруг столько опасных запахов, звуков, шорохов.

— Здесь их тоже много! — вставил Лапа.

— Чепуха. Если будет какая-то опасность — я тебе сообщу. А пока будь как дома. Тебе дома что запрещали делать?

— Под ногами болтаться. Но я все равно болтался,— признался Лапа.

— Тут под ногами болтаться можно. Персонал опытный, на хвост ни разу не наступили. Но в кабинеты во время приема не лезь — можешь напугать пациентов. И еще — не роняй цветочные горшки. Понимаю, что многого прошу. Но, пожалуйста,— горшки не сбрасывай. Даже не подходи к ним, чтобы не было искушения. И вообще — забудь, что тут есть подоконники. Никогда не знаешь, куда Рая приткнет свои алоэ и фиалки, а они с таким шикарным грохотом падают. Нет-нет, не думай про эти горшки! — Подарок, кажется, самому себе это пытался внушить, а лапы его делали такие характерные сбрасывающие движения.

— Цветы, кабинеты — это все? Или тут еще что-то запрещается? — напомнил о себе Лапа.

Подарок вздрогнул, пришел в себя, чуть не вскрикнул: «А, кто здесь?» — но вовремя спохватился, вспомнив, что он — старожил, дающий советы новенькому, и степенно продолжал:

— Нельзя разорять рабочий стол Максима. Там всегда в конце дня чашки стоят, блюдца всякие, бумажки валяются скомканные. Ничего не трогай! Кажется, что это мусор и с ним можно поиграть,— а наутро выясняется, что заиграл важный документ. Не лезь туда, словом. Максим утром придет, все уберет, заодно и проснется.

Следующее утро и в самом деле началось с того, что Максим тщательно убрал и протер свой стол, унес на кухню чашки, вымыл их и поставил на место.

— И хоть бы раз вечером порядок навел, так нет же, все с утра! — попеняла ему Рая.

Она тоже приехала пораньше, привезла «ребенку» — Лапе, то есть — мягкую лежанку, игрушечную мышь с колокольчиком, две миски и индивидуальный туалет.

Туалет и миски Лапа одобрил — ему было очень неловко теснить Подарка. Лежанку понюхал и отверг. Мышь взял в зубы, прыгнул с нею в синюю бочку — и был таков.

— Диоген! — снова сказала Анна Борисовна, заваривая утренний кофе.

Начался прием, пошли пациенты. Улучив момент, Лапа спросил у Подарка, что такое Диоген.

— Был такой философ,— небрежно пояснил Подарок.— Жил в бочке. Искал человека.

— Как это — искал человека? Что значит — философ?

— Подробностей я не понял,— признался Подарок,— так, подслушал пару разговоров, сделал выводы. Но полагаю, что философ — это такая древняя греческая порода котов. А человека он искал как все мы. Кто нашел своего человека — тот знает, что это такое. Я-то не знаю, по-моему, выдумки это все. Ну да сегодня здесь будет Неподарок, он объяснит тебе свою теорию.

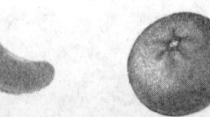

Сказавши это, Подарок отправился встречать новую посетительницу — девочку, которая принесла за пазухой печальную морскую свинку. Пока Анна Борисовна и доктор Иванов были заняты, Максим быстро осмотрел свинку и сказал, что ей нужно поскорее подточить зубы, и все будет в порядке.

— Максим — тоже доктор? — спросил у Подарка Лапа, когда они столкнулись на кухне.

— Тут все доктора. Даже я уже немножко доктор. Но считается, что по-настоящему докторов у нас только двое. Первый доктор — Анна Борисовна. Это которая тебя Диогеном называет. Она ко всем пациентам обращается знаешь как?

Лапа не знал.

— Котик! Представляешь? Даже если это вот такенный мраморный дог. А она ему: «Котик, открой ротик!»

— И что?

— Открывает. А доктор Иванов — это наш доктор номер два — тот всех называет «больной». Даже если здорового кота привели на осмотр. Что там... у него и я вечно — «больной»! Поначалу я показал ему, какой я «больной»,— порвал там кое-что, поцарапал, горшки цветочные покидал. Но он как не понимает, твердит одно: «Больной, не балуйтесь!»

Тут как раз на кухню вышел доктор Иванов.

— Ну что, больной? — весело спросил он у Лапы.— Обустраиваешься? Молоток. А я сейчас обедать буду. Кому сосиску вредную, но вкусную? Пока Рая не видит?

Сосиски они честно поделил между собой, и Рая, поборница здорового питания, как среди людей, так и среди животных, про то не узнала.

О том, что наступил вечер, Лапа понял по пустым чашкам и скомканным бумагам на столе у Максима. Пришла Кумушка в сопровождении хозяйки. Рая объявила, что сегодня ей некогда болтать, она решительно идет к зубному, и не хочет ли Подарок сопровождать ее и поддерживать на этом мероприятии? Подарок никак не отреагировал — уже почти час он не спускал глаз с входной двери. И вот — стены клиники огласил его победный мяв!

Так он приветствовал седого старичка, еле тащившего большую красно-белую переноску. Не успел хозяин открыть дверцу переноски, как Лапа уже знал, что сейчас его познакомят с Неподарком.

Два брата обнюхались после долгой разлуки. Лапа наблюдал за ними издали. Неподарок был бы точной копией Подарка — если бы не рыжая масть. Даже глаза у него были рыжие!

Доктор Иванов выглянул из своего кабинета и сказал, что готов принять «больного».

После осмотра Подарок представил брату новенького.

— Ищи своего человека,— внимательно осмотрев Лапу, сказал Неподарок,— ты не из тех, кто может быть сам по себе.

— Ищи да ищи! — сердито зашипел Подарок.— Где искать, можешь ты объяснить? Или рецепт ему выпишешь?

— Это не бывает по рецепту,— помолчав, сказал Неподарок.— Когда сюда пришли мои хозяева, я понял сразу. Вот — мой человек.

И кот указал взглядом на старичка, который, сидя на скамейке, о чем-то разговаривал с хозяйкой Кумушки.

— Но их же было двое. Как я слышал,— робко подал голос Лапа.

ЛАПА ИЩЕТ ЧЕЛОВЕКА

— Их и сейчас двое. Но бабушка была человеком прежнего кота. Она и сейчас его вспоминает. Знаете, когда они пришли в тот раз, они ведь не хотели брать котенка. Просто гуляли, ходили туда-сюда и зашли погреться. А потом дедушка увидел меня, я увидел его — и все. Когда соседи пришли за нашей сестренкой Маркизой — они взяли ее не потому, что она трехцветная и счастье приносит. Это были ее люди. А она была их кошкой.

— А бывает, что человеку совсем не нужен кот? — совсем осмелел Лапа.

— Бывает. И часто! Кому-то нужна, к примеру, лошадь. Или вон,— он кивнул на хозяйку Кумушки,— собака. Каждому кто-то нужен. Только не нашему Подарку.

— Мне нужны они все! На кого-то одного я не согласен! — воскликнул Подарок, обводя лапой помещение.

— Конечно! Все — значит, никто! — фыркнул его брат. Как видно, такие споры были у них не редкость.

Лапа отошел в сторону — ему надо было все как следует обдумать. Он и сам не заметил, как очутился в синей бочке.

— Диоген снова на посту! — объявила Анна Борисовна. Ей очень хотелось, чтобы нового кота звали не Лапа, и уж тем более не Лапоть, а как-нибудь культурно. Все-таки интеллигентная клиника, а не склад готовых гвоздей. Но ее выдумку никто не поддержал.

Следующее утро Максим начал не с уборки — хотя за ночь поверхность его стола не сделалась ни на вот столько чище,— а с украшения клиники к Новому году. Достал из кладовки коробку с гирляндами и фонариками, принес белую пушистую елочку, навесил на нее синие стеклянные шарики. Включил музыку, навевавшую мысли о скором празднике.

— На штоле бумаги шобери, елку не видно! — прокомментировала Рая.

— Вижу, ваш поход к зубному состоялся,— вежливо кивнул Максим.

Потом, почти одновременно, пришли доктор Иванов и Анна Борисовна. Максим сказал им, что сегодня забежит Лешка, и они очень обрадовались.

— Лешка — это тоже кот? — спросил у Подарка Лапа.

— Нет, он человек. Это наш практикант. Осенью работал в клинике, помогал Рае, а сейчас за учебу взялся, хвосты сдает.

Лапа вздрогнул. Нужно было сразу спросить у Подарка, какие такие хвосты сдает этот Лешка, но он не решился. А вскоре ответ явился сам собой. На прием пришли мама и дочка и принесли крепкого темно-бурого бесхвостого кота. Кот ни видом, ни запахом не походил на больного, но доктор Иванов все равно назвал его «больной» и пригласил вместе с хозяевами в кабинет.

— Еще один наш постоянный пациент,— сказал Подарок, когда дверь в кабинет закрылась.— Его зовут Медведик.

— Это его Лешка так? — с ужасом спросил Лапа.— За что?

Подарок помотал головой, выражая недоумение.

— Хвост отрезал,— выговорил Лапа страшные слова

Подарок захохотал так, что даже на пол повалился. И рассказал Лапе, что «хвостами» у нерадивых студентов и школьников называются не сданные вовремя экзамены и зачеты. А Медведик — он из курильских бобтейлов. Это такая порода. Никто этим котам хвосты не отрезает, они у них сами по себе растут короткие и пушистые.

Лапа устыдился своей необразованности. Он двинулся было к своей бочке, но Подарок остановил его:

— Ерунда, со всеми бывает. Поработаешь тут — привыкнешь к тому, что коты хоть и похожи, но все разные. Я, когда тебя увидел, решил, что тебе уши отрезали! — признался он.— Мне уже потом Максим объяснил, что у тебя порода такая — вислоухая.

Лапа помотал головой: уши как уши, у него с детства такие. Потом полюбовался своим хвостом и все-таки отправился отдохнуть в синюю бочку.

Он не слышал, как ушел курильский бобтейл Медведик, как два мальчишки притащили с улицы кошку, нализавшуюся крысиной отравы, как всем сотрудникам, за исключением Подарка, пришлось держать большую собаку, которая до смерти боится уколов. Проснулся Лапа только к вечеру. И как раз к приходу Лешки.

Потягиваясь по очереди каждой из четырех лап, вислоухий котик выплыл из кухни. И увидел незнакомца, который держал в руках вяло подрагивающий лысый хвост!

— Вот, Лешка, смотри, взяли тебе на замену сотрудника,— сказала незнакомцу Рая.— Наши зовут его Диоген. Сокращенно — Лапа.

Лапа не спускал глаз с хвоста. Значит, это правда. Этот Лешка — никакой не студент, а просто мучитель котов. Сейчас поймает — и...

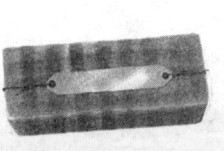

Ольга Лукас

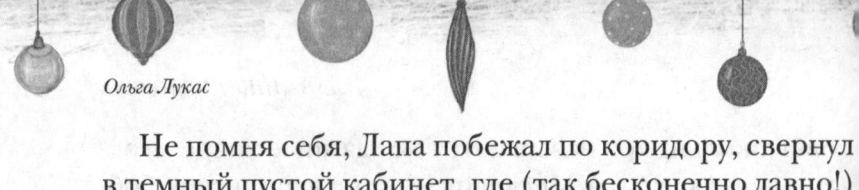

Не помня себя, Лапа побежал по коридору, свернул в темный пустой кабинет, где (так бесконечно давно!) его осматривали в первый раз, забрался на подоконник и затаился между жалюзи и оконным стеклом.

Очень скоро в кабинете зажегся свет, и вошли доктор Иванов и Лешка.

Лешка продолжал разговор, начатый в коридоре:

— Вышел из спячки, а она не знает, как его туда обратно загнать и надо ли. Ужик-то старый. В смысле пожилой. Двенадцать лет ему. И главное, непонятно, зачем проснулся, всегда спал всю зиму, как паинька.

— Сейчас посмотрим,— сказал доктор Иванов, направляясь к раковине.— Давно проснулся? Ел с тех пор что-то? Какую активность проявлял?

Лапа слегка раздвинул жалюзи и выглянул в щелочку. Чудовищный Лешка положил отрезанный хвост на стол для пациентов, а добрый доктор Иванов собирается его осматривать!

Роняя по дороге горшки с цветами, Лапа кинулся прочь. Дверь, по счастью, была незаперта, он вылетел в коридор, пробежал его насквозь, ворвался на кухню и прыгнул в бочку, где чувствовал себя в безопасности. Здесь и нашел его поздно вечером Подарок, когда люди разошлись по домам.

— Молодец, показал себя,— беззлобно усмехнулся он.— Скажи, завораживающее зрелище, когда горшок медленно срывается с подоконника и летит вниз, а потом разлетается на миллион кусочков? Ну-ка, говори быстро, что это зрелище тебя заворожило! Заворожило или нет?

— Хвосторез ушел? — тихо спросил Лапа.— Тебя не тронул?

— Лешка-то? Да говорю тебе, не режет он хвостов.

— А почему с хвостом пришел? А доктор Иванов ему помогал!

— Да какой хвост — это он ужа принес на осмотр! Уж, понимаешь, змея такая. Не ядовитая даже. Знаешь, что такое змея?

Лапа не знал.

— Змея — это такой длинный голый хвост с головой, и он живой, как ты и я. Одна такая змея, по прозванию уж, живет у Лешкиной знакомой. И вдруг этот уж проснулся, хотя зимой всегда впадает в спячку. А оказалось знаешь что? Рядом с его домиком протянули новогоднюю гирлянду, она светит, всякими огоньками переливается, ну и разбудила его. Придется ужу отмечать Новый год вместе с хозяевами.

В коридоре было темно. Только на столе у Максима мигал зеленой лампочкой невыключенный монитор.

— Давай на елочку поглядим? — предложил Подарок.— Только, чур, не сталкивать ее на пол.

— Так ты же сам говорил, что нельзя на стол Максима,— напомнил Лапа.

— Со мной — можно,— снисходительно ответил Подарок.

Коты осторожно запрыгнули на стул, потом — на стол, не потревожив ни одной скомканной бумажки. Шарики на елке тонко-тонко зазвенели.

— Меня на праздники к себе Максим возьмет, тебя, наверное, тоже,— сказал Подарок.— У Максима я еще не был. Вот у доктора Иванова несколько раз отмечал Новый год. Он любит, когда много гостей. Приезжают его братья, дети, племянники — полон дом народу, все так и норовят тебя потискать, погладить, помять. У Анны Борисовны я только один раз был. Там котов уважают, без спросу не мнут. Но никуда нельзя прыгать, кругом стеклянные безделушки. Вдобавок у ее мужа аллергия на шерсть, так что я несколько дней отсиживался в комнате дочки. А она меня все вычесывала и вычесывала, а я все урчал и урчал, как котенок. Никогда ни до, ни после я так много и громко не урчал.

— Может быть, эта дочка и была твоим человеком? — тихо спросил Лапа.

— Да ты что, поверил в сказки моего рыжего брата? Он кого хочешь взбаламутит. Не нужен тебе никакой человек! И мне не нужен!

Подарок от возмущения даже хлопнул лапой по столу. Задел компьютерную мышь. Экран осветился.

— Ты что делаешь! Положи как было! — испугался Лапа. И подвинул мышь обратно. Но, видно, нажал на какую-то кнопку, потому что на экране вдруг возникло недовольное женское лицо.

Подарок ничего не заметил, продолжая любоваться елочкой, а вот Лапа уставился в экран, как будто незнакомка была для него самым родным и важным человеком на свете.

— Прекрати уже мне звонить! Не надо ничего объяснять! Я прекрасно обойдусь без твоих объяснений! — послышался из динамиков сердитый голос.

И вдруг злость пропала. Как будто налетел сильный ветер и прогнал тучи, сгустившиеся над крышей.

— Ко-отик! — нежно сказали динамики.— Ми-илый. Кис-кис-кис!

Лапа, наверное, так бы и просидел всю ночь, разглядывая незнакомое-знакомое лицо, если бы не Подарок. Тот мгновенно среагировал на позывные «кис-кис-кис», оторвался от созерцания елки, понял, что их с новеньким застукали на столе, куда котам лазать нельзя, и взмяукнул:

— Лапа, очнись! Влетит нам за то, что полезли на стол! Тут везде камеры слежения! В городе ведь живем, в двадцать первом веке! Жмем отсюда!

Коты грациозно спрыгнули на пол и разбежались в разные стороны, словно их уже пришли ловить и наказывать. Подарок решил отлежаться на своей любимой верхней полке, а Лапу все тянуло к месту преступления: полночи он уныло бродил вокруг стола, бросая опасливые взгляды на потухший монитор, но подойти к нему так и не решился.

Даже если Максим заметил, что коты забирались на его стол, то вида не подал. О разбитых вчера цветочных горшках тоже не вспоминал, решив, что для котика, вероломно брошенного хозяевами, Лапа держится молодцом.

Пациентов почти не было: все готовились к Новому году. Персонал «Кошачьего лекаря» собирался уйти сегодня пораньше, если не случится чего-то выходящего из ряда вон.

Максим достал из кладовки две переноски, открыл и поставил на кухне, чтобы Лапа и Подарок привыкали.

— В них он повезет нас к себе,— пояснил Подарок.— Новый год уже сегодня ночью! Хорошо бы на столе у него была курица, я очень курицу люблю.

Максим три раза подряд позвонил бывшим хозяевам Лапы — телефон их по-прежнему был недоступен.

— Зря стараешься,— сказала Рая,— кто ребенка один раз бросил, тот уже не одумается.

— Их может оправдать только одно,— заметила Анна Борисовна,— если по пути в банк их похитили инопланетяне.

— А где больные? — выглянул из своего кабинета доктор Иванов.— Или их тоже инопланетяне похитили?

— У нас по плану только Кумушка в четыре часа,— сказал Максим.— Пойду я для разнообразия пообедаю в кафе. Поем по-человечески суп. Приглядывайте тут за хозяйством, цветочные горшки не бейте, на стол не запрыгивайте.

Это он Подарку и Лапе сказал. Значит, все заметил, но ругаться не стал. Вот человечище!

Четвероногих пациентов не было, но люди в клинику заходили: прибыли два курьера с подарками от благодарных хозяев и их спасенных котиков. Зашли две соседки, поболтать с Раей, обсудить дела уходящего года. Примчался кто-то из детей или племянников доктора Иванова — принес ему забытые дома кошелек и ключи.

А потом появилось знакомое-незнакомое лицо, которое Лапа впервые увидел вчера.

— Я за тобой,— сказал приятный голос,— меня зовут Катя. Если у тебя есть хозяева, я их разорву, потом задушу, потом разорву. Потому что ты теперь — мой кот.

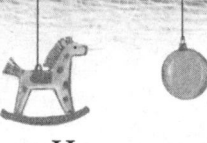

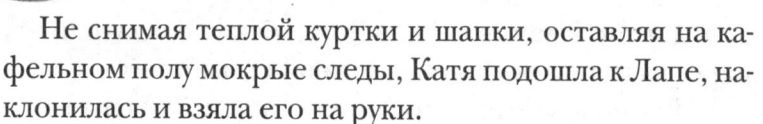

Не снимая теплой куртки и шапки, оставляя на кафельном полу мокрые следы, Катя подошла к Лапе, наклонилась и взяла его на руки.

— Ты самый лучший в мире кот. Ты самый любимый кот. И для меня ты — самый главный кот,— сказала она. И что-то еще в таком же духе.

Учуяв незнакомку, из кухни выглянул Подарок.

А вскоре вернулся Максим.

— Катя! — сказал он.— Раз ты пришла, то выслушай меня, пожалуйста!

— Я не к тебе,— ответила она,— я вот к нему. Если у этого кота есть хозяева, я их сперва разорву, потом задушу, потом разорву.

— Было бы неплохо,— сказал Максим,— они бросили его здесь несколько дней назад. И, согласно договору, могут в течение месяца забрать нашего Лапу.

— Не нашего, а моего! Пусть только попробуют! Тут-то я их разорву, потом задушу, потом разорву! — обрадовалась Катя.— А кота не отдам никому! И мне все равно, с кем ты обещал провести Новый год.

— Да с ним! Вот с ним! — закричал Максим, поднимая на вытянутых руках Подарка.— Он у нас в клинике работает, и у него совсем никого нет! Я обещал провести Новый год с этим котом!

— А сразу ты не мог объяснить? — рассердилась Катя.— Пожалуй, я разорву тебя, задушу, а потом разорву раньше, чем бывших хозяев моего котика.

Открылась дверь, и вошла Кумушка в сопровождении хозяйки. Обе: и болонка, и бабулька-сплетница — замерли, чтобы не пропустить ни одного слова. Но

Рая, доктор Иванов и Анна Борисовна подхватили эту парочку и повлекли в самый дальний кабинет.

— Вы подождите меня тянуть, а что Максим-то? — вырывалась старушка.— Я же с Максимом-то не поздоровалась, пустите-ка меня к нему!

— Капаем в глаза за счет заведения! В честь праздника! Хотите, вам тоже закапаем? — твердила Анна Борисовна.

— Я и челку могу задаром подровнять, в честь праздника-то! — подпевала Рая.— И вам, и собачке вашей. Анна Борисовна, хотите — и вам тоже?

Доктор Иванов вошел в кабинет последним и плотно закрыл дверь, чтобы не мешать разговору людей и котов.

— Машина у дверей,— сказала Катя.— Сейчас возьму моего кота и этого, второго. И повезу на дачу к родителям. А ты приезжай к нам вечером. Если захочешь. А не захочешь — то я...

— Знаю. Разорвешь, задушишь и разорвешь,— улыбнулся Максим и помчался на кухню за переносками.

На даче Лапе и Подарку выделили для отдыха целый чердак да вдобавок разрешили бегать по всему дому. Коты договорились исследовать его поодиночке, чтобы потом сравнить впечатления.

Дом был просторным, но спрятаться в нем было негде: ни уголка потайного, ни стола с длинной, до пола, скатертью, ни укромной антресоли. Да Лапа и не думал прятаться — наоборот, он так и норовил оказаться на пути у своего человека — «болтался под ногами», как говорили прежние хозяева. Но Кате это как раз очень нравилось.

— Вот какой у меня кот! Куда я — туда и он! Прямо вот чувствует, что мне надо срочно его погладить! — с гордостью говорила она. Откладывала в сторону стопку чистых тарелок или коробку с гирляндой и наклонялась, чтобы погладить своего серого вислоухого друга.

Она не спрашивала, как Рая: «Ребенок, ты что, голодный? Тебе что-то нужно? Может, ты замерз?» Потому что понимала — ничего сейчас Лапе не надо, он почти счастлив. И если его совсем немного погладить, то счастье будет безоговорочным и полным.

Исследовав дом и не найдя в нем ни одного стоящего укрытия, коты вернулись на чердак, сели возле круглого окошка и стали смотреть, как в свете жужжащего уличного фонаря снег падает и падает на заснеженные яблони и сливы.

— На ужин будет курица — я справлялся,— поделился своим открытием Подарок.

— А Катя меня все хвалила, гладила и даже за ухом чесала! — похвастался Лапа.

— Интересный человек эта твоя Катя. Ей бы кошкой родиться! Такая бы не допустила, чтобы ее котят ночью унесли на холодную улицу! Хозяев бы разорвала, а малышей принесла обратно домой.

— И тогда бы Неподарок не нашел своего человека. А ты — работу в клинике. А я бы не встретил тебя,— заметил Лапа.

— Да и ладно. У тебя вон хозяйка есть. Зачем тебе я?

— А затем, что без тебя я бы ни за что не залез на стол к Максиму и не узнал, что на свете все-таки существует мой человек.

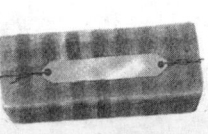

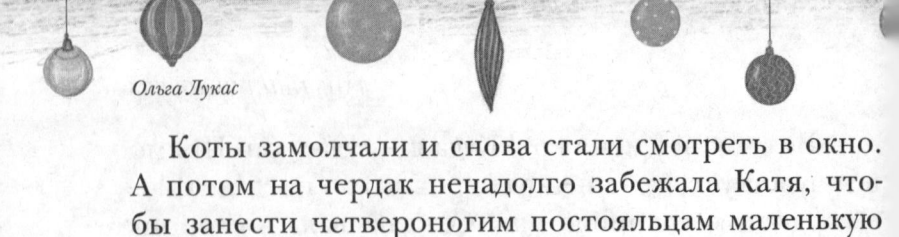

Коты замолчали и снова стали смотреть в окно. А потом на чердак ненадолго забежала Катя, чтобы занести четвероногим постояльцам маленькую пластмассовую елочку, которой не нашлось места внизу.

Когда она ушла (не забыв почесать Лапу за ушком), Подарок всерьез взялся за елку. Это, конечно, был не цветочный горшок, но повалить ее на пол все равно стоило.

Подарок легонько толкнул елку. Она упала но тут же поднялась, покачиваясь на круглой подставке.

Подарок ударил елку лапой. Она снова упала и вновь вернулась в исходное положение.

Подарок прыгнул на елку, повалил ее — но та оказалась достойным противником и, поднимаясь с пола, отбросила кота к дальней стенке.

Подарок был в полном восторге от елки-неваляшки. Он ронял ее, швырял и опрокидывал — а ей все было нипочем!

— Это куда лучше цветочных горшков,— отдышавшись, сказал он Лапе.— Фиалки ни в какое сравнение с моей елочкой не идут. Да и алоэ, пожалуй, тоже. Попробуй повали ее. А я пока вздремну.

Подарок выбрал для отдыха самую высокую балку под крышей, ловко взобрался на нее и прилег, чтобы набраться сил перед праздничным ужином. А вот Лапа все никак не мог найти себе укрытие: ни закутка, ни щелочки, даже переноски куда-то убрали. Спать ему не хотелось, и он отправился вниз — «болтаться под ногами».

Спрыгнув с лестницы, Лапа сразу же наткнулся на Катю, которая схватила его в охапку и объявила:

— Не кот, а гений телепатии! Только я о нем подумаю — и он тут как тут.

— Это потому, что ты думаешь о нем все время,— улыбнулся Максим.

Он приехал на последней электричке и привез Лапе подарок — синюю пластмассовую бочку.

Анна Кудрявская

Всего лишь случай

Ленка никак не могла найти себе места, хотя ее привязка к месту под номером девятнадцать на ближайшие двое суток была документально зафиксирована и подкреплена железнодорожным билетом. Ленку нещадно тошнило. Сидя, стоя, лежа... Мысленно она материла капризный организм, устраивающий иезуитскую пытку из любого путешествия на автобусе, в самолете или поезде. Мысленно же она приказывала себе держаться. Каких-то двое суток. Господи... Целых двое суток бесконечной тошноты! А потом такой бледнолицей красоткой прямо к накрытому столу, ну-ну, весело-весело встретим Новый год...

В купе, украшенном по случаю предстоящих праздников дешевенькой мишурой, кроме нее ехали три представителя сильной половины человечества. Симпатичная, бойкая, яркая девятнадцатилетняя девчонка никогда не была обделена мужским вниманием. И такой гендерный расклад — один, точнее, одна к трем — ее не пугал, даже, наоборот, импонировал. Но поначалу это соседство Ленку не обрадовало, перспектива вынужденного, пусть и временного, сосуществования и общения в состоянии близком к коллапсу с чужими людьми противоположного пола казалась дополнительной инквизиторской пыткой.

Попутчики, однако, оказались вполне приятными людьми, а Ленка — существом общительным и оптимистически настроенным даже в состоянии перманентной тошноты. Периодически над ней по-доброму подшучивали, мол, золотая девушка: не ест, не пьет, лежит себе тихонечко — мечта любого мужчины. Бледно-зеленая Ленка улыбалась и отпускала ответные колкости. Мужчины смеялись и пытались хоть как-то подбодрить и растормошить попутчицу:

— Лен, может, мандаринку?

Вот и сейчас кто-то проявил заботу. Ленка приоткрыла левый глаз. Открыть оба, когда ты только что, подавив очередной рвотный позыв, притворилась мертвой чучелкой, не представлялось возможным. Петрович — так он представился при знакомстве — слез с верхней полки, присел у Ленки в ногах и чистил мандарин. Кто-то из попутчиков для создания праздничного настроения (пара дней всего до Нового года!) купил в дорогу целую сетку этих цитрусов.

— Ой, нет... Не надо... Я видеть не могу еду... Любую...

— Ой, прям там, еда-а-а,— протянул Петрович, но настаивать не стал.

Он был смешным маленьким, приземистым дядькой лет шестидесяти с морщинистым и загорелым, по-деревенски почти черным лицом. Ловкий и юркий.

Анна Кудрявская

А еще говорливый. Байки травил с утра до ночи, начиная их неизменной фразой «а вот знаешь, нет...». И заканчивал присказкой «вот такая кульминация, понимашь...». Под кульминацией он, разумеется, имел в виду развязку. Ленка внутренне похихикивала над его «кульминациями», но поправить не решалась, да и зачем? Петровичу нравилось это красивое «умное» слово. И произносил он его с напускным профессорским видом.

— А вот знаешь, нет, — Петрович разломил мандарин на дольки и одну уже поднес ко рту, — случай был лет двадцать назад. Я тогда с корешем на комбайне работал. Уборка была. И вот гдей-то посередь поля сломалась та хрень, да че вам название, вы не поймете, короче, которая колосья рубит. Ну остановились. Дружбан мой в кабине остался, а я пошел посмотреть, нагнулся, залез по самый пояс. Черт его знает че там случилось, но хреновина эта вдруг заработала. Сей момент до меня доперло, что вот щас-то мне башку и снесет на хрен или вообще пополам перерубит. Рванул я резко назад, почти успел вылезти, но покалечило меня конкретно — кожу с башки срезало напрочь, как бритвой, и шея сломалась. Положили меня в районку, загипсовали, как мумию, от самой задницы — всю грудь, шею, голову, только моська осталась открытой.

Представив себе эту «моську» и все остальное в гипсе, Ленка засмеялась и приподнялась на локте. Тошнота отступала. Петрович ухмыльнулся и подмигнул ей:

— А дружки по палате, где я лежал сперво́начал́у, хохмачи оказались еще те, ядрена вошь! Пока я спал, они на лбу мне, прям на гипсе, красным фломастером звезду нарисовали. И не отмыть ведь, гипс мочить нельзя! Так я и жил: не то космонавт, не то красноармеец какой. Полегче стало, отпросился домой. А в гипсе еще ходить и ходить, да и на уколы приезжать надо. Можно было от моей деревни и пешком доковылять, но уж больно лениво. А у меня машинешка моя, развалюшка, всегда под боком. И вот я в таком виде, да еще и за рулем. Гаишники сначала ржали, как кони, а потом привыкли и даже честь отдавать стали, когда мимо поста проезжал. Зато с тех пор меня вся деревня то буденновцем, то Гагариным кличет. Вот такая кульминация, понимашь...

Сообразив, что он так и сидит с долькой в руке, Петрович на «кульминации» наконец-то сунул ее в рот.

Второй попутчик, молчаливый и угрюмый Дима, тоже прописанный на верхней полке, редко с нее спускался. Но на цитрусовый запах и рассказ «буденновца» не отреагировать не мог. По столу в такт бесконечному «тыгдым-тыгдым» катались еще несколько оранжевых мячиков. Дима — большой и неуклюжий в движениях мужик, этакий антипод Петровича по комплекции и темпераменту, но полный аналог по рабоче-крестьянскому прошлому и настоящему, поймал один из них и стал неумело ковырять кожуру.

— Че ж ты такой пахорукий-то? — незлобиво хохотнул Петрович.— А ты, Серега, че не берешь? Давай-давай, наяривай, пока есть!

Сергей — еще один обитатель купе — понравился Ленке сразу. Интересный, немногословный — одним словом, вещь в себе. Тот самый ее любимый тип мужчин. А еще музыкант. Гитарист. О-о-о, музыканты —

вечная Ленкина любовь. То взаимная, то не очень. Ленка иногда, делая вид, что спит, подглядывала за Сережей, наблюдала. Было в нем что-то особенное, от чего перехватывало дух. Невысокий, очень худенький, с невероятно острыми чертами лица и громадными глазами, кудрявые волосы до плеч. «Менестрель» — Ленка улыбалась своим мыслям, глядя, как Сережа тонкими пальцами мастерит из бумажных зеленых салфеток новогоднюю елочку. Ей было странно, что такой застенчивый, закрытый, как он, может выступать на сцене и быть лидером группы. Сережа тоже иногда бросал заинтересованные взгляды на Ленку, но в красноречии с Петровичем, забивающим эфир, тягаться не мог и не хотел. Поэтому, когда Ленка выходила в тамбур покурить, некурящий Сережа шел с ней. А надо сказать, что, несмотря на тошноту и дурное самочувствие, курила Ленка часто. Для нее это было неким показателем жизнеспособности организма: могу курить, значит, все еще не так хреново, как кажется.

В тамбуре они и узнавали друг друга. Сигарета была давно докурена, а они стояли и разговаривали, разговаривали... Тогда Сережа и рассказал, что приезжал в Москву на разведку, а сейчас возвращается в родной город, чтобы собрать вещи и снова уехать, уже навсегда. Что Сережа не только гитарист, а еще и композитор и аранжировщик. Что ему уже двадцать пять, и он хочет изменить свою жизнь и переписать начисто. Неторопливая тихая речь, музыкальные пальцы, выстукивающие какую-то одному ему известную мелодию на замерзшем оконном стекле, и улыбка, особенная какая-то. Ленке он нравился все больше. Чтобы скрыть волнение, она старалась подробно и весело отвечать на Сережины вопросы — про работу на телевидении, про учебу на журфаке, про планы на будущее, про город, в котором живет, про все на свете.

Когда они возвращались в купе, Петрович хитро подмигивал Диме и язвил:

— О, молодожены вернулись.

Ленка отшучивалась, а Сережа садился на свое место и, улыбаясь, отворачивался к окну.

★★★

Запах мандаринов заполонил все купе. Ленка взяла со столика кусочек кожуры.

— Ты че, девка? Вон мандаринов гора, а ты шкуру жуешь?! — искренне возмутился Петрович.

— Не хочу я мандарин, мне так легче...

— Во дает,— продолжал Петрович,— не баба, а безотходное производство! Ленк, у нас еще картоха есть. Там очистки тож дюже вкусные.

Ленка улыбнулась и снова легла на полку.

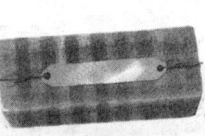

Ночью и Петрович, и Дима сошли, кажется, на одной станции, оставив на столике рядом с бумажной елочкой несколько так и не съеденных мандаринов. Верхние места больше никто не занял. И то верно: до Нового года меньше суток, кто хотел, тот добрался, а в дороге встречать — удовольствие сомнительное. Общительная и компанейская Ленка, оставшись наедине с Сережей, неожиданно стала застенчивой и робкой. А он наоборот — разговорился, разулыбался. Оказалось, что Сережа хороший рассказчик, не хуже Петровича. Только байки травил не деревенские, а околомузыкальные.

— У нас в группе — два парня, их вместе никуда нельзя отпускать. Напиваются так, что потом ни черта не помнят. Дома почти не пьют, но уж если куда-то поехали... Мы с ними в Питере были год назад, как раз в новогодние. Пили они по-черному. Накануне отъезда Мишка с Лехой снова в ресторан пошли, а я в гостинице остался. Когда пришли, даже не помню. Под утро, наверное. Просыпаюсь и вижу: Мишка спит еще, а Леха у окошка стоит в одних трусах, мерно раскачивается, держится за голову и повторяет: «Ой... мама... Ой... мама...» Так минут пять, потом отворачивается от окна с мертвенно-бледным лицом, падает на постель и отключается еще на несколько часов. Я, когда он в себя пришел, спрашиваю, что случилось-то. Оказывается, это чудо проснулось, попило водички и выглянуло в окно. А окно выходило на огромную площадь. И видит Леха, как по этой самой площади ходят бабы в сарафанах, цыгане с медведями, мужики с гармошками и еще тьма ряженых. Мозг не включается, поскольку пациент все еще, скорее, мертв. В общем, видит он все это, и единственная мысль крутится в воспаленном и затуманенном сознании: «Допился до горячки...» А знаешь, что на самом деле было? Гуляния новогодние. Но Леха вот уже год не пьет.

Ленка слушала и улыбалась. На самом деле ей было все равно, что и как рассказывал Сережа. Она все никак не могла понять, понравилась ли она ему и что он вообще о ней думает, если думает, конечно. Всего лишь случай. Просто попутчики. А, как известно, случайному человеку можно многое рассказать, многим поделиться. Хотя бы потому, что ты уже никогда больше не встретишься с тем, с кем тебя на пару суток свела судьба с лицом уставшего билетного кассира.

— Ты в Москве часто бываешь?

Сережин вопрос выдернул Ленку из ее раздумий.

— По-разному...

— А в следующий раз когда собираешься?

— Ума не приложу, надо с работой развязаться, перевестись на очное, а там — учеба, учеба, учеба... Так что в ближайшие четыре года не знаю. А что?

Сережа улыбнулся:

— Просто думаю, когда еще сможем увидеться.

— Так давай договоримся. Вот через четыре года...

Разговор на тему встречи «в шесть часов вечера после войны» раззадорил обоих, они обсудили все вплоть до деталей. Смеялись, перебивали друг друга. В итоге Сережа достал записную книжку и авторучку, посмотрел на часы:

— Значит, так, ровно через четыре года, тридцатого декабря две тысячи шестого года, в восемь вечера я жду тебя на Казанском вокзале.

— Сереж, ты серьезно? Я ведь приеду...

Сережа опять улыбнулся своей особенной улыбкой и посмотрел Ленке прямо в глаза:

— Лен, я — серьезно. А будешь вопросы глупые задавать — женюсь!

— Ага,— расхохоталась Ленка,— прямо на Казанском вокзале!

— Давай телефон, буду звонить, напоминать, а то забудешь.

Анна Кудрявская

Ленка вышла на своей станции. Сережа стоял в тамбуре. Она махнула ему рукой, мол «пока!», и пошла по перрону.

— Лена!

Она обернулась.

— С наступающим!

Ей в руки летел оранжевый мячик-мандарин.

✦✦✦

На самом деле Ленка ни на секунду не верила, что Сережа позвонит. Случайная встреча, случайный попутчик. Ерунда, одним словом. Поэтому спустя несколько месяцев, поздним вечером она даже не сразу узнала голос в трубке:

— Ты помнишь про нашу встречу?

Конечно, она все помнила. Сережа звонил нечасто. Иногда между этими звонками было молчание в пару месяцев, полгода. Но каждый раз он начинал разговор с этой фразы. Иногда она звонила ему сама. Они болтали, как тогда в поезде, обо всем на свете. Из разговоров Ленка узнавала, что Сережа потихоньку обустроился, что снимает комнату в коммуналке, работает в звукозаписывающей студии, играет в группе, что все идет у него по плану. Ленкина жизнь тоже не стояла на месте. Учеба, работа, друзья, любовь... Ленка вышла замуж. Конечно, за музыканта.

Пару лет спустя, тридцатого декабря вечером телефонный звонок оторвал ее от домашних предпраздничных хлопот. Она постаралась быстрее снять трубку — в комнате спал новорожденный сын.

— Ты помнишь про нашу встречу?

Разговор не заладился с самого начала. И потому, что Ленка отвечала полушепотом и как бы отстраненно, и потому, что Сережа понял, что звонок его совсем некстати. Дежурные вопросы, дежурные ответы.

— Ленка, хватит трепаться, ребенок проснулся! — Громкий голос Ленкиного мужа, наряжавшего в комнате елку, беспардонно врезался в диалог, обозначив третьего участника их и без того бестолкового разговора.

— Тебя зовут?..— То ли вопрос, то ли утверждение.

— Да, Сереж, ты извини, не получится поговорить сейчас. Я рада, что у тебя все хорошо. Не пропадай, звони...

Конечно, он больше не позвонил.

★★★

День предстоял тяжелый, особенно если учесть, что ему предшествовали двое суток бодрствования, десятки чашек кофе и несколько пачек сигарет... «Черт бы побрал эти съемки, этот фильм, эту работу, этот долбаный Новый год»,— думала Ленка, пытаясь хоть пару минут подремать на диване в своем кабинете, но сна не было. Она закурила. «Господи, я же большая девочка, мне через пару месяцев стукнет тридцать четыре, кто-то в моем возрасте уже давно сидит в теплом кресле, кто-то пристроился под крыло богатому мужу... А я все, как та пони, бегаю по кругу и в уме круги считаю...»

Ленка работала на местном телевидении. Всем подряд: от сценариста до режиссера, от продюсера до ведущей. От мужа она ушла года три назад, забрав свой нехитрый скарб в виде любимых книг и двоих детей. Нет, она была счастлива. Просто немножко устала. А еще этот фильм... По плану уже на монтаж садиться надо, а еще половины не отсняли. Привычный форс-мажор.

Ленка поднялась с дивана, взяла со стола ноутбук и уселась с ним обратно. Ее нещадно тошнило. «Курить надо бросать и спать хоть время от времени»,— подумала она. В приоткрытую дверь просунулась голова тоже вечно бодрствующего и при этом жизнерадостного видеоинженера Валерки:

— Не спишь? Что домой-то не поехала?

— Валер, зачем? Чтоб через два часа здесь быть? Нехорошо мне, Валерка, мутит что-то...

Голова снова исчезла за дверью. Ленка открыла ноутбук. В Сети никого не было, даже заокеанских друзей. Да, собственно, и трепаться о чем-то сил не было тоже.

— Эй, Леннон! Я твой добрый фей,— Валерка снова появился на пороге,— лови!

Рядом с диваном на пол упал мандарин.

— Ой, добрый фей, ты бы без резких движений, а?..

Ленка подняла мандарин.

— Да ладно, Лениниана, быстро поднятое упавшим не считается. Жуй-жуй, глотай! И кофе не хлебай больше, а! Если что, приходи в монтажку, я чай зеленый заварил.

Ленка неторопливо чистила мандарин, отрывала корочку и жевала ее медленно. Когда-то давно именно такой способ спасал ее от тошноты. Когда-то очень давно...

— Ты помнишь про нашу встречу?

Ленка вздрогнула. Этот голос прозвучал так отчетливо, что она даже посмотрела на дверь. Поезд, мандарины, Сережа... Она вспомнила все — так ярко, так остро, что даже перехватило дыхание. Машинально посмотрела на календарь. Уже несколько часов как наступило тридцатое декабря две тысячи шестнадцатого года.

«Опоздала,— усмехнулась Ленка,— на десять лет опоздала».

Пальцы быстро забегали по клавишам. «Что я помню? Имя, фамилию? Город, из которого он уехал в Москву? Что я могу найти? Может, он сто лет не музыкант? Спился? Умер? Играет в переходах?» Страничка поисковика грузилась медленно. А потом перед глазами забегали строчки со знакомым именем: «известный музыкальный продюсер...», «обладатель „Золотого граммофона"»...», «музыкальный продюсер телеканала...», «владелец студии в Москве...». Ленка уткнулась лицом в клавиатуру и расплакалась. Нет, ничего не случилось. Просто немножко устала.

★★★

День не заладился с самого утра. Сначала сорвалась запись в студии: солистка группы простудилась. Потом отменилась встреча с компаньоном. Предновогодняя суета. Сергей давно привык философски смотреть на подобные обстоятельства: по принципу — все наше будет нашим, а если не будет, то оно не наше. До следующей назначенной встречи оставалась пара часов. «Пообедать бы успеть»,— подумал он и, увидев неподалеку ресторанную вывеску, стал перестраиваться в правый ряд.

В заведении было безлюдно. Но он все равно выбрал место в углу зала, напротив окна и как бы в закутке. На окне гирлянда, на столе симпатичная картонная елочка. Расторопная официантка быстро приняла заказ и уже было отошла.

— Девушка,— окликнул ее Сергей,— будьте добры, вот тут у вас в «новогоднем предложении» мандариновый фреш, его я тоже возьму, принесите сразу.

За окном ресторана, как муравьи, сновали «понаехавшие». Площадь трех вокзалов в двух шагах. Когда-то давно он сам вышел с Казанского: на плече сумка, в руке гитара.

Казанский вокзал, поезд...

— Ваш мандариновый фреш! — Официантка поставила перед ним бокал.

Мандарины, Ленка!.. Смешная девчонка из поезда, которой он когда-то назначил встречу на Казанском вокзале. Какого числа? Какого года? Лет десять назад, что ли? Он забыл... Да, точно же, это было перед Новым годом, и именно тридцатого! Ну вот, Ленка, я пришел. Сергей широко улыбнулся своим мыслям и удивительному совпадению. Где ты, Ленка? Как ты, случайная попутчица?..

В кармане запел мобильник, возвращая Сергея в реальность.

— Слушаю. Да, Олег... Ну как договаривались. Уже еду.

Он встал, оставил на столе несколько купюр и вышел из ресторана. Прежде чем сесть в машину, Сергей бросил взгляд в сторону вокзала, улыбнулся и глубоко вдохнул. Воздух пах Новым годом и мандариновыми корками.

Владимир Зисман

Тетя Соня из Сианя

— Что будем делать? Осталось всего два дня, а чая нет,— сказал Боря со спокойствием, из-под которого проглядывала паника.

Я абсолютно безмятежно промолчал. Из-за моей безмятежности тоже проглядывала паника. Потому что оставалось всего два дня, а чая не было.

— Ладно,— после паузы сказал я,— завтра будем в Сиане, там и решим. Пойдем к тете Соне.

Китайцы отмечают Рождество и Новый год с ничуть не меньшим удовольствием, чем свой лунный Новый год. По улицам, украшенным наряженными елками и светодиодными оленями, ходят узкоглазые Санта-Клаусы в красных колпаках, гремят и сверкают петарды, а в гостиничных конференц-залах, заранее забронированных для корпоративов и украшенных традиционным для Китая красно-золотым декором, практически одновременно звучат самым

Владимир Зисман

парадоксальным образом «Jingle Bells» и Интернационал.

По всему Китаю колесят наспех набранные оркестры и балетные труппы из России. Иногда их маршруты пересекаются, и тогда импресарио устраивает шоу с гигантским оркестром, который исполняет, например, сороковую симфонию Моцарта. Моцарт, конечно, переворачивается в своей безымянной могиле на кладбище Святого Марка в Вене, но за грохотом оркестра этого почти не слышно. Ведь для китайского слушателя рубежа веков главное удовольствие от концерта — это радость узнавания великой европейской музыки, знакомой ему по репертуару мобильника, которым он страшно гордится. Ну и, разумеется, произведения из прежней жизни, вроде увертюры из «образцовой» революционной оперы пятидесятых «Седая девушка» или песни «Радостные вести из Пекина», рассказывающей о трудовых подвигах. Это бисы, которые идут сразу за маршем Радецкого.

Если кто-то думает, что музыканты сбиваются в оркестры под Новый год для того, чтобы концертировать в Китае, то он, безусловно, ошибается. Нет, чисто внешне так оно и выглядит, концерты проходят, и проходят с большим успехом, но целью музыкантов они не являются. Кто-то едет за впечатлениями, кто-то полагает, что купит дешевые вещи, кто-то просто надеется отдохнуть от своего главного дирижера или отпраздновать Новый год в экзотической обстановке.

Но все, кто остался здесь, твердо убеждены, что музыканты летят в Китай исключительно для того, чтобы купить и привезти чай. С гастролей в Китай без чая лучше не возвращаться. Это очень серьезно.

Ты с самого начала знаешь, что избежать этого не удастся, но делаешь вид, что лично тебя это не касается. Все делают вид, что их это не касается. Но рано или поздно наступает момент, когда правда заглядывает тебе в глаза сама. Как бы ты их ни отводил в сторону. Ты понимаешь, что еще несколько дней — и, если у тебя в чемодане нет чая, ты не жилец. С этого момента что-то в тебе начинает меняться. Сначала почти незаметно. Из музыканта, любознательного путешественника, интеллигентного и в меру своих возможностей энциклопедически образованного человека ты превращаешься в классического купца, о котором ты еще недавно знал только из книг. С этого момента ты — Марко Поло, Афанасий Никитин, Гийом де Рубрук, верблюд, в конце концов, из проекта «Шелковый путь». Ты одновременно пассионарий и жертва собственной пассионарности. И твое рафинированное «я», которое еще вчера бродило по археологическому заповеднику и разглядывало терракотовых воинов, мысленно изумляясь шизоидным масштабам спецзаказа императора Цинь Ши Хуанди, вдруг уступает место мелочному настырному субъекту, который бьется за каждый юань, не щадя живота своего.

Но все это будет чуть позже.
Сначала надо найти жертву — торговца чаем. Его лавка должна находиться в окружении нескольких таких же магазинчиков — тогда всегда можно намекнуть, что мы

пойдем в соседнюю конуру. При этом она должна выглядеть самой убогой — репертуар у них все равно одинаковый — и чай, и блестящие пакетики для упаковки, и еще сумочки для пакетиков. Такие красивые, ярко-кислотных азиатских цветов с голографическим отливом.

Чайная лавка того формата, что нужен нам, зрелище не для слабонервных. Это двухэтажный сарайчик, сделанный из того, что хозяин и его предки нашли на помойке. Внизу магазин, наверху живет хозяин с семьей.

Переступаешь порог и останавливаешься. После яркого декабрьского сианьского солнца глаза долго привыкают к полумраку.

Неровный земляной пол. В глубине небольшого помещения широкий прилавок. За ним стоит женщина неопределенного возраста и, я бы сказал, пола. За ее спиной навалены мешки и коробки.

Прочие подробности интерьера вырисовываются потом, по мере необходимости. Ты их замечаешь не раньше, чем они начинают играть свою функциональную роль. Потому что ты в шоке. Можно назвать это состоянием аффекта.

Мы стоим, смотрим друг на друга и молчим. Привыкаем.

Я беседую сам с собой. Молча, про себя. Успокаиваю.

Я не говорю по-китайски. Но ведь и она ни слова по-русски.

Мне нужен чай. Но ведь и ей нужны деньги.

Я ничего не понимаю в китайцах. Но ведь и она никогда не встречала европейцев. Почти наверняка. Я и в более цивилизованных местах видел, как они на нас смотрели,— как на больших белых одетых в человеческую одежду обезьян. Аккуратно трогали и просили сфотографироваться вместе. Это было еще в конце девяностых. Потом, конечно, многое поменялось.

Общаться в таких условиях очень удобно — никто от тебя не ждет, что ты вдруг заговоришь по-немецки или по-французски. Ты не комплексуешь от своего пиджин-инглиш. Ты не пытаешься мучительно понять, что тебе пытается объяснить этот джентльмен на неопознаваемом австралийском английском, в котором любая фраза звучит как одна большая аббревиатура.

Все очень просто. Проще не бывает — говоришь на родном русском, тебе отвечают на не менее родном китайском. Более того, в отличие от самих китайцев, мне абсолютно по барабану, на каком из китайских диалектов со мной говорят,— я все равно ни одного не знаю.

Но мне все понятно. Как и ей, продавщице чая.

Итак, ровно за год до эпизода, с которого начинается эта история, мы с Борей зашли в самую занюханную чайную лавку в самом нищем районе Сианя.

— Нихау, куня,— сразу вывалил весь свой словарный запас Боря, который стоял рядом со мной.

«Девушка» улыбнулась и ответила:

— Нихау.

В этих пределах язык мы уже выучили.

Можно было начинать партию.

Это был не блиц. Отнюдь.

Высокие договаривающиеся стороны представились друг другу и произнесли несколько приветственных фраз. Что значит «представились», если никто не в состоянии внятно воспроизвести имя визави? Попытались, конечно. Изрядно повеселились, но результата не достигли. Поэтому в дальнейшем наш торговый партнер отзывался на имя «тетя Соня». На что отзывались мы, я воспроизвести не в состоянии, хотя было совершенно понятно, к кому из нас обращается собеседница.

Тетя Соня залила пару бутончиков чая горячей водой, подождала несколько секунд и вылила свежезаваренный чай сюда же, на деревянную решетку под чайником. Мы остолбенели, но виду не показали. Мы же тогда не знали, что первую заварку сливают. Лаоваи, прости господи. Так китайцы называют нас, олухов-иностранцев, которые ни чай заваривать не умеют, ни палочки правильно держать, ни элементарные хотя бы полторы тысячи иероглифов прочитать.

Плавно и неспешно потекла беседа.

Точно так же, как это было тысячу или три тысячи лет назад.

Китай был всегда.

Где-то на обочине цивилизации, вдалеке от Срединного государства, как называют свое государство сами китайцы, ненадолго появлялись и исчезали какие-то провинциальные образования, с которыми Китай торговал: Рим, Византия,— появлялись и исчезали генуэзцы, венецианцы... Кто теперь помнит какую-то Бактрию? Был торговый партнер — и исчез.

И вот теперь в этом почетном ряду — мы, купцы из России. То, что мы приехали сюда с произведениями Чайковского и Иоганна Штрауса, явление не из этой жизни. Да и кто здесь, в сианьских трущобах, знает о великой русской и европейской симфонической культуре?

Мы ведь не только для себя покупали. Мы — представители большого оркестрового коллектива. Накануне ночью, практически до самого утра, весь творческий состав бродил по гостинице, советовался друг с другом... Каждый мучительно решал глубоко личный вопрос — сколько и какого чая из десятков доступных сортов необходимо купить. Потому что надо привезти эту экзотику в семью, родственникам, коллегам, которые за тебя отдуваются в Москве, врачу, учителю ребенка. Ведь все знают, что ты поехал в Китай. В конце концов (а на самом деле, в первую очередь) — директору оркестра, в котором ты работаешь и который тебя отпустил на две недели, попросив всего лишь написать заявление об отпуске за свой счет. На всякий случай. Он положил этот лист бумаги к себе в ящик стола, под папки с остальными документами и, если не будет никаких случайных эксцессов, просто выбросит это заявление, когда ты вернешься. Как же ему не привезти пару килограммов чая?

И вот, наконец, «алеет Восток, взошло Солнце» (это из песни про Партию и Мао). У нас в руках длинный список, перечисляющий пожелания коллег, и пачка юаней разной степени помятости.

...Мы практически сразу обозначили свой высокий статус и донесли до тети Сони мысль, что нам нужно тридцать два килограмма чая.

Она заваривала, давала продегустировать и выливала в недра резной деревянной решетки чашку за чашкой чаи разных сортов — почки и листики белого чая, комочки и шарики улуна, пу-эра, жасминового...

На столике появились блокнот и ручка. Тетя Соня продекларировала исходную цифру — 380 юаней и протянула блокнот с ручкой торговым партнерам. Это за 500 граммов — исторически сложившаяся единица измерения чая в Китае.

Боря написал 50 и с улыбкой, эквивалентной ходу e2-e4, вежливо перевернув блокнот, возвратил хозяйке.

Она взглянула на цифру, убедилась, что правильно поняла, и замахала руками. Шутку она оценила.

Процесс торговли описан уже много раз, он одинаков в разных странах и во все времена, поэтому нет смысла вдаваться в подробности.

370

60

350

80

345

85

Блокнот переходит из рук в руки все быстрее. Переговоры становятся все напряженнее и громче. Мы делаем вид, что нас цена не устраивает, сейчас встанем и уйдем. Стандартная реприза. При этом все присутствующие прекрасно понимают, что уже никто никуда не уйдет.

295
90

В лавку вошел старичок. Вот совершенно такое странное сочетание изображения со старинных китайских рисунков и человека, пережившего культурную революцию и прочие радости китайской истории двадцатого века,— с длинной тощей бородкой, в сандалиях и бесформенно висящих изрядно поношенных брюках. В мгновенно наступившей тишине он прошаркал к прилавку, купил пятьдесят граммов чая за 38 юаней и так же не спеша ушел.

Битва продолжается.
280
110
260
Тут Боря применет боевую подсечку — 270.
Пауза.
Выражение «когнитивный диссонанс» нам еще незнакомо, но польза от него очевидна. У тети Сони наблюдается ярко выраженный разрыв шаблона, эквивалентный нокдауну. Она замерла, смотрит на свежую запись в блокноте и молча шевелит губами. Рефери может начинать отсчет.

Молодчина! Очень быстро пришла в себя. Все трое с удовольствием смеемся. Цена сразу упала еще на тридцать пунктов.

Еще час с небольшим — и мы пришли к соглашению.

Дальше сущие пустяки: два часа уходит на расфасовку чая по сортам и пакетикам — у нас же список от всего оркестра.

Целый день в интенсивных беседах, мы уже как родные.

Распихиваем упаковки по здоровенным сумкам и обнимаемся на прощание.

Два солиста, увешанные сумками и коробками, ковыляют к отелю по вечернему Сиану.

Прошел ровно год. Сочельник.

— Что будем делать? Осталось всего два дня, а чая нет,— сказал Боря со спокойствием, из-под которого проглядывала паника.

Я абсолютно безмятежно промолчал. Из-за моей безмятежности тоже проглядывала паника. Потому что оставалось всего два дня, а чая не было.

— Ладно,— после паузы сказал я.— Завтра будем в Сиане, там и решим. Пойдем к тете Соне.

В Сиане нас поселили в другом месте. Значит, сначала надо найти общагу, в которой жили год назад. Общага — это значит общага. Ну и что, что на ней присобачили неоновую надпись HOTEL? Что я, архитектуру общаг не знаю, их художественный, так сказать, образ?

«Начинается Земля, как известно, от Кремля». Это правило работает и в Сиане. Оттуда и стартовали. Сочетая в правильных пропорциях память и интуицию, нашли бетонную коробку, в которой жили год назад, а уж от нее ноги сами довели до халабуды тети Сони.

И — о, боже! Тлен и запустение! И без того кривые хибары покосились еще больше, а тети-Сонина конурка и вовсе заколочена досками. Дело не в том, что мы остались без чая,— эта проблема решаема. Мы вдруг поняли, что тетя Соня нам стала почти родной. Как писали в старинных романтических дамских романах: «Отчаяние овладело нами!» Мы в горе и недоумении бросаемся к ее соседям, которые тут же сидят на земле и курят, и пытаемся узнать о судьбе тети Сони. Вокруг нас собралось человек двадцать сочувствующих. Они объяснили нам, что тетя Соня жива и здорова, она просто переехала в другое место. Ну слава богу!

«А где же ее можно найти?»

Обитатели квартала из бездельников мгновенно превращаются в небольшую толпу и открывают темпераментную дискуссию на тему: «Как найти тетю Соню». Через несколько минут мы получаем на руки подробный план со стрелочками, линиями, кружочками, квадратиками и некоторым количеством иероглифов. На прощание китайские товарищи совершенно одинаковым жестом, знакомым всем по статуям самых разнообразных вождей, указали направление, по которому нам предлагалось начать путь. Надо сказать, что, когда эту эпическую позу одновременно принимают два десятка китайцев, выглядит все довольно комично. Похоже на полку в магазине сувениров. Но нам было не до того. Мы взяли след, отправились искать аналогичную помойку и лично тетю Соню.

Если бы речь шла о собаке, то можно было бы написать так: «Возбужденно повизгивая, уткнув нос в землю, волоча по ней уши и задрав хвост, спаниель, ни на что не обращая внимания, шел по следу».

Иногда мы неуверенно замирали. Нет, вот же оно, дерево, указанное на плане.

Или останавливались на секунду, чтобы показать план прохожему и убедиться, что все верно. Тот кивал и махал рукой в том же направлении, куда мы бежим. Тем временем сомнений в правильности нашего движения возникало все больше, потому что строения, мимо которых мы проносимся, становятся все более солидными, а район — фешенебельным. При чем тут наша тетя Соня? Судя по плану, тут где-то уже недалеко, значит, видимо, сейчас все это великолепие закончится, и опять начнется нормальный «шанхай». В нетерпении мы еще прибавляем ходу ...

И тут план заканчивается. Карандашная линия обрывается, и в этом месте нарисован крестик.

Мы отрываем, наконец, взгляд от асфальта и бумажки с планом.

Перед нами многоэтажный пятизвездочный отель — гранитный цоколь, медные перила, вращающаяся дверь, швейцар у входа.

А за стеклом, на первом этаже, прямо перед нами сидит наша тетя Соня и торгует чаем.

Глаза наши встретились...

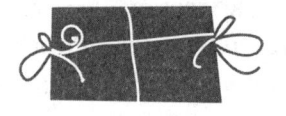

Наринэ Абгарян
Юбилей

К празднованию своего дня рождения Вера тщательно готовилась: составила меню, закупила продукты, съездила за спиртным в дорогущую «Винотеку», договорилась с соседкой, чтобы та помогла с генеральной уборкой — за небольшие, но все же деньги. Сбережения таяли на глазах, но Вера запретила себе расстраиваться — тридцать пять лет, пик молодости, отметить нужно так, чтоб запомнилось.

От первоначальной идеи пригласить всех в ресторан пришлось отказаться — не хватило бы средств. Можно было, конечно, занять денег у Славы — она щедрая и безотказная на заем, но Вера не стала. Лучше два дня провозиться с готовкой, чем деньги потом с боем возвращать. Слава ведь нормально дружить не умеет! Мало того что подарками завалит, так еще одолженное назад принимать откажется.

Знали они друг друга чуть ли не с пеленок, а точнее — со старшей группы детского сада. Как обычно заведено в подобных случаях, дружба началась с лютой вражды — на празднике, приуроченном к Восьмому марта, обе безоглядно влюбились в ушастого мальчика Вову — за невиданной красоты клетчатые шорты, в которые поверх хлопчатобумажных колготок его нарядила заботливая бабушка. Так как уступать тщедушного кавалера никто не собирался, дело закончилось отчаянной и даже кровопролитной дракой, из которой, если судить по тяжести ранений, победительницей вышла Слава, отделавшаяся царапиной на щеке. Вера же лишилась верхнего резца и нарядного кружевного воротничка. Разошлись по домам кровными врагами.

На следующий день Вова пришел в садик уже в обычных брючках, чем поверг соперниц в глубокое изумление.

— Дурак какой-то! — решила Слава.

— Точно,— прошепелявила Вера.

Так и подружились.

В школе их называли «Ох» и «Ах» и очень удивлялись, как две такие разные девочки могут дружить. Удивляться действительно было чему: ведь смешливая, открытая и словоохотливая Слава была полной противоположностью молчаливой и замкнутой Веры. Несмотря на совершенную непохожесть характеров, жизнь обеих девочек поначалу складывалась абсолютно схоже, удивительным образом совпадая на всех важных стадиях: первая любовь, первое разочарование, первый брак, первый развод, второй брак, тоже распавшийся спустя недолгое время, отсутствие детей. Далее в личной жизни начался разнобой — Слава, махнув рукой на традиционные семейные отношения, посвятила себя мимолетным и необременительным романам со смазливыми мальчиками-консультантами, коих в крупном супермаркете электротоваров, которым она руководила, было пруд пруди. А Вера завела роман с директором фирмы, где работала бухгалтером. Звали директора Анатолий Петрович, но за глаза подчиненные пренебрежительно называли его по фамилии: Собачников, чем очень расстраивали Веру. Виду, правда, она не подавала — связь с директором держалась в большом секрете по причине его безвозвратной женатости.

— Чем он тебя взял? — кипятилась Слава, которая Собачникова терпеть не могла.— Лысый, брюхастый невнятный жополиз.

— Почему жополиз? — обижалась Вера.

— А то нет! — Слава раздраженно заправляла за ухо непокорную прядь волос.— Кем бы он был, если бы не богатый тесть? Третьесортным менеджером. Женился на его лежалой лахудре и стал владельцем фирмы. Теперь у него все как у людей — квартира в элитном комплексе, машина с водителем, снулая безмозглая жена, тихие дети. И вишенкой на торте (тут Слава морщилась — терпеть не могла избитых выражений, но порой их употребляла, чтобы подчеркнуть свое пренебрежительное отношение к происходящему) — умная красивая любовница. Ты мне одно объясни — чем он тебя взял? Зарплаты не прибавил, подарков не дарит, даже ремонт не помог сделать. Был бы хоть красавцем, я бы поняла. А тут ни кожи ни рожи: пузо, лысина и радикулит!

— Можно подумать, от твоего двадцатилетнего лоботряса Артема есть толк! — парировала Вера.

— Во-первых, двадцатитрехлетнего. Во-вторых, Артем давно уже в прошлом, две недели как. Теперь у меня Вадик. Знаешь какой у него причиндал? Вот такой! — И Слава развела ладони, показывая размеры богатства своего любовника.— А у Собачникова что? В микроскоп-то хоть можно разглядеть?

Вера вздыхала. Собачников, безусловно, не идеал красоты и размахом Вадиковых причиндалов похвастать не мог. Но он был именно тем человеком, который ее устраивал,— тихий, ласковый, обходительный. И, кстати, совсем не скупой. А подарков не дарил и с ремонтом не помог потому, что банковские карточки были оформлены на тестя, и тот контролировал расходы. Зато он оплатил ей отдых на Бали — соврал жене, что потерял дорогущие запонки, а на самом деле сдал их в ломбард. На вырученные деньги купил Вере недельный отдых и двуспальную кровать с хорошим матрасом. Слава, придирчиво пощупав, не преминула съязвить, что Собачников не о ней печется, а о своем радикулите, но Вера пропустила ее слова мимо ушей. Какое там «о своем радикулите», если он ни разу у нее не ночевал. Заезжал крайне редко, в лучшем случае — дважды в неделю, предусмотрительно оставив водителя за квартал от ее дома. Добирался на метро, весь издерганный от переживаний — вдруг проследят. Вера кормила его вкусным обедом, поила кофе. Потом они занимались любовью — обстоятельно, с чувством, с расстановкой, правда, Собачников старался выбирать такие позы, чтобы не напрягать спину, Вера подстраивалась. Далее, приняв душ и чмокнув ее в кончик носа, он отчаливал восвояси. За год пунктирных отношений Вера прикипела к нему душой и сердцем. Летела на работу, как на праздник, скучала по выходным. Планов на будущее не строила, уводить из семьи не собиралась. Единственное, о чем мечтала,— родить ребенка, неважно, мальчика или девочку, главное, чтоб свой, родной. Чтобы было о ком заботиться и кого любить, когда однажды — а Вера не сомневалась, что этот день непременно настанет,— Собачников, раздув из какой-нибудь ерунды скандал, порвет с ней отношения. Она где-то вычитала, что по законам жанра это должно произойти на третьем году отношений. Времени оставалось не очень много, потому Вера успела распланировать все наперед: сразу после празднования юбилея она займется своим здоровьем — утренний бег, правильное питание, обязательный восьмичасовой сон. В марте пройдет полное медицинское обследование и, если все будет в порядке, забеременеет. Имя будущего ребенка уже выбрала: Саша. Александр или Александра. Фамилия будет ее, отчество — Собачникова. В графе отец пусть стоит прочерк, бог с ним, с отцом. Есть она, есть подруга Слава, мама с папой в Шатуре, брат в Калининграде. Проживут.

Вечер четверга ушел на уборку — спасибо соседке, очень помогла. В пятницу утром Вера приехала на работу с двадцатиминутным опозданием — заскочила на рынок, чтобы забрать у знакомой продавщицы заказанных уток. Договорилась в столовой, оставила птицу в холодильной камере. Вошла в офис, когда коллеги, выпив утренний кофе, уже работали вовсю. Вера поздоровалась, извинилась за опоздание. Собиралась уже пригласить всех назавтра в гости, но ее перебила непосредственная начальница, главный бухгалтер Надежда Михайловна.

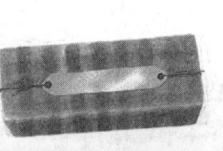

— Зайди к Собачникову,— каркнула она, воздев кверху плотно прижатые друг к другу указательный и средний пальцы.

Вера в недоумении уставилась на ее руку — жест смахивал на тот, которым в американских судах свидетели клялись на Библии. Сердце громко забилось и ухнуло вниз — скорее всего, Толенька решил поздравить с юбилеем заблаговременно, ведь завтра суббота, семейный день, и встретиться они вряд ли смогут. Нужно было, не теряя времени, идти к нему в кабинет, но Вера, сбитая с толку жестом Надежды Михайловны, решила все-таки уточнить:

— Почему вызывает, не знаете?

Надежда Михайловна ответила, не отрывая взгляда от компьютера и не опуская воздетых кверху пальцев:

— Без понятия. Но он явно не в духе.

— Ладно,— вздохнула Вера.

Кабинет Собачникова располагался на втором этаже, в самом его конце, за раздвижными стеклянными витражами, изображающими Эдемский сад (креативная задумка вездесущего тестя). На фоне Эдемского сада, прикрывая голый торс Адама спиной, восседала секретарь Аллочка — сухая длинноносая особа с непроницаемым выражением лица. Вера много раз задавалась вопросом, с какой радости при таком неутешительном антураже она зовется Аллочкой, и даже называла ее Аллой, но секретарша каждый раз поднимала на нее свои мелкие мушистые глаза и ровным бесцветным голосом поправляла: Аллочка.

«Ну и ладно»,— смирилась Вера.

Собачников сидел не на своем рабочем месте, а за брифинг-столом, где обычно рассаживались подчиненные. Когда Вера вошла в кабинет, он выпрямился, но поворачивать головы в ее сторону не стал. В его кресле, свесив по бокам широких подлокотников квадратные руки, вальяжно раскинулся тесть — большой, лысый, пузатый. Вера впервые с удивлением отметила сходство Собачникова с тестем — было такое ощущение, будто они родственники: оба белесые, блеклоглазые, скуластые и большеротые.

— Здравствуй, дорогая наша,— с насмешкой протянул тесть и, нехотя подняв с подлокотника руку, указал на свободный стул: — Садись.

Вера не шелохнулась. «Попробуй только расплакаться»,— сделала она себе строгое внушение и выпалила прежде, чем успела подумать:

— Будете увольнять?

Тесть хмыкнул, перевел взгляд на Собачникова. Тот засуетился, закашлялся, поправил узел галстука. На манжете сорочки сверкнула золотом та самая запонка.

Вера неожиданно для себя рассмеялась и, пожав плечом, повернулась к двери, вознамереваясь уйти.

— Я еще не закончил,— скрипнул креслом тесть.

— А я уже,— улыбнулась Вера и вышла, аккуратно прикрыв за собой дверь.

Аллочка, уткнувшись носом в монитор и близоруко щурясь, печатала. Возможно — приказ о Верином увольнении.

— Приходите завтра ко мне на день рождения,— пригласила ее Вера.

— Сколько вам исполняется? — не отрываясь от клавиатуры, спросила Аллочка.

— Тридцать пять.
— Хорошо.

Вера пожала плечом — Аллочка даже не стала придумывать какую-нибудь благовидную причину для отказа. «Я бы про поликлинику соврала или про свалившихся на голову гостей. А она согласилась, заведомо зная, что не придет»,— думала она, спускаясь в бухгалтерию.

— Ну и? — спросила Надежда Михайловна, когда она вошла в офис.

— Уволил,— ответила Вера.

Повисла недоуменная тишина.

— То есть как? — наконец, придя в себя, возмутилась коллега Настя.

— Сокращение штата,— соврала Вера, написала заявление об увольнении, оставила на столе. Десять пар глаз напряженно следили за ней.

— А вдруг еще кого-то уволят?! — подал голос Вадик, у которого жена неделю назад родила первенца. Как раз позавчера скидывались на подарок — прогулочную коляску.

— Нет, только меня,— Вера надела пальто, перекинула через плечо сумку, вспомнила о двух утках, которых оставила в холодильной камере столовой. Не забыть забрать.

— Приходите завтра ко мне на день рождения,— пригласила она.— Заодно мое увольнение отметим.

Бывшие уже коллеги засуетились, громко заахали.

— Когда приходить? — наконец спросила Настя.

— К семи нормально? Вот и хорошо.

Вера ушла с неожиданно легким сердцем. Город готовился к Новому году — витрины перемигивались гирляндными огоньками, на площадях возвышались елки. «Праздник к нам приходит, праздник к нам приходит. Вот и ко мне пришел»,— с горечью подумала она, но тут же одернула себя — не смей расстраиваться. Чтобы утешиться, зашла в дорогущий магазин одежды и купила платье, на которое засматривалась почти месяц. Позвонила Славе, рассказала о случившемся.

— Новую работу тебе организуем. Собачникову яйца открутим и ко лбу пришьем,— резюмировала Слава.

— Хорошо,— не стала спорить Вера.— А я платье купила. Помнишь, то, от Сары Пачини.

— Деньги нужны?

— Нет.

— Я перекину тебе на карточку немного, с первой зарплаты вернешь.

— Немного — это сколько? — просила Вера, но Слава уже отключилась.

Через секунду телефон тренькнул сообщением о переводе тридцати тысяч рублей. Платье стоило ровно столько.

«Я когда-нибудь убью ее»,— пообещала себе Вера и все-таки расплакалась.

Суббота прошла в лихорадочных приготовлениях. К приходу гостей стол был красиво сервирован, утки подрумянены до хрустящей корочки, картофель запечен, салаты нарезаны. Слава приехала ровно в семь, вручила букет маргариток (любимые Верины цветы) и годовой абонемент в фитнес-центр.

— Ты как раз собиралась заняться здоровьем.

— Но я не затем,— махнула рукой Вера, потом спохватилась: — То есть затем, но я... ты же знаешь... надеялась ребенка родить.

Слава вздернула бровь:

— От этого мудормота?

Вера кивнула.

— Звонил?

Вера покачала головой.

— Будем о хорошем,— постановила Слава и разлила по бокалам вино: — За тебя.

Звонок в дверь раздался в половине восьмого. Вера заторопилась в прихожую.

— Ну наконец-то! Я уже думала, что вы не приде...— Она осеклась: вместо бывших коллег посреди лестничной площадки одинокой зубочисткой торчала секретарша Собачникова. Она протянула ей перевязанную пестрой лентой коробку и заявила с претензией:

— Я всегда прихожу, когда обещаю.

Вера посторонилась, пропуская ее в квартиру. Аллочка стянула скрипучую каракулевую шубу (Вера видела такие шубы только в далеком детстве), скинула сапоги, не обращая внимания на протесты.

— Они мне ноги натирают, я лучше босой похожу.

— Я дам вам сменную обувь,— спохватилась Вера.

— У меня сорок второй размер ноги,— хмыкнула Аллочка и принялась рыться в своей сумке.

— Это кто? — спросила одними губами Слава.

Вера дернула плечом — потом.

Меж тем Аллочка извлекла из сумки конверт:

— Здесь деньги. Анатолий Петрович просил передать.

Вера спрятала руки за спину, инстинктивно попятилась.

— От Собачникова, что ли? — подала голос Слава.

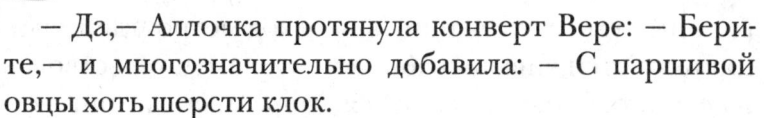

— Да,— Аллочка протянула конверт Вере: — Берите,— и многозначительно добавила: — С паршивой овцы хоть шерсти клок.

Вера чуть не поперхнулась.

— Он вам что-то говорил?

— Нет. Но я же не дура.

Слава заглянула в конверт:

— Негусто.

— Верните ему и скажите... Нет, ничего не говорите, просто верните,— попросила Вера.

Аллочка не стала настаивать и убрала деньги в сумку.

К восьми стало ясно, что никто больше не придет. Ели молча, подливая друг другу вино. На втором бокале у Аллочки развязался язык, и она внезапно смешно рассказала, как два года встречалась с иностранцем, который называл блинчики с начинкой длинчиками, потому что считал, что они должны так называться из-за своей длины.

— Еще он говорил «на нервной почке» и «сук твою мать».

— А расстались почему? — спросила Слава.

— Умер,— коротко бросила Аллочка.

— Боже! — всплеснула руками Вера.

— Для меня,— уточнила Аллочка.

Смеялись в голос. Выпили еще. Сначала за здоровье бесхребетного Собачникова, следом за его вездесущего тестя. Далее — за неверных бывших коллег.

Потом Вера, окинув взглядом обильно обставленный стол, принялась сокрушаться, что съесть все это некому, и Аллочка предложила раздать еду нищим. Заботливо упаковав уток и салаты в пластиковые лоточки, они отнесли угощения в переход метро, где традиционно отсиживались бомжи. Облагодетельствовав их едой, решили прогуляться. Морозный зимний воздух, вопреки обыкновению, не отрезвлял, а совсем наоборот — словно наполнял легкие веселящим газом. Возвращаться домой расхотелось. Слава постановила, что нужно куда-то съездить, раз уж они оказались у метро, а Аллочка предложила выбраться в стрип-клуб, где у нее двадцатипроцентная скидка на спиртное.

— За какие заслуги? — бесцеремонно поинтересовалась Слава.

— Директор клуба — мой двоюродный брат,— пояснила Аллочка и вытащила из сумки конверт с деньгами Собачникова.— Ну что, отмстим козлу?

Проснулась Вера от чьих-то невнятных причитаний. Голова гудела колоколом, на душе копошились неясные угрызения совести. Медленно, чтобы не сильно мутило, повернувшись на бок, она попыталась разглядеть источник бухтения. На напольных весах стояла Слава — во всклокоченных волосах и вчерашнем смазанном макияже, и, растянув пальцами уголок глаза, близоруко разглядывала цифру на дисплее.

— Красивая как никогда,— заключила Вера.

— На себя посмотри,— огрызнулась Слава, слезла с весов и со вздохом объявила: — Поправилась на три кило. Мечтала похудеть на семь кило, теперь мечтаю на десять.

Вера осторожно села, стараясь не вертеть гудящей головой:

— Хорошо погуляли.

— Не посрамили,— согласилась Слава.

За стеной звякнула посуда. Они тут же вспомнили об Аллочке.

На кухонном столе дымилась чашка с крепко заваренным чаем. Аллочка сидела, упершись подбородком в ладони, и смотрела прямо перед собой. При виде подруг вздернула брови — сначала одну, потом другую:

— Красоты неописуемой!

— На себя посмотри! — огрызнулись те хором.

— Чаю будете?

«Естественно» удалось выговорить с третьей попытки.

Уехали гости ближе к вечеру. Аллочка влезла в свой каракуль, словно в палатку пробралась.

— Купи себе пуховик, на человека станешь похожа,— посоветовала ей Слава.

— Отвянь,— отбрила та.

Вера подождала, пока они втиснутся в лифт, и тщательно заперла входную дверь. На тумбе вешалки лежала обмотанная лентой упаковка — подарок Аллочки. Под нарядной оберточной бумагой обнаружились беговые кроссовки. Вера примерила их, подивилась тому, как удобно они сидят на ногах. Вытащила подаренную Славой пластиковую карточку, повертела в руках — и внезапно все про себя поняла. Будет как она и загадала: утренний бег, правильное питание, обязательный восьмичасовой сон. В марте — полное медицинское обследование. К следующему Новому году родится Сашенька. Фамилия будет Верина, отчество — тоже. В графе отец будет стоять прочерк, бог с ним, с отцом. Есть она, есть мама с папой, есть брат. Слава с Аллочкой тоже есть. Проживут.

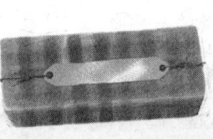

Содержание

Вместо вступления. 7

Жанар Кусаинова
   История про Новый год 8

Наталья Волнистая
О случайностях и закономерностях 15

Александр Цыпкин
   Чувство долга. 20
   Prada и правда 27

Евгения Полянина
   Мандарины — не главное 33

Юлия Евграфова
   Параллельные миры 52

Анастасия Манакова
   We Three Kings 75

Михаил Шахназаров
   Дереникс. 114

Улья Нова
   Кто твой ангел? 126

Наталья Корсакова
   Приходите выпить чаю 132

Андрей Кивинов
   Фейерверк 161

СОДЕРЖАНИЕ

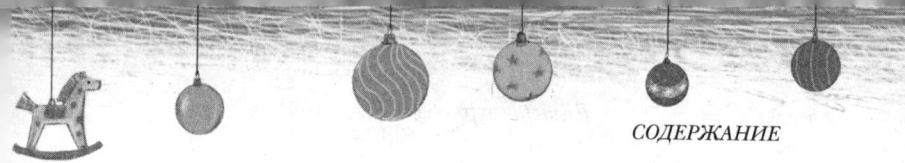

Лариса Бау
  Рождественский детектив 183

Мария Артемьева
  Майка и Тасик 189

Виталий Сероклинов
  Лю 217
  Прищепка 223

Лада Бланк
  Ангелина 229

Лара Галль
  Пойдите к продающим и купите 248

Ольга Лукас
  Лапа ищет человека 252

Анна Кудрявская
  Всего лишь случай 280

Владимир Зисман
  Тетя Соня из Сианя 293

Наринэ Абгарян
  Юбилей 305

Литературно-художественное издание

12+

РАССКАЗЫ К НОВОМУ ГОДУ И РОЖДЕСТВУ

Ведущий редактор *Ирина Епифанова*
Художественный редактор *Юлия Межова*
Технический редактор *Валентина Беляева*
Компьютерная верстка *Татьяны Алиевой*
Корректор *Валентина Леснова*

ООО «Издательство АСТ»
129085, г. Москва, Звездный бульвар,
д. 21, строение 3, комната 5

Отпечатано с готовых файлов заказчика
в АО «Первая Образцовая типография»,
филиал «УЛЬЯНОВСКИЙ ДОМ ПЕЧАТИ»
432980, г. Ульяновск, ул. Гончарова, 14

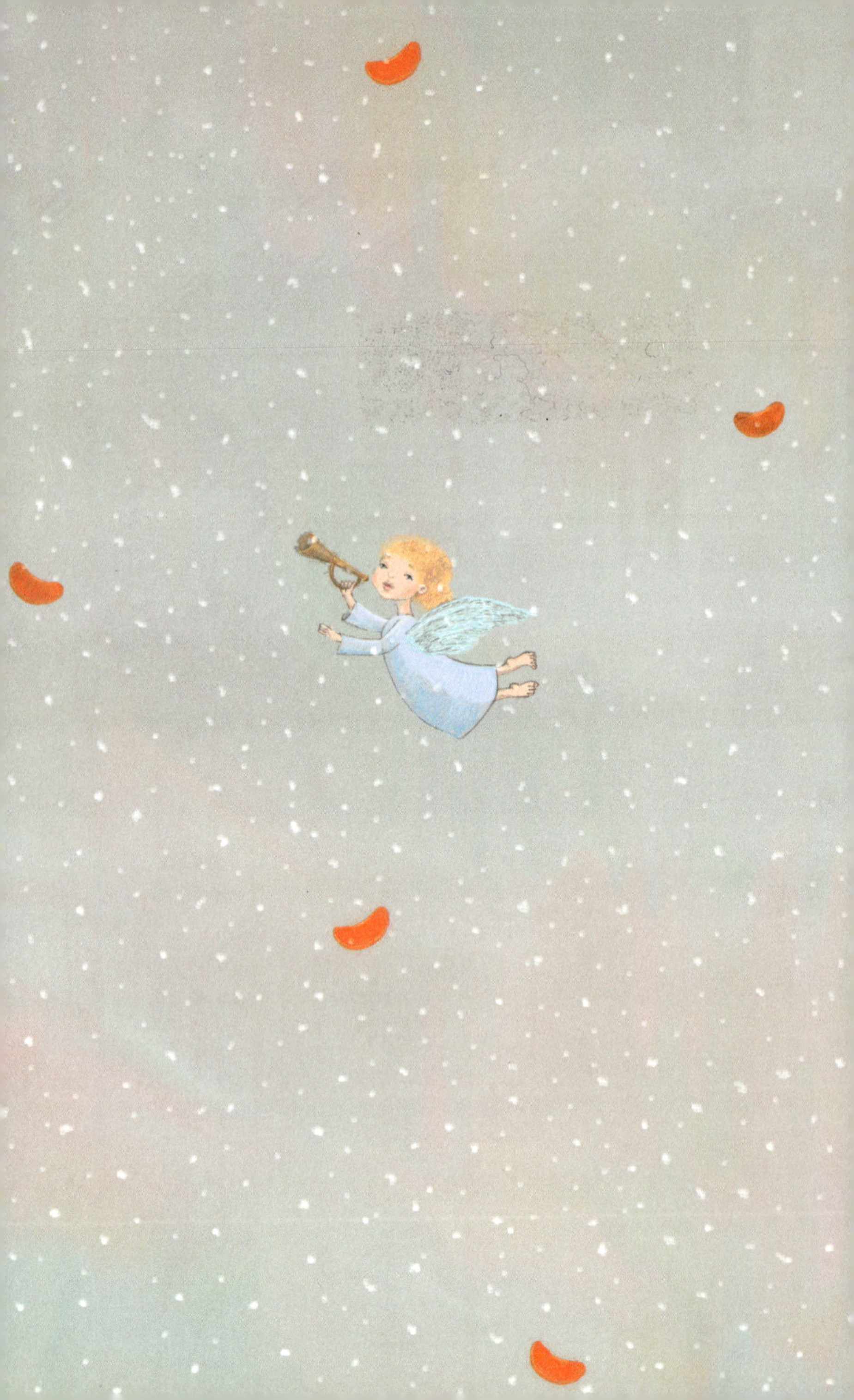